Kate Shelton führt zum ersten Mal Regie, mit Hamlet hat sie in London Premiere. Doch am Vorabend brennt das Globe-Theatre ab und Shakespeare-Expertin Ros Howard wird ermordet aufgefunden. Nur wenige Stunden vor ihrem Tod hat Ros ihrer ehemaligen Studentin Kate eine mysteriöse Schachtel überreicht und von einer bedeutenden Entdeckung gesprochen – ohne jedoch preiszugeben, um was es sich handelt. Ahnte Ros bereits, dass ihr jemand nach dem Leben trachtet? Als Kate die Schachtel öffnet, findet sie den ersten Teil eines bedrohlichen Shakespeare-Puzzles und weiß, dass sie jetzt handeln muss. Kate folgt der Fährte von Harvards ehrwürdiger Widener Library bis in die Wüste Arizonas, gejagt von einem Unbekannten, der seine Opfer stets nach einer anderen Shakespeare-Vorlage tötet. Geht es dabei wirklich nur um ein unentdecktes Meisterwerk des Dichters aus Stratford-upon-Avon? Oder versucht der Mörder vielmehr zu verhindern, dass Kate auf ein Geheimnis stößt, das bis heute nicht gelüftet wurde und um das erbittert gestritten wird?

J. L. Carrell ist mit ihrem Romandebüt ein äußerst raffinierter Thriller um die bis heute rätselhafte Identität eines der größten Dichter der Weltliteratur gelungen.

J. L. Carrell

Die SHAKESPEARE Morde

J. L. Carrell

Die SHAKESPEARE Morde

Roman

Aus dem Amerikanischen von
Sophie Zeitz

List

Die Originalausgabe erschien 2007 unter dem Titel *Interred With Their Bones* beim Verlag Dutton, Penguin Group (USA) Inc., New York.

Die Übersetzung der Grabinschrift auf Seite 344 stammt von M. Drewsen und wurde dem Band *William Shakespeare. Seine Zeit – Sein Leben – Sein Werk* von Hildegard Hammerschmidt-Hummel entnommen (Mainz 2003). Der Verlag hat sich bisher vergeblich bemüht, die Urheber ausfindig zu machen, und bittet an dieser Stelle freundlich um Kontaktaufnahme.

List ist ein Verlag
der Ullstein Buchverlage GmbH

ISBN 978-3-471-35001-0

Gesetzt aus der Minion bei Leingärtner, Nabburg
Druck und Bindung: Bercker, Kevelaer
Printed in Germany

Für Johnny, Kristen, Mom & Dad
All meine Verbundenheit gilt Euch

»Was Menschen Übles tun, das überlebt sie,
Das Gute wird mit ihnen oft begraben.«

William Shakespeare

Prolog

29. Juni 1613

Vom Fluss sah es aus, als würden zwei Sonnen über London untergehen.

Die eine sank im Westen, ein Strahlenkranz aus orange, rosa und golden schimmernden Bändern. Doch es war die andere Sonne, die die unruhige Flotte von Booten, Barken, Kähnen und Jollen auf die dunkle Themse gelockt hatte: Gegenüber der St. Paul's Cathedral mit ihrem eingestürzten Turm loderte eine grimmig glutrote Scheibe, als hätte sie den Horizont verfehlt und wäre stattdessen am Südufer der Themse niedergegangen, wo sie zwischen den Schenken und Bordellen von Southwark böse züngelnde Flammen in die Nacht schoss.

Freilich war es keine zweite Sonne, die dort am Ufer glühte, auch wenn die Männer, die sich für Dichter hielten, die trügerische Kunde von Boot zu Boot trugen. Es war ein Bauwerk – war eines gewesen. Das berühmteste aller berühmten Theater Londons – die aus rohen Balken gezimmerte Arena, der runde Sitz der Träume einer ganzen Stadt –, das große Globe höchstselbst war es, das dort in Flammen stand. Und ganz London hatte sich auf dem Fluss versammelt, um seinen Untergang mit anzusehen.

Auch der Graf von Suffolk hatte sich unter das Volk gemischt. »Da ließ der Herr Feuer regnen vom Himmel herab auf Sodom und Gomorra«, murmelte er, als er vom schwimmenden Palast seiner privaten Barke gen Süden blickte. In seinem Amt als Oberkammerherr stand er dem königlichen Hofstaat vor, und das Drama, das vor seinen Augen über die King's Men hereinbrach – die Theaterkompanie

Ihrer Majestät, der nebenbei das Globe Theatre gehörte –, hätte ihn erschüttern sollen. Oder wenigstens den Glanz seines Vergnügens trüben. Die beiden Männer, die mit ihm unter der seidenen Markise saßen und im Angesicht der Katastrophe an ihren Weingläsern nippten, schienen von seiner Gelassenheit nicht im Geringsten überrascht.

Doch ihr Schweigen war Suffolk nicht genug. »Ist es nicht herrlich?«, fragte er herausfordernd.

»Kitschig«, knurrte sein Onkel, der Graf von Northampton, der trotz seiner weißen Mähne und dem vorgerückten Alter von über siebzig Jahren eine elegante, schlanke Figur abgab.

Theophilus Lord Howard de Walden, Suffolks Sohn und Erbe – der jüngste der drei Männer –, beugte sich vor wie ein gieriger junger Löwe, der seine Beute beobachtete. »Und am Morgen wird unsere Rache noch heller brennen, wenn Mr Shakespeare und seine Kompanie erst die Wahrheit erfahren.«

Northampton musterte seinen Großneffen. »Mr Shakespeare und seine Kompanie, wie du es ausdrückst, werden nichts dergleichen erfahren.«

Einen Augenblick hielt Theo dem Blick seines Großonkels regungslos stand. Dann sprang er auf und schleuderte seinen Kelch auf den Boden der Barke; Wein spritzte auf die safrangelben Livreen der Diener und sprenkelte sie mit dunklen Leopardenflecken. »Man hat meine Schwester auf offener Bühne verspottet«, schrie er, »keine Altmännerverschwörung wird mir meine Satisfaktion verderben.«

»Mein Lordneffe«, sagte Northampton über die Schulter zu Suffolk, »anscheinend leiden all Eure Sprösslinge an diesem misslichen Hang zur Unbesonnenheit. Keine Ahnung, wo sie das herhaben. Ein Howard'scher Zug ist es jedenfalls nicht.«

Dann wandte er sich wieder an Theo, dessen Hand zwanghaft am Griff seines Schwerts zuckte. »Sich des Schadens seiner Feinde zu rühmen ist die Rache der Einfältigen«, rügte er. »Ein überaus bäuerlicher Zug.« Auf sein Nicken reichte ein Diener Theo einen neuen Kelch, der ihn mit wenig Anmut entgegennahm. »Viel eleganter ist es, dem Gegner das Mitgefühl auszusprechen und ihn zum Dank zu verpflichten – während dieser einen Verdacht hegt, den er nicht begründen kann.«

Im gleichen Moment näherte sich ein Einer und legte seitlich an der Barke an. Ein Mann sprang über die Reling und glitt auf Northampton zu, das Licht meidend wie ein abtrünniger Schatten auf dem Weg zurück zu seinem Herrn.

»Wenn sich eine Tat lohnt, wie unser Seyton wohl weiß«, fuhr Northampton fort, »dann lohnt es sich, sie perfekt zu vollbringen. Wer es war, spielt dabei eine geringe Rolle. Wer weiß, wer es war, überhaupt keine.« Seyton kniete vor dem alten Grafen nieder, der ihm die Hand auf die Schulter legte. »Mein Lord Suffolk und mein beleidigter Großneffe sind ebenso gespannt auf Euren Bericht wie ich.«

Der Mann räusperte sich leise. Seine Stimme wie seine Kleider und selbst die Augen waren von einem unbestimmten Ton zwischen Grau und Schwarz. »Es fing damit an, mein Lord, dass heute Morgen der Kanonier des Theaters plötzlich erkrankte. Sein Ersatzmann scheint die Kanone mit loser Watte gefüllt zu haben. Fast drängt sich der Verdacht auf, die Watte wäre mit Pech getränkt gewesen.« Sein Mund zuckte. Ein verschlagenes Lächeln vielleicht.

»Sprich weiter.« Northampton wedelte ungeduldig mit der Hand.

»Das Stück, das sie am Nachmittag zeigten, war relativ neu: ›Heinrich VIII‹.«

»Der große Harry«, murmelte Suffolk, der mit einer Hand im Wasser spielte. »Unserer alten Königin Vater. Gefährliches Terrain.«

»In vielen Beziehungen, mein Lord«, sagte Seyton. »Das Stück ist ein wahrer Karneval der Effekte, sogar ein echter Kanonenschuss kommt darin vor. Als die Kanone gezündet wurde, war das Publikum vom Spektakel so in den Bann geschlagen, dass keiner die Funken bemerkte, die auf dem Dach landeten. Bis jemand den Rauch roch, stand das Stroh längst in hellen Flammen, und es blieb nichts als die Flucht.«

»Opfer?«

»Zwei Verletzte.« Mit blitzenden Augen sah er Theo an. »Ein Mann namens Shelton.«

Theo erbleichte. »Wie?«, stammelte er. »Wie schwer verletzt?«

»Verbrennungen. Nichts Schlimmes. Aber aufsehenerregend. Von meinem Posten – einem sehr guten, wenn ich sagen darf – konnte ich sehen, wie er das Kommando übernahm und die Flucht aus dem Gebäude organisierte. Doch als vermeintlich alle in Sicherheit waren, tauchte plötzlich ein kleines Mädchen in einem der oberen Ränge auf. Ein hübsches Ding mit dunklem Haar und wilden Augen. Ein Hexenkind, wenn es je eins gab.

Bevor man ihn aufhalten konnte, war Mr Shelton in den Flammen verschwunden. Minuten vergingen, und die Menge heulte schon, doch dann trat er mit dem Kind im Arm durch den Feuervorhang. Sein Rücken stand bereits in Flammen. Eine Hure löschte ihn mit einem Fass Ale, worauf er ein zweites Mal verschwand, diesmal in einer Dampfwolke. Seine Hosen waren verkohlt, doch wundersamerweise kam der Mann mit leichten Brandwunden davon.«

»Wo ist er jetzt?«, rief Theo. »Warum habt Ihr ihn nicht mitgebracht?«

»Ich kenne den Mann kaum, Mylord«, verteidigte sich Seyton. »Außerdem ist er der Held der Stunde. Es wäre mir nie gelungen, ihn unbemerkt aus der Menge zu lotsen.«

Northampton bedachte seinen Großneffen mit einem verächtlichen Blick, dann beugte er sich vor. »Und das Kind?«

»Bewusstlos.«

»Bedauerlich«, sagte der alte Graf. »Aber Kinder können überraschend stark sein.« Er tauschte eine wortlose Botschaft mit seinem Diener. »Vielleicht überlebt sie.«

»Vielleicht«, sagte Seyton.

Northampton richtete sich auf. »Und der Kanonier?«

Wieder kräuselte sich Seytons Mund zum Schatten eines Lächelns. »Von ihm fehlt jede Spur.«

Northamptons Gesicht zeigte keine Veränderung, doch es ging eine düstere Zufriedenheit von ihm aus.

»Das Wichtigste ist das Theater«, sagte Suffolk.

Seyton seufzte. »Ein Totalverlust, Mylord. Mit dem Bühnenhaus im Rücken wird das Theater von den Lagern umringt, mit allen Kostümen und Gewändern, Folienjuwelen, Holzschwertern und Schildern – dem ganzen Besitz der Truppe. Alles ist hin. John Heminges stand auf der Straße und flennte um seinen süßen Palast, seine Konten und vor allem seine Textbücher. Die King's Men, Mylords, sind heimatlos.«

Mit einem Mal erhob sich über dem Wasser ein großes Brüllen himmelwärts. Was von dem Schauspielhaus übrig war, stürzte in sich zusammen. Zurück blieb ein Haufen Asche und glühender Kohle. Über das Wasser zog ein Schwall heißer Luft und blies ein Rußgestöber vor sich her.

Theo juchzte triumphierend. Sein Vater fuhr sich bedächtig durch Haar und Bart. »Mr Shakespeare wird es nie wieder wagen, sich über die Howards lustig zu machen.«

»Nicht in Eurem und nicht in meinem Leben«, sagte Northampton. Als sein Profil vor dem Feuer aufleuchtete – schwere Schlupflider über undurchdringlichen Augen, die Hakennase vom Alter geschärft –, sah er aus wie das in schwarzen Marmor gehauene Götzenbild eines dämonischen Gottes. »Nie ist eine sehr lange Zeit.«

ERSTER AKT

1

29. Juni 2004

Wir alle werden von Geistern verfolgt. Nicht von Poltergeistern oder weißen Frauen, kopflosen Reitern oder bösen Feen – von echten Geistern, die über die Schlachtfelder unserer Erinnerung wandeln und ewig flüstern: *Vergiss mich nicht.* Das war die Erkenntnis, die mir kam, als ich eines Abends bei Sonnenuntergang allein auf einem Hügel über London saß. Zu meinen Füßen erstreckte sich Hampstead Heath bis hinunter an die silbergrauen Gestade der großen Stadt. Auf meinem Schoß lag eine kleine, in Goldpapier gewickelte Schachtel. Die Schleife war noch unversehrt.

Behutsam hielt ich die Schachtel hoch.

»Was ist das?«, hatte ich am Nachmittag gefragt, und die Schärfe meiner Stimme hatte durch die Schatten der unteren Galerie des Globe Theatre geschnitten, wo ich die Regie bei ›Hamlet‹ führte. »Eine Wiedergutmachung? Oder Schweigegeld?«

Vor mir saß Rosalind Howard, Harvards exzentrische Shakespeare-Professorin – eine Mischung aus Amazone, erdiger Mutter und Zigeunerbaronin. Eindringlich beugte sie sich zu mir vor. »Ein Abenteuer. Und, wie es aussieht, ein Geheimnis.«

Ich schob den Finger unter die Schleife, doch Ros griff nach meiner Hand und hielt mich auf. Ihre grünen Augen suchten meinen Blick. Ros war um die fünfzig, hatte kurzes dunkles Haar und trug große, funkelnde Ohrringe, die von ihren Ohrläppchen baumelten. Sie trug einen breitkrempigen weißen Hut mit Pfingstrosen aus üppiger dunkelroter Seide – ein auffälliges Ding, das an das Hollywood der alten Zeit erinnerte. »Wenn du die Schachtel öffnest, musst du dem Weg folgen, den sie dir weist.«

Einst war Ros meine Mentorin gewesen, mein leuchtendes Vorbild und beinahe so etwas wie eine zweite Mutter. Und während sie die Matriarchin spielte, war ich stets die pflichtbewusste Schülerin – bis ich mich vor drei Jahren entschloss, meine akademische Laufbahn aufzugeben und ans Theater zu gehen. Es hatte schon vorher zwischen uns zu kriseln begonnen, doch mein Weggang aus Harvard führte zum endgültigen Bruch. Ros machte keinen Hehl daraus, dass sie meine Flucht aus dem Elfenbeinturm als Verrat betrachtete. Für mich war es eine Flucht nach vorn, auch wenn Ros mich hinter meinem Rücken als Deserteurin bezeichnete, wie ich später erfuhr. Doch das blieben Gerüchte. Seitdem hatte ich kein Wort des Bedauerns oder der Aussöhnung von ihr gehört, bis sie plötzlich an diesem Nachmittag ohne Vorwarnung im Globe auftauchte und mich um ein Gespräch bat. Widerwillig unterbrach ich die Proben für eine Viertelstunde. Eine Viertelstunde mehr, dachte ich, als sie verdiente.

»Du liest zu viele Märchen«, sagte ich laut und schob die Schachtel zurück zur ihr. »Falls der Weg, den sie weist, nicht direkt zurück zur Probe führt, kann ich sie nicht annehmen.«

»Die kecke Kate«, sagte Ros mit einem wehmütigen Lächeln. »Du kannst nicht oder du willst nicht?«

Ich schwieg.

Ros seufzte. »Ob du sie aufmachst oder nicht, ich will, dass du sie hast.«

»Nein.«

Ros neigte den Kopf und musterte mich. »Ich habe etwas entdeckt, Liebes. Ich habe etwas Großes entdeckt.«

»Genau wie ich.«

Sie ließ den Blick durch das Theater schweifen – über die rohen Fachwerkgalerien, drei Stockwerke hoch, und die Bühne, die am anderen Ende in den Innenhof ragte, prunkvoll herausgeputzt mit künstlichem Marmor und falschem Gold. »Ein echtes Husarenstück, am Globe den ›Hamlet‹ zu inszenieren. Umso mehr für jemanden wie dich – so jung, aus den Staaten und vor allem eine Frau. Wo die britische Theaterwelt der snobistischste Haufen auf dem Erdball ist.

Glaub mir, es gibt niemanden, dem ich es mehr gönne, die Insel-Elite aufzumischen, als dir.« Ihr Blick glitt zu dem Geschenk, das zwischen uns auf dem Tisch lag, dann sah sie mir in die Augen. »Aber das hier ist größer.«

Ich starrte sie ungläubig an. Verlangte sie im Ernst von mir, dass ich mir den Staub des Theaters von den Stiefeln streifte und ihr folgte, allein auf ein paar Andeutungen hin und eine lächerliche, in Goldpapier gewickelte Schachtel?

»Was steckt dahinter?«, fragte ich.

Sie schüttelte den Kopf. »*Es ist in mein Gedächtnis fest verschlossen, und Ihr solltet selbst dazu den Schlüssel führen.*«

Ophelia. Ich stöhnte innerlich. Von Ros hätte ich wenigstens den Hamlet erwartet – die Hauptfigur in der Bühnenmitte. »Kannst du ein Mal aufhören in Rätseln zu sprechen, wenigstens für zwei Minuten?«

Sie nickte in Richtung Tür. »Komm mit.«

»Ich bin mitten in der Probe.«

»Vertrau mir«, sagte sie und beugte sich vor. »Es ist etwas, das du dir nicht entgehen lassen willst.«

Wut wallte in mir auf, und als ich aufstand, riss ich ein paar Bücher vom Tisch.

Mit einem Mal war die kokette Geheimnistuerei aus ihren Augen verschwunden. »Ich brauche Hilfe, Kate.«

»Frag jemand anderen.«

»*Deine* Hilfe.«

Meine Hilfe? Ich runzelte die Stirn. Ros hatte jede Menge Freunde am Theater; sie musste nicht zu mir kommen, wenn sie Fragen zu Shakespeare auf der Bühne hatte. Und das einzige andere Thema, das sie interessieren könnte – wo ich mich besser auskannte als sie –, lag zwischen uns wie ein Minenfeld: meine Dissertation. Ich hatte über den okkulten Shakespeare geschrieben. Die alte Bedeutung des Wortes ›okkult‹, beeilte ich mich immer dazuzusagen. Nicht das Dunkle, Magische, sondern das, was im Verborgenen stattfand. Insbesondere hatte ich mir die vielen seltsamen Versuche, speziell des 19. Jahrhunderts, angesehen, kodiertes Geheimwissen aus Shakespeares Werken herauszulesen. Ros fand das Thema ebenso schillernd und faszinierend wie ich – zumindest hatte sie das behauptet. Allerdings hatte ich später um drei Ecken erfahren, dass sie kein gutes Haar an meiner Arbeit ließ und sogar meine Wissenschaftlichkeit in Zweifel zog. *Und jetzt wollte sie meine Hilfe?*

»Warum?«, fragte ich. »Was hast du entdeckt?«

Sie schüttelte den Kopf. »Nicht hier.« Dann sprach sie leise, drängend: »Wann bist du fertig?«

»Gegen acht.«

Sie beugte sich weiter vor. »Dann treffen wir uns um neun, oben auf dem Parliament Hill.«

Um neun brach die Dämmerung herein, und Parliament Hill war einer der einsamsten Orte in London. Nicht die sicherste Zeit, um draußen in Hampstead Heath herumzuspazieren. Dafür hatte man von dort oben einen fantastischen Blick auf den Sonnenuntergang. Als ich zögerte, meinte ich, in Ros' Augen so etwas wie Angst zu sehen. »*Bitte.*«

Dann streckte sie die Hand aus, und einen Moment lang dachte ich, sie wollte die Schachtel zurücknehmen, doch stattdessen strich sie mir über das Haar. »Immer noch das gleiche rote Haar, die gleichen schwarzen Boleyn-Augen«, murmelte sie. »Weißt du, wie königlich du aussiehst, wenn du wütend bist?«

Damit hatte sie mich früher immer aufgezogen – dass ich in bestimmten Launen wie die Königin von England aussah. Nicht Elisabeth II., sondern Elisabeth I., Shakespeares Königin. Es war nicht nur wegen meines rotbraunen Haars und der dunklen Augen, sondern auch wegen der Form meiner Nase und meiner hellen Haut, die in der Sonne sommersprossig wurde. Ein- oder zweimal hatte ich die Ähnlichkeit im Spiegel selbst gesehen, aber der Vergleich, und was er implizierte, hatte mir nie gefallen. Meine Eltern starben, als ich fünfzehn war, und später hatte ich bei einer Großtante gelebt. Ich hatte viel Zeit meines Lebens in der Gesellschaft autokratischer älterer Damen verbracht, und ich hatte mir geschworen, dass ich nie so werden würde wie sie. Und so wollte ich so wenig wie möglich gemein haben mit jener unbarmherzigen Tudor-Königin, bis auf ihre Intelligenz vielleicht, und die Liebe zu Shakespeare.

»Na schön«, hörte ich mich sagen, »treffen wir uns um neun auf dem Parliament Hill.«

Ros ließ die Hand sinken. Vielleicht war sie überrascht, dass ich so leicht aufgab. Ich konnte es selbst kaum glauben. Doch meine Wut war verraucht.

Im Theater knisterten die Lautsprecher. »Ladys und Gentlemen«, kollerte die Stimme meines Inspizienten, »in fünf Minuten auf die Plätze.«

Schauspieler strömten auf den sonnendurchfluteten Hof. Ros lächelte, dann stand sie auf. »Dein Auftritt und mein Abtritt«, sagte sie spöttisch. Mit einem Anflug von Nostalgie erinnerte ich mich an den alten Witz und Geist, der früher zwischen uns geherrscht hatte. »Pass gut darauf auf, Katie«, sagte sie mit einem Blick auf die Schachtel. Dann verließ sie mich.

Und so kam es, dass ich am Ende eines langen Tages auf dem Parliament Hill auf einer Parkbank saß und das tat, was ich nie wieder zu tun geschworen hatte: Ich wartete auf Ros.

Ich streckte meine Glieder und dachte an die Welt, die unter mir lag. Trotz der Türme von Canary Wharf, die im Osten wie Krallen in den Himmel ragten, und des Hochhauses in Midtown sah London von hier oben friedlich aus, wie es sich um die St. Paul's Cathedral schmiegte – die Kuppel lugte hervor wie ein leuchtendes Ei aus einem riesigen Daunennest. In der letzten Stunde war ein stetes Rinnsal von Spaziergängern auf dem Weg unter mir vorbeigekommen. Doch keiner von ihnen hatte mich eines Blickes gewürdigt oder war mit Ros' selbstbewussten Schritten durch das Gras heraufgekommen. Wo blieb sie?

(Und was erhoffte sie sich? Niemand, der einigermaßen bei Sinnen war, käme auf die Idee, dass ich die Regie des ›Hamlet‹ am Globe aufgeben würde. Ich war noch keine dreißig, Amerikanerin und Literaturwissenschaftlerin, was mich wahrscheinlich zum toxischen Gegenteil dessen machte, was sich die Götter der britischen Theaterwelt als idealen Kandidaten für die Regie erträumten. Das Angebot, ›Hamlet‹ zu übernehmen – der edelste Stein in der Krone des britischen Theaters –, war ein Geschenk des Schicksals gewesen, das an ein Wunder grenzte. Ich hatte die Nachricht des Intendanten des Globe immer noch auf meinem Anrufbeantworter gespeichert. Jeden Morgen spielte ich mir seine manische, abgehackte Stimme vor, nur um mich zu versichern, dass ich nicht alles geträumt hatte. Ich war in einer Lage, wo es mir vollkommen egal sein konnte, ob Ros' Schachtel die Landkarte von Atlantis oder den Schlüssel zur Bundeslade enthielt. Nicht einmal Ros, die Königin der Egozentrik, konnte erwarten, dass ich meinen Titel »Master of Play« gegen irgendein Geheimnis eintauschte, sei es groß oder klein, das sie mir anvertrauen wollte.

In drei Wochen war Premiere. Zehn Tage später stand mir der schlimmste Teil des Theaterlebens bevor: Als Regisseurin würde ich die Zügel aus der Hand geben müssen, mich vom Team und von den Schauspielern trennen und hinausschleichen – und die Show den Schauspielern überlassen müssen. Falls ich bis dahin kein Anschlussprojekt fand.

Die Schachtel auf meinem Schoß glänzte im Abendlicht.

Ja, aber nicht jetzt, könnte ich Ros antworten. *Ich kümmere mich um dein teuflisches Geschenk, sobald ich mit ›Hamlet‹ fertig bin.* Falls sie überhaupt heute Abend hier erschien, um sich meine Antwort anzuhören.

Während die Dunkelheit in die Stadt kroch wie eine dunkle Flut, flackerten am Fuß des Hügels die Laternen auf. Am Nachmittag war es heiß gewesen, doch jetzt war es kühl, und ich war froh, dass ich meine Jacke dabeihatte. Als ich sie überstreifte, hörte ich plötzlich ein Knacken hinter mir in den Büschen. Im selben Moment spürte ich Blicke im Rücken. Erschrocken stand ich auf und drehte mich um. Die Dunkelheit hatte bereits die Bäume verschluckt, die die Kuppe des Hügels säumten. Nichts regte sich bis auf die Wipfel, die im Wind zitterten. Ich trat einen Schritt vor. »Ros?«

Niemand antwortete.

Ich drehte mich um und suchte die Landschaft unter mir ab. Es war niemand zu sehen, doch allmählich fiel mir etwas auf, das ich vorher nicht gesehen hatte. Weit unter mir, auf der anderen Seite von St. Paul's, stieg eine blasse Rauchsäule träge zum Himmel. Mir stockte der Atem. Am Südufer der Themse, jenseits von St. Paul's, befand sich das wiedererbaute Globe Theatre mit seinen weiß verputzten Wänden, dem Eichenfachwerk und dem stoppeligen Dach aus trockenem Stroh. Wegen der Feuergefährlichkeit war das Globe das erste mit Stroh gedeckte Gebäude in London seit dem großen Brand von

1666, der vor fast dreieinhalb Jahrhunderten die halbe Stadt in Schutt und schwelende Asche gelegt hatte.

Es musste eine optische Täuschung sein. Vielleicht stieg der Rauch an einer Stelle zwanzig Kilometer südlich des Globe auf, oder einen Kilometer weiter östlich.

Die Rauchsäule wurde breiter und färbte sich grau, dann schwarz. Dann frischte der Wind auf und riss die Schwaden auseinander. In ihrem Herzen blitzte ein unheilverkündendes rotes Flackern auf. Hastig schob ich Ros' Geschenk in die Jackentasche und lief hügelabwärts. Kaum hatte ich den Weg erreicht, begann ich zu rennen.

2

Auf dem Weg zur Tube rief ich jeden denkbaren Bekannten an, der irgendetwas wissen könnte. Doch ich hatte kein Glück. Immer wurde ich direkt mit der Mailbox verbunden. Dann lief ich die Treppe hinunter, hinein in Londons Unterwelt, wo Handys nutzlos waren.

In der Eile, pünktlich zu meiner Verabredung mit Ros zu kommen, hatte ich meine abendliche Routine nach der Probe abgekürzt. Hatte ich vergessen, auf dem Tisch, der mir als Schreibtisch diente, die Lampe auszumachen? Hatte ich sie umgestoßen, und sie hatte in meiner Zettelwirtschaft einen Schwelbrand verursacht, der nur darauf wartete aufzulodern, sobald alle gegangen waren? Schon einmal war aus reiner Unachtsamkeit das Globe abgebrannt, gegen Ende von Shakespeares Leben. Damals hatten, wenn ich mich recht erinnerte, alle fliehen können – bis auf ein Kind.

Mein Gott. Hatten es alle nach draußen geschafft?

Mach, dass es nicht das Globe ist, betete ich beschwörend im Rhythmus der ratternden Bahn. Bis ich endlich bei St. Paul's die Treppen hinaufrannte, zwei Stufen auf einmal, war es Nacht geworden. Ich rannte durch eine Gasse und kam auf einen offenen Platz. Wie eine Sphinx lag die massige Kathedrale vor mir und versperrte mir den Blick auf den Fluss. Ich wandte mich nach rechts und begann zu rennen, vorbei an dem gusseisernen Gitter um den Kirchhof, vorbei an den Bäumen, die an der ehrwürdigen Fassade kratzten. Links um das säulenbewehrte Hauptportal, vor dem eine steinerne Queen Anne gen Westen nach Ludgate Hill blickte. Und wieder links, im großen Bogen um die Südfassade herum zu dem Fußgängerweg, der erst seit Kurzem durch das Gewirr der mittelalterlichen Gassen schnitt und einen weiten Blick freigab, von der Kathedrale bis hinüber über den Fluss auf die andere Seite. Ich bog um die Ecke und blieb wie angewurzelt stehen.

Der Weg neigte sich zum Fluss. Dort lag die Millennium-Fußgängerbrücke, die in hohem Bogen über den Fluss zur massigen Backsteinfestung der Tate Modern am Südufer führte. Noch konnte ich das Globe nicht sehen, das links neben dem Museum stand. Ich sah nur den mittleren Teil der Tate, die mehr an das Kraftwerk erinnerte, das sie ursprünglich war, als an den Tempel moderner Kunst, zu dem man sie ausgebaut hatte. Der alte Schornstein ragte in die Nacht hinauf. Das neue Obergeschoss, eine breite Krone aus grünem Glas und Stahl, leuchtete wie ein Aquarium. Im Hintergrund war der Himmel grellorange.

Normalerweise war dieser Teil Londons – die eigentliche City, das Bankenherz Englands – nach Einbruch der Dunkelheit so gut wie ausgestorben, doch jetzt strömten von überall her Menschen zum Ufer. Ich schloss mich ihnen an, drängelte mich durch die wachsende Menge. Vorbei an Blumenrabatten und Parkbänken. Links ein Pub wie bei Dickens, rechts moderne Büros. Auf der Victoria Street, die der Fußweg kreuzte, herrschte Stillstand. Ich zwängte mich an roten Doppeldeckerbussen und rundlichen schwarzen Taxis vorbei und hastete weiter.

Weiter unten verengte sich der Fußweg. Eine dichte, dampfende, pulsierende Menschenmasse schob sich auf die Millennium Bridge, jeder wollte einen Blick auf den Brand erhaschen. Ich verlor den Mut. So würde ich es nie über die Brücke schaffen. Suchend blickte ich mich um. Doch ich steckte in der Menge fest, und solange mir keine Flügel wuchsen, kam ich von hier aus nirgendwohin.

Plötzlich rauschte ein tiefes Brüllen über das Wasser, und am anderen Ufer stob eine Rauchwolke in den Himmel, gejagt von einem Funkenregen. Die Menge seufzte, wogte in Richtung der Brücke, zog mich mit. Rechts tat sich eine Öffnung auf, und ich entdeckte eine schmale Treppe, die nach unten führte. Verzweifelt kämpfte ich mich zum Rand, stolperte, rutschte die Stufen hinunter und war endlich frei.

Ich blieb an einem kleinen Absatz, drei Meter unter der Millennium Bridge, stehen und blickte zum anderen Ufer. Das Globe stand in Flammen. Der Rauch quoll über die Mauern wie schwarzes Blut und wurde vom Dach in die Luft gespien. Dazwischen leckten die Flammen in die Nacht – wie Zinnen und Wimpel, gelb, orange und rot.

Das Telefon in meiner Tasche klingelte. Es war Sir Henry Lee, der alternde Löwe der britischen Bühne, der mein Stück als der Geist von Hamlets Vater beehrte. »*Kate!*«, rief er, als ich das Telefon aufklappte. »Gott sei Dank!« Im Hintergrund hörte ich das Heulen von Sirenen. *Er war dort.*

Ich konnte meine Angst nicht unterdrücken. »Sind alle rausgekommen?«

»Wo –«

»Sind alle draußen?«

»Ja«, sagte er gereizt. »Alle sind draußen. Du warst die Letzte, die wir gesucht haben. Wo zum Teufel steckst du?«

Überrascht stellte ich fest, dass mir Tränen der Erleichterung über die Wangen liefen. Ich wischte mir mit dem Handrücken über die Augen. »Ich stehe am falschen Ufer.«

»Herrgott noch mal. Warte.« Er hielt das Telefon zu, und die Geräusche im Hintergrund verschwammen.

Mit Anfang sechzig war Sir Henry seit nunmehr drei Jahrzehnten ein prominentes Gesicht auf Bühne und Leinwand. Im Zenit seiner Karriere hatte er Achilles, Alexander und Artus gespielt, Ödipus, Cäsar und Hamlet. Er war ein Ästhet der alten Schule mit einer Vorliebe für die Savile Row, Bentleys, Chauffeure und Veuve Clicquot (»Wenn es um Champagner geht, können die Zaren nicht falschgelegen haben«). Seine Kindheit hatte er in raueren Verhältnissen verbracht, und bei Gelegenheit prahlte er mit seiner Herkunft. Er war der Nachkomme von Themsenschiffern – die stämmigen Arme seiner Väter hatten jahrhundertelang den Fluss durchpflügt, hatten Güter und Menschen auf und ab und hin und her gefahren. In seinen Adern fließe grüner Themsenschlamm, sagte Sir Henry gern und griff dabei auf den breiten Dialekt der Docks seiner Jugend zurück. Und nach ein paar Gläsern konnte er immer noch zuschlagen wie ein Dockarbeiter.

Wir hatten uns vor sechs Monaten kennengelernt, als ich das Angebot bekam, in einem kleinen Theater an einer zweifelhaften Ecke des West End Regie zu führen, und sofort zusagte. In letzter Minute hatte Sir Henry eingewilligt, für zwei Wochen die Hauptrolle zu übernehmen, weil er dem Dramatiker irgendeine Gefälligkeit schuldete. Nach wenigen Tagen begann er mich »unser brillantes Kind aus Amerika« zu nennen, ein Titel, der mich zum Stottern brachte, wenn er mich damit vorstellte – und dazu, mir wahlweise Kaffee oder Wein über die Bluse zu schütten. Das Stück war schlecht und blieb nur zwei Wochen auf der Bühne; doch drei Tage später erhielt ich den Anruf vom Globe. Ich war mir sicher, dass ein Zusammenhang bestand, doch Sir Henry wollte nicht zugeben, dass er die Strippen gezogen hatte.

Jetzt war er wieder am Apparat, und ich hörte ihn brüllen: »Was für ein Quatsch. Ich habe euch gesagt, dass sie da ist … Tut mir leid«, sagte er dann zu mir, und seine Stimme verwandelte sich von Stahl in Seide. »Wie ich höre, sind die Brücken hoffnungslos verstopft. Schaffst du es irgendwie hinunter zum Uferweg?«

»Wenn die Treppe unter der Millennium Bridge dahin führt, ist es meine einzige Wahl.«

»*Unter der –?* … Ausgezeichnet! Wenn du am Ufer bist, wende dich nach Osten. Die erste Lücke in der Mauer führt zu einem alten Steg. Darling, die Cleopatra ist in fünf Minuten da.«

»Die Cleopatra?«

»Mein neues Boot.«

* * *

Der Uferweg war düster und menschenleer. Der Mond warf lange Schatten auf das Pflaster; das Geschrei und der Lärm der Menge wirkten hier unten weit weg und bedeutungslos. Ich wandte mich nach Osten. Mit der rechten Schulter streifte ich die dicke Flussmauer, links zogen verhärmte graue Gebäude an mir vorbei. Laternen in der Mauer verströmten gedämpftes Licht. Ein Stück weiter ragte eine schmalere Mauer aus dem Damm. Ein Treppchen führte in einen Puppengarten mit seltsam verkümmerten Blumen. Rechts öffnete sich eine

Lücke ins Nichts. Ich musste jähen Widerwillen unterdrücken, als ich über den Rand blickte.

Feuchte, salzige Luft schlug mir von unten entgegen. Ich wich schaudernd zurück. Falls dies die richtige Stelle war, musste Sir Henry jeden Moment hier sein. Also zwang ich mich, an der Kante stehen zu bleiben. Eine Holzleiter führte nach unten, glitschig und mit schwarzen Algen bewachsen. Ein Geländer gab es nicht. Ich hielt mich rechts und links an der Mauer fest und setzte den Fuß auf die erste Sprosse. Das Holz knarrte, doch es trug mein Gewicht. Ich warf einen Blick nach unten. Die Bolzen, mit denen die Leiter an der Mauer befestigt war, schienen noch aus den Tagen der römischen Kreuzigungen zu stammen. Von einem Steg war weit und breit nichts zu sehen. Fünf Meter unter mir tauchte die Leiter ins Wasser.

Ich versuchte, über den Fluss zum Südufer zu sehen. Etwa auf der Höhe des Globe glitt ein Schatten über die dunkle Wasseroberfläche. Die Cleopatra? Es musste ein Boot sein. Ja – es hielt direkt auf mich zu. *Dies musste die richtige Stelle sein.*

Sprosse für Sprosse ließ ich mich die rutschige Leiter hinunter, bis ich etwa einen Meter über dem Fluss stand. Das Wasser war so glatt wie dunkles Glas. Hin und wieder trieb ein stinkendes, unförmiges Gebilde von links vorbei, was bedeutete, dass die Flut eingesetzt hatte. Ich kämpfte gegen den Schwindel an, als ich still stehen blieb und den Blick über den Fluss streifen ließ. Draußen, in der Mitte der Themse, wurde mit den Lichtern der Stadt auch das Feuer gespiegelt und in Tausenden von Funken gebrochen. Dann nahm ich noch eine Bewegung wahr. Sir Henrys Boot, das auf dem Fluss kreuzte. Doch als ich schon erleichtert aufatmete, machte das Boot plötzliche eine Wende, und ich erkannte die schwarz-weißen Karos der Polizei am Bug. Nicht die Cleopatra. Das Boot rauschte davon und verschwand unter der Millennium Bridge.

Als die Bugwelle die unterste Sprosse überspülte und träge gegen die Mauer platschte, hörte ich ein Geräusch. Ein Scharren, möglicherweise einen Schritt, vom oberen Teil der Leiter. Wieder spürte ich Blicke im Rücken. Vielleicht hatte Sir Henry am Steg angelegt, redete ich mir ein, und war nun am Ufer auf der Suche nach mir. Ich drehte mich um.

Doch oben in der Mauernische war nichts zu sehen bis auf flimmerndes Mondlicht. »Hallo?«, rief ich. Ich bekam keine Antwort.

Plötzlich hörte ich etwas, das ich aus dem Theater kannte: das kalte, scharfe Zischeln, wenn eine Klinge aus der Scheide gezogen wurde.

Ich stieg eine Sprosse nach unten. Dann noch eine. Die nächste Sprosse lag bereits unter Wasser.

Verzweifelt spähte ich hinaus auf den Fluss. Kein Boot in Sicht. Wo zum Teufel blieb Sir Henry? Warum war ich ganz allein an diesem gottverlassenen Ort? In New York oder Boston wäre ich nie so dumm gewesen. Was zum Henker hatte ich mir bloß gedacht?

Ich sah wieder nach oben. Ich starrte in die Dunkelheit, doch wer immer dort war, er verhielt sich still und regungslos – falls da überhaupt jemand war. Vielleicht spielten mir meine Nerven einen Streich. Vielleicht auch nicht.

Im Augenwinkel sah ich eine Bewegung unten am Wasser. Auf beiden Seiten gluckstens Ketten an der Mauer. Ein Stück links von mir war ein kleines Ruderboot festgemacht, das sachte in den Wellen dümpelte. Wenn ich es dorthin schaffte, könnte ich mich in Sicherheit bringen.

Dann sah ich, dass es nicht vertäut war. Jemand musste die Leine gelöst haben, denn es bewegte sich langsam an der Mauer entlang auf mich zu.

Panisch suchte ich die andere Seite ab. Ich saß in der Falle. Der einzige Ausweg war der Fluss. Ich starrte das Wasser direkt unter meinen Füßen an und fragte mich, wie stark die Strömung war. Konnte ich ans andere Ufer schwimmen? Oder wäre es besser, geräuschlos ins Wasser zu gleiten und mich treiben zu lassen, bis ich die nächste Leiter in der Mauer fand?

Ich warf einen Blick zurück. Die Umrisse des Boots waren nur schwer auszumachen, doch was ich sah, genügte. Es kam näher. Verzweifelt schaute ich mich auf den unteren Sprossen der Leiter um und durchsuchte meine Taschen, doch ich fand nichts, das sich im Entferntesten als Waffe benutzen ließ. Kein Stock oder loser Stein war zu sehen, und in den Taschen hatte ich nichts als ein paar Münzen und Ros' goldene Schachtel. Ihr Geheimnis.

Pass gut darauf auf, hatte sie gesagt. Meinte sie damit, dass die Schachtel in Gefahr war? Und ich mit ihr, solange ich sie aufbewahrte?

Zur Hölle mit der verdammten Schachtel.

Dann hörte ich ein Knattern. Wie ein eleganter weißer Pfeil schoss ein privates Motorboot unter der Millennium Bridge hervor. Die Cleopatra. Vorsichtig, um das Gleichgewicht nicht zu verlieren, hob ich den Arm und winkte steif. Für einen langen Moment erhielt ich keine Antwort. Dann stand Sir Henry an der Reling und winkte zurück.

Hinter mir war das Ruderboot stecken geblieben; das Klatschen gegen die Bootswand hörte sich plötzlich anders an. Dann kam die Cleopatra tuckernd näher und übertönte jedes weitere Geräusch, bis Sir Henry den Motor zurückschraubte. Im gleichen Moment hörte ich, wie die oberste Sprosse der Leiter knarrte. Jemand war dort. Als ich mich umdrehte, sah ich Stahl aufblitzen.

Mit einem Sprung warf ich mich über die Reling der Cleopatra und landete zu Sir Henrys Füßen auf dem Deck.

»Alles in Ordnung mit dir?«, rief Sir Henry.

Ich rappelte mich auf die Füße und winkte ihm zu. »*Los!*« Sir Henry nickte dem Steuermann zu, der den Rückwärtsgang einlegte. »Wo warst du denn?«, rief ich keuchend, als das Boot die Mauer hinter sich ließ. »Ich dachte, du wärest drüben im Theater gewesen.«

»Wie kommst du darauf?« Sir Henry zog mich neben sich auf die Bank.

»Ich habe die Sirenen gehört. Am Telefon.«

Er schüttelte den Kopf. »Seit einer Stunde heult in ganz London jede Sirene, mein Kind. Nein, ich war flussaufwärts, auf einer gnadenlos langweiligen Soiree. Am Ende war es ein glücklicher Zufall«, sagte er mit einem Blick hinauf zur Menge auf der Brücke. »Die meisten Leute vergessen es, aber der Fluss ist immer noch die schnellste Straße durch die Stadt.«

Als nach dem Zweiten Weltkrieg der Handel auf der Themse zum Erliegen kam, hatte Sir Henrys Vater zu trinken begonnen. Nach einer Endlosschleife von Reue und Wut hatte er seinem Unglück schließlich eines Nachts ein Ende gesetzt und sich im Fluss ertränkt. Der junge Harry – als der Sir Henry damals bekannt war – hatte sich eine andere Beschäftigung gesucht: Er lernte, mit der wandelbaren Schönheit seiner Stimme und seines Körpers die Menschen zu erfreuen. Mit Matrosen fing er an, arbeitete sich hinauf zu jungen Adligen, die die Slums zu ihrem Vergnügen aufsuchten, und nach einem kurzen Ausflug in die Royal Navy – er behauptete, er habe seinen Platz dort durch Erpressung gewonnen – landete er schließlich am Theater. Kein Lebender kannte das ganze Spektrum von Shakespeares Figuren, von der Dirne bis zum König, wie er – das Chiaroscuro ihrer Moral, dieses Flackern zwischen Ruhm und Schmutz –, und vielleicht war das der Grund, dass er seine Rollen gerissener und mitfühlender spielte als sonst ein Schauspieler, den ich kannte.

Dann hatte er sich vor über einem Jahrzehnt von der Bühne verabschiedet. Zum Ausnüchtern, wie er sagte. Um sich selbst zu konservieren, sagten andere. Was immer er tat, am Ende langweilte er sich, und nun kehrte er auf die Bühne zurück. Heute lehnte er die größeren Rollen ab – Claudius, den Schurken, Polonius, den Narren – und widmete sich stattdessen den kleinen, feinen Rollen wie Hamlets Vater – geliebt, verloren. Danach würde er sich an Prospero und Lear begeben, mit Regisseuren, deren Ruf ebenso illuster war wie seiner. Aber zuerst hatte er beschlossen, um sich an die Rolle des Elder Statesman zu gewöhnen, als Geist in meinem Stück aufzutreten. Eine Wahl, die mich immer noch in Staunen versetzte.

Die Cleopatra korrigierte ihren Kurs, und ihr Bug hob sich mit zunehmendem Tempo aus dem Wasser. Ich sah noch einmal zurück. An der Leiter war niemand zu sehen, und das Ruderboot war wieder an der Mauer vertäut. Hatte ich mir nur eingebildet, dass es sich bewegte?

Doch dann entdeckte ich einen Schatten in der Mauernische am oberen Ende der Leiter. Mein Magen zog sich zusammen. Es war jemand dort. Wer? Und was hatte er vorgehabt?

Hinter mir zerriss ein tiefes Stöhnen die Nacht, und als ich mich umblickte, musste ich zusehen, wie am anderen Ufer das Globe in einer Rauchwolke verschwand. Als ich zum Nordufer zurückblickte, war der Schatten wieder mit der Nacht verschmolzen.

3

Unwillkürlich glitt meine Hand in die Jackentasche. Die Schachtel war noch da. Ich zitterte, obwohl der Wind wärmer wurde, je näher wir ans Südufer kamen. Über dem Wasser hing ein dichter Nebel aus Rauch und Dampf. In meinem Kopf stand das Globe so hell wie immer da, ein kleines weißes Cottage am Ufer, in sich geschwungen wie ein schlafender Schwan. Ein absurdes Bild natürlich, angesichts des Feuers. Das Theater war groß genug, um sechzehnhundert Zuschauer zu fassen, und in seiner künstlichen Altertümlichkeit sahen viele mehr Kitsch als Charme darin. Disneys Shakespeareland, wie Ros es nannte. Bis heute Nachmittag hatte sie sich geweigert, auch nur einen Fuß in das Remake des alten Theaters zu setzen.

Wenn es um Shakespeare ging, lag Ros nur selten falsch, doch beim Globe Theatre irrte sie sich. Ob sie wollte oder nicht, es ging eine seltsame Kraft von seiner Bühne aus. Im Globe erwachten Shakespeares Worte zum Leben, mit einer geradezu magischen Intensität.

Tuckernd näherten wir uns dem Pier. Um uns wogte der Nebel, dann gab er die Sicht auf Cyril Cunningham frei, den Intendanten, der wie ein ramponierter Storch am Dock auf und ab stelzte. »Alles hin«, krächzte er, als wir auf den Steg kletterten. »Alles verloren.«

Vor mir blieb Sir Henry wie versteinert stehen, und ich spürte, wie meine Hoffnungen starben. Dann hob sich der Nebel, und aus den Schwaden tauchte ein Brandmeister auf, mit rotem Helm und einer schweren blauen Jacke mit reflektierenden Streifen. »Ganz so schlimm ist es nicht«, brummte er, »aber ich kann auch nicht behaupten, dass es gute Nachrichten sind. Kommen Sie mit und sehen Sie selbst.«

Eilig folgten wir ihm am Ufer entlang. Meine Gedanken wanderten durch die Dunkelheit zum Theater hinauf. Die Planer des neuen Globe hatten sich so weit wie möglich an Shakespeares Original gehalten. Sie hatten das Theater buchstäblich um die Bühne herum gebaut – eine große überdachte Plattform am Ende eines achteckigen Hofes unter freiem Himmel. Rings um den Hof erhoben sich die Ränge wie ein enges dreistöckiges Puppenhaus. Jedes Stockwerk war mit mehreren Reihen blanker Eichenbänke ausgestattet, von denen man über die Balustrade in den Hof und auf die Bühne blickte.

Das ganze Bauwerk war von einer Schlichtheit, die die Shaker gutgeheißen hätten – bis auf die Bühne. Dort war jeder Zentimeter Holz und Putz aufwendig bemalt, um Marmor, Jaspis und Porphyr vorzutäuschen, und mit geschnitzten Karyatiden und vergoldeten Atlanten verziert. Ein baldachinartiges Dach, dessen Himmel mit Sternen bemalt war, schützte die Schauspieler vor Sonne und Regen. In der nordischen Mythologie wurde das Himmelsgewölbe von einer Esche getragen, und aus irgendeinem Grund gefiel mir der Gedanke, dass Shakespeares Himmel auf den Stämmen von zwei massiven englischen Eichen ruhte. Nicht dass sie als Eichen zu erkennen wären. Wie roter Marmor bemalt und verziert mit prächtigen Kapitellen erinnerten die »Säulen des Herakles« eher an einen der Tempel von Persepolis, bevor Alexander der Große die Stadt in Schutt und Asche legte.

Was hatte das Feuer vom Globe übrig gelassen?

Wir passierten ein Labyrinth von Polizeiabsperrungen und Notzelten und standen plötzlich vor einer großen Flügeltür. Ich runzelte die Stirn. Sie sah aus wie der Haupteingang des Theaters. »Alles andere mussten wir opfern«, erklärte der Brandmeister und strich zärtlich über den Türstock. »Verwaltung, Kasse, Cafeteria – das ganze Drum und Dran.« Dann sah er uns an, und in seinem roten, erschöpften Gesicht strahlte ein Anflug von Stolz. »Aber ich glaube, wir haben das Globe gerettet.«

Gerettet?

Der Brandmeister zog die Tür einen Spalt auf, gerade weit genug, um uns nacheinander hineinzulassen. Dann nickte er mir zu.

»Nur Mut«, sagte Sir Henry und drückte meine Schulter. Ich schob mich durch den Spalt und trat vorsichtig durch das Foyer in den Hof – wo ich wie versteinert stehen blieb. Ich hatte damit gerechnet, alles in Trümmern zu sehen, doch was vor mir lag, war von überirdischer Schönheit.

Rauchfahnen kräuselten sich über der Bühne wie Luftschlangen. Die Säulen des Herakles glänzten schwarz von Ruß. Am Boden stand Wasser, eine schimmernde, spiegelglatte Fläche. Am Himmel über dem Hof funkelten die Sterne, als würde es glitzernde Blüten regnen. Das Theater war alles andere als eine Ruine. Es hatte sich in den unheimlichen, majestätischen Tempel einer dunklen Gottheit verwandelt. In einen Ort, wo Druiden und Geister verkehrten und Blutopfer dargebracht wurden. Durch die Luft schwebte ein Stück glimmendes Papier, und ich fing es auf – es war die halb verbrannte Seite eines Regiebuchs. Kein gutes Zeichen. Hastig stieg ich die Stufen zur unteren Galerie hinauf, wo ich meinen Arbeitsplatz hatte. Der Schreibtisch war umgefallen, und meine Bücher und Aufzeichnungen lagen am Boden verstreut. Irgendwie musste ein Funke hereingelangt sein, denn sie waren zur Hälfte verbrannt. Der Ordner mit dem Regiebuch lag offen da, die Ringe waren aufgesprengt. Die Seiten waren herausgefallen, durch die Luft gewirbelt und im Wasser gelandet. Hastig kniete ich mich hin und begann zu retten, was sich retten ließ. Weitere Papiere waren hinter den Tisch gerutscht. Auf allen vieren kroch ich hinterher, doch dann hielt ich inne und schnappte nach Luft.

Am Boden lag ein breitkrempiger Hut mit dunkelroten Pfingstrosen, die auf der weißen Krempe wie Blut wirkten. Ein Stück weiter, auf einer der Zuschauerbänke zusammengerollt, lag eine Frau. Sie sah aus, als schliefe sie, doch ihre Augen waren offen. Der Blick einer Statue, leer und intensiv zugleich, nur dass ihre Augen nicht aus Marmor waren. Sie waren grün.

»Ros«, stöhnte ich.

Neben mir tauchte Sir Henry auf, gefolgt von Cyril. Er schob mich zur Seite und legte ihr zwei Finger an den Hals. Einen Augenblick später richtete er sich auf und schüttelte den Kopf. Diesmal fehlten selbst Sir Henry die Worte.

Ros war tot.

4

Ein Seufzer, halb Weinen, halb Lachen, brach aus mir heraus. An diesem Nachmittag war mir zum ersten Mal aufgefallen, dass ich größer war als Ros. Jahrelang hatte sie wie eine Riesin auf mich gewirkt. Jetzt, im Tod, schien sie so klein, fast wie ein Kind. *Wie konnte sie tot sein?*

Sanft, aber bestimmt wurde ich von ihr fortgezogen. »Kate«, sagte Sir Henry, und ich merkte, dass er zum dritten Mal meinen Namen rief. Kurze Zeit später saß ich im Hof des Globe auf der Treppe zur Bühne, den Kopf in die Hände gestützt. Ich zitterte, obwohl ich eine Jacke trug. Jemand hatte mir eine zweite Jacke, Sir Henrys, um die Schultern gelegt.

»Trink das«, sagte Sir Henry und reichte mir seinen silbernen Flachmann. Der Whiskey brannte in meiner Kehle, aber er half mir, allmählich wieder klarer zu sehen. Auf der anderen Seite des Hofs hatte man ein weißes Laken über die Tote gebreitet. In der unteren Galerie wimmelte es von Sanitätern, Feuerwehrleuten und Polizei. Dann lösten sich zwei Männer aus der Menge und kamen auf uns zu. Ihre Schritte plätscherten im Löschwasser, das immer noch auf dem Hof stand. Ich erkannte Cyril an seinem Watscheln; der andere Mann war ein Fremder. Er wirkte geschmeidig und ernst mit seiner zimtfarbenen Haut der Karibik, dem glatt geschorenen Schädel und den dunklen gebogenen Augenbrauen, die aussahen wie mit schwarzer Tinte gezeichnet. Der Mann ging eine Liste auf einem Klemmbrett durch.

»Katharine J. Stanley«, sagte er, als er am Fuß der Treppe stehen blieb. Es war eine Feststellung, keine Frage.

Ich nickte.

»Detective Chief Inspector Francis Sinclair«, stellte sich der Fremde vor. Seine Stimme war klar, ein kühler Bariton, und seine Aussprache perfektes BBC-Englisch, mit nur einem Hauch von karibischem Puls und Brixtoner Aufsässigkeit. Er wandte sich wieder seinem Klemmbrett zu. »Sie führen derzeit hier im Globe die Regie bei ›Hamlet‹, und Sie haben die Leiche vor etwa zwanzig Minuten entdeckt, als Sie Ihre Papiere durchgingen.«

»Ich habe Ros gefunden, ja.«

Sinclair blätterte durch seine Unterlagen. »Die Verstorbene hat sie am Nachmittag aufgesucht.«

»Ja, sie war hier«, sagte ich ausdruckslos. »Wir haben uns unterhalten. Ich dachte, sie wäre wegen Sir Henry gekommen. Ich wusste nicht, dass sie noch hier war.«

Er blickte auf, und als er Sir Henry neben mir erkannte, weiteten sich seine Augen einen kurzen Moment. Dann wandte er sich wieder zu mir. »Haben Sie sie gut gekannt?«

»Ja. Nein. Ich weiß nicht.« Ich schluckte. »Das heißt, früher einmal, ja. Aber ich habe sie drei Jahre nicht gesehen, bis heute Nachmittag. Was ist geschehen?«

»Ihr Tod hatte nichts mit dem Brand zu tun. So viel wissen wir. Wahrscheinlich Herzinfarkt oder ein Schlaganfall. Es sieht so aus, als wäre sie sofort tot gewesen. Mit Sicherheit, bevor der Brand ausbrach. Ein ungewöhnlicher Zufall, und wir werden die Sache selbstverständlich untersuchen. Aber im Moment spricht alles für einen natürlichen Tod.« Er sah wieder in seine Notizen.

Meine Finger schlossen sich um den Flachmann. »Das war kein Zufall.«

Sir Henry und Cyril, die sich im Hintergrund unterhalten hatten, verstummten und starrten mich an. Sinclairs Stift hielt mitten im Satz inne, doch er blickte nicht auf. »Wie kommen Sie darauf?«

»Sie kam zu mir, um mir zu sagen, dass sie etwas entdeckt hatte«, erklärte ich. »Und sie bat mich um Hilfe.«

Sinclair sah mich an. »Was hat sie entdeckt?«

Die Schachtel in meiner Jackentasche schien zum Leben zu erwachen. *Ein Abenteuer*, hatte Ros gesagt. *Und ein Geheimnis.*

Er darf sie nicht haben, schoss es mir mit plötzlicher Heftigkeit durch den Kopf.

Der Inspektor beugte sich zu mir. »Was hat sie entdeckt, Ms Stanley?«

»Ich weiß es nicht.« Die Lüge rutschte einfach so heraus. Ich hoffte, er sah mir die Überraschung nicht an, und redete mir ein, dass ich nur die Gelegenheit wollte, Ros' Geschenk zu öffnen, einen letzten Moment mit ihr allein zu haben. Aus Respekt vor ihrem Geheimnis. Dann, falls es irgendetwas von Bedeutung wäre, würde ich die Sache sofort der Polizei übergeben. Natürlich. Aber noch nicht gleich.

Ich zog meine und Sir Henrys Jacke enger um die Schultern und verbarg meine Lüge hinter einer dünnen Wahrheit. »Sie wollte mir heute Abend mehr erzählen. Sie hat mich gebeten, mich mit ihr auf dem Parliament Hill zu treffen, doch sie kam nicht ... Als ich von dort oben den Rauch sah, bin ich so schnell wie möglich hergekommen.«

Sinclairs Blick verfinsterte sich. »Professor Howard hat Ihnen erzählt, sie hätte etwas entdeckt, und Sie haben keine Ahnung, was – aber Sie glauben, es könnte mit ihrem Tod in Verbindung stehen?«

»Das ist völlig absurd«, platzte Cyril heraus.

»Halt den Mund«, zischte Sir Henry.

Ich hielt Sinclairs Blick stand. »Vielleicht.«

Er sah in seine Unterlagen. »Sie war Literaturprofessorin, nicht wahr? Es geht also nicht um Biotechnologie oder Atomphysik.«

»Das stimmt.«

Er schüttelte den Kopf. »Es tut mir leid, aber egal was Professor Howard entdeckt hat, es wird wohl kaum zu einem Motiv für einen Mord reichen.«

»Alle Tage werden Menschen wegen einer Handvoll Dollars oder einer Radkappe umgebracht«, entgegnete ich.

»In den Staaten, Ms Stanley. Nicht in Southwark.«

»Und nicht im Globe«, sagte Cyril empört.

»Das Globe ist schon einmal abgebrannt«, gab ich zurück.

»Das ist lange her«, sagte der Inspektor.

»Es war 1613. Am 29. Juni.«

Sinclair sah auf.

»Am *Dienstag*, den 29. Juni«, präzisierte ich.

Es entstand eine Pause. »Heute ist Dienstag, der 29. Juni«, murmelte Sir Henry gepresst.

In den Augen des Inspektors flackerte etwas auf, doch er hatte sich schnell wieder gefasst. »Falls es korrekt ist, werden wir das Datum in die Ermittlungen der Brandstiftung einbeziehen.«

»Es geht nicht nur um den Brand«, beharrte ich. »Auch damals konnten alle bis auf eine Person gerettet werden.«

Sinclair ließ das Klemmbrett sinken. In seinem Blick las ich Mitgefühl und Betroffenheit. »Ms Stanley, Sie stehen wahrscheinlich unter Schock. Sie sollten nach Hause gehen und etwas schlafen.« Dann nickte er Sir Henry zu und ging zurück zu dem gespenstischen weißen Zelt. Cyril eilte hinter ihm her.

Ich machte mich aus Sir Henrys Umarmung los und stand auf. Ich wollte Ros' Geschenk nicht aus den Händen geben, doch ich konnte nicht zulassen, dass die Polizei ihren Tod als irgendein Organversagen abtat, dessen Umstände zwar kurios, dessen Gründe jedoch völlig bedeutungslos waren. Meine Stimme überschlug sich, als ich ihm hinterherrief. »Sie haben eine *Leiche.*«

Sinclair blieb in der Mitte des Hofs stehen. Im Wasser zu seinen Füßen spiegelten sich die Lichter. »Eine Leiche heißt nicht, dass wir einen Mord haben. Falls es eine Spur gibt – sei sie noch so klein –, dann finden wir sie, verlassen Sie sich darauf.«

Sir Henry führte mich die Stufen hinunter in den Hof. Sinclair war mit uns fertig, und damit war der Weg frei für all die anderen, die mit uns sprechen wollten. Von allen Seiten stürzten sie heran, schreiend und schubsend wie eine Schar aufgeregter Raben. Der Brandmeister war zuerst da und wollte uns mit weiteren Details versorgen. Das Feuer sei im Verwaltungsgebäude ausgebrochen, erklärte er. Sie hatten das Globe nur retten können, indem sie die Dächer der Nebengebäude implodieren ließen und das Strohdach mit Wasser tränkten.

Ich hörte kaum zu. Ros war tot, ich hatte die Polizei belogen, und alles, was ich wollte, war, von hier wegzukommen, mich zu verkriechen und endlich Ros' verfluchte Schachtel auszupacken. Anscheinend war mir die wachsende Hysterie anzusehen, denn Sir Henry nahm mich zur Seite und rettete mich vor der Menge. Wir waren schon beinahe am Ausgang, als sich der Lärm legte und jemand meinen Namen rief. Ohne zu reagieren, ging ich schneller, doch an der Tür stellten sich uns zwei Männer in den neongelben Westen der Metropolitan Police in den Weg und zwangen mich, stehen zu bleiben.

DCI Sinclair stand am anderen Ende des Foyers. »Wenn es Ihnen nichts ausmacht«, sagte er, »ich hätte doch noch ein paar Fragen, bevor Sie gehen.« Sein Ton war freundlich, unverbindlich, aber es war keine Bitte. Es war ein Befehl.

Widerwillig folgten Sir Henry und ich ihm zurück ins Theater in eine der unteren Galerien neben der Bühne, wo uns ein Praktikant mit Tee in Styroporbechern erwartete. Ich zwang ein paar lauwarme, milchige Schlucke herunter, die nach Kreide schmeckten. »Vielleicht können Sie uns mehr von Ihrem Treffen mit Professor Howard heute Nachmittag berichten«, sagte Sinclair.

Mit seiner schwarzen Hose und dem weiten schwarzen Jackett über einem saphirblauen T-Shirt wäre er in Boston wie ein Geck aus der Menge gestochen, doch für London war er gerade hip genug, um nicht aufzufallen. Er machte den Eindruck eines hellen Burschen, der sein Licht sorgfältig beschirmte. Dieser Mann würde sich nicht leicht an der Nase herumführen lassen, dachte ich, und wahrscheinlich war es gefährlich, es zu versuchen.

Es war dumm von mir gewesen, ihn zu weiteren Fragen zu drängen. Jetzt stand ich mit gemischten Gefühlen vor ihm. »Wo soll ich anfangen?«

»Am besten, Sie fangen mit dem Anfang an.«

5

Früher am Tag war ich lachend im Schatten der unteren Galerie gestanden. »Ihr müsst an Stephen King denken, Leute«, hatte ich gerufen, »nicht an Steve McQueen. Es ist eine Geistergeschichte, keine Gangstergeschichte, Herrgott noch mal.«

Oben auf der Bühne brachen die Schauspieler ab. Jason Pierce, der Actionfilmstar aus Australien, der mit der Rolle des Hamlet seine schauspielerischen Fähigkeiten unter Beweis stellen wollte, wischte sich den Schweiß von der Stirn. »Bei dieser gottverdammten Sonne?«

Er hatte nicht ganz unrecht. Im grellen Licht des Sommertags, der mehr tropisch als englisch war, wirkte die rot und gold aufgeputzte Bühne so schamlos wie ein viktorianisches Bordell.

»Welche Sonne?«, fragte ich zurück. Die Köpfe drehten sich zu meinem Platz im Schatten der Galerie. »Wir befinden uns hier auf den vom Regen gepeitschten Zinnen von Helsingør, Mr Pierce. Sie blicken hinaus über die Schneefelder und die vereiste Meerenge in Richtung Ihres Feindes Schweden. Es ist Mitternacht.« Ich stand von meinem Tisch auf und kam mit drei dumpfen Schritten in den Hof hinunter. »Zur gleichen Stunde ist in den vergangenen Nächten ein Geist erschienen und hat eine Horde kampferprobter Männer das Fürchten gelehrt. Und egal was die Krieger gesehen haben – Trugbild oder Dämon –, Ihr bester Freund hat Ihnen eben mitgeteilt, dass der Geist aussieht wie Ihr toter Vater.« Ich blieb am Fuß der Treppe stehen, stemmte die Hände in die Hüften und sah zu Jason hinauf. »Und das verkaufen Sie mir jetzt bitte.«

Rechts am Bühnenrand räkelte sich Sir Henry auf seinem Thron, wo er ein Nickerchen gemacht hatte. »Oho«, murmelte er, »eine Herausforderung.«

Jasons Blick wanderte von Sir Henry zurück zu mir, und ein verschlagenes Lächeln huschte über seine Lippen. »Versuchen Sie es«, sagte er und rammte mit beiden Händen das Schwert in die Bühnenbretter.

»Ich schließe mich der Herausforderung an«, rief Sir Henry mit unverhohlenem Entzücken.

Als Regisseur die Rolle des Schauspielers durchzuspielen war eine der Todsünden am Theater; und ich war alt genug zu wissen, dass ich die Herausforderung ignorieren sollte. Andererseits war ich jung genug zu denken: *Das könnte lustig werden.*

Ich kannte die Szene in- und auswendig. Ich hätte jeden Schritt im Schlaf durchgehen können. Der Geist in der Rüstung von Hamlets Vater lockt den Prinzen von seinem Freund Horatio fort und verwickelt ihn in eine wilde Jagd über die vereisten Mauern der Burg bis an den Eingang des Höllenschlunds. Ich hatte eine atemberaubende Verfolgungsjagd durch das ganze Theater inszeniert: über die Bühne und den Balkon darüber, quer durch den Hof und alle drei Ränge hinauf bis auf das spitze Bühnendach.

Zumindest hätte die Jagd atemberaubend werden können, wenn Jason sich die Mühe gemacht hätte, seine Rolle ernst zu nehmen. Der Grund, warum ich die Rolle mit ihm besetzt hatte, war – neben der Tatsache, dass sein Name garantierte, dass die ganze Spielzeit nach vier Minuten ausverkauft wäre – sein seltenes Talent, brodelnden Zorn und melancholischen Charme zu verbinden. Leider hatte er in den letzten Wochen kaum seinen Text gelesen und sich stattdessen ununterbrochen über seine Rolle, das Stück und Shakespeare im Allgemeinen lustig gemacht. Wenn Jason nicht bald etwas hervorbrachte, das halbwegs den Anschein von Emotion erweckte, würde das ganze Stück zur Parodie verkommen.

Während ich über den Hof und die kurze Treppe zur Bühne hinaufmarschierte, band ich mir das Haar zum Pferdeschwanz zurück. Das Schwert steckte zitternd in der Bühnenmitte. Als ich zum Heft griff, bebte es wie eine Stimmgabel in meiner Hand. »Shakespeare muss sich gefährlich anfühlen«, knurrte ich und zog die Klinge aus dem Boden.

»Machen Sie mir Angst«, sagte Jason grinsend.

»Sie sind der Horatio für meinen Hamlet.«

Der Rest des Teams pfiff und johlte. Jason wurde rot, doch als ihm jemand ein Schwert zuwarf, fing er es auf und nickte. Ich hatte seine Herausforderung angenommen; nun konnte er nicht kneifen.

Ich warf dem Inspizienten einen Blick zu, und der bellte: »Sir Henry, wir sind so weit.«

Sir Henry erhob sich und verschwand hinter der Bühne. Über uns begann eine Glocke zu läuten, und mit einem leichten Luftzug öffnete sich die breite Flügeltür an der Rückwand der Bühne. Langsam drehte ich mich um. In der Tür stand Sir Henry als Geisterkönig im Mantel der Mitternacht. *»Engel und Boten Gottes, steht uns bei«*, flüsterte ich. Ich bekreuzigte mich, dann lief ich auf die Erscheinung zu. Jason folgte mir.

Doch als wir die Tür erreichten, war der Geist verschwunden und die Tür fest verschlossen. Ich fuhr herum und suchte mit wilden Blicken den Zuschauerraum ab. Für den Hauptteil der Szene hatte ich den Geist körperlos gemacht und durch einen hellen Lichtfleck ersetzt, wie ein gespiegelter Sonnenstrahl. Er konnte überall auftauchen.

Dann sah ich ihn – er tanzte im unteren Rang die Bänke entlang. Ich machte einen Schritt, doch Jason hielt mich zurück. *»Ihr dürft nicht gehn, mein Prinz.«* Sein Griff an meiner Schulter verriet, dass er die Rolle des Horatio ernst nahm. Er würde alles tun, um mich davon abzuhalten, den Geist zu verfolgen.

Wenigstens etwas nahm er ernst. Das war ein Anfang. Mit einer schnellen Bewegung wand ich mich los, duckte mich unter seinem Arm hindurch und rannte die Bühnentreppe hinunter, quer durch den Hof und die drei Stufen in die Galerie hinauf. Kein Geist. *Hölle und Verdammung.* Ein Schrei vom Hof rief mich zurück. Mit ausgestreckten Armen zeigten die Zuschauer auf den mittleren Rang, und dort sah ich es wieder: ein flirrendes Licht, das im Stockwerk über mir durch den Schatten tanzte.

Jason stürzte bereits auf mich zu. Ich machte eine Finte nach rechts, dann lief ich links an ihm vorbei zur Treppe und die Stufen hinauf.

Das Licht flackerte am Ende des rechten Rangs in die Logen, die Cyril als Gentlemen's Rooms bezeichnete. Ich rannte im Halbkreis durch den Gang hinter den Bänken und schlüpfte in die erste Loge.

Sie war leer. Die zweite auch.

Plötzlich blitzte das Licht auf der gegenüberliegenden Seite des Theaters auf. Und dann noch eines, und noch eines, bis der ganze Hof von Tausenden von Lichtern erfüllt war, und es schien, als wäre das ganze Theater verhext. Dann erloschen sie mit einem Mal, und hinter der Bühne erhob sich das Stöhnen einer gemarterten Seele.

Wir näherten uns dem Ende der Szene. Ich wollte gerade den Rückzug antreten, als Horatio sich mit gezogenem Schwert in meinen Weg stellte. *Verdammt.* Ich war so in Hamlets Jagd nach dem Geist versunken, dass ich Horatio völlig vergessen hatte.

»*Hört uns*«, knurrte er, »*Ihr dürft nicht gehn.*« Mit einem schnellen Schritt ließ er das Schwert auf meines herabsausen. Klinge klirrte auf Klinge, dann riss er mir mit einem Ruck die Waffe aus der Hand. Das Schwert wirbelte durch die Luft und blitzte in der Sonne. Unten stob das Ensemble auseinander, als das Schwert über die Brüstung flog und scheppernd in der Mitte des Hofs landete.

»Ich schlage vor, Sie betteln um Gnade«, sagte Jason, und die breiten Vokale seines australischen Akzents ließen das Bild des vornehmen Horatio wie eine Seifenblase zerplatzen. Er verzog den Mund zu einem kalten Grinsen. »Auf den Knien wäre nett.«

Als ich zurückwich, spürte ich die niedrige Balustrade in den Kniekehlen und ich musste mich setzen, weil mir schwindelig wurde. Es war nur ein Stockwerk, doch aus irgendeinem Grund wirkte es schrecklich hoch. »Kennen Sie den Teil mit der Gnade aus dem ›Kaufmann von Venedig‹?«

»*Die Art der Gnade weiß von keinem Zwang*«, gab er zurück. »Im Gegensatz zu mir.«

»Mir gefällt die nächste Zeile.« So elegant wie möglich schwang ich die Beine über die Balustrade. »*Sie träufelt herab wie des Himmels milder Regen.*« Er kam auf mich zu, doch ich ließ mich fallen.

Drei Meter weiter unten landete ich hart auf dem Boden und krabbelte auf allen vieren auf das Schwert zu, das in der Mitte des Hofs lag.

Jason sprang hinterher. Endlich erreichte ich mein Schwert und wirbelte herum.

Jason blieb abrupt stehen. Er keuchte. Meine Klinge war nur eine Handbreit von seinem Bauch entfernt. »Bei Ihnen sind wohl ein paar Kängurus ausgerissen.«

»Was soll das heißen?« Mir klebte das Hemd an den Schulterblättern, meine Hose war am Knie aufgerissen, und wahrscheinlich war mein Gesicht voll Staub.

»Australisch für ›völlig durchgeknallt‹«, brüllte er, »Sie haben nicht alle Tassen im Schrank, Kate Stanley. Ihnen macht es vielleicht Spaß, sich im freien Fall von Gebäuden zu stürzen, verdammte Scheiße, aber erwarten Sie im Ernst von mir, dass ich nach so einem Stunt die Sein-oder-Nichtsein-Nummer abziehe?«

Ich zog mein Schwert zurück. »Jetzt sind Sie Hamlet«, sagte ich lächelnd.

Er ballte die Fäuste und öffnete sie wieder. Den Bruchteil einer Sekunde dachte ich, er würde sich auf mich stürzen. Dann blickte er über meine Schulter, und sein Ausdruck veränderte sich.

Ich drehte mich um. In der hinteren Ecke des Bühnenbalkons stand Sir Henry, das nackte Schwert in der gerüsteten Faust, den anderen Arm ausgestreckt, und winkte lockend. Endlich schlüpfte Jason mit Wutgebrüll in seine Rolle, rannte über den Hof und kletterte die verborgene Leiter neben der Bühne hinauf. Als ich mich nach ihm über das Geländer schwang, stampfte Jason bereits über den Balkon und trieb Sir Henry in den Schatten auf der anderen Seite. Ich klopfte mir den Staub von der Hose, dann folgte ich ihnen. Auf halbem Weg stutzte ich – war da etwas gewesen? Ein Geräusch? Ein Geruch? Ich würde es nie erfahren.

Hinter mir trat eine dunkle Gestalt von der Seitenbühne. Verwirrt drehte ich mich um. »*Gedenke mein*«, flüsterte eine Stimme wie raschelndes Laub. Selbst wenn Jason ihn jagte, wie hatte Sir Henry so schnell durch das Labyrinth hinter der Bühne von einer Seite zur anderen kommen können?

Dann hob die Gestalt die blasse Hand und schob die Kapuze zurück. Es war nicht Sir Henry.

Es war Ros. »Wie muss Shakespeare sich anfühlen?«, flüsterte sie. »*Gefährlich?*«

Auf der anderen Seite des Balkons traten Sir Henry und Jason zurück auf die Bühne. »Auftritt Rosalind Howard, Harvards Shakespeare-Professorin«, erklärte Sir Henry dem Ensemble, das sich unten versammelt hatte. »Allgemein bekannt als die Königin des Barden.«

»Die Königin der Verdammten«, zischte ich.

Ros brach in tiefes, kehliges Lachen aus und ließ den Umhang zu Boden gleiten. Dann schloss sie mich überschwänglich in die Arme. »Nenn mich den Geist der vergangenen Weihnacht, Schätzchen. Ich habe Geschenke dabei.«

»Das hatten die Griechen auch«, knurrte ich, steif in ihren Armen. »Und du weißt, welche Freude sie den Trojanern damit machten.«

Wie eine Welle, die zurückbrandet, ließ sie mich los. Dann sah sie sich bewundernd im Theater um. »Ein Mordsbüro hast du hier.«

»Und du hattest einen Mordsauftritt«, sagte ich. »Sogar für deine Verhältnisse.«

»Das war nötig.« Sie zuckte die Achseln. »Ich dachte mir, dass ich in aller Öffentlichkeit zu dir kommen muss, sonst hättest du mich und mein Geschenk einfach rausgeschmissen.«

»Das kann ich immer noch.«

* * *

»*Ein Geschenk?*«

Ich blinzelte. »Das hat sie gesagt«, antwortete ich abwehrend und verfluchte mich innerlich.

»Ms Stanley, egal ob Professor Howard Ihnen verriet, was sie entdeckt hatte oder nicht, Sie müssen doch eine Ahnung haben, worum es sich handelte?«

Einen Moment lang spürte ich die Versuchung, die Schachtel aus der Tasche zu ziehen und sie und alles, was damit – und mit Ros – zusammenhing, der Polizei zu überlassen.

»Tut mir leid«, antwortete ich stattdessen. »Ich weiß es nicht.« In gewisser Hinsicht sagte ich die Wahrheit; ich hatte keine Ahnung, was sich in der Schachtel befand. Weil Sinclair mich nicht eine Minute allein ließ, damit ich sie öffnen konnte.

Er seufzte. »Ich bitte Sie, offen mit uns zu sein, Ms Stanley. Vielleicht hilft es Ihnen, wenn ich offen zu Ihnen bin.« Er glättete eine Falte in seiner Hose. »Wir haben ein Einstichloch gefunden.«

Ein Einstichloch?

»Unsinn«, empörte sich Sir Henry. »Ros nahm keine Drogen.«

Sinclair sah Sir Henry an. »*Ein* Einstichloch, Singular, spricht auch nicht dafür.«

»Aber wofür spricht es dann?«, fragte Sir Henry.

»Sagen wir einfach, ich nehme Ms Stanleys Verdacht einer Fremdeinwirkung ernst.« Er wandte sich wieder an mich: »Und ich wäre sehr dankbar für Ihre Kooperation.« Er legte die Fingerspitzen aneinander und musterte mich.

Angst wallte in mir auf. Am Nachmittag hatte ich Ros abblitzen lassen. Jetzt hätte ich alles für ein Gespräch mit ihr gegeben – ich wollte sie anschreien, ihr zuhören, mich umarmen lassen, so lange sie wollte –, doch sie war fort. Unwiederbringlich und endgültig fort, ohne ein Wort der Erklärung oder Entschuldigung. Ohne Abschied, und ohne einen letzten Rat.

Nichts als eine Anweisung. *Pass gut darauf auf*, hatte sie gesagt.

Doch falls ihr Geschenk einen Wächter brauchte, dachte ich ärgerlich, wo wäre es sicherer als bei der Polizei? Insbesondere da die Polizei – oder zumindest dieser Inspektor – so scharf darauf war, etwas von mir zu bekommen.

Aber Ros war nicht zur Polizei gegangen. Sie kam zu mir. Und bei Sinclair war ich mir alles andere als sicher. Wieder sah ich ihm direkt in die Augen und log. »Mehr weiß ich nicht.«

Er schlug mit der Faust auf die Bank, so fest, dass Sir Henry und ich zusammenzuckten. »Bei uns in England ist es eine Straftat, bei einer Mordermittlung Informationen zurückzuhalten, Ms Stanley. Eine Straftat, die streng geahndet wird.« Dann kam er so nah, dass ich den Pfefferminzgeruch seines Atems riechen konnte. »Habe ich mich klar ausgedrückt?«

Mit klopfendem Herzen nickte ich.

»Zum allerletzten Mal, ich bestehe darauf, dass Sie mir alles sagen, was Sie wissen.«

Sir Henry stand auf. »Das reicht jetzt.«

Sinclair setzte sich abrupt zurück, seine Kiefer mahlten. Dann entließ er uns mit einer knappen Handbewegung. »Sprechen Sie nicht mit der Presse, und verlassen Sie die Stadt nicht. Ich komme auf Sie beide zurück. Für heute gute Nacht.«

Sir Henry nahm mich beim Ellbogen und führte mich hinaus. Wir waren schon fast an der Tür, als Sinclair mir hinterherrief: »Wenn es etwas zu finden gibt, Ms Stanley«, sagte er mit seiner sanften Stimme, »dann finden wir es, das versichere ich Ihnen.«

Beim ersten Mal hatte es wie ein Versprechen geklungen. Diesmal war es eine Drohung.

6

Eilig verließ ich das Theater. Die Straße war mit Einsatzwagen der Polizei und der Feuerwehr vollgestellt. Sir Henry winkte ein Taxi heran. Als das Taxi hielt, küsste ich ihn auf die Wange und stieg ein. »Highgate«, sagte ich zum Fahrer, bevor ich richtig saß – und stellte dann erst fest, dass Sir Henry mitkam.

Ich wollte protestieren, doch er hob die Hand. »Um nichts in der Welt lasse ich dich allein nach Hause fahren, Darling. Nicht heute Abend.« Er zog die Tür entschieden hinter sich zu, und das Taxi fuhr los. Ungeduldig betastete ich Ros' Geschenk in meiner Tasche. Wie lange dauerte es noch, bis ich allein war und es öffnen konnte?

Der Wind hatte aufgefrischt und jagte die Wolken über den Himmel. Über der Stadt hing der schwere, beißende Geruch des ausgebrannten Feuers. Von der Waterloo Bridge warf ich einen Blick nach Osten auf die Millennium Bridge, wo sich immer noch die Schaulustigen drängten. Links drehte das London Eye sein starres Auge langsam durch die Nacht; weiter im Westen strahlten der Big Ben und die Houses of Parliament wie goldene Bordüren. Dann waren wir über die Brücke und reihten uns in den Stadtverkehr ein. Ich beugte mich vor, als könnte ich das Taxi dazu bringen, schneller durch die schmalen Gassen zu fahren. Die Straßen stiegen stetig an, bis wir den Grat erreichten, der London im Norden begrenzte.

Sir Henry hatte sich im Sitz zurückgelehnt und beobachtete mich mit verhangenem Blick. »Ein Geheimnis ist wie ein Versprechen«, sagte er leise. »Aber es kann auch zum Käfig werden.«

Ich sah ihm in die Augen. Wie weit durchschaute er mich? Wie weit konnte ich ihm trauen? Ros hatte ihm vertraut – vielleicht nicht mit dem Geheimnis in der Schachtel, aber doch mit mir.

»Ich würde dir gerne meine Hilfe anbieten«, sagte er. »Aber ich habe meinen Preis.«

»Kann ich ihn mir leisten?«

»Das hängt davon ab, ob du dir die Wahrheit leisten kannst.«

Bevor ich es mir anders überlegen konnte, griff ich in die Tasche und zog die Schachtel heraus. »Das hat sie mir heute Nachmittag im Theater gegeben. Sie hat mir gesagt, ich soll gut darauf aufpassen.«

Neugierig betrachtete er die Schachtel, die im Licht der Straßenlaternen glänzte, und im ersten Moment dachte ich, er würde sie mir aus der Hand reißen. Stattdessen würdigte er die Tatsache, dass ich sie noch nicht ausgepackt hatte. »Bewundernswerte Selbstbeherrschung«, sagte er mit hochgezogener Braue. »Oder wollte sie, dass du es auch vor dir selbst beschützt?«

»Nein, aber sie sagte, wenn ich es aufmache, muss ich dem Weg folgen, den es weist.«

Er seufzte. »Der Tod, meine Liebe, verändert alles.«

»Sogar ein Versprechen?«

»Sogar einen Fluch.«

Ich hatte Ros' Geschenk als Trojanisches Pferd verspottet, aber Sir Henry hatte recht, in vielen Mythen und Märchen steckte ein Fluch hinter solchen Gaben. Rote Schuhe, die nie zu tanzen aufhörten, oder dass sich alles, was man berührte, in Gold verwandelte.

Das ist doch absurd, schoss es mir durch den Kopf. Mit einer Handbewegung riss ich das Papier von der Schachtel. Das Goldpapier schwebte einen Augenblick zwischen uns in der Luft, bevor es zu Boden sank. In der Hand hielt ich ein schwarzes Satinkästchen. Vorsichtig klappte ich den Deckel auf.

Auf einem Samtkissen lag eine Brosche aus schwarzem Jett. Sie war mit Blumen bemalt und in eine feingliedrige Fassung aus Gold eingelassen. Das Schmuckstück war wunderschön, wenn auch irgendwie altmodisch. Es war etwas, das meine Großmutter getragen hätte. Nicht Ros. Und bestimmt nicht ich. Aber was meinte Ros, als sie sagte: *Folge dem Weg, den es weist?*

Sir Henry runzelte die Stirn. »Die Blumen hast du sicher erkannt.«

Ich betrachtete das schwarze Oval. »Stiefmütterchen. Gänseblümchen«, sagte ich kopfschüttelnd. »Die anderen kenne ich nicht. Ich bin in der Wüste aufgewachsen, Sir Henry. Dort sehen die Blumen anders aus.«

»Es sind die Blumen aus ›Hamlet‹. Ophelias Blumen.« Er beugte sich vor und zeigte mit dem kleinen Finger auf die einzelnen Blüten. »Vergissmeinnicht und Stiefmütterchen, Fenchel und Akelei. Schau – ein Gänseblümchen, und sogar ein paar verwelkte Veilchen. Und Raute. *Da ist Raute für Euch, und hier ist welche für mich. Wir können sie Sonntagsgnadenkraut nennen.*« Er schnaubte. »Gnadenkraut! Wohl eher Todes- oder Wahnsinnskraut. Die britische Version von Weihrauch und Myrrhe. Ende des 19. Jahrhunderts beliebt als Trauerschmuck, wenn eine junge Frau gestorben war … Eine morbide Ära damals, bei all ihrer Größe.« Er lehnte sich zurück. »Du hast hier also eine viktorianische Trauerbrosche vor dir. Die Frage ist, warum. Meinst du, Ros hat geahnt, dass sie sterben würde?«

Ich schüttelte den Kopf und strich mit dem Finger über die filigrane Fassung. Ich hatte am Nachmittag ein ungutes Gefühl gehabt, doch größer war ihre Aufregung gewesen. *Ich habe etwas entdeckt,* hatte sie gesagt. War es das hier? Gab es eine Botschaft, die sich zwischen den Stiefmütterchen und Gänseblümchen versteckte? Doch die Brosche lag trotzig schweigend in ihrer Schachtel.

Wir bogen in meine Straße ein, wo sich viktorianische Fassaden aus grauem Stein aneinanderreihten. Selbst an einem sommerlichen Nachmittag war dies eine der stillen Gegenden Londons; um zwei Uhr früh war alles wie ausgestorben, bis auf den Wind, der um die Ecken pfiff, an den Bäumen zerrte und die Bürgersteige mit silbrigen Lichtflecken tupfte.

Am Ende der Straße flog ein Vorhang aus einem offenen Fenster und flatterte geisterhaft im Wind. Das Haus, in dem ich wohnte, stellte ich beim Näherkommen fest. Mein Wohnzimmerfenster im zweiten Stock. Mit einem Mal schmeckte ich kalte, prickelnde Angst auf der Zunge. Ich hatte das Fenster nicht offen gelassen.

Das Taxi wurde langsamer. In meinem Fenster zuckten Schatten im böigen Wind, und plötzlich sah ich ihn zum zweiten Mal in dieser Nacht. Einen dunklen Umriss, schwärzer als die ihn umgebende Nacht – weniger eine Gestalt als die Abwesenheit einer Gestalt, ein schwarzes Loch in der Form eines Menschen.

»Fahren Sie weiter«, flüsterte ich.

»Aber –«

»Fahren Sie.«

7

Als wir das Ende der Straße erreichten, blickte ich zurück. Der Vorhang war verschwunden, Mondlicht spiegelte sich in der Fensterscheibe. Kein Schatten war darin zu sehen. *Hatte ich geträumt?* Meine Hand schloss sich fester um das Kästchen mit der Brosche.

»Sie wollen doch nicht nach Hause?«, fragte der Taxifahrer.

»Nein.«

»Wohin dann?«, fragte er.

Ich schüttelte den Kopf. Wenn der Schattenmann meine Wohnung kannte, war ich nirgends sicher. Ich zog die beiden Jacken enger um mich.

»Claridge's«, sagte Sir Henry.

Als wir die breiteren Straßen von Mayfair erreichten, wollte ich etwas sagen, doch Sir Henry schüttelte kaum merklich den Kopf. Ich folgte seinem Blick und entdeckte die neugierigen Augen des Taxifahrers im Rückspiegel. Als er merkte, dass ich ihn gesehen hatte, blickte er wieder auf die Straße.

Vor dem Claridge's Hotel zahlte Sir Henry hastig, dann half er mir aus dem Wagen und führte mich in eine elegante Lobby mit Spiegeln wie in Versailles und einem schwarz-weißen Art-déco-Fußboden. Hilfsbereit kam uns der Nachtportier entgegen.

»Hallo, Talbot«, begrüßte ihn Sir Henry.

»Immer eine Freude, Sie zu sehen, Sir«, antwortete der Mann. »Was kann ich heute Abend für Sie tun?«

»Wir bräuchten einen diskreten Ort zum Warten, bitte«, erklärte

Sir Henry. »Und einen noch diskreteren Wagen mit Fahrer. Der Taxifahrer, von dem wir uns eben trennten, war ein wenig zu neugierig. Es kann sein, dass er wiederkommt.«

»Er kann wiederkommen, sooft er will«, sagte Talbot trocken, »er wird keine Spur von Ihnen finden, wenn das Ihr Wunsch ist.«

Er brachte uns in einen kleinen Salon mit tiefen Sesseln und Chintzsofas. Während Sir Henry ruhelos auf und ab ging und die gläsernen Lalique-Figuren unter die Lupe nahm, blieb ich wie angewurzelt in der Mitte stehen und grübelte über die Brosche nach. Einmal öffnete ich den Mund, um etwas zu sagen, doch Sir Henry schüttelte den Kopf.

Wenige Minuten später kehrte Talbot zurück und führte uns über einen Flur durch einen Personalausgang in eine kleine separate Garage, wo uns ein Wagen mit getönten Scheiben und laufendem Motor erwartete. Der Taxifahrer war tatsächlich wieder aufgetaucht und hatte behauptet, wir hätten etwas in seinem Taxi liegen lassen. Talbot lächelte geheimnisvoll. »Er wird Sie heute Abend nicht mehr stören. Ich habe ihn ein paar Hinweise finden lassen, die ihn vielleicht zu der Überzeugung führten, dass Sie die Nacht in einer unserer Suiten verbringen. Möglich, dass er sich, als er sich auf der Personaltreppe herumtrieb, versehentlich in einer Besenkammer eingeschlossen hat.«

»Ich möchte lieber nicht fragen, wie das passiert ist«, sagte Sir Henry zufrieden, als wir in den Wagen stiegen.

»Viel Glück, Sir«, sagte Talbot leise und schloss die Wagentür hinter uns.

Als wir losfuhren, sah ich mich um. Der Nachtportier stand ausdruckslos am Garagentor und wurde immer kleiner, dann war er in der Nacht verschwunden.

Diesmal gab Sir Henry dem Fahrer nur sparsame Anweisungen. Wir kreuzten durch die Straßen von Mayfair, dann ließen wir Berkeley Square hinter uns und bogen auf die Piccadilly. Wir umrundeten Hyde Park Corner und rollten die Knightsbridge entlang, die zu dieser Stunde dunkel und verlassen war, bis wir irgendwann in die grünen Sträßchen von Kensington einbogen. Wir waren auf dem Weg zu Sir Henrys Haus.

Obwohl die Straßen menschenleer waren, wurde ich das Gefühl der Bedrohung nicht los, die in jedem Schatten zu lauern schien. Je weiter wir uns vom Hotel entfernten, desto stärker wurde meine Ahnung, bis selbst die Bäume gierig nach unserem Wagen zu greifen schienen. Wir hatten Sir Henrys Haus fast erreicht, als hinter uns ein Wagen mit aufgeblendeten Scheinwerfern auftauchte. Die Panik, gegen die ich den ganzen Abend angekämpft hatte, gewann die Oberhand und zog mich in einen eiskalten Strudel. Mein Herz raste, und ich klammerte mich fest an den Sitz, den ich mit meinen kribbelnden Händen kaum spüren konnte. Wir bogen nach links ab, dann machten wir eine schnelle Rechtskurve, doch der Wagen blieb dicht hinter uns.

Schließlich fuhren wir knirschend eine kurze Schotterauffahrt hinauf. Noch bevor der Wagen ausrollte, stürzte ich aus dem Wagen und rannte auf das Haus zu. Die hohe geschnitzte Eingangstür wurde aufgehalten, und ich stürmte hinein. Sir Henry war direkt hinter mir. Ich konnte gerade noch sehen, wie die roten Heckscheinwerfer am Ende der Straße verschwanden, dann schlug die Tür hinter uns zu. Keuchend stand ich in der großen Eingangshalle von Sir Henrys Stadtvilla. Vor mir stand sein erschrockener Butler.

»Seien Sie so lieb, Barnes, und sehen Sie nach, ob alle Türen und Fenster geschlossen und verriegelt sind«, sagte Sir Henry gelassen. »Und stellen Sie die Alarmanlage an. Dann hätten wir gern einen Cognac – den Hine Antique, würde ich sagen – und ein Feuer im Kamin in der Bibliothek.«

* * *

Die Bibliothek befand sich im oberen Stock, ein üppig mit weinrotem Samt und wilden grünen Pflanzenmotiven nach den Entwürfen von William Morris ausgestattetes Refugium. Auf den Oberflächen der Marmorbüsten und der Lederbände in den Eichenregalen spiegelte sich das Licht und schimmerte in den goldgeprägten Lettern der Bücher. Vor dem Kamin standen zwei tiefe Sessel; auf einem Tischchen dazwischen hatte Barnes den Cognac und zwei Schwenker bereitgestellt.

Ich stellte mich ans Feuer. »Glaubst du an Geister?«

Sir Henry machte es sich in einem der Sessel bequem. »Das war kein Geist, meine Liebe, der Ros mit einer Nadel gestochen hat. Oder den Taxifahrer dafür bezahlt hat, dich im Auge zu behalten.«

Verblüfft drehte ich mich um. »Deswegen haben wir im Claridge's einen anderen Wagen genommen?«

»Allwissenheit«, sagte Sir Henry, während er den Cognac in die Gläser schenkte, »mag beim lieben Gott eine feine Sache sein, aber bei jedem anderen sollte sie uns misstrauisch machen. Du hast dem Taxifahrer weder Straße noch Hausnummer genannt. Ebenso wenig wie ich. Und doch kannte er deine Adresse.«

Ich tastete nach dem Sessel hinter mir und setzte mich auf die Kante. Der Taxifahrer hatte meine Straße gekannt – er war langsamer geworden und beinahe vor meiner Haustür stehen geblieben. Wieder hörte ich seine gepresste Stimme – *Sie wollen doch nicht nach Hause?* War er enttäuscht? Nervös? Hatte er Angst? Ich war so in Gedanken gewesen, dass es mir nicht einmal aufgefallen war. Ein Schauer lief mir über den Rücken. »Da war jemand in meiner Wohnung.«

Sie Henry reichte mir den Cognacschwenker. »Wirklich? Das würde mich nicht überraschen. Der Taxifahrer war nur ein Scherge, meine Liebe. Kein Drahtzieher. Und er war überaus enttäuscht, dass er sein Paket nicht ordnungsgemäß abliefern konnte. Was bedeutet, dass ein Drahtzieher dahintersteckt. Oder zumindest irgendein zweitklassiger Bösewicht, dem er Bericht erstatten muss.« Bedächtig nahm er sein Glas in beide Hände und schwenkte die bernsteinfarbene Flüssigkeit hin und her. »Du bist in Gefahr, Kate. Das jedenfalls ist echt.« Dann holte er tief Luft und trank einen kleinen Schluck. Sein ganzer Körper schien aufzuseufzen. »*Jungs trinken Claret, Port trinken Männer: Doch wer ein Held sein will, muss Cognac trinken.* Samuel Johnsons Worte, der weise alte Schwerenöter … Schauen wir uns deine Brosche noch einmal an.«

Ich holte die Brosche hervor. Sie lag beinahe schüchtern in ihrer Schachtel. »Ich sehe den roten Faden einfach nicht. Wie soll ich bloß den Weg finden, den die Brosche mir weist?«

Sir Henry lächelte. »Der Ariadnefaden wäre die bessere Analogie. Aber vielleicht solltest du damit anfangen, dass du sie trägst. Darf ich?« Als er die Brosche aus der Schachtel nahm, fiel eine Karte heraus, schwebte einen Moment lang in der Luft, dann segelte sie geradewegs auf den Kamin zu. Sir Henry sprang auf und rettete sie vor dem Feuer, dann überreichte er sie mir.

Es war ein kleines Rechteck aus festem, cremefarbenem Papier, das an der unteren Kante gelocht war. Über dem Loch standen ein paar Zeilen in lockerer, fließender Handschrift. Während Sir Henry die Brosche an mein Revers heftete, las ich laut vor:

Herzlichen Glückwunsch, kecke Kate, dass Du die öde Frömmigkeit über Bord geworfen hast, um lang begrabne Wahrheiten in unserem geliebten jakobäischen Magnum opus ans Licht zu bringen. Ich wette, das Publikum wird Dich bald ebenso bewundern.

Süßes der Süßen,

R.

»Jakobäisch?«, fragte Sir Henry scharf.

»So steht es hier.« Jakob I. hatte England während der zweiten Hälfte von Shakespeares Karriere regiert. So weit, so gut, doch das Stück, von dem Ros sprach, wie ich annahm, war ›Hamlet‹, und obwohl ›Hamlet‹ unbestreitbar ein Magnum opus war, ein jakobäisches war es ganz sicher nicht. ›Hamlet‹ war eindeutig noch zu Elisabeths Zeiten geschrieben – das letzte und größte aller elisabethanischen Stücke –, als die widerspenstige alte Jungfer missmutig dem Tod entgegenblickte und sich störrisch dagegen wehrte, ihren jungen Vetter Jakob – oder sonst jemanden – als ihren Nachfolger zu benennen. Für die meisten Leute mochte die Unterscheidung zwischen elisabethanischem und jakobäischem Stil spitzfindig sein, viele bestritten sogar jeden Unterschied. Doch für Ros herrschte zwischen den beiden Epochen eine himmelweite Kluft, ein Gegensatz, so fundamental wie der zwischen Sonne und Mond oder männlich und weiblich. Bevor Ros sich bei der Einordnung irrte, hätte sie eher ihren Bruder mit ihrer Schwester verwechselt oder ihren Kopf mit ihrer Hand.

Sir Henry begann Shakespeares jakobäische Stücke herunterzuleiern. »›Macbeth‹, ›Othello‹, ›Der Sturm‹ … Hatte sie darunter ein Lieblingsstück?«

»Nicht dass ich wüsste.«

»Womit wir wieder bei ›Hamlet‹ wären«, überlegte er. »*Süßes der Süßen*, sagt Königin Gertrude, als sie Blumen auf Ophelias Grab streut. Auf jeden Fall passt es gut zu ihrem Geschenk.«

»Da steht noch etwas«, sagte ich und hielt die Karte ins Licht. Ans untere Ende hatte Ros eine Art poetisches Postskriptum gekritzelt, vier Verse, durch einen Gedankenstrich in zwei Paare geteilt:

Doch warum suchst du besser nicht zu schirmen
Dich vor der blutigen Tyrannin Zeit?
–
Dann mögen meine Bücher mich erklären,
Die stummen Boten der beredten Brust.

Sir Henry zuckte zusammen. »Das ist es«, sagte er heiser. »Dein jakobäisches Meisterwerk.«

Stirnrunzelnd versuchte ich die Zeilen einzuordnen. »Es ist Shakespeare. So viel ist sicher. Aber was? Nicht ›Hamlet‹.«

Sir Henry sprang auf und ging an ein hohes Bücherregal, auf dem eine Büste von Shakespeare stand. »Nein, albernes Kind, nicht ›Hamlet‹«, rief er. Mit dem Finger fuhr er die Buchrücken entlang und murmelte: »Drittes Fach von oben. Vierter Band von links, das müsste es sein. Ja – hier haben wir es.« Er zog ein dünnes Bändchen aus dünnem Leder mit goldener Prägung heraus. Als er an den Kamin zurückkam, platzierte er es mit einer galanten Geste auf meinem Schoß.

Auf dem Buchdeckel war kein Titel zu sehen. Ich legte Ros' Karte auf den Tisch, schlug die erste Seite auf und glättete das Papier, das dick und schwer war und die Farbe von Milchkaffee hatte. Dort war eine Zeichnung von Cherubim, auf Blumen reitend, die ebenso Drachen sein konnten. Ich las laut vor: »SHAKE-SPEARES SONETTE.«

»Ich persönlich hätte ihm den Titel ›Eine Autobiografie in Rätseln‹ gegeben«, sagte Sir Henry. »Aber mich hat ja keiner gefragt.«

Ich betrachtete die Rückseite des ersten Blatts:

Erstausgabe.
In London
durch G. Eld für T. T. und
zum Verkauf durch
William Aspley.
1609.

Beeindruckt blickte ich auf. »Aber das ist ja ein Original.«

»Ein *jakobäisches* Original«, sagte Sir Henry mit funkelnden Augen. »Und ein Magnum opus, wie manche behaupten. Einhundertundvierundfünfzig Gedichte, die auch einzeln als Schmuckstücke zu betrachten sind. Ros hat aus zwei von ihnen zitiert. Doch ihre wahre Schönheit offenbart sich erst, wenn man sie zu einer einzigen Geschichte aufreiht. Dann flackert zwischen den Zeilen ein herrliches dunkles Märchen auf: der Goldene Jüngling, die Schwarze Dame und der Dichter. Der Dichter war natürlich Shakespeare selbst, doch wer war der Jüngling? Und wie landete er in den Armen von Shakespeares dunkelhaariger, dunkelherziger Herrin?« Das ganze Haus schien seinen Worten erwartungsvoll zu lauschen. »Weshalb bekniete der Dichter den jungen Mann, ein Kind zu zeugen – und weshalb lehnte der junge Mann ab?«

Er schüttelte den Kopf.

»Die Sonette sind voll von Liebe, Eifersucht und Betrug – der ganze verhängnisvolle Stoff, aus dem die Mythen sind. Doch sie sind noch fesselnder, weil sie die Wahrheit erzählen.«

Im Kamin brach knisternd ein Holzscheit auseinander.

»Und voll Mitleid für eine alternde Bühnenkönigin«, sagte Sir Henry selbstironisch. »Hat Ros dir gegenüber je solche Gedanken geäußert?«

Beinahe hätte ich meinen Cognac ausgespuckt. »Dass ich heiraten und kleine rothaarige Kates gebären soll?«

Sir Henry beugte sich vor. »Dass du dir einen Liebhaber suchen und dich reproduzieren sollst, um für immer jung zu bleiben. *Doch warum suchst du besser nicht zu schirmen/Dich vor der blutigen Tyrannin Zeit?* Man macht Kinder, um sich vor der Zeit zu schirmen.« Er nahm mir das Buch aus der Hand und blätterte durch die ersten Seiten. »Aus – wo ist es? Hier.« Mit dem Finger zeigte er auf das Gedicht. »Sonett 16.«

Dann blätterte er ein paar Seiten weiter.

»Das ist schon schlimm genug, aber das zweite Zitat – das ist wirklich zum Heulen, wenn man darüber nachdenkt. Was für ein Mann schüttelt sich ein Meisterwerk wie ›Romeo und Julia‹ aus dem Ärmel, doch zu seinem Geliebten ›Ich liebe dich‹ zu sagen, davor hatte er Angst? Solche Angst, dass seine einzige Verteidigung gegen die verdammte honigzüngige Rivalin war, ihn zu bitten, ›Lies meine Bücher‹? –

Dann mögen meine Bücher mich erklären,
Die stummen Boten der beredten Brust,
Die Liebe flehn und ihren Lohn begehren
Mit besserm Wort, als Lippen je bewußt.«

Seine Stimme füllte den Raum mit einem Verlangen, das sich fast ins Unerträgliche steigerte, bevor es langsam erstarb.

An seine Stelle rieselte der feine Sand des Zweifels. Die Brosche war ein Geschenk, mehr nicht. Ich betrachtete die kleine Karte, die mit der Schrift zu ihm zwischen uns lag.

»Es ist eine Tragödie, auf die Kürze eines Sonetts zurechtgestutzt«, sagte Sir Henry. »Schon nach dreiundzwanzig Gedichten ist er mitten in –«

Der Cognac brannte in meiner Kehle. »Was hast du gerade gesagt?«

»Er ist mitten in –«

»*Nein.* Die Zahl.«

»Dreiundzwanzig. Hier.« Er hielt mir das Buch hin.

»Es geht nicht um die Worte«, sagte ich, und plötzlich war ich aufgeregt. »Ganz gleich, wie schön sie sind. Es sind die Zahlen. Die Nummern der Sonette.«

»Sechzehn und dreiundzwanzig?«

Ich nahm Ros' Karte, hielt sie ihm umgedreht hin und deutete auf das Postskriptum. »Siehst du die Buchstaben da unten?«

Stirnrunzelnd betrachtete er, was ich gesehen hatte: den unleserlichen Schnörkel, den wir beide für das *s* des Ps. gehalten hatten und der sich als ordentliches kleines *a* entpuppte, gefolgt von einem *d*.

»A. D.«, las er laut. »Anno Domini. Im Jahre des Herrn … Ich weiß nicht, wohin uns das führen soll.«

»Zurück in die Zeit«, sagte ich kurz. »Lies die Zahlen als Datum.«

»Sechzehn dreiundzwanzig … Was soll das heißen? Außer dass es sechs, nein, sieben Jahre nach Shakespeares Tod ist? Wir reden hier doch noch von Shakespeare, oder?«

»Sein jakobäisches Buch der Bücher.« Ich nickte. »Das Magnum opus, das alle anderen einschließt. Aus dem Jahr 1623.«

»Mein Gott«, sagte Sir Henry. »Die First Folio Edition.«

8

Wir starrten einander an. Die First Folio Edition war die Erstausgabe von Shakespeares gesammelten Werken, posthum veröffentlicht im Jahr 1623. Seine alten Freunde und Gönner hatten ihm damit ein Denkmal – ewiger als Marmor – gesetzt, und sie hatten reichlich Geld, Liebe und Zeit hineingesteckt. Das Buch, das aus der Presse kam, war ein wunderschönes Objekt – und der unverhohlene Versuch, den Autor aus der rauen zwielichtigen Theaterwelt hinauf auf die Höhe des Parnass zu heben. Für Shakespeares Feinde – jene, die ihn zu Lebzeiten als »emporgekommene Krähe« beschimpft hatten – war die First Folio Edition ein bitterer Rachestreich.

»Allemal das Motiv für einen Mord«, sagte Sir Henry. »Die Folio ist eins der wertvollsten und begehrtesten Bücher überhaupt. Wusstest du, dass vor Kurzem eine zerrissene Ausgabe mit Wasserflecken, der mehrere Seiten fehlten, für 160 000 Pfund versteigert wurde?« Er schüttelte ungläubig den Kopf. »Als bei Sotheby's letztes Jahr ein besonders gut erhaltenes Exemplar unter den Hammer kam, ging es für fünf Millionen Dollar weg. Sir Paul Getty hat angeblich sechs Millionen für seine First Folio ausgegeben. Stell dir das vor: ein alter Schinken, der zehnmal so viel einbringt wie ein Haus in London. Versteh mich nicht falsch, Kate, aber wenn Ros tatsächlich eine Folio gefunden hätte, warum ist sie dann nicht direkt zu Sotheby's oder Christie's gegangen, um sie versteigern zu lassen und sich in einer Villa in der Provence zur Ruhe zu setzen? Warum kam sie stattdessen zu dir?«

»Ich weiß es nicht«, sagte ich, während ich versuchte, so etwas wie Ordnung in meine Gedanken zu bringen. »Es sei denn, es war keine neue Folio, die sie entdeckt hat – kein verschollenes Exemplar, meine ich –, sondern etwas *darin*. Oder sie brauchte eine Information.«

»Eine Information, die du hast und sie nicht?«

Hätten wir von jemand anderem als Ros gesprochen, hätte ich seine Skepsis als Beleidigung aufgefasst. Doch Ros war berühmt für ihr enzyklopädisches Wissen über Shakespeare. Sie kannte jeden Vers, jedes Motiv seiner Dramen und Gedichte, die jemals vor dem US-Kongress, im sowjetischen Ballett oder in der Nazi-Propaganda zitiert wurden. Dank Ros wusste man heute, dass Shakespeare sowohl im japanischen Kabuki-Theater als auch an den Lagerfeuern im ostafrikanischen Busch bekannt war. In ihrem letzten Buch – bei dessen Recherchen ich ihr eine Zeit lang geholfen hatte – hatte sie auf charmante Weise vorgeführt, wie geläufig Shakespeare im Wilden Westen war, unter all den ungehobelten Bergleuten und Trappern, Cowboys und Huren, und sogar bei manchen Indianerstämmen. Ihre Expertise und ihr Rat waren bei Literaturwissenschaftlern, Museen und Theaterensembles auf der ganzen Welt gefragt.

Doch diesmal hatte sie mich um Rat gebeten. *Ich brauche Hilfe*, hatte sie am Nachmittag gesagt. *Deine Hilfe.* Mir fiel nur ein einziger Grund dafür ein: meine Dissertation. Ich hatte mich an ihrer Arbeit orientiert, doch ich hatte es mir zum Ziel gesetzt, den schlammigen Bodensatz zu durchsieben.

»Der okkulte Shakespeare«, sagte ich laut. »Im Sinne von Geheimwissen, nicht von Magie«, schob ich meine alte Erklärung hinterher. »Das einzige Gebiet bei Shakespeare, auf dem ich mich besser auskenne als Ros: die seltsame Geschichte all der Versuche, verbotenes Wissen aus seinen Werken herauszulesen. Das meiste soll in der Folio verborgen sein.«

Sir Henry musterte mich. »Verbotenes Wissen?«

»Prophezeiungen oder Chroniken. Je nach Geschmack.« Ich lächelte ironisch. »Die, die an Shakespeare als Propheten glauben, halten die Folio für so etwas wie die Prophezeiungen des Nostradamus: eine verrätselte Weissagung, die angeblich den Aufstieg Hitlers vorhergesehen hat, die Landung auf dem Mond, das Datum der Apokalypse und was es nächsten Dienstag zum Abendessen gibt. Die ›Historiker‹ dagegen sind hauptsächlich damit beschäftigt, die alte Liebesgeschichte zwischen Elisabeth I. und dem Graf von Leicester aufzuwärmen –«

»Wohl kaum ein Geheimnis«, sagte Sir Henry. »Keine zehn Jahre vergehen, ohne dass wieder ein bahnbrechender Nackenbeißer über die alte *Affaire de cœur* herauskommt. In Hollywood ist man an der Sache schon seit hundert Jahren dran.«

»Schon, aber die Lesarten, von denen ich spreche, gehen von einer Heirat der Königin und des Grafen aus, nicht nur von einer Affäre, und außerdem hätte es einen legitimen Thronfolger gegeben. Einen Sohn, der direkt nach seiner Geburt fortgeschafft wurde, genau wie König Artus – und der wie König Artus eines Tages zurückkehren soll.«

Sir Henry murmelte etwas, das wie »Plumperquatsch« klang. Als er die Sprache wiedergefunden hatte, sagte er genervt: »Und warum soll ausgerechnet ein einfacher Schreiberling aus Stratford Zugang zu solchen Informationen gehabt haben?«

Der Wind heulte um die Ecke des Hauses und rüttelte an den Läden der Balkontür hinter uns. Ich trank einen Schluck Cognac. »Weil er der Junge war.«

Einen Moment lang war es still bis auf das Knistern im Kamin. Dann begann Sir Henry schallend zu lachen. »Einen solchen Mumpitz kannst du unmöglich ernst meinen«, sagte er glucksend und schenkte mir Cognac nach.

Ich lächelte. »Nein. Genauso wenig wie Ros. Das meiste ist wirklich an den Haaren herbeigezogen – auch wenn die eine oder andere Geschichte ziemlich tragisch ausging.« Ich stand auf und stellte mich vor den Kamin. »Ich glaube nicht, dass Ros an irgendetwas davon interessiert war, solange es nicht um handfeste Literaturwissenschaft ging. Aber es spielt gar keine Rolle, ob an den Geschichten wirklich etwas dran ist oder nicht. Vielleicht wurde sie umgebracht, weil jemand *dachte*, sie hätte etwas entdeckt.«

»Oder Angst hatte, sie könnte etwas entdecken.«

Ich stellte das Glas auf das Kaminsims. »Aber was? Und wo? Von der First Folio Edition existieren ungefähr zweihundertdreißig Ausgaben, die über die ganze Welt verstreut sind. Selbst wenn ich wüsste, um welches Exemplar es geht – oder dass es um etwas geht, das in allen zu finden ist –, die Folio ist ein dickes Buch. Wonach soll ich suchen?«

Sir Henry starrte auf Ros' Karte auf dem Beistelltisch. »Warte mal«, sagte er. »Sie hat aus dem sechzehnten und dem dreiundzwanzigsten Sonett zitiert, um das Jahr anzugeben. Aber warum gerade diese Zeilen?« Er tippte auf die Karte.

Ich stellte mich neben ihn.

Dann mögen meine Bücher mich erklären,
Die stummen Boten der beredten Brust.

Als ich begriff, worauf er hinauswollte, wurde mir heiß. »Sie meinte *ihre* Bücher, nicht wahr? Nicht nur Shakespeares. Sir Henry, das ist brillant.«

»Immer noch so etwas wie die Nadel im Heuhaufen bei einer belesenen Literaturwissenschaftlerin.«

»Aber sie hat uns eine Hilfestellung gegeben«, sagte ich grinsend. »Dreh die Karte um.«

Die andere Seite zeigte im unregelmäßigen, löchrigen Drucksatz einer Handschreibmaschine einen alten Katalogeintrag:

```
Chambers, E.K. (Edmund Kerchever).
1866-1954.
Die Elisabethanische Bühne.
Oxford, The Clarendon Press, 1923.
```

»Wunderschönes Buch«, sagte Sir Henry.

»Bücher, meinst du. Es sind vier dicke Bände.« Chambers war einer der letzten Vertreter der alten Schule von Wissenschaftlern, die Fakten sammelten wie die viktorianischen Botaniker Käfer und Schmetterlinge – wahllos und im Übermaß –, um sie mit Witz und Überschwang der Öffentlichkeit vorzustellen. In der ›Elisabethanischen Bühne‹ hatte er jedes noch so kleine schriftliche Zeugnis, das mit englischem Theater zu Shakespeares Zeiten zu tun hatte und bis dato bekannt war, versammelt. Seitdem war nur noch wenig dazugekommen.

Die vier Bände waren für die Forschung so etwas wie eine Schatzkiste, randvoll mit vergessenem Trivialwissen der Theatergeschichte.

»Auf jeden Fall praktischer als die Folio«, sagte Sir Henry und erhob sich. »Denn zufälligerweise habe ich eine Ausgabe hier.« Er durchquerte die Bibliothek.

»Warte«, sagte ich. »Nicht deine Bände. *Ihre* Bände. Das hier ist ihre Katalogkarte.«

Er sah mich an. »Ros hat ihre eigenen Bücher katalogisiert?«

»Nein. Aber bei Büchern hat Ros zwischen ihren eigenen und denen, die Harvard gehören, keinen Unterschied gemacht. Siehst du das hier?« Ich zeigte auf das Kürzel am oberen Rand. *Thr 390.160.* »Das ist eine Signatur des Systems, das früher in der Widener Library benutzt wurde, Harvards Hauptbibliothek, bevor Melvil Dewey die neue Klassifikation eingeführt hat.«

»Ros hat eine Karte aus dem Zettelkatalog von Harvard mitgehen lassen?«

»Der Zettelkatalog gehörte ihr. Als in Harvard die Kataloge vor ein paar Jahren ins Netz gestellt wurden, hat die Bibliotheksleitung in einem Anfall digitaler Vermessenheit den ganzen Zettelkatalog ausgemustert. Um Platz zu sparen, wollten sie die alten Karteikarten loswerden – elf Millionen, von denen manche noch aus dem achtzehnten Jahrhundert stammen. Und die seitdem als Schmierzettel verwendet wurden. Als Ros davon Wind bekam, ist sie auf die Barrikaden gegangen – und sie hat sich nicht wieder beruhigt.«

»Zweifellos hat sie ihre Meinung mit Eloquenz vertreten«, sagte Sir Henry mit hochgezogener Braue.

Ich lächelte. »Sie schrieb Leserbriefe an die ›New York Times‹, an den ›New Yorker‹, die ›Atlantic Monthly‹ und das ›Times Literary Supplement‹, in denen sie über die Bibliothek herzog. Am Ende wirbelte sie so viel Staub auf, dass die Universität sich bereit erklärte, ihr alle Karten im Bereich englische Renaissance und Shakespeare zu überlassen, damit sie endlich Ruhe gab. Ros musste sie nur selbst heraussortieren. Wahrscheinlich hofften sie, dass Ros bei dieser Aussicht klein beigeben würde, doch da lagen sie falsch. Ros delegierte drei Forschungsassistenten, die eineinhalb Jahre nichts anderes taten, als den riesigen Papierberg durchzugehen … Einer davon war ich.«

Wehmütig sah ich die Karte an. »Sie bewahrt sie in ihrem Büro auf, in einem der alten Karteikästen. Ich glaube nicht, dass sie nach all der Mühe eine der Karten einfach so als Briefpapier benutzen würde.« Ich strich mit dem Finger über das Papier. »Nein. Ich gehe jede Wette ein, dass sie in ihrer Chambers-Ausgabe irgendeinen Hinweis versteckt hat, der uns sagt, um welche First Folio Edition es geht und wo sie sich befindet.«

»Und was ist dein Wetteinsatz?«

»Eine Reise nach Harvard?«

Sir Henry stellte sein Glas ab. »Warum gehst du nicht einfach zur Polizei? Der Weg wäre ein ganzes Stück kürzer.«

»Um Ros' Geschenk irgendeinem arroganten Polizeibeamten zu überlassen, der sowieso nicht daraus schlau wird und es am Ende in der Asservatenkammer vermodern lässt? Nein.« Ich schluckte. »Außerdem, Ros ist auch nicht zur Polizei gegangen. Sie kam zu mir.«

»Und Ros ist tot, Kate.«

»Genau deswegen muss ich gehen.« Ich berührte die Brosche an meinem Revers. »Ich habe ihr ein Versprechen gegeben. Und ich bin vielleicht die Einzige, die ihrer Spur folgen kann.«

Außer vielleicht ihr Mörder. Der Gedanke stand unausgesprochen im Raum.

Sir Henry seufzte. »Das wird Inspektor Sinclair nicht gefallen.«

»Er muss nichts davon erfahren. Ich fliege rüber, werfe einen Blick in ihre Bücher, und dann komme ich direkt zurück.«

»Wäre es nicht schneller und sicherer, wenn du jemanden dort bittest, die Bücher für dich durchzugehen? Du musst ja nicht sagen, worum es geht. Gewiss gibt es in Harvard außer euch beiden noch ein oder zwei andere Shakespeare-Experten.«

Ich nahm mein Glas und schwenkte den Cognac mit einer ungeduldigen Handbewegung. Ein Jahr bevor ich ging, hatte Professor Matthew Morris in Harvard angefangen. Mit honigsüßer Sprachgewalt, flüssiger Schreibe und flottem Witz hatte er eine feste Stelle angetreten. Studenten und Journalisten verehrten ihn, und an der Universität wurde er wie ein Rockstar gehandelt. Ich hatte ihn von Anfang an nicht leiden können, Ros ebenso wenig. »Mein gelehrter Kollege«, nannte sie ihn mit bissigem Spott. Für sie verkörperte er das

Schlimmste, was die moderne Akademie zu bieten hatte – viel Lärm um nichts. Matthew Morris war der Letzte, dem sie irgendeinen Hinweis auf ihr Geheimnis gegeben hätte. Eher würde ich mich an Sinclair wenden, dachte ich.

Während der Cognac in meinem Schwenker wieder zur Ruhe kam, schüttelte ich den Kopf. »Meine Kommilitonen sind in alle Winde verstreut. Und Matthew Morris macht zurzeit ein Forschungssemester an der Folger Library in Washington, D. C.« Was ironischerweise stimmte, obwohl er Archivarbeit für unter seiner Würde hielt. Auch wenn das nicht mein Hauptgrund war, ihn zu übergehen. »Sonst gibt es niemanden, dem ich vertraue«, erklärte ich. Zumindest das war unbestreitbar die Wahrheit.

* * *

Was meine Reise anging, so stimmte Sir Henry schließlich zu oder er kapitulierte, ich war mir nicht sicher. Doch als ich sagte, ich wolle zum Packen nach Hause, blieb er hart.

»Deine Wohnung wird wahrscheinlich observiert«, sagte er. »Außerdem musst du dich ausruhen. Schreib mir eine Liste, und ich schicke Barnes los, dir ein paar Sachen zu besorgen. Ich verspreche dir, dass wir dich morgen früh pünktlich ins erste Flugzeug von Heathrow nach Boston setzen.«

»Barnes kann mir doch keine Unterhosen kaufen«, widersprach ich.

Sir Henry machte ein gequältes Gesicht. »*Lingerie*, meine Liebe. Lingerie klingt etwas verführerischer.«

»Nenn es, wie du willst, aber Barnes schicke ich nicht.«

»Überlassen wir es Mrs Barnes, der unerschütterlichen Seele. Sie nimmt es selbst mit einer Armee von Büstenhaltern auf.« Ich hatte keine Ahnung gehabt, dass eine Mrs Barnes existierte, doch Sir Henry sah mich mit entsetzter Miene an. »Du glaubst doch nicht, dass ich den Haushalt selber führe?«

Ich musste lachen. »Du lebst in einem anderen Jahrhundert, Sir Henry.«

»Wie jeder, der es sich leisten kann«, sagte er leichtherzig und trank seinen Cognac aus.

Als ich schließlich in das majestätische Himmelbett mit den schweren Vorhängen kroch, schlug es irgendwo in den Tiefen des Hauses drei. In einer Hand Ros' Brosche, in der anderen die Karteikarte rollte ich mich zusammen und dachte an den Schatten, den ich im Fenster meiner Wohnung gesehen hatte.

Wahrscheinlich war ich nur durcheinander gewesen und hatte von der windgepeitschten Straße einen verzerrten Blick auf Vorhänge und Möbel erhascht, wie man Wölfe und Wale in den Wolken sieht. Trotzdem lag ich lange wach und lauschte dem schlafenden Haus.

Irgendwann war ich wohl eingeschlafen. Das Geräusch von rauschendem Wasser drang in meine Träume. Ich richtete mich auf. Mein Bett hatte sich in das grasbewachsene Ufer eines Bachs im Mondlicht verwandelt. In der Nähe lag eine schlafende Gestalt auf einem Bett aus Veilchen. Ein grauer König, dem die Krone in die Stirn gerutscht war. Ich bewegte mich auf ihn zu. Die Veilchen waren an ihren Stängeln verwelkt; der alte Mann war tot. Zumindest hatte ich ihn für einen Mann gehalten, doch während ich ihn ansah, begann sich sein Gesicht zu verwandeln, zitternd und zuckend wie unter Wasser, und plötzlich erkannte ich, dass es Ros war.

Mit einem grünen Blitzen sprangen ihre Augen auf. Als ich zurückwich, spürte ich, wie ein Schatten über meinen Rücken kroch, dann hörte ich das Zischeln einer Klinge, die aus der Scheide gezogen wurde.

* * *

Stocksteif saß ich im Bett. Ich hatte mir mit der Nadel der Brosche in den Finger gestochen; ein Tropfen Blut war auf Sir Henrys Quilt gefallen. Ich stand auf und zog vorsichtig die Vorhänge zurück. Draußen im Garten strahlten die Rosen mit fleischigen pinken und dunkelroten Blüten im gleißenden Sonnenschein. Ich hielt das Gesicht ins Licht und ließ mich von der Sonne durchfluten, bis sich der Traum und allmählich auch die Angst in der Morgenluft auflösten.

Im Ankleidezimmer lagen neue Kleider für mich: eine schmale schwarze Hose, ein ausgeschnittenes Top, enger, als ich es gewohnt war, und ein Blazer von teurer Einfachheit. Ich war angenehm überrascht, wie gut alles saß. Auf dem Boden stand ein kleiner gepackter Koffer.

Obenauf lag ein Flugticket. Der Flug ging um neun. Eilig zog ich mich an und steckte die Brosche am Revers meines neuen Blazers fest. Dann ging ich nach unten, um nach Sir Henry zu suchen.

»Auf der Flucht vor den Paparazzi habe ich mehr Tricks gelernt als beim Theater«, sagte er zufrieden, als ich ins Frühstückszimmer kam. Der Bentley, erklärte er mir, würde in wenigen Minuten mit dem Gärtner und seiner Enkelin nach Highgate aufbrechen. Sein Ablenkungsmanöver hielt ihn allerdings nicht davon ab, beim Frühstück besorgt an mir herumzuzupfen. »Bist du dir sicher, dass ich dich nicht begleiten soll?«, fragte er, während er ein Pfund Zucker in seinen Tee rührte.

Ich schüttelte den Kopf. »Danke, aber mit einem weltberühmten Schauspieler an meiner Seite würde ich wahrscheinlich mehr Aufmerksamkeit erregen.«

Ich war erleichtert, als ich endlich zu Barnes in den Range Rover stieg.

»Pass auf dich auf, Kate.« Mehr sagte Sir Henry nicht. Dann schloss er die Tür, doch seine Augen waren voller Sorge.

9

Der Flug verlief wie in Trance. Sir Henry hatte mir ein Erste-Klasse-Ticket besorgt, sodass ich die Beine ausstrecken konnte, doch ich konnte weder schlafen noch nachdenken. Um ein Uhr mittags landete ich auf dem Bostoner Logan Airport, sprang in ein Taxi und ließ mich aufs Festland in den Stadtteil Cambridge bringen.

Als das Taxi den Storrow Drive entlangbrauste, sah ich den Charles River zu meiner Rechten tiefblau unter dem wolkenlosen Himmel glitzern. Dann kamen am anderen Ufer die roten Backsteingebäude der Studentenwohnheime in Sicht mit ihren braunen, türkisen und engelsblauen Kuppeln. Die Straße beschrieb einen Bogen über den Fluss und brachte uns schließlich ins Universitätsviertel, das die frühsommerliche Sonne jetzt schon in einen Backofen verwandelte. Ich checkte in mein Hotel ein – das Harvard Inn – und beeilte mich mit den Formalitäten. Dann stellte ich den Koffer im Zimmer ab, warf mir die Tasche über die Schulter und eilte im Laufschritt über die Massachusetts Avenue und in den parkartigen Campus.

Hier war es kühler – die Backsteinbauten standen in einem Meer grüner Rasenflächen im Schatten gepflegter hoher Bäume mit glatten Stämmen. Als ich um die Ecke bog, tauchte die Bibliothek vor mir auf. Erbaut im Andenken an einen jungen Harvard-Absolventen, der 1912 nach Europa gereist war, um seiner Liebe zu kostbaren Büchern zu frönen, und auf dem Rückweg beim Untergang der Titanic ums Leben kam, beherrschte die Harry Elkins Widener Memorial Library die östliche Hälfte des Campus von Harvard – ein massiger Würfel, so dominant wie die trauernde Matriarchin, die den Bau in Auftrag gegeben hatte.

Ich lief die Freitreppe hinauf und betrat durch das zwei Stockwerke hohe Portal die kühle Marmorhalle. Am Schalter der Zugangsverwaltung erhielt ich als Ehemalige eine gelbe Besucherkarte für das Magazin. Ein Stockwerk tiefer zeigte ich dem gelangweilten Studenten, der die Aufsicht führte, meinen vorläufigen Ausweis vor und gelangte über ein hell erleuchtetes Treppenhaus ins Magazin.

Ich blieb einen Moment stehen, um mich zu orientieren. In einer drakonischen schriftlichen Verfügung hatte Mrs Widener, die Stifterin, festgelegt, dass am äußeren Erscheinungsbild der Bibliothek kein Ziegelstein verändert werden durfte. Im Inneren dagegen galt das nicht; hier hatte sie widerwillig die Flexibilität eingeräumt, nach der Fortschritt und Wachstum verlangten. Seit ich fort war, hatte das einundzwanzigste Jahrhundert Einzug gehalten – im Zuge einer Multimillionen-Dollar-Renovierung. Ich hoffte, dass ich mich noch zurechtfand, doch eine beschichtete Kopie des Lageplans an der Wand verriet mir, dass sich wenigstens am Grundriss nicht viel geändert hatte.

Ich folgte einem Weg, der durch einen roten Streifen am Boden gekennzeichnet war, vier Stockwerke hinab in die untersten Verliese der Bibliothek. Zwischen Regalen voller vergessener Weisheit lief ich durch schummrige Gänge, bis ich einen gekrümmten Tunnel mit riesigen, bullernden Rohren an den Wänden erreichte. Am anderen Ende führte eine schwere Stahltür zu einem Vorraum mit abgetretenem orangen Teppichboden, wo ein quietschender Fahrstuhl noch weiter nach unten fuhr. Schließlich stand ich in einem riesigen, grell erleuchteten quadratischen Raum, der surrte wie ein vergrabenes Raumschiff.

Ich warf einen Blick auf den Lageplan an der Wand neben dem Fahrstuhl, dann las ich Ros' Karte. Thr 390.160 war die Signatur, die ich suchte. Die Abteilung »Thr« – Theatergeschichte – versteckte sich im hintersten Winkel des Raums. Ich joggte los und wurde erst langsamer, als die ersten »Thr«-Nummern in Sicht kamen. Dann fand ich die 390er. Ich bückte mich und fuhr mit dem Finger die Buchrücken entlang: 190, 180, 165, 160.5 … Daneben klaffte eine Lücke. Ich las die

Signatur auf der Karte noch einmal und sah zurück zum Regal. Ja, es war die richtige Stelle. Dort, wo die Bände stehen sollten, gähnte ein Loch. Nicht einer der vier Bände stand im Regal.

Verdammt, verdammt, verdammt. Ich war nicht einmal auf die Idee gekommen, dass die Bücher ausgeliehen sein könnten. Eilig lief ich zu dem Computer zurück, der grimmig in der Ecke beim Fahrstuhl stand. Per Online-Katalog ließen sich ausgeliehene Bücher frühzeitig zurückrufen, doch es konnte eine Woche bis zehn Tage dauern, bis sie wieder da wären ... falls ich Glück hatte. Wenn der Ausleiher gerade ein Forschungssemester außerhalb machte, konnte ein Monat vergehen. Ich hatte keine Woche, geschweige denn einen Monat. Im Stillen fluchend tippte ich den Titel in das Suchfenster ein.

Die Antwort, die ich bekam, war noch schlimmer. »Nicht ausgeliehen«, behauptete der Bildschirm störrisch. Frustriert machte ich mich auf den Weg zur Leihstelle hinauf, wo mir eine Studentin am Schalter nuschelnd mitteilte, ich könnte eine Regalsuche beantragen.

»Eine *Regalsuche?*«, wiederholte ich. »Ihr wollt irgendein armes Würstchen auf die Suche nach vier Bänden schicken, die zwischen elf Millionen Büchern verschollen sind?«

Sie zuckte die Achseln. »Hier im Gebäude stehen nur dreieinhalb Millionen. Aber Ihre vier Bände tauchen wahrscheinlich trotzdem nicht auf.«

Wenn Ros bei Chambers etwas gefunden hatte, hatte sie es mit Sicherheit irgendwie markiert. Davon war ich überzeugt; Ros war eine notorische Unterstreicherin. Für gewöhnlich malte sie kleine umgekehrte Bleistifthäkchen an den Rand – eine Art Tick beim Lesen, der so unbewusst ablief wie das Atmen. Es ging das Gerücht, sie sei einmal aus der British Library geflogen, nachdem sie ihr Häkchen in ein tausendjähriges Manuskript gesetzt hatte. Nicht absichtlich. Unbewusst. Die Briten konnten es ihr anscheinend verzeihen, zumindest die altmodischen Bibliothekare dort, denn bald darauf hießen sie Ros wieder willkommen. Gelegentlich machte sie sich Randnotizen, und ein- oder zweimal hatte ich richtiggehende Schimpftiraden gefunden ... Ich musste unbedingt die Chambers-Ausgabe haben, die Ros als die ihre ansah. Die Ausgabe der Widener-Bibliothek.

»Danke«, zwang ich heraus und unterschrieb den Auftrag, der den armen Kerl in die Regale schicken würde. An der Schwelle der Leihstelle blieb ich stehen. *Was nun?*

Als ich mich zum Ausgang wandte, blieb mein Blick an der großen Marmortreppe hängen. Der Grundriss der Bibliothek bildete ein riesiges Quadrat um einen Innenhof. In der Mitte des Hofs, durch einen schmalen Gang zugänglich, befand sich ein Mausoleum mit einer Kuppel, das dem jungen Harry Widener gewidmet war. Hier ruhten zwar nicht seine Gebeine, so doch seine Bücher. Im marmornen Herz der Kuppel hatte man die exakte Kopie seines holzgetäfelten Arbeitszimmers nachgebaut, und auf dem Schreibtisch standen jeden Morgen frische Blumen.

Ich lief die Treppe hinauf. Von einer prächtigen Galerie aus pergamentblassem Marmor führte eine klassizistische Flügeltür in eine halbkreisförmige Kammer, die ebenfalls mit Marmor ausgekleidet war. Gegenüber öffnete sich eine kleinere Tür zu Harry Wideners Arbeitszimmer. Ich konnte die dunkle Vertäfelung sehen, die Bücher in den Glasschränken und die roten Nelken auf dem Schreibtisch, die nur ein wenig die Köpfe hängen ließen. Doch ich war bereits dort, wo ich hinwollte. In der Mitte des halbrunden Vorraums stand eine Vitrine, in deren Schaukasten zwei Bücher lagen. Das eine war das erste Buch, das je gedruckt wurde: die Gutenberg-Bibel, deren rhythmisches Latein in tiefe schwarze Lettern geprägt war, die Initialen rot und blau ausgemalt. Das andere war, dem guten Geschmack und großen Budget des jungen Harry sei Dank, Harvards eigene Ausgabe der First Folio Edition.

Das Zimmer war leer; nur selten verirrten sich Studenten herein. Die Folio war auf der Seite mit Shakespeares Porträt aufgeschlagen, das ihn mit Silberblick, hochgezogenen Brauen und Eierkopf zeigte. Der plump auf dem Kragen aufgesetzte Schädel wirkte seltsam geköpft, als hätte man Shakespeares abgetrenntes Haupt auf einem halben Heiligenschein serviert. »MR WILLIAM SHAKESPEARES COMÖDIEN, HISTORIEN UND TRAGÖDIEN«, verkündeten die großen Buchstaben über dem Kupferstich. »PUBLICIRT GETREU DEN WAHREN ORIGINALEN COPIEN.« Darunter stand: »LONDON. Gedruckt von Isaac Iaggard und Ed. Blount. 1623.«

Ich sah mir die Seite genauer an. Kein Leser hatte es gewagt, hier Spuren zu hinterlassen. Ros hatte zwar manche weniger heilige Titelei beschmiert, doch selbst sie hätte davor zurückgeschreckt, eine First Folio zu verunstalten.

Chambers war der Schlüssel. Irgendetwas in einem der vier Bände der ›Elisabethanischen Bühne‹ würde mir sagen, wonach ich zu suchen hatte. Das hieß, falls ich die Widener-Ausgabe fand. Ein Schauer lief mir über den Rücken. *Was, wenn der Mörder sie bereits hatte?* Aber das war nicht möglich. Schließlich hatte ich Ros' Hinweis bei mir gehabt, als sie starb, und ihn danach nicht mehr aus den Händen gegeben.

Was wäre, wenn Ros die Bände selbst ausgeliehen hatte? Falls es so war, hatte sie die Bücher vermutlich mit nach London genommen. Sir Henry würde die Information wahrscheinlich von der Polizei herausbekommen können. Und dann? Sollte ich zu Sinclair gehen, mit den Augen klimpern und ihn bitten, mich Professor Howards Bücher durchsehen zu lassen – ohne ihm einen triftigen Grund anzugeben? Ich lief die Treppe hinunter und trat hinaus unter die Bäume.

Auf der anderen Seite des Rasens führten ein paar Stufen zur Terrasse der Memorial Church. An einem Maiabend vor etwa fünf Jahren hatte die Terrasse als Bühne meiner ersten Inszenierung gedient, die strengen Linien der klassizistischen Kirche waren meine Kulisse. Ich hatte bei einer Studentenaufführung von ›Was ihr wollt‹ Regie geführt. Die weiße und rosa Blütenpracht der Hartriegelbüsche hatte die Bühne gesäumt, und das Gelächter des Publikums hatte das Blätterdach der Ulmen erfüllt.

Ich konnte heute noch stolz auf meine Inszenierung sein. Das Stück war gleichzeitig umwerfend komisch und düster grotesk gewesen mit seinem zentralen Streich, der nichts bezweckte, als den stolzen, sittenstrengen Malvolio zur Torheit und schließlich in den Wahnsinn zu treiben.

Ich setzte mich auf die Stufen. Konnte es sein, dass Ros mir einen ähnlichen Streich gespielt hatte?

Kein angenehmer Gedanke. Traurig dachte ich an die zierliche Gestalt unter der Bank im Globe, an ihre weit aufgerissenen Augen.

Ein Mordsbüro, hatte sie gestern gesagt.

Ein Mordsauftritt, hatte ich entgegnet.

Nach all dem Aufwand, Katie, hätte ich etwas weniger Profanes für dich erhofft. Etwas, das … shakespearischer ist.

Ich hatte sie schweigend angefunkelt. Sir Henry war es, der ihr gab, was sie hören wollte. *Ich nenn dich Hamlet*, hatte er gesagt, *Fürst, Vater, Dänenkönig.*

»*Ich nenn dich Hamlet*«, flüsterte ich, und als ich es aussprach, klickte es in einem verborgenen Winkel meines Kopfs. Einen Moment lang saß ich still da. Dann fischte ich mein Telefon aus der Tasche und rief Sir Henry an.

»Das Einstichloch«, sagte ich, als er sich meldete, und meine Stimme überschlug sich vor Aufregung.

»Dir auch einen schönen Tag, liebe Kate.«

»Das Einstichloch, das sie bei Ros gefunden haben. Wo war es?«

»Seltsame Frage«, sagte er irritiert, »mit einer merkwürdigen Antwort. Die ich zufälligerweise kenne, weil ich heute Abend ein weiteres Gespräch mit Inspektor Sinclair hatte. Wunderbar grimmiger Kerl – ganz Dostojewski.«

»*Wo, Sir Henry?*«

»An der Vene direkt hinter ihrem rechten Ohr.«

Grünes Licht sickerte schimmernd durch das Blätterdach über mir, als würde ich auf dem Grund eines ruhigen Meers sitzen. Hier unten hatte es kaum noch die Kraft, die Schatten aufzuhellen, und von seiner Wärme war nichts mehr zu spüren.

»Kate? Bist du noch da?«

»Genau wie er«, flüsterte ich.

»Wer? Was genau wie wer?«

»Hamlets Vater. Der alte Hamlet. So ist er gestorben. So ist er zum Geist geworden.«

Sir Henry holte hörbar Luft. »*Und träufelt' in den Eingang meines Ohrs das schwärende Getränk*«, murmelte er. »Mein Gott, Kate, natürlich. Sein Bruder hat ihm Gift ins Ohr geträufelt, während er schlief. Es passt alles … bis auf eines.«

»Was?«

»Das vorläufige toxikologische Gutachten, Darling«, sagte er sachte. »Es wurde nichts gefunden.«

»Kein Gift? Bist du dir sicher?«

»Ich weiß nicht, was sie gesucht haben. Drogen und Medikamente wahrscheinlich. Jedenfalls haben sie kein Gift entdeckt.«

»Sie müssen etwas übersehen haben. Kannst du Inspektor Sinclair persönlich –«

»Inspektor Grimm hat es mir selbst mitgeteilt.«

»Verdammt, Sir Henry«, knurrte ich. »Der Geist von Hamlets Vater ist die Rolle, in der Ros gestern Nachmittag aufgetaucht ist. Und die Bücher, auf deren Spur sie mich gesetzt hat – die Signatur –, die Bände sind weg. Nicht ausgeliehen. Einfach verschwunden. Glaubst du an so viele Zufälle?«

In der Leitung herrschte ahnungsvolles Schweigen.

Dann sagte Sir Henry etwas steif: »Ich rede mit Sinclair, aber unter einer Bedingung. Du gehst in dein Hotel zurück, schließt die Tür ab und wartest auf meinen Anruf. Ich habe Angst um dich.«

»Aber der Chambers –«, protestierte ich.

»Eben hast du gesagt, die Bände sind verschwunden.«

»Aber –«

»Warte auf meinen Anruf, Kate.« Er meinte es ernst. »Sobald wir mehr von Sinclair wissen, überlegen wir, was der nächste Schritt ist. Falls du recht hast – und das heißt nicht, dass ich das glaube –, dann befindest du dich in gefährlichem Gewässer, Kate, in dem du nicht allein schwimmen solltest.«

Ich zögerte. Wenn ich seinem Rat folgte, würde ich Chambers zu früh aufgeben, davon war ich überzeugt. Andererseits konnte ich es mir nicht leisten, Sir Henrys Hilfe auszuschlagen. »Schön«, sagte ich widerwillig. »Ich warte, bis du anrufst.«

»Braves Mädchen. Ich melde mich, sobald ich mehr weiß.«

Ich klappte das Telefon zu. In was, zum Teufel, hatte Ros sich verwickeln lassen? Und mich dazu – und Sir Henry?

Dann blickte ich über den Rasen zur Bibliothek. Von hier wirkten die Säulen am Eingang so monumental, als wollte sich aus dem kargen Backsteinkorsett ein griechischer Tempel befreien. *Ein Tempel der Weisheit*, dachte ich. Die erlauchtesten Mitglieder des Harvard-

Kollegiums hatten die Ehre, private Arbeitszimmer darin zu erhalten. Matthew Morris, der Bibliotheken aus Prinzip verachtete, hatte in seines zwar kaum je einen Fuß gesetzt, doch er weigerte sich, es aufzugeben. Es ging ums Prestige. Ein Büro in der Widener-Bibliothek war so etwas wie ein Ehrenabzeichen. »Meine Kammer der Geheimnisse«, hatte Ros ihr Büro genannt, als sie mir an meinem ersten Tag als Assistentin den Schlüssel überreichte. »Das Gehäuse für mein Gedächtnis.«

Eine Erinnerung rief die nächste wach. »Was ist das?«, hatte ich bei unserem letzten Zusammentreffen gestern gefragt. *»Es ist in mein Gedächtnis fest verschlossen«*, hatte ihre Antwort gelautet, *»und Ihr sollt selbst dazu den Schlüssel führen.«*

Gestern dachte ich, sie meinte die goldene Schachtel, doch jetzt fiel mir ein, dass ich auch den echten Schlüssel zu ihrem Gedächtnis besaß. Ich kramte meinen Schlüsselbund aus dem Seitenfach meiner Tasche. In meiner Hand lagen fünf Schlüssel, einer davon länger, schwerer und dunkler als die anderen. Der Schlüssel zu Ros' Bibliotheksbüro. Ich hatte ihn mitgenommen, als ich gegangen war; seit drei Jahren trug ich ihn mit mir herum und redete mir ein, ich würde ihn zurückgeben, sobald sie mich darum bat. Was sie nie getan hatte.

Plötzlich begriff ich. Ich hob den Kopf. Die Spur, die sie gelegt hatte, führte direkt in ihr Büro.

Sinclair mit seinen Klemmbrettern und seiner verbissenen Effizienz hatte bestimmt längst den Sicherheitsdienst von Harvard informiert und Ros' Büro versiegeln lassen – ihr offizielles Büro im English Department. Doch vielleicht, ganz vielleicht, hatten sie das Arbeitszimmer in der Bibliothek vergessen. Die Widener-Bibliothek war ein verwunschener Ort, an dem die Uhren anders tickten. Hierher kamen die Professoren, wenn sie vor den ständigen Störungen des Universitätsbetriebs fliehen wollten, um sich in die Schatzsuche ihrer Forschung zu vergraben. Wahrscheinlich wusste man im English Department nicht einmal, wo genau sich Ros' Bibliotheksbüro befand.

Doch wenn bekannt wurde, dass sie ermordet worden war, würde man sich früher oder später daran erinnern. Mit Sinclair im Nacken eher früher als später. Ich hatte nur ein kleines Zeitfenster zur Verfügung, das sich bereits zu schließen begann.

Im Stillen entschuldigte ich mich bei Sir Henry, dann griff ich nach meiner Tasche, lief über den Rasen und eilte die steile Treppe zur Bibliothek hinauf.

10

Ich zeigte meinen Ausweis vor und machte mich zum zweiten Mal auf den Weg in die Bibliothek. Doch diesmal wollte ich nicht in den ausgelagerten Kellerbereich, sondern in die eigentlichen Magazine, die über zehn labyrinthische Stockwerke – vier davon unterirdisch – verteilt waren. Ros' Arbeitszimmer befand sich im vierten Stock. Ich hastete die Treppen hinauf, dann trat ich auf den Flur und blieb stehen.

Ich hatte die Macht der Magazine vergessen. Dieser Teil des Gebäudes hatte nichts vom Pomp der öffentlichen Hallen und Leseräume – und noch weniger von der klinischen Kälte im Kellergeschoss. Hier war die Luft staubig von uraltem Moder, mit dem sich ein stechender Geruch mischte – der Hauch des Kampfs zwischen Papier und Sauerstoff, der unaufhaltsamen Zerstörung, die das ganze Reich nach und nach in Staub auflöste.

Ich straffte die Schultern und machte mich zum Südflügel auf, wo die langen Reihen der Eisen- und Stahlregale um die Ecke liefen und in der Ferne kleiner wurden. An einem warmen Sommernachmittag herrschte hier oben kaum Betrieb. Trotzdem sah ich zwei, drei strebsame Studenten, dich sich tief über ihre Studien beugten. Ich hatte den Ort also nicht für mich allein.

Solange ich so tat, als hätte ich jedes Recht, hier zu sein, würde ich wahrscheinlich am wenigsten Verdacht erregen. Ich bog in einen Gang zwischen den Regalen ein, der mich zum inneren Korridor brachte. Am Ende des Korridors befand sich Ros' Büro. Wie alle Türen war die obere Hälfte mit einer matten Scheibe verglast, die provozierend undurchsichtig war.

Mein Schlüssel passte noch. Die Tür ließ sich öffnen, und ich trat ein.

Es war noch fast genau so, wie ich es in Erinnerung hatte. An drei Wänden standen bis unter die Decke Regale voller Bücher, nur unterbrochen von dem hohen Karteikartenschrank mit den Katalogkarten auf einer Seite und ihrem Schreibtisch gegenüber. Auf dem Tisch lag ein Paar Ohrringe, eine Navajo-Arbeit aus Silber mit Türkisen, die ich ihr vor langer Zeit geschenkt hatte. Neben der Tastatur stand ein Silberrahmen mit einem Foto von Virginia Woolf. Eine Shakespearebüste beschwerte einen Stapel Papiere. Zwei Landkarten hingen an der Wand, eine große Englandkarte und daneben die Reproduktion einer Karte aus Shakespeares Zeiten. Am Boden lag immer noch der gleiche alte Perserteppich mit der abgewetzten Stelle, wo sie mit dem Stuhl vor- und zurückrollte. In der Ecke zwischen Regal und Fenstern stand ein alter Ohrensessel aus fadenscheinigem Chintz.

Die einzige Veränderung waren die beiden Fenster. Ros hatte sich stets geweigert, Vorhänge oder Jalousien anzubringen; sie wolle keinen Zentimeter ihres Blicks auf den Himmel opfern, wie sie sagte. Daran hatte sich nichts geändert. Doch als ich das letzte Mal hier gewesen war, hatten die Fenster auf den verödeten Innenhof gezeigt, der nur den Vögeln zugänglich war und dem Abfall, den der Wind hineintrug. Jetzt blickte ich auf einen hell erleuchteten Lesesaal. Langsam erinnerte ich mich wieder – es war einer der Glanzpunkte der Renovierung: Man hatte den Innenhof um das Mausoleum mit einem Glasdach versehen und das Brachland darunter zu zwei luxuriösen Lesesälen umgebaut.

Wenn ich in der Mitte des Büros stand, konnte mich jeder, der heraufblickte, sehen. Fluchend trat ich hinter den Schreibtisch zurück. Ich stellte die Tasche ab und setzte mich in Ros' Stuhl, um nachzudenken.

Falls jemand heraufsah, würde es nicht weiter auffallen, wenn ich am Schreibtisch saß und las. Wahrscheinlich könnte ich sogar den Computer benutzen, ohne Verdacht zu erregen. Keiner würde zweimal darüber nachdenken, wenn eine Assistentin im Büro einer Professorin arbeitete. Vor allem bei Ros, die nicht viel von Computern hielt. Die Entwürfe für ihre Bücher und Artikel schrieb sie noch mit der Hand und gab sie dann an ihre Mitarbeiter weiter. Solange nichts von ihrem Tod bekannt war, konnte ich getrost an ihrem Computer sitzen.

Doch ich musste ihre Regale durchsuchen, und da lag das größere Problem. Exzentrisch, wie Ros war, standen ihre Bücher in zwei Reihen in den Regalen. Und während die meisten Leute, die ihre Bücher zweireihig stellten, die häufig benutzten Bände vorn hatten, war bei Ros genau das Gegenteil der Fall. Sie mochte es nicht, wenn Außenstehende ihre unausgegorenen Gedanken sahen, wie sie es ausdrückte. Um sich gegen neugierige Blicke zu schützen, hatte sie in ihren Regalen ein Bollwerk aus den Veröffentlichungen von Kollegen und Freunden und den jüngsten Werken der Shakespeare-Forschung errichtet.

Auf den ersten Blick gab es nichts, das einen Hinweis auf Ros' unvorhersehbare Gedankengänge lieferte. Ich seufzte. Was ich suchte, war irgendwo hinter all den anderen Büchern versteckt. Um ›Die Elisabethanische Bühne‹ zu finden, würde ich jedes Buch einzeln aus dem Regal ziehen müssen, was gelinde gesagt verdächtig wirkte, wenn jemand heraufsah, und außerdem so viel Zeit in Anspruch nahm, dass die Wahrscheinlichkeit, gesehen zu werden, hoch war.

In einem Becher neben dem Computer steckte eine Taschenlampe zwischen den Bleistiften und Kulis. Ich nahm sie an mich. Um zehn Uhr würde die Bibliothek schließen. Bis elf würden auch die Mitarbeiter und Hausmeister gegangen sein – um zwölf würde alles still sein. Ab da hätte ich sechs oder sieben Stunden, in denen ich unbehelligt suchen könnte – bis die Mitarbeiter am nächsten Morgen wiederkämen, um die Pforten um acht zu öffnen. Ich lächelte Mrs Woolf an, die mich mit großen traurigen Augen ansah. Was bei helllichtem Tag nicht zu bewerkstelligen war, musste eben bei Dunkelheit geschehen. Ich musste mich nur in der Bibliothek einschließen lassen. An Ros' Bildschirm lehnte eine moderne Faksimile-Ausgabe der First Folio Edition. Ich griff nach dem Band, nahm meine Tasche und verließ ihr Büro.

Draußen setzte ich mich in eine der Lesekabinen und schlug Ros' Ausgabe von Shakespeares gesammelten Werken auf. Während der langen Wartezeit ging ich jede Seite durch, ohne eine einzige Randbemerkung zu finden.

Um halb zehn kam endlich der Mann mit dem Megafon durch die Gänge. »Die Ausleihe schließt in fünfzehn Minuten. In fünfzehn Minuten schließt die Ausleihe.« Um Viertel vor zehn flackerten die Lichter, und die wenigen verbliebenen Bibliotheksbenutzer brachen auf. Ich wartete, bis ich den Mann mit dem Megafon zwei Stockwerke unter mir hörte. Schließlich stand ich auf und streckte meine steifen Glieder. In London war es fast drei Uhr morgens, doch ich hatte noch Stunden Arbeit vor mir, bevor ich schlafen konnte. Ich warf einen Blick in den Gang. In diesem Teil der Bibliothek war nicht viel Betrieb gewesen. Jetzt war er leer.

Ich klappte das Buch zu und schlich zurück zu Ros' Büro. Der Schlüssel hakte ein wenig. Dann öffnete ich die Tür einen Spalt und schlüpfte hinein. Der Lesesaal unter den Fenstern lag verlassen da; die Bibliothekarin hatte ihren Posten verlassen. Geduckt stellte ich die Tasche ab, dann setzte ich mich auf den Boden. Ich nahm mein Telefon und schaltete es aus. Als ich den leiser werdenden Geräuschen lauschte, stieg plötzlich eine Welle der Sehnsucht nach Ros in mir auf.

Irgendwann gingen die Lichter auf dem Flur endgültig aus, bis auf etwa alle zehn Meter eine schwache Glühbirne. Bleierne Schläfrigkeit legte sich über das Gebäude. Immer wieder rutschte mir das Kinn auf die Brust. Ich schüttelte mich, um wach zu bleiben, doch wieder sank mein Kopf, und meine Lider wurden schwer.

Plötzlich zuckte ich zusammen. Irgendetwas hatte mich aufgeschreckt. Aber was? Hinter der Scheibe der Bürotür war nichts als samtschwarze Dunkelheit. Ich kroch zur Tür, um zu lauschen. Nichts.

Ich knipste die Taschenlampe an und ging an den Schreibtisch. Dann stellte ich die Folio an ihren Platz zurück, nahm die Papiere unter der Shakespeare-Büste, schob sie zusammen und steckte sie ein. Als Nächstes waren die Regale an der Reihe. »Tut mir leid«, sagte ich – zu den Büchern? Dem Büro? Zu Ros? Doch ich straffte die Schultern und machte mich an die Arbeit.

Systematisch, wie es Ros gefallen hätte, ging ich die Fächer durch und nahm Stoß für Stoß der vorderen Bücher heraus, um mit der Taschenlampe in das Dunkel dahinter zu leuchten. Ihre Interessen waren, gelinde gesagt, vielfältig. Ich fand eine kleine Abteilung zu Cervantes und ›Don Quixote‹, eine zu Delia Bacon, einer Frauenrechtlerin aus dem 19. Jahrhundert, deren Shakespeare-Besessenheit sie zu Genialität und anschließend in den Wahnsinn getrieben hatte. Vor langer Zeit war Delia Bacon mein Terrain gewesen. Was hatte Ros an Delia interessiert? Ein Gähnen unterdrückend suchte ich weiter. Eine größere Abteilung über Shakespeare im amerikanischen Westen, anscheinend noch von Ros' letztem Buch. Insgesamt wirkte ihre Lektüre wie eine Collage, die sie willkürlich aus den Magazinen zusammengestellt hatte. Nichts von dem, was ich fand, ließ auf ein zusammenhängendes neues Projekt schließen. Und wichtiger, von der ›Elisabethanischen Bühne‹ fehlte jede Spur.

Zwanzig Minuten später, auf den Knien und der Verzweiflung nahe, entdeckte ich, was ich suchte, tief im untersten Fach vor dem Fenster. Vier Bücher in verschossener roter Leinenbindung. Die blassen Goldbuchstaben auf den Buchrücken verkündeten knapp: ›Die Elisabethanische Bühne‹. Chambers.

Ich bückte mich. In einem der vier Bände steckte ein Zettel wie ein kleines Fähnchen. Ich nahm das Buch heraus, lehnte mich an den Sessel und schlug die markierte Seite auf: 488. »Dramen und Dramatiker«, lautete die Kopfzeile – der Titel eines langen Kapitels, in dem alle Dramatiker der Ära einzeln aufgelistet waren, jede bekannte gedruckte Ausgabe und jede Manuskriptkopie eines jeden Theaterstücks, das in der englischen Renaissance geschrieben worden war. Eine schwindelerregende Rechercheleistung.

Seite 488 begann mitten im Abschnitt zu ›Othello‹. Gefolgt von ›Macbeth‹, ›König Lear‹, ›Antonius und Kleopatra‹ … und schließlich dem ›Sturm‹ und ›Heinrich VIII.‹ auf der gegenüberliegenden Seite. Shakespeares späte Stücke. Seine jakobäischen Magna opera. Ich richtete den blassgelben Schein der Lampe auf den Seitenrand. Welches der Stücke meinte sie?

Doch auch diesmal fand ich keine einzige Notiz. Ich richtete mich auf. Die Spur konnte nicht hier enden. Das durfte einfach nicht sein.

Ich nahm Ros' Karte aus der Tasche und las noch einmal, was sie geschrieben hatte. Dann drehte ich sie um und berührte das ausgestanzte Loch. Nach all der Mühe, die sich Ros gemacht hatte, um die Karteikarten zu retten, war es höchst unwahrscheinlich, dass sie eine davon als Notizzettel missbraucht hätte. Egal was ich suchen sollte, es *musste* etwas mit den Büchern zu tun haben.

Nicht mit den Büchern, schoss es mir durch den Kopf, und ich setzte mich auf. *Eben nicht mit den Büchern.* Ich war daran gewöhnt, die Karten als Verweise zu lesen. Doch Ros wollte, dass ich mir die Karte selbst ansah. Ich stand auf und ging an den Karteischrank, in dem sie die Karten aufbewahrte, einen der alten Kataloge der Widener-Bibliothek. Ich legte das Buch auf den Schrank. Dann überflog ich mit der Taschenlampe die ordentlich von Ros beschrifteten Schubladen.

»Cecil-Charles II.« Ich zog die Schublade auf und blätterte zu »Chambers, E. K.«. Der erste Titel war ›Artus von Britannien‹. Gefolgt von ›Frühe englische Dichtung‹ und ›Das englische Volkstheater‹. Zu weit. Ich hielt inne und schob die letzten beiden Karten auseinander. Dort, am Boden zwischen den Karten, fiel der Schein meiner Lampe auf einen gefalteten Zettel. Vorsichtig nahm ich ihn heraus.

»Für Kate«, stand dort in blauer Buntstiftschrift.

Im gleichen Moment begann das schwache Notlicht auf dem Flur zu flackern und erlosch. Hastig schob ich den Zettel in den Chambers-Band. Dann nahm ich das Buch, knipste die Taschenlampe aus und ging auf Zehenspitzen zur Tür. So weit ich sehen konnte, waren in der ganzen Bibliothek alle Lichter ausgegangen. Das Gebäude lag vollkommen im Finstern. Ein Surren im Hintergrund, das ich bisher kaum wahrgenommen hatte, schien mit einem Mal tiefer und langsamer zu werden, dann verstummte es. Ich hatte das Gefühl, ich säße im Bauch eines großen Tiers, das eben seinen letzten Seufzer getan hatte.

Als ich mich gerade wieder an die Arbeit machen wollte, hörte ich ein Quietschen in der Stille, gefolgt von einem leisen Knarren. Ich erstarrte. Ich kannte das Geräusch: Es war die Brandschutztür am Ende des Korridors, die zu den engen schiffsgrauen Treppenhäusern führte. Die Tür am östlichen Ende des Korridors war auf- und wieder zugegangen. *Ich war nicht allein.*

Wieder schlich ich mich aus dem Büro, doch diesmal zog ich die Tür hinter mir zu, ohne sie ganz zu schließen, weil ich nicht wollte, dass mich das Klicken des Riegels verriet. Dann hastete ich über den Korridor. Gerade als ich hinter einem Regal verschwand, sah ich, wie ein Schatten, schwärzer als die Dunkelheit, von der Treppe um die Ecke kam.

Der Nachtwächter wahrscheinlich oder jemand vom Harvard-Sicherheitsdienst, der auf den Stromausfall reagierte. Aber aus irgendeinem Grund wurde ich das Gefühl nicht los, dass es der gleiche Schatten war, den ich in meinem Fenster in London gesehen hatte – der durch irgendeine dunkle Macht mit Ros' Geschenk in Verbindung stand. Ich griff nach meiner Brosche und zog mich tiefer zwischen die Regale zurück.

Im Korridor tanzte das Mondlicht auf dem Marmorboden. Die schattenhafte Gestalt eines Mannes glitt vorbei, doch bevor ich mehr als einen vagen Umriss erkennen konnte, war er weitergegangen. Innerlich atmete ich auf. Ein paar Schritte später blieb er plötzlich stehen. Er kam zwei Schritte zurück, dann noch einen. Jetzt stand er vor Ros' Tür, und ich sah einen Schlüssel aufblitzen. Ros' Tür war nicht abgeschlossen. Als der Mann sie berührte, gab sie mit einem leisen Seufzen nach. Einen Augenblick hielt er wie versteinert inne.

Dann drehte er sich blitzschnell um. Ich zog den Kopf ein und rannte los. Er nahm den nächsten Gang zwischen den Regalen. Als ich zu den Lesekabinen kam, bog ich um die Ecke, lief drei Gänge weiter und schlug einen Haken zurück in Richtung des Korridors. Dann blieb ich in der Deckung des gusseisernen Regalendes stehen und lauschte mit flatterndem Herzen. *Nichts.* Die Magazine der Widener-Bibliothek waren selbst am helllichten Tag ein Labyrinth aus Sackgassen, unerwarteten Abzweigungen und Gängen. Falls er sich in diesem Irrgarten weniger gut auskannte als ich – und falls sich mit der Renovierung nicht alles geändert hatte –, hatte ich eine geringe Chance.

Leise Schritte im äußeren Korridor verrieten mir, wo sich mein Verfolger befand. Nur wenige Regale weiter machte er ebenfalls kehrt und ging zurück in Richtung der Büros. Je näher er kam, desto tiefer verschwand ich zwischen den Regalen. Ich musste dafür sorgen, dass immer eine Bücherwand zwischen uns war. Den Chambers-Band an die Brust gedrückt, tastete ich das Regalfach über mir ab. Nach ein paar Metern fand ich eine Lücke zwischen den Büchern. Ich streckte mich und schob die Hand hinein. Wenn ich mich auf die Zehenspitzen stellte, konnte ich die Innenseiten der Bücher des Nebengangs berühren. Mit aller Kraft gab ich den Büchern einen Stoß, und sie fielen einen Gang weiter polternd zu Boden.

Er rannte in die Richtung, aus der der Lärm kam. Im gleichen Moment lief ich in die andere Richtung los. Die Treppe auf dieser Seite war nur fünf Meter entfernt. Wie lange hatte ich, bis er meine Finte durchschaute? Ich schaffte es zum Treppenhaus, riss die Tür auf, die nach unten führte – und ein metallisches Quietschen zerriss die Stille. Ich sah mich um. Die Treppe nach oben war von keiner verräterischen Tür versperrt. Also machte ich kehrt und rannte stattdessen hinauf.

Oben versteckte ich mich wieder zwischen den Regalen. Schritte näherten sich der Treppe unter mir, dann fiel die Tür zu. Einen kurzen Moment war es still, dann wurde die Tür kreischend aufgerissen. Leise verschwanden die Schritte nach unten.

Ich wartete. Vielleicht durchschaute er meinen Trick, schlich sich wieder herauf und wartete nur darauf, dass ich mich zeigte. Oder er legte sich am Haupteingang auf die Lauer. Nein. Ich hörte etwas: das leise Quietschen von Gummisohlen auf der Treppe. Mein Körper spannte sich, bereit, jederzeit loszulaufen, doch mehr hörte ich nicht. Selbst die Regale schienen den Atem anzuhalten.

Nach einer langen Zeit kam ich vorsichtig heraus. Die hohen Fenster an der Innenseite des Westflügels blickten auf denselben Lesesaal wie Ros' Büro. Schräg gegenüber konnte ich die langen Reihen mit den Fenstern der Arbeitszimmer sehen. Als ich mich gerade abwenden und gehen wollte, entdeckte ich einen roten Lichtstrahl, der in einem der Fenster aufflackerte. Ich sah näher hin. Ein Stockwerk nach unten, drei Fenster nach rechts. Ros' Arbeitszimmer.

Er war zurückgekehrt.

Auf Zehenspitzen ging ich die Treppe hinunter, durchquerte den inneren Korridor und schlüpfte zwischen die Regale. Vielleicht konnte ich ihn nicht davon abhalten, Ros' Sachen durchzugehen – nicht hier und jetzt, allein im Dunkeln. Aber ich könnte versuchen herauszufinden, wer er war.

Von der anderen Seite erreichte ich den Gang, der zu Ros' Büro führte. Als ich durch die Regale spähte, sah ich den schwachen roten Lichtschein hinter Ros' Tür. Er war noch dort.

Ich nahm den Zettel aus dem Chambers-Band und steckte ihn in die Hosentasche. Einen Gang weiter stellte ich das Buch in eine Lücke im unteren Fach und merkte mir die Stelle – sechs Bücher vom Rand. Im Notfall könnte ich morgen früh wiederkommen. Die Chance, dass jemand den Chambers hier fand, unter Millionen von Büchern, war gering, und in der Zwischenzeit war er hier am sichersten.

Dann glitt ich um die Ecke und ging auf Zehenspitzen den Gang hinunter. Als Ros' Tür ins Blickfeld kam, blieb ich stehen. Nichts. Ich ging einen Schritt weiter, und plötzlich wurde die Stille von einer schrillenden Sirene zerrissen. Bevor ich weglaufen konnte, sprang eine dunkle Gestalt aus der Tür, stürzte sich auf mich und drehte mir den Arm auf den Rücken. Kaum hörbar über das Heulen der Sirene drang ein raues Flüstern an mein Ohr: »*Schlichte Kate, die lust'ge Kate, oder auch die böse Kate.*«

Mein Name! Er wusste, wie ich hieß! Ich wand mich unter seinem Griff, versuchte, sein Gesicht zu erkennen, doch er riss so fest an meinem Arm, dass ich vor Schmerz nach Luft schnappte.

Dann lachte er kalt. »Aber wie eine andere Shakespeare-Bewohnerin fragte: ›*Was ist schon ein Name?*‹ Ros hat ihren geändert. In Hamlet den Alten.«

Ein eiskalter Schauer lief mir über den Rücken. *Ich hatte recht gehabt.* Mit neuer Kraft versuchte ich mich zu befreien. Etwas Metallisches blitzte auf, und dann spürte ich die schmale kalte Klinge eines Messers an meiner Kehle. »Vielleicht sollten wir auch deinen Namen ändern.« Ich fühlte seinen feuchten Atem im Nacken. »Lauf, Kate«, sagte er spöttisch. Und plötzlich, als hätte er sich im Schrillen der Dunkelheit in Luft aufgelöst, war er verschwunden.

Entsetzt rannte ich in den äußeren Korridor mit den Lesekabinen. Ich sah mich um, doch es gab keinen Fluchtweg und nur einen Ort, an dem ich mich verstecken konnte. Ich duckte mich unter einen der Tische. *Wo war er? Was war passiert?* Anscheinend hatte er sich mit einer Art Bewegungsmelder abgesichert. Was bedeutete, dass er mich erwartet hatte.

Der Alarm verstummte. Wenn er ihn abgestellt hatte, konnte er nicht weit sein.

Ich hörte leise Schritte durchs Magazin. Er war auf dem Weg hierher. *Geh weg*, betete ich inbrünstig. *Bitte geh weg.*

Doch er kam mit langsamen, zielstrebigen Schritten in meine Richtung. An den Lesekabinen hielt er inne. Wahrscheinlich sah er unter jedem einzelnen Tisch nach. Er wusste, dass ich hier war.

Als er an dem Tisch vor meinem stehen blieb, machte ich mich bereit loszusprinten. Er hatte ein Messer, und ich konnte höchstens den Tisch gegen ihn stoßen. Vielleicht konnte ich ihn damit aus dem Gleichgewicht bringen und einen Vorsprung herausholen. Immerhin besser, als wie eine Ratte in der Falle sitzen zu bleiben.

Er machte einen Schritt, dann noch einen – und dann ging er an meinem Tisch vorbei und marschierte zum Ende des Korridors, ohne noch einmal stehen zu bleiben. Er verschwand in Richtung Haupteingang. Schließlich hörte ich das leise Quietschen einer der Brandschutztüren zum Treppenhaus.

Ich atmete auf. Zögernd kroch ich unter dem Lesetisch hervor und stand auf. Der Tisch war leer gewesen, als ich mich versteckt hatte, doch jetzt lag ein einzelnes Blatt darauf, ein Lichtfleck auf der dunklen Platte. Ich hob es auf. Ein Rand war rau und gezackt, anscheinend aus einem Buch gerissen. Der Druck war alt, das Papier dick, samtig und schwer.

Ich drehte mich zum Mondlicht, das von draußen hereinfiel. Ich hielt eine Seite aus einer First Folio Edition in der Hand. Ein Original – kein Faksimile, wie ich es auf Ros' Schreibtisch gefunden hatte. Und hier hatte jemand etwas an den Rand gekritzelt. Am rechten Seitenrand befand sich die Zeichnung einer Hand. Eine Faust, deren Zeigefinger bei ausgestelltem Daumen nach links auf eine bestimmte Zeile wies. Die Geste, mit der kleine Kinder eine Pistole nachmachen. Doch dies war ein altes Symbol, eine Gedächtnisstütze, wie man sie vor langer Zeit benutzte – es war der Textmarker des Mittelalters und der Renaissance. Ich sah näher hin. Das Symbol war alt, doch die Zeichnung war frisch, nicht mit dem dünnen Bogen eines

Federkiels gemalt, sondern mit der fleckigen Tinte eines Kugelschreibers.

Als ich die Zeile las, wurde mir übel. Es war kein Vers aus dem Stück. Es war eine Regieanweisung. Nicht ›Hamlet‹. Eine Zeile aus ›Titus Andronicus‹, der grausamste Moment in Shakespeares grausamstem Drama. Rohe Gewalt, so brutal, dass ich beim Lesen das Gefühl hatte, jemand würde mir ein Stück aus den Eingeweiden reißen. Nicht einmal Shakespeare hatte die Szene in Worte fassen wollen. *Auftritt der geschändeten Lavinia, ihr sind die Hände abgehauen und die Zunge ausgeschnitten.*

Was ist schon ein Name?, hatte mein Verfolger geflüstert. *Vielleicht sollten wir auch deinen ändern.*

In Lavinia?

»Kate«, sagte eine Männerstimme hinter mir. Ich schrie, doch er drückte mir die Hand auf den Mund.

11

Seien Sie still und hören Sie zu«, sagte eine leise Stimme mit britischem Akzent. »Ros schickt mich.«

Ich riss mich los, doch er packte mich wieder, drehte mich um und hielt mich fest. Er hatte dunkle Locken und eine lange, gerade Nase. Sein Körper fühlte sich hart wie Marmor an, nur dass er warm war.

»Ros ist tot«, sagte ich.

»Weil sie nicht auf mich gehört hat.«

Wieder wollte ich zurückweichen, doch er hielt mich fest. Sein Blick bohrte sich tief in meine Augen. »*Wenn du die Schachtel öffnest, musst du dem Weg folgen, den sie dir weist.*«

Ros' Worte. »Wer sind Sie?«

»Ben Pearl«, sagte er knapp. »Verzeihen Sie meine Manieren, aber ich versuche gerade, Sie lebend hier rauszukriegen. Angesichts der Tatsache, dass ich einen anderen Weg hier raus suche als Ihr Verfolger, welche Wahl haben Sie?« Er sprach mit der lässigen Arroganz der britischen Oberschicht. Er trug ein graues T-Shirt, seine Arme waren nackt, und ich konnte sein Gesicht sehen. Mein Angreifer war von Kopf bis Fuß schwarz gekleidet gewesen, und er hatte einen amerikanischen Akzent.

»Warum sollte ich Ihnen vertrauen?«

»Sie war meine Tante, Kate.«

»Sie sind Brite.«

»Manche Menschen überqueren den Atlantik. Sie war die Schwester meiner Mutter und hat mich zu Ihrem Schutz angestellt.«

Er hatte dunkles Haar und grüne Augen, genau wie Ros. »Lassen Sie mich los«, sagte ich trotzig.

Doch sein Griff wurde fester. »Still.« Er sah zum Fenster. Ich folgte seinem Blick. Im dunstigen Lichtkreis einer Laterne bewegte sich die Dunkelheit wie aufgewühltes Wasser oder Nebel.

»Ist er das?«, flüsterte ich.

Er zog mich vom Fenster zurück auf den Flur. »Nein, es sei denn er hat zwölf Klone dabei«, flüsterte er, während wir in den Schatten zwischen den Regalen glitten. »Ich schätze, das war der Sicherheitsdienst, der auf den Stromausfall reagierte. Der Haupteingang scheidet aus. Was haben wir für Alternativen?«

»Es gibt eine Hintertür, genau unter uns. Fünf Treppen weiter unten.«

Er schüttelte den Kopf. »Wahrscheinlich ist der Sicherheitsdienst genau dorthin unterwegs.«

Ich biss mir auf die Lippe. »Es gibt noch einen Ausgang in der Pusey Library. Die Bibliothek nebenan.«

»Okay.«

»Aber es ist direkt um die Ecke vom Haupteingang der Widener.«

Er sah mich verzweifelt an. »Herrgott, wir sind hier in Harvard. Gibt es denn keine Geheimgänge und verborgenen Türen?«

»Einen«, sagte ich zögernd. »Zumindest gab es mal einen. Einen Tunnel, der unter dem Campus zur Lamont Library führt.« Als ich Doktorandin hier war, war der Tunnel für alle Universitätsmitglieder geöffnet, und in den regnerischen Monaten zwischen Neujahr und Ostern ging es dort unten zu wie auf einer Autobahn. Doch in meinem zweiten Jahr hatte ein unheimlicher Schlitzer angefangen, in den unteren Magazinen eine Spur zerstörter Bücher zu hinterlassen. Er schnitt mit einem Messer komplizierte Muster in die Seiten. Eine Zeit lang hatte man sich über ihn lustig gemacht. Minotaurus nannten sie ihn, das Monster im Labyrinth. Die Universitätsleitung reagierte mit dem nachdrücklichen Rat an die Studenten, den Irrgarten der Magazine nur zu zweit oder in größeren Gruppen zu betreten. Tatsächlich kam jegliche Recherche in der Widener-Bibliothek zum Stillstand, weil sich keiner mehr hineintraute.

Dann, als die Krokusse die Köpfe aus der Schneedecke reckten, schwärmten Zivilbeamte in den Magazinen aus, und eines Morgens erreichte uns die Nachricht, dass ein kleiner seltsamer Mann mit Schlangenaugen festgenommen worden sei – und dass der Lamont-Tunnel bis auf Weiteres geschlossen sein würde. Unter den Studenten ging das Gerücht, es wäre kein Polizist, sondern ein Priester gewesen, der den Schlitzer erwischt hatte – und dass in einem Kampf der Titanen der ganze Tunnel mit Blut besudelt worden sei, das sich nicht abwaschen ließ. Natürlich ließ man sich in Harvard nicht dazu herab, solchen Aberglauben direkt zu kommentieren. Stattdessen wurde der Tunnel von jedem Grundriss gelöscht, jede Erwähnung des Vorfalls in der Presse zensiert und über Belegschaft und Lehrkörper ein Schweigegebot verhängt. Nach vier Jahren war die Existenz des Tunnels weitgehend aus dem kollektiven Gedächtnis verschwunden.

»Brillant«, sagte Ben. »Genau da wollen wir hin.«

»Wenn es ihn noch gibt«, sagte ich unbehaglich.

»Sicher«, sagte er. »Es muss ihn noch geben. Haben Sie alles, womit Sie hergekommen sind, Frau Professor?«

Statt einer Antwort ging ich in die Regalreihe, wo ich den Chambers-Band versteckt hatte, nahm das Buch an mich und schob den Zettel aus meiner Hosentasche wieder zwischen die Seiten.

»Sonst noch etwas?«

»Ich hatte nichts –« Mitten im Satz brach ich ab. *Meine Tasche.* Ich hatte meine Tasche in Ros' Büro stehen lassen, mitsamt der Brieftasche und meinen Ausweisen ... Kein Wunder, dass der Mörder meinen Namen kannte. Ich hatte ihm meine Visitenkarte hinterlassen. Ich spürte, dass ich rot wurde. »Ich habe meine Tasche in Ros' Büro vergessen. Außerdem bin ich keine Frau Professor«, setzte ich nach. »Hatte ich nie vor.«

»Sie machen es einem wohl nicht leicht, nicht wahr?« Er nahm mich am Arm und zog mich durch den Gang. Auf dem Korridor vor den Büros spähte er nach rechts, dann nach links. »Da drüben?«, flüsterte er und zeigte auf die offene Tür.

Ich riss mich von ihm los und marschierte auf die Tür zu. Erst als ich drin war, blieb ich stehen.

Das Büro war völlig auseinandergenommen worden. Der Sessel lag umgedreht in einer Ecke, die Polster waren aufgeschlitzt. Bücher türmten sich in der Mitte des Zimmers. Der Computerbildschirm war eingeschlagen. Dahinter waren Ros' Landkarten von der Wand gerissen. Trotz des Chaos war der Schreibtisch bis auf den kaputten Bildschirm mehr oder weniger unberührt: Die Türkisohrringe lagen noch neben der Tastatur, und die Lexika standen in Reih und Glied an der Wand. Nur eine Lücke war zu sehen. Ich hatte Ros' Faksimile-Ausgabe der Folio zurückgestellt; jetzt war sie fort. Er hatte gewusst, wonach er suchte, und er hatte es gefunden. Der Rest des Durcheinanders war blinder Vandalismus.

Meine Tasche lag ganz oben auf dem Bücherberg, in einem unmöglichen Winkel. Der unberührte Tisch, die Tasche so sorgfältig platziert, all das sprach eine deutliche Sprache. Es war kein blinder Vandalismus, sondern eine bewusste Schändung – die brutale, mutwillige Zerstörung ihres Andenkens. Und das Ganze war für meine Augen bestimmt.

Ein dumpfer Schlag riss mich aus meinen Gedanken. Im gleichen Moment packte Ben meinen Arm und riss mich zurück zwischen die Magazinregale. Das Buch war mir aus der Hand geglitten. Ich bückte mich, um es aufzuheben, als Ben sich auf mich warf. Im nächsten Moment zerriss ein Blitz die Dunkelheit, und mit einem ohrenbetäubenden Klirren zerbarsten die Scheiben der Türen auf dem Korridor. Eine dumpfe Explosion ließ das ganze Gebäude erbeben.

Dann verebbte der Lärm. Ben kam auf die Füße. Der Marmorboden fühlte sich seltsam kühl unter meiner Wange an. Ich hob den Kopf. Ein paar Meter entfernt von mir lag der Chambers-Band mit dem Rücken nach oben aufgeschlagen auf dem Boden. Eine Scherbe hatte sich in den Einband gebohrt wie ein verhextes Juwel. Ich robbte mich hin und blätterte die Seiten durch. Ros' Brief war noch da.

Ben sagte etwas, aber er klang weit weg. Ich hörte ihn wie durch einen Nebel und konnte nicht verstehen, was er sagte. Verwirrt sah ich auf. Mit drei Schritten war er bei mir. Er tastete meinen Rücken ab; dann drehte er mich um und sah mich von Kopf bis Fuß an. »Ihnen ist nichts passiert. Bleiben Sie hier.«

Er lief zu Ros' Büro zurück und verschwand in der Tür.

Gegen seine Anordnung folgte ich ihm und spähte hinein. Ich sah Bens Silhouette im Feuerschein, während er meine Tasche aus den Trümmern von Mauerwerk und Stahl befreite. Ros' Fenster waren zersprungen, und das ganze Zimmer war mit Scherben übersät. Draußen sah ich ein Loch in der gegenüberliegenden Wand des Hofs. Im Raum dahinter tanzten wütende orange Flammen. Überall war Rauch. Papierschnitzel schwebten über dem Hof wie Schneegestöber.

Ben stemmte einen Stahlträger hoch, dann packte er meine Tasche und kam zurück. »War es das, oder haben Sie noch irgendwo Ihre Fahne gehisst?«

Ich schüttelte den Kopf.

»Na gut. Gehen wir.«

Ich stand wie angewurzelt da.

»Kommen Sie.« Unsanft schob er mich in Richtung Treppe. Er ging voraus, zog mich eine Treppe hinunter, dann noch eine. Er hatte eine schwarze halbautomatische Pistole gezogen. In der Ferne heulten Sirenen. Der zuckende Feuerschein tauchte den Hof in unheimliches Licht und erleuchtete uns den Weg, bis wir im Erdgeschoss waren. Ab da wurde es stockdunkel. Stufe für Stufe tasteten wir uns in vollkommener Finsternis hinab. Das Gebäude über uns begann zu ächzen. Ich versuchte mir nicht vorzustellen, wie über unseren Köpfen dreieinhalb Millionen Bücher aus den Regalen fielen. Wir passierten Ebene A, dann Ebene B. »Wir sind da«, flüsterte ich, als wir Ebene C erreichten.

Im gleichen Moment wurde mir mein Fehler bewusst. Anders als die oberen Stockwerke, wo breite Korridore die ganze Länge des Gebäudes verbanden, waren die Untergeschosse in Ost und West aufgeteilt. Auf unserer Ebene führte von der Westseite, wo wir standen, nur ein einziges enges Schlupfloch zur Ostseite hinüber, wo der Tunnel zur Lamont Library begann. Und schlimmer noch, der Durchgang war von Regalen verstellt. Vor fünf Jahren hatte ich mich in den Verliesen der Bibliothek nicht einmal bei Tageslicht ausgekannt. Wir suchten die Nadel im Heuhaufen, und das im Stockdunkeln.

Ben drückte mir eine Taschenlampe in die Hand. Mit einem Klicken flackerte an der Wand gegenüber der Lichtkegel auf. Schweigend griff er nach meiner Hand und richtete den Schein zu Boden, ein paar

Schritte vor unsere Füße. Zögernd trat ich auf den mittleren Korridor. Vor uns reihten sich bedrohlich hohe Bücherregale aneinander, und als ich die Taschenlampe über ihre Fächer wandern ließ, wirkte es fast, als würden sie sich argwöhnisch zu uns herunterbeugen. Sobald der Lichtkegel an ihnen vorüber war, schienen sie sich zu bewegen und sich zu neuen Gängen und Ecken zu formieren. Wo war die Stelle, nach der ich suchte? Der erste Gang, den ich ausprobierte, führte in eine Sackgasse, auf eine Wand mit Büchern über Magellan zu. Der zweite endete bei der Eroberung der Inka. Ich schlich zurück und blieb nachdenklich im Mittelgang stehen.

»Tempo«, murmelte Ben. »Ein bisschen Tempo wäre gut.«

»Glauben Sie mir, hier unten ist Besonnenheit gefragt.«

Damals hatte ich das Schlupfloch durch Zufall entdeckt, als ich auf der Suche nach einem Buch gewesen war. Was hatte ich gesucht?

Ros. Ros hatte mich geschickt. Ich schrieb an einem Artikel über die heimtückischen Intrigen der Howards, einer der skrupellosesten Familien im England der Renaissance, die, wie man seit einiger Zeit wusste, im Sold des Königs von Spanien stand. »Die heimtückischen Intrigen meiner Vorfahren, meinst du«, hatte Ros gesagt und mir damit den Hinweis gegeben, der mich hier herunter brachte. Allerdings ohne Erfolg; ich hatte keine Spur gefunden, die zu den Howards führte. Stattdessen entdeckte ich hinter einem Regal mit spanischem Hoftratsch – alten Tagebüchern, Berichten und Briefen, die vor langer Zeit von Koryphäen der Kulturgeschichte sorgfältig zusammengetragen worden waren und seitdem in der hintersten Ecke vermoderten – den Übergang zum Ostteil der Ebene C.

Ich richtete die Lampe in den nächsten Gang: nichts. Dann in den nächsten. Ich lief weiter, dann kehrte ich zurück. Dieser Gang kam mir bekannt vor. Ich ging ein paar Meter hinein und wurde schneller, je mehr ich von ihm wiedererkannte. Ja, der war es.

Irgendwo quietschte eine Tür. Ben war direkt hinter mir. Ich knipste das Licht aus und tastete mich durch die Dunkelheit, bis ich direkt vor meiner Nase auf Bücher stieß. Ich streckte die rechte Hand aus, bis ich merkte, dass das Regal in einer geschlossenen Ecke stand. *Verdammt.* Ich nahm den Chambers in die andere Hand und tastete mich nach links.

Ein paar Gänge weiter hörte ich ein leises Geräusch, und dann sah ich einen schwachen roten Schein an der Decke. Ich erstarrte. Der Mörder hatte eine rote Taschenlampe. Ben tippte mir auf die Schulter, und ich wusste, was er meinte. *Weiter.* Meine Finger glitten über die rauen Rücken unsichtbarer Bücher, bis ich plötzlich auf eine Lücke stieß. Neben dem Regal öffnete sich ein Spalt. Vorsichtig quetschte ich mich hinein und kroch hinter das Bücherregal. Zwischen dem Regal und der Wand war eine Lücke von etwa einem halben Meter. Auf der Suche nach dem Durchgang tastete ich die Wand ab. Ich konnte nur beten, dass die Öffnung noch existierte.

Ich fand sie so schnell, dass ich stolperte und beinahe stürzte. Das Buch rutschte mir aus der Hand. Blind sprang ich hinterher und konnte es gerade noch auffangen, bevor es polternd auf dem Boden landete, doch ich zuckte vor Schmerz zusammen, als sich die Scherbe, die immer noch im Einband des Buches steckte, tief in meine Hand bohrte. Ben war hinter mir und half mir auf die Füße. »Hut ab«, flüsterte er beeindruckt.

Plötzlich hörten wir im Gang hinter uns Schritte, die auf halbem Weg innehielten. Rotes Licht sickerte zwischen den Büchern durch das Regal, in dessen Deckung wir standen. Es reichte gerade, um zu sehen, dass die Passage, in der wir standen, auf einen Flur führte, der direkt nach Osten ging. Dann erlosch das Licht, und die Schritte kehrten in die Richtung zurück, aus der sie gekommen waren. Ich atmete auf. So schnell wir konnten, tasteten wir uns durch die Finsternis nach Osten vor, bis ich den Luftzug einer Kreuzung spürte.

Ich wandte mich nach rechts und folgte dem Gang, bis wir eine freie Wand erreichten. In einer kleinen Nische in der Ecke, die von ein paar ausrangierten Lesetischen verstellt war, war eine Metalltür. Entsetzt stellte ich fest, dass sie mit einem elektronischen Schloss gesichert war. Dann bewegte sich die Tür in der Zugluft. Anscheinend war durch den Stromausfall das Schloss aufgesprungen.

Ben riss die Tür auf. Ein Schwall feuchter, heißer Dunkelheit schlug uns entgegen, geschwängert von leichtem Verwesungsgeruch. Ich leuchtete mit der Taschenlampe hinein. Nach wenigen Metern wurde der Lichtstrahl von der Finsternis verschluckt.

Ich wich einen Schritt zurück. *Was ist schon ein Name?*, hatte der Mörder gesagt. *Vielleicht sollten wir auch deinen ändern.* Im ›Titus‹ wurden Lavinia und ihr Geliebter in eine dunkle Grube gelockt, bevor Lavinia vergewaltigt wurde. Ihr Geliebter starb; sie bettelte um den Tod. Ich starrte in den Tunnel.

Plötzlich hörten wir Schritte im Stockwerk über uns. Am anderen Ende des Flurs ging eine Tür auf. Ich hörte eine Stimme aus der Vergangenheit: *Du musst dem Weg folgen.* Also drückte ich das Buch fester an mich und betrat den Tunnel. Ben nahm mir die Taschenlampe aus der Hand, knipste sie aus, dann schloss er die Tür hinter uns, und die Dunkelheit verschlang uns.

12

Ben schob sich an mir vorbei und ging voran. Ich tastete mich an der Wand entlang, doch ich musste mich beeilen, um mitzuhalten. Riesige Rohre liefen an den Wänden des Tunnels entlang, ein paar waren warm, andere bullerten, und manche waren tot. Schlurfend, um nicht zu stolpern, hasteten wir, so schnell wir konnten, durch die undurchdringliche Finsternis. Meine Augen versuchten so angestrengt, sich an die Dunkelheit zu gewöhnen, dass ich das Gefühl hatte, sie würden aus den Höhlen treten.

Ein Stück weiter machte der Tunnel einen Knick nach rechts. Kurz nach der Biegung blieb Ben stehen.

»Was –«, begann ich, doch er unterbrach mich.

»Schließen Sie die Augen und hören Sie.« In dem Moment, als ich mich auf mein Gehör konzentrierte, anstatt auf das, was ich nicht sah, entspannten sich meine Augen – doch was ich hörte, waren leise schlurfende Schritte hinter uns.

Wortlos gingen wir schneller. Irgendwo begann es zu brummen, dann lief ein Zittern durch die Rohre, die Neonröhren im Tunnel flackerten kurz auf, und mit einem Schlag begriff ich, was passierte. Jemand hatte den Hauptschalter erreicht. Wenn der Strom wieder lief, bevor wir die Tür am anderen Ende des Tunnels erreichten, saßen wir in der Falle.

»Los!«, rief ich, doch Ben brauchte keine Aufforderung. Die Lampen flackerten erneut auf, und jetzt konnte ich das Ende des Tunnels sehen, nur wenige Schritte von uns entfernt.

»*Halt!*«, schrie eine dröhnende Stimme weit hinter uns.

Noch drei Schritte, und Ben warf sich mit einem Sprung gegen die Tür. Sie flog auf, und ich rannte hindurch. Kaum war Ben hinter mir hergeschlüpft, warf er die Tür zu. Schmatzend fiel sie ins Schloss.

Keuchend standen wir in einem tiefen Keller, der kaum mehr war als ein kalt ausgeleuchteter Lagerraum voller Regale. Eine Tür führte ins Treppenhaus. Zwei Stockwerke höher betraten wir das schwach beleuchtete Foyer im Erdgeschoss des Lamont-Gebäudes. Rechts befand sich eine Nische mit Kopierern. Links war der verlassene Ausleihschalter, daneben eine Glastür zu einer kleinen Terrasse. »Notausgang. ALARMGESICHERT«, warnte ein Schild über der Tür. Draußen schien bereits jede Alarmanlage auf dem ganzen Campus zu heulen.

»Meinen Sie, eine Sirene mehr fällt auf?«, rief Ben.

Ich schob mich an ihm vorbei hinaus in die Nacht. Wir standen auf einer kleinen mit Efeu bewachsenen Betonterrasse. Über uns stimmte eine weitere Glocke in den Chor der Sirenen ein, doch es war zu bezweifeln, dass irgendjemand in mehr als drei Metern Entfernung sie hörte. Als wir um die Ecke bogen, blieb ich wie angewurzelt stehen.

Vor uns hatte sich eine kleine Menschenmenge versammelt, doch keiner sah in unsere Richtung. Sie konnten uns bei dem Höllenlärm, der hier draußen herrschte, unmöglich hören, und außerdem starrte jeder Einzelne von ihnen wie hypnotisiert zur Widener-Bibliothek hinüber, wo eine Rauchsäule und lodernde Flammen aus dem Innenhof stiegen.

Plötzlich wurde mir klar, was sich dort im glutroten Herzen des Feuers befand: Harry Wideners Arbeitszimmer. »Die Bücher«, stöhnte ich. *All die wunderschönen, unersetzbaren Bücher.* Das war das Schneegestöber, das im Innenhof durch die Luft wirbelte, als ich aus Ros' geborstenen Fenstern gesehen hatte: Seiten aus den kostbaren Büchern der Widener-Sammlung.

»Wenigstens ist niemand zu Schaden gekommen«, sagte Ben.

Doch ich konnte nur an die Bücher denken, die dort verbrannten. »Mein Gott«, sagte ich erschüttert. »Die First Folio Edition.« Am Nachmittag hatte ich noch hineingesehen. In der Rotunde vor dem Arbeitszimmer.

Auch im Globe war eine First Folio in Flammen aufgegangen. Mit einem Mal begriff ich, dass der verdammte Mistkerl mordete und ganze Gebäude niederbrannte, um die Folios zu zerstören. Und die Folio – zumindest ein bestimmtes Exemplar – war das jakobäische Magnum opus, das Ros meinte. Der Schlüssel zu ihrer Entdeckung. Der Mörder wollte nicht nur Ros und mich davon abhalten, den Schatz zu finden – egal was es war. Er eliminierte alle Wege, die zum Ziel führen könnten.

Ich wollte mich durch die Menge nach vorn drängeln, doch Ben hielt mich zurück. »Es ist zu spät«, sagte er mit rauer Stimme. »Die Bücher sind hin.« Er zog mich fort, am Haupteingang der Lamont-Bibliothek vorbei, und dann verließen wir den Campus durch das gleiche Tor, durch das ich gekommen war. Ich hatte Asche in den Haaren und im Mund, meine Nase war voller Ruß, und meine Augen tränten.

Als wir die Massachusetts Avenue erreichten, schien es, als wäre jedes Fahrzeug mit Sirene nördlich von Providence unterwegs zum Campus von Harvard. Wir blieben an der Bordsteinkante stehen. Mein Hotel war direkt auf der anderen Straßenseite.

»Dort wohnen Sie?«, rief Ben, um den Krach zu übertönen.

Ich nickte und wollte eben über die Straße laufen.

Doch er hielt mich fest. »Unter Ihrem eigenen Namen?«

»Nein, als Mona Lisa«, gab ich schnippisch zurück und leckte mir über die trockenen Lippen. »Was glauben Sie wohl?«

»Sie können nicht zurück.«

»Die Polizei weiß nicht –«

»Wir haben andere Sorgen als die Polizei.«

Ich wollte widersprechen, doch dann biss ich mir auf die Lippe. *Böse Kate*, hatte mir der Mörder ins Ohr geflüstert. Er kannte meinen Namen. Falls er auf der Suche nach mir war, wäre das Harvard Inn – das nächstgelegene Hotel – der erste Ort, wo er nachsehen würde. Doch wo sollte ich sonst hin?

»Wir gehen zu mir«, sagte Ben.

Ich hatte keine Wahl. Wir liefen über die Straße, nahmen die Bow Street zur Mount Auburn und überquerten die John-F.-Kennedy-Street auf der anderen Seite von Harvard Square. Ben wohnte unten am Fluss im Charles Hotel. Das Charles, eine schräge Mischung aus Großstadt-Chic und neuenglischem Farmhaus, war eines der feinsten Hotels in Cambridge – der Ort, wo Aristokraten und Vorstandsvorsitzende abstiegen, wenn sie ihre Kinder oder ihre Ärzte in Harvard besuchten. Ich hatte noch nie eins seiner Zimmer von innen gesehen.

Doch Ben hatte kein Zimmer, er hatte eine Suite. Als ich eintrat, fiel mein Blick auf lila Sofas und schwarze Lederstühle mit hoher Lehne, die wie Soldaten um einen großen Esstisch Wache standen. An einem Ende des Tischs befand sich ein Laptop mit einem Haufen Papiere. Dahinter öffnete sich eine Fensterfront auf die Stadt im Morgengrauen. Auf dieser Seite war die brennende Bibliothek glücklicherweise nicht zu sehen.

Das Buch an mich gepresst, war ich in der Tür stehen geblieben. »Warum sollte ich Ihnen vertrauen?«, fragte ich zum zweiten Mal an diesem Abend.

»Sie haben allen Grund, misstrauisch zu sein«, erklärte Ben, »aber wenn ich Ihnen etwas antun wollte, hätte ich es längst getan. Ros wollte Schutz für Sie, und sie hat mich angeheuert. Sicherheit ist mein Geschäft, Kate. Ich habe meine eigene Firma.« Dann erklärte er mit einem matten Lächeln: »Waffen und Wachmänner. Keine Versicherungen.«

»Das kann jeder sagen.« Irgendwann unterwegs war seine Waffe verschwunden.

Er trat hinter mich und schloss die Tür. Ben Pearl war groß, fiel mir auf, und hatte weit auseinanderstehende grüne Augen. Er räusperte sich, dann sagte er: *»Es gibt Gezeiten für der Menschen Treiben; nimmt man die Flut wahr, führt sie uns zum Glück; versäumt man sie, so muss die ganze Reise des Lebens sich durch Not und Klippen winden.«*

Ebenso gut hätte Ros ihm ein schriftliches Empfehlungsschreiben geben können. Es war ihr Lieblingszitat, auch wenn sie das nicht gerne zugab, weil sie fand, dass Lieblingszitate generell sentimental und vorhersagbar waren. Doch diese Zeilen aus ›Julius Cäsar‹ brachten die Philosophie auf den Punkt, nach der sie gelebt hatte und die sie auch an mich weiterzugeben versuchte: Folge deinem Glück. Als ich mich allerdings daran hielt und meine flüchtige Chance am Theater am

Schopf packte, hatte sie laut protestiert und meinen Weggang von der Universität als Fahnenflucht, Feigheit und Betrug gebrandmarkt. Damals, in der Nacht, als ich ging, hatte ich ihr die Verse aus ›Julius Cäsar‹ entgegengeschleudert. Erst später fiel mir auf, wer die Worte sagte: Brutus, der Schüler, der zum Mörder wurde.

Ich schauderte. »Sie wusste es? Sie wusste, dass sie mich in Gefahr brachte?«

»Geben Sie das Buch her und setzen Sie sich.«

Ich wich zurück.

»Ich bin nicht scharf auf Ihr Buch, Kate«, sagte er geduldig. »Ich will nur Ihre Hand versorgen.«

Ich folgte seinem Blick. Über den Buchdeckel zog sich ein Streifen Blut, der aussah wie ein chinesisches Schriftzeichen, und auch die Glasscherbe, die noch im Einband steckte, war blutverklebt. Unwillkürlich ließ ich das Buch los und sah zu, wie es zu Boden fiel. Ein tiefer Schnitt lief quer über meine Handfläche, und er blutete noch immer. Mir wurde schwindelig, und ich sank in einen Stuhl.

»Danke«, sagte Ben, dann hob er das Buch vom Boden auf und folgte mir an den Tisch. Er legte das Buch ab und stellte ein rotes Täschchen daneben, das er aus dem Koffer geholt hatte. Seine Reiseapotheke. Er nahm ein paar antiseptische Tücher heraus und begann die Wunde zu reinigen. Seine Hände waren sanft, doch das Desinfektionsmittel brannte.

»Haben Sie irgendeine Ahnung, wer Ihr Verfolger war?«

Ich schüttelte den Kopf. »Nein. Außer dass er Ros getötet hat. Er hat sie zum Geist von Hamlets Vater gemacht.«

Ben blickte auf, und ich erzählte ihm von dem Einstichloch.

Zuerst schwieg er und konzentrierte sich auf meine Verletzung. Er schien weder überrascht noch schockiert zu sein. Er zeigte überhaupt keine Reaktion. »So«, sagte er schließlich und gab mir meine Hand zurück. »Fertig. Wenn Sie möchten, lege ich Ihnen einen Verband an, aber die Wunde heilt schneller, wenn die Haut atmen kann … Woher wollen Sie wissen, dass Ihr Verfolger der Mörder ist?«

»Er hat es mir gesagt, gleich nachdem er mich mit dem Messer bedroht hat. ›*Was ist schon ein Name?*‹« Aus meinem Mund klang die

Drohung seltsam. »›Ros hat ihren geändert. In Hamlet den Alten. Vielleicht sollten wir auch deinen ändern.‹«

Wieder zuckten die Muskeln um Bens Kiefer.

»Und er hat mir das hier hinterlassen.« Mit meiner unverletzten Hand zog ich die ausgerissene Seite der Folio aus der Tasche. »Kennen Sie ›Titus‹?«

»Ich habe den Film gesehen.«

Ich legte das Blatt vor Ben auf den Tisch und beobachtete die Veränderung seines Gesichtsausdrucks, während er las. »Du lieber Himmel«, sagte er angewidert, als er fertig war.

»Wenn Sie mich beschützen wollen«, sagte ich leise, »dann halten Sie mir den Absender vom Hals.«

Ben stand auf, ging zum Fenster und blickte hinaus. »Das kann ich nur, wenn wir zusammenarbeiten, Kate. Und das bedeutet, ich brauche Informationen. Ich muss wissen, was Sie tun, wonach Sie suchen.«

»Hat Ros Ihnen nichts erzählt?«

»Nur dass Sie auf der Jagd nach Wissen sind. Zuerst habe ich dankend abgelehnt, denn das ist genau die Zutat, die man für Atombomben und Bioterror braucht. Aber Ros hat abgewinkt. Sie sagte, sie sei auf der Suche nach der Wahrheit: *Schönheit ist Wahrheit, Wahrheit Schönheit. Soviel wisst ihr auf Erden, und dies Wissen reicht …*« Er grinste mich an. »Schauen Sie nicht so entsetzt. Ich kann lesen. Manchmal lese ich sogar Keats. Dass ich mit Waffen umgehen kann, ist kein zwangsläufiger Widerspruch. Außerdem zitiere ich nur, was Ros mir erzählt hat.«

»Was mehr ist, als sie mir erzählt hat. Mir hat sie nur eine kleine in Goldpapier gewickelte Schachtel gegeben. Ein Abenteuer und ein Geheimnis, hat sie es genannt. Und hierher hat es mich geführt.« Ich schlug den Chambers-Band auf und schob ihn ihm hin. Darin lag die Nachricht, die ich in Ros' Büro gefunden hatte. Der Zettel war kleiner, als ich ihn in Erinnerung hatte. Ich hatte ihn noch nicht gelesen. Der Brief würde alles aufklären: welches von Shakespeares jakobäischen Meisterwerken Ros meinte, wo ich in der First Folio Edition zu suchen hatte – und wonach. Und vielleicht enthielt der Brief sogar noch etwas Wichtigeres: eine Erklärung. Eine Entschuldigung.

Ben beugte sich über den Zettel. »Für Kate«, las er laut, dann gab er ihn mir zurück. Das Papier knisterte, als ich es auseinanderfaltete. In Blockbuchstaben, mit blassem Bleistift geschrieben, standen dort zwei Wörter: CHILD. KORR.

»Etwas kryptisch«, stellte Ben fest. »Irgendeine Ahnung, was das heißen könnte?«

»›Korr.‹ ist die Abkürzung für ›Korrespondenz‹«, murmelte ich stirnrunzelnd.

»Briefe also. Aber wofür steht ›Child‹? Geht es um Kinder? Briefe aus der Kindheit? Von wem? Von Ros?« Bens Fragen prasselten auf mich ein wie Hagelkörner.

»Das würde voraussetzen, dass sie eine hatte – eine Kindheit, meine ich. Aber darauf würde ich nicht wetten. Das soll keine Kritik an Ihren Großeltern sein«, schob ich verlegen nach.

»Schon gut.«

»Ich bezweifle, dass Ros Kinderbriefe als ›Korrespondenz‹ bezeichnen würde.« Ich schüttelte den Kopf. »Mit ›Child‹ ist ein Ort gemeint. Die Privatbibliothek des English Department.«

Child. Das kleine Wörtchen bedeutete eine verlorene Welt für mich, die viel mehr umfasste als die Räume, die es bezeichnete – ein paar versteckte Zimmer im obersten Stockwerk der Widener-Bibliothek. Für uns Doktoranden war die Child Library so etwas wie eine Heimat gewesen, ein Ort mit tiefen, abgewetzten Sesseln, großen Tischen und warmem Licht, das auf alte Bücher fiel. Die kleine Bibliothek beherbergte eine außergewöhnliche Sammlung, nicht nur an Literatur, sondern an allem möglichen Treibgut literarischer Lebensläufe – Memoiren, Biografien, Historien und Briefe. Bände über Bände mit Briefen.

»Dort gibt es massenhaft Briefe«, sagte ich seufzend.

»Von Shakespeare?«, fragte Ben.

»Wenn Sie einen finden, lassen Sie es mich wissen.«

»Hat die Bibliothek keine?«

»Niemand hat welche«, antwortete ich kurz. »Weil es keine gibt. Der berühmteste Dramatiker seiner Sprache – wahrscheinlich aller Sprachen –, und wir haben nichts. Keine Zeile an seine Frau, keine Beschwerde an seinen Buchhändler. Nicht einmal ein unterwürfiger

Dankesbrief an die Königin. Alles, was wir haben, ist ein einziger Brief an *ihn*, eine Bitte um ein unbedeutendes Darlehen, die nie abgeschickt wurde. Wenn man nach der Beweislage geht, könnte man denken, er hätte überhaupt keine Briefe geschrieben oder erhalten. Man könnte fast annehmen, dass er gar nicht schreiben konnte.« Ich legte Ros' Zettel zurück in das offene Buch und stand auf. »Natürlich muss er Briefe geschrieben haben. Nur haben sie anscheinend nicht überlebt. Ein klassischer Fall von Irreführung durch lückenhafte Beweislage.«

Ich rieb meinen Nacken und dachte dabei unwillkürlich, dass ich Ros am liebsten den Hals umgedreht hätte. Von welcher Korrespondenz sprach sie? Konnte sie nicht ein einziges Mal sagen, was sie meinte?

Ben untersuchte das Papier. »Erklären Sie mir genau, wo Sie es gefunden haben.«

Rasch und leise erzählte ich ihm, was ich wusste, angefangen bei Ros' Auftritt im Theater in der Rolle von Hamlets Geist über die kodierte Nachricht aus der Schachtel bis hin zum Zettelkatalog in ihrem Büro.

»Der Katalog?«, fragte er stirnrunzelnd. »Sie haben das hier im Katalog gefunden?«

Ich nickte.

»Die Gebäude in Harvard sind nach historischen Personen benannt, richtig?«

Ich nickte wieder.

»Und nach wem ist die Child Library benannt, Frau Professor?«

»Nennen Sie mich nicht Frau Professor.« Doch während ich es sagte, verstand ich, worauf er hinauswollte. Ros meinte gar nicht den Ort. ›Child. Korr.‹ war die Signatur für einen Eintrag im Katalog. Die bibliographische Angabe für ›Child. Korrespondenz‹. Mr Childs Korrespondenz.

»Francis Child war hier Professor«, sagte ich langsam. »Ein richtiger, meine ich. Er hatte Ros' Lehrstuhl inne, allerdings ein paar Generationen vor ihr. Er lehrte englische Literatur und war selbst für Harvard so etwas wie eine Koryphäe auf seinem Gebiet. Wobei ich keine Ahnung habe, was Ros – oder ich – in seinen Papieren zu suchen hätten. Childs Fachgebiet waren Volkslieder und Balladen, nicht Shakespeare.« Ich zeigte auf Bens Laptop. »Kommen wir hier ins Internet?«

Er nickte und schob mir den Computer herüber. Ich rief HOLLIS auf, Harvards Online-Katalog, dann tippte ich Childs Namen und das Stichwort ›Korrespondenz‹ ein.

»›Francis James Child‹«, las Ben über meine Schulter. »›Korrespondenz, 1855–1896.‹ Mist.« Er seufzte. »Wenn man drei Stunden zu spät kommt, macht es keinen Spaß, recht zu haben.«

Nachdenklich schüttelte ich den Kopf. »Wir kommen nicht zu spät.«

»Ist Ihnen der laute Knall vorhin nicht aufgefallen? Das war die Widener-Bibliothek, die explodiert ist.«

»Sehen Sie.« Ich zeigte auf den Bildschirm. »Die Standortnummer ist MS Am 1922.«

»Heureka«, sagte Ben trocken. »Das erklärt alles.«

»›MS‹ steht für ›Manuskript‹«, fuhr ich fort, während ich die Seite schloss. »Was bedeutet, dass die Briefe nicht in der Widener-Bibliothek sind. Sondern in der Houghton Library. Harvards Standort für seltene Bücher und Manuskripte.«

»Und wo ist das?«

»Der niedrige Backsteinbau zwischen der Widener und der Lamont.«

»Mit anderen Worten, genau daneben.« Er schüttelte den Kopf. »Glauben Sie im Ernst, dass sie die Bibliothek aufmachen, wenn die Widener-Bibliothek direkt daneben in Flammen steht?«

»Wir sind hier in Harvard. Hier machen sie um Punkt neun auf, darauf können Sie Gift nehmen.« Ich grinste ihn an. »Wir sind nicht zu spät, wir sind zu früh.«

»Na gut«, sagte Ben. Er beugte sich vor und berührte meinen Arm. »Sind Sie sicher, dass Sie weitermachen wollen?«

»Wollen Sie mir Angst machen?«

»Sie sollten Angst haben.«

»Das heißt nicht, dass ich aufgebe.«

Er nickte, und ich bildete mir ein, eine Spur von Anerkennung in seinem Blick zu sehen. Dann stand er auf, ging an den kleinen Kühlschrank und nahm sich eine Dose Red Bull heraus. Gegen die Kühlschranktür gelehnt, riss er die Dose auf. »Haben Sie im Flugzeug geschlafen?«

»Nein.«

»In der Nacht davor?«

»Nicht viel.«

Er sah mir in die Augen. »Kampfregel Nummer eins: Erschöpfung macht dumm. Und Dummheit heißt Gefahr – für Sie selbst und jeden in Ihrer Nähe. Im Moment bin ich das. Also wäre ich Ihnen sehr verbunden, wenn Sie es wenigstens versuchen würden.« Er zeigte auf die Schlafzimmertür. »Da drin ist das Bett. Und das Bad. Fühlen Sie sich wie zu Hause.«

»Das meinen Sie doch nicht ernst.«

Doch er meinte es ernst. »Wir haben genug Zeit, dass Sie sich noch ein paar Stunden aufs Ohr hauen können. Wenn Sie irgendwas brauchen, ich bin hier draußen.«

Das stellte er sich also unter Teamarbeit vor. Er schickte mich wie ein kleines Kind ins Bett. Es ärgerte mich, aber gleichzeitig war ich todmüde. Ich trottete zum Schlafzimmer.

»Schlafen Sie gut, Frau Professor.«

»Hören Sie auf, mich so zu nennen«, knurrte ich, dann schloss ich die Tür ein wenig fester als nötig. Vor mir stand ein riesiges Doppelbett mit einer flauschigen weinroten Tagesdecke. Vom Fenster hatte man einen herrlichen Blick über Boston. Das Bad war eine warme, saubere Insel aus blitzenden Kacheln. Dorthin zog ich mich zurück, nachdem ich so viele Türen wie möglich zwischen Ben und mir geschlossen hatte.

Ich stellte mich unter die heiße Dusche und spürte, wie mit dem Schmutz der letzten zwei Tage auch die Wut von mir abfiel. Bilder tanzten durch meinen Kopf: die Flammen, die in Harry Wideners Arbeitszimmer an den blauen und roten Ledereinbänden der kostbaren Bücher leckten. Ein schwarzer Brandfleck, der sich wie ein Pilz durch die Seiten der First Folio Edition fraß. *Die Bücher*, dachte ich wieder und spürte einen Stich. *Die wunderschönen Bücher.*

Wenigstens ist niemand zu Schaden gekommen, hatte Ben gesagt.

Dann tauchten andere Bilder vor meinem inneren Auge auf: lose Papiere, die wie ein stilles Schneegestöber durch Ros' Büro wirbelten.

Die zerschmetterte Shakespeare-Büste – eine blutleere Scherbe seiner Wange auf dem Perserteppich. Wäre ich zwei Sekunden länger dort gewesen, dachte ich, als ich das Wasser abstellte, hätte es meine Wange sein können.

Ich trocknete mich ab und kämmte mir das Haar. Auch wenn es mir nicht passte, von Ben wie ein Kind behandelt zu werden – ich hatte mich auch wie ein Kind aufgeführt, als ich trotzig aus dem Zimmer stapfte. Im besten Fall musste er mich für undankbar und unhöflich halten; wofür er mich im schlimmsten Fall hielt, wollte ich mir nicht ausmalen.

Ich stieß mit dem Fuß gegen meine Kleider. Sie stanken nach Rauch. Wenn ich nicht darin schlafen wollte, müsste ich hinaus zu Ben gehen und ihn um ein T-Shirt bitten. Genervt starrte ich den Kleiderhaufen an. Dann wickelte ich mich in ein flauschiges weißes Handtuch, das so groß wie ein Tischtuch war, und stapfte ins Wohnzimmer zurück.

Er saß auf der Seite des Sofas, wo er sowohl die Tür als auch die Fenster im Blickfeld – und Schussfeld? – hatte. Die Füße hatte er auf den Couchtisch gelegt. Seine Pistole lag griffbereit in der Nähe. Er blätterte durch den Chambers-Band. Er hatte die Scherbe aus dem Einband entfernt, doch der dunkle Blutfleck war noch zu sehen. Als er dort saß, stachen seine markanten Gesichtszüge hervor, und ich musste an Michelangelo denken oder Rodin – auch wenn Ben bedeutend mehr Kleider trug.

»Ros hat mir erklärt, Shakespeares Sprache wäre so reich, weil seine Bühne so kahl war«, sagte er unvermittelt, ohne den Blick zu heben. »Keine Kulissen. Nichts als ein paar Kostüme und Requisiten.«

Ich zuckte zusammen. Ich hatte gedacht, er hätte mich nicht bemerkt. »Er baute seine Welten aus Worten.«

»Hat keiner von euch das Buch hier gelesen?« Mit gerunzelter Stirn blätterte er weiter. »Der alte Chambers behauptet, die Londoner Bühnen hätten Rauch und Wasser spucken und Blitz und Donner, ja sogar Wolkenbrüche und Feuerwerk hervorzaubern können – wenn auch wahrscheinlich nicht alles gleichzeitig. Ein Theater hatte einen beweglichen Wald, der aus Falltüren auf der Bühne wuchs. Vielleicht waren sie nicht ganz so weit wie George Lucas, aber das hier hört sich nicht gerade nach kahlen Brettern an. Meine Lieblingsszene ist die, wo Pluto von irgendwelchen sadistischen Schicksalsgöttern in brennende Kleider gesteckt wird, und dann – hören Sie sich das an«, mit dem Finger suchte er eine Zeile am Seitenanfang, »*Jupiter steigt mit brüllendem Donnerkeil majestätisch von einem Regenbogen herab …*«

»Haben Sie mir heute Nacht das Leben gerettet?«

Sein Finger hielt auf der Seite inne. »Klingt wie ein Lied von Elton John.«

»Ich meine es ernst.«

»Das versuche ich immer zu vermeiden.«

»Machen Sie eine Ausnahme. Ihrer Tante zuliebe, nicht meinetwegen.«

Endlich riss er sich von der Seite los, lehnte sich zurück und verschränkte die Hände hinter dem Kopf. Er ließ den Blick über meinen Körper wandern, und ich musste an einen Leoparden denken, der vom Ast eines Baums den Gazellen zusieht. »Wollen Sie etwa das Handtuch werfen?«

Mit einem Mal spürte ich jeden Zentimeter des Handtuchs auf meiner Haut. »So weit ist es noch nicht.«

»Genau das ist auch meine Antwort. So weit ist es noch nicht.«

Ich zog das Handtuch enger um mich. »Trotzdem danke. Dass Sie mir bis jetzt das Leben gerettet haben.«

»Träumen Sie schön, Frau Professor«, sagte er mit einem spöttischen Lächeln und wandte sich wieder dem Buch zu.

»Mistkerl«, murmelte ich, als ich mich ins Schlafzimmer zurückzog. Vor dem Bett blieb ich stehen. Ich hatte Ben um ein T-Shirt bitten wollen; die Vorstellung, Tür an Tür mit einem Fremden nackt im Bett zu schlafen, war nicht gerade erfreulich, egal wessen Neffe er war. Doch ich würde mir eher die Zunge abbeißen, bevor ich noch einmal zu ihm ginge, um meine Nacktheit anzusprechen. Resigniert ließ ich das Handtuch fallen, kroch unter die Decke und war eingeschlafen, kaum dass mein Kopf das Kissen berührte.

* * *

Als ich aufwachte, wusste ich, dass ich noch träumte. Kaltes graues Licht, das nach Meer roch; eine Mauer, die sich in die Ferne streckte. Ein Stück weiter hing ein schiefer Wandteppich an der Mauer, auf dem Venus und Adonis zu sehen waren, doch er war aufgeschlitzt und blutverschmiert. Darunter lag ein weißhaariger König, dem die Krone in die Stirn gerutscht war. Ich beugte mich zu ihm. Er war tot. Die in den Teppich gewebten Äste raschelten im Wind. Plötzlich schlug der tote König die Augen auf und griff mit skelettartigen Fingern nach meinem Arm. »Rache …«, flüsterte er. Bevor ich mich bewegen konnte, kroch ein Schatten über meinen Rücken, und die dünne, heiße Klinge eines Messers schnitt mir die Kehle durch.

Erschrocken fuhr ich hoch. Anscheinend hatte ich geschrien, denn Ben stand in der Tür. »Alles in Ordnung?«

»Ja«, sagte ich und brachte ein zittriges Lächeln zustande. »Nur ein Alptraum. ›Hamlet‹.«

»Wirklich?« Er sah mich ungläubig an. »Sie träumen eine Tragödie in fünf Akten?«

»Eher einen billigen Horrorfilm.«

Er verschwand kurz, dann kam er zurück und warf mir ein T-Shirt zu. »Zeit zum Aufstehen. Frühstück ist fertig«, erklärte er, dann ließ er mich allein und schloss die Tür hinter sich. Das T-Shirt war grau, ohne Aufdruck, mit Falten an den Stellen, wo es ordentlich zusammengelegt worden war. Ich steckte die Nase hinein; es roch frisch und sauber, als wäre es an einer Wäscheleine auf einer Alpenwiese getrocknet. Als ich es überzog, wurde mir warm, und der Traum zog sich zurück wie ein träge flüsternder Gezeitenstrom.

Im Wohnzimmer lief stumm der Fernseher, während leise Vivaldi-Klänge aus den Lautsprechern kamen. Es roch nach Bacon und Zimt. Ben stand an der Fensterfront und starrte hinaus auf den Charles River.

»Pfannkuchen mit Bacon und Ahornsirup oder Eggs Benedict?«, fragte er. »Wenn Sie lieber ein Schmalzfleischsandwich hätten, rufe ich noch mal beim Zimmerservice an.«

Ich verzog das Gesicht. »Im Charles Hotel kann man Hundefutter ordern? Sie machen Witze.«

Er rümpfte die Nase. »In der Armee hat ein bisschen Schmalzfleisch noch keinem geschadet.«

»Sie waren in der Armee?«

»Nicht direkt.«

Ich wartete auf eine Erklärung, doch er schwieg. »Dann bin ich dafür, dass wir uns die Eier und die Pfannkuchen teilen.«

»Bewundernswert diplomatisch.« Er schob mir eins der Eier auf den Teller. »Ihr Gepäck ist auch schon da.«

Tatsächlich, an der Tür stand der kleine schwarze Rollkoffer, den Sir Henry mir von Mrs Barnes hatte packen lassen. »Sie sagten doch, wir könnten nicht ins Inn zurück.«

»*Sie* nicht. Es war keine Rede davon, dass nicht jemand anderes unbehelligt rein- und wieder rauskäme.«

»Sie haben mein Gepäck gestohlen?«, fragte ich mit der Gabel voll Ei auf halbem Weg zum Mund.

»Sagen wir, ich habe einen Gefallen eingefordert. Wenn Sie etwas dagegen haben, können wir Ihren Koffer jederzeit zurückschicken.«

»Nein«, antwortete ich schnell mit vollem Mund. »Wenn es um saubere Klamotten geht, heiligt der Zweck die Mittel.«

»Wo wir gerade von kriminellen Handlungen sprechen, wir haben es in die Morgennachrichten geschafft. Nicht nur Lokalfernsehen. Sogar die großen Jungs berichteten: CNN, die Today-Show, Good Morning America.«

»Gibt es was Neues?«

»Die wissen weniger als wir – nur das, was jeder Blinde im Großraum Boston mitbekommt.« Er sah mich forschend an. »Sind Sie sicher, dass Sie weitermachen wollen? Die Sache ist heiß, und es wird immer heißer.«

»Gefährlich, meinen Sie.«

»›Heiß‹ klingt cooler.« Ein Lächeln huschte über sein Gesicht. »Aber Sie wissen, was ich meine.« Er schob seinen Teller zur Seite. »Kate, es ist nur eine Frage der Zeit, bis jemand den Brand in Harvard mit dem Brand im Globe in Verbindung bringt. Und wenn es so weit ist, dann ist Ihnen jeder Sender auf den Fersen, von der Polizei zweier Kontinente ganz zu schweigen.«

Ich nahm meine Kaffeetasse und ging ans Fenster. Ich wusste, was ich wollte, ob man mir auf den Fersen war oder nicht. Die interessantere Frage, auf die ich nur vage Antworten hatte, war: Warum?

Rache, hatte der alte König in meinem Traum gesagt. Aber Rache für wen?

Für Ros, natürlich. Ros war der König; das wusste ich, so wie man in Träumen Dinge weiß – dass ein vollkommen Fremder die eigene Mutter ist oder der Geliebte oder das Haustier aus der Kindheit, mit der unerschütterlichen Gewissheit eines Heiligen oder Fanatikers. Aber im Traum war es meine Kehle, die aufgeschlitzt worden war. Und in der Bibliothek hatte mir der Mörder eine überaus echte Klinge an den Hals gehalten.

Ich machte mir keine Illusionen, den Mörder aufzuspüren und ihm persönlich Gerechtigkeit widerfahren zu lassen. Oder ihn auch nur der Polizei zu übergeben. Trotzdem würde ich mich an ihm rächen.

Er mordete und legte Brände, um zu verhindern, dass Ros' Entdeckung ans Tageslicht käme. Ich musste einfach für das Gegenteil sorgen.

Aber Rache war nicht mein einziger Antrieb. Ich trank einen Schluck Kaffee und sah einer Möwe nach, die über dem Fluss ihre Kreise zog. Die goldene Schachtel, die Ros mir gegeben hatte, war so etwas wie eine Pandora-Büchse. Ich wollte Ros rächen, so viel war klar. Doch was mich selbst anging, so wollte ich etwas Simpleres, Egoistischeres. Ich wollte das Geheimnis lüften. Ich wollte wissen, was Ros entdeckt hatte.

Ben hatte sie etwas von Wahrheit und Schönheit erzählt. Mir hatte sie gesagt: *Wenn du die Schachtel öffnest, musst du dem Weg folgen, den sie dir weist.* Ich trank meinen Kaffee aus, dann drehte ich mich um. »Ich habe ein Versprechen gegeben. Sie müssen nicht mitkommen.«

»Doch, das muss ich.« Er lächelte. »Ich habe auch ein Versprechen gegeben.«

Wir wechselten uns mit dem Duschen ab. Ich musste zugeben, es tat gut, Mrs Barnes' saubere Kleider anzuziehen. Auch wenn sie – zweifellos auf Sir Henrys Anweisung – den Koffer mit lauter Dingen gefüllt hatte, die ich mir selbst nie gekauft hätte. Ich entschied mich für eine beige Caprihose und eine tief ausgeschnittene ärmellose Bluse mit Leopardenmuster. Während ich auf Ben wartete, steckte ich die Brosche am Revers meines neuen leichten Blazers fest.

In einem olivgrünen T-Shirt und Khakihosen kam Ben aus dem Schlafzimmer.

»Fertig?«, fragte ich und verstaute das Buch und einige Papiere in meiner Tasche.

Er legte sich ein Schulterhalfter an, schob die Pistole hinein und zog eine Wildlederjacke über. »Fertig.«

Dann verließen wir das Hotel und machten uns auf den Weg zur Houghton-Bibliothek.

13

Die Widener-Bibliothek war immer noch von Polizei und Feuerwehr umstellt. Schaulustige verrenkten sich den Hals, um über die Barrikaden ins Innere der Bibliothek zu spähen, doch dort war es zu dunkel, um durch die Türen irgendetwas zu erkennen. Ben und ich mischten uns unter das Volk und ließen uns zu dem kleineren eleganten Backsteinpalast nebenan treiben: der Houghton Library.

Das einzige Zugeständnis an das nächtliche Unglück direkt nebenan war, dass man die Wache verdoppelt hatte – von einem auf zwei Männer. Als sie uns kommen hörten, sahen sie von ihren Zeitungen auf und nickten uns leutselig zu. Einer wies mir ein Schließfach zu, der andere ging meine Tasche durch. »Sie wissen, dass das Schließfach offen bleiben muss«, erklärte der erste. »Abschließen ist verboten heutzutage.«

Ich deponierte alles bis auf einen gelben Notizblock und den Chambers. Das Buch würde ich um nichts in der Welt aus den Augen lassen, erst recht nicht in einem unverriegelten Schließfach. Dann ging ich mit Ben zu der taubenblauen Flügeltür am Ende des Flurs und klingelte.

Zwei Sekunden später öffnete sich die Tür mit einem leisen Summen.

Der Lesesaal war ein großer, luftiger Raum mit hohen, schmalen Fenstern, die das helle Sommerblau des Himmels hereinließen. In der Mitte standen lange Reihen von großen polierten Tischen, an denen eine kleine Schar von Studenten gebückt über verstreuten Papieren saß. Ich steuerte einen freien Platz an und legte meine Sachen ab. Ben setzte sich neben mich. Der Mann am nächsten Tisch sah uns mit triefendem Hundeblick vorwurfsvoll an, als hätten wir ihm die Sicht versperrt. Ich füllte einen Bestellzettel aus – *MS Am 1922. Francis J. Child. Korr.* – und gab ihn bei einem mürrischen Mann am Schalter ab, dann nahm ich mir einen Bleistift, setzte mich hin und wartete. Früher war dieser Ort für mich wie ein warmer Kokon gewesen; heute fühlte ich mich nackt und verwundbar. Wer weiß, vielleicht war der Mörder bereits hier im Saal.

Ben stand auf und schritt die Gänge ab, scheinbar, um einen Blick auf die Referenzwerke zu werfen. Er ging jedes Detail des Saals und der Menschen durch. Auf der Suche nach möglichen Gefahren, dachte ich, und zweifellos nach einem Fluchtweg. Ich versuchte mich wieder auf meine Aufgabe zu konzentrieren. Wonach suchte ich? Was hatte Ros in Childs Schriften gesucht? Würde ich es erkennen, wenn ich es vor mir hatte?

Ben verschwand in der Galerie, die die Houghton- und die Widener-Bibliothek miteinander verband. Der Übergang war auf beiden Seiten mit Karteikartenschränken und Computern vollgestellt, die den alten und den neuen Houghton-Katalog enthielten. Zu meiner Überraschung hatte er einen Bestellzettel in der Hand, als er zurückkam. Er gab ihn am Schalter ab, dann setzte er sich neben mich.

Fünfzehn zermürbende Minuten später schoben zwei Bibliothekare mit versteinerten Mienen einen Wagen herein, auf dem sich vier Kisten mit Archivmaterial stapelten. Obenauf lag ein Paar dünne weiße Baumwollhandschuhe. Am nächsten Tisch seufzte der Mann mit dem Hundeblick, als würde das Gewicht all der Kisten auf ihm lasten. Eine Sekunde lang fragte ich mich, ob er uns beobachtete. Doch das war lächerlich, nein, paranoid: Der Mann war vor uns hier gewesen.

Ich streifte die Handschuhe über, dann öffnete ich den Deckel der ersten Kiste und ging an die Arbeit.

Die Briefe waren katalogisiert und durchnummeriert, doch wenn es um Recherche ging, glaubte Ros sowohl an Gründlichkeit als auch an Glück: Anscheinend hatte sie es nicht für nötig gehalten, mir einen konkreten Hinweis zu geben – etwa die Referenznummer des Briefes, der ihr Geheimnis enthielt. Der Löwenanteil guter wissenschaftlicher Arbeit, sagte sie, bewege sich mit dem Tempo der Evolution einer neuen Spezies. Leider hatte ich keine Zeit für den Luxus, gute wissenschaftliche Arbeit zu leisten. Stattdessen überflog ich Seite für Seite der Wirrungen und Triumphe im Leben eines fremden Mannes und war mir bei jedem Umblättern bewusst, dass ich keine Ahnung hatte, wonach ich suchte. Wenn ich zu schnell las, konnte ich es leicht übersehen.

Die Briefe stammten nicht von Child; es waren Briefe von Kollegen und Helfern, die ihn im Rahmen seiner unermüdlichen Arbeit als Sammler von Volksgut angeschrieben hatten: die Dichter Longfellow und Lowell, einer der Gebrüder Grimm, der Philosoph William James. Dazwischen gab es einen nicht versiegenden Strom heiterer Briefe von seiner Frau Elisabeth. Nichts davon bot sich als Stoff für Ros' Erleuchtung an.

Der Mann mit dem Hundeblick streckte sich und ließ die Fingerknöchel knacken. Die Wanduhr hinter ihm war bereits zwei Stunden vorgerückt. Ich beugte mich wieder über meine Arbeit.

Tief unten in der dritten Kiste überflog ich gerade den nächsten kernig-fröhlichen Bericht von Elisabeths Sommerfrische mit den Kindern in Maine, als ich über eine Seite stolperte, die nicht zur vorherigen zu passen schien.

»*Die Kleinen spielten draußen, pflückten Brom-*«, endete die eine Seite. Doch als ich umblätterte, begann die nächste Seite mit den Worten: »*Ich habe etwas entdeckt.*« Die Worte, die Ros benutzt hatte.

Ich suchte Bens Blick, doch er war tief versunken in ein Büchlein, das wie ein wettergegerbtes Tagebuch aussah.

Ich legte die beiden Seiten nebeneinander. Die zweite Seite stammte nicht von Elisabeth Child, auch wenn die krakelige Handschrift Elisabeths Schrift seltsam ähnlich sah, genau wie das Papier und die verblasste blaue Tinte. So ähnlich, dass sie bei flüchtigem Hinsehen als Seiten desselben Schreibens durchgehen konnten. Doch nicht bei näherer Betrachtung.

Ich habe etwas entdeckt, das, wie ich glaube, für einen Connaisseur wie Sie von Interesse sein könnte, und im Vertrauen darauf, daß nicht alles gleißt, was Gold ist, sogar möglicherweise von großem Werth.

Ich fuhr mir mit der Zunge über die Lippen und hatte wieder Ros' Stimme im Ohr: *Ich habe etwas entdeckt. Ich brauche deine Hilfe, Kate.* Ich las weiter.

Es handelt sich um ein Manuscript. Ich glaube, es wurde in englischer Sprache verfaßt – zumindest habe ich einzelne englische Worte wiedererkannt –, und die antike Ausgabe des Don Quixote, in der ich es fand, ist eine englische Übersetzung. Leider ist die Handschrift zum großen Theil unleserlich, selbst die Stellen, die nicht von der Zeit so fleckig oder verblaßt sind, daß man sie nicht mehr entziffern kann. Es war mir immerhin möglich, mit einigermaßen vernünftiger Eindeutigkeit den Titel zu reconstruiren – bis auf den ersten Buchstaben, den ich, wie ich eingestehen muß, noch nie gesehen habe. Es ist eine Art durchgestrichene Spirale, in etwa *. Ich hätte es für Griechisch gehalten, doch die folgenden Buchstaben stammen aus dem lateinischen Alphabet.*

-ardeno, glaube ich. Oder womöglich -ardonia?

Ich runzelte die Stirn. Der seltsame Buchstabe war nicht griechisch. Er stammte aus einer alten elisabethanischen Kursivschrift: das große C der sogenannten Secretary Hand. Was aus dem Titel ›Cardeno‹ oder ›Cardonia‹ machte.

Der Ausdruck kam mir bekannt vor. Ich hatte ihn irgendwo gelesen … Ein Name. Aber wovon? Einer Person oder einem Ort? Je mehr ich meine Erinnerung durchforstete, desto verschwommener wurde der Begriff, bis er sich schließlich im weichen grauen Nebel des Vergessens auflöste. Vielleicht konnte der Brief Aufschluss geben. Hastig las ich die Seite zu Ende.

Ich habe es an einem sicheren Ort hinterlegt. An derselben Stelle, wo es ungesehen und ungestört überdauert hat, seit es, nicht lange nach seiner Schöpfung, verloren ging. Doch ich befinde mich in einer vertrackten Lage. Ich würde es gerne an mich nehmen und von einem Experten schätzen lassen. Doch ich kenne weder Namen noch Ort einer solchen Autorität hier, an diesem rauhen Ende der Civilisation. Ebensowenig wüßte ich, wie ich den Gegenstand seinem derzeitigen Platz entreißen könnte, ohne seine Zerstörung zu riskieren – er ist emp-

findlich, und ich fürchte, die harte Reise auf dem Pferderücken und in der Eisenbahn würde ihm zusetzen, umso mehr eine Seereise.

Einer der Knaben hier behauptet, er sei – »vor vielen Jahren« – Ihr glühender Schüler gewesen, und er erzählt, Ihr Blick, Sir, sei von wunderbarer Weisheit, vor allem wenn es um Räthsel literarischer Natur geht. Ich wäre Ihnen ewig dankbar, wenn Sie mir in dieser Sache Rath angedeihen lassen könnten. Wenn Sie darüber hinaus eine Wette eingehen möchten, ob sich die Mühe am Ende auszahlen könnte für einen Spieler, bin ich, wie man so sagt, »ganz Ohr«.

Aber vielleicht sind Sie kein Spieler.

Als Pfand meiner Dankbarkeit für die Zeit, die Sie sich bereits genommen haben, lege ich Ihnen eine Ballade bei. Die neuweltliche Interpretation einer alten schottischen Weise, wie ich vermute. Es war ein verteufeltes Stück Arbeit, hier oben in den Lagern die gängigen Lieder durchzugehen auf der Suche nach einem Einzigen, das nicht Papier und Tinte erröthen lassen würde, aber ich hoffe, Ihnen dieses ohne derartige Scham überstellen zu dürfen.

Ich habe die Ehre, etc., ergebenst Ihr Jeremy Granville

Die Grüße und die Unterschrift waren in eine Zeile an den unteren Rand gequetscht, sodass sie auf den ersten Blick wirkten wie eine Zeile mitten im Fließtext. Ich blätterte weiter.

»*-beeren*«, schrieb Elisabeth. »*Während ich mich, wie Du Dir vorstellen kannst, wegen der Bären fürchtete!!!*«

Kein Wunder, dass Professor Child darauf verfallen war, Balladen zu sammeln. Ich blätterte wieder zurück zu Granvilles Brief. War es das, was Ros entdeckt hatte?

Es musste so sein.

Hastig blätterte ich durch die letzten Papiere der Kiste, aber ich konnte weiter nichts Ungewöhnliches finden. Außerdem fehlte die erste Seite von Jeremy Granvilles Brief. Ich überprüfte die Katalogliste und stellte fest, dass seine Existenz überhaupt nicht erwähnt war. Es schien, als wäre das einzelne Blatt versehentlich zwischen die Seiten von Elisabeths Brief geraten, womöglich schon auf Professor Childs Schreibtisch. Und der Bibliothekar, der das Material später katalogisierte, hatte den Fehler nicht bemerkt.

Die einsame Seite trug weder Datum noch eine spezifische Ortsbeschreibung – keine Information bis auf die Unterschrift und den Fundort zwischen Childs Papieren, mit deren Hilfe sie sich historisch einordnen ließ. Außer der Erwähnung einer »antiken« Ausgabe von ›Don Quixote‹. Siedend heiß fiel mir ein, dass ich in Ros' Regalen eine ganze Abteilung zu ›Don Quixote‹ gesehen hatte. Aber was hieß das schon? Das Buch gehörte zur Weltliteratur wie die ›Ilias‹ oder ›Krieg und Frieden‹ – Ros' Interesse daran war eine intellektuelle Vorliebe, die alles andere als originell war.

Trotzdem konnte der Bezug hilfreich sein, um Granvilles Fund zu datieren. Die spanische Originalausgabe von ›Don Quixote‹ war zu Beginn des 17. Jahrhunderts erschienen, etwa zu der Zeit, als Königin Elisabeth I. starb. Nur knapp zehn Jahre später entstand die erste englische Übersetzung. Granvilles »antike Ausgabe des Don Quixote« konnte also frühestens aus dieser Zeit stammen. Gleichzeitig konnte der Brief nicht aus einer Zeit nach Professor Childs Tod – gegen Ende des 19. Jahrhunderts – datieren. Ich stöhnte innerlich. Das war keine große Hilfe: Zwischen beiden Daten lag eine Spanne von fast dreihundert Jahren.

Mein Blick fiel auf den Chambers-Band, der schweigend vor mir auf dem Tisch lag. Zumindest der Anfang jener Zeit wurde von Chambers abgedeckt, der über viel mehr schrieb als nur über Dramen. Ich griff nach dem Buch, schlug die letzte Seite auf und seufzte. Das Register aller vier Chambers-Bände fand sich im letzten Band – den ich bei Ros im Regal stehen gelassen hatte. Dann blätterte ich zurück zu der Seite, die Ros markiert hatte, und begann erneut zu lesen.

Plötzlich schien das Licht im ganzen Saal heller zu werden, als mir dämmerte, was Granvilles Worte zu bedeuten hatten. Ich nahm mir noch einmal den Brief vor. Vielleicht hatte ich es nur geträumt. Nein, dort stand es, schwarz auf weiß.

Ich griff nach meinem Block und begann hastig den Wortlaut des Briefs abzuschreiben. Meine Hand flog über das Papier. Der Mann mit dem Hundeblick sah wehmütig zu mir herüber, neidisch, dass ich etwas entdeckte hatte, das sich abzuschreiben lohnte. Auch wenn Ben sich kaum bewegte, brannte sein Blick auf meiner Haut. »*… eine Art durchgestrichene Spirale, in etwa* *. Ich hätte es für Griechisch gehal-*

ten …«, schrieb ich und fügte die Bemerkung hinzu: »Nicht Griechisch – Englisch. Elisabethanisches großes C.«

Ich schob Ben den Block hin. Er las, dann sah er mich verwirrt an. Statt einer Antwort schob ich ihm das Buch hin und tippte auf den Absatz, den ich meinte.

Es war die Seite, die ich letzte Nacht gelesen hatte, eine Liste von Shakespeares jakobäischen Magna opera, die Chambers einzeln und mit einer Beschreibung versehen aufführte. Am Ende der Seite war ein Abschnitt, den ich bisher übergangen hatte. Ich hörte, wie Ben neben mir nach Luft schnappte. Die Worte hatten sich bereits in mein Gedächtnis geprägt.

»*Verschollene Stücke*«, lautete die Überschrift. Es folgten zwei Titel. Der erste war ›Gewonnene Liebesmüh‹. Der zweite war ›Die Geschichte von Cardenio‹.

Ben sah mich an. »Verschollen?«

»Wir kennen die Titel, weil die Aufführungen im Kalender des Hofes verzeichnet sind. Wir wissen, dass die Stücke existiert haben. Aber seit Jahrhunderten hat niemand auch nur ein Zitat aus einem der beiden Stücke gesehen – nicht einen zusammenhängenden Satz.« Meine Stimme klang heiser. »Außer Jeremy Granville.«

Bens Augen weiteten sich. »Wo?«

Ich schüttelte den Kopf. Die erste Seite des Briefes fehlte. In dem Teil, der übrig war, hielt er sich mit handfesten Informationen bemerkenswert zurück. »Ich weiß es nicht.«

Aber Ros hatte es gewusst. Davon war ich plötzlich überzeugt. *Ich habe etwas entdeckt, Liebes,* hatte sie gesagt. *Etwas Großes. Größer als Hamlet am Globe,* hatte sie mit leuchtenden grünen Augen betont. Und ich war so selbstgefällig gewesen, sie nicht ernst zu nehmen.

Der Türöffner summte, und ich zuckte zusammen.

Mit merkwürdiger Klarheit wurde eine Stimme von draußen hereingetragen, die ich kannte.

Detective Chief Inspector Sinclair.

ZWISCHENSPIEL

Frühling 1598

Am oberen Absatz einer geheimen Treppe blieb sie vor der Tür stehen, die mit einem Teppich verhangen war, und strich sich die grüne seidene Robe glatt, die ihr dunkles Haar und ihre Augen so gut zur Geltung brachte. Dann zog sie den Vorhang ein Stück zurück und spähte in die Kammer. Auf der anderen Seite kniete ein junger Mann vor einem Altar, inbrünstig ins Gebet vertieft. Er bemerkte ihre Gegenwart nicht.

Sie zögerte. Ihn anzusehen war ihr zum Bedürfnis geworden, so wie man den Flammen im Kamin zusieht. Sein goldenes Haar, das wie ein Heiligenschein einen Körper von wilder Anmut krönte. Sie erschauerte. Sie musste aufhören, ihn »den Knaben« zu nennen. Auch wenn er noch nicht voll zum Manne gereift war, so war er längst ein Jüngling. Will.

Es war ihr anderer Liebhaber gewesen, der vorgeschlagen hatte, den Jungen bei dem Namen zu nennen, den beide Männer gemeinsam hatten.

»Und wie soll ich dich von nun an nennen?«, hatte sie gefragt.

»Bei meinem anderen Namen«, hatte er lächelnd geantwortet. »Shakespeare.« Und dann machte er einen weiteren Vorschlag, der wenig später seinen Weg in die Dichtung fand. *Will will dir deiner Liebe Schatz erfüllen*, hatte er geschrieben. *Du hast deinen Will', Will obendrein, und Will im Überfluss.*

Es war seine Idee gewesen, vor einigen Monaten, dass sie den Knaben verführen sollte. Er hatte sie regelrecht angefleht. Sein Vorschlag hatte sie so bestürzt, dass sie schweigend dagesessen hatte, während er ruhelos vor ihr auf und ab schritt. Erst bat er sie, dann bettelte und schmeichelte er, dann ließ er eine Schimpftirade über sie ergehen, bis er von Neuem aufs Betteln verfiel.

Es wäre keine unerfreuliche Aufgabe, hatte sie damals gedacht, wie sie sich jetzt erinnerte. Der Knabe, Will, war wunderschön – mit seinem golden glänzenden Haar, der strahlenden Haut und seinem quecksilbrigen Witz. Er war ihr schon bei seinem ersten Auftritt in Shakespeares Truppe aufgefallen, und außerdem war ihr aufgefallen, wie die Augen des Älteren dem Jüngeren folgten. Sie hätte nicht sagen können, ob der junge Will des Älteren Stammverwandter, Protegé oder Liebhaber war, und sie hatte auch nicht nachgefragt. Auf jeden Fall wurde Will geliebt, auf die eine oder die andere Art.

»Warum?«, hatte sie gefragt, als der Dichter ihr seine Bitte unterbreitete. Was nicht bedeutete: »Warum liegt dir daran?«, sondern schlicht: »Warum ich?«

Denn Will hatte nie ein Auge auf sie geworfen. Sie war an die Blicke der Männer gewöhnt. Selbst die Männer, die sich sonst nur für ihresgleichen interessierten, schätzten sie gewöhnlich wie eine Schöpfung der Kunst. Doch William Shelton war anders. Er hatte sie gesehen, so viel war klar. Sie hatten miteinander gesprochen, ein oder zwei Mal. Doch er hatte sie nie angesehen.

»Warum?«, wiederholte sie.

Shakespeare blieb am Fenster stehen und griff nach dem Sims. »Er will Priester werden.« Erst als er sie anblickte, sah sie die Verzweiflung in seinen Augen. »Katholischer Priester. Jesuit.«

Ein Schauer lief ihr über den Rücken. Aufgrund ihrer Nähe zum Papst verstanden sich die Jesuiten als Soldaten Jesu und gaben ihr Leben, um das Licht Gottes in die gefährlichsten Winkel der Welt zu tragen – England eingeschlossen, solange England und seine häretische Königin am protestantischen Glauben festhielten. Die Minister der Königin sahen die Sache anders. Sie hassten den Jesuitenorden als Hort religiöser Fanatiker, die endlos Mordkomplotte gegen die Königin schmiedeten, um einen katholischen Regenten auf Englands Thron zurückzuholen und das englische Volk durch die Höllenfeuer der Inquisition zu zerren, mit spanischen Schwertern an ihren Kehlen.

Es zählte als Hochverrat, wenn ein Jesuit einen Fuß auf englischen Boden setzte. Und dennoch kamen sie. Also machte man gnadenlos Jagd auf sie, und wenn man sie fasste, mussten sie die schlimmsten Foltermethoden über sich ergehen lassen, die den Vernehmungsbeamten der Königin einfielen. Was von ihnen übrig blieb, wurde dem Henker übergeben.

Die Vorstellung, die schlanke, goldene Schönheit des Knaben könnte jenen Torturen unterworfen werden, ließ sie erblassen.

Es war nichts Ungewöhnliches für eine irische Familie mit vielen Söhnen, dass sich einer davon dem Priesterstand anschloss. Doch seine Brüder, beklagte Shakespeare bitter, flößten Will die Sehnsucht nach Märtyrertum ein, und sie waren in der Position, ihm dazu zu verhelfen. Es waren Kreaturen der Howards, und obwohl die Howards sich laut und öffentlich zum Protestantismus bekannten – wann immer sie ihre Haut retten mussten, waren sie erzkatholisch, um ihre Seele zu retten. Man munkelte, die Howards, angeführt vom intriganten Grafen von Northampton und seinem Neffen, dem Grafen von Suffolk, wurden vom König von Spanien bezahlt. Falls irgendwer einem jungen Engländer helfen konnte, sicher ins feindliche Spanien und in den verbotenen Hafen eines Jesuitenseminars zu gelangen, dann die Howards, die, indem sie den Eifer anderer unterstützten, Buße für ihren eigenen religiösen Wankelmut taten.

Kein Wunder, dass Shakespeare verzweifelt war. Sie trat zu ihm ans Fenster und legte ihm voll Mitleid die Hände auf die Schultern. Er streichelte ihre Wange, dann ließ er den Finger bis zur Grube unter ihrem Hals gleiten. »Du könntest eine andere Sehnsucht in ihm entfachen.«

Die Herausforderung hatte sie gereizt. Sie hatte mit Ehefrauen und Mätressen, mit Knaben und Männern um die Gunst ihrer Geliebten gebuhlt – und fast immer hatte sie gewonnen. Doch sie hatte sich noch nie mit Gott gemessen. Sie wollte bereits einwilligen, als ihr die Tragweite seiner Bitte dämmerte. Shakespeare wollte nicht nur, dass sie den Knaben verführte. Er bat sie, ihn zu befriedigen.

Einen Moment lang war sie versucht zu gehen und nie wiederzukehren. Sie war keine Hure, deren flüchtige Dienste er gekauft oder bei einer Wette gewonnen hatte. Sie war keine Ehefrau, deren dauerhafte Dienste er zu einem höheren Preis erstanden hatte, um sie nach Belieben weiterzuverpachten. Sie war ihre eigene Herrin, und auch wenn sie zu Neckereien bereit war und sich nicht schämte, diese für ein Schmuckstück oder ein neues Kleid einzutauschen – ihre Liebe verschenkte sie, sie verkaufte sie nicht. Er aber war so um die reine Schönheit des Knaben besorgt, dass er bereit war, die ihre zu verhökern, und das kränkte sie zutiefst.

Sie spürte, wie sich tief in ihrem Innern eine finster schwelende Rachsucht regte. Ja, sie würde Will verführen, doch damit nicht genug. Zur gleichen Zeit würde sie Shakespeare zurückerobern, bis sowohl der Dichter als auch der Knabe für sie brannten, mit lodernden Flammen, die niemand zu löschen vermochte. Und wenn die Zeit reif war, würde sie dafür sorgen, dass beide davon erfuhren.

Und so hatte sie sich in Seide und Perlen gehüllt, ihr schwarzes Haar zu langen glänzenden Kaskaden gebürstet und war vom Dichter zum Knaben gegangen, um Will mit Musik und Kerzenlicht in ein Netz aus Verlangen, Honig und Galle zu locken, bis er sich ganz darin verstrickte. Und die ganze Zeit wusste sie, dass Shakespeare einen Stock tiefer wartete, auf einem hohen Stuhl in seiner Kammer, und in das Herz des Feuers starrte.

Inzwischen waren mehrere Monate vergangen.

Durch die Lücke im Vorhang sah sie, wie Will sich bekreuzigte, und eine zarte Röte überzog die weiße Haut ihres Dekolletés. Gestern, als sie durch Shakespeares Kammer wanderte, war sie durch Zufall auf ein Gedicht gestoßen, und bevor sie wusste, was sie tat, hatte sie die erste Zeile gelesen. *Zwei Geister hab' ich trost- und qualenreich.* Sie war zurückgezuckt, als hätte sie etwas gebissen. Sie mochte es nicht, ungefragt seine Worte zu lesen. Es kam ihr schändlich vor.

Und so hätte sie wahrscheinlich nicht weitergelesen, hätte er sie nicht so lange warten lassen. Doch die Worte nagten und zerrten an ihr. Natürlich war sein geplagtes »ich« er selbst, doch auf sie traf es ebenso zu. Als er immer noch nicht kam, las sie:

Zwei Geister hab' ich trost- und qualenreich,
Die mich verlocken stets im Widerstreite,
Ein blonder Jüngling steht mir engelgleich,
Ein dunkles Weib als böser Geist zur Seite.

Feuerröte trieb ihr in die Wangen. Das Gedicht handelte von ihr, doch es war nicht für sie bestimmt. Qualenreich? Böser Geist? So schätzte er sie ein?

Sie las weiter.

Die Arge lockt, zur Hölle mich zu bringen,
Den bessern Genius fort von meinem Pfad,
Will meinen Heiligen zum Teufel dingen,
Dem buhlend sie mit falschen Reizen naht.

Sie hatte alles angezettelt, schalt sie sich, diesen Aufruhr von Eifersucht und Verwirrung. Doch was sie nicht gewollt hatte, war, dass sie sich in ihrem eigenen Netz verfing. Sie hatte nicht gewollt, dass sie sich in Will verliebte.

Und ob mein Engel fiel, kann ich nicht sagen,
Doch scheint es fast, da fern mir alle zwei,
Und beide Geister freundlich sich vertragen,
Daß einer in des andern Hölle sei.

Das Sonett – falls es eines sein sollte – war unvollendet. Das Verspaar am Schluss fehlte. Ein kleines bitteres Lächeln des Triumphs huschte über ihre Lippen. Wenn Shakespeare es nicht vollendet hatte, dann, weil er nicht konnte. Er wusste nicht, wie die Geschichte ausging. Und wenn sie auch in ihrem eigenen Netz gefangen war wie eine Fliege, so wusste sie wenigstens, was geschah. Und er tappte im Dunkeln.

Dann kam ihr ein weiterer Gedanke. Hatte er das Gedicht absichtlich hier liegen und sie allein gelassen, damit sie es sähe? Bat Shakespeare sie indirekt um eine Antwort? Angelte er, durch Dichtung, nach der Wahrheit?

Feder und Stift lagen auf dem Pult. Sie begann vor dem Fenster auf und ab zu gehen, während der Saum ihres Kleids über die Binsenmatten streifte. Sie wollte, dass Shakespeare die Wahrheit erfuhr. Nur durfte sie keinen Bruch mit ihm riskieren. Noch nicht. Nicht bis sie sicher war, allein dafür sorgen zu können, dass bei Will die Aufmerksamkeiten seiner Brüder und die Angebote der Howards auf taube Ohren trafen. Ihr Antwortvers musste messerscharf sein.

Schließlich griff sie zur Feder, biss sich auf die Zunge und begann sorgfältig zu schreiben.

Die Wahrheit kenn ich nicht, bleibt mein Vermuten –

Sie hörte ein Geräusch an der Tür. Hastig legte sie die Feder hin, ging ans Fenster zurück und strich ihr Kleid glatt, während sie hinab in den Garten starrte, ohne etwas zu sehen.

Falls Shakespeare mit einem Blick sah, was sie getan hatte, so sagte er nichts. An diesem Nachmittag gaben sie sich einander mit ungewöhnlicher Leidenschaft hin, wieder und wieder, bis in den trägen blauen Seufzer der Dämmerung hinein, als der Duft der Veilchen durch das offene Fenster strömte.

Wann er die Gelegenheit fand, das Gedicht zu beenden, wusste sie nicht. Er war kaum von ihrer Seite aufgestanden, außer um Wein nachzuschenken und ihr den schäumenden Silberkelch ans Bett zu bringen.

Doch als er ging, fand sie im Kerzenschein einen zweiten Vers, der sich an ihren drängte und das Sonett vollendete.

Der Engel flieht einst aus der Teuflin Gluten.

In seiner derben Leichtigkeit war der Vers wie ein Schlag ins Gesicht. Es war eine Verweigerung, gemalt in großen Schnörkeln, ihren Vers ernst zu nehmen, ihre Liebe ernst zu nehmen – alles andere außer Will.

Doch als sie jetzt den Knaben am Altar beobachtete, erkannte sie, dass es auch ein Eingeständnis gewesen war. Shakespeare *vermutete* nicht nur, dass ein Geist in des andern »Hölle« war. Er *wusste* es. Er weigerte sich, es zuzugeben, und würde es abstreiten, bis alles vorbei war und sie endlich von Will abließe. Denn davon ging er aus: dass am Ende er die Trophäe behalten würde.

In diesem Augenblick wusste sie, was zu tun war. Sie würde gewinnen, koste es, was es wolle. Im Kampf um Will Sheltons Herz würde sie Shakespeare besiegen, die Howards und Gott.

Mit einer schnellen Handbewegung zog sie den Vorhang zurück, der den Eingang der geheimen Kapelle verbarg, und trat in die Kammer.

Will sprang auf die Füße, als er Schritte hörte, und seine Hand glitt zum Schwert, doch als er sie erkannte, leuchteten seine Augen. »Mylady«, sagte er mit einer Verbeugung.

»Ihr seid leichtsinnig«, antwortete sie. »Es hätte jeder sein können.«

»Die Kapelle ist wohl verborgen.«

»Ich habe Euch gefunden«, gab sie mit hochgezogener Braue zurück.

»Vor Euch habe ich mich nicht versteckt«, sagte er.

Sie gestattete ihm, ihre Finger mit einem Kuss zu berühren, dann beugte sie sich zu ihm. »Unten wartet ein Maler auf Euch«, murmelte sie. »Und später, falls er nicht zu lange bleibt, werdet Ihr im Garten noch jemanden finden, der auf Euch wartet.« Mit einem vielversprechenden Lächeln rauschte sie davon und ließ ihn allein mit dem betörenden Veilchenduft und seiner Begierde.

Zweiter Akt

14

Mein Bleistift rollte vom Tisch auf das Korkparkett. Ich duckte mich zufällig im gleichen Moment, als Sinclair mit einem der Wachmänner und zwei Herren in dunklen Anzügen im Schlepptau hereinkam. Die Herren im Anzug zeigten dem Bibliothekar einen Ausweis vor. »Federal Bureau of Investigation«, sagte der eine mit gedämpfter Stimme. Mehr konnte ich nicht verstehen. Waren sie meinetwegen hier?

Ich wurde mucksmäuschenstill und spähte über die Schulter nach Sinclairs Bügelfalten. Der Bibliothekar kam hinter seinem Schalter hervor. »Hier entlang, bitte«, sagte er, und die kleine Gruppe machte kehrt und marschierte zum anderen Ende des Lesesaals, hinauf auf die Galerie mit dem Zettelkatalog und den Computern.

Ich verrenkte mir den Hals, um Ben anzusehen. »Der britische Polizist«, sagte ich stimmlos.

»Gehen Sie«, sagte Ben leise, ohne den Blick von seinem Buch zu nehmen.

»Aber ich habe erst die Hälfte …«

»Ich kümmere mich darum.«

»Ich brauche den ganzen –«

»*Jetzt.*«

Ich zog meinen Block vom Tisch und schrieb *Buchladen Mass. Ave. ggüber – Shakespeare Abt.* Dann schob ich Ben die Nachricht hin, stand auf, ging schnell zum Ausgang und wurde mit einem Summen der Tür hinausgelassen.

In der Lobby saß der zweite Wachmann in der Sonne, die durchs Fenster fiel, und las den ›Boston Herald‹. Blinzelnd sah er zu mir auf, als ich mit weichen Knien auf ihn zukam. Ich hielt den Bleistift hoch, um ihm zu zeigen, dass ich nicht mehr dabeihatte, und er winkte mich lässig vorbei.

Mit hastigen Schritten ging ich in den Raum mit den Schließfächern, packte meine Tasche und steuerte auf den Ausgang zu. Feuchte Hitze empfing mich, als ich die Tür ins Freie aufdrückte. Hinter mir hörte ich das Summen der Tür zum Lesesaal. Als ich mich erschrocken umsah, rempelte ich gegen einen Besucher, der gerade die Treppe zur Bibliothek heraufkam.

Zwei Hände packten mich an den Schultern und hielten mich fest. »Kate Stanley!«, rief eine helle Tenorstimme. Unter der Red-Sox-Kappe erkannte ich das dunkelblonde Haar, die blauen Augen und den kräftigen Körperbau von Matthew Morris. Harvards zweiter Shakespeare-Professor. »Was um Himmels willen tust du hier?«

»Ich wollte gerade gehen.« *Herrgott noch mal.* Ich hatte keine Zeit für Smalltalk. Erst recht nicht mit ihm.

Ich versuchte mich loszumachen, doch er ließ nicht locker. »Seit drei Jahren hab ich nichts von dir gehört, und du willst tschüs sagen, ohne hallo gesagt zu haben? Das ist aber nicht sehr nett.«

»Ich dachte, du wärst in Washington. An der Folger«, erklärte ich mit hörbarer Irritation.

Er trug Jeans und ein rotes T-Shirt. Vielleicht weil er aus einer von Bostons ältesten Familien stammte, strengte er sich besonders an, dem Klischee eines in Tweed gehüllten Ivy-League-Professors zu widersprechen. »Da war ich auch, bis heute Morgen in aller Herrgottsfrühe das Telefon geklingelt hat. Anscheinend haben wir hier einen waschechten Shakespeare-Notfall, und ich wurde als ortsansässiger Experte dazugerufen.«

Ein kalter Luftzug erfasste uns, als hinter uns die Tür aufgerissen wurde. Erschrocken drehte ich mich um. Eine rundliche Frau mit kurzem braunen Haar nickte uns zu, dann rauschte sie die Treppe hinunter, einen Stapel Bücher und eine pralle Computertasche unter den Armen.

»Du bist schreckhaft heute, Kate«, bemerkte Matthew, als sie vorbei war.

»Ein Shakespeare-Notfall?«, fragte ich zurück.

Matthew sah sich um, dann beugte er sich verschwörerisch vor. »Es geht um die First Folio Edition. Seit dem Brand gestern Nacht fliegen überall halb verkohlte Seiten der Gutenbergbibel herum, aber von der Folio wurde bisher noch kein Schnipsel gefunden. Und an der Vitrine, in der beide Bücher lagen, hat sich anscheinend jemand zu schaffen gemacht.«

Die Temperatur schien schlagartig zu fallen. »Was sagst du da?«

»Sieht aus, als wäre die Folio gestohlen worden, bevor das Feuer ausbrach.«

Ich dachte an das mondbeschienene Blatt, die mit blauer Tinte gekritzelte Hand, die auf eine Textstelle wies: *Auftritt der geschändeten Lavinia.* Eine Seite aus der Folio.

»Es wird eine Weile dauern, bis es offiziell ist«, sagte Matthew, »aber nachdem im Globe Theatre wohl etwas Ähnliches passiert ist, liegt die Möglichkeit nahe. Geht es dir gut? Du bist ja kreidebleich.«

Ich riss mich los. »Ich muss gehen.«

»Warte.«

Auf der letzten Stufe blieb ich stehen.

»Die letzten Tage müssen schrecklich für dich gewesen sein.« Er musterte mich voller Besorgnis und Mitgefühl. »Hör mal, ich weiß nicht, was ich getan habe, dass du sauer auf mich bist, aber gib mir eine Chance, es wiedergutzumachen. Darf ich dich später auf einen Drink einladen? Zu Ehren von Ros.« Er lächelte traurig. »Sie hat immer gesagt, es sei nicht mehr dasselbe gewesen, seit du weg warst … Nebenbei, du siehst toll aus. Das Theater scheint dir gut zu bekommen.«

»Matthew –«

»Nur ein Drink. Ich hole dich ab. Wo bist du abgestiegen?«

»Im« – im letzten Moment besann ich mich – »im Harvard Inn.«

»Ausgezeichnet. Wir gehen in den Faculty Club. Direkt gegenüber. Um halb sechs.« Er öffnete die Tür zur Bibliothek, und wieder zog kalte Luft heraus. Dahinter hörte ich, wie die Tür des Lesesaals zum dritten Mal summte.

»Also gut«, log ich und wandte mich brüsk ab. So schnell ich konnte, marschierte ich an der Längsseite des Gebäudes entlang bis zur

Ecke, dann fing ich zu rennen an. Ich lief zum Tor, das zur Wigglesworth Hall führte. Ich dachte immer noch über Matthews Neuigkeiten nach, als ich auf die Massachusetts Avenue kam.

Die First Folios waren verschwunden. Nicht zerstört. Verschwunden.

Eine Handbreit vor meinem Gesicht rauschte ein Bus vorbei und blies mir eine stinkende Dieselwolke ins schweißfeuchte Haar. Ich lief über die Straße und joggte den backsteingepflasterten Bürgersteig hinunter, bis ich vor dem vertrauten schwarz gerahmten Schaufenster stand. Die goldenen Lettern darüber verkündeten: HARVARD BOOK STORE.

Ich trat ein. Bis auf die Schaufensterauslage hatte sich nichts verändert, seit ich Cambridge verlassen hatte. Der hintere Raum war der Literatur gewidmet. In der Mitte stand das Shakespeare-Regal. Nachdenklich ließ ich den Finger über die Buchrücken gleiten.

Bis vor fünfzehn Minuten hatte ich angenommen, Chambers sollte irgendwie erklären, warum Ros auf das jakobäische Magnum opus, A. D. 1623 – Shakespeares Folio –, Bezug genommen hatte. Doch stattdessen brachte mich Chambers auf ›Cardenio‹, während Shakespeares Folios von der Bildfläche verschwanden. Buchstäblich, wenn Matthew recht hatte.

Ich wusste nicht, ob ich weinen oder lachen sollte. Wenigstens waren die Folios nicht zerstört, verbrannt auf dem Scheiterhaufen eines Mörders. Andererseits, wenn der Dreckskerl, der mich durch die Bibliothek gejagt hatte, sie nicht zerstört hatte, hatte er sie mitgenommen. Was bedeutete, er brauchte sie. Unbedingt.

Wozu?

Ich war mir sicher, dass der Brief und die First Folios am Ende zum gleichen Ziel führten: zu einem Shakespeare-Manuskript, das hoffentlich noch immer unter einer dicken Staubschicht begraben lag.

Wusste er, wonach er suchte? Vielleicht noch nicht, da er sich so rasch von einer First Folio zur nächsten bewegte – sogar zu einer dritten, wenn man die Faksimile-Ausgabe aus Ros' Büro mitzählte. Andererseits: Er musste ungefähr wissen, was er tat. Wer würde auf eine bloße Ahnung hin in die gut bewachten Schatzkammern des Globe und der Widener-Bibliothek einbrechen und Feuer legen, um seine Spuren zu verwischen?

So ungern ich es zugab, wahrscheinlich wusste der Mörder sogar besser Bescheid als ich. Ich hatte keine einzige konkrete Spur, was das jakobäische Magnum opus anging.

Dafür hatte ich einen Brief, in dem es um ›Cardenio‹ ging. Jedenfalls lag er in der Houghton-Bibliothek.

Verdammt, ich war so schnell weggelaufen, dass ich sogar Chambers' ›Elisabethanische Bühne‹ liegen gelassen hatte. Inständig hoffte ich, Ben würde daran denken, das Buch mitzunehmen.

In der Zwischenzeit sah ich mich rastlos im Laden um und spähte durch die Schaufenster auf die Straße. Wo blieb er bloß? Wieso brauchte er so lange?

Ben war kein Geisteswissenschaftler. Hatte er verstanden, worum es beim Abschreiben ging? Dass jeder Schreibfehler, jedes Satzzeichen wichtig war? Ich brauchte Granvilles Worte, natürlich, aber ich brauchte auch seine Eigenheiten und Fehler. Es waren genau die kleinen, leicht übersehbaren Unstimmigkeiten, anhand deren der Wissenschaftler die Geschichte und die Gewohnheiten des Schriftstellers studierte.

Ich seufzte. Bis Ben auftauchte, hatte ich genau drei konkrete Hinweise – die Namen Jeremy Granville und Francis Child und ›Don Quixote‹ in der englischen Übersetzung. Wenn ein englisches Stück, das in einer englischen Übersetzung steckte, »nicht lange nach seiner Entstehung« verschwunden war, lag die Vermutung nahe, dass es irgendwo in England verschwunden war. Versteckt und vergessen hinter einem Stein im Kamin, eingemauert in einem Turmzimmer oder Verlies oder in einer Kiste vergraben, zu Füßen eines Findlings am Rand eines einsamen Moors. Granvilles Rechtschreibung, glaubte ich mich zu erinnern, war britisch.

Allerdings war da die Tatsache, dass er sich an Professor Child gewandt hatte. Falls Granville in England war, oder irgendwo in Europa, wäre es nicht nur leichter und schneller gewesen, sich an einen britischen Professor zu wenden, sondern geradewegs unnatürlich, einen Brief an Child nach Übersee zu schicken. Umso mehr, wenn Granville Brite war. Also, folgerte ich, hatte er seine Entdeckung in der Neuen Welt gemacht.

Ich dachte fieberhaft nach. Ganz sicher enthielt der Brief noch andere Hinweise. Aber diese wären leiser, weniger direkt. Ich hatte ihn nur zweimal gelesen, und das ziemlich schnell. Kaum mehr als überflogen.

Ich brauchte den Brief. Und wo blieb Ben?

Am Ende des Shakespeare-Regals blieb ich stehen. Etwa auf Hüfthöhe stand ein dickes Taschenbuch, das unter seinem eigenen Gewicht zusammensackte. Eine Faksimile-Ausgabe der First Folio Edition. Vom gleichen Verlag wie die in Ros' Büro – die dann verschwunden war. Genau wie die Folios aus dem Globe und der Widener-Bibliothek.

Ich zog das Buch aus dem Fach und blätterte durch die Seiten. Die Ränder waren sauber.

»Schon wieder das jakobäische Magnum opus?«

Ich zuckte zusammen. Als ich mich umdrehte, stand Ben mit einem breiten Grinsen vor mir, den Chambers-Band und meinen gelben Block unter den Arm geklemmt.

»Der Brief«, sagte ich. »Konnten Sie ihn abschreiben?«

Er reichte mir den Block. Ich schlug ihn auf.

Das Blatt war leer.

15

Als ich ihn wieder ansah, verwandelte sich meine Enttäuschung in Wut. »Sie haben gesagt –«

»Gehen Sie nicht gleich auf die Palme.« Ben blätterte die gelben Seiten des Notizblocks durch, bis ein loses Blatt herausfiel. Ich fing es auf.

Das Blatt war weiß, beschrieben mit krakeliger Schrift in verblasster blauer Tinte. Ich brauchte einen Moment, bis ich begriff, was ich in der Hand hielt. »Aber das ist ja das Original.«

Er grinste. »Ich habe es ausgeliehen.«

»Sind Sie verrückt?«, flüsterte ich schrill. »Houghton ist keine Leihbibliothek.« Harvard war streng, was die Bibliotheksordnung anging. Eines Nachts, etwa zehn Jahre vor dem Unabhängigkeitskrieg, als das Kollegium nur eine kleine Bibliothek besaß und jegliches Ausleihen streng verboten war, hatte sich ein Funke von einem ungeschnittenen Docht oder platzenden Scheit im Kamin – genau wusste es keiner – gelöst und war auf ein Stück Papier oder einen Vorhang oder Teppich gefallen, der sofort Feuer fing. Was man wusste, war, dass die tobenden Winterwinde aus Nordost die Flammen bald zu einem mächtigen Brand geschürt hatten, der ungehindert in der Bibliothek wütete, bis der Sturm abflaute und zum Abschied mit einer Ladung nassen Schnees das Feuer löschte.

Im blauen Licht des eisigen Morgens hatte Reverend Edward Holyoke, der Präsident des Kollegiums, im Mantel dagestanden, die Hände auf dem Rücken verschränkt, und mit Hiobsgeduld über das Unglück nachgedacht: *Der Herr hat's gegeben, der Herr hat's genommen; der Name des Herrn sei gelobt.* Wie es die Legende will, kam ein junger Student durch den rußgeschwärzten Schnee gestapft und wollte den alten Mann trösten, indem er ihm ein Buch reichte, das er am Abend vorher aus der Bibliothek geschmuggelt hatte, um die Nacht über zu büffeln. Ein großer Glücksfall, denn nach dem Brand war es der einzige überlebende Band der Sammlung, die John Harvard ein Jahrhundert zuvor dem Kollegium zusammen mit seinem Namen vermacht hatte.

Reverend Holyoke aber empfand keinerlei Verpflichtung, dem Studenten die gleiche Geduld entgegenzubringen, die ihm die himmlischen Feuer abverlangten, und so akzeptierte er die Rückgabe des Buchs, dankte dem jungen Mann und verwies ihn wegen Diebstahls der Universität.

»Soll ich ihn wieder zurückbringen?«, fragte Ben.

Ich funkelte ihn an, dann nahm ich ihm den Brief ab und vertiefte mich in die gestochene Handschrift. Plötzlich traten Wendungen hervor, wie mit Feuer geschrieben. *Neuweltliche Interpretation* … ja, ich lag richtig. Nordamerika. Wahrscheinlich die Vereinigten Staaten. *An diesem rauhen Ende der Civilisation* … Draußen im Westen, dachte ich und biss mir auf die Lippe. Das war nicht sehr hilfreich: Der amerikanische Westen war riesig.

Auf handfeste Hinweise abgeklopft, zeigten sich Granvilles Formulierungen verhalten, ja, geradezu bewusst verdunkelnd. Und doch, wenn Ros sich durch das Puzzle kämpfen konnte, konnte ich das auch.

Einer der Knaben. Für einen Spieler. Hier oben in den Lagern. Wäre er ein Cowboy gewesen, hätte er nicht eher von »Prärie«, »Trecks« und »Baracken« gesprochen?

Was für Lager? Feldlager fielen mir ein, doch Granvilles Unterschrift zeigte keinen militärischen Rang. Auch erwähnte er keine Offiziere, Befehle, Waffen, Feinde oder Kämpfe. Der Brief klang nicht nach Feldpost.

Lager. Ich schloss die Augen und sah eine Zeltstadt vor mir, umgeben von Pappelwäldern. Hacken und Schaufeln. Gruben und Stollen. *Minen.* Ich schlug die Augen wieder auf. »Er war draußen im Westen«, sagte ich. »In den Minenlagern.«

Aber was für Minen? Der frühe Goldrausch oder die späten Silberminen? Kalifornien? Colorado? Arizona? Alaska? Ich griff nach dem Brief. Da stand es, gleich am Anfang. *Nicht alles gleißt, was Gold ist,* hatte Granville geschrieben. »Gold«, sagte ich und deutete auf die Zeile.

»Sie glauben, er war Goldgräber?«

»Ich glaube, er hat nach Gold gesucht, aber etwas anderes gefunden. Er hat das alte Sprichwort umgedreht. ›Alles ist nicht Gold, was gleißt‹, heißt es im ›Kaufmann von Venedig‹. Er schreibt es hier ganz beiläufig, vielleicht nicht einmal bewusst. Aber das ist nicht so wichtig. Wichtig ist, dass Granville Goldsucher war und dass er seinen Shakespeare kannte.«

»Sind Sie sicher?«, fragte Ben. »Scheint mir eine ziemlich hochtrabende Schreibe für einen alten Goldgräber.«

»Nicht alle waren hinterwäldlerische Analphabeten«, entgegnete ich. »Immerhin hatte er einen Kumpel, der in Harvard studiert hat. Zumindest bei Professor Child. Vielleicht hatte Granville einen ähnlichen Bildungsstand. Aber selbst den Analphabeten im alten Westen war Shakespeare vertraut – seine Stücke waren so populär wie das Kino heute. Es war die Sprache, die alle verstanden. So ähnlich wie ›Hasta la vista, Baby‹ – nur dass die Bergleute stattdessen über ihren Lagerfeuern ›Romeo und Julia‹ oder ›Julius Cäsar‹ aufsagten, und zwar ganz. Viele Cowboys haben sich selbst das Lesen beigebracht, indem sie Zeile für Zeile Shakespeares gesammelte Werke durchgingen. Um die Mitte des 19. Jahrhunderts hat man die größten Schauspieler der Zeit ums Kap Hoorn herum nach Kalifornien verschifft und weiter mit Planwagen in die Berge gebracht, damit sie während des großen Goldrauschs von 1849 in den Minenlagern den ›Hamlet‹ gaben. Wenn sie gut waren, warfen die Goldgräber Nuggets und säckeweise Goldstaub auf die Bühne. Ein guter Schauspieler hat in einem Monat in den Lagern zehnmal so viel verdient wie in New York oder London in der ganzen Saison –«

»Na schön, Frau Professor«, unterbrach mich Ben.

»*Ich bin keine –*«

»Wenn Ihnen der Spitzname nicht gefällt, reden Sie nicht so viel. Ich wollte nur sagen, dass man, nur weil man Shakespeare kennt, noch lange nicht schreiben kann wie er.« Er nahm mir den Brief aus der Hand und überflog ihn. »›*Ihr Blick, Sir, sei von wunderbarer Weisheit …*‹ Glauben Sie wirklich, irgendein alter Goldgräber hätte das geschrieben?«

»Wie kommen Sie darauf, dass er alt war?«, fragte ich. »Nur weil Sie das Bild im Kopf haben, das Hollywood uns eingetrichtert hat, vom schrulligen Graubart mit dem Hinkebein?« Je länger ich darüber nachdachte, desto sicherer wurde ich, dass es um Goldminen ging. »Oder haben Sie einen besseren Vorschlag?«

»Ich verstehe nicht, wo das hinführen soll.«

»Es führt nach Utah«, erklärte ich.

»*Nach Utah?* Nicht der erste Ort, der mir einfällt, wenn es um Shakespeare geht. Oder um Gold.«

»Sie waren eben noch nie beim Utah Shakespearean Festival.« Ich fuhr mit dem Finger über das Regalfach. »Sie denken vielleicht, das Globe in London ist surreal. Warten Sie ab, bis Sie das Globe in Cedar City gesehen haben, im Land der roten Felsen.«

»Sie machen Witze.«

Ich schüttelte den Kopf.

»Sie glauben, er ist da aufgetreten?«

»Das Theater wurde erst in den 1970ern gebaut. Und wie ich schon sagte, ich glaube, Granville suchte nach Gold. Das, wo ich hinwill, ist gleich daneben: das Utah Shakespeare Archive.«

›Archiv‹ war eine irreführende Bezeichnung. Vielmehr handelte es sich um eine Art Datenbank, eine Verrechnungsstelle im alten Sinne, voller Karteikarten, die Querverbindungen zwischen jedem bekannten Namen, jeder Aufführung, jedem Ort, jeder Person und jedem Ereignis westlich des Mississippi herstellten, die je irgendetwas mit Shakespeare zu tun gehabt hatten. Es gab zwar eine hübsche Sammlung kleinerer Objekte, doch im Westen der USA hatte man Shakespeare in einem Maß verehrt, das zu der ungeheuren Weite passte, die zu erobern die Pioniere als ihre Pflicht ansahen. Die Folge war, dass viele seiner Namensvettern – Minen, Städte, Wasserreservoirs, Flüsse und Berge – sich nicht eben als Sammlerstücke eigneten. Und was man im Archiv nicht sammeln oder kopieren konnte, das wurde kartografiert.

»Ros' liebste private Recherchesammlung in den Vereinigten Staaten.« Ich bückte mich, um die Sekundärliteratur in den unteren Fächern durchzugehen, bis ich das Buch fand, das ich suchte, und es Ben in die Hand drückte. Das Cover zeigte die nachkolorierte Fotografie eines Schauspielers in Wams und Cowboyhut, der in klassischer Hamlet-Pose einen Totenkopf in der Hand hielt – ein Cameo vor einem modernen Foto des weiten Westens mit seinem unendlichen Himmel. ›Shakespeares Wilder Westen‹ lautete der Titel. Von Rosalind Howard.

»Ihr letztes Buch – endgültig«, sagte ich. »Ihre Recherchen dazu hat sie vor Ort betrieben. Ich half ihr dabei, am Anfang zumindest. Bevor sich unsere Wege trennten.«

Einen glorreichen Sommer lang war ich für Ros endlose Strecken durch die Prärien gefahren, hinauf in die Berge und in Canyons hinunter, auf der Suche nach vielversprechenden Geschichten und längst vergessenen Aufführungen. Jener Sommer hatte mein Leben verändert, allerdings nicht in die Richtung, die Ros vielleicht für mich vorgesehen hatte. In Leadville, Colorado, einer ehemals wilden Silbergräberstadt, die längst gezähmt war, hatte ich auf der staubigen Bühne eines heruntergekommenen Theaters zum ersten Mal Julias Worte laut ausgesprochen. Flüsternd zunächst, doch dann war meine Stimme angeschwollen, bis sie die Dunkelheit des Zuschauerraums erfüllte. Und mit einer plötzlichen Erleuchtung hatte ich den Unterschied zwischen Shakespeare im Buch und Shakespeare auf der Bühne begriffen. Es war wie der Unterschied zwischen heißer Erfahrung und süßer Erinnerung, zwischen dem quirligen Leben und dem starren, heiligen Tod.

Als ich im folgenden Herbst von ein paar Studenten, die meinen Teil von Ros' großer Shakespeare-Vorlesung hörten, gebeten wurde, bei der Inszenierung von ›Romeo und Julia‹ auszuhelfen, hatte ich die Chance ergriffen. Im Frühling sagte ich zu, bei ›Was ihr wollt‹ Regie zu führen.

Ich hatte es nie bereut.

In meiner Erinnerung leuchtete jener Sommer wie die Tage vor der Vertreibung aus dem Paradies. *Ich brauche deine Hilfe*, hatte Ros im Globe gesagt. Vorgestern ging es um das, was ich wusste. Vor vier Jahren hatte sie schon einmal das Gleiche gesagt, doch damals ging es um das, was ich war. Ihr knapper, hektischer Ostküstenstil kam nicht gut an bei den Ranchern und Kleinstädtern im Westen. Ich war zwar nicht direkt eine von ihnen, doch zumindest beherrschte ich die Ranch-Etikette. Mir machte es nichts aus, zu warten und erst mal ein Glas Bier oder Milch zu trinken und ein Stück Kuchen zu essen, bevor ich meine Fragen stellen oder um einen Gefallen bitten konnte. Ich war mir auch nicht zu fein, mir die Hände schmutzig zu machen. Wenn jemand Hilfe brauchte, um ein paar Kühe von einer Tränke zur anderen zu treiben, saß ich fest genug im Sattel, um mit anzupacken. Und aus diesem Grund brachte ich selbst die Leute zum Reden, die jemanden wie Ros mit stummem Misstrauen beäugten.

Also fuhr ich kreuz und quer durch die wilde Landschaft und hielt für sie Augen und Ohren offen. Ros richtete währenddessen die Kommandozentrale im Utah Shakespeare Archive ein, wo sie zwischen Stapeln von kategorisierten alphabetischen Listen saß und die Informationen verschlang, die ich ihr sandte. Die Arbeitsteilung sagte uns beiden zu. Die Denkerin und die Lenkerin, hatten wir gewitzelt.

»Falls Ros vermutete, dass Granville irgendetwas mit Shakespeare im alten Westen zu tun hatte, wäre das Shakespeare-Archiv in Utah der erste Ort, wo sie nachgesehen hätte. Vielleicht finden wir dort ihre Spur – oder Granvilles.«

»Vielleicht«, sagte Ben. Er schlug das Buch auf. »Ist er hier drin?«

»Ich habe es nie gelesen.«

Ben blickte mich kopfschüttelnd an, dann sah er wieder in das Buch. »Im Namensregister steht er jedenfalls nicht.«

»Vielleicht hat sie ihn für den nächsten Band aufgehoben«, sagte ich. »Oder sie ist auf ihn gestoßen, nachdem das Buch in den Druck ging.«

Er klappte das Buch zu. »Was ist, wenn Sie sich irren?«

»Dann hätten wir zwei Tage und dreitausend Kilometer vergeudet. Aber ich irre mich nicht.«

Er nickte. »Und wenn Sie recht haben und wir das Ding finden, und es ist wirklich das, was Sie glauben – was wäre es wert?«

Ich fuhr mir durchs Haar. So weit hatte ich noch nicht gedacht. Vielleicht kannten sie sich bei Christie's mit so etwas aus, doch soweit ich wusste, errechneten Auktionshäuser die Schätzwerte anhand von Vergleichsobjekten. Und für das, was Granville behauptete gefunden zu haben, gab es kein Vergleichsobjekt. Es gab weder vergleichbare Ausgaben von ›Cardenio‹ noch ein Manuskript irgendeines anderen Stücks aus derselben Zeit, das mit Gewissheit von Shakespeare stammte. Erst recht kein Manuskript aus seiner eigenen Feder. Nichts als sechs Ausführungen seiner Unterschrift, und die befanden sich im Besitz irgendwelcher britischen Regierungsbehörden und hatten nie zum Verkauf gestanden.

Wenn eine First Folio Edition – eine von gut 230 Exemplaren – vor ein paar Jahren auf einer Auktion sechs Millionen Dollar eingebracht hatte, wie Sir Henry sagte, dann wäre das einmalige Manuskript eines verschollenen Stücks … wie viel wert? Ich schüttelte den Kopf. Bei dem bloßen Gedanken wurde mir schwindelig.

»Ich weiß es nicht«, sagte ich. »Das weiß niemand. Aber solange wir es nicht gefunden haben, ist es überhaupt nichts wert.«

»Mir scheint, es hat bereits jemand einen Preis darauf ausgesetzt«, sagte Ben. »Einen ziemlich hohen.«

Ich schauderte, als ich verstand, was er meinte. Mord. Den Preis eines Menschenlebens. Flüchtig tauchten Ros' Augen vor mir auf, die mich unter der Bank im Globe anstarrten. Doch der Mörder hatte nicht bei ihr haltgemacht. Ich sah wieder die fahl beleuchtete Seite aus der Folio vor mir, die kleine, mit blauer Tinte gezeichnete Hand, die auf die blutigen Worte wies: *Auftritt der geschändeten Lavinia, ihr sind die Hände abgehauen und die Zunge ausgeschnitten …*

»Der Preis meines Lebens«, flüsterte ich.

»Das wäre also geklärt«, sagte Ben.

Draußen heulten Sirenen. Durch die Schaufenster sahen wir drei Streifenwagen, die auf der Straße stehen blieben und die Tore zum Campus blockierten. Instinktiv schob ich den Brief zwischen die Seiten meines Blocks.

»Utah?«, fragte Ben. Diesmal war es keine rhetorische Frage.

Ich nickte.

»Warten Sie hier«, sagte er. »Fünf Minuten, dann hole ich Sie mit dem Taxi ab.« Als er zur Tür ging, hatte er bereits das Telefon am Ohr.

16

Fünf Minuten. Entweder ich brach in Panik aus, oder ich nutzte die Zeit.

Ich warf noch einen kurzen Blick auf die Polizeiwagen, die auf der Straße standen, dann setzte ich mich zwischen den Regalen auf den Boden, legte meine Tasche neben mich und schlug die ›Elisabethanische Bühne‹ auf. Chambers schrieb, dass ›Cardenio‹ eine Gemeinschaftsarbeit von Shakespeare und John Fletcher war, seinem von ihm selbst erwählten Nachfolger als Dramatiker der King's Men. Wie viel Mr Fletcher beigetragen hatte und welche Teile von ihm stammten, blieb zu vermuten.

Allerdings waren solche Vermutungen unsinnig, solange der Text verschollen war. Die Tatsache, dass das Stück eine Gemeinschaftsarbeit war, lieferte jedoch einen anderen Hinweis: Wahrscheinlich handelte es sich um ein spätes Werk, denn die beiden anderen Stücke, die Shakespeare mit Fletcher zusammen geschrieben hatte – ›Die beiden edlen Vettern‹ und ›Heinrich VIII.‹ –, gehörten zu seinen letzten.

Nachdenklich blätterte ich weiter. Anscheinend lag ich mit der Datierung richtig:

> Bei ›Cardenio‹ handelt es sich vermutlich um das Stück, das als ›Cardenno‹ oder ›Cardenna‹ 1612–1613 von den King's Men am Hof gegeben wurde, zum letzten Mal am 8. Juni 1613. Das Motiv, aus ›Don Quixote‹ …

Um ein Haar hätte ich das Buch fallen lassen. Was für ein Esel ich gewesen war. Deswegen hatte Ros so viel Material zum ›Quixote‹ in ihrem Regal. Deswegen kam mir die Geschichte so bekannt vor. Ich hatte das Buch gelesen. Zu meiner Verteidigung, es war viele Jahre her.

Es war an der Zeit, wieder einen Blick hineinzuwerfen. Ich suchte im Belletristik-Regal unter C wie Cervantes. Dort stand der ›Don Quixote‹ in der altvertrauten Penguin-Ausgabe, ein dickes Buch mit schwarzem Rücken, auf dessen Einband der schlaksige Ritter in einer Federzeichnung von Gustave Doré abgebildet war. Ich legte es zu Ros' Buch und dem Folio-Faksimile und ging eilig zur Kasse. In dem Moment, als meine Kreditkarte akzeptiert wurde, hielt das Taxi vor der Buchhandlung. Hastig kritzelte ich meine Unterschrift, dann nahm ich meine Tüte und lief aus dem Laden.

Beim Einsteigen sah ich im Augenwinkel, dass sich draußen auf der Straße etwas tat. Eine Gruppe von Männern tauchte im Campus-Tor auf. An der Spitze ging DCI Sinclair, gefolgt von den Anzugträgern.

»Logan Airport«, sagte Ben, und das Taxi fuhr los, doch dann stoppte es.

Auf der anderen Straßenseite waren mit heulenden Sirenen die Streifenwagen gestartet. Im ersten Moment dachte ich, sie kämen direkt auf uns zu, doch sie wendeten und jagten in entgegengesetzter Richtung die Massachusetts Avenue hinauf. Plötzlich schienen aus allen Richtungen Sirenen aufzutauchen.

Ich rutschte so tief wie möglich in den Sitz; wir hatten nur eine einzige Chance.

Sinclair trat auf die Straße, doch er kam nicht in unsere Richtung. Im Rückspiegel sah ich, wo er hinwollte. Zwei Blocks weiter wimmelte es von Streifenwagen. Jenseits der Blockade, umgeben von bunten Blumenbeeten, thronte ein elegantes Backsteingebäude. Die Polizei hatte das Harvard Inn umstellt.

Unser Taxi fädelte sich in den Verkehr ein. Zwei Ecken weiter bogen wir ab und fuhren zum Fluss hinunter.

* * *

»Haben Sie irgendjemandem erzählt, wo Sie absteigen?«, fragte Ben nach ein paar Minuten.

Ich nickte schuldbewusst. »Als ich aus der Bibliothek kam, bin ich in einen Bekannten hineingerannt. Buchstäblich.«

»Muskulöser Kerl? Baseballkappe?«

»Ich bin ihn nur losgeworden, weil ich ihm versprach, ihn später auf einen Drink zu treffen.«

»Er ist schnurstracks zu Ihrem britischen Bullen gelaufen.«

»Detective Chief Inspector. Der Bulle, meine ich. Er heißt Sinclair.«

»Und Ihr Bekannter?«

Ich biss mir auf die Lippe. »Shakespeare-Professor.«

»Verdammt, Kate.« Bens Missbilligung tat weh, umso mehr, da ich sie verdient hatte. »Haben Sie als Nächstes vor, sich mit einer roten Fahne mitten auf die Straße zu stellen?«

Ich nahm an, dass der Taxifahrer uns durch die Plexiglasscheibe und wegen der haitianischen Popmusik, die aus den Lautsprechern röhrte, nicht hörte. »Matthew – der Professor – sagt, die Folios sind verschwunden. Beide, die aus dem Globe und die aus der Widener-Bibliothek.«

Ich wollte weiterreden, doch Ben schüttelte mit einem Blick zum Fahrer den Kopf. Es war lächerlich. Der Mann konnte uns garantiert nicht hören, selbst wenn er nicht völlig schief mitgesungen und auf allem, das in Reichweite war, den Rhythmus geklopft hätte. Doch dann dachte ich an den Schatten im Fenster meiner Wohnung und hielt den Mund.

Als wir auf die Soldier's Field Road fuhren, klingelte mein Handy. Ich kramte es heraus und las den Namen auf dem Display: *Matthew Morris.*

»Ist er das?«, fragte Ben.

Ich nickte und wollte das Telefon aufklappen, doch Ben schüttelte den Kopf. Er nahm mir das Telefon aus der Hand und stellte es ab. Er gab keine Erklärung ab, sondern saß wortlos da, während Boston vor den Fenstern vorbeiglitt.

Gereizt ertappte ich mich dabei, wie ich seine Hände anstarrte.

Den Rest des Weges verbrachten wir schweigend.

* * *

Am Flughafen verschwand Ben in der Menge, die sich vor dem Terminal um die Kofferträger scharte. Fluchend packte ich meine Büchertasche und folgte ihm. Ich war kaum ein paar Schritte gegangen, als mir jemand einen Griff in die freie Hand schob. Ich sah hinunter. Ein schwarzer Rollkoffer. Auf den zweiten Blick sah ich, dass es meiner war.

Ich sah mich um, doch niemand beachtete uns. Ben hatte ebenfalls einen Koffer dabei. Er lächelte mir kurz zu, und wir betraten das Flughafengebäude. Er checkte uns an einem Automaten ein und drückte mir ein Ticket in die Hand.

»Aber das ist der Flug nach L. A.«, sagte ich, als wir die ungeduldige Schlange hinter uns ließen.

»Ja.«

»Cedar City hat einen eigenen Flughafen.«

»Wenn wir nach Cedar City fliegen, leistet uns Ihr Freund, der Detective Chief Inspector, in ein paar Stunden Gesellschaft.«

»Aber L. A. ist viel zu weit weg. Die Fahrt dauert sechs Stunden, mindestens. Eher zehn.«

»Wir fliegen nicht nach L. A.«

Ich sah mein Ticket genauer an. »Das glaubt die Fluglinie aber schon.«

»Vertrauen Sie mir«, sagte er.

»Vertrauen« schien nicht das passende Wort für das, was er vorhatte, aber ich schaffte es, den Mund zu halten. Wir passierten die Sicherheitskontrolle, zeigten unsere Ausweise vor, dann ging er hastig voran. Erst als wir fast am Gate waren, wurde er langsamer.

»Die Toiletten sind da drüben«, sagte Ben mit einem Nicken. »In der Außentasche Ihres Koffers finden Sie eine Garnitur zum Wechseln. Sehen Sie ruhig nach, ob alles noch da ist, wenn Sie daran zweifeln sollten. Hauptsache, Sie treffen mich in zehn Minuten hier. Und geben Sie mir Ihr Ticket.«

Ich wollte protestieren, doch er sagte nur: »Tun Sie es einfach, Kate.«

Resigniert rollte ich mein Gepäck in den Waschraum und schlug die Tür einer Kabine zu. Seine Vorstellung von Teamwork wurde immer einseitiger. Wenigstens stimmte es, was er sagte. In der Außentasche des Rollkoffers fand ich eine enge Jeans, wildlederne Stiletto-Stiefel und ein enges, tief ausgeschnittenes T-Shirt in Neonpink. Ganz unten war etwas, das ich erst für ein ohnmächtiges Albino-Frettchen hielt, doch es entpuppte sich als platinblonde Perücke.

Widerwillig schlüpfte ich aus den Schuhen und quetschte mich in die Jeans. Ich musste die Luft anhalten, um den Reißverschluss zuzuziehen. Die Jeans war mehr als eng, sie war für Streichholzbeine vorgesehen. Dann schlüpfte ich aus der Seidenbluse, die Sir Henry ausgesucht hatte, und zog den rosa Fetzen an, von dem ihm wahrscheinlich schlecht geworden wäre, sei es vor Lachen oder vor Ekel. Das Ding endete oberhalb meines Nabels, ein gutes Stück von der Jeans entfernt. Reizend. Obwohl ich voll bekleidet war, trug ich nicht mehr als einen Bikini.

Dann kam das Frettchen an die Reihe.

Am Ende fand ich im Außenfach noch eine Kosmetiktasche und eine Packung Kaugummi. Vorsichtig nahm ich Ros' Brosche von der Jacke, wickelte sie in Klopapier und schob sie ganz unten in meine Handtasche. Dann packte ich meine Kleider in den Koffer und stöckelte aus der Kabine. Vor dem Spiegel blieb ich entsetzt stehen. Ich war verschwunden, und stattdessen glotzte mich Paris Hilton an – nachdem sie sich so lange mit Schokolade vollgestopft hatte, bis sie Normalgewicht hatte.

Ein paar dunkle Tupfer Mascara, rosa Lippenstift, ein Kaugummi, und die Verwandlung war perfekt. Ich griff nach dem Rollkoffer und verließ den Waschraum.

Ben wartete bereits auf mich. Er hatte sein Haar zurückgegelt, wodurch es dunkler wirkte, und trug ein grell gemustertes Hemd, das weit aufgeknöpft war und eine dicke Goldkette zur Schau stellte. Er roch nach teurem Aftershave, und seine lässige Haltung schien zu verraten, dass er lieber Clubs als Restaurants besuchte. Er grinste mich zweideutig, fast anzüglich an. »Puppe, du siehst spitze aus«, sagte er mit einem breiten Dialekt, als wäre er eben in Mississippi aus dem Sumpf gekrochen.

»Wenn man auf bauchfreie Albino-Frettchen steht«, gab ich zurück. »Sie sehen aus wie Elvis auf Eurotrash.« Als ich mich zum Gate des Flugs nach Los Angeles wandte, hielt er meinen Arm fest.

»Hier lang«, erklärte er und zeigte in die andere Richtung. »Wir fliegen nach Vegas, Baby.«

»Für Sie immer noch Professor Baby«, zischte ich. »Und als ich das letzte Mal nachgesehen habe, hatten wir Los Angeles gebucht.«

Er schüttelte den Kopf. »Katharine Stanley fliegt nach L. A. Wahrscheinlich ist sie schon an Bord. Krystal Shelby will nach Vegas.«

Es stimmte, auf dem Ticket in meiner Hand stand ›Krystal Shelby‹. »Und Sie glauben, das funktioniert?«

»Wir haben nicht vor, die russische Mafia reinzulegen. Wir wollen nur einen Augenblick ablenken.«

Im Kopf ging ich die Inszenierung unseres kleinen Theaters durch. Ziemlich professionell, für einen Augenblick. Die Perücke. Die Klamotten … Alles in meiner Größe, ordentlich in meinem Koffer verstaut. Er hatte unser Gepäck direkt vom Hotel zum Flughafen kommen lassen, und er hatte die Tickets gebucht.

»Wie lange planen Sie das schon?«

Diesmal kam die Antwort von Ben, nicht von Elvis. »Der ganze Zweck meines Aufenthalts in Boston war, Sie da rauszubekommen. Wenn nötig, inkognito. Ich gebe zu, ich dachte, wir würden nach London zurückfliegen. Aber Utah ist nur eine kleine Abweichung vom Plan.«

Ich blieb mitten im Gang stehen und stemmte die Hände in die Hüften. »Dazu gehört mehr als ein Plan, Mr Pearl. Geld, zum Beispiel. Und Komplizen. Mehrzahl.«

Er zuckte die Achseln. »Elvis hat seine Groupies.«

Ich rührte mich nicht.

»Sie wollen eine ernste Antwort?«

Ich nickte.

Ben nahm mich beim Ellbogen und zog mich in eine ruhige Ecke vor einem leeren Gate. »Ich habe es Ihnen gestern Abend schon erklärt. Ich habe meine eigene Sicherheitsfirma. Das heißt, ich habe Angestellte, Kate. Und ich habe Kontakte, an mehr Orten, als Sie sich vorstellen können.«

»Und warum sind Sie dann hier? Warum Sie persönlich?«

Er sprach leise und schnell. »Ros wollte es so. Meine Tante hat mich angeheuert – mich persönlich – zu Ihrem Schutz, solange Sie der Spur folgen, auf die Ros Sie angesetzt hat. Deswegen bin ich hier. Nennen Sie mich altmodisch, aber ich bilde mir ein, dass mein Wort etwas gilt. Obwohl es sehr viel einfacher wäre, wenn Sie kooperieren würden. Also, hören Sie gut zu. Leute zu beschützen ist mein täglich Brot. Außerdem bin ich ziemlich gut darin, zu verschwinden und Fährten zu verfolgen. Zwei Fähigkeiten, die Sie gut gebrauchen können, falls es Ihnen noch nicht aufgefallen ist. Ich kann aber keine Wunder vollbringen. Je mehr Zeit ich zur Verfügung habe, um Eskapaden wie diese zu organisieren, desto besser. Und möglichst wenige Eskapaden sind noch besser. Was das Geld angeht, mein Polster ist dick, aber nicht unendlich. Je länger es dauert, je intensiver die Polizei nach Ihnen sucht, desto schwieriger wird es – und desto teurer –, Ihre Schatzsuche zu decken. Und je schneller Sie arbeiten, desto größer die Chance auf Erfolg.« Herausfordernd verschränkte er die Arme über der Brust. »Aber Sie können auch jederzeit aufhören und die Suche den Cops überlassen.«

»Nein.«

Er lächelte. »Nicht die klügste Antwort, auch wenn ich zugeben muss, dass ich beeindruckt bin. Aber ich habe Grenzen, selbst wenn Sie keine haben. Irgendwo da draußen ist eine Linie, die ich weder für Sie noch für Ros überschreiten werde.«

»Wo?«

Er schüttelte den Kopf. »Das sage ich Ihnen, wenn wir da sind. In der Zwischenzeit bitte ich Sie, in Sicherheitsfragen meinen Anweisungen zu folgen. Ansonsten betrachte ich unseren Vertrag als nichtig und gehe.«

»Ist das eine Drohung?«

»Das ist der Stand der Dinge.«

Ich nickte. »In Ordnung.«

»Also gut.« Er zeigte auf eine Reihe von Telefonzellen an der Wand. »Wenn Sie jetzt Ihre Mailbox abhören wollen, ist das ein guter Zeitpunkt.«

»Wo ist mein Handy?«

»Zurzeit außer Betrieb.«

»Im Taxi ging es noch.«

»Jetzt geht es nicht mehr.«

»Was haben Sie damit gemacht?«

»Ich habe es von seinem Leiden erlöst. Tut mir leid, Kate. Aber jede Minute, die es an ist, kann man Ihren Aufenthaltsort bis auf den Bereich eines Fußballfelds bestimmen, auf dem ganzen Planeten.«

Schweigend drückte ich ihm meine Tasche in die Hand und stöckelte auf die Telefone zu. Dann warf ich zwei Münzen ein und wählte die Nummer meiner Mailbox. Ich hatte drei neue Nachrichten. Zwei waren von Sir Henry. »Wo bist du?«, fragte er. Die nächste war eine Bitte: »Komm nach Hause.« Mit schlechtem Gewissen löschte ich sie.

Die dritte Nachricht war von Matthew. »Tut mir leid, Kate«, sagte er mit hörbarer Sorge. »Was immer du vorhattest, wahrscheinlich habe ich es gerade vermasselt. Als ich in die Houghton-Bibliothek ging, dachte ich, sie würden mich über die Folio ausfragen, aber stattdessen löcherte mich irgendein britischer Cop wegen Francis Child. Und dann waren Childs Papiere nicht im Archiv, weil jemand sie bereits bestellt hatte. Aber das weißt du wahrscheinlich, weil du dieser Jemand warst.

Als der Cop das hörte, dachte ich einen Moment, er würde in die Luft gehen, aber stattdessen wurde er still und eiskalt, was irgendwie noch schlimmer war. Er glaubt, dass du in Gefahr bist, Kate. In ernster Gefahr. Und da habe ich ihm gesagt, wo du wohnst … Ich hoffe, ich habe das Richtige getan.

Er hat jedes Wort, das Child je geschrieben hat, konfisziert, bis zur allerletzten Kiste.

Keine Ahnung, worauf du dich da eingelassen hast, aber wenn du Hilfe brauchst, ruf mich an. Wenn nicht, ruf mich trotzdem an. Ich würde zu gern wissen, was in den Kisten ist. Und noch lieber, dass es dir gut geht.«

Dann war die Nachricht zu Ende.

Ich drückte auf Wiederholen und reichte Ben den Hörer. »Hören Sie sich das an.«

Ohne die Miene zu verziehen, hielt er sich das Telefon ans Ohr.

»Er weiß von Child«, sagte ich mit einem Anflug von Panik. »*Sinclair weiß von Child.*« In meiner schwarz-weißen Plastiktüte aus der Buchhandlung steckte neben den Büchern mein Block mit Granvilles Brief – dem Brief, der der Houghton Library gehörte. Ich hatte das Gefühl, dass er mit radioaktiver Helligkeit strahlte.

Ben legte auf. »Das heißt nicht, dass er weiß, wonach er sucht. Und selbst wenn, er würde es nicht finden.« Bei all seiner Coolness hörte ich ihm an, dass die Sache ihm Spaß zu machen begann. »Nicht, wenn wir zuerst da sind.«

»Flug fünf-zwei-acht nach Las Vegas ist jetzt bereit zum Boarding«, sagte eine schnarrende Stimme aus dem Lautsprecher. »Das Boarding erfolgt nach Sitzreihen. Erste-Klasse-Passagiere sind jederzeit willkommen an Bord zu gehen.«

Wir gingen zum Gate. Als der Flughafenbeamte unsere Tickets scannte, hörte ich das schwere Trampeln von Füßen hinter uns. Die Leute am Gate drehten sich um und begannen sich die Hälse zu verrenken. Eine Einheit von Polizisten marschierte im Gänsemarsch an uns vorbei, ohne unsere Schlange eines Blickes zu würdigen. Ich drückte meine Tüte so fest an mich, dass der Schnitt in meiner Hand zu pochen begann.

Ben nahm sie mir ab. »Wie ich heute Morgen schon sagte«, flüsterte er mir ins Ohr, »die Sache ist heiß und wird immer heißer.«

Drei Gates weiter umstellten die Polizisten die Tür zur Gangway. Doch sie war abgeschlossen und das Gate bereits leer. Die Dame am Schalter schüttelte sichtlich bestürzt den Kopf. »Zu schade«, sagte Ben. »Das Flugzeug nach L. A. ist schon in der Luft.«

An der Glastür nahm der Beamte mein Ticket. Dann zog ich meinen Rollkoffer auf die Gangway und kam mir in meinen Stilettos ziemlich lächerlich vor.

17

Wir saßen in der Businessclass, aber das Flugzeug war zu voll für offene Gespräche. Nicht dass Ben etwas in der Art vorgehabt hätte, denn kaum hatten wir unsere Plätze eingenommen, gähnte er und sagte: »Wenn es Ihnen nichts ausmacht, schlafe ich ein bisschen.« Höflich, aber bestimmt. Nach zwei Minuten war er weg.

Schlafen. Wohl wahr, er hatte in der letzten Nacht kein Auge zugemacht, und vielleicht auch nicht in der Nacht davor. Aber ich hätte genauso wenig schlafen können wie die Flügel ausbreiten und ins Paradies segeln. Außerdem juckte meine Perücke.

Ich sah zu, wie das Flugzeug auf die Startbahn rollte, dann hob es ab und glitt hinaus über den Atlantik, bevor es abdrehte und gen Westen flog. Ich rutschte ruhelos auf meinem Sitz herum. Wenn Sinclair von Childs Papieren wusste, wusste vielleicht auch der Mörder davon. Möglicherweise war er uns sogar voraus. Anscheinend waren wir beide davon überzeugt, dass irgendwo da draußen ein Theaterstück herumlag, das seit fast vierhundert Jahren verschollen war.

Hatte Ros das Manuskript, von dem Granville schrieb, gesehen? Dagegen sprach, dass sie zu mir gekommen war, um mich um Hilfe zu bitten. Sonst hätte sie damit einfach zu Christie's gehen können, wie Sir Henry gesagt hatte.

Was wäre es wohl für ein Gefühl, ein solches Manuskript in den Händen zu halten? Granvilles Beschreibung klang nach einem Arbeitsexemplar voller Flecken und Unterstreichungen. Das Ding an sich wäre keine Schönheit. Sein Reiz aber hatte eine ganz andere Dimension.

Vor zwanzig Jahren waren zwei Gedichte aufgetaucht, von denen die Finder behaupteten, sie stammten von Shakespeare. Es waren nicht einmal besonders gute Gedichte – das gaben selbst die Finder zu –, und man konnte sie nicht eindeutig dem Barden zuordnen. Trotzdem hatten sie internationales Aufsehen erregt und waren zur besten Sendezeit in den Talkshows und auf den Titelseiten der großen Zeitungen in New York, London und Tokio abgehandelt worden.

Das hier dagegen war ein Stück. Ein ganzes Theaterstück.

Ben hatte recht. In einer Welt, in der Kinder wegen einer Radkappe mordeten und Mafiosi Leute erschossen, nur um zu sehen, ob die Pistole funktionierte – in dieser Welt gab es genug Leute, denen ein verschollenes Shakespeare-Stück durchaus mehr wert war als das eine oder andere Menschenleben.

War es ein gutes Stück?

Spielte das eine Rolle?

Für mich schon.

Die meisten Geschichten lassen gegen Ende nach, doch bei den großen Dramen ist das anders. Ich hatte davon geträumt, zu lieben wie Julia oder geliebt zu werden wie Kleopatra. Das Leben auszukosten wie Falstaff oder zu kämpfen wie Heinrich V. Dass ich nicht mehr als hier und da ein schwaches Echo zustande brachte, lag nicht an mangelnder Bemühung. Und es war die Mühe wert: Denn jene schwachen Echos hatten mein Leben tiefer und reicher gemacht, als es ohne Shakespeare je gewesen wäre. Bei Shakespeare sah ich, was es hieß, zu lieben und zu lachen, zu hassen, zu betrügen, ja, selbst zu töten: Mit Shakespeare lernte ich die hellsten und die dunkelsten Seiten der menschlichen Seele kennen.

Und jetzt schien es, als gäbe es vielleicht – ganz vielleicht – noch mehr davon.

Es hatte kein »neues« Shakespeare-Stück mehr gegeben – keines, das noch kein Lebender gesehen oder gelesen hatte –, seit Shakespeare das letzte von seinem Schreibpult zum Globe geschickt hatte. Wann war das gewesen? 1613 wahrscheinlich, wahrscheinlich ›Heinrich VIII.‹. Nur ein knappes Jahr nach der Uraufführung von ›Cardenio‹.

Vielleicht war ›Cardenio‹ Shakespeares jakobäisches Magnum opus.

War es besser als ›König Lear‹, ›Macbeth‹, ›Othello‹, ›Der Sturm‹? Die Latte lag hoch.

Aber wenn es wirklich so gut war, warum tauchte es dann nicht in der First Folio auf? Und warum hatte Ros auf das Erscheinungsjahr der First Folio verwiesen?

Neben mir hörte ich Ben leise atmen. Ich ging meine Büchertüte durch und fischte den Chambers heraus. Dann lehnte ich mich zurück und las den Artikel über ›Cardenio‹ von Anfang bis Ende, diesmal, ohne unterbrochen zu werden.

Es sah so aus, als hätte Shakespeare, nachdem er ›Don Quixote‹ gelesen hatte, ein Stück geschrieben, das wie eine Sternschnuppe den Himmel streifte. Zunächst fand es Bewunderer am Hof, doch dann verglühte es und geriet in Vergessenheit. Laut Chambers gab es nur ein einziges Comeback, eine Adaption aus dem achtzehnten Jahrhundert mit dem Titel ›Dopelte Falschheit oder Die unglücklich Verliebten‹, in dieser Schreibweise.

Wenigstens die Adaption hatte überlebt, auch wenn Chambers andeutete, dass das Stück noch schlechter sei als die Rechtschreibung seines Titels – so schlecht, dass es keinen ersichtlichen Grund gab, warum sich ausgerechnet die Nachahmung so beharrlich ans Überleben klammerte. Das Original war wahrscheinlich von A bis Z umgeschrieben worden, wie bei ›Romeo und Juliette‹ aus der gleichen Zeit, wo die Liebenden am Ende gerade rechtzeitig aufwachen, um miteinander glücklich zu werden. Im achtzehnten Jahrhundert liebte man rosige Geschichten, mit einem ordentlichen Aufbau, höflicher Sprache und Happy End, und so gab es jede Menge Bedarf für Shakespeare-Bearbeitungen. Trotzdem wollte ich mir die Adaption ansehen, sobald ich die Möglichkeit dazu fand. Vielleicht versteckten sich unter all dem Kitsch doch noch ein paar echte Shakespeare-Verse. Allerdings bräuchte ich eine gut sortierte Bibliothek, um den Text zu finden.

Zu schade, dass ich in Harvard keine Zeit gehabt hatte, den Chambers-Eintrag zu Ende zu lesen. Wahrscheinlich hatte Ros sogar eine Ausgabe von ›Dopelte Falschheit‹ in ihrem Büro; die Houghton-Bibliothek hortete bestimmt mindestens zwei oder drei davon in ihren

Verliesen. Fürs Erste würde es aber warten müssen. In der Zwischenzeit konnte ich dort anfangen, wo auch Shakespeare angefangen hatte. Bei Cervantes.

Und so holte ich mein neues Exemplar von ›Don Quixote‹ heraus und begann zu lesen.

* * *

Ein paar Stunden, zweihundert überflogene Seiten und drei Servietten voller Anmerkungen später hatte ich die Geschichte von Cardenio einigermaßen aus dem Hauptstrang des ›Quixote‹ herausgelöst. Cervantes war ein Meister und ein Zauberer des Erzählens. Im ›Don Quixote‹ tauchten Erzählstränge auf und ab und wieder auf wie weiße Hasen aus Zylindern.

Am Ende hatte ich ein Dreieck vor mir: eine Ménage à trois, die simple Geometrie der auf die Probe gestellten Liebe. Der Liebende, die Geliebte und der Freund, der zum Verräter wird. Die gleiche Architektur hatte Shakespeare schon vor langer Zeit verwendet, in ›Zwei Herren aus Verona‹, einem seiner frühesten Dramen.

Doch ›Zwei Herren aus Verona‹ – ein Stück über eine Freundschaft, die wegen der Liebe einer Frau zerbricht – war nur der Auftakt. Als ich Cervantes' Legende von Cardenio las, hatte ich das Gefühl, ich würde Shakespeares gesammelte Werke durch ein Kaleidoskop betrachten. In einer einzigen komplizierten Geschichte waren viele der großen Augenblicke versammelt, die die einzelnen Stücke so denkwürdig machten. Eine Tochter wird von ihrem Vater zur Hochzeit mit einem verhassten Mann gezwungen: »*Und bist du mein, so soll mein Freund dich haben; wo nicht, so geh, bettle, hungre, stirb am Wege! Denn nie, bei meiner Seel', erkenn ich dich.*« Eine zerbrochene Ehe und eine Frau, die schlechter behandelt wird als ein Hund und doch loyal bleibt, doch noch liebt. Eine verlorene Tochter – »*Meine Tochter. O meine Dukaten!*« – und eine gefundene Tochter. Ein Wald voller Liebesgedichte und ein Mann, der von Musik verfolgt wird: »*Voll Tön' und süßer Lieder, die ergötzen und niemand Schaden tun … dass ich beim Erwachen aufs neu' zu träumen heulte.*«

Kein Wunder, dass sich Shakespeare Cardenio zu eigen gemacht hatte, als die Sonne seiner Tage schwächer wurde. Er musste sich wie zu Hause gefühlt haben.

Schläfrige Wehmut erfüllte mich, als das Flugzeug mit einem Ruck auf dem Boden aufsetzte. Ich schob die vollgeschriebenen Servietten in das Buch und verstaute es in der Tasche. Weniger gut gelang es mir, meine Nervosität beiseitezuschieben. Ben gähnte, dann streckte er sich und setzte sich auf. Ein paar Minuten später folgte ich ihm mit klopfendem Herzen ins Terminal.

Keiner beachtete uns. Die Polizisten nicht und auch sonst niemand. Unsere Verkleidung, die in Boston so auffällig war, war in Las Vegas Tarnkluft.

Bens Trick funktionierte. Wir mischten uns unter die Menge, die sich unter gewölbeartigen Spiegeldecken die Gänge entlangschob, und passierten riesige Leinwände, auf denen Showgirls und Pokerprofis ihren Auftritt hatten.

In der Tiefgarage holten wir einen unauffälligen beigefarbenen Chevy ab – gemietet unter einem Namen, der nicht die geringste Ähnlichkeit mit Benjamin Pearl hatte, zu dem aber dafür verschiedene Kreditkarten und ein Führerschein passten, die Ben aus der Brieftasche zauberte. Dann fuhren wir hinaus in die Mojave-Wüste.

18

Im Norden hingen über einer gezackten Bergkette violette Wolken am Himmel. So weit das Auge reichte, war die Wüste mit niedrigen Büschen übersät. Die Anzeige behauptete, es herrschten 47°C Außentemperatur, aber das schien mir noch tiefgestapelt. Nach dem grellen Licht zu urteilen, war draußen mindestens der Siedepunkt erreicht.

Ben riss mich aus meinen Gedanken. »Warum hat Ros eigentlich ausgerechnet Sie beauftragt, für ihr Buch durch die Prärie zu fahren? Kommen Sie von hier draußen oder so was?«

Ich lachte kurz. »Nein. Ich komme von überall und nirgendwo. Meine Eltern waren Diplomaten. Aber ich hatte eine Großtante mit einer Ranch unten im Süden, in Arizona. An der mexikanischen Grenze.«

»Hatte sie einen Namen, diese Tante?«

Ich lächelte. »Tante Helen. Sie hieß Helen. Mein Vater hat sie immer die Gräfin genannt.« Ich sah in die Ferne. »Meine Eltern starben, als ich fünfzehn war. Ein Flugzeugabsturz in Kaschmir, in den Ausläufern des Himalaja. Damals ging ich aufs Internat, und von da an verbrachte ich die Ferien bei Tante Helen. Zwei Frauen und 5 000 Hektar unberührte Wildnis, sagte sie immer. Meine Eltern fehlten mir, und am Anfang habe ich es dort draußen gehasst. Nichts als der Himmel und das hohe, raschelnde Gras in der Farbe von ausgebleichten Knochen und die seltsamen Berge am Horizont. Doch am Ende war Crown S der einzige Ort, wo ich mich wirklich zu Hause fühlte.«

Sosehr ich meine Eltern liebte, eigentlich hatte ich sie nie richtig gekannt. Die meiste Zeit meines jungen Lebens waren sie fast ausschließlich mit sich und ihrer Karriere beschäftigt. Tante Helen dagegen hatte mich vom ersten Tag an geliebt, mit dem unbeirrbaren Herzen einer Löwin. Tante Helen war wie eine Vorbereitung auf Ros gewesen, schoss es mir durch den Kopf. Oder sie hatte mir die Kraft gegeben, Ros zu widerstehen, zumindest eine Zeit lang.

»Die Ranch ist Vergangenheit?«

»Meine Tante auch. Sie starb, kurz bevor ich den College-Abschluss machte, und dann wurde die Ranch aufgeteilt und verkauft – sie war zu teuer, um sie zu vererben. Meine Tante wollte nicht, dass einer von uns, meine Cousins und Cousinen oder ich, daran gebunden wäre, und sie wollte nicht, dass es Streit zwischen uns gab. Jetzt ist das ganze Land ein Patchwork von 20-Hektar-Ranches, aufgekauft von irgendwelchen Managern, die in ihrer Freizeit ab und zu Cowboy spielen. Ich war nie wieder dort.«

»Das verlorene Paradies«, sagte Ben mitfühlend.

Nach einer Weile nickte ich.

Von einem Horizont zum anderen bewegte sich nichts außer den Autos auf dem Highway, dem Flimmern der Hitze und weit oben, am Rand unseres Blickfelds, einem Vogel – ein Adler vielleicht –, der sich von den Thermalwinden tragen ließ.

»Sie nennen Ros nicht ›Tante Ros‹«, bemerkte ich plötzlich.

»Das wollte sie nicht.« Ben steuerte mit einer Hand, während er mit der anderen eine CD-Box durchging. »Ein so großes Land braucht große Musik. U2 oder Beethoven?«

»Wie wäre es mit großer Literatur?«, entgegnete ich. Fünf Minuten später erzählte ich Ben zu den wuchtigen Klängen der ›Eroica‹ die Geschichte von ›Don Quixote‹.

Der Hauptstrang der Erzählung war simpel. Im Angesicht einer skeptischen, in die Krise geratenen Welt zieht der verrückte alte Don als fahrender Ritter aus und reitet quer durch Spanien auf der Suche nach Abenteuern, begleitet von Sancho Pansa, seinem nörgelnden Knappen. So weit, so gut.

Das Problem der Geschichte des Cardenio war, dass es sich um einen Nebenstrang handelte, und die Nebenstränge im ›Don Quixote‹ sind alles andere als simpel. Sie tauchen aus dem Nichts auf und verschwinden wieder, sobald es spannend wird. So weit ich es überblickte, ging Cardenios Geschichte wie folgt: Der junge Cardenio, der weit fort von zu Hause im Gefolge des herzoglichen Hofs festsitzt, betraut seinen Freund Ferdinand, den jüngeren Sohn des Herzogs, mit der Werbung um seine Geliebte Lucinda. Doch als Ferdinand Lucinda zum ersten Mal erblickt, wie sie sich im Kerzenschein aus dem Fenster lehnt, beschließt er, Cardenio zu hintergehen und die Dame für sich zu gewinnen.

Cardenio kehrt genau zu dem Zeitpunkt nach Hause zurück, als die Geliebte an der Seite seines besten Freunds vor dem Altar steht und »Ja, ich will« sagt. Er springt zwischen die beiden, zieht das Schwert, doch bevor er jemanden tötet, flieht er, wahnsinnig vor Eifersucht und Kummer, in die Berge. Vor dem Altar fällt Lucinda in Ohnmacht und lässt einen Dolch und einen Abschiedsbrief fallen. Da ihr Selbstmordversuch scheitert, zieht sie sich ins Kloster zurück.

»Kein vielversprechender Stoff für eine Komödie«, stellte Ben fest.

»Das ist erst der Anfang«, sagte ich. »Wahrscheinlich würde den meisten Erzählern an dieser Stelle die Puste ausgehen, aber Cervantes kommt hier erst richtig in Fahrt.«

Ben überlegte kurz. »Was, meinen Sie, hat Shakespeare daraus gemacht?«

»Das ist die 64-Millionen-Dollar-Frage.« Die Klimaanlage war voll aufgedreht, und alles, was nicht niet- und nagelfest war, flatterte im Luftstrom. An den Stellen meines Körpers, die direkt angeblasen wurden, fror ich; ansonsten war ich schweißgebadet. Ich schälte mich aus dem klebrigen Sitz, um mir vom kalten Wind den nass geschwitzten Rücken trocknen zu lassen. »Ich hoffe nur, dass er den alten Ritter und seinen Knappen dringelassen hat.«

»Sie ziehen wohl eine intelligente Komödie der albernen Liebesgeschichte vor.«

Er meinte es nicht als Frage, doch ich antwortete trotzdem. »Eigentlich immer. Aber das ist nicht alles.« Auf der Suche nach den richtigen Worten starrte ich in die Wüste hinaus, als könnte ich sie dort draußen zwischen den Steinen finden. »Don Quixote und Sancho

Pansa ... Es sind die beiden, die der Geschichte die philosophische Dimension geben ... Erst durch die beiden wird das Ganze beständiger als irgendeine Seifenoper.«

»Sie meinen, Shakespeare hatte nichts für Seifenopern übrig?«

Ich wusste nicht, ob Ben wirklich neugierig war oder ob er nur stichelte. Wahrscheinlich von beidem etwas. Immerhin war er mit Ros verwandt. »Ich glaube, Shakespeare erkannte Qualität, wenn er sie vor sich hatte. ›Don Quixote‹ ist nicht bloß eine Geschichte oder eine Sammlung von Geschichten, auch wenn man ihn so lesen kann, wenn man will, und sich gut dabei amüsiert. Allein auf der Unterhaltungsebene ist er das Papier wert, auf das er gedruckt ist. Aber außerdem ist es ein Buch *über* Geschichten. Und darüber, was passiert, wenn Geschichten sich weigern, in einem Buch festgeschrieben zu werden.«

Während ich zu erklären versuchte, was ich meinte, sah ich Ben an, weil ich mich fragte, ob er überhaupt zuhörte oder ob er meine Gedanken mit einem Witz zunichtemachen würde. Doch er wirkte kein bisschen gelangweilt, sondern überaus konzentriert – was so wenig zu seiner Salonlöwenverkleidung passte, dass ich plötzlich ein Kichern unterdrücken musste.

»Sprechen Sie weiter«, sagte er mit gerunzelter Stirn.

Ich erklärte ihm, dass bei Cervantes Cardenios Geschichte mit dem Auftauchen von Gegenständen beginnt – einem toten Esel, der noch gesattelt und gezäumt ist, einer Ledertasche voll mit Gold, Gedichten und Liebesbriefen –, über die der Ritter und sein Knappe auf ihrer Reise stolpern. Kurze Zeit später bringt ein Ziegenhirt den Esel und die Tasche mit den unwiderstehlichen Gerüchten um einen Verrückten in den Bergen in Verbindung. Als Don Quixote und Sancho Pansa dem Wahnsinnigen begegnen, vermischen sich die Gerüchte mit dem Tatsachenbericht, den ihnen der junge Mann – Cardenio natürlich – in einem lichten Moment erzählt: die Geschichte seiner verlorenen Liebe und des Verrats durch seinen Freund. Am Ende verselbstständigt sich Cardenios Geschichte, indem sie in die Realität hineinplatzt (zumindest in die von Don Quixote und Sancho Pansa), als der Ritter und sein Knappe in einem Rasthaus allen Hauptfiguren begegnen, die weinen, schreien, gegeneinander kämpfen und einander vergeben. Als die Geschichte ihren Höhepunkt erreicht, sind der Ritter und sein Knappe keine Zuschauer mehr, sondern werden als Mitwirkende in die Handlung verstrickt.

»Das klingt ziemlich cool«, sagte Ben. »Haben Sie das selbst herausgefunden?«

Ich lachte. »Schön wär's. Aber es geht alles auf Cervantes' Konto. Viele seiner Geschichten haben dieses Element: Irgendwie sind sie unfassbar.« Ich hob meine falsche blonde Mähne an und beugte mich vor, um Luft an meinen Nacken zu lassen. »Aber wenn sogar ich so ein Manöver erkenne, erwarte ich von Shakespeare, dass er es mindestens noch schneller und besser versteht. Immerhin hat er schon vor ›Cardenio‹ mit ähnlichen Ideen gespielt. In ›Der Widerspenstigen Zähmung‹ hat er eine herrliche Komödie daraus gemacht. Und dann ›Macbeth‹ mit den ganzen eigenartigen Rätseln –«

»*Ein Mann, der nicht vom Weib geboren ward; der Tag, an dem der Wald aufsteht, um anzurücken*«, murmelte Ben, als er meinem Gedankengang folgte. »Macbeth denkt, es wären Metaphern für ›keiner‹ und ›niemals‹.«

Ich nickte. »Aber am Ende ist es ganz buchstäblich gemeint. Für Macbeth ist es eine grauenhafte Wendung, dass Geschichten, oder wie hier Rätsel, Realität werden.« Ich ließ mein Haar herabfallen. »Ich fände es tröstlich, wenn Shakespeare gegen Ende seines Lebens auch wieder die Komik darin gesehen hätte. Allerdings wüsste ich nicht, wie ihm das hätte gelingen sollen – zumindest bei ›Cardenio‹ –, ohne den Ritter und seinen Knappen als Zuschauer, die in die Handlung hineinspazieren.«

In diesem Moment hatten wir beide den gleichen unheimlichen Gedanken. Ich sah, wie sich Bens Hände um das Lenkrad verkrampften, und spürte, wie mir die Farbe aus dem Gesicht wich. Auf der Spur von ›Cardenio‹ – Shakespeares ›Don Quixote‹ – war Ros als der Geist von Hamlets Vater auf die Bühne getreten, und wenige Stunden später war sie wie der alte Hamlet gestorben, mit Gift im Ohr, die grünen Augen vor Entsetzen weit aufgerissen.

Doch der Mörder spielte nicht nur Shakespeare. Auf gewisse Weise spielte er auch Cervantes, indem er dem stolzen alten Quixote einen grausamen Streich spielte, die Zuschauer in seine Lieblingsgeschichten zwang und die Geschichten lebendig werden ließ.

Oder sterben.

Und das war kein bisschen komisch.

»Meinen Sie, er kennt die Cervantes-Verbindung?«, fragte Ben leise.

Ich schüttelte den Kopf, doch ich konnte nur hoffen. »Fahren Sie schneller.«

19

Verschwommen glitt draußen die Wüste vorbei. Als der letzte Satz der ›Eroica‹ verklungen war, legte ich U2 ein. Ich dachte an den seltsamen Zufall, dass das größte lebendige Etwas, das ich seit Stunden gesehen hatte, der mit kargen Büscheln bewehrte Joshua Tree war, nach dem Bono und seine Band ihr Album benannt hatten. Die Musik, die den Wagen erfüllte, war genauso weit und einsam wie die Landschaft. »Wie lange noch, bis wir die Zivilisation erreichen?«, fragte ich. »Ich sollte mich bei Sir Henry melden.«

»Haben Sie vor, Ihre genauen Koordinaten zu verraten?«

»Nein«, sagte ich schmollend. »Ich sage ihm nicht, wo wir sind.«

Ben warf mir sein Handy auf den Schoß.

»Wie kommt es, dass Sie Ihres behalten durften und ich nicht?«, fragte ich. »Weil Sie ein BlackBerry haben, das lauter Schnickschnack kann?«

»Einerseits. Und weil keiner auf der Suche nach dem Phantom ist, auf dessen Name es angemeldet ist.«

Ich tippte Sir Henrys Handynummer ein und lauschte ungeduldig dem doppelten Tuten der britischen Leitungen. *Geh ran, bitte.*

Endlich klickte es. »Ah, die verlorene Tochter«, sagte Sir Henry, als er meinen Namen hörte. »Außer, dass verlorene Töchter irgendwann heimkehren, was man von dir nicht behaupten kann. Du leichtsinniges Kind kannst einfach nicht still sitzen.«

»Es tut mir leid –«

»Und mir nicht mal ein Lebenszeichen schicken«, fuhr Sir Henry vorwurfsvoll fort.

»Jetzt rufe ich an.«

»Was nur heißen kann, dass du etwas brauchst«, sagte er schnippisch.

Schuldgefühle waren ein Luxus, den ich mir nicht leisten konnte. »Das Ergebnis des Bluttests«, bat ich.

Doch ich musste ihn erst ein paar Minuten beschwatzen, bis er sich erweichen ließ, mir zu sagen, was er wusste. Die Polizei hatte etwas gefunden, doch sie wusste noch nicht, was es war. Was Sir Henry sich allerdings nur zusammenreimte, weil DCI Sinclair, wie er es ausdrückte, sich selbst von »Inspector Grimmig« zu »Inspector Grimmiger« befördert habe und mit eigentümlicher Heftigkeit darauf pochte, mit mir persönlich über ›Hamlet‹ zu sprechen. Auf meine Abwesenheit hatte Sinclair anscheinend relativ ungehalten reagiert. Und als Sir Henry ihm stattdessen seine Hilfe anbot, hatte Sinclair zwar angenommen, doch ihm zu verstehen gegeben, dass Sir Henry keineswegs ein Ersatz für mich sei, was Sir Henrys Laune wiederum nicht gerade besserte. Er konnte eitel wie ein Pfau sein.

Sir Henry wusste zwar nicht, was die Polizei gefunden hatte, aber dafür wusste er, was das Globe verloren hatte. Als er von der verschwundenen First Folio Edition berichtete, erwartete er offensichtlich, dass mir die Luft wegblieb. Doch diesmal ließ ich es mir nicht nehmen, selber einen Hasen aus dem Hut zu ziehen.

»Harvards First Folio ist ebenfalls verschwunden«, sagte ich. »Gestern Nacht.«

Er fluchte. »Was ist mit diesem Buch von Chambers? Hast du es gefunden?«

»Ja.«

»Hilft es dir weiter?«

»Ja.«

Ich rechnete damit, dass er nachbohrte, doch diesmal überraschte er mich wirklich. »Egal was du gefunden hast, Kate, überlass es der Polizei. Lass sie die Folios suchen gehen.« Als ich schwieg, seufzte er. »Du willst nicht, dass die Polizei die Folios findet, richtig?«

»Ros wollte es nicht.«

»Ros wusste nicht, dass sie sterben würde und du in Gefahr sein würdest.«

»Ich folge nur noch einer letzten Spur«, sagte ich wie zur Entschuldigung.

Er seufzte wieder. »Vergiss nicht, dass am Ende dieses Regenbogens ein Mörder wartet. Mir gefällt es nicht, dass du allein da draußen bist.«

»Ich bin nicht allein.«

Schweigen. »Muss ich eifersüchtig sein, oder soll ich den Champagner rausholen?«, fragte er, als er die Sprache wiedergefunden hatte.

»Beides, wenn du willst.«

»Dann nehme ich an, es ist ein Mann. Wer ist es?«

»Jemand Nützliches.«

»Ich hoffe, das heißt, er ist ein guter Schütze«, erklärte Sir Henry finster. »Ich sage dir Bescheid, wenn es Neuigkeiten gibt, und du sagst mir, wann du nach Hause kommst. Bis dahin, pass auf dich auf.« Der Zweifel in seiner Stimme war nicht gerade ermutigend. Dann klickte es in der Leitung, bevor ich mich verabschieden konnte.

Als ich Ben das Telefon zurückgab, war ich zu gleichen Teilen erleichtert und traurig. Sir Henry tat mir einen Gefallen nach dem anderen, und im Gegenzug hatte ich ihn ohne eine Nachricht hängen lassen. Kurz fragte ich mich, ob ich illoyal war, aber dann schob ich den Gedanken weg. Ich hatte nicht gelogen, und ich würde noch mehr als genug Zeit haben, Sir Henry die ganze Wahrheit zu erzählen.

Falls ich je dahinterkam.

»Haben Sie zufälligerweise mich gemeint, als Sie ›jemand Nützlichen‹ erwähnten?«, fragte Ben.

»Sir Henry hat gesagt, er hofft, Sie sind ein guter Schütze. Sind Sie das?«

»Wenn es sein muss.«

»Wie kommt es?«

»Übung.«

»Ich habe Ihnen von mir erzählt. Jetzt sind Sie an der Reihe.« Als er schwieg, schilderte ich ihm meinen Eindruck. »Sie besitzen eine Sicherheitsfirma, die Fälle mit hohem Risiko bearbeitet, und Sie sagen, Sie sind gut im Spuren-Verfolgen und im Verschwinden. Sie sind ein guter Schütze, weil Sie Übung im Schießen haben, aber Sie waren ›nicht direkt bei der Armee‹. Ich habe nicht das Gefühl, dass Sie Ihren Job bei der Polizei gelernt haben; sonst würden Sie nicht so ein Geheimnis daraus machen. Heißt das, ich kann mich zwischen der IRA und der SAS entscheiden?«

Die Spitze saß. »Klinge ich vielleicht irisch?«

»Vor ein paar Stunden haben Sie wie Elvis geklungen.«

»Vielleicht bin ich Elvis.«

»Ehemaliger britischer Geheimdienst«, sagte ich kopfschüttelnd. »Einer davon, zumindest. SAS oder MI6? Das sind die Einzigen, die ich kenne.«

»*I ain't nothing but a hound dog*«, sang er, und es klang grauenhaft zum Soundtrack von U2.

Ich sah ein, dass ich nicht weiterkam, und so erzählte ich ihm stattdessen, was Sir Henry von den Testergebnissen wusste. Sofort brach er sein Ständchen ab. »Das erklärt jedenfalls, warum Sinclair Sie so dringend sucht«, überlegte er. »Wenn er von dem Mord weiß, ist das Letzte, was er will, ein zweiter Mord. Und das Vorletzte, dass ihm ein Laie in seine Ermittlung hineinpfuscht.«

* * *

Kurz vor der Grenze nach Arizona hielten wir in der kleinen Stadt Mesquite an einer Tankstelle. Im Waschraum säuberte ich den Schnitt an meiner Hand und wusch mir das Gesicht. An der Kasse kaufte ich eine billige silberne Kette (echte indianische Handarbeit). Ich wollte die Brosche tragen, aber der Stoff meines T-Shirts war zu dünn dafür, und für eine Jacke war es viel zu heiß. Also hakte ich die Brosche an der Kette fest und trug die Kette um den Hals. Als Anhänger hing die Brosche ein wenig schief und ruinierte wahrscheinlich die Wirkung meines Dekolletés, aber ich hatte ein gutes Gefühl.

Dann waren wir in Arizona. Die Straße folgte einem Flusslauf hinauf, der eine enge Schlucht in den Kalkstein gefressen hatte. Als wir das Hochplateau der Wüste im Süden von Utah erreichten, stand die Sonne tief und warf lange Schatten, was die Hitze ein wenig erträglicher machte.

Wir waren noch nicht weit gekommen, als Ben plötzlich eine Ausfahrt nahm und wir auf einer ungepflasterten Sandpiste landeten. Nach einem kurzen Stück rumpelten wir durch ein Viehgatter und kamen hinter ein paar Pappeln zum Stehen. Die Sicht auf den Highway wurde von einem flachen Hügel verdeckt.

»Elvis macht den Abflug«, erklärte Ben. Er zog den Zündschlüssel, stieg aus und kramte in seiner Tasche auf dem Rücksitz herum. »Wenn Sie von Krystal hören, sagen Sie mir Bescheid.« Dann machte er sich mit einem Stapel Kleider auf den Weg hinter die Bäume.

Diesmal hatte ich nichts einzuwenden. In meinem Koffer fand ich ein Sommerkleid und ein Paar Sandalen. Ich suchte mir einen anderen Baum aus, hinter dem es eine Böschung zu einem kleinen Bach hinunterging. Dort zog ich mir die blonde Perücke vom Kopf und riss mir die schweißnassen Jeans und das Lycra-Top vom Leib. Selbst mein BH und Slip waren durchgeschwitzt, und ich zog alles aus. Einen Moment lang stand ich nackt im späten Nachmittagslicht, lockerte mein Haar und ließ mir den nach Wacholder duftenden Wind über die Haut streichen. Dann hörte ich Bens Schritte auf dem Schotterweg. Hastig schlüpfte ich in mein Kleid.

»Die Geburt der Venus«, sagte Ben, als ich die Böschung hinaufkletterte.

»Nur dass es hier kein Meer gibt«, antwortete ich. »Und soweit ich weiß, ist noch niemand kastriert worden, damit ich aus seinem Schaum erstehen könnte.«

»Ich habe noch keine Frau getroffen, die so gut kontern kann«, sagte er, doch er klang amüsiert. »Trotzdem sehen Sie hübsch aus, ob es Ihnen passt oder nicht.«

Mit der Dämmerung erreichten wir Cedar City. Die Stadt lag am Fuß der roten Hügel zwischen zwei Nationalparks, Bryce Canyon und Zion Canyon. Die Einfallstraße war, typisch für den Westen, eine heruntergekommene Collage aus Motels, Tankstellen und Shopping-Malls. Doch gleich dahinter schloss sich das alte Mormonenstädtchen an, mit ordentlichen Häuserreihen zwischen planvoll angelegten Straßen nach dem Muster des Mormonenführers Brigham Young: Jede Straße sollte breit genug sein, dass ein Planwagen darin wenden konnte. In Boston, dachte ich missmutig, hätte man vierspurige Verkehrsadern daraus gemacht, in denen sich der Verkehr im Schritttempo dahinschieben würde. Hier waren die Straßen so gut wie leer und wurden rechts und links von gepflegten Rasenflächen und riesigen alten Eschen und Ahornbäumen gesäumt. Von der Straße zurückgesetzt standen Häuser im Neo-Tudorstil und rustikale Bungalows mit großen Terrassen und Kletterrosen, die sich an den Mauern emporrankten. Zwischen den Bürgersteigen und der Straße gluckerten in tiefen Rinnsteinen Bäche, die aus den Bergen kamen und die Luft mit dem Plätschern von frischem Wasser erfüllten.

Wir stellten den Wagen vor dem Campus der University of Southern Utah ab, auf dem Parkplatz des Shakespeare-Festivals. Langsam stieg Ben aus und rieb sich verwundert die Augen. Hinter dem flachen Halbrund eines Auditoriums aus den Sechzigerjahren reckten sich die Giebel eines elisabethanischen Theaters in den nächtlichen Himmel. Die spitzen Dächer waren mit Ziegeln, nicht mit Stroh gedeckt, doch sie wirkten lebendig im warmen Schein von Laternen, deren gelbes Licht an Fackeln erinnerte.

Plakate verkündeten, dass heute Abend eine Aufführung von ›Romeo und Julia‹ stattfand. Einen kurzen Moment betrachtete ich das unversehrte Theater mit einem neidischen Blick, dann schlugen wir den Weg durch den kleinen Fichtenhain ein, der um das Auditorium herumführte. Im Schatten der Bäume herrschte bereits tiefe Nacht, und einen Augenblick lang tappten wir blind durch die Finsternis. Von der anderen Seite drang Gelächter herüber. Als wir aus den Bäumen ins Freie traten, standen wir auf einer großen Wiese auf der anderen Seite des Theaters. Überall saßen Leute auf Bänken und im Gras, manche waren sogar auf die Bäume geklettert. Bei Kuchen und Keksen ließen sie sich von einer Truppe quirliger, grün gekleideter Schauspieler unterhalten, die sich durch L. Frank Baums Parodie auf Julius Cäsar kicherten – es ging um Julius Sneezer, Brutus Catarrhus und dessen verlorenes Taschentuch. Parallel dazu schlenderten Mädchen in altmodischen Röcken und Korsagen durch die Menge und boten feil, was sie in ihren Körben hatten: »Heiße Torten unter den Pforten! Süßes für die Süßen!«

Der Sketch kam schenkelklopfend zum Ende. Gierig nach Applaus und Pfiffen begannen die Schauspieler eine Gigue zu tanzen. Irgendwo ertönte eine Trompete, und dann tanzte die Truppe durch die Bäume davon, ohne aus dem Takt zu geraten, und verschwand in den offenen Toren des Theaters. Das Publikum erhob sich, klopfte sich die Kleider ab und folgte ihnen.

Ein paar Minuten später standen wir in der hereinbrechenden Dunkelheit ganz allein auf der Wiese. Ich zeigte auf eine grasige Senke mit einem kleinen Haus, das weniger im Neo-Tudorstil gehalten als der echten Tudorzeit nachempfunden war: Es war die exakte Kopie von Shakespeares Geburtshaus in Stratford-upon-Avon, bis hin zum blassen Mausgrau der Wände und dem strohgedeckten Dach. »Das ist es«, sagte ich zu Ben. »Das Utah Shakespeare Archive.«

Es war noch schöner, als ich es in Erinnerung hatte. Alte Steinstufen führten in die Senke hinunter und an einem kleinen Teich vorbei, über den sich eine Trauerweide beugte. Den Park hatte es damals noch nicht gegeben. Auch die Blumen nicht, die in der Dämmerung immer noch leuchteten. Wie in den Gärten englischer Cottages waren sie zu dichten Stauden gepflanzt, doch die Sorten gehörten hierher, in den gebirgigen Westen – Akelei, Castilleja und Rittersporn. Am Rand des Teichs schillerte ein Koi, magisch wie der Schwanz einer Meerjungfrau. Ich blieb stehen.

Seit ich heute Morgen, viertausend Kilometer weiter östlich, im Harvard Book Store das kleine Haus aus meinen Erinnerungen gegraben hatte, hatte ich alles darangesetzt, so schnell wie möglich hierherzugelangen. Jetzt, als ich fast da war, zögerte ich. Solange ich hier draußen unter der Trauerweide stand, gab es zumindest die Möglichkeit, dass die Antwort, die ich suchte, direkt dort, am anderen Ufer des Teiches, hinter der dicken Eichentür wartete. Wenn ich hineinging, könnte ich herausfinden, dass ich mich irrte.

Während ich dort stand, ging der prachtvolle Mond über dem Strohdach auf. Erwartungsvolle Stille legte sich über das Theater hinter uns.

Ich weiß nicht, worauf ich wartete. Vielleicht auf eine weitere Trompetenfanfare. Doch was geschah, war viel simpler. Die Tür öffnete sich, und eine Frau mit langem schwarzen Haar, das im Mondlicht glänzte, trat heraus. Sie hatte uns den Rücken zugewandt, als sie den Schlüssel im Schloss umdrehte, doch ich wusste auch so, dass ihre Haut so rotbraun wie die Erde von Utah war.

»*Ya'at'eeh*«, rief ich leise. Das einzige Wort Navaho, an das ich mich erinnerte: ›Hallo‹.

Sie zuckte zusammen und drehte sich um. Maxine Tom, halb Navaho-, halb Paiute-Indianerin, war eine strahlende Schönheit mit breiten Wangenknochen und einem lachenden Mund. Wie sie dort vor der Tür stand, in einem weiten Rock, einem engen Sweatshirt mit Reißverschluss und hippen Turnschuhen, hätte sie genauso gut vor dem neuesten Club in Manhattan stehen können. Aber sie fühlte sich nirgendwo so zu Hause wie hier, in dieser surrealen Mischung von Shakespeare-Nostalgie und Prärie.

Andererseits schien Maxine stets ein Knäuel surrealer Mischungen im Gepäck zu haben, egal wo sie hinging. Ich lernte sie in Harvard kennen, als sie dabei war, ihre Promotion zu beenden, während ich gerade erst damit anfing. Ich hielt sie für einen der brillantesten Menschen der Welt, und ich war mit meiner Meinung nicht allein. Nach der Promotion wurde sie mit Angeboten überhäuft, was fast obszön war, wenn man bedachte, wie rar die Stellen in der Shakespeare-Forschung gesät waren. Sie hatte sich die Stelle ausgesucht, die ihr wie auf den Leib geschneidert war: Junior-Professorin für englische Literatur und Leiterin einer kleinen Archivbibliothek zwischen den roten Felsen und Wacholderhainen der Hochebene von Utah im Westen der USA.

Ros war nicht froh darüber gewesen. Ich saß direkt vor ihrem Büro, als Maxine ihr die Neuigkeit überbrachte. Eine kalte Stille entstand, und dann sagte Ros: »Du hättest nach Yale oder Stanford gehen können. Warum willst du dein Talent im Süden von Utah verschwenden?«

Der Süden von Utah sei der Ort, an den sie gehöre, erklärte Maxine. Nur hier konnte sie nahe beim Volk ihres Vaters im Paiute-Reservat südlich der Stadt und dem ihrer Mutter drüben in Dinetah sein – dem Land der Navaho – und gleichzeitig ihre Tage mit Shakespeare und den Studenten verbringen, von denen einige selbst Indianer waren. Dann war die Tür zugegangen, und ich hörte nichts mehr. Es war eine unheilvolle Stille gewesen – die Stille der Vögel vor dem Erdbeben. Als Maxine ging, hatte sie mir einen Rat fürs Leben zugeworfen, doch ihr Lächeln war traurig gewesen: *Lass dir niemals Dinge ausreden, an denen deine Seele hängt.*

Jetzt sah sie mich an, und ihre Augen weiteten sich. »Kate Stanley«, sagte sie leise.

Im gleichen Moment erhob sich ein Geschrei im Theater, und das Klirren von Schwertern ertönte. Maxine drehte den Kopf. »Komm rein«, sagte sie dann. Sie schloss die Tür wieder auf, die sie eben abgeschlossen hatte. »Ich habe dich erwartet«, sagte sie, bevor sie in der Dunkelheit verschwand.

An der Schwelle zögerte ich. *Sie hatte mich erwartet?* Wer hatte ihr gesagt, dass ich kommen würde?

Als ich mich nach Ben umdrehte, sah ich, wie er die Waffe im Halfter zurechtrückte.

Ich holte tief Luft. Dann folgte ich Maxine ins Haus.

20

In der Tür blieb ich stehen. Ich spürte Bens Anspannung. »Woher wusstest du, dass ich komme?«

»Von Ros«, antwortete Maxine aus dem Dunkel. »Was dachtest du denn?« Sie drückte einen Schalter, und warmes goldenes Licht durchflutete den Raum. »Wenn du das Archiv benutzen willst, musst du schon ganz hereinkommen.«

Ich ging ein paar Schritte hinein. Ben bewegte sich nicht.

Maxine öffnete die kleinen Rautenscheibenfenster. Von draußen trug die Abendluft den Duft von Rosen herein. »Was ist los, Kate?«

»Ich muss etwas recherchieren.«

Vor einem der Fenster drehte sie sich um und beobachtete mich mit verhangenem Blick auf Navaho-Art. »Ros geht dich im Globe besuchen und stirbt, während das Theater mitsamt der First Folio abbrennt – am 29. Juni. Dienstag, den 29. Juni.« Sie setzte sich auf die Fensterbank und schlug die Beine übereinander. »Zwei Tage später tauchst du hier auf, genau wie sie angekündigt hat. In der Zwischenzeit ist auch die Harvard-Folio in Flammen aufgegangen.« Sie sah mir in die Augen. »Die ganze Shakespeare-Welt redet von nichts anderem, Kate. Ich habe ungefähr hundert E-Mails in der Mailbox. Und du bist in Utah, ›um etwas zu recherchieren‹?«

Ich blinzelte. »Es wäre besser, wenn du mir keine Fragen stellst, die ich dir nicht beantworten kann.«

»Eine Frage muss ich dir stellen.« Sie drückte sich von der Fensterbank ab. »Arbeitest du für Ros oder gegen sie?«

Ich dachte an die Brosche in meinem Ausschnitt. »Für Ros.«

Sie nickte. »Also gut. Du weißt, wie es hier läuft. Sag mir Bescheid, wenn du Hilfe brauchst.«

Ich sah mich um. Der Raum war viel gemütlicher, als ich ihn in Erinnerung hatte. Die großen Tische, die auf dem grauen Steinboden standen, waren noch dieselben, aber es waren tiefe Chintzsessel dazugekommen und Silberschalen mit Blumen. Die Eichenschränke mit dem Zettelkatalog standen nach wie vor an den Wänden.

Maxine zeigte mit einem Nicken zum Bibliothekarstisch, über dem eine nagelneue Messingplakette hing. *Athenaide D. Preston, Shakespeare in the West Archive, Southern Utah University.* »Wir haben eine neue Mäzenin«, erklärte sie. Ich hatte von Athenaide Preston gehört. Eine exzentrische Sammlerin, keine Literaturwissenschaftlerin. Es hieß, sie sei reicher als König Midas.

Ich ging an den Katalog. Ein Teil der Schränke war nach Personen geordnet, ein anderer nach geografischen Orten, und dann gab es noch einen Schrank für spezifische Aufführungen und einen für Vermischtes. Ich nahm mir die Personen vor, Schublade Gl-Gy.

Goodnight, Charles. Rancher (las seinen Cowboys Shakespeare vor)

Grant, Ulysses S. General und Präsident der Vereinigten Staaten (spielte als Lieutenant in Texas die Desdemona)

Mit trockenem Mund blätterte ich zur nächsten Karte.

Granville, Jeremy. Goldsucher und Spieler (spielte im Mai 1881 am Bird-Cage-Theater in Tombstone, Arizona, den Hamlet)

Hamlet. Er hatte den Hamlet gespielt. Plötzlich war mir Granville so nah, dass ich das Gefühl hatte, wenn ich mich schnell umdrehte, würde er vor mir stehen – flimmernd und verschwommen wie eine Fata Morgana.

Doch als ich mich umblickte, war da nichts als die offenen Fenster, durch die ich das Theater sah.

Ben stand mit Maxine an einem Bibliothekstisch und sprach gedämpft flüsternd auf sie ein. Sie lachte – ein temperamentvolles Lachen, das nichts von einer verhuschten Bibliothekarin hatte. Doch obwohl die beiden so einvernehmlich wirkten, entging mir nicht, dass Ben die Tür, die Fenster und sogar Maxine im Auge behielt.

Ich nahm die Granville-Karte aus dem Katalog und schob einen rosa Stellvertreterzettel hinein. *Hamlet.* Wahrscheinlich hatte er damit Ros' Aufmerksamkeit erregt. Aber in welche Richtung war sie von hier gegangen? Ich sah mir die Informationen auf der Karte an.

Arbeitete in New Mexico und Arizona, 1870–1881. Claims in Arizona: Cordelia, Ophelia, Prinz von Marokko, Timon von Athen; Claims in New Mexico: Kleopatra, Cupido.

Granville kannte seinen Shakespeare: Cordelia, Ophelia und Kleopatra waren weit verbreitete Shakespeare-Namen, beliebt bei den Goldgräbern im ganzen Westen. Ich wunderte mich nur, wie er auf Timon gekommen war. Als Shakespeare das Stück über den alten Misanthropen schrieb, schien ihm irgendeine Laus über die Leber gelaufen zu sein: Es war kein Stück, das man freiwillig las. Cupido kam mir vage bekannt vor, doch ich hätte erst nachsehen müssen, um sicher zu sein. Aber es war der Prinz von Marokko, der mich am meisten irritierte – nicht weil er willkürlich war, sondern im Gegenteil, weil er so gut passte.

Im ›Kaufmann von Venedig‹ soll der Prinz von Marokko aus drei Truhen – aus Gold, Silber und Blei – diejenige wählen, die Portias Porträt enthält. Findet er die Richtige, gewinnt er ihre Hand. Doch als er sich für die goldene Truhe entscheidet, findet er nur einen Spottvers darin: »Alles ist nicht Gold, was gleißt.« Es war die gleiche Zeile, mit der Granville in seinem Brief an Professor Child gespielt hatte. Arizona und New Mexico waren zwar keine Goldregionen, doch in einem Punkt hatte ich recht gehabt. Für Mr Granville war der Gedanke an Gold mehr als nur eine Laune.

Auf der Katalogkarte standen außerdem Verweise auf mehrere Zeitungsartikel im ›Tombstone Epitaph‹. Der letzte lautete: *Nachruf: Tombstone Epitaph, 20. August 1881.*

Der Brief an Professor Child musste also vor diesem Datum geschrieben worden sein.

»Findest du, was du suchst?«

Ich erschrak. Maxine und Ben standen direkt hinter mir. So viel dazu, dass ich auf der Hut sein sollte.

»Klar.« Ich trug die Daten der Artikel im ›Epitaph‹ in einen Bestellzettel ein. Maxine verschwand damit im Hinterzimmer und kam mit zwei Mikrofilmboxen zurück, »Jan.–Juni 1881« und »Juli–Dez. 1881«. Dann setzte sie sich an ihren Computer. Ich schob Ben die zweite Kiste hin. »Haben Sie schon mal Mikrofilm gelesen?«

»Kein Bedarf in meinem Geschäft.«

»Jetzt schon.« Es gab zwei Lesegeräte. Ich zeigte ihm, wie er die Rolle einführen musste, dann schaltete ich das Licht ein. »Der Nachruf auf Granville muss irgendwo in der Zeitung vom 20. August 1881 stehen.«

In der Zwischenzeit suchte ich nach den Artikeln über seinen Auftritt als Hamlet. Beim Vorscrollen flogen die Seiten bis Mai vorbei, dann wurde ich langsamer. Hier war es:

> EINE GUTE WETTE. – Wie wir am Morgen erfahren haben, wird einer unserer Mitbürger, ein in sportlichen Kreisen bekannter Gentleman, im Bird-Cage-Theater am kommenden Samstagabend erstmals den Hamlet geben. Der Gentleman spielt die Rolle aufgrund einer schwerwiegenden Wette, bei der einhundert Dollar auf dem Spiel stehen, nämlich daß er nicht in der Lage sei, den Text (den längsten im ganzen Stück) innerhalb von drei Tagen auswendig zu lernen. Besagtes Lernen der Rolle soll heute Nachmittag in einem gewissen Salon von bestem Ruf beginnen. Freuen Sie sich auf ein aufregendes Ereignis.

Granvilles Name tauchte in dem Artikel zwar nicht auf, doch er wurde als Spieler bezeichnet, und zwar auf hohem Niveau. Einhundert Dollar mussten im Jahr 1881 ein Haufen Geld gewesen sein: Tausende, vielleicht Zehntausende Dollar nach heutigem Wert. Doch was mich weit mehr beeindruckte als die Höhe der Wette, war die Dreitagesfrist. Hamlet war die längste und anstrengendste aller Shakespeare-Rollen. Die meisten erfahrenen Schauspieler, die ich kannte, konnten sie nicht in drei Tagen lernen. Eine solche Aufgabe schaffte nur jemand, der mit Shakespeare so vertraut war, dass ihm Tonfall und Rhythmus der Sprache ganz natürlich erschienen. Jemand, der selbst gut im Geschichtenerzählen war und darüber hinaus komödiantisches Talent besaß … entweder das, oder aber er war ein zweiter Rain Man, der statt Zahlen Worte beherrschte.

Ich drückte auf ›Kopieren‹, und die Maschine erwachte mit einem Rattern zum Leben.

Durchs Fenster drang das Geschrei von Männern und weiteres Schwerterklirren. Wahrscheinlich lagen sich drüben im Theater Mercutio und Tybald in den Haaren, was hieß, dass beide gleich tot wären. Ich zwang meine Aufmerksamkeit wieder auf den Bildschirm und ließ den Mikrofilm weitergleiten.

In den drei folgenden Tagen berichtete die Zeitung in kurzen Nachrichten über Granvilles Fortschritte unter den neugierigen Augen der Dorfgranden. Das Ganze fand im Salon einer gewissen Miss Marie-Pearl Dumont statt, in einem exklusiven Etablissement mit dem hübschen Namen Versailles. Wie es aussah, hatte Granville seine Proben in ein französisches Bordell verlegt.

Dann fand ich die Kritik der Aufführung, seltsam blumig für eine Zeitung, die in der gewalttätigsten, gesetzlosesten Stadt der Geschichte des amerikanischen Westens erschien:

> BIRD-CAGE-THEATER. – Mr J. Granvilles Darbietung als Hamlet am Samstagabend war überaus erbaulich, ein großer kultureller Beitrag, dessen sich unsere Gemeinde rühmen kann. Statt die Ergüsse des leidenschaftlichen Dänen in Fetzen zu zerstottern, wurden sie von Mr Granville mit bewundernswerter Eloquenz abgeliefert. Ein wahrer Augen- und Ohrenschmaus, Caviar, ja, und Champagner, und zwar von der Art, wie ihn auch die Massen lieben. Mr Granville ließ den Helden nicht zum schlaffen Feigling auferstehen, wie er in jüngster Zeit so gerne auf den Bühnen im Osten porträtiert wird, sondern als kraftstrotzende Seele, die selbst das hartgesottene Publikum in Arizona nur bewundern kann. Mit Übung und Fleiß hätte Mr Granville das Zeug zum großen Schauspieler, davon sind wir überzeugt, doch wir fürchten, er schmiedet bereits einen neuen Coup.

Auch von dieser Seite machte ich eine Kopie. *Er schmiedet bereits einen neuen Coup.* War Granville außer einem Spieler und Goldsucher auch ein Betrüger? Misstrauen wallte in mir auf. War die Sache mit dem Manuskript ein Schwindel, den er Child andrehen wollte – und damit auch Ros und mir?

»Ich habe den Nachruf gefunden«, meldete Ben.

»Machen Sie eine Kopie«, sagte ich und beugte mich über seine Schulter, um mitzulesen.

> THE BIRD CAGE. – Am vergangenen Samstag durften die Freunde und Bewunderer von Mr Jeremy Granville, unserem jüngst verschiedenen Bruder, einer Gedenkaufführung des ›Hamlet‹ zu Ehren von Mr Granville beiwohnen, unter Mitwirkung von Mr Macready und seinem ausgezeichneten Schauspielensemble, die glücklicherweise unser Theater mit ihrer Anwesenheit beehrten. Mr Jeremy Granville, Freund und Gentleman, hatte vor zwei Monaten zu Pferd die Stadt verlassen mit der Absicht, eine Woche fortzubleiben, doch leider haben wir seither nichts von ihm gesehen oder gehört. Das Gerücht eines Goldfundes hat zahlreiche alte und neue Freunde dazu bewegt, sich in der Wüste auf die Suche nach ihm zu machen, doch ohne Erfolg.
>
> Seinen engsten Vertrauten zufolge war Mr Granville kein Anhänger von Beerdigungen, auch wenn er wußte, daß er möglicherweise zu seiner eigenen aufbrach, als er, obwohl gerade die Apachen auf dem Kriegspfad sind, in unbekanntes Territorium aufbrach. Den Wortlaut seines Kommentars abzudrucken, sind wir nicht imstande, doch die Botschaft lautete, falls man eines Tages Worte über ihn verlieren müsse, so seien es die Worte Shakespeares, von einem Schauspieler vorgetragen, und nicht die aus einem Gebetbuch, gelesen von einem Pfaffen. Seine Kameraden haben ihr Bestes getan, seinem Wunsche nachzukommen. Nach allgemeinem Erachten ist Mr Macready diesem Wunsche mehr als gerecht geworden, und Mr Granvilles einziger Grund zur Klage besteht nunmehr darin, die Aufführung versäumt zu haben.

»Sehen Sie sich das Datum an«, sagte Ben kopfschüttelnd. »Genau zwei Monate vor der Schießerei am O. K. Corral, als Wyatt Earp drei von den Clantons kaltgemacht hat, ebenfalls in Tombstone. Darüber war er wohl schnell in Vergessenheit geraten, trotz der Gerüchte um das Gold.«

»Da draußen gibt es höchstens Silber, kein Gold, und das hätten die Schlaueren seiner Zeitgenossen gewusst. Falls eine echte Chance bestanden hätte, Gold zu finden, wäre die Geschichte niemals so schnell versandet. Wyatt Earp hin oder her … Aber ich glaube, dass das mit dem Gold nicht wörtlich gemeint war.«

In seinen Augen blitzte es. »Sondern literarisch?«

»Aus ›Alles ist nicht Gold, was gleißt‹ hat er ›Nicht alles gleißt, was Gold ist‹ gemacht. Ich wette, er wusste genau, was er gefunden hatte, und er konnte sich denken, dass es wertvoll ist … Falls er sich nicht alles nur ausgedacht hatte.« Ich zeigte ihm den Artikel mit dem »Coup«.

Ben schüttelte den Kopf. »Wenn er Child betrügen wollte, warum hätte er sich dann aus dem Staub gemacht? Nicht, nachdem er den Köder so sorgfältig ausgelegt hatte. Nein, ich glaube, das Manuskript gab es wirklich. Die Frage ist nur, wo ist es geblieben?«

Ich schüttelte den Kopf. »Laut Zeitungsartikel waren in jenem Sommer die Apachen auf dem Kriegspfad. Vielleicht haben sie ihn erwischt. Oder die Clantons haben ihn erwischt, oder mexikanische Banditen. Falls das Gerücht ging, er hätte Gold gefunden, waren ihm wahrscheinlich drei Viertel der Bevölkerung auf den Fersen. Wenn wir Glück haben, ist er auf dem Hinweg ums Leben gekommen – wo immer er hinwollte – und nicht erst auf dem Heimweg. Denn damit bestünde die Chance, dass es noch da ist, wo er es gefunden hat.«

»Sie glauben, wir finden eine Spur, wo seine Freunde gescheitert sind?«

»Ros glaubte es.«

»Wie weit ist es nach Tombstone?«

»Achthundert Kilometer. Neunhundert vielleicht.«

Er sah mich finster an. »Wir brauchen Vorräte, wenn wir den Schlenker machen wollen.«

»Zwei Straßen weiter gibt es einen Imbiss. The Pastry Pub. Ein antialkoholisches irisches Pub, wo es rund um die Uhr belegte Brötchen gibt, findet man wohl nur in Utah. Sie gehen los und besorgen uns ein Picknick, und ich mache hier weiter. Da ist ein Verweis auf Granvilles Karte, dem ich nachgehen will.«

Er zögerte.

»Gehen Sie schon.« Ich zeigte zur Tür. »Ich vertraue Maxine, und sonst weiß niemand, dass wir hier sind. Gehen Sie. Umso schneller kommen wir hier weg.«

Widerwillig stand er auf. »Ich bin in zehn Minuten zurück. Warten Sie hier auf mich.«

Als er fort war, nahm ich die Karteikarte und ging damit zu Maxine.

»Granville also?«, sagte sie und blickte vom Computer auf.

Ich zeigte auf die letzte Zeile: *Photo 23.1875; PG: PS 437*. »Sieht aus, als hättet ihr ein Foto. Kann ich es sehen?«

»Das ist einfach.« Sie ging zu einer Vitrine mit der Aufschrift »Fellows der Bibliothek«. Dann nahm sie ein Buch heraus und drückte es mir in die Hand. Es war Ros' Buch.

»Voilà, Jeremy Granville.« Sie deutete auf das Foto auf dem Cover – der Mann mit dem Stetson, der den Totenkopf in der Hand hielt. Dann schlug sie das Buch auf und zeigte mir das Impressum an der Innenseite des Schutzumschlags: »Foto von Jeremy Granville als Hamlet, Tombstone, Arizona, 1881. Mit freundlicher Genehmigung des Utah University Archive, Southern Utah University.«

»Das war, bevor sie uns den neuen Namen verpasst haben«, erklärte sie.

Zum ersten Mal sah ich mir das Gesicht unter dem Stetson näher an. Der Mann war Mitte vierzig, schätzte ich. Ein Künstler hatte das Foto nachkoloriert und ihm einen rötlichen Schnurrbart und rosige Wangen gemalt. Doch die nachdenklichen Augen und der schiefe Mund gehörten Granville.

Maxine warf einen Blick auf die Karteikarte. »*PG* – das sind seine persönlichen Gegenstände. Kleider, Uhren, Bücher, Papiere. Er war Schauspieler. Vielleicht gibt es ein Theaterplakat oder so etwas. Viele der alten Goldsucher hatten Landkarten dabei.«

Ich hatte das Gefühl, die Luft im Raum wäre mit einem Schlag dünner geworden. »Landkarten?«

»*PS* steht für Privatsammlung. Wenn du willst, rufe ich die Besitzer gleich morgen an.«

»Jetzt«, sagte ich. »Bitte.«

Maxine seufzte. Sie nahm mir die Karte aus der Hand und tippte die Signatur in den Computer ein. Mit Blick auf den Bildschirm wählte sie die Nummer, die angezeigt wurde. 520 war die Vorwahl vom Süden Arizonas. *Tombstone*, dachte ich.

»Mrs Jiménez?«, sagte Maxine ins Telefon. »Hier spricht Maxine Tom vom Preston Archive. Es tut mir leid, dass ich so spät störe, aber ich habe hier noch jemanden, der die Granville-Sammlung sehen will. Leider ist es ziemlich dringend.« Sie hörte zu. »Ach so, ich verstehe. Ja. Ja. Nein. Sehr interessant. Vielen Dank. Und grüßen Sie Mr Jiménez.«

Sie legte auf.

»Kann ich die Sachen sehen?«

»Nein.« Finster sah sie das Telefon an.

»Warum nicht?«

»Sie haben sie verkauft.«

Ich fluchte. »An wen?«

»An Athenaide Preston. Bitte sag mir jetzt nicht, dass ich sie auch noch um die Zeit anrufen muss.«

»Bitte, Maxine«, flehte ich. »Tu es für Ros.«

»Na gut«, sagte sie. »Ich tue es für Ros. Aber dann schuldest du mir wirklich einen Gefallen.«

Ich hörte das Tuten in der Leitung, dann klickte es.

»Hallo, Mrs Preston? Hier spricht Maxine Tom vom Archiv.«

Die Stimme am anderen Ende klang schrill, doch ich verstand nicht, was sie sagte, denn Maxine hielt den Hörer zu und machte dabei eine Grimasse. Dann riss sie sich zusammen.

»Ja, Ma'am, es tut mir wirklich leid, dass ich so spät anrufen muss, aber hier ist jemand wegen der Granville-Sammlung. Mrs Jiménez sagte mir, dass Sie vor drei Tagen bei ihr waren und die Sachen gekauft haben … Ich verbürge mich für sie. Wir haben zusammen in Harvard studiert. Katharine Stanley … Ja, Ma'am. Sie ist hier. Sie steht direkt vor mir. Nein, Ma'am. Natürlich. Ich sage es ihr. Vielen Dank. Einen schönen Abend noch.«

Maxine knallte den Hörer auf die Gabel und stöhnte. »Ich hoffe, die Bisswunden in meinen Ohren sind es wert.« Dann sah sie mich fragend an. »Sie war stinksauer – bis sie deinen Namen hörte. Sie sagte, sie kennt deine Arbeit und du könntest ruhig kommen. Aber du musst bis sieben Uhr früh bei ihr sein. Um neun muss sie weg.«

»Wo wohnt sie?«

»Ihr gehört eine ganze Stadt. Zugegeben, eine Geisterstadt, aber trotzdem, sie besitzt das ganze verdammte Nest. In New Mexico, in der Nähe des schönen Lordsburg. Shakespeare heißt der Ort.«

Ich zuckte zusammen.

»Du bist die ganze Zeit für Ros durchs Land gefahren und kennst Shakespeare nicht?«

»Es war nur ein Monat. Als ich ging, hatten wir kaum die Oberfläche angekratzt.«

»Es steht alles in ihrem Buch.«

Ich sah sie ausdruckslos an.

»Du hast es nicht gelesen, nicht wahr?« Sie nahm das Buch vom Tisch und legte es mir wieder in die Hände. Diesmal schlug sie die Seite nach dem Impressum auf. Bis auf zwei Zeilen war die Seite leer.

Für Kate, las ich. Und darunter stand in kursiven Lettern: *Allen Töchtern meines Hauses.*

Sprachlos starrte ich die Widmung an.

Maxine beobachtete mich mitfühlend. »Wut oder Bedauern?«

»Beides«, flüsterte ich.

»Lass es gut sein, Kate. Lass sie gehen.«

Unsere Blicke trafen sich. »Ich kann nicht. Noch nicht.«

Maxine schüttelte den Kopf. »Wenn du dich mit Mrs Preston treffen willst, musst du los. Es sind elf Stunden bis nach Shakespeare, wenn man sich ans Tempolimit hält, und ihr habt nur neuneinhalb Stunden. Wie ich Mrs Preston kenne, weiß sie das genau. Ich schätze, sie will testen, wie viel dir wert ist, wonach du suchst.«

Maxine holte eine Landkarte und zeigte mir die Strecke: ein gestrecktes seitenverkehrtes J, das Arizona in zwei Teile schnitt und bei Tucson ostwärts nach New Mexico verlief.

»Und jetzt gehe ich heim, wenn du nichts dagegen hast. Ich habe einen kleinen Sohn, der seine Gutenachtgeschichte hören will.«

Ich sah sie überrascht an. »Oh, natürlich. Das habe ich nicht gewusst.«

»Es ist ja auch lange her«, sagte sie nachsichtig.

Ich sah auf die Uhr. Ben musste jeden Moment zurück sein. Wahrscheinlich würde er mir auf dem Weg zum Wagen entgegenkommen. Zögernd sammelte ich meine Kopien ein. Maxine wollte mich dafür nicht zahlen lassen, also ging ich zur Tür. »Danke«, sagte ich verlegen.

»Pass auf dich auf, Katie«, sagte Maxine.

Draußen empfing mich die Dunkelheit. Ich durchschritt die kleine Senke, hinter der das Theater und der Parkplatz lagen. Als ich den Weg durch den Fichtenhain betrat, der um das Theater herumführte, hielt ich inne und lauschte, doch ich konnte nur leises Gemurmel hören. Vielleicht wachten Romeo und Julia gerade auf und wussten, dass sie sich trennen mussten. Oder Julia nahm das Gift, das den Scheintod auslöste.

Ich war drei Schritte gegangen, als ich unter den Bäumen in der Senke hinter mir ein Rascheln hörte. Ich sah mich um. Die Fenster der Bibliothek waren dunkel; hohe, fedrige Wolken glitten am Mond vorbei und ließen die rautenförmigen Scheiben wie Schlangenhaut schillern. Das Wasser im Teich unter der Weide wirkte wie schwarze Tinte. Ich horchte, versuchte zu orten, wo das Geräusch herkam.

Irgendwo da unten spürte ich kalte Blicke, die mich beobachteten. Hastig schlug ich den Weg zum Parkplatz ein und hoffte, Ben würde mir entgegenkommen. Dann hörte ich das gleiche Geräusch wie damals an der Themse: eine Klinge, die aus der Scheide gezogen wurde.

Ich rannte los, spurtete durch den Fichtenhain, bis ich das Licht auf dem Parkplatz erreichte. Ben war nirgends zu sehen. Ich lief auf den Wagen zu, doch er war abgeschlossen.

Als ich mich umsah, tauchte der Umriss eines Mannes auf dem Parkplatz auf und sprintete direkt auf mich zu.

Ich duckte mich hinter den Wagen. Erst als die Blinklichter des

Wagens aufblitzten und ich hörte, wie das Schloss entriegelt wurde, begriff ich, dass der Mann Ben war, mit einer Papiertüte und zwei großen Pappbechern unter dem Arm.

»Was ist passiert?«, rief er.

»Ich fahre«, keuchte ich und riss die Tür auf. »Steigen Sie ein.«

21

Ich habe es wieder gehört«, sagte ich, als wir in östlicher Richtung die Stadt verließen. »Ich habe *ihn* gehört. Er hat ein Messer gezogen.«

Ben packte die Sandwiches aus, doch jetzt sah er auf. »Sind Sie sich ganz sicher? Im Theater wurde auch mit Schwertern gekämpft.«

»Er war da«, sagte ich knapp. »Beim Archiv.«

Er bot mir ein Sandwich an, doch ich schüttelte den Kopf. Anscheinend konnte er essen und Schlaf nachholen, wann immer es gerade passte. Ich hätte keinen Bissen heruntergebracht. Schweigend fuhr ich, während er aß.

Die Straße führte in Serpentinen die Berge hinauf. Allmählich wurden die gedrungenen Wacholderbäume und Pinyon-Kiefern von spitzen, dunklen Fichten verdrängt. Während die Bäume höher und dichter wurden und sich immer näher an die Straße drängten, wand sich das schwarze Band des Highways immer höher den Berg hinauf. Die Sterne tauchten die Baumwipfel in silbriges Licht, doch unten am Boden wirkte die Straße wie ein schwarzer Tunnel. Bis auf das Rauschen der Bäume wirkte die Welt um uns herum still und fast unheimlich leer. Und doch wurde ich das Gefühl nicht los, dass wir beobachtet wurden.

»Ich glaube, er folgt uns«, sagte ich leise.

Ben knüllte das Sandwichpapier zusammen und warf einen Blick durch die Heckscheibe. »Haben Sie etwas gesehen?«

»Nein.« Ich schüttelte den Kopf. »Aber ich spüre es.«

Sein Blick ruhte einen Moment auf mir, dann griff er mir ins Lenkrad und stellte die Scheinwerfer aus.

»Herrgott«, fluchte ich und nahm den Fuß vom Gas.

»Nicht langsamer fahren«, sagte er knapp. »Orientieren Sie sich am Mittelstreifen.«

Er löste den Sicherheitsgurt und ließ das Fenster herunter. Dann stieg er auf den Sitz und streckte den Oberkörper hinaus in die Nacht. Ich konnte nur seine Beine sehen, den Kopf hatte er irgendwo zwischen den Bäumen. Dann kam er wieder herein. Würziger, winterlicher Fichtenduft zog in den Wagen.

»Da draußen gibt es nichts als Bäume.«

»Aber er ist da irgendwo«, beharrte ich.

»Vielleicht.« Er nahm seinen Kaffeebecher und wärmte sich die Hände daran. »Gute Instinkte haben mir mehr als einmal das Leben gerettet.«

Ich hatte damit gerechnet, dass er mein Gefühl herunterspielte oder sich darüber lustig machte, doch seine Ernsthaftigkeit erwischte mich kalt. Als ich in den Rückspiegel blickte, hätte ich beinahe eine Kurve übersehen. Mit quietschenden Reifen zwang ich den Wagen zurück auf die Straße.

»Wie wäre es, wenn Sie fahren und ich die Augen aufhalte?«, sagte er. Dann trank er seinen Kaffee aus und ließ den Becher in der Papiertüte verschwinden. »Haben Sie wirklich keinen Hunger?«

Als ich den Kopf schüttelte, nahm er den Chambers-Band heraus und schaltete eine kleine Taschenlampe ein. »Erzählen Sie mir mehr von ›Cardenio‹. Hier steht, es gibt so etwas wie eine Überarbeitung des Stücks.«

Ich nickte, dankbar für die Ablenkung. »›Dopelte Falschheit‹. Frühes 18. Jahrhundert.«

»1728«, las er vor. »Was wissen Sie darüber?«

»Nicht viel.« Ich trank einen Schluck Kaffee. »Es war das Geistesprodukt eines gewissen Lewis Theobald, der vor allem wegen seiner Streitereien mit Alexander Pope bekannt wurde. Theobald behauptete, Popes Shakespeare-Ausgabe sei voller Fehler – womit er recht hatte –, und Pope beschimpfte Theobald als pedantischen Langweiler, der eine gute Story nicht einmal erkannte, wenn sie direkt vor seiner

Nase passierte, selbst wenn er zehn Jahre beim Trojanischen Krieg mitgemacht hätte – was ebenfalls stimmte. Pope hat ein satirisches Heldengedicht verfasst, die ›Dunciade‹, in dem er Theobald zum König der Dummköpfe krönt.«

Ben lachte. »Die Feder ist wohl mächtiger als das Schwert?«

»In Popes Fall mächtiger als eine ganze bewaffnete Brigade. Und noch ein oder zwei Kriegsschiffe dazu, sicherheitshalber.«

»Keine weise Wahl, sich Mr Pope zum Feind zu machen. Haben Sie das Stück gelesen?«

»Nein. Es ist schwer aufzutreiben. Ich wünschte, ich hätte davon gewusst, als wir in Harvard waren. Aber vielleicht finden wir etwas im Internet. Die Spezialisten für das 18. Jahrhundert waren die ersten, die alles, was sie in die Finger bekamen, ins Internet stellten. Dicht gefolgt von der Shakespeare-Clique.«

Ben griff auf den Rücksitz und packte seinen Laptop aus.

»Sie glauben wirklich, dass es hier, in der Metropole, Internet gibt?« Wir überquerten einen Pass, und auf der anderen Seite schrumpfte die Straße zu einem schmalen Felsvorsprung, der sich an eine Bergwand drängte. Links unter den hohen baumlosen Gipfeln fiel der Wald steil zu uns herab. Rechts verschwanden die Bäume in einer fast senkrechten Schlucht. Wir fuhren immer noch ohne Scheinwerfer. In dem schrägen Ausschnitt der Welt, der vor uns lag, war nicht der geringste Schein eines Lichts oder Feuers zu sehen. Bis auf die Straße gab es kein Anzeichen dafür, dass je ein Mensch hier gewesen war.

»Es gibt Satelliten.« Ben drückte ein paar Tasten, und sein Laptop erwachte mit einer leisen Melodie zum Leben. Blaues Licht erfüllte den Wagen. Ich hörte, wie er weitere Tasten tippte, und dann färbte sich das Licht weiß und rosa. »Schau mal einer an«, sagte Ben. »›Dopelte Falschheit oder Die unglücklich Verliebten‹.« Er drückte eine Taste. »Was wollen Sie zuerst hören? Das Stück oder den ganzen Kram, der vorausgeht? Widmung, Vorwort des Herausgebers, Prolog?«

»Das Vorwort«, sagte ich, und mein Griff um das Lenkrad wurde fester. Mein Blick war starr auf den schwach schimmernden Mittelstreifen gerichtet.

»Klingt, als hätte sich König Theobald von Anfang an verteidigen müssen. Hören Sie sich das an: *Es wird behauptet, es sei unglaublich, daß ein solches Curiosum dem Vergessen anheim gefallen und der Welt über ein Jahrhundert lang entrissen sein könne.«*

»Inzwischen sind es fast vierhundert Jahre«, sagte ich.

Ben überflog den Text. »Hey!«, rief er so plötzlich, dass ich zusammenschrak. »Wussten Sie, dass Shakespeare eine uneheliche Tochter hatte?«

Ich machte ein finsteres Gesicht.

»Das heißt also nein«, sagte Ben.

»Darüber gibt es nichts in den Quellen.«

»Es sei denn, Sie zählen das hier als Quelle.«

Ich schüttelte den Kopf. Ich hatte Jahre mit Shakespeare-Forschung verbracht, und ich hatte noch nie gehört, dass jemand Theobalds Vorwort als historische Quelle zählte.

»*Es giebt eine Überlieferung*«, las er weiter, »*(die mir von jener edlen Person zugetragen wurde, der ich eins meiner Original-Manuscripte verdanke) –*«

»Original-Manuskripte?«, fragte ich ungläubig. »*Manuskripte*, im Plural?«

»Er behauptet, er hätte drei.«

Ich lachte matt, während Ben von vorn begann. »*Es giebt eine Überlieferung (die mir von jener edlen Person zugetragen wurde, der ich eins meiner Original-Manuscripte verdanke), die besagt, daß dies Drama von unserem Verfasser seiner natürlichen Tochter gewidmet war, als Gabe der Werth-Schätzung, um deretwillen er es schrieb, ehe er sich von der Bühne zurückzog.* Warum nennt man außereheliche Kinder eigentlich ›natürlich‹? Sind eheliche Kinder ›unnatürlich‹? Und was ist so witzig auf Ihrer Seite des Wagens?«

Ich schüttelte den Kopf. »Nichts. Nur, bis auf die Tatsache, dass Shakespeare geboren wurde und starb, sind nicht viele verbindliche Tatsachen über sein Leben bekannt. Sie haben gerade die Hälfte davon zunichtegemacht.« Ich zählte die Fakten auf. »›Cardenio‹ ist verschollen, es gibt keine Shakespeare-Manuskripte, und er war, obwohl er das Ehebett nicht oft besuchte, fruchtbar und mehrte sich, wenn er es tat: Er hatte drei Kinder, alle ehelich … Und jetzt reden wir plötzlich von drei Manuskripten von ›Cardenio‹ und einem Bankert obendrein.«

Ben starrte den Bildschirm an, als hoffte er, der Computer würde einen Kommentar dazu abgeben. »Glauben Sie, Granvilles Manuskript war eins von Theobalds? Vielleicht hat er es irgendwie in die Finger gekriegt und es mit in den Westen genommen.«

»Vielleicht«, sagte ich skeptisch. »Aber Granville schreibt, er glaubt, das Manuskript sei schon kurz nach seiner Entstehung an der Stelle gelandet, wo er es fand.«

»Und das kommt Ihnen plausibel vor?«

»Nein. Andererseits kommt mir nichts von allem plausibel vor.«

Ben ging zum Prolog über, und das Erste, was mir auffiel, war, dass er ein guter Vorleser war. Sein natürlicher Tonfall passte sich leicht den Rhythmen der Verse an. Als Zweites fiel mir auf, dass das Stück grauenhaft war. Sir Henry hätte es in einem gnädigen Moment vielleicht als edle Ruine bezeichnet; Ros hätte es als »Schande« in die Ecke geschleudert.

Quixote und Sancho Pansa kamen nirgends vor. Die anderen Figuren waren wiederzuerkennen, doch Theobald hatte ihre Namen geändert. Es war so verwirrend, dass Ben bald wieder auf Cevantes' Namen zurückgriff. Doch die Löcher in der Geschichte konnte er nicht flicken.

Es hörte sich an, als hätten seit 1728 die Motten daran gefressen. Oder Krokodile. Aus dem ganzen Stück war die Sünde weiträumig ausradiert worden und im gleichen Aufwasch auch jede Spannung, jedes Handlungsmoment. Übrig blieb eine Handvoll Leute, die lahm auf der Bühne herumstanden und andeutungsweise von Ereignissen sprachen, die sich der Zuschauer selbst zusammenreimen konnte: eine Vergewaltigung, eine wilde Prügelei bei einer Hochzeit, eine Entführung aus dem Kloster. Hätte Theobald die Genesis adaptiert, dachte ich enttäuscht, hätte er nur die Unterhaltung zwischen Eva und der Schlange beibehalten, die Geschichte mit dem Apfel, den Feigenblättern und der Vertreibung aus dem Paradies hätte er ersatzlos gestrichen. Dann hätte er Evas beide Dialoge, den mit Gott und den mit der Schlange, zusammengeschnitten, um sowohl Zeit als auch die Gage für einen Schauspieler zu sparen. Dass die Geschichte am Ende keinen Sinn ergab, schien für Theobald kein Kriterium zu sein.

»Mehr Mist als Shakespeare«, stellte Ben fest. Im Großen und Ganzen hatte er recht. Und doch gab es die eine oder andere Passage, die von betörendem Liebreiz war:

Habt Ihr je den irdischen Phoenix gesehen,
den Paradiesvogel?
Ich sah ihn: ich kenne seine Gefilde und weiß, wo er
sein duftendes Nest baut: bis ich gutgläubiger Narr
einem Freund den Schatz anvertraute
und er mich seiner beraubte.

Fast sah ich ihn vor mir, den Glanz der roten und goldenen Federn hinter dem dunklen Gespinst der Zweige, fast roch ich Jasmin und Sandelholz im Wind, hörte das schreckliche Brechen eines Herzens. Auch Ben schien es zu spüren, denn er war still geworden.

»Komisch«, sagte er nach einem Moment. »Es ist nicht nur ein schönes Gedicht. Im Dialog sind die Verse sogar witzig. Ich habe es Ihnen als Monolog vorgelesen, doch es ist keiner. Cardenio redet mit einem Schafhirten. Der arme Tropf hat wahrscheinlich in seinem Leben nichts Exotischeres gesehen als ein geschecktes Schaf, und jetzt steht da dieser Verrückte vor ihm und redet von Phönixen und duftenden Nestern … Kommen Sie, wir probieren es aus. Sie lesen den Hirten.«

»Ich dachte, ich soll fahren.«

»Sie müssen nur verwirrt aus der Wäsche gucken, und wenn ich Ihnen das Zeichen gebe, sagen Sie: ›*Bei meiner Ehre, Sir, ich nicht.*‹ Schaffen Sie das?«

»Bei meiner Ehre, Sir, ich nicht.«

»Bravo. Wackerer Hirte … Regie führen könnte mir auch Spaß machen. Dieser angenehme Rausch von Macht. Was muss ich sagen, wenn ich will, dass es losgeht?«

»Ladys und Gentlemen, wir sind so weit.« Der Satz des Inspizienten kam mir wie automatisch über die Lippen, und mit einem Stich spürte ich, wie sehr ich das Theater vermisste.

»Also gut … Ladys und Gentlemen, wir sind so weit.« Damit gab er sich selbst das Stichwort und stürzte sich in die Szene.

Euer Blick, Sir, ist von wunderbarer Weisheit,
Und seid, wie's scheint, in Wissen weit bewandert;
Habt Ihr je den irdischen Phœnix –

Irgendwo in meiner Erinnerung klingelte es. »Was haben Sie gesagt?«

»Das ist nicht Ihr Text.«

»Vergessen Sie meinen Text. Lesen Sie Ihren noch mal.«

»*Euer Blick, Sir, ist von wunderbarer Weisheit …*«

Ich trat so fest auf die Bremse, dass das Heck des Wagens ausbrach, als wir in einer halbmondförmigen Parkbucht zum Stehen kamen. »Der Brief«, rief ich. »Granvilles Brief. Wo ist er?« Ich drehte mich um und begann in den Taschen auf der Rückbank zu wühlen.

Ben griff hinter seinen Sitz, zog die Tüte hervor und fischte Granvilles Brief aus dem Notizblock. Ich überflog die Handschrift, bis ich die Stelle hatte, die ich suchte. Dann hielt ich ihm den Brief hin.

»*Ihr Blick, Sir, sei von wunderbarer Weisheit*«, las er.

»Sie hatten recht, heute Morgen in der Buchhandlung. Das hat kein alter Goldgräber geschrieben.«

Ben sah mich an. »Sie meinen, Granville kannte Theobalds Stück?«

Das Blut pulsierte in meinen Schläfen. »Unwahrscheinlich.« Theobalds Adaption war längst in den Bibliotheken verstaubt, als Granville zur Welt kam. Und Granville hatte kein Internet, um seltene Texte aufzuspüren.

»Wenn er ›Dopelte Falschheit‹ nicht kannte«, sagte Ben langsam, »dann ist der einzige Ort, wo er die Worte herhaben konnte, das Manuskript, von dem er schrieb. Was bedeutet …«

»Dass diese Zeile nicht von Theobald stammt.«

Keiner von uns wagte es, den Gedanken laut auszusprechen: *Sondern von Shakespeare.*

Ich stieg aus und ging an den Rand der Klippe. Die Parkbucht war ein Aussichtspunkt. Wir standen auf einem hohen Felsvorsprung, der sich wie eine natürliche Loggia über ein tiefes, breites Tal hinausstreckte. Das Tal war auf allen Seiten von fernen Gipfeln gesäumt, die sich schwarz vom Nachthimmel abhoben. Dreihundert Meter unter uns bedeckte der Wald den Grund des Tals wie ein dicker Teppich. Im Süden glänzten die Felsen von Zion im Mondlicht wie schimmernde Vorhänge, die den Eingang zu einer anderen Welt verdeckten.

»Vielleicht Fletcher«, sagte Ben schroff. »Chambers sagt, das Stück war eine Gemeinschaftsarbeit.«

»Vielleicht«, gab ich zu. »Aber Sie haben selbst bemerkt, wie Lyrik und Komödie an dieser Stelle verwoben sind – und das ist einer von Shakespeares Lieblingstricks. In seinem ganzen Werk gibt es kaum eine Passage von hehrer Schönheit, die nicht von einem Stück spitzfindiger Komödie oder Ironie ummantelt wird. Als hätte er der reinen Schönheit nicht getraut.«

»Theobald hatte das Stück«, sagte Ben. Er schüttelte den Kopf. »Stellen Sie sich das vor. Er hatte Gold, und er hat Stroh daraus gemacht.«

»Und dann hat er verbummelt, was übrig war«, schnaubte ich. »Die Manuskripte sind verschwunden. Vermutlich in dem Feuer verbrannt, das sein Theater zerstörte.«

»Eine Menge Brände, die Shakespeare verfolgen«, stellte Ben fest.

Doch ich war zu sehr mit Granville beschäftigt, um einen Gedanken für Theobald übrig zu haben. Wenn Granville die Zeile lesen konnte, die er zitierte, dann war er also doch in der Lage, die komplizierten Schnörkel der Secretary Hand zu entziffern. Und wenn er Secretary Hand lesen konnte, dann musste ich recht haben mit dem Verdacht, der mir im Archiv gekommen war: Granville wusste haargenau, was er da hatte, als er an Professor Child schrieb.

Wer war er, dieser spielsüchtige Goldgräber, der sich so gut auskannte in den dunklen Winkeln der englischen Renaissance-Literatur? Und warum stellte er sich unwissend?

Ich sah Ben an, doch er blickte mit gerunzelter Stirn in die Richtung, aus der wir gekommen waren. Nach ein paar Sekunden entdeckte ich, wonach er Ausschau hielt. Ein Flimmern, etwa einen Kilometer unter uns.

»Was ist das?«

»Ein Wagen«, sagte er, und ich spürte seine Spannung.

Da sah ich es wieder – Mondlicht spiegelte sich auf Autolack. Und dann erst begriff ich, was ich *nicht* sah: Scheinwerferlicht.

»Steigen Sie ein«, sagte Ben und öffnete mir die Beifahrertür.

Ich protestierte nicht.

22

Ben fuhr schneller ohne Licht, als ich es mit Fernlicht und ein paar Suchscheinwerfern extra gewagt hätte. Irgendwann wurde die Steigung flacher, und wir jagten über ein Hochplateau. Ben musste mich nicht erst bitten, die Straße hinter uns im Auge zu behalten, doch ich sah nichts als die gespenstischen Umrisse einsamer Mammutbäume und Felsblöcke.

Dann fiel die Straße wieder ab. Die Bäume wurden kleiner und spärlicher und waren bald ganz verschwunden. Am Fuß der Berge nahmen wir den Highway 89 nach Süden, wo der Verkehr etwas dichter wurde, wenn auch nicht viel. Alle zwanzig Minuten tauchte ein Pkw oder ein Sattelschlepper aus der Dunkelheit vor uns auf, der direkt auf uns zuzuhalten schien, bis er im letzten Moment knapp an uns vorbeischoss. Der Highway schmiegte sich an den Fuß der Sandsteinklippen, und ich hatte das Gefühl, wir jagten am Grund eines Ozeans der Finsternis dahin. Im Süden begann der Grand Canyon und fiel wie ein Tiefseegraben in noch schwärzere Finsternis hinab. Von dem Wagen, der uns in den Bergen gefolgt war, fehlte jede Spur.

Irgendwo nördlich von Flagstaff schlief ich ein.

Ich wachte auf, als unser Wagen von Asphalt auf Schotter rumpelte. Ben war auf eine unbefestigte Piste abgebogen und steuerte auf eine Gruppe flacher, mit Kreosotbüschen und Kakteen bewachsener Hügel zu. Die Welt hatte sich blassgelb gefärbt.

»Fast da«, sagte er.

Die Uhr zeigte sechs. »Wir sind früh dran.«

»Nicht zu früh.«

Weder Highway noch Landstraße waren in Sicht. Auch keine anderen Autos. Oder Gebäude. »Ist uns jemand gefolgt?«

»Ich habe niemanden gesehen.«

Ben hielt den Wagen an und stieg aus. Ich streckte mich, dann folgte ich ihm. Wir standen auf einem leeren Parkplatz vor einem alten Viehzaun. Am Tor hing ein Schild mit roter Schrift: BITTE WARTEN SIE HIER AUF DIE NÄCHSTE TOUR. Ben griff durch das Gatter und schob den Riegel zurück.

Vor uns führte eine breite Sandpiste nach rechts den Hügel hinunter. Gesäumt wurde sie von leeren Gebäuden, die meisten im Adobe-Stil und mit rostigem Blech gedeckt; ein paar sahen aus, als wären sie aus alten Eisenbahnschwellen zusammengezimmert worden. Am Fuß des Hügels endete die Straße. Hinter einer Häusergruppe ragte ein hoher Giebel auf. Es sah aus, als hätten die Bewohner die Kirche gegen die sündige Straße abschotten wollen.

Das größte Gebäude stand ein Stück weiter unten auf der anderen Seite. Ein rotes Schild verkündete mit verschnörkelten Buchstaben: THE STRATFORD HOTEL. Im Innern brannte Licht. Ben und ich sahen uns an, dann gingen wir auf das Hotel zu.

Ein langer schmaler Tisch streckte sich in den dämmrigen Gastraum hinein. Darüber war ein Musselinhimmel an die Decke genagelt. Beim Klang unserer Schritte huschte etwas über die Balken davon. Die Wände waren einst weiß verputzt gewesen, doch die Farbe blätterte mitsamt dem Mörtel in großen Brocken ab. Es roch nach Staub und Einsamkeit.

»Billy the Kid hat hinten in der Küche Teller gespült«, sagte eine rauchige Stimme hinter uns im Tonfall der neuenglischen Oberschicht. »Bevor er Spaß am Töten fand.«

Als ich mich umdrehte, stand eine kleine Frau mit makellos frisiertem weißen Haar vor mir. Sie war schlank und trug ein elegantes Kostüm aus cremefarbener Seide mit blattförmigen Bronzeknöpfen. Ein Blick genügte, und selbst ich sah, dass das Kostüm nicht von der Stange kam – nicht einmal von Saks oder Bergdorf Goodman. Es war ihr auf den Leib geschneidert, wahrscheinlich in irgendeinem hehren Modetempel in Paris oder New York vom Designer persönlich.

»Auch wenn Shakespeare ihn vielleicht gelehrt hat, dass das Leben billig, aber der Tod noch billiger ist«, fuhr sie fort. »Ich spreche natürlich von dem Ort, nicht von dem Dramatiker.«

Sie streckte mir die Hand entgegen – die Hand einer älteren Dame, die ein Leben lang in Reichtum gelebt hatte, mit weißer, blau geäderter Porzellanhaut und perfekt manikürten Nägeln, die dezent rosa lackiert waren. »Ich bin Athenaide Preston. Bitte nennen Sie mich Athenaide. Sie sind Dr. Katharine Stanley?«

»Wenn ich Athenaide zu Ihnen sage, müssen Sie mich Kate nennen.«

»Einigen wir uns auf Katharine.« Ihr Blick fiel auf Ben, und sie musterte ihn, als würde sie ein Vollblutpferd begutachten. »Und Freund.«

»Ben Pearl«, stellte ich vor.

»Willkommen in Shakespeare, Benjamin Pearl. Sehen wir mal, ob ich mich noch an die Tour erinnere.« Sie ging voran, in den Gastraum hinein, und zeigte auf einen dunklen Fleck an der Wand in einer Ecke. »Da hinten wurde der Sohn des Hauses von einem Mann namens Bean Belly Smith wegen eines Frühstückseis erschossen. Der Junge hatte zu seinem Milchbrötchen mit Salzfleisch ein Ei bekommen, Bean Belly nicht. Bean Belly machte ein paar Bemerkungen über die Dame des Hauses, worauf ihr Sohn die Waffe zog, doch Bean Belly zog schneller. Der Junge starb, das Ei im Bauch mit Blei gepfeffert.« Sie sah sich nach uns um, die sorgfältig gezupften Brauen spöttisch hochgezogen. »Haben Sie Hunger?«

»Nein, danke«, sagte ich. »Wir wollten nur einen Blick auf Granvilles Papiere werfen, dann nehmen wir Sie nicht länger in Beschlag.«

»Ich kenne Ihre Arbeit, Katharine. Ich bin ein Fan von Ihnen. Und Maxines Fürsprache ist auch viel wert. Doch ich kenne Sie nicht. Und ich öffne meine Schatztruhe nicht für Leute, die ich nicht kenne.«

Ich wollte protestieren, doch sie hob die Hand.

»Ich will Ihnen einen Handel vorschlagen, Katharine Stanley. Ich stelle Ihnen drei Fragen. Wenn Sie sie richtig beantworten, zeige ich Ihnen, was Sie sehen möchten.«

Für wen hielt sie sich? Für einen Wüsten-Dschinn? Eine gute Fee? Eine Kachina, herabgestiegen aus den Wolken? War ich etwa ein Magnet für Verrückte geworden? Doch ich nickte.

»Dann kommen Sie mit.« Wir verließen das Hotel, und sie ging auf die heruntergekommenen Hütten am anderen Ende der Straße zu.

Ben legte mir die Hand auf die Schulter. »Kate. Vielleicht laufen wir geradewegs in einen Hinterhalt.«

»Sie sagten, es wäre uns niemand gefolgt.«

»Ich sagte, ich habe niemand gesehen.«

»Wenn Sie wollen, beenden wir unseren Vertrag, und Sie können gehen. Das ist der Stand der Dinge, wie Sie sagten. Aber ich *muss* Granvilles Papiere sehen.« Ich drehte mich um und folgte Athenaide. Hinter mir hörte ich, wie Ben seufzte, dann kam auch er.

Am Ende der Straße passierte Athenaide die Längsseite einer großen Baracke. Dahinter schlugen wir einen Pfad ein, der durch die Mesquite-Sträucher führte. Auf dieser Seite wirkte die Wüste grüner, gepflegter, und nach einem kurzen Stück ging der sandige Pfad in einen gepflasterten Weg über. Dann machte der Weg einen Knick, und plötzlich standen wir auf einer sorgfältig angelegten Terrasse. In großen Terrakotta-Töpfen wuchsen üppige magentafarbene Bougainvilleen. Zwei italienische Brunnen füllten die Luft mit sanftem Geplätscher.

Doch am eindrucksvollsten war der Blick. Die Terrasse fiel steil in ein tiefes ausgetrocknetes Flussbett ab, und unten rollte sich die Ebene aus wie ein wogender Teppich aus ockerfarbenen, braunen und rosa Flicken, hier und da mit blassem, staubigem Grün getupft. Schon jetzt stieg die Hitze flimmernd zum kornblumenblauen Himmel auf. Im Norden erhob sich eine kleine Hügelkette, die nach Osten höher wurde, als würde sich eine riesige Kreatur aus der Erde graben, um nach der aufgehenden Sonne zu greifen.

»Können Sie mir sagen, wo wir hier sind?«, fragte Athenaide. Sie legte den Kopf schief. »Die korrekte Antwort ist nicht New Mexico.«

Ich drehte mich um und blickte zum Haus. Von hier erinnerte nichts an die heruntergekommenen Baracken auf der Straßenseite. Das Gebäude sah aus wie die Miniaturausgabe eines Renaissance-Schlosses.

»Die Fassade zur Straße ist eine Attrappe?«

Athenaide lachte. »Die ganze Stadt ist Attrappe, aber das wussten Sie sicher. Gegründet als Ralston, nach dem Präsidenten der Bank of California, ging der Ort erstmals wegen eines spektakulären Schwindels um eine Diamantmine vor die Hunde. Ein nationaler und internationaler Skandal, um dessentwillen mehrere Tycoons aus dem Fenster sprangen. 1879 kaufte Colonel William Boyle die Stadt auf und gab ihr einen anderen Namen, um sie für kleinere, aber einträglichere Schwindel zu nutzen, mit denen er östliche Anleger und westliche Bergleute hinters Licht führen wollte. Er wollte einen Namen, der Klasse und Kultur verhieß, und wählte Shakespeare. Vielleicht sind da die Pferde mit ihm durchgegangen … Aber ja, die Straßenfront dieses Gebäudes ist Attrappe. Wogegen die anderen Häuser an der Stratford Avenue durchaus echt sind, was immer bei diesem Schwindel von einer Stadt ›echt‹ heißt.«

»Warum eine Stadt kaufen, die Sie als Schwindel betrachten?«, fragte Ben.

»Meine Eltern waren Kostümbildner, in den glorreichen Tagen von Hollywood. Sie haben die großen Stars ausstaffiert, und ich durfte zusehen. Bette Davis hat mir einmal gesagt, dass jede große Frau eine Betrügerin ist.« Sie breitete die Hände aus. »Ich liebe Betrüger.«

Ich blendete ihr Geplauder aus und versuchte mich auf das Gebäude zu konzentrieren. Der majestätische Bau schien aus hohen Fenstern hinaus auf die Landschaft zu blicken. Das steile Schieferdach wurde von drei Giebeln unterbrochen, und zu beiden Seiten erhoben sich Türme mit spitzen, grünstichigen Kupferdächern. In der Mitte entdeckte ich das, was ich von der anderen Seite für einen Kirchturm gehalten hatte, eine verschnörkelte Kaskade von Säulen und Kuppeln, gekrönt von einer spiralförmigen Turmspitze. Darunter führte ein Torbogen in den Innenhof, flankiert von einem Neptun, der einen Dreizack schwang, und einem Hermes in geflügelten Sandalen.

Ich schloss die Augen. »Ich kenne das Schloss.«

»Das dachte ich mir«, sagte Athenaide.

»Sie waren schon mal hier?«, fragte Ben.

»Nein«, antwortete Athenaide statt meiner. »Aber ich verwette ein Königreich, dass sie seinen Namensvetter besucht hat.«

Ich öffnete die Augen wieder. »Helsingør.«

Sie lächelte. »Oder genauer Schloss Kronborg, in Helsingør, am Øresund.« Athenaide formte die skandinavischen Vokale wie eine Einheimische.

»Dänemark«, erklärte ich Ben.

»Hamlets Heim«, sagte Athenaide. Dann ging sie in den Innenhof voraus, und wir folgten ihr.

»Sie haben sich mitten in der Wüste von New Mexico eine Kopie von Helsingør bauen lassen?«, fragte ich fassungslos.

Vor einer reich verzierten Tür blieb sie stehen und lachte. »Nicht wirklich eine Kopie. Eher eine kleine Hommage.«

»Warum?«

»Das Original wollten die Dänen nicht verkaufen.« Sie winkte uns herein. »Nach Ihnen.«

Wieder griff Ben nach meinem Arm, doch ich machte mich los und folgte Athenaide.

Wir standen in einer weitläufigen Galerie mit Schachbrettboden aus weißem und schwarzem Marmor. Auf einer Seite hingen große Gemälde an der weißen Wand, die aussahen wie die schwülstigsten Schinken der alten Meister. Auf der anderen Seite waren zwischen hohen Säulen riesige Fensterflächen mit Rautenscheiben eingelassen.

»Geradeaus, und dann rechts«, dirigierte Athenaide. »Halt«, sagte sie dann. Sie stand mit verschränkten Armen vor einer geschlossenen Flügeltür. »Eine Frage haben Sie beantwortet, zwei sind noch offen. Warum möchten Sie die persönlichen Gegenstände von Jeremy Granville, Bürger von Tombstone, sehen – so dringend, dass Sie tausend Kilometer durch die Nacht fahren, in einem Tempo, das Ihnen kein Polizist durchgehen lassen würde?«

Was sollte ich sagen? Weil Ros sich dafür interessiert hatte und jetzt tot war? Ich räusperte mich. »Ich bin an ›Hamlet‹ interessiert, und Granville hat einmal wegen einer Wette den Hamlet gespielt.«

»Eine akzeptable, wenn auch unaufrichtige Antwort. Wahrscheinlich genau der Grund, aus dem ich die Sachen gekauft habe. Auch ich bin fasziniert von ›Hamlet‹. Aber natürlich ist das nicht der Grund, aus dem wir beide uns im Moment für Granville interessieren. Trotzdem lasse ich die Antwort gelten.« Sie drehte sich um und drückte mit großer Geste die Flügeltür auf. »Willkommen in der Großen Halle.«

›Groß‹ war eine schamlose Untertreibung, selbst für ein Schloss. Wir standen in einem riesigen quadratischen Rittersaal, den ein massiver, wie ein Zopf gemeißelter Steinbogen in zwei Hälften teilte. Unter der Decke lief ein mit Bögen gesäumter Balkon um die Halle. Durch die oberen Fenster ergoss sich goldenes Licht in dickflüssigen Strahlen zu uns herab. Unten waren die Fenster schmal und die Mauern dick, sodass die Wände dazwischen noch im Dunkeln lagen, doch im Dämmerlicht sah ich Wandteppiche, die von blassen Einhörnern und Burgfräulein mit spitzen Hüten bevölkert waren.

»Das ist nicht Helsingør«, stellte ich fest.

»Nein.«

Auf dem polierten Parkett waren Lavendel- und Rosmarinzweige verstreut, die bei jedem Schritt ihren Duft verströmten.

Athenaide war stehen geblieben und blickte zur Wand rechts neben mir hinauf. Ich folgte ihrem Blick. Über einem Kamin, der groß genug war, um einen Mammutbaum darin zu verfeuern, hing ein Gemälde, das grün und gold im Zwielicht schimmerte. Eine Frau in einem Brokatkleid trieb mit bleichem Gesicht in einem von einer hohen Böschung gesäumten Bach. Im Wasser schwammen rote und lila Blüten. Die sterbende Ophelia von Sir John Everett Millais.

Es war ein Ölgemälde, kein Druck, und es war herrlich, bis hin zu dem aufwendig geschnitzten Goldrahmen. So herrlich, dass ich mich einen Moment fragte, ob Athenaide das Original gekauft haben könnte.

»Ich habe es immer verehrt«, sagte sie.

Blinzelnd trat ich näher. Es war auch eins meiner Lieblingsbilder. ›Ophelia‹ – für mich war dies die Ur-Ophelia – war eins der großen Meisterwerke der präraffaelitischen Kunst. Doch das Bild hing in der Tate Britain in London. Das wusste ich genau. Seit ich an ›Hamlet‹ arbeitete, hatte ich Ophelia dort oft besucht. Im Schatten der Bäume an der Themse hing »sie« in einem rosenfarbenen Raum, wo sie zwischen den Gemälden von zwei Frauen in verwirrend blauen Kleidern Hof hielt. Ophelia selbst war seltsam farblos, beinahe durchsichtig, doch die Welt, mit der sie verschwamm, strahlte in leuchtendem, trotzigem Grün.

Ich hörte, dass irgendwo eine Tür aufging. Überrascht sah ich mich um; außer der Flügeltür konnte ich keinen weiteren Eingang sehen. Dann bauschte sich einer der Wandteppiche, und eine füllige Latina tauchte auf, die ein Tablett mit einem silbernen Teeservice brachte.

»Ah, Graciela«, rief Athenaide. »Du bringst uns Gaben.«

Graciela marschierte durch die Halle und stellte das Tablett auf einem Tisch ab. Dann drehte sie sich um und zeigte mit erhobenem Arm auf mich. Die stupsnäsige Pistole in ihrer riesigen Hand wirkte wie ein Spielzeug.

Ich blinzelte. Auch Ben hatte seine Waffe gezogen. Doch er zielte nicht auf Graciela. Seine Pistole war direkt auf Athenaides Brust gerichtet.

»Nehmen Sie die Waffe herunter, Mr Pearl«, sagte sie.

Er rührte sich nicht.

»Testosteron«, seufzte Athenaide. »Was für ein langweiliges Hormon. Östrogen dagegen: Man weiß nie, was den Reiz auslöst. Ich fürchte, ich halte eine 22er Glock in der Hand, mit der ich direkt auf Katharines Nieren ziele.«

Widerwillig bückte sich Ben und legte seine Pistole auf den Boden.

»Danke«, sagte Athenaide. Graciela nahm Bens Waffe an sich. Und dann stellte Athenaide ihre dritte Frage.

»Haben Sie Maxine Tom getötet?«

23

Eine Welle der Übelkeit stieg in mir auf. Hatte ich *was*?

Das war unmöglich. Maxine hatte die Bibliothek direkt nach mir verlassen und sich schnell auf den Heimweg gemacht, um ihrem kleinen Sohn eine Gutenachtgeschichte vorzulesen. Als ich das Theater hinter mir ließ, waren die Fenster bereits dunkel gewesen.

Ich bekam keine Luft. Der Mörder war dort gewesen. Ich hatte seinen Blick gespürt. Großer Gott, ich hatte sogar gehört, wie er das Messer zog. Hatte ich ihn zu ihr geführt und sie dann alleingelassen, als er sie in seiner Gewalt hatte?

»Haben Sie Professor Tom getötet, Katharine?«

»Nein«, sagte ich mit belegter Stimme. »*Nein.*« Ich hatte Maxine nicht einmal gewarnt. Hatte ihr nicht den kleinsten Hinweis auf die drohende Gefahr gegeben. »Was ist geschehen?«

»*Doch lange währt' es nicht*«, sagte Athenaide, »*bis ihre Kleider, die sich schwer getrunken, das arme Kind von ihren Melodien hinunterzogen in den schlamm'gen Tod* … Ein paar Theaterbesucher haben sie in der Nacht gefunden, im Koi-Teich vor dem Archiv. Ihr Haar breitete sich in den Wellen aus wie das einer Meerjungfrau, ihr Rock schwamm an der Oberfläche. Jemand hat sie ertränkt.«

Er hatte sie zu Ophelia gemacht.

»Ich habe den Park anlegen lassen«, sagte Athenaide, »als Hommage an Millais. Nicht als Einladung zum Mord.«

Die Uferböschung auf dem Gemälde, bewachsen mit Schilf und Moos und von kleinen weißen Blütensternen übersät – selbst die krumme Weide links am Rand –, tatsächlich war da eine unheimliche Ähnlichkeit mit dem Teich vor dem Archiv. *Maxine. Die unerschütterliche, vor Leben sprühende Maxine.* Fassungslos holte ich Luft und versuchte, meiner Stimme Festigkeit zu geben. »Ich habe gewusst, dass vielleicht ein Mörder hinter mir her ist, und ich habe Maxine nicht gewarnt. Aber ich habe sie nicht getötet.«

Athenaide sah mich an. Langsam nickte sie, dann ließ sie ihre Pistole sinken. »Das dachte ich mir. Doch ich musste sichergehen. Sie werden mir die rüde Methode verzeihen.«

»Vielleicht bringe ich auch Sie in Gefahr. Wir wurden verfolgt, zumindest einen Teil der Strecke.«

Ben schnitt mir das Wort ab. »Woher wussten Sie von dem Mord?«

»Durch die Polizei von Cedar City. Meine Nummer war die letzte, die Maxine angerufen hat.«

»Haben Sie der Polizei gesagt, dass wir auf dem Weg zu Ihnen sind?«

Ihr Blick ruhte auf Ben. »Meine Interessen und die der Polizei decken sich nicht immer. Doch ich schätze, dass sie mir eher früher als später einen Besuch abstatten werden. Das sollten wir nicht vergessen.« Sie wandte sich an Graciela. »Das wäre alles, vielen Dank«, sagte sie mit einem kurzen Nicken.

Graciela machte ein mürrisches Gesicht, doch sie legte Bens Waffe auf das Tablett, nahm es auf und ging.

»Sie bekommen Ihre Waffe wieder, wenn Sie mein Haus verlassen, Mr Pearl«, erklärte Athenaide. Dann sprach sie zu mir. »Granvilles Papiere haben etwas mit der Sache zu tun. Rosalind Howard wollte sie, und jetzt ist sie tot. Dann haben Sie sich auf die Suche danach gemacht, und Maxine musste sterben. Warum?«

Ich hatte nichts zu bieten als die Wahrheit. »Haben Sie den Namen Cardenio schon einmal gehört?«

»Das verschollene Stück?« Sie runzelte die Stirn.

»Bitte, Athenaide. Lassen Sie uns Granvilles Papiere sehen.«

»›Cardenio‹.« Sie ließ das Wort auf ihrer Zunge zergehen, als wollte sie seinen Geschmack kosten. Dann ging sie zu einem kleinen Kasten an der Wand und tippte einen Code ein. Ein biometrischer Scanner klappte aus der Wand, und sie hielt den Finger hinein. Einen Moment später ratterte ein Schloss, und mit einem leisen Zischen öffnete sich eine Tresortür. Sie nahm eine blaue Mappe heraus, die sie zu einem großen quadratischen Tisch in der Saalmitte brachte. »Da Sie von seiner Hamlet-Darbietung wissen, nehme ich an, Sie haben das Material gelesen, das das Archiv zu Granville hat?«

Ich nickte.

»Als er von Tombstone wegritt, ließ er nur eine Garnitur Kleider und ein paar Bücher zurück. Keine Papiere.«

»Keine Papiere?«

»Keine, von denen er wusste. Doch nachdem er fort war, kam ein Brief für ihn an, den die Madame, bei der er wohnte, aufbewahrte. Blondmarie nannten sie das Fräulein, oder auch Golddollar – es war die Urgroßmutter von Mrs Jiménez, die mit dem Beruf ihrer Ahnin verständlicherweise nicht hausieren geht. Blondmarie hat den Brief nie geöffnet.« Athenaide zog einen alten Briefumschlag aus der Mappe, der mit blasser lila Tinte beschrieben war. Die Briefmarke war englisch, der Poststempel aus London. Er war am oberen Ende geöffnet.

»Aber er ist offen«, sagte ich.

»Seit letzter Woche«, sagte sie. »Eine gemeinsame Bekannte hat das Siegel gebrochen.« Sie zog ein Paar weiße Baumwollhandschuhe über.

Ich sah sie an. »Ros hat den Brief geöffnet?«

»Falls Sie mit dieser unschönen Abkürzung Professor Rosalind Howard meinen, ja.« Sie zog ein cremefarbenes Blatt aus dem Umschlag und faltete es vorsichtig auseinander. »Professor Howard versprach ›*los Jiménez*‹ eine Menge Geld für den Brief, aber dann ging sie wieder. Sie sagte, Harvard würde dafür aufkommen. Was sich Mr und Mrs Jiménez schlecht vorstellen konnten. Als ich drei Tage später auftauchte, mit dem Scheckbuch in der Hand, fanden sie, sie hätten lange genug gewartet.«

Athenaide trat einen Schritt zurück und winkte mich an den Tisch.

Die Handschrift war zart und verschnörkelt. »Die Schrift einer Frau«, stellte ich fest. Auch Ben war näher herangetreten. Athenaide nickte.

Ich begann zu lesen.

20. Mai 1881
Savoy, London

Mein liebster Jem,

Ich hielt inne. »Jem« war die alte englische Abkürzung für Jeremy. Die einzigen Männer, die eine viktorianische Lady mit einem Kosenamen anreden würde – und mit einem so innigen Attribut –, waren Brüder, Söhne und Ehemänner.

Nun, da der Tag näherrückt, da wir endlich wieder vereint sein werden, ergreift mich ein Zittern wie die kraftvolle Schlingpflanze aus dem tiefsten Congo …

Die wild wuchernde Bildhaftigkeit war typisch für die unterdrückte Sinnlichkeit der viktorianischen Ära. Jem war also kein Bruder oder Sohn. Ein Ehemann?

Ich bin – wie von Dir verlangt – nach London gekommen, um herauszufinden, welche Bande zwischen Somerset und der Familie Howard besteht. Wie ich, wirst Du das Ergebnis überaus fascinirend finden – wenn auch leider überaus schändlich. Doch ich will meine Frauenfeder so tapfer benutzen wie ein Mann, um offen darüber zu schreiben – Dir Auskunft zu geben –, und bitte Dich, meinen Brief in diesem Sinne zu lesen.

Zunächst dachte ich, »Somerset« bezöge sich auf das County, was mich jedoch in hoffnungsloses Gelände führte, etwa so unwirthlich wie Arctisches Eis. Dann aber brachte mich eine beiläufige Bemerkung des Bibliothekars auf die Idee, zu Debrett's zu eilen und mir die Peerage anzusehen, wo ich erfuhr, daß es zu Zeiten König Jakobs I. einen Grafenstand von Somerset gab. Die Familie des Grafen von Somerset hieß Carr – ein Name, der zwangsläufig meine Neugierde weckte.

»Carr«, flüsterte Athenaide. »Cardenio.« Sie sah mich vielsagend an. »Interessant, in der Tat.«

Ich las weiter. Die willkürlichen Unterstreichungen gaben der Prosa eine kindliche Note.

Und weiter – was denkst Du? Seine Gräfin war eine geborene Howard!! Taufname der armen Lady war Frances – sie war die Schwester des letzten, wenn auch nicht unbedeutenden Glieds der Kette, nämlich von Theophilus, Lord Howard de Walden, dem die erste englische Übersetzung von Quixote gewidmet war.

»Quixote«, flüsterte Ben. »Stimmt das?«

Ich nickte. Dann überflog ich den Brief und fasste ihn zusammen. Die Geschichte der Frances Howard und des Grafen von Somerset war tatsächlich so anstößig, wie Jems Korrespondentin versprochen hatte, und im Großen und Ganzen hatte sie die historischen Fakten richtig wiedergegeben.

Zu Beginn des 17. Jahrhunderts war Frances Howard eine blonde Schönheit gewesen, der ganze Stolz einer der stolzesten und habgierigsten Sippen der englischen Geschichte. Als Robert Carr ihr den Hof zu machen begann, war sie Gräfin von Essex, seit sechs Jahren mit dem Grafen von Essex verheiratet. Auch Robert Carr war blond und schön, doch er war nicht mehr als ein verarmter schottischer Landjunker, bis er das Interesse des Königs erregte, als er vom Pferd fiel und sich das Bein brach. Der König verliebte sich in Carr, überschüttete ihn mit Titeln und Reichtümern und verhätschelte ihn wie ein Schoßhündchen.

»Was ist passiert, als der König das Interesse seines Geliebten für die Gräfin bemerkte?«, fragte Ben.

»Auf Frauen war er nicht eifersüchtig«, erklärte ich. »Jakob I. ermutigte seine Lieblinge sogar zu heiraten. Als er von Carrs Vorliebe für Frances hörte, beschloss er, dass sein geliebter Carr haben sollte, was er begehrte – koste es, was es wolle. Und es kostete einiges: zum Beispiel die Annullierung von Frances' erster Ehe, auf der Frances und ihre Familie beharrten. Obwohl der König Einfluss auf die Untersuchungskommission hatte, musste er sich mächtig ins Zeug legen. Sobald die Annullierung durch war, erhob er Carr vom Viscount zum Grafen von Somerset, damit er Frances im Rang ebenbürtig war.

Die bald folgende Hochzeit war beinahe königlich. Und der König«, fuhr ich fort – dieses Detail hatte die Schreiberin ausgelassen –, »hat sich angeblich am nächsten Morgen zu den Frischvermählten ins Bett gelegt.«

»Geschichte, auf die man stolz sein kann«, sagte Ben. »Denken Sie nur, wie viel Ärger Heinrich VIII. sich gespart hätte, wenn er Anne Boleyn einfach verheiratet hätte und seine Mätresse und ihren Mann, wann immer es ihm gefiel, mit einer Ménage à trois beglückt hätte.«

»Heinrich brauchte einen Erben«, wandte Athenaide ein. »Jakob nicht.«

»Der König hatte Glück, dass er Frances nicht in die Quere kam«, bemerkte ich. »Und Essex auch. Carr – inzwischen Graf von Somerset – hatte noch einen anderen Liebhaber, der es tat, oder zumindest versuchte. Frances spann eine Intrige und beförderte ihren Rivalen in den Tower von London, wohin sie ihm als Zeichen ihres Mitgefühls einen Korb Marmeladenplätzchen schicken ließ.«

»Die Königin der Herzen, stets aufgelegt zu Scherzen«, sagte Ben trocken.

»Die sie vergiftet hatte«, ergänzte ich. »Der arme Mann starb unter Schmerzen. Frances bekannte sich vor dem House of Lords des Mordes schuldig. Somerset erklärte sich für unschuldig, beide wurden verurteilt. Über beide wurde die Todesstrafe verhängt, doch der König wandelte die Urteile in lebenslänglich um. Es war der größte Justizskandal des jakobäischen Zeitalters.«

»Lustiges altes England«, sagte Ben. »Und Granville wollte, dass seine Brieffreundin sich über diese Leute erkundigt? Gab es denn eine Verbindung zu Shakespeare?«

»Nicht dass ich wüsste. Aber es gibt eine Verbindung zu ›Don Quixote‹ und damit zu ›Cardenio‹.«

»Lesen Sie weiter«, sagte Athenaide.

Was vielversprechend für unsere Arbeit aussieht – ich hoffe, da bist Du der gleichen Meinung –, ist die interessante Geometrie ihres Liebesdreiecks mit Essex.

Athenaide berührte meinen Arm. »Gibt es ein Liebesdreieck in ›Cardenio‹?«

Zögernd sah ich sie an. »Ja.«

»Also wäre es denkbar, dass Cardenio für Carr steht, den Grafen von Somerset, und für die Dreiecksgeschichte mit Essex und seiner Gräfin?«

»*Nein.*« Mein Einspruch kam schärfer heraus als beabsichtigt. Ich versuchte es zu erklären. »Wenn der Gespiele des Königs Carr heißt und man töricht genug wäre, auf der Bühne auf ihn anspielen zu wollen, wäre ›Cardenio‹ der letzte Name, den man sich aussuchen würde. Viel zu offensichtlich. Und damit viel zu gefährlich.«

»Sie glauben doch nicht wirklich, dass Shakespeare ein Mann war, der sich vor Gefahr fürchtete?«

»Die Rachsucht eines Königs der Renaissance würde jeder halbwegs intelligente Mensch fürchten«, gab ich zurück. »Doch der größere Haken an Ihrer Theorie ist, dass Dreieck nicht gleich Dreieck ist. Im ›Quixote‹ ist Cardenio die erste und wahre Liebe der Dame, und er wird von einem heimtückischen Nebenbuhler ausgebootet. Doch Frances Howards erster Mann war ein impotenter Tugendbold, der sie weder lieben noch gehen lassen wollte. Carr war der Neuankömmling, und er rettete sie aus einer Ehe, die wenig kuscheliger war als eine Kerkerzelle.«

»Essex war impotent?«, fragte Ben.

»Wer weiß es genau? Jedenfalls hat das Oberhaupt des Howard-Clans – Frances' Onkel oder Großonkel, ich bringe sie immer durcheinander – Essex gerne ›meinen Lord, den Eunuchen‹ betitelt.«

Athenaide kniff die Augen zusammen. »Sie sind gekommen, um etwas über ›Cardenio‹ zu finden, und hier bietet sich eine Theorie. Warum tun Sie sie so sang- und klanglos ab?«

»Ich suche nichts *über* ›Cardenio‹.«

Sie sah von mir zu Ben, und dann wieder zu mir. »Wie bitte?«

Bens Missbilligung traf mich wie ein kalter Luftzug, doch Athenaides Billigung war jetzt wichtiger. »Wir sind nicht hergekommen, um etwas *über* das Stück herauszufinden. Wir suchen das Stück. Granville behauptet, er hätte eine Kopie des Manuskripts gefunden.«

Eine kurze, sprachlose Pause entstand. Auf Athenaides Stirn bildete sich eine steile Falte. »Und Sie glauben, Sie können dieses Manuskript finden?« Gier flackerte in ihren Augen auf.

»Ros glaubte es.«

»Wie?«

»Ich weiß es nicht. Aber ich glaube nicht, dass die Verbindung zu den Howards eine Rolle spielt. Sonst hätte Granville sich nicht erst damit beschäftigt, *nachdem* er das Stück schon gefunden hatte.«

Athenaide neigte nachdenklich den Kopf. Dann blinzelte sie und trat einen Schritt zurück.

»Lesen Sie weiter.«

Ich bin recht zufrieden, daß es mir gelungen ist, diesen ersten Satz von Verbindungen auszugraben. Zumindest betäubt es die Qual, Dir von meinem vollkommenen Versagen zu berichten, was die zweite Sache angeht. Ich kann nichts finden, das auf irgendeine Familienbande zwischen dem Grafen und dem Poeten hinweisen könnte. Ich wünschte, Du könntest mir sagen, was diese Frage aufgeworfen hat.

Das wünschte ich auch, dachte ich.

»Granville dachte, sie wären verwandt?«, fragte Ben. »Shakespeare und die giftigen Howards?«

»Das ist noch nicht alles«, sagte ich, während ich weiterlas. »Anscheinend glaubte er, dass auch noch ein Geistlicher im Spiel war. Ein katholischer Priester.«

»Das wäre ein Spiel mit dem Feuer gewesen, nicht wahr?«, fragte Ben.

Ich nickte. »Wegen des Umgangs mit einem Priester konnte man alles verlieren – Lebensunterhalt, Grundbesitz, die ganze Habe, sogar die Vormundschaft für die eigenen Kinder. Falls der Verdacht bestand, man wäre mit den Jesuiten im Verein gegen die Königin, konnte man wegen Hochverrats gehängt, ertränkt oder gevierteilt werden. Trotzdem meint die Schreiberin, an der Sache mit dem Priester könnte etwas dran sein.«

Ben sah mir über die Schulter. »Woher wissen wir, dass Granville nicht übergeschnappt war?«

»Er scheint Professor Child überzeugt zu haben. Hören Sie sich das an:«

Vielleicht kann Professor Child Dir mehr verrathen. Ich muß zugeben, ich war überrascht von seinem Eifer, Dich aufzusuchen – freilich habe ich ihn darin bestärkt. Er würde gewiß nicht all die Mühe auf sich nehmen, wenn er nicht ernstlich glaubte, Dein Fund könne echt sein.

Der Professor – nicht eben ein Flattergeist, der sich leicht in Wallung versetzen ließ – hatte vorgehabt, Granville persönlich aufzusuchen. Von Massachusetts nach Arizona. Keine Reise, die man im Jahr 1881 auf die leichte Schulter nahm.

Ich las bis zu Ende, doch sie schrieb nur noch ein paar bedeutungslose Nichtigkeiten. Der Brief endete mit einem Shakespeare-Zitat, das sie doppelt unterstrichen hatte:

Liebe find't zuletzt ihr Stündlein,
Das weiß jeder Mutter Kind.

Deine Briefe hüte ich wie meine teuersten Juwelen,
Ophelia Fayrer Granville

Ophelia, dachte ich schaudernd.

»Die Ophelias vermehren sich wie die Fliegen«, stellte Ben fest.

»Nicht diese«, sagte Athenaide. »Die arme Frau. Ihr Geliebter kam nie zurück.«

»Ihr Ehemann«, sagte Ben. »Sie unterschreibt mit Granville.«

»Und was noch wichtiger ist«, erklärte ich, »sie bewahrte seine Briefe auf. Die Spur zu Jeremy Granville führt über Ophelia.«

»Wir müssen Ophelia finden«, sagte Athenaide.

»Und die Briefe«, antwortete ich.

»Meinen Sie, die existieren noch?«, fragte Ben.

»Ich glaube, Ros war davon überzeugt.«

Er berührte den Briefumschlag. »Nicht nur die Briefmarke ist britisch«, stellte er fest. »Auch die Schreibweise. Und der Tonfall. Sie klingt durch und durch britisch.«

»Sie schrieb aus dem Savoy«, überlegte ich. »Das heißt, sie war keine Londonerin. Sie hatte Geld, aber sie kannte nicht viele Leute in London, sonst hätte sie nicht im Hotel gewohnt.« Ich schüttelte den Kopf. Das war nicht viel.

»Auf der Rückseite ist noch ein Postskriptum«, sagte Athenaide.

Ich drehte den Brief um. Ophelia hatte hastig zwei Zeilen auf die Rückseite geschrieben, anscheinend nachdem sie das Blatt für die Post gefaltet hatte.

Eben erhielt ich die Erlaubnis der Familie Bacon aus Connecticut, auf dem Weg zu Dir Miß Bacons Papiere durchsehen zu dürfen!! Schreib mir genau, wonach ich suchen soll.

Lächelnd blickte Athenaide zu dem Millais über dem Kamin. »Ich schätze, Sie verstehen den Verweis auf Miss Bacon.«

Ben sah uns verständnislos an. »Wer ist Miss Bacon?«

»Delia Bacon.« Ich stützte den Kopf in beide Hände. »Eine Literaturwissenschaftlerin aus dem 19. Jahrhundert, die von ihrer Shakespeare-Besessenheit in den Wahnsinn getrieben wurde.«

»Inwiefern war sie besessen?«, fragte Ben.

Athenaide riss den Blick von dem Bild und sah mich an. »Sie war besessen von der Idee, dass William Shakespeare aus Stratford die Stücke, die seinen Namen tragen, nicht geschrieben hat.«

Eine lange Pause entstand.

»Das ist doch lächerlich«, erklärte Ben. Doch als keine von uns etwas sagte, fragte er: »Oder?«

»Nicht lächerlich«, sagte ich leise. »Delia Bacon war brillant. In einer Zeit, als gebildete Frauen einer gewissen Klasse als Erzieherinnen in Kinderstuben verbannt wurden, machte sich Delia Bacon als Gelehrte einen Namen. Sie verdiente mit einer Vorlesungsreihe in New York und New England ihr eigenes Geld, indem sie vor ausverkauften Sälen über Literatur und Geschichte referierte. Doch ihre Leidenschaft galt Shakespeare, und am Ende gab sie ihre hart erkämpfte Karriere auf, um seine Stücke zu studieren.«

Wenn ich Delias Geschichte erzählte, konnte ich nicht still sitzen bleiben. Ich stand auf und ging im Saal auf und ab, wobei ich die Finger über die Wandbehänge gleiten ließ, die sich unter der Berührung bauschten. »Delia war überzeugt, dass sie eine tiefere Philosophie entdeckt hatte, die sich durch Shakespeares gesamte Dramen zog. Und schließlich kam sie zu der Überzeugung, dass der Mann aus Stratford unmöglich solch sublime Werke verfasst haben konnte. Also schiffte sie sich nach England ein und verbrachte zehn Jahre isoliert in verschiedenen engen, kalten Kämmerchen, wo sie das Buch schrieb, das ihre Theorie beweisen sollte.«

Durch die Bogenfenster auf der Galerie ergoss sich der wildwestliche Morgen und flutete den Marmorboden mit hellem Sonnenlicht. »Als ihr Werk endlich vollendet war, erwartete sie Applaus, doch stattdessen bekam sie erst Schweigen, dann Spott. Unter dem Druck brach sie zusammen. Man brachte sie in die nächste Anstalt, und zwei Jahre später starb sie im Irrenhaus, ohne je wieder einen Satz ihrer geliebten Dramen gelesen oder gehört zu haben. Ihr Bruder sorgte dafür, dass in ihrer Gegenwart nicht einmal der Name des Barden ausgesprochen werden durfte.«

»Also nicht lächerlich«, sagte Ben. »Ich nehme es zurück. Tragisch.«

»Aber es geht hier nicht um Delias Wahnsinn«, warf Athenaide ein. »Sondern um ihre Papiere. Wenn Ophelia ihre Schriften sehen wollte, dann –«

»Dann sollten wir Ophelia – und das, was sie suchte – in Delia Bacons Aufsätzen suchen«, schloss ich.

»Und Sie wissen, wo ihre Papiere sind?«, fragte Ben.

»In der Folger Shakespeare Library«, sagte ich. »Washington, D. C., in Sichtweite des Kapitols.« Der quaderförmige weiße Marmorbau der Folger-Bibliothek beherbergte die größte Shakespeare-Sammlung der Welt – ein wahres Wunder, ermöglicht durch die Erträge des schwarzen Goldes, die einst über die Standard Oil Company ins Land flossen. Wenn etwas mit Shakespeare zu tun hatte, war die Folger-Bibliothek daran interessiert – und woran sie interessiert war, das bekam sie für gewöhnlich auf die eine oder andere Art. Delia Bacons Schriften waren irgendwann in den 1960ern für die Bestände angekauft worden.

Athenaides kobaltblaue Augen glänzten. »Was für ein glücklicher Zufall, dass ich heute Nachmittag zu einer Konferenz in der Folger-Bibliothek geladen bin.«

»Das ist kein Zufall, oder?«, fragte ich.

»Dass Sie gestern Abend wegen Granville angerufen haben?« Athenaide zuckte die Achseln. »Doch. Dass ich Sie gebeten habe, noch vor meiner Abreise herzukommen? Nein. Ich dachte, wenn alles gut geht, würde ich Sie fragen, ob Sie mich begleiten möchten. Der Gedanke, dass Ophelias Spur zu Miss Bacons Papieren führen könnte, war mir bereits gekommen. Aber ich bin Sammlerin, Katharine, keine Wissenschaftlerin. Ich könnte Ihre Hilfe gebrauchen.«

»Besitzt die Folger-Bibliothek eine First Folio Edition?«, fragte Ben scharf.

»Eine?« Athenaide schnaubte. »Nein, Mr Pearl. Die Folger-Bibliothek besitzt neunundsiebzig. Ungefähr ein Drittel aller existierenden Ausgaben und damit mit Abstand die größte Sammlung der Welt. Den zweiten Platz belegt die Meisei University in Japan – dort haben sie zwölf, was wiederum mehr als doppelt so viel ist wie die fünf Exemplare der British Library. Aber die Folger-Bibliothek ist das Epizentrum.«

»Und damit der erste Ort, an den Sinclair und das FBI denken würden, um eine Falle aufzustellen.«

»Der Zeitpunkt wäre dafür wie geschaffen«, sagte Athenaide. »Die Eröffnung einer großen Konferenz. Wo mehrere Folios öffentlich ausgestellt sind. Vielleicht interessiert es Sie zu hören, Katharine, dass als Hauptreferentin der Konferenz Professor Howard vorgesehen war. Sie wollte einen Vortrag über Delia Bacon halten.«

Ich musste mich setzen.

Ben kam herüber und stellte sich vor mich. »Mit nach Washington zu kommen wäre vollkommen verrückt, Kate. Das Angebot ist vielleicht eine Falle«, setzte er flüsternd nach.

»Wenn ich Sie in die Falle locken wollte«, sagte Athenaide von der anderen Seite des Saals, »wäre die Polizei längst hier. Ich ermögliche Ihnen die Flucht, und zwar genau an den Ort, wo Sie hinwollen. Und ich kann Sie in die Bibliothek einschleusen.«

Wir hoben beide den Kopf. »Wie das?«

»Heute Abend findet ein Sektempfang im Lesesaal statt, gefolgt von einem Galadinner in der Großen Halle. Da ich Sponsor der Veranstaltung bin, haben sie meinen Caterer engagiert. Ich kann Lorenzo bestimmt überzeugen, dass er noch zwei Kellner braucht.« Sie spielte mit ihrer Pistole, die immer noch auf dem Tisch lag. »Ich mache viele Geschäfte in Washington. Ich bin eine gute Kundin.«

»Um hineinzukommen, müssen wir erst mal dorthin kommen«, entgegnete Ben. »Die Kontrollen am Flughafen –«

»Wieder haben Sie Glück, denn es gibt keine Kontrollen. Nicht am Flughafen von Lordsburg. Es ist gar kein richtiger Flughafen. Nur eine Piste mit ein paar Hangars.«

»Warum tun Sie das?«, fragte ich.

Sie legte den Brief in die Mappe zurück und stand auf. »Ich bin genauso sehr daran interessiert zu finden, was Granville gefunden hat, wie Sie.«

»Lassen Sie es sein, Kate«, sagte Ben nachdrücklich.

Irgendwo in der Ferne hörte ich ein Knattern, wie von einer Kettensäge. Dann wurde der Lärm lauter, und schließlich erkannte ich das Geräusch. Ein Hubschrauber.

»Wahrscheinlich unsere Freunde und Helfer.« Athenaide ging an eins der Fenster. »Ich fürchte, Sie können nicht mehr zurück. *Es gibt Gezeiten für der Menschen Treiben; nimmt man die Flut wahr, führt sie uns zum Glück; versäumt man sie, so muß die ganze Reise des Lebens sich durch Not und Klippen winden …* Wie entscheiden Sie sich, Katharine?«

Ros' Lieblingszitat.

Ich sah Ben an. »Washington«, sagte ich.

24

Wir brauchen Ihre Schuhe«, sagte Athenaide.

»Warum?«

»Eine kleine Scharade«, antwortete sie. »Wenn die Polizei mit dem Helikopter anrückt, kommt sie wahrscheinlich nicht wegen eines Kaffeeklatschs. Ich könnte mir vorstellen, sie haben den Verdacht, dass ich möglicherweise von einem Mörder aus Utah bedroht werde. Und wenn das FBI von der Sache Wind bekommen hat und Maxines Tod mit den Shakespeare-Bränden in Zusammenhang bringt, haben sie vielleicht sogar Ihre Namen. Auf jeden Fall merken sie, dass jemand hier war. Ihr Wagen draußen, zum Beispiel, wobei ich mir die Freiheit genommen habe, Ihre persönlichen Gegenstände herausholen zu lassen.«

Meine Bücher, dachte ich erschrocken.

»Sie bekommen alles zurück«, erklärte Athenaide trocken. »Wir melden unbefugte Eindringlinge«, fuhr sie fort, »und die Polizei wird Spuren finden, die in die Wüste führen, genau in die Richtung, wo die Schlepper die illegalen Einwanderer einsammeln. Mit ein bisschen Glück wird die Suche nicht allzu hoch gehängt. Wenigstens fürs Erste.«

»Und wir spazieren in der Zwischenzeit einfach zur Pforte hinaus?«, fragte Ben.

»Mein Haus hat viele Türen, Mr Pearl«, sagte Athenaide mit einem verschmitzten Lächeln.

Ich hörte ein Knirschen, und dann tauchte Graciela wie ein buckliger Troll im großen Kamin auf. Hinter ihr, wo die Feuerstelle gewesen war, führte ein Tunnel in gähnende Finsternis. Graciela zeigte auf unsere Füße. »*Los zapatos*«, verlangte sie. »*Dámelos.*«

Zu meiner Überraschung schlüpfte Ben gehorsam aus den Schuhen, hob sie auf und hielt sie ihr hin. Ich tat es ihm nach, und die Frau verschwand wieder in der Dunkelheit.

Ben wollte ihr folgen.

»Warten Sie«, sagte Athenaide. »Sie ist sofort zurück.«

Draußen wurde das Knattern des Hubschraubers lauter.

In der Zwischenzeit bückte sich Ben, um sich das Loch im rußigen Mauerwerk näher anzusehen. »Verdammt gut gemacht«, sagte er mit Kennermiene.

»Das Original diente dem Zweck, Priester zu decken«, sagte Athenaide.

»Ein Priesterloch?« Ich hatte ein oder zwei dieser Geheimgänge gesehen – enge Winkel unter Treppen oder hinter Stützbalken, die man in alten englischen Herrenhäusern hinter Glas besichtigen konnte. Doch ich hatte noch nie eins in Aktion gesehen.

In Shakespeares Tagen war der Protestantismus die von oben verordnete Staatsreligion. Als Hochverrat zählte nicht nur, wenn ein Engländer sich zum katholischen Priester weihen ließ, sondern auch, wenn eine englische Familie einen Priester beherbergte. Zu Beginn ihrer Regierungszeit hatte Königin Elisabeth beiden Seiten Toleranz gepredigt, doch dann begannen ihre Minister zu fürchten, dass die Katholiken der Königin nach dem Leben trachteten. Nachdem ein paar Komplotte vereitelt wurden, machten Elisabeths Bluthunde Jagd auf die, die ihrer Meinung nach dafür verantwortlich waren: die Priester. Im Gegenzug begannen die englischen Katholiken ihre Hirten hinter ausgehöhlten Wänden und schlecht gestopften Ritzen zu verstecken, so wie die Tochter des Pharaos den kleinen Moses zwischen den Binsen verbarg.

»Wenn sie gut gemacht sind, kann man sie weder durch Klopfen noch mit der Lupe finden. Man muss einfach wissen, wo sie sind und wie sich die Türen öffnen lassen. Diesen Gang habe ich von einem der besten abgekupfert«, sagte Athenaide. »Das Original war so gut isoliert, dass selbst bei einem Brand nicht die Gefahr bestand, dass der Priester geröstet wurde.«

»Ist der hier auch brandsicher?«, fragte Ben.

»Ich habe es nicht ausprobiert. Noch nicht.«

»Haben Sie so etwas schon mal getan, oder ist das alles Improvisation?«

»Ein Thema, viele Variationen«, antwortete Athenaide vage.

Im gleichen Augenblick tauchte Graciela wieder auf, und das stotternde Knattern draußen verstummte. Eine ominöse Stille breitete sich aus. »*Síganme*«, bellte Graciela. Man musste kein Spanisch sprechen, um zu verstehen, dass wir mitkommen sollten.

»Au revoir«, sagte Athenaide.

Wir duckten uns in den Gang, und die Tür schloss sich knirschend hinter uns. Einen Moment lang standen wir in vollkommener Finsternis. Dann blitzte lautlos ein gelbes Licht auf und bewegte sich von uns weg, als Graciela in den Tunnel lief. Für ihre Masse war sie erstaunlich behände. Ich musste rennen, um mitzuhalten.

Ich weiß nicht, womit ich gerechnet hatte – Fledermäuse, Spinnweben, Brackwasser und alte Ketten an den Wänden –, aber was ich vorfand, überraschte mich: ein sauber gefegter, gemauerter Korridor, der hoch genug war, dass selbst Ben aufrecht gehen konnte. Das Licht funktionierte per Bewegungsmelder – kurz vor uns ging es an und erlosch hinter uns –, und wären wir nicht an ein paar Türen vorbeigekommen, hätte ich geglaubt, wir würden auf der Stelle laufen.

Der Gang schien endlos zu sein, und ich hatte das Gefühl, wir passierten immer gleiche Türen auf beiden Seiten. Erst ging es bergab, dann über mehrere Stufen wieder nach oben. Irgendwann machte der Gang eine Biegung nach rechts. Wir mussten einige Hundert Meter zurückgelegt haben, als wir ans Ende des Tunnels kamen. Die Tür war nicht gekennzeichnet, es gab nur ein Tastenfeld an der Wand.

Graciela gab einen Code ein, und die Tür glitt auf.

Das Tageslicht blendete mich. »*Adelante*«, sagte Graciela und schob uns durch den Türspalt. »*Adios*«, sagte sie dann. Hinter uns schloss sich die Tür, und ein Felsbrocken glitt zurück an seinen Platz.

Ich beschirmte mit der Hand die Augen und musste im grellen Licht blinzeln. Wir standen in einem ausgetrockneten Flussbett auf einer Art Vorsprung mit großen Felsblöcken im Rücken. Die Böschung war nur einen halben Meter hoch und wurde von Mesquite-

Sträuchern gesäumt. Am Rand standen zwei Paar Schuhe. Bens und meine. Daneben lag Bens Revolver.

Wir kletterten die Böschung hinauf, packten unsere Schuhe und suchten unter den Sträuchern Deckung. Ein Stück weiter vorne tauchte ein bronzefarbener Geländewagen mit getönten Scheiben auf und rollte mit surrendem Allradantrieb langsam in unsere Richtung. Als er die Böschung hinunter ins Flussbett rumpelte und vor uns stehen blieb, sah ich, dass es ein Cadillac Escalade war.

Das Fenster auf der Fahrerseite glitt herunter.

»Hereinspaziert«, trällerte Athenaide zufrieden.

* * *

Ein paar Minuten später stießen wir schwungvoll auf die gepflasterte Straße zurück und fuhren durch eine staubige Wohngegend, deren Straßen von Fertighäusern und ausgebleichten Gipsschreinen für die Jungfrau Maria und den heiligen Franziskus gesäumt wurden.

»Willkommen am Lordsburg Municipal Airport«, sagte Athenaide, als wir ein Tor in einem Maschendrahtzaun passierten. »Charles Lindbergh ist hier gelandet. Dieser Flugplatz ist älter als JFK und O'Hare.«

»Nur das Wachstum scheint weniger rasant gewesen zu sein«, bemerkte Ben.

»Hauptsächlich haben ihn die örtlichen Rancher mit ihren Cessnas und Privatpiloten benutzt, um hier Station zu machen, wenn sie das Land durchquerten«, sagte Athenaide. »Jedenfalls bis letztes Jahr.«

Wir parkten direkt an der Startbahn, und dann sah ich Athenaides Flugzeug. Es war ein ausgewachsener Jet – ein Gulfstream V, wie Ben mir zuflüsterte –, und die Motoren setzten sich bereits in Bewegung.

»Wir müssen nur noch die Startbahn verlängern«, rief Athenaide fröhlich.

* * *

In der Kabine des Jets legte Athenaide die blaue Mappe mit Ophelias Brief auf den Konferenztisch. In einem Korb, der am Tisch befestigt war, fand ich meine Bücher. Als Erstes schlug ich den Chambers auf.

Ros' Karte, Granvilles Brief an Child und die Kopien der Zeitungsartikel waren noch da.

Selbst ein Jet braucht für die Strecke von New Mexico nach Washington, D. C., vier Stunden. Ben suchte sich während des Fluges im ›Don Quixote‹ die Cardenio-Geschichte zusammen, und ich half Athenaide, ›Dopelte Falschheit‹ im Internet zu finden. Als Ben fertig war, übernahm sie ›Don Quixote‹, während er ein bisschen schlief.

Ich behielt den Chambers-Band auf dem Schoß und sah nervös aus dem Fenster. In meiner Dissertation war Delia Bacon kaum mehr als eine Fußnote gewesen, aber das wenige, das ich von ihr wusste, hatte mich fasziniert. Doch als ich zu Ros sagte, dass ich gerne Delias Biografie schreiben würde, hatte sie meine Idee mit einem ernsthaften Gespräch über karrieretaugliche Aufsätze abgeschmettert. Nur weil Miss Bacon verrückt war, sei sie noch lange nicht »au courant«, hatte Ros gesagt. Man würde anfangen, sich zu fragen, ob ich genauso dubios wäre wie meine Themen.

Warum wollte sie mir Delia ausreden, wenn sie sich im nächsten Moment selbst darauf stürzte? Seit wann interessierte sich Ros für Delia Bacon? Doch als ich in diese Richtung dachte, stieß ich auf einen Sumpf von Verbitterung; ich spürte es brodeln. *Konzentrier dich auf Ophelia,* versuchte ich mir einzureden.

Doch außer mit einem Wurfpfeil auf eine Landkarte zu zielen, konnte ich, bis wir in Washington waren, nichts tun, um Ophelia und ihre Briefe zu lokalisieren – falls sie noch existierten.

Und die Howards? Zu Athenaide hatte ich gesagt, die Howard-Geschichte spielte keine Rolle – was stimmte, soweit es die Suche nach dem Manuskript anging. Aber wenn wir ›Cardenio‹ gefunden hatten … *falls* wir das Stück fanden …, was wäre dann?

Wenn es ein gutes Stück war, wäre es vollkommen egal, warum es geschrieben wurde oder für wen. Das Stück wäre lustig, grausam oder schön, ganz ohne den Kontext seiner Entstehung. Wenn es nicht besonders gut war – oder sogar so schlecht wie ›Dopelte Falschheit‹ –, dann würde der Bezug auf einen historischen Skandal selbst ein schlechtes Stück interessant machen.

Ich hatte beide Briefe noch einmal gelesen – Granvilles Brief an Child und Ophelias Brief an Granville. Zusammen waren sie ziemlich eindeutig. Jeremy Granville hatte ein Manuskript von ›Cardenio‹ gefunden, und das Manuskript brachte ihn auf die Idee, dass es eine Verbindung zu den Howards und dem Grafen von Somerset gab. Und er glaubte, der Verfasser hätte etwas mit der »Gräfin« zu tun – einer Lady, von der Ophelia Fayrer Granville annahm, dass es sich um Frances Howard, die Gräfin von Somerset, handelte.

Shakespeare war einer der größten Träumer unter der Sonne gewesen, und doch wussten wir so gut wie nichts von ihm. Zumindest nicht als Träumer. Nicht als Geschichtenerzähler. Vier Jahrhunderte der Recherche hatten nicht mehr zutage gefördert, als dass er geboren wurde, überstürzt heiratete, mit seiner Frau, die er kaum sah, drei Kinder zeugte, in Immobilien investierte, Steuern hinterzog, seine Nachbarn verklagte und von diesen verklagt wurde, und am Ende starb. Irgendwo dazwischen hatte er über dreißig Stücke verfasst, darunter eine Handvoll, die zu dem Besten gehörte, was jemals – in allen Sprachen, zu allen Zeiten – geschrieben worden war, und ein paar erlesene Gedichte.

Doch trotz ihrer Kraft waren seine Werke seltsam unpersönlich, als hätte er zwischen seine öffentlichen und seine privaten Träume einen dunklen, sich gelegentlich bauschenden Vorhang herabgelassen. Natürlich gab es grobe Parallelen: eine Entwicklung seiner Interessen von jung erblühter Liebe zu Beginn seiner Laufbahn über Geschichten von Betrug und Bitterkeit im mittleren Alter bis hin zu den Mythen von Vätern und Töchtern, von Erlösung und Wiedergutmachung, als er dem Ende seiner Tage entgegenschritt. Stapelweise Aufsätze und Bücher zogen Verbindungen zwischen ›Hamlet‹ und dem Tod von Shakespeares jungem Sohn Hamnet, zwischen Hamlets Vater und der Königin, die England seit vor Shakespeares Geburt regierte. Noch mehr Shakespeare-Forscher behaupteten, dass die Dreiecksbeziehung in den Sonetten um eine dunkle Lady und den goldenen Jüngling auf seinen eigenen bittersüßen Erfahrungen basierte. Doch all das war reine Spekulation. Wenn Kunst, wie Hamlet sagte, der Spiegel der Natur war, spiegelten Shakespeares Werke ihren Autor, wenn überhaupt, nur verschwommen.

Und wenn Granvilles Manuskript mehr hergab als nur ein verschollenes Stück? Wenn es uns einen Blick auf die Person Shakespeares werfen ließ?

Wir wussten nichts über die Menschen, die Shakespeare liebte, oder darüber, wie er sie umwarb. Worüber er mit seinen Freunden lachte. Was ihn ärgerte, was ihn rührte oder was ihn beglückte. In der grellen, klatschsüchtigen Welt des elisabethanischen London hatte Shakespeare es irgendwie geschafft, berühmt zu werden und doch unsichtbar zu bleiben. Ein Stück, das ihn mit einem der schockierendsten Skandale um Sex und Mord jener Zeit in Verbindung brächte – nicht als Zeugen, sondern als Mitwirkenden –, hätte eine Wirkung wie ein riesiges Feuerwerk an einem mondlosen Himmel.

Unmöglich.

Oder doch?

Ich musste eingeschlafen sein, denn ich erwachte, als Athenaide sanft an meiner Schulter rüttelte. Zeit zum Umziehen, sagte sie. Verblüfft stellte ich fest, dass sie nicht nur unsere Bücher, sondern auch unser Gepäck aus dem Mietwagen ins Flugzeug gezaubert hatte und es darüber hinaus ein Schlafzimmer an Bord gab, wo ich mich umkleiden konnte.

Auf meinem Koffer lagen ordentlich gefaltet ein schwarzer Rock und eine frische weiße Schürze. Daneben stand ein Paar nicht allzu hoher Slingback-Pumps, in denen ich wahrscheinlich gehen konnte. Ich zog mich um, band mir das Haar zu einem Knoten im Nacken, dann steckte ich mir Ros' Brosche ans Revers und kehrte in die Kabine zurück.

»Lorenzo erwartet heute Abend zwei Neue für sein Catering-Team«, sagte Athenaide, »die Tochter von Freunden mit ihrem Partner. Susan Quinn und Jude Hall.«

Ich kicherte.

»Was ist?«, fragte Ben. Er hatte sich ebenfalls umgezogen und trug eine schwarze Hose und ein weißes Hemd.

»Shakespeares Töchter«, erklärte ich. »Susanna und Judith – Susan und Jude. Susanna heiratete Dr. Hall, und Judith vermählte sich mit einem Mr Quiney. Hall und Quinn. Wenigstens hat sie die Nachnamen vertauscht.«

»Keine gute Idee«, sagte Ben grimmig.

»Versuchen Sie es mit Humor, Mr Pearl«, zwitscherte Athenaide. »Ihnen ist die Verbindung schließlich nicht aufgefallen.«

»Kate schon.«

»Der Einzige, der sich Lorenzos Namensliste ansieht, ist der Wachmann an der Hintertür.«

»Den wahrscheinlich das FBI dort abstellt«, sagte Ben.

»In diesem Fall wären Ihre Gesichter das größere Problem. Vor allem Katharines.«

»Das ist kein Spiel«, knurrte Ben.

»Wie Sie meinen«, sagte Athenaide, »aber der Gefahr entgegenzulachen ist ein Zeichen von Tapferkeit.«

»Ernst erhöht die Überlebensquote«, entgegnete Ben.

Ein paar Minuten später waren wir in Dulles gelandet, wo bereits eine schwarze Limousine auf uns wartete. Nach New Mexico wirkte Washington so grün wie die Smaragdstadt aus dem ›Zauberer von Oz‹. Doch die Luft war unangenehm schwül, und der Himmel sah aus wie feuchte grauweiße Watte und wirkte so nah, dass er einen Anflug von Klaustrophobie in mir auslöste. Nur direkt über unseren Köpfen war ein kleiner Kreis blauen Himmels zu sehen.

Fünfundvierzig Minuten später wurden wir vor der Küche der Catering-Firma abgesetzt. Meine Bücher musste ich Athenaide überlassen. »Ich passe gut darauf auf«, versprach sie. »Und jetzt seht zu, dass ihr heil hineinkommt.«

Der Caterer war ein fülliger Mann mit grau meliertem Haar, einem prächtigen Schnurrbart und einem professionellen Lächeln. Er drückte uns weiße Kittel in die Hand, dann stellte er uns dem Rest des Teams vor, und wir bestiegen alle zusammen einen großen Lieferwagen. Kurze Zeit später erreichten wir den Art-déco-Bau der Folger Shakespeare Library, dessen Marmorfassade mit in Stein gehauenen Theaterszenen verziert war. Wir parkten hinter dem Gebäude am Lieferanteneingang.

Als wir den Lieferwagen entluden, griff ich nach einem mannshohen Tablettwagen, den ich rückwärts durch den Lieferanteneingang zerrte. Der Wachposten sah kaum mehr von mir als den weißen Kittel und meinen Hinterkopf. Er blinzelte nicht einmal, als er den Haken hinter meinen Namen setzte – Susan Quinn. Einen Augenblick später hörte ich, wie er auch Jude Hall abhakte. Wir waren drin.

25

Der Lieferanteneingang führte in das Untergeschoss. Der große Lesesaal war tabu, wie mir Ben unmissverständlich zu verstehen gab, weil das FBI Agenten unter die Konferenzteilnehmer geschleust hätte. Stattdessen waren wir mit Athenaide im Founders' Room verabredet, einer kleinen Oase von gediegenem Luxus in der äußersten Ecke des Hauptgeschosses. Sie würde dafür sorgen, hatte sie zuversichtlich versprochen, dass man ihr für den Nachmittag den Founders' Room als privates Büro zur Verfügung stellte.

In der Hektik der Vorbereitungen eines Galadinners für 150 Shakespeare-Spezialisten und -Förderer von Weltrang war es relativ leicht, unbemerkt aus der Küche zu entkommen. Kaum waren wir um die Ecke gebogen, knöpften wir unsere weißen Kittel auf und stopften sie in einen Wäschewagen. Dann liefen wir den Gang hinunter und eine Treppe zum Hauptflur hinauf. Freitagnachmittags war es hier menschenleer. Am anderen Ende des Korridors stand die Tür zum Founders' Room offen.

Auf halbem Weg befand sich der Vorraum des Lesesaals. Die Tür war offen, und dahinter saß eine Aufsicht an einem Schreibtisch. Ben hielt mich zurück, bis wir hörten, dass jemand den Lesesaal verließ und seine Besucherkarte vorlegte – keine große Ablenkung, aber besser als nichts. Auf Bens Nicken traten wir in den Flur und schlenderten so gleichgültig wie möglich an der Tür der Aufsicht vorbei.

Der Founders' Room war leer. Ben zog die Tür hinter uns zu und schloss ab.

Ursprünglich als privater Rückzugsort für die Gründer der Bibliothek, Henry und Emily Folger, konzipiert, wirkte der Raum wie ein elisabethanisches Boudoir mit dunklen, kassettierten Paneelen, Balken an der Decke, poliertem Parkett und Milchglasscheiben in den blinden Fenstern. In der Mitte stand ein langer, mit Schnitzwerk verzierter Tisch mit Stühlen, die im Vergleich zum Rest der wuchtigen Einrichtung zerbrechlich wirkten. Gekrönt wurde das Ganze von einem herrlichen Gemälde von Elisabeth I.

Athenaide war nicht zu sehen.

Ben schritt den Raum ab, während ich zur Königin hinaufsah. Das rote Samtkleid mit den wattierten, elfenbeinfarbenen Satinbesätzen, mit Gold und Perlen bestickt, betonte ihren blassen Teint, die tiefroten Locken und ihre schwarzen Augen. In der Hand hielt sie ein Sieb, Symbol ihrer Rolle als jungfräuliche Königin. Das Gesicht, das der Maler ihr gegeben hatte, war gleichzeitig zu Größe und zu Grausamkeit fähig.

Ben untersuchte ein paar Kassettentüren, die einen steinernen Torbogen verschlossen, als wir hinter uns in der Ecke ein Klopfen hörten. Beide drehten wir uns um.

Durch eine unauffällige Tür in einer Nische kam Dr. Nicholas Sanderson hereingestürzt, der Bibliothekar, mit einem losen Bündel maschinengeschriebener Seiten unter dem Arm. »Das sollte es sein –«, begann er, dann blieb er wie angewurzelt stehen und starrte von Ben zu mir. »Dr. Stanley«, sagte er röchelnd.

Dr. Sanderson war ein eleganter Südstaaten-Gentleman von kleinem Wuchs mit einem leichten Akzent, der seine Heimat, Virginia, verriet, sanften Rehaugen und einer spitzen Nase. Seine Haut war haselnussbraun und glänzte wie frisch geschrubbt, und sein grauer lockiger Haarkranz erinnerte vage an Shakespeares Tonsur. Er hatte ein Faible für Fliegen – heute hatte er sich eine mit rotem Paisley-Muster umgebunden – und trug gerne glänzende Schuhe, die auf dem Parkett klackten.

»Ich habe gehört, dass Sie vielleicht kommen würden. Vom FBI. Wie sind Sie hier reingekommen?«

»Zu Fuß.«

»Das wird das FBI nicht gerne hören«, sagte er trocken.

»Es wäre gut, wenn das FBI überhaupt nichts davon hört«, antwortete ich. »Ich bin hier, um Sie um Hilfe zu bitten, Dr. Sanderson.«

Er verschränkte die Arme auf dem Rücken und sah mich nachdenklich an. »Sie müssen verstehen, wenn ich Vorbehalte habe, Dr. Stanley. Soweit ich weiß sind überall, wo Sie in den letzten Tagen aufgetaucht sind, First Folios in Flammen aufgegangen, zusammen mit den Gebäuden, in denen sie aufbewahrt wurden.«

»Die Folios aus dem Globe und der Widener-Bibliothek sind nicht verbrannt«, sagte ich ruhig. »Sie wurden gestohlen.«

»*Was?*«

»Neunundsiebzig«, sagte Ben. »Das ist die Anzahl derer, die Sie besitzen, nicht wahr?«

Dr. Sanderson musterte ihn. »Und Sie sind?«

»Hall«, antwortete Ben, bevor ich ihn vorstellen konnte. »Jude Hall.«

Innerlich zuckte ich zusammen, doch Dr. Sandersons Miene zeigte keinen Hauch des Wiedererkennens. Allerdings hatte er auch nichts von Susan Quinn gehört. »Sie haben recht, Mr Hall«, sagte Dr. Sanderson indigniert, was seinen Südstaatenakzent noch verstärkte. »Und mit dieser Zahl geht eine gewisse Verantwortung einher.«

»Haben Sie in letzter Zeit nachgezählt?«, fragte ich.

Jetzt war er empört. »Wenn Sie andeuten wollen, es könnte ohne unser Wissen eine verschwunden sein, muss ich Ihnen sagen, dass wir ein wenig knauserig sind, wenn es darum geht, wer unsere Folios zu Gesicht bekommt, selbst unter ganz normalen Umständen.«

»Das war man im Globe und in Harvard auch«, gab ich zurück.

»Und über die normalen Sicherheitsvorkehrungen hinaus«, fuhr Dr. Sanderson fort, »ist seit zwei Tagen das FBI hier.«

»Wir sind hereingekommen«, stellte Ben fest.

»Sie werden merken, dass das Hinauskommen weitaus schwieriger ist«, sagte Dr. Sanderson. »Aber ich nehme Sie beim Wort. Wenn Sie mich entschuldigen, ich werde gleich persönlich nachzählen.«

»Warten Sie«, sagte ich. Ben stellte sich zwischen Dr. Sanderson und die Tür in der Nische.

Sanderson blickte von Ben zu mir. »Warum wollen Sie mich aufhalten? Wenn Ihnen, wie Sie sagen, die Folger-Bibliothek und die Sicherheit unserer First Folios am Herzen liegt?«

»Ich muss die Bacon-Schriften sehen.«

»Dann ist das hier wohl nicht für Mrs Preston.« Er trat einen Schritt vor und legte den Papierstoß, den er in Händen hielt, auf den Tisch.

Delia Bacon, Schriften, stand auf dem Deckblatt.

»Leider ist der Lesesaal wegen der Konferenz geschlossen, und wenn Sie ins Magazin wollen, lautet die Antwort nein. Zutritt haben nur langjährige Mitarbeiter.«

»Sie sind ein langjähriger Mitarbeiter.«

»Sie wollen, dass ich eine Recherche für Sie durchführe? Jetzt?« Langsam schien er der Verzweiflung nahe. »Wie Sie mir eben klargemacht haben, muss ich die First Folios nachzählen.«

»Das hier ist wichtiger.«

Er zog die Brauen hoch. »Was kann wichtiger sein, als neunundsiebzig First Folios zu beschützen?«

»Ein Manuskript.«

Er kniff die Augen zusammen. »Was für ein Manuskript?«

»Ein Shakespeare-Manuskript.«

Schweigen machte sich zwischen uns breit. »Das ist eine ziemlich gewagte Behauptung, Dr. Stanley.« Sein Blick glitt zur Wand. »Sie sehen ihr ähnlich, wissen Sie.« Er zeigte auf das Bild von Elisabeth I. an der Wand, und ich drehte mich um. »Eine große Königin. Aber wenn sie etwas wollte, konnte sie nach Strich und Faden lügen.«

»Ich bin hierher gekommen, obwohl ich wusste, dass es eine Falle ist, um Sie um Hilfe zu bitten, Dr. Sanderson.«

»Ich schätze, das entspricht nicht ganz der Wahrheit. Wahrscheinlich hat Ihr finsterer Mr Hall hier eine Waffe dabei. Und wenn Sie, wie Sie sagen, nicht die Schuldige sind, gilt die Falle ohnehin nicht Ihnen. Wobei ich annehme, Ihre Suche hat etwas zu tun mit dem Verbrennen – oder Diebstahl – der First Folios.«

»Ich bin weder Dieb noch Brandstifter. Aber ich bin auf der gleichen Spur wie der Täter. Ich muss ihm zuvorkommen. Ich bitte Sie um nichts, das gefährlich oder illegal wäre. Sie müssen mir nur helfen, die Fährte einer Frau aufzuspüren.«

Dr. Sanderson nahm sich einen Stuhl und setzte sich an den Tisch, dann verschränkte er die Hände auf dem Papierstapel. »Was können Sie mir im Austausch anbieten?«

Ich blieb stehen. »Einen Teil der Anerkennung, wenn wir es finden.«

»Und das Manuskript?« Ich hörte Neugier und Gier in seiner Stimme.

»Es würde in eine Bibliothek gehören.«

»In eine Bibliothek wie die Folger?« Er rührte sich nicht, doch die Luft zwischen uns schien zu zittern.

Langsam nickte ich.

Er schob den Papierstoß über den Tisch. »Was brauchen Sie?«

»Die Frau, um die es geht, hat im Jahr 1881 die Bacon-Erben angeschrieben und erhielt die Erlaubnis, Delia Bacons Papiere durchzugehen. Ich suche eine Spur, die zu ihr führt.«

Dr. Sanderson schüttelte den Kopf. »Ich fürchte, unsere Unterlagen sind nur so gut wie die der Familie.«

Ben hatte sich die Schriften genommen und blätterte sie durch. »Sie steht nicht hier drin«, sagte er dann und legte sie zurück auf den Tisch.

»Wie heißt sie?«, fragte Dr. Sanderson.

»Ophelia«, antwortete ich.

»Sehr passend für eine Frau, die über eine Wahnsinnige recherchiert.«

»Ophelia Fayrer Granville.«

Jetzt pfiff Dr. Sanderson durch die Zähne. »Sie sind hinter dem Granville-Brief her.«

»Sie wissen davon?«

»Ich weiß von einem Brief von Ophelia Granville in unserer Sammlung, doch den werden Sie nicht in den Bacon-Dokumenten finden. Sie schrieb an Emily Folger, eine unserer vier Gründer. In den frühen Dreißigerjahren. Mrs Granville war die Tochter von Delia Bacons Arzt, dem Mann, der Delia eingewiesen hatte. Er leitete eine private Nervenheilanstalt in Henley-in-Arden. In der Nähe von Stratford.«

»Upon Avon?«

»Natürlich ›upon Avon‹. Wenn ich Stratford in Ontario gemeint hätte, hätte ich das dazugesagt. Wahrscheinlich wollen Sie auch die Brosche sehen.«

»Die Brosche?«

»Die Brosche, die Ophelia Granville mit dem Brief an Emily Folger schickte. Sie haben eine Kopie am Revers. Eine Reproduktion in Museumsqualität, exklusiv aus unserem Museumsshop. Wussten Sie das nicht?«

Die Brosche an meiner Schulter schien plötzlich schwerer zu werden. *Ophelia Granville hatte Emily Folger eine Brosche geschickt? Die hier als Reproduktion verkauft wurde?* Ich versuchte, mir die Überraschung nicht anmerken zu lassen. »Ros hat sie mir geschenkt.«

»Das überrascht mich nicht«, sagte Dr. Sanderson. »Es war ihre Idee, die Brosche reproduzieren zu lassen.« Er stand auf und schob den Stuhl exakt an die Stelle zurück, wo er gestanden hatte. Dann sammelte er die Bacon-Papiere wieder ein. »Wenn Sie mich jetzt entschuldigen, ich habe neunundsiebzig First Folios zu zählen und einen Brief aus dem Archiv herauszusuchen. Es kann eine Weile dauern, aber ich komme wieder, sobald ich fertig bin. Wenn Sie in der Zwischenzeit hier in diesem Raum bleiben, erfährt das FBI von mir nichts.« Er ging zu der Tür, durch die er gekommen war.

»Eins noch«, sagte ich.

Ungeduldig straffte er die Schultern. »Nebenbei haben wir hier eine wichtige Konferenz, die in zwanzig Minuten beginnt. Ich kann mich nicht in Stücke reißen.«

»Der Dieb. Er ist nicht nur ein Dieb und Brandstifter. Er ist außerdem ein Mörder.«

»Professor Howard«, sagte Dr. Sanderson leise.

Ich nickte. »Gestern Nacht gab es ein zweites Opfer. Maxine Tom vom Preston Archive in Utah. Und er wollte auch mich umbringen.«

Dr. Sanderson kniff die Augen zusammen. »Danke. Vielleicht darf ich Ihnen im Austausch auch eine Warnung geben. Man hat mir gesagt, dass Mrs Preston den Bacon-Katalog sehen wollte. Machen Sie gemeinsame Sache mit ihr?«

»So kann man es nicht unbedingt nennen –«

»Hüten Sie sich, Dr. Stanley.«

»Vor Athenaide?«

Seine Augenbrauen zogen sich zu einer einzigen finsteren Linie zusammen. »Der Ruf, meine Liebe, der Ruf. Ist er einmal dahin, hat man den unsterblichen Teil seiner selbst verloren. Übrig bleibt nicht mehr als die Kreatur.« Dann verließ er abrupt das Zimmer. Die Tür in der Nische klappte zu, und ich hörte, wie das Schloss einschnappte.

Einen Augenblick später klopfte es an der anderen Tür. »Ich bin's, Athenaide. Machen Sie auf.«

Ben winkte mich hinter sich und zog den Revolver. Mit der anderen Hand schloss er die Tür auf.

»Kein Glück mit den Howards«, sagte Athenaide, als sie mit einem Stapel Bücher unter dem Arm durch die Tür trat. »Und der Lesesaal ist geschlossen.«

Ben wollte gerade die Tür hinter ihr schließen, als jemand von draußen rief: »Athenaide, warten Sie!«, und sich hinter ihr durch die Tür drängte.

Es war Matthew Morris.

»Ich dachte, ich hätte klar gesagt, dass ich nicht gestört werden will«, sagte Athenaide eisig.

»Wieso sollte ich den Botenjungen für Sie machen?«, gab Matthew zurück. »Alle schlottern vor Ihren – *Kate!*« Dann fiel sein Blick auf Bens Revolver. »Alles in Ordnung?«

»Ja. Alles in Ordnung.«

Ben schloss die Tür.

»Natürlich ist alles in Ordnung«, sagte Athenaide.

»Und wer ist der Cowboy?«, fragte Matthew.

»Sicherheit«, erklärte Athenaide knapp. »Also, was wollten Sie mir so dringend sagen?«

Matthew musterte Bens Waffe misstrauisch, dann sah er Athenaide an. »Es scheint, als hätte ich heute Abend bei der Debatte keinen Gegner. Ihr Protegé ist nicht aufgetaucht.«

Athenaide ließ die Bücher auf den Tisch fallen und zog ihr Telefon aus der Tasche. »Warten Sie bitte«, sagte sie kurz, dann tippte sie eine Nummer und ging ans andere Ende des Zimmers.

»Protegé?«, fragte ich.

»Wesley North«, erklärte Matthew grinsend.

Ich stutzte. »*Der* Wesley North? Der Autor von ›Wahrer als die Wahrheit‹?« Es war das erste große Buch, in dem die Meinung vertreten wurde, der Graf von Oxford sei Shakespeare, und sein Autor argumentierte gut, in hieb- und stichfester Akademiker-Prosa, nicht mit dem populistischen Geschwafel eines Laien.

»Der und kein anderer«, sagte Matthew. »Zur Eröffnung dieser durchgeknallten Konferenz war eine Podiumsdiskussion mit ihm geplant. Dr. Sanderson hat mich gebeten, die Fahnen der Orthodoxen hochzuhalten, und ich habe vor allem deswegen zugestimmt, weil ich die Chance nicht verpassen wollte, Mister Unbekannt zu Gesicht zu bekommen.«

»Du hast ihn nie kennengelernt?«

»Hab ihn nie gesehen. Und auch sonst keiner. Nicht einmal Athenaide, wette ich. Er lehrt an einem Online-Kolleg, und er ist noch nie bei einer Konferenz erschienen. Leider sieht es so aus, als ob er die Tradition auch diesmal hochhält.«

»Worum geht es bei der Konferenz?«

»Du weißt nichts davon?« Er zog ein Programm aus seiner Computertasche und drückte es mir in die Hand. Ben las über meine Schulter hinweg mit.

Auf der Hochglanzbroschüre prangte in roten Buchstaben der Titel: WER WAR SHAKESPEARE?

Ich starrte ihn an. »Du machst Witze.«

»Die Sache ist todernst«, entgegnete Matthew. »Auch wenn das Ganze ein gewisses Unterhaltungspotenzial hat. Es gibt Fürsprecher aller wichtigen Kandidaten: Zur Debatte stehen der Graf von Oxford, Sir Francis Bacon, Christopher Marlowe, Elisabeth I. –«

»Königin Elisabeth?«, fragte Ben ungläubig.

»O ja, aber es gibt sogar noch bessere als die frigide alte Fledermaus«, sagte Matthew mit einem verächtlichen Blick auf das Porträt an der Wand. »Henry Howard, Graf von Surrey, zum Beispiel, der vierzig Jahre bevor Shakespeares erstes Stück auf die Bühne kam, starb. Und Daniel Defoe, der vierzig Jahre später zur Welt kam. Mein persönlicher Favorit ist ein ansonsten vollkommen unbekannter Franzose namens Jacques Pierre.«

Im Programm fand ich Matthews Namen für den Vortrag am Samstagmorgen. »›Shakespeare und die Feuer des geheimen Katholizismus‹?«

»Kopf an Kopf mit dem Erzmagus Wayland Smith, der über ›Shakespeare, die Rosenkreuzer und die Tempelritter‹ referiert«, las Ben. »Beinharte Konkurrenz.«

»Der Erzmagus hat eine blühende Fantasie«, schnaubte Matthew. »Ich dagegen habe Beweise. Aber sie haben mich umgebucht.« Er warf mir einen mitfühlenden Blick zu. »Ich bin der neue Hauptreferent.«

»Finden Sie ihn«, hörte ich Athenaide im Hintergrund sagen. Dann legte sie auf und kam zu uns zurück. »Sie sind noch nicht aus dem Schneider«, warnte sie Matthew. »Sagen Sie den Korinthenkackern von der Organisation, dass wir Wesley schon noch auftreiben.« Als Matthew sich nicht rührte, setzte sie nach: »Bitte.«

Er zögerte. »Bei dir ist wirklich alles in Ordnung?«, fragte er mich.

»Solange die Polizei mich nicht findet.«

Die Farbe wich aus seinem Gesicht. »Es tut mir so leid. Ich dachte –«

»Schon gut.«

Er fischte eine Karte aus seiner Jacketttasche. Rasch kritzelte er seine Handynummer auf die Rückseite und hielt sie mir hin. »Versprich mir, dass du anrufst, wenn du Hilfe brauchst. Bitte.«

Ich steckte die Karte ein. »Es ist alles in Ordnung, Matthew.«

»In der Zwischenzeit habe ich Sie um etwas gebeten«, drängte Athenaide.

Vorsichtig öffnete Ben die Tür und ließ Matthew hinaus.

»Wesley North«, sagte ich vorwurfsvoll, als er draußen war.

Athenaide ignorierte mich. »Wie ist Ihr Plausch mit Nicholas gelaufen?«

Nicholas? Niemand nannte Dr. Sanderson Nicholas. Nicht einmal Ros. Rasch erzählte ich Athenaide von Ophelia, ihrer Verbindung zu Delia und dem Brief, der sich nicht unter den Bacon-Papieren befand. Nur die Sache mit der Brosche behielt ich für mich. Ros hatte mir die Brosche geschenkt, und ich sah keinen Grund – bisher –, dass ich mein Geschenk teilen sollte. »Wir warten hier, bis Dr. Sanderson den Brief bringt«, schloss ich. »In der Zwischenzeit bleiben wir bei meiner Theorie. Sie sind Oxfordianerin, Athenaide.«

»*Vero nihil verius*«, antwortete sie mit gespreizten Händen.

Ich kannte das Zitat. *Nichts ist wahrer als die Wahrheit.* Doch es war keine bloße Phrase, es war das Motto des Grafen von Oxford. Eine Art

Passwort in der Halbwelt der Shakespeareaner – jenem Paralleluniversum, in dem die verschiedensten Arten des Wahnsinns regierten.

Athenaide lächelte nachsichtig. »Sie spricht nicht von meinem Studium in Oxford, Mr Pearl, was mich ohnehin nicht zur Oxfordianerin, sondern zur ›Oxonianerin‹ machen würde. Auch spielt sie nicht auf meine familiären Wurzeln in Oxford an, sei es in England oder in Mississippi.«

Sie nahm mir die Broschüre aus der Hand und faltete sie auf, um Ben das Porträt eines Mannes im Wams mit hohem Kragen zu zeigen, dessen Halskrause mit schwarzer Spitze gesäumt war. Dunkles Haar und ein kurz geschnittener Bart umrahmten ein herzförmiges Gesicht. Seine Nase war lang, und er hielt sie hoch. Um den Hals trug er an einem schwarzen Band ein goldenes Wildschwein, das er mit der Hand berührte.

»Mit Oxfordianerin meint Katharine, dass ich glaube, die Stücke, die wir Shakespeare zuschreiben, seien in Wahrheit von dem Mann, den Sie hier auf dem Bild sehen, verfasst worden«, erklärte sie, »Edward de Vere, der 17. Graf von Oxford.« Dann sah sie mich mit hellen trotzigen Augen an. »Katharine meint, dass ich eine Ketzerin bin.«

26

Das habe ich nicht gesagt.«

»Aber Sie haben es gemeint«, entgegnete sie. »Wie schnell wir vom Lob bei der Verdammung landen, wenn es um Glaubensfragen geht.«

Ich wollte protestieren, doch Athenaide ließ mich nicht zu Wort kommen. »Shakespeare, Mr Pearl, ist nicht nur Kunst. Er ist Religion.«

»Und Wissenschaft«, gab ich zurück, »die auf Beweisen fußt.«

»Und Sie sind die Beweise durchgegangen? *Alle?*« Athenaide sah Ben an. »Die Stratfordianer leiten Universitäten und Institutionen wie diese. Und die Universitäten verwalten die Wahrheit. Doch Lücken werden dort nicht unterrichtet, genauso wenig wie die Beweise, die eine andere Geschichte erzählen. Die Institutionen beschließen, was die Wahrheit ist.«

»Das ist nicht fair.«

»Wirklich nicht?«

Ich stöhnte. »Ich hätte es mir denken können. Ihre Faszination für ›Hamlet‹. Und Helsingør.«

»Ja, Helsingør«, wiederholte sie zufrieden. »Oxford – der echte Hamlet, in Helsingør, in Shakespeare.«

Ben sah von ihr zu mir. »Der *echte* Hamlet?«

»Die Oxfordianer lesen ›Hamlet‹ als die verdeckte Autobiografie des Grafen von Oxford«, erklärte ich.

»Sie enttäuschen mich«, sagte Athenaide. »Wer hat denn geschrieben: ›Die vielen seltsamen Parallelen zu Oxfords Leben, die ›Hamlet‹ aufweist, sind tatsächlich ein eigenes Studium wert.‹?«

Ich zuckte zusammen. Sie zitierte aus meiner Doktorarbeit. Als sie sagte, sie kenne meine Arbeit, hatte ich gedacht, sie würde von meiner Regiearbeit sprechen. Niemand las Doktorarbeiten, nicht einmal stolze Mütter. »Ich sagte, es gibt Parallelen, Athenaide. Das ist etwas anderes, als zu behaupten, es wäre seine Autobiografie.«

»Wie hätte es der lumpige Sohn eines Handschuhmachers aus Stratford wagen können, eine der höchsten Persönlichkeiten des Königreichs vorzuführen? Und woher sollte er die Details kennen?«

»Jeder kannte die Details. Genau wie heute jeder die traurigen Details aus Michael Jacksons Leben kennt. Die Reichen und Berühmten haben immer im Rampenlicht gestanden, und manche tragen ihr Leben offen zur Schau. Viel interessanter ist das Warum. *Warum* wollen Sie – oder sonst jemand – den Mann, dessen Name auf den Titelblättern steht, unbedingt durch Oxford ersetzen?«

»Weil die Stücke wichtiger sind als die Titelblätter«, sagte sie schlicht. »Der Mann, der die Stücke schrieb, hatte eine gründliche, umfassende klassische Ausbildung, und er hatte Zugang zur hohen Literatur. Außerdem hatte er eine aristokratische Haltung und aristokratische Hobbys wie das Jagen und die Falknerei. Er kannte das Landleben aus der Perspektive der Landbesitzer. Er misstraute Frauen, liebte Musik, verachtete Habgier. Er kannte die Feinheiten der englischen Gesetzgebung und die Feinheiten des Segelns und der Navigation. Er verstand Italienisch und sprach fließend Französisch und Latein. Und vor allem, er lebte und atmete Dichtung. Soweit wir nachweisen können – nicht anhand von Annahmen, die wir aus den Stücken ziehen, sondern anhand der dokumentierten Fakten seines Lebens –, besaß William Shakespeare aus Stratford keine dieser Eigenschaften. Ergo hat er die Stücke nicht geschrieben.« Triumphierend setzte sie sich in einen Sessel unter der blinden Fensterreihe. »Oxford dagegen besitzt jede einzelne dieser Eigenschaften.«

»Nur eine nicht«, konterte ich. »Er starb zehn Jahre zu früh. Wir sind auf der Suche nach ›Cardenio‹, Athenaide. Ein Stück, das 1612 geschrieben wurde. Wie konnte ein Mann, der – wann starb? 1605? –«

»1604.«

»Wie konnte ein Mann, der 1604 starb, 1612 ein Stück geschrieben haben? Und Sie lassen nicht nur ›Cardenio‹ sausen. ›Macbeth‹,

›Othello‹, ›König Lear‹, ›Der Sturm‹, ›Ein Wintermärchen‹, ›Antonius und Kleopatra‹ – so ziemlich alle Stücke unter Jakob I. wären dahin. Das ist eine Menge Holz, das Sie eintauschen wollen, nur um einen Grafen zum Autor zu haben.«

»Daten«, sagte Athenaide und zuckte verächtlich die Achseln. »Es wäre eine schwache Theorie, wenn sie nur wegen ein paar Daten nichtig würde. Vor allem, wenn sie so wackelig sind wie die, die vom Elfenbeinturm ausgegeben werden. ›Cardenio‹, sagen Sie, wurde Ende 1612 zum ersten Mal aufgeführt. Das heißt nicht, dass es im gleichen Jahr geschrieben wurde. Hier ist eine andere Möglichkeit: Oxford kann 1604 die Übersetzung von ›Don Quixote‹ in Auftrag gegeben haben, oder er hat sie selbst angefertigt. Dann schrieb er das halbe Stück – und starb. Ein paar Jahre später wird die Übersetzung veröffentlicht. Noch später lassen seine Freunde und sein Sohn das Stück von John Fletcher fertigstellen und bringen es genau im richtigen Moment auf die Bühne, um Oxfords alten Feinden, den Howards, die größten Unannehmlichkeiten zu bereiten.« Ihre Stimme wurde samtig, und sie sah mich herausfordernd an. »Sie wissen doch noch, dass sie Feinde waren?«

Dann wandte sie sich an Ben. »Das Familienoberhaupt der Howards, der alte Graf von Northampton, war ein Freund von Oxford und sein Cousin ersten Grades, doch als er damit seine Haut retten konnte, beschuldigte er Oxford, kleine Jungs in den Arsch zu ficken.«

»Athenaide«, platzte ich heraus. »Das ist doch verrückt. Das ist alles reine Spekulation. Statt eine gerade Linie zwischen zwei Punkten zu ziehen, folgen Sie der windigen Spritztour eines betrunkenen Junikäfers.«

Sie rümpfte die Nase. »Sie glauben also lieber, dass Shakespeares Stücke von einem womöglich analphabetischen Provinzrüpel mit mangelhafter Schulbildung geschrieben wurden, der sich die Feinheiten von Jura, Theologie, höfischer Etikette, Geschichte, Botanik, Falknerei und der Jagd aus den Fingern gesogen hat?«

Sie war wieder aufgestanden und begann im Zimmer auf und ab zu gehen, wobei ihr Blick über die Porträts der Höflinge an der Wand glitt. »›*Ver*‹- ist der Wortstamm des lateinischen Worts für ›wahr‹. Nahe genug an ›Vere‹ – dem Familiennamen der Grafen von Oxford –, um zu einem der kindischen Wortspiele zu taugen, die in der Renaissance so beliebt waren. Die Grafen haben sich ›*Verus nihil verius*‹ als Motto ausgesucht. Zufälligerweise auch mein Motto, denn ich bin eine geborene Dever – die Verballhornung von de Vere: Der Name ziemte sich nicht für den Zweig der Familie, der außerhalb des Ehebetts entstanden war. Mit meinem Taufnamen hat mein Vater noch eins draufgesetzt. Athenaide. Eine Variation der helläugigen Athene, Schild- und Speerträgerin.« Die letzten, genüsslich vorgetragenen Worte waren an Ben gerichtet. »Der Graf von Oxford, Champion auf den Turnierplätzen, soll unter Athenes Schutz gestanden – und ihr sogar ähnlich gesehen haben. ›Seine Augen blitzen, sein Blick schüttelt Speere.‹ Sie wissen, wer mit Schüttelspeer gemeint ist?«

»Das ist eine Falschübersetzung, und das wissen Sie auch«, sagte ich trotzig. »*Vultus tela vibrat:* Der Blick blitzt, sprüht Nadeln.«

»Anscheinend kennen Sie die Fakten«, sagte Athenaide bewundernd. »Doch auch Ihre Übersetzung ist nicht ganz richtig. Sagen wir ›Pfeile schießen‹. Bei Ihnen klingt es mehr nach einem Nähstübchen als nach einem elisabethanischen Turnierplatz.«

»Schön. Aber er schüttelt keine Speere.«

Sie zuckte die Achseln. »›*Telum*‹ ist ein Überbegriff für Wurfgeschosse, nicht der spezifische Begriff für ›Speer‹ oder ›Lanze‹ – na und? Aber ›*vibrat*‹ heißt ›er schüttelt‹. ›Vibrieren‹ kommt vom gleichen Stamm. Darf ich Sie darauf hinweisen, dass man Pfeile nicht schüttelt? Genauso wenig wie Nadeln? Speere und Lanzen werden geschüttelt. Oder besser, Athene schüttelt ihren Speer, seit jemand vor fast dreitausend Jahren die ersten homerischen Gesänge vortrug, wo die grauäugige Göttin aus Zeus' Kopf geboren wird und ihren spitzen Speer schüttelt, bis der ganze Olymp erzittert, die Erde stöhnt und die Wellen wild auf der weinroten See wogen.«

»Muss ein anstrengendes Baby gewesen sein«, bemerkte Ben lakonisch, und ich musste ein Kichern unterdrücken.

Athenaide ignorierte uns beide. »Außerdem«, fuhr sie fort, »in lateinisch-englischen Wörterbüchern der Renaissance konnte ›*vultus*‹ sowohl ›Blick‹ oder ›Ausdruck‹ als auch ›Wille‹ heißen. Was aus ›*Vultus tela vibrat*‹ ›Der Wille schüttelt Speere‹ macht. Oder ›will shakes spears‹.« Sie sah uns triumphierend an.

»Wirklich?«, fragte Ben.

»Wahrhaftig«, sagte sie mit einem bösen Lächeln. »Ein kleines lateinisches Wortspiel zu Ehren eines Mannes, dessen Familienmotto ein Wortspiel ist.«

Bens unverhohlene Bewunderung ärgerte mich. »Ein obskurer lateinischer Satz, der vielleicht ein Wortspiel ist, vielleicht auch nicht, und der Shakespeares erster Theateraufführung mehr als zehn Jahre zuvorkam. Das sind fünfzehn Jahre, bevor sein Name je auf einem Titelblatt auftauchte. Das ist kein Beweis. Das ist ein Zufall.«

»Ich glaube nicht an den Zufall«, gab Athenaide zurück, die vor dem Porträt der Königin stehen geblieben war. »Aber wenn wir schon von Zufällen sprechen, es ist belegt, dass das Wortspiel, das Sie nicht anerkennen wollen, in Gegenwart der Königin laut vorgetragen wurde: in Audley End, dem Familiensitz der Howards, für die wir uns neuerdings so brennend interessieren.«

Ihr Telefon schrillte, und sie nahm ab. »Herrgott noch mal«, knurrte sie. »Ich komme sofort«, sagte sie dann und legte auf.

»Was ist passiert?«

»Professor North ist nicht in sein Flugzeug gestiegen. Wenn Sie mich entschuldigen, ich muss die Feuerwehr spielen. Bis Nicholas zurückkommt, bin ich wieder da.«

Ben bewegte sich nicht von der Tür. »Beim nächsten Mal bitte allein«, sagte er nachdrücklich.

Sie sah ihn mit funkelnden Augen an. »Ich bin mir meines Fehlers bewusst, Mr Pearl. Es wird nicht wieder vorkommen. Ich habe Ihnen Ihre Bücher auf den Tisch gelegt, Katharine. Danken Sie mir, wenn ich zurück bin.«

Er trat zur Seite, und sie segelte hinaus.

»Was wissen Sie von diesem North?«, fragte Ben, als er die Tür abschloss.

»Er hat ein Buch geschrieben, in dem er behauptet, dass Oxford Shakespeare war. Ansonsten nicht viel außer dem, was Matthew gesagt hat.«

»Aber er ist Shakespeare-Experte?«

»Ja.«

»Warum, meinen Sie, taucht er nicht auf? Reine Schüchternheit?«

»Zu seinem Profil würde es passen.«

»Es würde auch dazu passen, was mit anderen Shakespeare-Experten geschehen ist.«

Abrupt setzte ich mich. »Sie meinen, er könnte das nächste Opfer sein?«

»Ich meine, jemand sollte diese Möglichkeit in Betracht ziehen.« Er streckte sich. »Aber nicht wir. Kate – wir müssen anfangen darüber nachzudenken, was wir als Nächstes tun. Geht es nach Henley-in-Arden? Ophelias Elternhaus?«

»Wahrscheinlich. Wenn nicht nach Henley, so zumindest nach England. Genaueres weiß ich erst, wenn Dr. Sanderson zurück ist.«

»England bedeutet Pässe. Eine neue Identität. Die Risiken am Flughafen. Es wird nicht einfach.«

»Aber es ist machbar?«

»Ich brauche Zeit.«

»Trotzdem muss ich mir zuerst den Brief ansehen.«

»Könnten Sie sich vorstellen, allein hier zu bleiben, während ich die Vorbereitungen treffe?«

»Ich brauche keinen Babysitter rund um die Uhr. Schaffen Sie es raus und auch wieder rein?«

»Ohne Sie, ja.«

»Dann gehen Sie.«

Ben stand vor mir. »Machen Sie niemandem die Tür auf, Kate. Keiner Athenaide, keinem Matthew und keinem Dr. Sanderson.«

»Keiner Menschenseele«, antwortete ich.

»Mir können Sie öffnen.« Er lächelte.

»Woher weiß ich, dass Sie es sind?«

»Ich klopfe zweimal langsam, dreimal schnell. Es sei denn, es gibt ein geheimes Shakespeare-Klopfzeichen.«

»Sehr witzig.«

»Ich bin bald zurück.« Vorsichtig öffnete er die Tür, dann schlüpfte er hinaus.

Ich griff nach den Büchern, die Athenaide mitgebracht hatte. Es waren nur zwei: das Taschenbuch-Faksimile der First Folio und der Chambers-Band aus der Widener-Bibliothek. Die Briefe steckten alle noch darin – und es war sogar einer dazugekommen. Athenaide hatte Ophelias Brief an Jem zwischen die anderen gelegt. Ich zog ihn heraus.

Was hatte Ophelia an Emily Folger geschrieben? Wo blieb Dr. Sanderson? Wie lange dauerte es, bis neunundsiebzig zu zählen? Unruhig las ich die Briefe noch einmal.

Ich versuchte gerade, die Howard'schen Verwicklungen zu entwirren, als es klopfte und ich hochschreckte. Ein schlichtes doppeltes Klopfen. Nicht Bens kompliziertes Rauchzeichen.

»Kate Stanley«, sagte eine leise Stimme. Mir stockte der Atem. DCI Sinclair.

Ich schob die Briefe zurück in den Chambers-Band, nahm die Bücher an mich und wich von der Tür zurück.

»Ich weiß, dass Sie da drin sind.«

Hektisch sah ich mich im Zimmer um. Die Tür in der Nische war abgeschlossen. Der einzige Ausweg waren die Fenster, doch sie ließen sich nicht öffnen. Ich hätte die Scheibe einschlagen müssen.

»Hören Sie zu, Ms Stanley«, sagte Sinclair. »Ich weiß, dass Sie keine Mörderin sind, aber das FBI ist anderer Meinung. Wenn die Sie finden, verhaften sie Sie sofort und stellen die Fragen später. Wenn Sie aber mit mir zusammenarbeiten, kann ich Ihnen Raum geben, zu finden, wonach Sie suchen.«

»Wie wollen Sie das tun?« Bestürzt stellte ich fest, dass ich laut gesprochen hatte.

»Kommen Sie jetzt mit, und ich kann Sie in einer halben Stunde in ein Flugzeug nach England setzen.«

England. Wie es aussah, musste ich genau dort hin. Nach Henley-in-Arden, in die Nähe von Stratford. Aber ich konnte mir erst sicher sein, wenn Dr. Sanderson mit dem Brief zurück war. *Wo blieb er?*

»Ich sorge dafür, dass Sie unbehelligt hier rauskommen, Kate.«

Sinclair hatte keine Befugnis in Amerika. Er konnte mir keine Garantie geben, und er konnte mir auch nicht drohen. Wenn es sich nicht ohnehin um eine Falle handelte. Doch wenn nicht, war sein Angebot illegal, denn er behinderte die Ermittlung in einem Kriminalfall auf fremdem Hoheitsgebiet. Warum sollte er mir ein solches Angebot machen? Was wollte er? »Was haben Sie davon?«, fragte ich.

»Ich will den verfluchten Mistkerl drankriegen, der es wagt, unter meiner Nase ein nationales Denkmal niederzubrennen, für das ich die Verantwortung hatte«, sagte er wütend. »Ich will den Kerl haben. Sie helfen mir, und ich helfe Ihnen.«

Ich warf einen Blick auf die Tür in der Ecke. Wo blieb Dr. Sanderson? Wo war Ben? »Ich brauche etwas Zeit.«

»Sie haben keine Zeit. Im Moment sucht Sie das FBI noch in New Mexico. Aber sobald sie die Suche dort aufgeben, werden sie zum gleichen Schluss kommen wie ich – dass Sie sich irgendwie in Mrs Prestons Flugzeug geschlichen haben.«

»Nein.« Ohne den Brief ging ich nirgendwohin.

Er rüttelte an der Tür, und ich wich weiter zurück. Dann legte ich die Bücher aufs Fensterbrett und griff nach einem Stuhl. Falls jemand durch die Tür kam, würde ich das Fenster einschlagen und versuchen zu fliehen.

»Allein kommen Sie hier nicht raus«, sagte Sinclair. »So weit ich sehe, sind Sie der gleichen Sache auf der Spur wie der Mörder, was bedeutet, dass Sie in größerer Gefahr schweben, als wenn Sie nur die Polizei am Hals hätten.«

»Das weiß ich, vielen Dank. Das Gleiche hat er mir mehr oder weniger selbst gesagt.«

»Sie haben mit ihm gesprochen?« Seine Stimme wurde schrill.

»Er hat mit mir gesprochen.«

»Haben Sie ihn erkannt?«

»Nein.«

Eine Pause entstand. »Wie gut kennen Sie den Kerl, mit dem Sie reisen?«

»Gut genug, um zu wissen, dass er es nicht ist, wenn Sie das meinen.«

Seine Stimme wurde noch eindringlicher. »Wer sonst hätte die Sache in Utah durchziehen können?«

»Der, der uns verfolgt hat.«

»Haben Sie jemanden gesehen?«

Ich hörte, wie das Schloss in der Nische klickte. Mit gemischten Gefühlen beobachtete ich, wie die Tür einen Spalt aufging. Dr. Sanderson? Das FBI? Mein Griff um den Stuhl wurde fester.

Es war Athenaide. Sie hielt den Zeigefinger an die Lippen und bedeutete mir, ihr zu folgen. Hinter der anderen Tür redete Sinclair weiter. »Es muss jemand sein, der immer in Ihrer Nähe war, Kate. Wahrscheinlich jemand, den Sie kennen.«

Nein, dachte ich. *Das glaube ich nicht.* Dann folgte ich Athenaide aus der Tür.

Sie schloss hinter uns ab. Wir standen in einem kargen Büro. Der Schreibtisch war leer, der Computer abgestellt. Die Fenster hatten Drahtgitterscheiben. Eine zweite Tür gegenüber stand offen. Athenaide eilte voraus.

Dahinter lag Dr. Sandersons Büro, das mit kostbaren Antiquitäten möbliert war. An drei Wänden hingen Porträts von Männern im Wams. An der vierten Wand waren Fenster, die fast vom Boden zur Decke reichten. Sie zeigten auf einen kleinen Wintergarten voller Pflanzen und Blumentöpfe. Das mittlere Fenster stand offen.

Draußen auf dem Flur hörte ich, wie jemand gegen die Tür des Founders' Room polterte.

»Es ist Zeit«, sagte Athenaide. Sie stieg durch das Fenster und ging auf eine kleine Tür am hinteren Ende des Wintergartens zu. Ich folgte ihr.

Plötzlich standen wir auf einem hell erleuchteten Korridor, dessen Wände von Zettelkatalogen eingenommen wurden. Links drängte sich eine Menschentraube, und ich hörte Gemurmel und Gläserklirren, und einen Moment lang hatte ich keine Ahnung, wo ich war. Dann fiel mein Blick auf den moosgrünen Teppichboden, und ich erinnerte mich.

Wir befanden uns auf dem Hauptflur, der die beiden Teile des Lesesaals miteinander verband, den Alten und den Neuen. Statt aus der Bibliothek herauszukommen, waren wir mitten in der Höhle des Löwen gelandet.

Es war die Menschenmenge, die mich verwirrt hatte, doch jetzt begriff ich. Der Eröffnungsempfang der Konferenz hatte begonnen.

»Gehen Sie«, flüsterte Athenaide. »Tauchen Sie in der Menge unter.«

»Aber Dr. Sanderson«, protestierte ich. »Der Brief.«

»Er hat mich zu Ihnen geschickt«, sagte sie. »Sie treffen ihn in dreißig Minuten zwei Blocks weiter westlich. Mit einer hübschen Aussicht auf den Sonnenuntergang, hat er gesagt. Sie erkennen die Stelle, wenn Sie sie sehen.«

»Großartig, Athenaide. Jetzt muss ich nur noch beim FBI Spießruten laufen.«

»Ich schlage vor, Sie nehmen den Haupteingang«, sagte sie und zwinkerte mir zu. »Hinten haben Sie schon die Pferde scheu gemacht. Vorne auf dem Rasen schenken Kellner in Renaissance-Kostümen Sekt aus. In der Großen Halle neben dem Ausgang ist eine Auslage mit Kostümen. Borgen Sie sich eins.«

»Aber Ben –«

»Ich werde ihm sagen, wo Sie sind. Und jetzt gehen Sie.«

Sie gab mir einen kleinen Schubs, und ich trat in den Alten Lesesaal. Es war mehr als voll. Der Raum platzte aus allen Nähten.

Hoch über uns fiel das Abendlicht durch die bunten Fenster. Im Saal herrschte ein Babel der verschiedensten englischen Akzente, dazu Deutsch, Japanisch, Französisch und Russisch. Irgendwo spielte ein Quartett Madrigale. Ich wurde gegen einen Mann in einer Druidenkutte gedrückt – wahrscheinlich der Erzmagus –, doch ich kämpfte mich weiter.

Auf der anderen Seite des Raums rief jemand meinen Namen.

Im nächsten Moment schob sich Athenaide an mir vorbei und lief geschmeidig die Treppe hinauf zur Galerie. Sie lehnte sich über die Balustrade und klingelte mit einem hellen, silbernen Glöckchen.

Die Menge wurde still und sah erwartungsvoll zu ihr hinauf.

»Ich möchte Sie alle herzlich willkommen heißen«, begann Athenaide.

Währenddessen drängelte ich mich durch die Menge zu einem hohen gemeißelten Kamin vor, von dem aus ich die Flügeltür der Großen Halle erreichte. Sie war genauso getäfelt wie der Founders' Room, nur dass die Große Halle fünf- bis sechsmal größer war und eine hohe Gewölbedecke hatte. Normalerweise wurde der Raum für Ausstellungen genutzt. Es war der einzige Ort der Bibliothek, der der Öffentlichkeit zugänglich war. Heute Abend aber waren hier die reich gedeckten Tische aufgebaut, an denen später das üppige Galadinner serviert würde. Ich lief im Slalom um die Tische, auf den Museumsshop und den Ausgang zur Straße zu.

In einer Ecke der Halle befand sich, wie Athenaide versprochen hatte, ein Podest mit Schaufensterpuppen in Kleidern aus der Shakespeare-Zeit – keine echten Renaissance-Trachten, sondern Kostüme aus großen Hollywoodproduktionen. »Leihgabe der Athenaide Dever Preston Collection« stand auf einer Plakette.

In der Mitte stand Laurence Olivier als Hamlet verkleidet. Mit einem Ruck zog ich ihm den dunklen Umhang vom Rücken und schwang ihn mir über die Schulter. Dann streckte ich den Kopf durch die Tür. Links, am anderen Ende des Korridors vor dem Founders' Room wimmelte es plötzlich von Menschen.

Ich drückte die Bücher an mich und wandte mich nach rechts. Eine Glastür führte hinaus auf den Rasen, wo Kellner aus dem 16. Jahrhundert den Gästen aus dem 21. Jahrhundert auf Silbertabletts Sekt servierten. In Sir Oliviers Mantel gehüllt, schlenderte ich durch die Menge. Als auf dem Bürgersteig eine Gruppe von Passanten vorbeikam, trat ich von der Wiese und schloss mich ihnen an. Dann eilte ich so unauffällig wie möglich die Capitol Street hinauf.

27

Der Tag war heiß und schwül gewesen. Selbst bei Einbruch der Dämmerung war die Hitze noch drückend, aber wenigstens hatte sich eine leichte Brise erhoben. Trotzdem war ich unter meinem Mantel schweißgebadet.

Mit gesenktem Kopf und gespitzten Ohren passierte ich die Library of Congress zur Linken und den Obersten Gerichtshof auf der rechten Seite. Ich hörte keine Schritte hinter mir. Schließlich zog ich den Mantel aus und sah auf. Vor mir lag ein Platz mit Marmorflächen, grünem Rasen und Barrikaden. Dahinter erhob sich die Kuppel des Kapitols.

Zwei Blocks weiter westlich, hatte Dr. Sanderson mir ausrichten lassen. *Mit einer hübschen Aussicht auf den Sonnenuntergang.* Eine Welle der Sympathie erfasste mich, als ich auf dem Schotterweg unter Ulmen und Ahornbäumen den Südflügel des Kapitols umrundete. Hier war es kühler, zumindest bildete ich es mir ein, weil die Brise im Laub der Bäume raschelte.

Wie versprochen hatte man vom Kapitol nach Westen den besten Blick auf den Sonnenuntergang in der ganzen Stadt. Am anderen Ende der National Mall leuchtete der weiße Obelisk des Washington Monument, während die Sonne tief am dunstigen Himmel stand. Vom anderen Ufer des Wassers wurden die fröhlichen Klänge einer Sousa-Band herübergetragen. Normalerweise zog ich das bunte Treiben von New York und London, wo sich die Moderne mit der Vergangenheit vermischte, der ehrfürchtigen Atmosphäre eines Ortes wie diesem vor. Doch ich musste zugeben, in der Stille eines Sommerabends war die Mall wunderschön.

Mein Blick schweifte über die weiten Marmor- und Rasenflächen vor dem Kapitol. Für das Wochenende des Unabhängigkeitstags war es merkwürdig leer, nur ein vereinzeltes Liebespaar schlenderte durch den Park, und ein paar Männer in Anzügen eilten mit gesenkten Köpfen irgendwohin. Die letzte Führung durch das Kapitol war vorbei, und die meisten der Angestellten hatten längst Feierabend. Für das Nachtleben war es noch zu früh – und zu heiß. Die wenigen, die da waren, hatten sich um die Band auf der anderen Seite des Wassers versammelt.

Von Dr. Sanderson war nichts zu sehen, doch ich war früh dran. Ich drehte mich um und stieg die mit Topfpalmen gesäumte Freitreppe hinauf, den Blick hinauf zur weißen Kuppel gerichtet. Auf dem ersten Absatz blieb ich stehen und blickte zurück auf die grüne und weiße Stadt.

Links unter der Balustrade hatte die Dunkelheit bereits die Magnolien erreicht. Ein paar späte Blüten hingen wie Sichelmonde zwischen den dunklen, fleischigen Blättern. Ich schlenderte die Stufen hinunter auf die Bäume zu. Auf halbem Weg nahm ich im Farn eine Bewegung wahr.

Zögernd ging ich eine Stufe weiter, dann noch eine. Dort unten lag jemand im Farn, wie am Grund einer tiefen Grube.

»Hallo?«

Keine Antwort. Ich lief die Treppe hinunter und an der Marmorbalustrade vorbei, dann stieg ich vorsichtig den Abhang hinauf und erreichte die Bäume. Hier herrschte bereits tiefe Nacht. Ich blieb stehen, um meine Augen an die Dunkelheit zu gewöhnen. Am Boden lag ein Mann und schlief. Ich kam näher. Ein Mann mit grauem Haar und einer roten Fliege.

Ich ließ den Mantel fallen und rannte zu ihm. Dr. Sanderson lag ausgestreckt am Boden, seine Brust war mit Stichwunden übersät. Jemand hatte ihm die Kehle durchgeschnitten, und die Wunde über seiner Fliege klaffte wie ein zweiter, schlaffer Mund. Ich hatte ein Rauschen in den Ohren und den metallischen Geschmack von Blut im Mund. Die Fliegen hatten ihn bereits entdeckt. Würgend ging ich in die Knie. Dann sah ich das zerknitterte Papier in seiner Hand. Ich beugte mich über ihn.

Im gleichen Moment stülpte mir jemand von hinten eine Kapuze über den Kopf und warf mich zu Boden.

Meine Bücher fielen mir aus der Hand, und ich bekam keine Luft, konnte nicht einmal schreien. Dann war er über mir, stopfte mir einen Knebel in den Mund, riss meine Arme nach hinten und fesselte mich. Mit einer Hand griff er mir zwischen die Beine.

Mit aller Kraft rollte ich mich zur Seite und warf ihn ab. Ich rappelte mich auf die Knie, doch er packte mich und riss mich wieder zu Boden. Mein Kopf schlug so hart auf dem Boden auf, dass ich Sternchen sah, dann wurde alles weiß.

Einen Moment lang rührte ich mich nicht. *Ich darf nicht ohnmächtig werden,* dachte ich. Allmählich verblasste das grelle Licht, und ich kam wieder zu mir. Regungslos lag ich da und lauschte. Er stand über mir. Was machte er? Unter der Kapuze konnte ich nichts sehen, und schlimmer noch, ich hörte nichts als sein leises Atmen. *Messer machen kein Geräusch, wenn sie gezogen sind.*

Als er sich breitbeinig auf mich kniete, riss ich das Knie hoch, so fest ich konnte.

Ein dumpfes Grunzen, und er sackte zur Seite. Ich hoffte, ich hatte seine Weichteile erwischt. Rasch rollte ich mich weg. Ich fühlte Blätter und Äste um mich herum. Anscheinend hatte ich es unter die Büsche geschafft.

Mein Angreifer kam auf die Füße und torkelte ein paar Schritte. Dann war Stille.

Mucksmäuschenstill lag ich da. Ich wagte nicht zu atmen.

Plötzlich hörte ich Schritte, die näher kamen.

»Kate!«, rief eine Stimme. Bens Stimme.

Ich hörte verschiedene Schritte, welche, die kamen, und welche, die gingen.

»Kate«, rief Ben wieder.

Ich kämpfte gegen den Knebel. Dann raschelte es im Laub über mir, und jemand packte mich. Die Kapuze wurde abgenommen, der Knebel herausgezogen, und Ben war da und knüpfte meine Fesseln auf. Er hielt mich fest, während ich würgend nach Atem rang.

»Alles in Ordnung da unten?«, rief eine tiefe Stimme, die Respekt gewohnt war, von oben. Ein dunkler Umriss spähte über die Balustrade, genau wie ich vorher.

Ben zog mich tiefer ins Dunkel.

Der Strahl einer Taschenlampe zuckte über den Boden, streifte Dr. Sanderson, dann sprang er zurück. Im gleichen Moment fiel mein Blick auf ein weißlich schimmerndes Stück Papier. Sanderson hielt immer noch den Zettel in der Hand.

»Jesses«, fluchte die Stimme. Dann polterten schwere Stiefel die Treppe herunter.

Ich zog Ben hinter mir her und lief zu Dr. Sanderson zurück, ohne die klaffende Wunde an seinem Hals anzusehen. Seine Hand war kalt und wurde bereits steif, doch ich schaffte es, das Blatt aus seinem Griff zu befreien. Es war um etwas Hartes gewickelt.

Hastig sammelte ich meine Bücher ein. Ben kniete sich hin, um mir zu helfen. Die Papiere im Chambers waren noch vollzählig: Ros' Karte, Granvilles Brief an Child und Ophelias Brief an Granville.

Ben sprach leise und gefasst. »Das ist Ihre Chance, die Sache der Polizei zu übergeben«, flüsterte er. »Wenn Sie hierbleiben.«

»Erst wenn ich den Brief gelesen habe.«

»Vielleicht können Sie nicht mehr zurück.«

»*Der Brief.*«

Ben nickte, dann nahm er mich am Ellbogen und zog mich tiefer in den Schatten. Als der Polizist das Ende der Treppe erreichte, schlichen wir uns den Hang hinunter und liefen durch den Magnolienhain zurück zur Südseite des Kapitols. Im Schutz der hohen Parkbäume, Buchen, Eschen und Eichen, kamen wir über einen gepflasterten Weg auf die Independence Avenue. Im Hintergrund hörte ich das Knistern eines Funkgeräts, als der Polizist Unterstützung anforderte.

Im nächsten Moment heulte ganz in der Nähe eine Sirene auf.

Eilig überquerten wir die Straße, und vor dem klassizistischen Eingang eines Regierungsgebäudes winkte Ben ein Taxi heran. Sekunden später waren wir im Viertel Capitol Hill abgetaucht. Ein paar Querstraßen nordöstlich ließen wir uns absetzen. Ben hakte mich unter, und wir gingen schnellen Schrittes die Straße hinauf. Ich versuchte mich zu orientieren, doch immer wieder tauchte Dr. Sandersons Gesicht aus der Dunkelheit vor mir auf, die klaffende Wunde an seinem Hals wie zum stummen Schrei geöffnet. Irgendwann blieb ich stehen und musste mich in einen Vorgarten übergeben.

Ben legte mir seinen Mantel um die Schultern und nahm mich in den Arm.

»Ein hässlicher Tod«, sagte er.

»Er wurde meuchlings ermordet«, keuchte ich. »Sie haben ihn auf den Stufen des Kapitols zu Julius Cäsar gemacht.«

»Ja.«

Er versuchte nicht, den Vorfall zu entschuldigen oder irgendwie schönzureden, und ich war ihm dankbar dafür. Ich war auch dankbar, dass er mich festhielt. In der hereinbrechenden Nacht war seine physische Präsenz das Einzige, das mir Sicherheit gab. Blinzelnd versuchte ich die Tränen zurückzuhalten, und wir gingen ein Stück, ohne zu sprechen.

»Ich glaube …« Ich schluckte. »Ich glaube, er sollte auch Bassianus sein.«

»Wer?«

»Lavinias Geliebter. Ihm wurde die Kehle aufgeschlitzt, und seine Leiche wurde in eine Grube im Wald geworfen, bevor … bevor Lavinia vergewaltigt und verstümmelt wurde.«

Bens Umarmung wurde fester. »Hat er –?«

»Nein.« Doch die Stelle zwischen meinen Beinen, wo er zugepackt hatte, brannte. »Wo gehen wir hin?«

»Ich habe einen Plan ins Rollen gebracht, Kate, und wenn Sie nicht zur Polizei wollen, ziehen Sie das am besten mit durch.«

Ich nickte. An der nächsten Ecke bogen wir rechts ab. Ein paar Meter weiter öffnete Ben das Eisentor zum Garten des Eckhauses. Es war ein tiefblaues Haus aus dem 19. Jahrhundert mit Giebeln und Türmchen, Kletterrosen an den Säulen und einer Hollywoodschaukel auf der vorderen Veranda. Ben hielt mich immer noch im Arm, als er mich durch den Garten zur Haustür führte. Die Tür stand offen. Wir traten ein, und Ben schloss die Tür hinter uns, dann verriegelte er sie.

Bis auf den dämmrigen Schein einer chinesischen Vasenlampe im Treppenhaus lag das Haus im Dunkeln, doch Ben führte mich unbeirrt über die Perserteppiche an der Treppe vorbei, durch ein Esszimmer bis in die Küche an der Rückseite des Hauses.

»Ich schätze, Sie kennen die Besitzer?«

»Sind verreist.« Er legte meine Bücher auf dem Küchentisch ab und knipste das Licht an. »Setzen Sie sich«, sagte er, und ich gehorchte. »Ich gehe jetzt zum Waschbecken.« Seit er mich aus den Büschen gerettet hatte, hatte er mich nicht losgelassen. Ich starrte ihn an, als könnte er sich vor mir in Luft auflösen.

Ben durchsuchte die Schubladen, fand ein sauberes Handtuch und feuchtete es unter dem Wasserhahn an.

Ich versuchte die Panik zurückzudrängen. »Die Leute verlassen einfach ihr Haus, wenn Sie es brauchen? Und lassen die Tür offen stehen?«

Er sah mich lächelnd an. »Hängt davon ab, wie gut die Beziehungen sind, die man hat. Aber, nein, so einfach ist es nicht. Das hier gehört zum Notfallplan, für den ich in der letzten Stunde alle Strippen gezogen habe, die ich irgendwie erreichen konnte.«

Ich beugte mich über den Tisch und öffnete meine Faust. Das Papier, das ich die ganze Zeit in der Hand gehalten hatte, glitt heraus, und das eingewickelte Objekt rollte auf den Tisch. Eine schwarze Brosche, mit zierlichen Blumen bemalt. Das Original der Brosche, die ich trug. War sie noch da? Ängstlich betastete ich mein Revers.

Ja, sie war noch da.

Dann fiel mein Blick auf das Blatt, das vor mir auf dem Tisch lag. Es waren Blutflecke darauf, die langsam braun wurden. Ein Brief, datiert 1932, doch die Handschrift war altmodisch verschnörkelt und gestochen – sie schien in eine andere Epoche zu gehören. Der Brief trug Ophelias Unterschrift.

Ein Satz in der Mitte war doppelt unterstrichen.

Miß Bacon hatte Recht, hatte Ophelia geschrieben. *Recht und nochmals Recht.*

Ich hatte das Gefühl, den Boden unter den Füßen zu verlieren. Wenn Delia Bacon recht hatte, hatte William Shakespeare aus Stratford die Stücke nicht geschrieben.

»Lieber Himmel«, sagte jemand, und dann merkte ich, dass es meine eigene Stimme war.

ZWISCHENSPIEL

3. Mai 1606

Auf der Westseite der Kathedrale, hinter den bröckelnden Statuen der Propheten, stand eine Frau und blickte zu zwei Männern hinauf, die jenseits des Schafotts auf der Holztribüne saßen. Dahinter ragte die schroffe Ruine des Kirchturms in den Morgenhimmel auf, den ein halbes Jahrhundert zuvor ein Blitz getroffen hatte.

In einen braunen Kapuzenmantel gehüllt, der ihr Kleid und ihr glänzendes schwarzes Haar verbarg, war sie dem Paar von Shakespeares Wohnstatt bis zur St. Paul's Cathedral auf dem Hügel unbemerkt gefolgt. Die Straßen waren so überfüllt, dass es leichter gewesen war, als sie befürchtet hatte, obwohl die Männer zu Pferd und sie zu Fuß unterwegs waren.

Hätte sie gewollt, hätte auch sie einen Platz auf der hastig zusammengezimmerten Tribüne haben können, die den reichen und ranghohen Zuschauern einen guten Blick auf das Geschehen bot. Doch stattdessen hatte sie sich unter die Tagelöhner und die Lehrlinge, die Straßenkinder und die Hunde, die Mägde und verbrieften Bettler gemischt – das gemeine Volk, das den offenen Platz zwischen Schafott und Tribüne füllte und sich um die besten Plätze drängelte. Der Kirchhof war so voll, dass es nur noch dort Lücken gab, wo die Sicht auf das Spektakel versperrt war, aber das kümmerte sie nicht. Sie war nicht wegen der Hinrichtung gekommen. Sie wollte die Zuschauer sehen. Besonders zwei von ihnen.

Plötzlich geriet die Menge in Bewegung. Ein dumpfes Trommeln setzte ein. Das Volk begann zu johlen und zu pfeifen. Weiter links teilte sich die Menge und ließ drei Pferde in den Kreis, die nebeneinandergespannt einen Weidenkarren zogen, auf dem ein Mann festgezurrt war.

Es war Pater Henry Garnet, Superior des englischen Jesuitenordens. Der Priester, den die Regierung zum Sündenbock der Schießpulververschwörung erklärt hatte. Der diabolische Plan hätte bei der Parlamentseröffnung im vergangenen November beinahe den neuen König samt der königlichen Familie, dem Ober- und dem Unterhaus und unzählige namenlose Passanten in die Luft gejagt. Hätten die Verschwörer Erfolg gehabt, wäre nicht viel von Westminster übrig geblieben. Und England wäre vielleicht in die Knie gegangen.

Die Frau betrachtete die Gesichter auf der Tribüne – junge und alte, mit schaulustigen, erregten und ungeduldigen Mienen, in prächtige Satin- und Samtroben gewandet. Männer, die bei der blutigen Feuersbrunst zerfetzt worden wären, hätten die Verschwörer das Pulver gezündet, das sie in den Kellern unter dem Parlament gehortet hatten. Sie sah Richter, Geheimräte, Adlige und sogar Bischöfe. Es saßen auch einige von weniger hohem Rang dort oben, die wohlhabend genug waren, sich den Respekt zu erkaufen. Anwälte und Kaufleute, Landbesitzer und Minister. Sogar der eine oder andere Dichter. Die Howards waren in großer Zahl vertreten – an ihrer Spitze der Graf von Northampton und der Graf von Suffolk mit seinem Sohn im Schlepptau, dem jungen Lord Howard de Walden, umgeben von Dienern in gelber Livree.

Kaum hatte man den Pater vom Karren gezerrt, bat er um einen stillen Ort zum Beten, doch ein schwarz gekleideter Beamter der Krone brüllte ihn an und verlangte ein Geständnis. Mit ruhiger Stimme bestritt der Geistliche, dass er irgendetwas zu gestehen hätte.

Sie achtete nicht auf das Gezeter über ihr. Gegenüber war Will von der sanften Stimme des Paters in den Bann geschlagen. Sie konnte sehen, wie abwechselnd Sorge und Ehrfurcht über seine Züge huschten, während der Jubel und das Geschrei im Hintergrund verebbten und die Menge schließlich ganz verstummte.

Plötzlich merkte sie, dass sie doch hinsehen musste. Am Fuß des Galgens ging der Pater dem Henker zur Hand, als dieser ihn bis auf das Hemd entkleidete, dessen lange Schöße in einem kläglichen Anfall von Scham seitlich zusammengenäht waren. Demütig wie ein

Kind ließ sich der Pater die Schlinge um den Hals legen, doch als ein Pfarrer kam, um ihm protestantischen Beistand anzubieten, lehnte er unbeugsam ab. Die Trommeln begleiteten seine Schritte, als er die Leiter hinaufstieg.

Oben auf dem Schafott sprach er ein kurzes lateinisches Gebet. Der Trommelwirbel wurde schneller. Inzwischen hatten einige der Zuschauer, die eben noch nach Blut geschrien hatten, zu weinen angefangen. Der Pater kreuzte die Arme vor der Brust. Der Vertreter des Königs nickte. Die Trommeln hielten inne, der Henker riss die Leiter weg, und der Pater fiel.

Am Boden wogte die Menge nach vorn, riss die Frau mit sich. Einige zwangen den Henker zurück und riefen: »Halt! Halt!« Andere zerrten voll Mitleid an den Beinen des Priesters. Das Urteil sah vor, ihn lebend vom Galgen zu nehmen, doch bis sich die Wachen des Königs mit Ochsenziemern und den flachen Seiten ihrer Schwerter bis zu dem Gefangenen vorgekämpft hatten, war er tot.

Eine unheimliche Stille legte sich über den Platz, als die Menge zurückwich und die Schlächter zu Werk gingen. Der Frau stieg der heiße, trübe Geruch von Blut in die Nase, und ihr wurde schwindelig. Sie schloss die Augen. Dann schlug sie sie müde wieder auf und riss sich widerstrebend zusammen.

* * *

Von der Tribüne sah der Graf von Northampton hochinteressiert zu, wie dem Verurteilten der Bauch aufgeschlitzt wurde. Die Argumente, die die Anklage anführte, um den Pater zu verdammen, stammten von ihm. Sobald das blutige Geschäft erledigt wäre, würde er sich an die Aufgabe machen, die Worte für die Veröffentlichung zu wiederholen.

Pater Garnet hatte zugegeben, von der Verschwörung gewusst und nichts unternommen zu haben, um sie zu verhindern. Er durfte nicht, hatte der Pater beharrt; das Beichtgeheimnis habe es ihm verboten. Der Graf hatte die Verteidigung abgeschmettert. Pater Garnet, behauptete er, habe den ganzen Anschlag geplant.

Die Anschuldigung war falsch, und der Graf wusste das. Doch er musste es sagen – überzeugend sagen –, um seine eigene Loyalität zu beweisen, denn es wurde gemunkelt, dass er selbst sowohl Katholik als auch Spanienfreund sei. Der Rachedurst Englands musste gestillt werden, und bevor die Menschen anfingen, misstrauisch nach den Howards und ihren Verbündeten unter den katholischen Familien zu schielen, hatte er ihnen einen Sündenbock hingeworfen.

Pater Garnet wurde geopfert, um andere zu retten. Er würde das von allen am besten verstehen.

Der Graf räusperte sich. Er hatte seine Sache gut gemacht. Zu schade, dass die Organisatoren der Veranstaltung die ihre nicht auch gut machten. Der Graf hatte sie davor gewarnt, den Pater die Stimme erheben zu lassen.

Auf dem Podium erhob sich der Henker. Er riss die Faust in die Luft und hielt das Herz des Paters hoch, von dem ein Schwall Blut in die Menge spritzte. Auf der Tribüne hielt sich ein junger Mann mit goldenem Haar den Arm vors Gesicht. Ein einzelner, feucht glänzender Blutstropfen hatte den Spitzenbesatz seines Ärmels getroffen. Der Jüngling erbleichte.

»Seht her, das Herz!«, rief der Henker – das Stichwort, auf das die Menge in den Jubel der Genugtuung ausbrechen sollte. Doch es blieb still. Die Augen der Menge waren auf den jungen Mann gerichtet, der mit Grauen auf das Blut an seinem Ärmel starrte, und ein düsteres Murmeln erhob sich.

Jetzt sah auch der Graf von Northampton näher hin. Das Gesicht des Mannes neben dem Jüngling war ihm wohlbekannt, und auch den Jungen glaubte er zu erkennen. Ein Shelton, wenn er nicht irrte, nur an den Vornamen des Burschen konnte er sich nicht erinnern. Als Shelton war er von Rechts wegen ein Howard. Der Graf beugte sich vor und flüsterte seinem Großneffen Theophilus etwas zu. Kurz darauf begann einer der anderen Sheltons sich den Weg über die Tribüne zu seinem Bruder zu bahnen.

In der Zwischenzeit stand Northampton auf. »Seht her, das Herz!«, rief er in die unheimliche Stille, und seine Stimme knatterte wie eine Flagge im Wind. Mit todernster Miene sah er dem Jungen in die Augen.

Northampton hatte geschworen, als Buße für die Opferung von Pater Garnet für Ersatz zu sorgen. Wenn durch seine Machenschaften ein Priester sterben musste, würde er dafür sorgen, dass ein anderer ordiniert wurde. Ein Priester für einen Priester. Und was gäbe es für einen besseren Ersatz als den jungen Mann, der vom Blut des Märtyrers gezeichnet war?

* * *

Von unten auf dem Platz beobachtete die dunkle Frau ebenfalls, wie das Blut Wills Ärmel befleckte, und auch sie sah das Grauen in seinem Blick. Dann nahm sie eine andere Bewegung wahr. Ein zweiter goldener Schopf bahnte sich den Weg über die Tribüne. Einer von Wills Brüdern, der die gelbe Farbe der Howards trug.

Sie drängte sich vor. Doch der Bruder erreichte Will zuerst und beugte sich zu ihm, um ihm etwas ins Ohr zu flüstern. In Wills Gesicht glimmte ein Funke auf, der immer heller zu werden schien, bis der Glanz der Verzückung das Grauen auslöschte. Der Jüngling sprang auf und blickte mit hoch erhobenem Ärmel zu Northampton hinüber. »Seht her, das Herz!«, wiederholte er heiser.

In diesem Moment wusste sie, dass sie ihn verloren hatte. Sie blieb stehen.

Shakespeare, der neben Will stand, sah zu ihr herunter.

Sie hatten ihn beide verloren.

Plötzlich wurde ihr übel, und sie wandte sich ab. Um sie herum begann die Menge zu schieben. Jemand rempelte sie an, und sie stürzte auf die Knie. Ein anderer trat ihr in den Rücken, ein Stiefel verfehlte nur knapp ihren Kopf.

Dann wurde sie von starken Armen auf die Füße gezogen. »Wenn du den Anblick der Gerechtigkeit nicht aushältst«, sagte eine freundliche schottische Stimme, »bleib lieber daheim.«

Der Anblick der Gerechtigkeit! Schmerz und Tod, gegenwärtig und zukünftig, das war alles, was sie gesehen hatte. Doch es war nicht der Tod, der ihr Übelkeit bereitete. Es war ein neues Leben.

Sie erwartete ein Kind. Wessen Kind, das wusste sie nicht. *Zwei Geister hab' ich trost- und qualenreich …*

Sie zog sich die Kapuze tief ins Gesicht und stolperte die Straße entlang davon.

DRITTER AKT

28

Ich saß in der Küche am Capitol Hill und starrte das Blatt an, das vor mir lag. Wieder las ich den unterstrichenen Satz: *Miß Bacon hatte Recht – Recht und nochmals Recht.*

Einen Moment lang hatte ich das Gefühl, an der Decke zu schweben. *Nur weil Ophelia glaubte, Delia hätte recht, ist es noch lange nicht erwiesen,* dachte ich, während das Adrenalin durch meine Adern rauschte.

»Lesen Sie den Brief«, sagte Ben.

Er war nicht leicht zu lesen. Das Papier war zerknittert und mit getrocknetem, bräunlichem Blut verschmiert. Einige Worte waren lange vor dem heutigen Abend durch Regen, Wein oder Tränen verwischt und ausgelöscht worden.

HENLEY-IN-ARDEN

Mrs Henry Clay Folger
Folger Library
Washington, D. C.
U. S. A.

5. Mai 1932

Sehr geehrte Mrs Folger,

vergeben Sie mir, daß ich mir die Freiheit nehme, Sie als Fremde direkt anzuschreiben, und akzeptieren Sie mein herzliches Beileid zum

Tod Ihres Gatten sowie meinen Glückwunsch zu den raschen Fortschritten, die Bibliothek zu eröffnen, was gewiß seinem Wunsch entsprach. Ich hätte mir die Freiheit nicht zu nehmen gewagt, würde es nicht auch mit mir zu Ende gehen, was Sie zumindest der Last einer Antwort enthebt.

Ich verfüge über gewisse Informationen, die ich viele Jahre nicht herausgeben wollte – aus Feigheit, anders kann ich es heute nicht nennen. Oder, der Gerechtigkeit halber, es war eine Mischung aus Feigheit und Sorgfaltspflicht. Schweigen war der Kurs, den ich aus Sorge um mein eigenes Wohl wählte, doch vor allem aus Sorge um das Wohl meiner Tochter.

Vor langer Zeit hatten ein Freund und ich uns auf die Suche nach einem Schatz begeben, der so sagenumwoben war wie der Palast von Knossos oder die Ruinen Trojas. Wir nannten ihn unseren englischen Aischylos. Unseren verlorenen Sophokles, unsere süße Sappho. Am Ende, nach langen, schrecklichen Entbehrungen, fand mein Freund den Schatz – doch mit ihm fand er Papiere, die unseren Triumph in ein düsteres Licht tauchten. Briefe. Ich habe sie nie selbst gesehen, doch ich weiß, was sie besagen:

Miß Bacon hatte Recht – Recht und nochmals Recht.

Doch als wir damals die Hand nach dem Schatz ausstreckten, sündigten wir gegen Gott und die Menschen. Mein Freund mußte dafür sterben, mutterseelenallein und weit fort von zu Hause, unter ungeklärten Umständen, doch höchstwahrscheinlich in seiner eigenen Höllengrube. Viele Jahre habe ich nun mit dem Halbwissen um seinen Tod gelebt, und die Wahrheit gräbt sich zersetzend durch meinen Verstand.

Sie müssen verstehen, ich habe keine Beweise. Mein Freund nahm alles – wenn nicht die Beweise, so doch das Wissen um ihren Verbleib – mit hinunter in sein namenloses Grab.

Da ich leider weder Miß Bacons Mut noch ihre Zuversicht besitze, beschloß ich, angesichts der fehlenden Beweise zu schweigen, da ich nicht riskieren wollte, ihr Schicksal zu teilen – in ein Irrenhaus verbannt zu sein –, eine irdische Verdammung, deren Qualen ich gut genug kenne, um sie selbst am hellichten Tage zu fürchten. Zu meiner Verteidigung, sofern eine solche möglich ist, sei gesagt, daß ich – anders als Miß Bacon – einen Menschen hatte, für den ich sorgen mußte.

Ein anderer lieber Freund, Professor in Harvard, der das, wovon ich Ihnen berichte, durchaus kritisch betrachtete, hat mich vor langer Zeit schon eindringlich davor gewarnt, mein Wissen mit ins Grab zu nehmen. »Was Menschen Übles tun, das überlebt sie«, sagte er, »das Gute wird mit ihnen oft begraben.« Seine Worte erschreckten mich, denn ich hatte sie schon einmal gehört, jenes Mal voller Mitleid und Furcht. Und so habe ich ihm das Versprechen gegeben, zu versuchen, dieses Schicksal umzukehren – ein Versprechen, das ich ehren möchte.

Und habe, soweit es mir möglich war, alles an seinen rechtmäßigen Platz zurückgebracht, wenn mir auch manche Türen versperrt blieben; einen kleinen Teil habe ich in meinem Garten vergraben. Doch viele Wege führen zur Wahrheit. Unser jakobäisches Magnum opus, c[illegible] 1623, ist einer davon. Shakespeare weist einen anderen.

Ich hege keine Illusionen, daß Sie dem Weg folgen, der andere so viel Glück und Blut gekostet hat. Ich schreibe Ihnen, weil Sie über die Mittel verfügen, das Wissen zu bewahren, daß ein solcher Weg existiert – damit das Gute, das wir tun, uns vielleicht doch überlebt, während das Böse mit uns begraben wird.

Hochachtungsvoll die Ihre,
Ophelia Fayrer Granville

»Nur weil Ophelia *glaubte*, Delia Bacon hätte recht, heißt das noch lange nicht, dass es auch so war.« Diesmal sprach ich es laut aus.

Ben stand am Waschbecken und wrang das Handtuch aus. »Sie glaubte, sie hätte Beweise«, sagte er. »Oder zumindest, dass Jem Granville Beweise hatte.« Er kam zu mir, kniete sich vor mich hin und begann mir sanft das Gesicht abzutupfen. »Nur ein paar blaue Flecken und Kratzer. Nichts, was Sie entstellt. Sie haben einen harten Schädel, Kate Stanley.«

Ich griff nach seinem Handgelenk. »Wir müssen es finden. Was immer Granville gefunden hat. Wir müssen es finden.«

Sein Gesicht war nah. Er nickte ernst, dann stand er auf und setzte sich neben mich. »Also gut. Was wissen wir?« Er überflog den Brief.

»Ophelia und Jem Granville waren auf der Suche nach ›Cardenio‹; Jem hat ihn gefunden. Vielleicht hat er auch Beweise gefunden, dass Shakespeare nicht Shakespeare war. Jem stirbt; die Beweise sind futsch, Ophelia verstummt. Später bringt sie alles zurück, aber wir wissen nicht, was sie überhaupt hatte und woher. Was sie nicht zurückgeben konnte, hat sie in ihrem Garten vergraben. Wahrscheinlich in Henley-in-Arden.«

»Wo sie Delias Wahnsinn miterlebt haben musste – wobei sie, wenn sie das Jahr 1932 erlebte, noch ein Kind gewesen sein musste, als Delia in Henley war, in den späten 1850er Jahren. Gut fünfundsiebzig Jahre zuvor.«

»Wann hat sie für Granville die Bacon-Papiere durchgesehen, 1881? Vielleicht hat sie etwas mitgenommen, das sie später zurückgeben wollte – stellte dann aber fest, dass die Sammlung plötzlich besser bewacht war? Vielleicht sind die versperrten Türen die Pforten der Folger-Bibliothek?«

Ich schüttelte den Kopf. »Papiere in eine Sammlung *hinein*zuschmuggeln ist nicht schwer. Man legt sie einfach zurück. Das Schwierige ist, sie *heraus*zunehmen – zumindest finden es die meisten Leute schwierig.« Ben grinste reumütig; doch sein Blick blieb nachdenklich. »Abgesehen davon«, fuhr ich fort, »hat die Folger-Bibliothek Delia Bacons Papiere – den Löwenanteil – erst in den 1960ern angeschafft. Es kann natürlich sein, dass Ophelia die Familie ein zweites Mal bat, die Papiere zu sehen, um etwas zurückzulegen, und dort hat man ihr den Zugang verweigert.«

»Und da hat sie den Spaten ausgepackt.«

Ich musste ungewollt lächeln. »Und wir müssen in ganz Henley die Dahlien umgraben.«

»Es sei denn, wir nehmen einen der anderen Wege zur Wahrheit.«

Unser jakobäisches Magnum opus, c... 1623, hatte Ophelia geschrieben. Ich nahm die Karteikarte aus dem Chambers-Band, die bei der Brosche in Ros' Schachtel gelegen hatte. Genau wie ich gedacht hatte – beim Lesen hatte Ros die Lücke durch ›circa‹ ersetzt. Ich hielt Ophelias Brief gegen das Licht. Das *i* nach dem ersten *c* war kaum zu sehen, und der nächste Buchstabe sah aus wie ein *r*. Ros' Einfügung war also editorisch sinnvoll. Andererseits war Ros strikt dagegen, ihre Forschung durch Wunschdenken beeinflussen zu lassen. Oder ihre Beziehungen. Wenigstens wussten wir, wo sie den nervtötenden Ausdruck herhatte. Aber warum »unser«? War es möglich, dass Ophelia eine First Folio besaß? Eher unwahrscheinlich. Oder stand sie in Beziehung zu irgendeiner Institution, die eine besaß?

Mit der Formulierung, dass Shakespeare den Weg zur Wahrheit wies, konnte ich noch weniger anfangen. Shakespeare ließ sich in alle Richtungen deuten, wie Anti-Stratfordianer und Avantgarde-Regisseure stets aufs Neue zeigten.

»Tee«, sagte Ben, als hätte er damit die Antwort auf alle Übel der Welt. Er ging zum Herd und setzte den Kessel auf. »Lassen Sie uns logisch denken.« Er begann in den Schränken zu stöbern, bis er zwei Becher und ein Fach mit zwanzig Teesorten gefunden hatte. »Ophelia sagt, dass viele Wege zur Wahrheit führen, und dann erwähnt sie das jakobäische Magnum opus. Der erste Weg ist also in anderen Worten: die First Folio. Shakespeares Gesamtausgabe.«

Der Kessel pfiff, und er goss den Tee auf. »Im nächsten Satz erklärt sie uns – beziehungsweise Mrs Folger –, dass Shakespeare einen ›anderen‹ weist. Einen anderen was? Vermutlich einen anderen Weg. Aber wenn die First Folio einen Weg weist, warum sollte im nächsten Satz Shakespeare, also seine sämtlichen Werke, einen anderen weisen?« Er reichte mir eine Tasse und beantwortete sich die Frage selbst. »Damit wäre zweimal von derselben Sache die Rede. Es sei denn, mit Shakespeare ist nicht sein Werk gemeint.«

»Nicht sein Werk, sondern der Mann?«

Er nickte und trank einen Schluck. »Wenn wir das ganze buchstäblich verstehen: Wo zeigt Shakespeare hin?«

Der Dampf aus dem Becher hüllte mein Gesicht in einen warmen Schleier, und ich versuchte alle Bilder von Shakespeare heraufzubeschwören, an die ich mich erinnern konnte. Auf dem Stich in der First Folio fehlten die Hände. Das Chandos-Porträt – das Porträt der Londoner National Portrait Gallery mit der Nummer NPG I – zeigte vor allem wachsame, intelligente Augen. Die einzigen Details, an die ich mich erinnerte, waren ein bescheidener Batistkragen und das Funkeln eines schlichten Goldohrrings. Auch hier fehlten die Hände. Dann gab es noch ein paar zweifelhafte Porträts, auf denen der Haaransatz immer höher rutschte, die Kleider dafür immer kostbarer wurden – bauschige scharlachrote Satinhemden mit Silberknöpfen oder dunkler, mit Gold- und Silberfäden durchwirkter Brokat. Alle zeigten seine Büste von den Schultern aufwärts – höchstens die Ellbogen waren noch zu sehen. Auf keiner der Darstellungen wies Shakespeare irgendwohin.

»Was ist mit Statuen?«, fragte Ben.

Ich schüttelte den Kopf. Die einzige annähernd zeitgenössische Statue, die mir einfiel, war sein Grabmal in Stratford. Erst heute Nachmittag in der Folger Library hatte ich eine Reproduktion gesehen. Das Gesicht rund wie das von Charlie Brown mit einem Ausdruck, der sich je nach Laune des Betrachters von vergnügt bis selbstgefällig deuten ließ. In der Hand, die auf einem Kissen ruhte, hielt er Feder und ein Blatt Papier bereit. Bereit wofür? Er sah eher aus wie ein Sekretär beim Diktat als ein Genie, das auf den Kuss der Muse wartete.

»Wenigstens hat er Hände«, sagte Ben.

»Aber sie zeigen nirgendwohin.«

»Muss es denn eine zeitgenössische Statue sein?«

Ich lehnte mich zurück. Davon war ich spontan ausgegangen, aber … Natürlich musste das Denkmal nur so alt sein, dass Ophelia und Jem es gekannt haben konnten. Welche Shakespeare-Statuen gab es noch? Schemenhaft tauchte ein schwarz-weißer Umriss in meinem Kopf auf. Weißer Marmor vor grauem Grund …

»Westminster Abbey.«

Einen Moment lang starrten wir einander an. »Poets' Corner«, sagte Ben. Die Ecke im Querschiff, die Englands Dichtern geweiht war. »Wo zeigt er hin?«

»Ein Buch vielleicht. Oder eine Schriftrolle. Ich bin mir nicht sicher.«

Ben stellte seinen Becher ab. »Wenn Sie wollen, bringe ich Sie nach London. Wir fliegen sowieso nach Heathrow, wenn wir nach Henley wollen. Es könnte allerdings sein, dass die Polizei Poets' Corner für ein mögliches Anschlagsziel hält und Beamte dort abgestellt hat.«

Er beugte sich eindringlich vor.

»Wenn Sie sich jetzt stellen, wäre der Polizei klar, dass Sie ein Opfer sind. Sie sagen alles, was Sie wissen, und dann wird sich die Polizei um den Mörder kümmern. Falls Sie weiter auf der Flucht sind, muss die Polizei zwangsläufig davon ausgehen, dass Sie mit dem Mörder unter einer Decke stecken. Oder mit der Mörderin.«

Ich sprang auf und begann, in der Küche auf und ab zu gehen. »Was dem Mörder, der jetzt schon eine Stunde Vorsprung hat, noch ein paar Tage dazugeben würde.«

»Nicht unbedingt«, sagte Ben. »Er hat den Brief zurückgelassen.«

Ich blieb stehen. »Was schlagen Sie vor?«

»Vielleicht will der Mörder nicht, dass Granvilles Entdeckung ans Tageslicht kommt. Vielleicht will er, dass die Schatzsuche aufhört.«

Während ich darüber nachdachte, begann ich wieder auf und ab zu gehen. »Es gibt viele Leute, denen es nicht passen würde, wenn Shakespeare von seinem Sockel gestoßen wird.«

»Vergessen Sie die Sache mit der Autorschaft. Davon haben wir selbst nichts gewusst, bis wir diesen Brief in den Händen hatten. Bisher waren wir auf der Jagd nach dem Stück.« Seine Stimme wurde dunkler. »Wer will nicht, dass ›Cardenio‹ gefunden wird?«

»Warum sollte irgendjemand etwas dagegen –« Mitten im Satz brach ich ab. »Die Oxfordianer«, sagte ich heiser. »*Athenaide.*«

Daten sind wackelig, hatte sie erst vor ein paar Stunden gesagt, als wir in der neojakobäischen Pracht des Founders' Room standen. Doch das stimmte nicht. Falls wir ›Cardenio‹ fanden, wäre ihr Mann, der Graf von Oxford – das heimliche Juwel, auf das sie ihr Schloss gebaut hatte –, aus dem Spiel.

Die Feinheit, dass Delia Bacon möglicherweise recht behielt, würde Athenaide nicht interessieren. Delia hatte geglaubt, dass der Mann hinter Shakespeares Maske Sir Francis Bacon war. Und wer zu töten bereit war, um Beweise verschwinden zu lassen, dass William Shakespeare William Shakespeare war, wie die Drucker behaupteten, würde genauso wenig davor zurückschrecken, wenn der Gegner Francis Bacon hieß.

Nein – Athenaide war der logische Schluss, sofern man bei all dem Wahnsinn von Logik sprechen konnte. Außer uns dreien hatte niemand von der Suche nach ›Cardenio‹ gewusst. Bis jetzt hatte ich nicht einmal Sir Henry eingeweiht. Ros wusste Bescheid, und sie war tot. Maxine wusste, dass die Spur zu Athenaide führte, und auch sie war tot.

Athenaide hatte mir gesagt, dass Dr. Sanderson mich am Kapitol treffen wollte – vielleicht hatte sie die Verabredung inszeniert und ihm die gleiche Botschaft von mir ausgerichtet. Und als Sinclair kurz davor war, mich zu stoppen, hatte Athenaide mir zur Flucht verholfen.

»Dr. Sanderson hatte recht mit seiner Warnung. Nicht nur weil sie an Oxford glaubt. Wer weiß, was sie sonst noch im Schilde führt, Kate. Niemand lässt sich nur eines historischen Hobbys wegen ein solches System von Geheimgängen einbauen. Vor allem nicht da draußen, eine Dreiviertelstunde von der mexikanischen Grenze entfernt. Die Frau schmuggelt Drogen oder Menschen, oder beides.«

Ich setzte mich. Wie konnte ich nur so dumm gewesen sein.

Aber selbst wenn Athenaide der logische Schluss war, eines sprach dagegen: die Hand, die mir in den Schritt gefasst hatte. »Es war ein Mann, der mich angegriffen hat«, sagte ich schaudernd. »Hier und in Harvard.«

»Ros hat mich angeheuert«, stellte Ben fest.

In anderen Worten, Frauen heuerten Männer an. Plötzlich musste ich an Matthews Worte denken. *Ihr Protegé ist nicht aufgetaucht.* Wesley North. Athenaides Mann fürs Grobe.

»Aber er hat den Brief zurückgelassen.« Immer noch suchte ich nach Einwänden gegen Bens Theorie. »Wenn er mich stoppen wollte – wenn er die Suche stoppen wollte –, warum hat er den Brief nicht mitgenommen?«

»Vielleicht sind Sie ihm dazwischengekommen.«

»Oder Sie.«

Er zuckte die Achseln. »Oder aber er wollte, dass Sie ihn finden.«

Ich schauderte. »Aber Sie haben gerade gesagt, er wollte mich aufhalten. Er hat versucht, mich *umzubringen.*«

»Aber er hat es nicht getan.«

»Sie meinen, er hat es absichtlich nicht getan?«

»Wenn man jemanden ausschalten will, gibt es einfachere und sicherere Wege. Ein schallgedämpfter Kopfschuss oder Genickbruch mit einer kräftigen Handbewegung. Hätte er Sie töten wollen, wären Sie tot gewesen, bevor ich dazukam. Aber Sie leben. Und ich frage mich, warum? Warum inszeniert der Täter die Morde so theatralisch?

Und warum hat er Sie entkommen lassen – nicht ein Mal, sondern inzwischen schon zwei Mal?« Er zuckte die Achseln. »Eine plausible Möglichkeit ist, dass die Morde deswegen so theatralisch sind, weil das Ganze ein Theater ist – mit dem Ziel, das Publikum zu beeinflussen. Ein ganz bestimmtes Publikum.«

»Mich?«

»Vielleicht will Athenaide, dass Sie genau das tun, was Sie tun: der Fährte folgen, angetrieben von Rachegefühlen. Möglich, dass sie Ihnen folgt, anstatt Ihnen voraus zu sein. Vielleicht macht sie den Weg für Sie frei, Kate, und drängt Sie weiter.«

Ich runzelte die Stirn. »Warum? Sie haben selbst gesagt, Athenaide will nicht, dass Granvilles Entdeckung gefunden wird.«

»Besser gesagt, sie will nicht, dass Granvilles Entdeckung an die Öffentlichkeit kommt. Nie. Doch die Garantie dafür hat sie nur, wenn sie sie zerstört. Deswegen sollen Sie den Schatz für sie finden. Vielleicht sind Sie am Leben, weil Athenaide Sie noch braucht.«

»Um ›Cardenio‹ zu finden. Und dann?«

»Dann lässt sie Sie und das Stück verschwinden. Und alles, was Granville sonst noch gefunden hat.«

Ich ging wieder in der Küche auf und ab. »Das kann ich nicht glauben. Ich kann einfach nicht.«

Ben griff in seine Jackentasche und stellte einen Gegenstand auf den Tisch. Es war ein kleiner Silberrahmen. Ich kam zögernd näher, als hätte ich Angst, dass er beißen könnte.

In dem Rahmen steckte ein Schwarzweißfoto, dessen starke Kontraste und elegante Linien mich an eine alte Modefotografie erinnerten. Eine Frau mit Wespentaille in der merkwürdig konkaven Haltung der Models aus den Fünfzigerjahren – der Zeit von ›Ein Herz und eine Krone‹ und ›Das Fenster zum Hof‹. Es war Athenaide. Jünger, schöner, bezaubernd. Neben ihr stand ein kleines Mädchen, das bewundernd zu ihr aufsah. Sein Gesicht hatte noch die weichen Züge eines Kindes, doch es war unverkennbar Rosalind Howard.

Am meisten überraschte mich Athenaides Hut. Ein breitkrempiger weißer Damenhut mit Pfingstrosen, die so tiefschwarz waren, wie auf einem Schwarzweißfoto nur eine Farbe in Erscheinung treten konnte: Rot. Dunkles Scharlachrot.

Ich kannte den Hut, in Technicolor. Er hatte neben Ros' Leiche gelegen.

Als ich aufsah, ging mein Atem schnell und flach. »Wo haben Sie das her?«

»Aus ihrem Privatjet«, sagte Ben.

»Warum haben Sie mir nichts davon erzählt?«

»Ich war mir nicht sicher, was es zu bedeuten hat.«

Es ist etwas Großes, hörte ich Ros sagen. *Größer als Hamlet?*, antwortete meine Stimme. *Größer …*

Du musst dem Weg folgen, den es dir weist.

Bisher hatte es zu zwei weiteren Toten geführt. »Es ist alles meine Schuld«, sagte ich mit hohler Stimme, während meine vagen Schuldgefühle sich zur festen Überzeugung verdichteten. »Ich habe Athenaide zu Dr. Sanderson geführt. Und zu Maxine Tom.«

Ben legte mir die Hände auf die Schultern und schüttelte mich sanft. »Hören Sie zu: Es spielt keine Rolle, wer hier wem folgt. Es ist nicht Ihre Schuld.«

Ich klammerte mich an seine Worte, und die Schuldgefühle verwandelten sich in Wut. Ben hatte recht: Es spielte keine Rolle, ob ich die Jägerin oder die Gejagte war. Meine Entscheidung stand fest. Ich musste das Ziel erreichen, bevor es der Mörder erreichte. »Westminster Abbey«, flüsterte ich heiser.

»Eine Regel«, sagte Ben. »Sie bleiben immer in meiner Sichtweite. Immer. Selbst beim Beten und beim Pinkeln.«

»In Ordnung.«

»Versprochen?«

»Versprochen. Bringen Sie mich nach London.«

Wieder griff er in seine Tasche. Er zog ein kleines dunkelblaues Heftchen mit einem goldenen Adler auf der Vorderseite hervor. Ein Pass. Ich öffnete ihn. Darin war mein Foto. Zumindest war es mein Gesicht. Aber mein Haar war kurz und dunkel, und in dem Pass stand ein Männername: Johnson, William, geboren: 23. April 1982.

»Sie müssen sich die Haare färben, dann schneide ich sie Ihnen ab. Es sei denn, Sie möchten sie selbst schneiden.«

»Warum ein Mann?«

»Hier geschehen scheußliche Morde, Kate. Genug, dass man von einem wahnsinnigen Serienmörder sprechen kann. Das Sicherheitsnetz am Flughafen wird eng sein, und es zieht sich weiter zu.« Dann grinste er aufmunternd. »Außerdem muss jede echte Shakespeare-Heldin sich wenigstens ein Mal als Mann verkleiden.«

»Und Sie glauben, das funktioniert?«

»Haben Sie einen besseren Vorschlag?«

»Geben Sie mir die Haarfarbe.«

Er kramte in ein paar Einkaufstüten, die auf der Arbeitsplatte standen, dann reichte er mir eine Haartönung und zeigte mir, wo das Bad war. Im Spiegel betrachtete ich das vertraute Rot meines Haars. Die Packung versprach, die Tönung sei auswaschbar. In der Hoffnung, dass es stimmte, hielt ich den Kopf unter den Wasserhahn.

Meine Haare waren nass und fast schwarz, als Ben zur Schere griff. Als er fertig war, blickte mir im Spiegel ein Gesicht entgegen, das männlich oder weiblich sein konnte. Schwer zu sagen. In den Kleidern, die ich trug – schwarzer Rock und Stöckelschuhe –, war die Wahl allerdings ziemlich eindeutig.

Ben lachte. Im Flur standen zwei kleine Rollkoffer. Er übergab mir einen. »Ohne Gepäck nach Europa zu reisen wäre etwas verdächtig«, sagte er. »Außerdem brauchten Sie sowieso ein paar neue Sachen. Das Zeug hier muss eine Weile halten, also passen Sie gut darauf auf.« In dem Koffer fand ich eine weite Hose, ein langärmeliges Button-down-Hemd, ein weites Sakko, Socken und Schuhe. Die Sachen saßen nicht so gut wie das, was Sir Henry für mich besorgt hatte, aber es reichte. Im letzten Moment fischte ich Matthews Visitenkarte aus meiner Bluse und steckte sie in die Sakkotasche.

»In England wird jede Queen entzückt sein«, erklärte Ben grinsend, als ich aus dem Bad kam. Er reichte mir eine lange Kette. »Für die Brosche«, sagte er. Und so hängte ich mir die Brosche zum zweiten Mal um den Hals. Diesmal trug ich sie tief unter dem Hemd.

Zehn Minuten später nahmen wir ein Taxi zum Flughafen Dulles.

Wieder warteten am Schalter Tickets auf uns, und wieder stand ein falsches Reiseziel darauf. Nur dass wir das Flugzeug diesmal tatsächlich bestiegen.

Um Mitternacht saßen wir an Bord der Maschine nach Frankfurt am Main.

29

Ausnahmsweise flogen wir Economy. Luxus, erklärte Ben, habe seine Nachteile, wenn man unbemerkt in der Menge untertauchen wolle. Als das Flugzeug abhob, sah ich nach, ob der Chambers noch vor mir in der Sitztasche steckte.

»Sie haben in den letzten zehn Minuten dreimal nachgesehen«, bemerkte Ben. »Ich bin mir ziemlich sicher, dass er noch da ist.«

»Vielleicht sind ihm Beine gewachsen, und er brennt mit der Notfallbroschüre durch«, verteidigte ich mich. »Man kann nie wissen.«

Kurze Zeit später zuckelten die Wagen mit dem Abendessen durch die Gänge und zingelten uns ein, und fürs Erste konzentrierten wir uns auf den Kampf mit den Plastikverpackungen.

»Erklären Sie mir mal«, sagte Ben, während er in seiner matschigen Lasagne herumstocherte, »wie man überhaupt auf die Idee gekommen ist, dass Shakespeare seine Stücke nicht selbst geschrieben hat. Ich meine, wenn man nicht paranoid ist«, setzte er nach.

Miß Bacon hatte Recht – Recht und nochmals Recht.

Ich trank einen Schluck Wein. »Ich sage es nicht gern, aber es spricht manches dafür. Die Stücke müssen von jemandem geschrieben worden sein, dessen Profil nicht zu dem Mann passt, den uns die Geschichte liefert. Die Stratfordianer sagen, diese Inkongruenz sei eine optische Täuschung – der Lauf der Zeit hätte die historischen Quellen verzerrt –, und sie versuchen das Szenario zu rekonstruieren, das den Mann aus Stratford mit den Stücken in Verbindung bringt. Die Anti-Stratfordianer behaupten, die Inkongruenz sei echt – weil es sich um zwei verschiedene Männer handelt, die den gleichen Namen benutzten: einen kleinen Schauspieler aus Stratford, der seinen Namen hergab oder verkaufte, und einen scheuen Schreiberling, der sich dahinter verbarg. Und so versuchen sie wiederum ein Szenario zu rekonstruieren, das den Schauspieler und den Schriftsteller auseinanderhält.

Beide Parteien erheben Anspruch auf die Wahrheit. Sie nennen ihre Geschichten Biografie und beschimpfen ihre Gegner als Dummköpfe, Verrückte und Lügner – Sie haben Athenaide reden hören. Dabei werfen sie mit Begriffen wie Orthodoxie und Ketzertum um sich, als ginge es um eine Frage der Religion.«

»Und Sie stehen wie ein Gott über dem Geschehen und sehen den Kindern beim Zanken zu?«

»Wenn ich Gott wäre, würde ich die Antwort kennen. Aber die Wahrheit ist, wir wissen nicht, wer die Stücke geschrieben hat. Jedenfalls nicht so, wie wir wissen, dass Wasser aus zwei Wasserstoffatomen und einem Sauerstoffatom besteht oder dass alle Menschen sterben.« Dr. Sandersons Gesicht tauchte vor mir auf, und ich musste schlucken. »Der Großteil der Quellen zeigt auf den Schauspieler aus Stratford. Aber es gibt Lücken in der Geschichte, die so groß sind, dass man sie nicht einfach ignorieren kann. Ich glaube nicht, dass die Sachlage ausreicht, um in einem Strafprozess dem Schauspieler die Stücke ›ohne vernünftigen Zweifel‹ zuzusprechen.«

Ich griff unter das Klapptischchen und wühlte in der Sitztasche.

»Unser einziger echter Zeuge ist Ben Jonson, der den Schauspieler kannte und höchstwahrscheinlich die First Folio lektorierte.« Ich zog die Faksimile-Ausgabe der First Folio heraus und schlug die Seite mit dem eierköpfigen Porträt auf.

»In der First Folio Edition wird der Mann aus Stratford eindeutig identifiziert. Andererseits ist alles, was Jonson über den Autor und sein Bild sagt, rätselhaft und möglicherweise ironisch. Ist Jonson hier der ehrliche Ben Jonson? Oder ist er Ben Jonson, der ironische Spötter? Sehen Sie sich die Widmung an, die direkt neben dem seltsamen Porträt steht:

... drum Leser, such':
Nicht hier im Antlitz – such im Buch!«

»Ein kluger Rat bei einem so hässlichen Bild.«

»Ja, aber man muss nicht lange an den Worten drehen, um den Vers zum augenzwinkernden Zeugnis zu machen, dass das Bild gar nicht den ›echten‹ Shakespeare zeigt. Und noch etwas: Ben Jonsons gesammelte Werke waren 1616 mit Pauken und Trompeten erschienen – an die dreißig prominente Dichter und Literaten hatten Sonette mit sich überschlagenden Lobpreisungen beigetragen. Aber als Shakespeares First Folio Edition herauskam, haben sie alle höflich geschwiegen. Ben Jonson war der Einzige unter den hehren Literaten, der sich zur Folio äußern wollte. Der Rest der Beitragenden – es waren nur drei – waren, wenn überhaupt, drittklassig.«

»Aber wenn Shakespeare nicht Shakespeare ist, wer ist er dann?«

Hilflos hob ich die Hände. »Da liegt der Hase im Pfeffer. Zuallererst, wer müsste überhaupt ein solches Geheimnis um seine Identität machen? Möglicherweise ein Adliger – das Theater wäre ein Fleck auf der Familienweste. Oder natürlich eine Frau, egal welchen Ranges. Dann gibt es angeblich noch die geheimen Botschaften in den Stücken – meistens ist von Freimaurern, Rosenkreuzern oder Jesuiten die Rede. Und die Behauptung, der Autor der Stücke – für gewöhnlich Francis Bacon – sei der Sohn der Königin. Wer an so was glaubt, hält die Maskerade für eine nötige Sicherheitsvorkehrung.

Nur, wie in Gottes Namen hätte man ein solches Geheimnis wahren können? Angenommen, die Stücke stammten wirklich von einem anderen. Selbst wenn Ben Jonson die Identität des wahren Autors nicht kannte, hätte er gewusst, dass der Schauspieler Shakespeare es nicht war. Was natürlich auch die anderen Schauspieler der Truppe wussten. Eine Menge Leute, die den Mund hätten halten müssen – in einer Epoche, in der sich ganz England über alles und jeden das Maul zerriss.«

»Es würde Jonsons doppeldeutige Bemerkungen über Shakespeare erklären«, sagte Ben.

»Aber nicht die Tatsache, dass Shakespeares Autorschaft nie angefochten wurde, weder zu seinen Lebzeiten noch in den zweihundert Jahren danach. Aber viel wichtiger: Auch von den anderen Kandidaten passt keiner wirklich. Die Anti-Stratfordianer haben ein paar ziemlich gute Argumente, die gegen Shakespeare aus Stratford sprechen – Argumente, die selbst von den Universitäten ernst genommen werden. Aber keiner hat es je geschafft, einen Kandidaten aufzutreiben, dessen Motive, Mittel und Möglichkeiten überzeugender sind.«

Ich fuhr mir durchs Haar. Mein frisch geschorener Kopf fühlte sich immer noch seltsam nackt an.

»Delia hat auf Bacon gesetzt.«

»Eine Bacon für Bacon«, sagte Ben nachdenklich. »Ist das nicht Vetternwirtschaft?«

Ich grinste. »Die beiden sind nicht verwandt. Delia wurde verrückt darüber, Sir Francis Bacons Autorschaft beweisen zu wollen, doch ich würde meine Seele an den Teufel verwetten, dass Bacon Shakespeares Stücke nicht geschrieben hat. Sir Francis Bacon war ein brillanter Mann, Generalfiskal der Krone unter Jakob I. Die passende Ausbildung und Schreibgewandtheit hatte er. Außerdem war Bacon einer der größten englischen Essayisten. Aber sein Stil klingt nicht im Entferntesten nach Shakespeare. Genauso gut könnte man behaupten, die Werke von Noam Chomsky und Steven Spielberg wären dem gleichen Kopf entsprungen. Der eine ein Universalgelehrter mit enzyklopädischem Wissen, der andere ein fabulierender Abenteurer, der jedes Genre des Erzähltheaters durchschreitet.«

Die Flugbegleiterin räumte unsere Tabletts ab, und ich streckte die Beine aus und nahm eine bequemere Haltung ein.

»Immerhin schaffte es Delia, Mark Twain zu überzeugen.«

»*Den* Mark Twain von Huck Finn und Tom Sawyer?«, fragte Ben.

Die Unterhaltung begann mir Spaß zu machen. »Er las Delias Buch, als er als Steuermann auf einem Raddampfer auf dem Mississippi arbeitete. Später, im Alter, schrieb er eine urkomische Antibiografie des Mannes aus Stratford mit dem Titel ›Ist Shakespeare tot?‹. Die sollten Sie sich mal im Internet ansehen.«

»Was ist mit Oxford? Athenaides Mann?«

»Edward de Vere, der 17. Graf von Oxford. Zurzeit ist er der populärste Gegenkandidat. Zu seinem Pech war sein erster großer Fürsprecher ein Mann namens ›Looney‹ – ›durchgeknallt‹.«

Ben lachte schnaubend.

»Auch wenn man ihn eigentlich ›Loney‹ ausspricht, hat er den Oxfordianern mit seinem Namen keinen Gefallen getan. Doch sein Buch hat neben anderen immerhin Sigmund Freud überzeugt. Oxford hat tatsächlich ein paar Eigenschaften, die für ihn sprechen. Wie Athenaide schon gesagt hat, im ›Hamlet‹ gibt es merkwürdige Parallelen zu seinem Leben.«

»Athenaide hat gesagt, *Sie* hätten das gesagt. Wir wollen den Schwarzen Peter nicht weiterschieben«, bemerkte Ben mit einem spöttischen Lächeln.

»Ich habe aber auch gesagt, dass ein paar Parallelen aus einem Stück noch lange keine Autobiografie machen. Edward de Vere hatte die richtige Ausbildung und Erfahrung. Man weiß, dass er nebenbei Stücke geschrieben hat, die jedoch alle verschollen sind. Ein paar seiner Gedichte haben überlebt – sie sind nicht schlecht und manche von ihnen sogar in Shakespeares ungewöhnlichem Reimschema verfasst. Am interessantesten sind die Wortspiele auf de Vere in Shakespeares Schriften. Oder auf ›Ver‹, wie der Graf seinen Namen häufig schrieb.«

»*Vero nihil verius?*«

»Ja, aber es geht auch auf Englisch. Wortspiele mit ›Vere‹ und ›*ever*‹ und ›*never*‹. Meine Lieblingsstelle ist der Titel des Vorworts zu ›Troilus und Cressida‹: ›*A Never Writer to a Never Reader.*‹ Verschiebt man die Leerzeichen, erhält man: ›*An Ever Writer to an Ever Reader.*‹ Oder ›*An E. Ver Writer to an E. Ver Reader*‹.«

»Cool.«

»Kontext«, sagte ich gereizt. »Sie müssen sich den Kontext ansehen. Haben Sie eine Ahnung, wie oft Shakespeare das Wort ›*ever*‹ benutzte? So um die sechshundert Mal. Ich habe es gezählt. Und ›*every*‹ taucht fünfhundert Mal auf. Dazu ›*never*, noch einmal tausend. Außerdem alle möglichen Variationen von lateinisch ›*verus*‹ – ›wahr‹ –, und schon haben Sie über dreitausend Wörter zum Spielen. Bei dieser Häufigkeit ist es kein Wunder, wenn er den Wörtchen in ein paar Fällen eine andere Bedeutung aufzwängte. Wenn er die andere Bedeutung aber tatsächlich *gemeint* hätte und auf Spielchen und Geheimnistuerei stand, glauben Sie nicht, dass er bei dreitausend Verwendungen das Wortspiel öfter als nur ein-, zweimal gemacht hätte?«

»Trotzdem cool.«

»Wenn Ihnen das gefällt, dann wird Ihnen das hier noch mehr gefallen: ›*Every word doth almost tell my name*‹, aus den Sonetten. Nehmen Sie das ›ver‹ aus ›*Every*‹ und verrücken Sie es ein Stück nach rechts: aus ›*Every Word*‹ wird ›Eyword Ver‹. Ersetzen Sie das *y* durch ein *d*, und schon haben Sie ›Edword Ver‹.«

»Ist das nicht geschummelt?«

»Könnte man meinen. Aber da steht ›*almost*‹. Es heißt, dass ›Every *word*‹ den Namen nur *beinahe* verrät. Und ›Eyword Ver‹ ist *beinahe* ›Edward Vere‹.«

»Ziemlich clever.«

»Schon. Aber nur, wenn man den großen Schlusssatz desselben Sonetts ignoriert – die letzten vier Worte.«

»Die lauten?«

»*My name is Will.*«

»Sie machen Witze.«

Ich schüttelte den Kopf.

»Und wie erklären das die Oxfordianer?«

»Indem sie behaupten, Will sei einer von Graf Oxfords Spitznamen gewesen.«

»Woher wissen sie das?«

»Hauptsächlich aus diesem Sonett.«

»Aber das ist ein Zirkelschluss.«

»Logik, im schwarzen Loch der Selbsttäuschung. Nicht, dass Oxfords Gegner über alle Sentimentalitäten erhaben wären. Ich muss zugeben, ein Punkt, der für mich persönlich gegen Oxford spricht, ist, dass er kein netter Mensch war: Er war weder ehrenhaft noch zuverlässig, noch liebenswürdig. Natürlich kann man ein Genie sein und dabei aufbrausend und sogar grausam. Picasso und Beethoven waren bestimmt keine Schmusekätzchen. Trotzdem, irgendwie hänge ich an der Vorstellung, dass der Mann, der sich Julia, Hamlet und König Lear ausdenken konnte, Herzensbildung hatte.

Der größte Haken bei Oxford ist jedoch sein Tod. Athenaide kann noch so oft behaupten, Daten wären wackelig, aber sie liegt falsch. Bei einem einzelnen Stück kann es vielleicht vorkommen, dass es um ein, zwei oder fünf Jahre fehldatiert wird. Aber dass man sich bei Shakespeares Gesamtwerk um zehn Jahre vertut? Auf keinen Fall.«

»Warum nicht?«

Das Kabinenlicht wurde heruntergedimmt, und ich kuschelte mich in meine Decke. Dann zog ich die Brosche aus meinem Kragen und ließ sie an der Kette baumeln. »Wenn sich in vierhundert Jahren jemand jeden überlieferten Rocksong anhört, glauben Sie, er könnte sich bei den Beatles um zehn Jahre vertun? Er könnte den Bogen von ›Love Me Do‹ zu den psychedelischen Klängen von ›Come Together‹ schlagen und dann das Ganze in die Fünfziger verlegen – mit nichts als der achselzuckenden Bemerkung: ›Daten sind wackelig‹? Im Kontext von Elvis Presley, Buddy Holly, Fats Domino, den Stones, Cream, The Doors und The Who? Wer sich mit der Materie befasst, kennt den Bruch zwischen den Fünfzigern und den Sechzigern. Meinen Sie wirklich, man könnte die Beatles für eine Fünfzigerjahre-Band halten?«

»Sie sagen also, selig sind die, die nichts wissen?«

Ich lachte laut. »Ich sage, dass die meisten Anti-Stratfordianer auf der Suche nach einer vorgefertigten Antwort die Renaissance durchkämmen und wegen eines eingebildeten Baumes den Wald nicht sehen.«

»Und was glauben Sie?«, fragte Ben.

Ich lächelte. »Charles Dickens schrieb einmal etwas in der Art an einen Freund: ›Wie tröstlich, dass über Shakespeares Leben so wenig bekannt ist. Er gibt ein tolles Rätsel auf, und mir ist angst und bange vor dem Tag, da sein Geheimnis gelüftet wird.‹ Ich glaube, ich halte es mit Dickens.«

»Und wenn doch etwas herauskommt? Meinen Sie, wir werden die Wahrheit je erfahren?«

Hypnotisierend pendelte die Brosche an ihrer Kette hin und her. »Vielleicht kommt eine ganze Konstellation von Fakten heraus. Falls die Beweise irgendwo da draußen sind, dann sollten sie ans Licht kommen. Ich bin dagegen, Fakten zu verstecken oder sich vor ihnen zu verstecken. Aber Fakten sind etwas anderes als die Wahrheit, vor allem wenn es um Gefühle und Vorstellungskraft geht. Ich glaube nicht, dass Dickens sich im Grab umdrehen muss wegen ein oder zwei Tatsachen – oder zweitausend. Das Geheimnis um das Genie, das sich so etwas wie ›Romeo und Julia‹, ›Hamlet‹ oder ›König Lear‹ ausdenken konnte, bleibt bestehen.«

Plötzlich riss die Kette, und die Brosche fiel zu Boden. Wir bückten uns gleichzeitig, und Bens Wange streifte mein Gesicht. Bevor ich wusste, was ich tat, drehte ich mich zu ihm und küsste ihn. Ich sah die Überraschung in seinen Augen, doch er erwiderte den Kuss. Als mir bewusst wurde, was wir da taten, setzte ich mich erschrocken auf.

Ben bückte sich noch immer und sah verwirrt zu mir hoch. Langsam hob er die Brosche auf.

Ich spürte, wie mir die Röte in die Wangen stieg. »Tut mir leid.«

»Mir nicht«, sagte er und legte mir mit einem amüsierten Blick die Brosche in die Hand. »Ich fand es interessant, von einem Jungen geküsst zu werden. Es war das erste Mal für mich.«

Ich riss die Augen auf. Das hatte ich ganz vergessen.

»Versuch das nächste Mal daran zu denken«, sagte er lächelnd.

Ich nickte, doch innerlich stöhnte ich. *Interessant?* Um alles noch schlimmer zu machen, hatte ich ihm versprochen, mich nicht aus seiner Sichtweite zu entfernen. Außerdem leuchtete das Sitzgurt-Zeichen. Ich konnte nicht einmal zur Toilette gehen. Am liebsten hätte ich mich im Gepäckraum verkrochen und in einer Kiste zusammengerollt.

Ben lehnte sich zurück. Im Dunkeln sah ich seine Augen glänzen. »Gute Nacht, Frau Professor«, sagte er dann und war nach kurzer Zeit eingeschlafen.

Ich steckte die Brosche sorgfältig an die Innenseite meines Jacketts und lehnte mich zurück, so weit es ging. Wenig später bewegte sich Ben, und sein Bein berührte meines. Lange saß ich in der abgedunkelten Kabine wach, die von rhythmischem Schnarchen erfüllt war, und spürte seine Körperwärme. Kurz bevor ich einschlief, hörte ich noch einmal Ros' Stimme. *Viele Wege führen zur Wahrheit*, sagte sie. Das waren Ophelias Worte, dachte ich irritiert. Nicht die von Ros.

30

In Frankfurt passierten wir die Passkontrolle und holten unser Gepäck ab. »Gib mir deinen Pass«, sagte Ben, als wir durch den Zoll waren.

Ich gehorchte. »Und jetzt? Gehen wir zu Fuß?«

»Jetzt frühstücken wir erst mal«, sagte er und bahnte sich den Weg durch den Flughafen zu einem kleinen, hell erleuchteten Café mit Granittischen, wo er in fließendem Deutsch Kaffee und Apfelstrudel bestellte.

»Wie viele Sprachen sprichst du eigentlich?«, fragte ich mit einem Anflug von Neid.

Er zuckte die Achseln. »Ich habe mit Englisch und Spanisch angefangen. Es hat eine Weile gedauert, bis ich begriff, dass es zwei verschiedene Sprachen sind. Danach sind mir die anderen leichtgefallen. Andere Leute können Musik nachspielen, wenn sie sie ein-, zweimal gehört haben.«

»Es gibt Leute, die ›Hänschen klein‹ nachspielen können«, gab ich zurück. »Aber niemand spielt Symphonien von Beethoven oder Mahler nach dem Gehör.«

»›Zwei Kaffee und einen Apfelstrudel bitte‹ ist wohl eher ›Hänschen klein‹ als Mahler. Aber ich schätze, sprachlich und geografisch bin ich überall und nirgendwo zu Hause, wie man so schön sagt.«

»Wie ist das passiert?«

»Das mit den Sprachen oder das mit der Geografie?«

»Beides.«

Ben lehnte sich lächelnd zurück. Mir wurde heiß, als ich mich an den Kuss erinnerte, und ich sah weg. »Zum einen hatte ich polyglotte Eltern«, erklärte er. »Meine Mutter spricht vier Sprachen. Sie wollte nicht, dass bei ihren Kindern die Lernkurve abbrach, wie sie es ausdrückte. Zum anderen kann ich nicht still sitzen. In einer Familie von Bankern ist der einzig respektable Weg, das Bankwesen, Jura und Medizin zu vermeiden, das Militär.« Er zuckte die Achseln. »Und man kommt in die Welt hinaus.«

»Und das respektable Gegenmittel zum Militär?«

»Wenn es eins gibt, habe ich es noch nicht gefunden.« Er trank seinen Kaffee aus, nahm meinen Pass aus der Brusttasche und gab ihn mir zurück. »Beweisstück A.«

Ich wollte ihn gerade einstecken, doch Ben sagte: »Ich würde lieber erst reinsehen.«

Wieder war es ein anderer Pass. Nur das Foto war das gleiche. Jetzt hieß ich nicht mehr William Johnson, sondern William Turner, und auch die Landesstempel waren andere. Es waren mehr. Anscheinend war Turner den ganzen Sommer durch Europa gereist. Der deutsche Stempel zeigte, dass ich schon seit mehr als einer Woche hier war.

»Für den Fall, dass die Routen von Washington nach London überwacht werden«, sagte er.

»Wie viele von den Dingern hast du?«

»Hoffen wir, der hier bringt dich ans Ziel.«

Falls die Strecke von Washington nach London überwacht wurde, die Strecke von Frankfurt nach London wurde es nicht, zumindest suchte niemand nach einem William Turner. Gegen drei Uhr nachmittags landeten wir in Heathrow. Ben verschwand in der Schlange »U. K. und europäische Staatsbürger«. Nachdem ich mich ungeduldig durch die Schlange für »Andere« geschoben hatte, wurde ich von einem gut gelaunten Sikh mit Turban durchgewinkt – ich war in England. Ben hatte bereits das Gepäck geholt. Keiner beachtete uns, als wir durch den Zoll gingen. Draußen erwartete uns Sir Henrys Bentley.

»Halleluja«, rief Sir Henry, als ich mich neben ihn in den Fond setzte. »Du gibst einen hübschen Jungen ab, Kate.«

»William«, sagte ich hochnäsig. »William Turner.«

»Und wohin geht es, Mr Turner?«

»Westminster Abbey«, erklärte Ben, der sich neben mich setzte. Auf dem Fahrersitz nickte Barnes.

»Und Sie müssen Mister Nützlich sein«, sagte Sir Henry. »Ich schätze, Kate hat fleißig nachgeforscht, wozu genau Sie nützlich sind.«

Der Wagen fuhr los. Mit finsterem Gesicht stellte ich Ben und Sir Henry einander vor. Sir Henry ließ per Knopfdruck die Scheibe zwischen dem Fahrer und dem Fond hoch. Dann sah er mich an. »Ich habe herausgefunden, womit Ros vergiftet wurde.«

Mir wurde kalt.

»Kalium. So weit zum mysteriösen ›*Saft verfluchten Bilsenkrauts im Fläschchen*‹. Nicht mehr als eine simple Kaliumlösung, in den Hals injiziert. Leicht zu finden, leicht zu benutzen, schnell und tödlich und so gut wie nicht nachweisbar.«

»Wie konnten Sie es dann nachweisen?«, fragte Ben.

»Nicht ich«, sagte Sir Henry. »Inspector Grimmiger hat es herausgefunden. Anscheinend ist er genauso schlau wie grimmig, doch er hält so dicht, dass er vermutlich nur einmal im Jahr pinkeln geht. Glücklicherweise sind seine Mitarbeiter menschlicher. Ich habe Folgendes erfahren: Die Zellen setzen nach dem Tod Kalium frei, in einer Leiche findet man also immer eine Menge Kalium. Doch Kalium ist nicht nur Folge, sondern kann auch Ursache des Todes sein. Das gesunde Herz macht eine Gratwanderung: zu wenig Kalium – Herzstillstand. Zu viel Kalium – ebenfalls Herzstillstand. Deswegen wirkt die Injektion einer Kaliumlösung in die Drosselvene genau wie Hamlets Bilsenkraut.« Er senkte die Stimme. »*Das schwärende Getränk, des Wirkung so mit des Menschen Blut in Feindschaft steht, daß es hurtig wie Quecksilber durch die natürlichen Kanäle des Körpers läuft; und wie ein saures Lab, in Milch getropft, mit plötzlicher Gewalt gerinnen macht das leichte, reine Blut.*«

Es passte alles zusammen. Auch Maxine und Dr. Sanderson waren schnell gestorben – ohne den Kampf, den man erwarten würde, wenn eine Frau ertränkt oder ein Mann an einem öffentlichen Ort erstochen wird. Was logisch wäre, wenn sie bereits tot waren, als sie für ihre Rollen … was war das passende Wort? Besetzt wurden? Verkleidet wurden? In Szene gesetzt wurden? Jähe Wut erfasste mich. »Der Mörder hat bei Ros nicht aufgehört.«

»So viel habe ich mitbekommen«, sagte Sir Henry. »Es tut mir leid. Wenn es dir nichts ausmacht, würde ich gern hören, was du weißt.«

Während die Stadt um uns herum dichter wurde, brachte ich Sir Henry auf den neuesten Stand, Brief für Brief, Tod für Tod, bis ich bei Dr. Sanderson war.

»Cäsar«, sagte er leise.

»Er hatte das hier in der Hand.« Ich reichte ihm Ophelias Brief an Mrs Folger und beobachtete die wachsende Entrüstung in seinem Gesicht, als er las.

»›*Miß Bacon hatte Recht*‹?« Er sah mich empört an. »›*Recht und nochmals Recht*‹?«

»Ophelia glaubte daran.«

»Mist und nochmals Mist«, knurrte er. »Du willst doch nicht sagen, dass du sie ernst nimmst?«

»Es gibt drei Tote, und ich wurde selbst zwei Mal angegriffen. Das nehme ich ernst.«

Sir Henry sah mich zerknirscht an. »Natürlich. Du hast recht. Vergib mir.«

»Das hier hat sie ihrem Brief an Mrs Folger beigelegt.« Ich reichte ihm die Brosche, die Dr. Sanderson in der Hand hielt, als er starb.

Sir Henry runzelte die Stirn. »Ist das nicht die gleiche, die Ros dir geschenkt hat?«

Ich nickte. »Aber das hier ist das Original. Ros muss die Reproduktion im Museumsshop der Folger-Bibliothek erstanden haben, wahrscheinlich als Hinweis auf den Brief. Wir wissen, dass sie ihn gelesen hat – daher hat sie den Ausdruck ›jakobäisches Magnum opus‹.«

Sir Henry sah sich die Brosche aufmerksam an, dann drehte er sie um, schob sich die Brille auf die Stirn und hielt sich die Brosche dicht vor die Augen. »Ist das die, die du in Dr. Sandersons Hand gefunden hast?«

Ich nickte.

»Kann ich die von Ros noch mal sehen?«

Die Brosche war warm, weil ich sie am Körper trug. Widerwillig öffnete ich die Jacke und löste die Nadel. Sir Henry gab mir das Original zurück und untersuchte meine Kopie ebenso sorgfältig.

»Ja, das dachte ich mir«, sagte er nach einer Weile. Er ließ die Brosche sinken und sah mich an. »Entweder du hast die beiden vertauscht, oder Ros hat sich genommen, was ihr nicht gehörte. Schau her.« Er zeigte auf eine Reihe winziger Stempel, die in das Gold der Rückseite graviert waren. »Der Feingehaltsstempel. In England müssen ihn alle Goldstücke dieser Schwere vorweisen. Einer davon – die drei Kornähren – ist der hübsche kleine Stempel von Chester's Assay Office. Die Prüfanstalt existiert allerdings längst nicht mehr – ich glaube, seit vor deiner Geburt. Wie ich schon sagte, als du es ausgepackt hast: Das Stück könnte sehr gut viktorianisch sein.« Er gab mir die Brosche zurück. »Nicht pseudo- oder neoviktorianisch. Viktorianisch.« Er rümpfte die Nase. »Das andere ist moderner Plunder. Kein Stempel – also ist es entweder nicht aus England, oder es ist nicht aus Gold. Wahrscheinlich weder noch.«

Ich starrte die beiden Broschen an – Ros' in meiner linken, Dr. Sandersons in der rechten Hand.

»Aber warum hat sie es gestohlen?«

»Du meinst, trotz ihres freiheitlichen Lebensstils will Diebstahl einfach nicht zur guten Frau Professor passen? Schauen wir uns den Brief noch einmal an.«

Zu dritt beugten wir uns über das Blatt. Im Wesentlichen klang Ophelia wie in ihrem früheren Brief an Jem, wenn auch weniger atemlos, als wäre ihr in den vergangenen Jahrzehnten die Leichtigkeit verloren gegangen. … *sündigten wir gegen Gott und die Menschen.* Was war passiert?

Und habe, soweit es mir möglich war, alles an seinen rechtmäßigen Platz zurückgebracht, wenn mir auch manche Türen versperrt blieben; einen kleinen Teil habe ich in meinem Garten vergraben. Doch viele Wege führen zur Wahrheit. Unser jakobäisches Magnum opus, c[illegible] *1623, ist einer davon. Shakespeare weist einen anderen.*

»Aha«, sagte Sir Henry. »Deswegen in die Westminster Abbey?«

Ich nickte.

»Bewundernswert scharfsinnig.«

»Wenn ich so bewundernswert wäre, würden wir uns Schaufeln besorgen und raus zu Ophelias Garten fahren. Habe ich schon gesagt, dass sie in Henley-in-Arden aufwuchs, in der Nähe von Stratford? Und ihr Vater hat die Anstalt geleitet, in die Delia Bacon eingeliefert wurde.«

»Ophelia«, wiederholte er verblüfft.

»Ich weiß. Es wirkt vermessen, wenn ein Irrenarzt seine Tochter Ophelia nennt. Wir haben uns gefragt, ob es der Garten in Henley ist, von dem sie spricht – wenn der noch existiert.«

»Aber du hältst ihn in der Hand«, sagte Sir Henry.

»Wie bitte?«

»Ihren Garten.« Er zeigte auf meine Hand.

Ich sah Ros' Brosche an – die feinen weißen, gelben und violetten Blüten vor dem mitternachtsschwarzen Oval. *Da ist Vergissmeinnicht, das ist zum Andenken. Und da ist Rosmarin, das ist für die Treue.* Fenchel und Akelei; Rauke, Maßlieb und verblichene Veilchen. Ophelias Blumen.

Plötzlich schien die Brosche in meiner Hand zu glühen.

Sir Henry hob sie behutsam auf. Er drehte die Brosche um und kramte ein winziges Taschenmesser aus der Tasche, das er aufklappte. Vorsichtig untersuchte er die Fugen an der Rückseite. Mit einem leisen Klacken ließ sie sich öffnen.

Ich sah rote Flammen aufblitzen. Im Innern der Brosche verbarg sich die exquisite Miniatur eines jungen Mannes.

»Ein Hilliard«, sagte Sir Henry ehrfurchtsvoll.

Nicholas Hilliard war der Shakespeare der englischen Renaissance-Malerei. Auf der Miniatur hatte der Maler sein Modell in zwangloser Unterkleidung porträtiert; das lose Batisthemd mit dem breiten Spitzenkragen war am Hals gelockert. Das Haar des jungen Mannes war kurz geschnitten, Schnurrbart und Kinnbart ordentlich gestutzt; in seinem Ohr blinkte ein rubinrotes Kreuz. Seine Augen waren intelligent und sensibel, die Brauen hochgezogen, als hätte er gerade einen Scherz gemacht und wartete, ob der Zuhörer gewitzt genug war, ihn zu verstehen. In einer Hand hielt er einen Anhänger, den er an einer goldenen Kette um den Hals trug. Der Hintergrund war ein loderndes Flammenmeer.

»Wer ist das?«, flüsterte ich.

Sir Henry zeigte auf eine feine schwarze Inschrift, die die Flammen zu seiner Linken einfasste: *Dein ew'ger Sommer doch soll nie verrinnen.*

»Kennst du die Zeile?«, fragte er mit rauer Stimme.

Ich nickte. Sie stammte aus einem von Shakespeares bekanntesten Sonetten. *Soll ich dich einem Sommertag vergleichen? Er ist wie du so lieblich nicht und lind.*

Sir Henrys wunderschöne Stimme erfüllte den Wagen:

Dein ew'ger Sommer doch soll nie verrinnen,
Nie fliehn die Schönheit, die dir eigen ist,
Nie kann der Tod Macht über dich gewinnen,
Wenn du in meinem Lied unsterblich bist.

Er hielt einen Moment inne, dann intonierte er das Couplet, das das Sonett beschloss:

Solange Menschen atmen, Augen sehn,
Lebt mein Gesang und schützt dich vorm Vergehn.

»Glauben Sie, dass er Shakespeare ist?«, fragte Ben.

Sir Henry schüttelte den Kopf. »Nein. William, ja. Shakespeare, nein.«

Er neigte den Kopf, als lauschte er einer fernen Melodie. Dann zitierte er aus einem anderen Sonett.

Wie andern ihre Wünsche, so ward dir
Dein Will', Will obendrein, und Will im Überfluss.

»Hier spricht Shakespeare zu seiner Mätresse über ihre Neigung zu doppelten Spielen ... Der Jüngling, den der Dichter in ihre Arme trieb, scheint ebenfalls ein Will zu sein.« Er seufzte. »Also nicht Shakespeare. Shakespeares Geliebter.«

»Einer davon«, sagte Ben.

Henry sah ihn vorwurfsvoll an. »Wenn ich raten sollte, würde ich sagen, wir sehen hier den goldenen Jüngling aus Shakespeares Sonetten vor uns, der in den heißen Flammen der Liebe brennt.«

»Aber welche Art von Liebe?«, fragte ich und zeigte auf die Buchstaben rechts.

Ad maiorem Dei Gloriam, stand dort. Zur größeren Ehre Gottes.

Ich sah näher hin. Der Anhänger in der Hand des Jünglings war weniger fein gemalt als der Rest, als wäre er zu einem späteren Zeitpunkt verändert worden. Was auch immer er ursprünglich in der Hand gehalten hatte, jetzt hielt er ein Kruzifix. Ein verbotener Gegenstand zur Zeit von Elisabeth I. und Jakob I. In der anglikanischen Kirche gab es nur schlichte Kreuze; das Kruzifix mit der Figur des leidenden Jesu war ein römisches Symbol. Ein katholisches.

Hilliard, ein glühender Protestant, der seinen Lebensunterhalt damit verdiente, dem Hof zu gefallen, hatte zweifellos Feuer und Eis der irdischen Leidenschaften gemalt. Doch später hatte ein anderer, gröberer Pinsel die Szene in eine andere Passion verwandelt: Er hatte das Feuer in Flammen des Märtyrertums umgedeutet. Meinte er ein echtes Märtyrertum oder nur imaginiertes?

»Tut mir leid, aber Sie können hier nicht halten«, sagte eine Stimme. Erschrocken klappte ich das Medaillon zu.

Der Wagen war langsamer geworden, und Barnes hatte das Fenster heruntergelassen. Darin tauchte das Gesicht eines grauhaarigen Mannes mittleren Alters mit einer dicken Brille auf. Er trug die rote Kutte eines Küsters. Hinter ihm erhoben sich die prächtigen weißen Mauern der Westminster Abbey. »Sie können hier nicht halten«, wiederholte er, doch dann brach er ab. »Oh, Sir Henry. Ich habe Sie gar nicht erkannt. Wie schön, Sie wiederzusehen, Sir.«

Und dann erschwindelte sich Sir Henry trotz des ausdrücklichen Halteverbots die Erlaubnis, den Bentley direkt vor dem Tor der Abbey zu parken, unter dem Vorwand, er wolle zwei jungen Freunden die Schönheit der Abendandacht nahebringen. Ich schob die Brosche in meine Jackentasche, und wir stiegen aus.

Der Küster verscheuchte eine kleine Touristengruppe. »Leider hat die Andacht schon begonnen«, sagte er.

»Wir sind so still wie Kirchenmäuse«, versprach Sir Henry.

»Rein und wieder raus«, flüsterte Ben, als wir eilig auf das große Westportal zugingen. »So schnell wie möglich.«

Die Propheten in den Buntglasfenstern an der Westseite gaben dem wässrigen graugrünen Licht in der Kirche einen farbigen Schimmer. Vom Chorraum schwebte der überirdische Sopran eines einzelnen Knaben durch den Raum bis unter die Deckengewölbe. *Nun danket alle Gott …* Die tiefen Töne des Männerchors stimmten mit ein und flochten sich melodisch, in elisabethanischer Polyphonie, unter die jungen Stimmen. William Byrd vielleicht oder Rinckart.

Sir Henry hastete durch das leere Kirchenschiff auf den von goldenem Licht erfüllten Chorraum zu. Ich musste mich beeilen, um mitzuhalten. Durch einen reich verzierten Spitzbogen sah ich den Chor und die Gemeinde, doch Sir Henry verschwand rechts hinter einer massigen Säule und steuerte auf einen schwach erleuchteten Gang zu. Ben und ich folgten ihm. Als der Gang sich wieder öffnete, blieb Sir Henry stehen und zeigte auf die Ecke, die vor uns lag. Wir standen im südlichen Querschiff. Poets' Corner.

Vor uns, auf einem breiten Sockel unter einem klassizistischen Giebel, hielt ein lebensgroßer Marmor-Shakespeare Hof. Um ihn herum hingen die Büsten anderer Poeten an der Wand, die ihn wie ein Schwarm heiliger Englein umringten, doch der Barde würdigte sie keines Blickes. In ewiger Lässigkeit lehnte er auf einem Stapel Bücher, während seine linke Hand auf eine herabhängende Schriftrolle deutete.

Ich ging auf Zehenspitzen näher heran, um die Inschrift zu lesen. Prosperos Worte – der wehmütige Abschied des Magiers von der Kunst aus ›Der Sturm‹. Im Hintergrund schwoll der Chorgesang an und verebbte wieder.

So sollen die wolkenumkränzten Thürme,
Die stattlichen Paläste,
Die feyrlichen Tempel,
Und diese grosse Erdkugel selbst –
Und alles was sie in sich fasst,
Zerschmelzen,
Und gleich diesem unwesentlichen Schauspiel
Nicht die mindeste Spur zurücklassen.

»Er zeigt auf das Wort ›Tempel‹«, sagte Ben. »Kann das etwas zu bedeuten haben?«

Ich rollte mit den Augen, und Sir Henry stöhnte. »Gott, bitte keine Tempel. Oder Tempelritter.«

»Ist nicht zu Haus, der arme Kerl«, meldete sich plötzlich eine traurige Stimme hinter uns, und wir fuhren erschrocken herum. »Woanders begraben. In Stratford haben sie ihn, und in Stratford behalten sie ihn. Dabei gehört er von Rechts wegen uns – nationales Kulturgut und so weiter.«

Vor uns stand ein weiterer rot gewandeter Küster. Aus seiner Glatze spross ein trotziges Haarbüschel, seine Stirnfalten beschrieben ein großes M, und seine Segelohren standen ab wie die Griffe einer Teekanne. Er hatte die Hände auf dem Rücken verschränkt und blickte ehrfurchtsvoll zu Shakespeare hinauf. »Sie dagegen«, sagte er dann und bedachte uns mit einem bösen Blick, »sind hier, obwohl Sie hier nichts zu suchen haben. Die Andacht findet im Chorraum statt«, erklärte er und wies hinter sich, »wenn ich also bitten darf …«

Sir Henry ignorierte den ausgestreckten Arm des Küsters. »Warum zeigt Shakespeare auf das Wort ›Tempel‹?«

»Tut er das?« Der Küster zog die Brauen zusammen. »Das tut er nicht immer.«

»Wollen Sie etwa sagen, der Kerl bewegt sich?«, fragte Sir Henry.

»Das kann er nicht, Sir«, antwortete der Küster, »er ist ja tot. Auch wenn er nicht hier tot ist. Wie Jonson sagte: ›Ein Denkmal ohne Grab.‹ Zufälligerweise dichte ich selbst. Möchten Sie vielleicht einen oder zwei Verse hören?«

»O ja«, sagte Ben, ohne die Miene zu verziehen.

»Ganz sicher nicht«, zischte Sir Henry, doch der Küster legte bereits los:

»*Als Shakespeare entschlief, die ganze Welt rief: O Will, warum habt Ihr uns verlassen?*«

»Das Denkmal«, beharrte Sir Henry zähneknirschend.

»Dazu komme ich gleich«, sagte der Küster. »*O marmornes Grab! O irdener Schoß!*«

»Bewegt es sich?«, fragte Sir Henry.

Erstaunt brach der Küster ab. »Bewegt sich was, Sir?«

»Die Statue.«

»Sir, die Statue ist aus Marmor. Wie sollte sie sich bewegen?«

»Das haben Sie gesagt.«

Der Küster runzelte die Stirn. »Warum sollte ich so was sagen?«

»Keine Ahnung«, knurrte Sir Henry. »Sagen Sie uns einfach, wohin unser Freund sonst noch zeigt, außer auf ›Tempel‹, *wenn* er sich bewegt.«

»Aber er bewegt sich nicht, Sir. Vielleicht bewegt sich die andere Statue. Aber wenn Sie sich für Tempel interessieren, kann ich Ihnen die Tempelkirche empfehlen, den Inner Temple und den Middle Temple« – er zählte an den Fingern mit – »und natürlich den Temple Bar, wobei sie den in die Paternoster Row verpflanzt haben. Dann gibt es noch die Freimaurertempel ...«

Ich unterbrach ihn. »Welche andere Statue?«

Er runzelte die Stirn. »Es gibt nur eine. Im Haus der Unverbesserlichen.«

»Bitte wo?« Sir Henry war kurz vor dem Explodieren.

Der Küster räusperte sich, dann zitierte er: *»Dem edelsten und unverbesserlichen Brüderpaar William, Graf von Pembroke, et cetera, und Philip, Graf von Montgomery, et cetera.«* Er blinzelte uns gutmütig und zufrieden an. »Die Brüder, die die ersten Seiten von Mr Shakespeares First Folio attackieren. Der Graf von Pembroke – natürlich ein viel späterer – hat sich eine Kopie der Statue für seinen Landsitz anfertigen lassen.«

Hinter ihm schwoll der Chor zum *Nunc dimittis* an: *Nun lässt du, Herr, deinen Knecht in Frieden scheiden.*

Sir Henry packte den Küster und küsste ihn auf beide Wangen. »›Unvergleichlich‹, Sie unverbesserlicher Dummkopf«, jubelte er. »Dem *Unvergleichlichen* Brüderpaar.« In der Gemeinde drehten sich mehrere Köpfe zu uns um, doch Sir Henry ignorierte sie und tanzte um den Küster herum. »Sie *attackieren* die ersten Seiten nicht, mein Lieber. Sie dekorieren sie.«

Als er den Küster endlich losließ, zerrte Sir Henry Ben und mich hinter sich her. »Wohin zeigt Pembrokes Statue?«, fragte er über die Schulter.

Im Schatten der Grabmäler wurde der Küster rot. »Ich weiß es nicht, Sir. Ich habe sie nie gesehen.« Er zog einen zusammengefalteten Zettel aus der Tasche. »Aber ich hätte hier eine Kopie von meinem Gedicht …«

Doch Sir Henry rauschte bereits davon. Als wir durch das Hauptschiff liefen, schwoll die Musik wieder an und hüllte uns mit ihren mächtigen Klängen ein. Draußen rannten wir die Stufen hinunter auf den Wagen zu.

»Wilton House, Barnes«, verlangte Sir Henry. »Zum Sitz der Grafen Pembroke.«

»Das war zu einfach«, sagte Ben nachdenklich, als der Wagen anfuhr.

»Was haben Sie erwartet?«, gab Sir Henry zurück. »Die Palastwache oder die Beefeater?«

»Poets' Corner ist ein offensichtliches Anschlagsziel. Sie hätten jemanden zur Bewachung abstellen müssen.«

»Haben sie aber nicht«, sagte Sir Henry. »Seien Sie froh. Vielleicht denkt Inspector Grimmiger, dass der Mörder nur an Büchern interessiert ist. Vielleicht denkt er, da Shakespeare nicht zu Haus ist, wie unser Freund es ausdrückt, zählt Westminster Abbey nicht. Vielleicht hat sein Vorgesetzter ihm kein grünes Licht gegeben.«

»Oder es war doch jemand da, der uns jetzt auf der Spur ist«, sagte Ben.

Ich drehte mich um. Die Türme der Kirche waren noch in Sicht. »Hast du jemanden gesehen?«

»Noch nicht«, antwortete er.

31

Als wir den Londoner Stadtverkehr hinter uns gelassen hatten und in Richtung der kleinen Stadt Salisbury mit der großen Kathedrale fuhren, hatte Ben noch immer nichts Verdächtiges gesehen. Ich schlug mein Faksimile der First Folio Edition auf. Die Widmung kam direkt nach Shakespeares Porträt:

DEM EDELSTEN
UND
UNVERGLEICHLICHEN
BRÜDERPAAR

»Die Unvergleichlichen«, sagte Sir Henry genüsslich.

»Klingt wie Superhelden aus einem Comic«, bemerkte ich.

William Herbert Graf von Pembroke und sein Bruder Philip Graf von Montgomery – »Will und Phil«, wie Ben zusammenfasste – waren zwei der großen Peers im jakobäischen England gewesen. Väterlicherseits stammten sie von einem der erfolgreichsten Häuser der neureichen Tudor-Aristokratie ab. Die Familie hatte ihren Aufstieg erst zwei Generationen zuvor begonnen, als Heinrich VIII. seine Sympathie für William Herbert bekundete, den Großvater der Brüder, einen herzhaften, temperamentvollen Waliser, der mit der Schwester von Heinrichs sechster und letzter Gattin Katharine Parr verheiratet war. Von heißblütigem Mord über das französische Exil, die Begnadigung durch den König, gefolgt von Ritterschaft, bis hin zur Freiherrn- und schließlich zur Grafenwürde war es ein steiler, ungewöhnlicher Aufstieg, den der erste Graf mit schnellen, leichtfüßigen Schritten hinlegte.

Vonseiten der Mutter erbten die Brüder, was man sprachlichen Adel nennen könnte. Mary Sidney Gräfin von Pembroke war eine große Patronin der Literatur und Bildung und selbst eine gute Dichterin. Ihr Bruder, der Onkel der Unvergleichlichen, war der Dichter-Soldat Sir Philip Sidney, dessen Charme, Witz, Idealismus und viel zu früher Tod auf dem Schlachtfeld wie eine Sternschnuppe über dem elisabethanischen Hof aufglühten. Nach seinem Tod wurde die Gräfin die selbst ernannte Hüterin der Flamme ihres Bruders.

Genährt vom Vorbild ihrer Ahnen und fast unvorstellbarem Reichtum, wuchs das Brüderpaar zu Männern von höchster Bildung und erlesenem Geschmack heran. Könige vertrauten ihrem Kunst- und Kulturverstand: Nacheinander führten sie sechsundzwanzig Jahre, unter Jakob I. und Karl I., als Oberkammerherren den königlichen Haushalt.

Eine der Künste, die sie zu schätzen wussten, war das Theater. »*Da es Euren Lordschaften beliebte, diese Possen anzuerkennen*«, hieß es in der Folio, »*und beides, die Possen und ihren lebenden Verfasser, mit Eurer Fürsprache zu unterstützen … haben wir alles versammelt, um dem Toten einen guten Dienst zu erweisen, indem wir uns zum Vormund seiner Waisen machen; ohne eigene Ziele, sei es an Profit oder Ruhm, gleich unserem SHAKESPEARE, indem wir demütig seine Stücke unter Eure edelste Schirmherrschaft stellen.*«

Der Brief war unterzeichnet von John Heminges und Henry Condell, Shakespeares Schauspielerkollegen bei der King's-Men-Truppe.

»Seht ihr?«, sagte Sir Henry. »Die Stücke sind von Shakespeare. Heminges und Condell wussten das, und die Brüder Pembroke und Montgomery wussten es auch.«

Ich grinste spöttisch. »Es sei denn, die ganze Folio ist Teil des Ablenkungsmanövers.«

»Das glaubst du selber nicht, und das weißt du genau. Und vor allem, *ich* weiß es.«

Ich seufzte. Der Haken der Theorie bestand immer noch im Ausmaß der Verschwörung, die dafür nötig gewesen wäre. Heminges und

Condell hatten den Brief unterzeichnet, auch wenn der Text beiläufige Bildungsmarker und rhetorische Schnörkel aufwies, die stark nach Ben Jonson klangen, weswegen viele von seiner Autorschaft überzeugt waren, ganz gleich, von wem die Unterschriften stammten. Doch falls es sich wirklich um eine Verschwörung handelte, dann wussten nicht nur Heminges und Condell, sondern wahrscheinlich die ganze Theatertruppe Bescheid, genau wie Ben Jonson und mindestens zwei weitere Kollegen. Und dennoch hatte keiner von ihnen ein Sterbenswörtchen ausgeplaudert.

»Nein«, sagte ich zu Sir Henry. »Du hast recht. Ich glaube es nicht.« Inzwischen wusste ich überhaupt nicht mehr, was ich glauben sollte. Während der Bentley durch den langen englischen Sommerabend schnurrte, nahm ich die Brosche aus der Tasche und dachte an den goldenen Jüngling, der darin verborgen war. Das Blau des Himmels wurde unmerklich tiefer, das Grün der Felder und Wälder nahm einen Smaragdschimmer an. Wir glitten über die Kuppen des Hügellands, wo zur Rechten die Menhire von Stonehenge ewige Wache hielten. Wenig später verließen wir die Schnellstraße und folgten einer schmalen, von Hecken gesäumten Landstraße durch die Felder.

Wilton House, bis heute Sitz der Grafen von Pembroke, lag am Eingang des Dorfes Wilton, ein paar Kilometer westlich von Salisbury. Das Erste, was ich von Wilton House sah, war eine hohe, mit Moos bewachsene Steinmauer. Von einem triumphalen Torbogen blickte ein römischer Kaiser zu Pferd gütig zu uns herab, doch das schmiedeeiserne Tor, das uns den Weg versperrte, war weniger freundlich und blieb verschlossen. Ein Schild verriet, dass für Konzertbesucher ein Parkplatz auf der Rückseite des Anwesens vorgesehen sei; darunter war eine kleine Umgebungskarte abgebildet.

Ein Konzert? Wir sahen Lichter am anderen Ende des Hofs, aber keine Konzertbesucher.

Sir Henry ignorierte das Schild und wies Barnes an, bis zur Gegensprechanlage vorzufahren. Dann ließ er das Fenster herunter und klingelte. »Sir Henry Lee«, verkündete er majestätisch. »Um das Haus zu besichtigen.«

Was dachte er sich? Es war fast acht Uhr abends.

Die Gegensprechanlage blieb stumm.

Sir Henry wollte gerade zum zweiten Mal klingeln, als das Tor zum Leben erwachte und sich widerstrebend öffnete. Langsam, mit knirschenden Reifen, rollte der Bentley die Kiesauffahrt hinauf, die um eine geometrische Parkanlage herumführte. Die Sicht auf das Schloss wurde von Spalierbäumen verdeckt, nur die Fontäne eines großen Springbrunnens in der Mitte der Anlage war zu sehen. Als wir die andere Seite des kleinen Parks erreichten, stand die große Eingangstür offen. Heraus trat eine kleine Frau mit einem nervösen Lächeln auf dem Gesicht.

»Willkommen in Wilton House, dem Sitz des Grafen von Pembroke. Welche Ehre, Sie hier begrüßen zu dürfen, Sir Henry.« Sie streckte ihm die Hand entgegen. »Mrs Quigley. Marjorie Quigley. Ich leite die Führungen. Ich hatte ja keine Ahnung, dass Sie für heute Abend auf der Liste stehen. Dabei hätte ich es mir denken können, nicht wahr? Shakespeares Musik und so weiter. Ich fürchte nur, Sie sind ein wenig zu früh dran«, sagte sie, während wir aus dem Wagen stiegen. »Die Führung durch das Haus soll eigentlich nach dem Konzert stattfinden – das just in diesem Moment beginnt.«

»Und ich hatte mich so auf beides gefreut«, sagte Sir Henry seufzend. »Leider können meine beiden jungen Freunde keinen Augenblick länger hierbleiben als bis zum Schlusstakt.«

»Wie schade!«, rief Mrs Quigley und wandte sich an uns. »Das Haus ist so wunderschön bei Kerzenlicht.«

»Vielleicht …« Sir Henry räusperte sich diskret. »Wäre es eine fürchterliche Zumutung für Sie, wenn wir uns jetzt gleich ein bisschen umsehen dürften?«

»Aber dann versäumen Sie das Konzert«, antwortete Mrs Quigley entsetzt. »Das Bournemouth Symphony Orchestra lädt zum ›musikalischen Abend mit Shakespeare‹ ein.«

»Ich würde eher auf das Konzert verzichten als auf die Besichtigung«, entgegnete Sir Henry.

»Natürlich«, sagte Mrs Quigley. »Natürlich. Nun, dann kommen Sie herein.«

Bevor sie ihre Meinung ändern konnte, hatten wir uns durch die Tür geschoben.

Im blassen blauen Gegenlicht der Dämmerung, das durch zwei gotische Spitzbogenfenster hereinfiel, stand die Shakespeare-Statue in der Mitte eines hallenden Foyers. Genau wie in Westminster Abbey stützte er lässig den Ellbogen auf einen Stapel Bücher. Doch hier musste er sich nicht unter einen Giebel ducken. Er stand frei in der Halle und wirkte dadurch größer und entspannter zugleich. Der Mantel, der über seiner Schulter hing, schien im unsichtbaren Wind zu flattern, während der Dichter in die Ferne blickte, als würde er über ein paar neue Verse nachdenken. Nichts Großes, kein ganzes Stück, aber womöglich ein Sonett oder ein Liedchen. Etwas, das sich reimte.

»Ist er nicht schön?«, sagte Mrs Quigley stolz. »Die Kopie wurde bereits 1743 angefertigt, nach der Statue in Westminster Abbey.«

Doch es war keine exakte Kopie. Wie der Küster angekündigt hatte, stand auf der Schriftrolle ein anderes Zitat:

LEBEN ist nur ein wandelnd SCHATTENBILD
Ein armer SCHAUSPIELER
Der spreizt & knirscht sein Stündchen
Auf der BÜHNE
Und dann nicht mehr vernommen wird!
Shak$^{'s}$*. Macb*^{t}*.*

»Meine Nichte sagt, in Schauspielerkreisen hält man ›Macbeth‹ für ein unglückseliges Stück«, sagte Mrs Quigley. »Aber den Pembrokes hat es kein Unglück gebracht, da bin ich mir sicher. Denn das Zitat gehört schon seit Shakespeares Zeiten zum Gefüge des Hauses. Er ist sogar selbst hier gewesen, wussten Sie das?«

Meine Nackenhaare sträubten sich.

»Aber die Statue wurde mehr als hundert Jahre nach seinem Tod erschaffen«, sagte Sir Henry scharf.

»Ja, gewiss. Doch bevor die Statue aufgestellt wurde, stand die Inschrift über dem alten Hauseingang.«

Sir Henry drehte sich um und warf einen Blick zu der Tür, durch die wir gekommen waren.

»Nicht hier«, sagte Mrs Quigley mit sichtlichem Vergnügen. »Im neunzehnten Jahrhundert wurde der ganze Eingangsbereich grundlegend verändert.« Sie ging an der Statue vorbei auf einen Kreuzgang zu, von dem sie in den Hof hinunter zeigte. Wie die Widener-Bibliothek war Wilton House um einen Innenhof angelegt. Wir hatten das Schloss im Erdgeschoss betreten, doch von hier aus sah man, dass wir uns eigentlich im ersten Stock befanden, als wäre das Gebäude an einen Hügel gebaut.

Unter uns, auf der linken Seite des Hofs, befand sich eine alte Pforte. Zu Shakespeares Zeiten, erklärte Mrs Quigley, hatte ein offenes Tor in den Hof geführt. Dort fuhren die Kutschen herein, um die adligen Gäste – und gelegentlich eine Schauspieltruppe – direkt vor dem offiziellen Eingang abzusetzen, der sich damals im Innenhof befand. Ein reizender kleiner Portikus, wie Mrs Quigley sagte, sogar mit Wasserspeiern, ungefähr unter der Stelle, an der wir standen.

Durch diese Pforte war Shakespeare eingetreten, dachte ich. Er hatte unter uns im Hof auf dem Pflaster gestanden und zum Himmel hinaufgeblickt – ob es regnen würde? Irgendwo in diesen Mauern hatte er gegessen und Bier oder Wein getrunken, hatte mit einem hübschen braunäugigen Mädchen geschäkert, ein Briefchen geschrieben, auf der Wiese eine Blume gepflückt, in eine Pfütze gepinkelt, gewürfelt, geschlafen und vielleicht geträumt. Er hatte während der Vorstellung das Publikum beobachtet, mit dem gnadenlosen Auge des Regisseurs jede Bewegung, jeden verstohlenen, verliebten Blick registriert, die Tränen und das Luftholen, und – als Bestes von allem – das Gelächter. Der Nachhall seiner Gegenwart war etwas, das weder Athenaide noch die Folgers, noch der Globe Trust mit allem Geld der Welt nachahmen konnten. *Er war hier gewesen.*

»›Das Shakespeare-Haus‹ haben sie das kleine Eingangsportal früher genannt«, erklärte Mrs Quigley. »Die Familienlegende will, dass die King's Men es als Bühne benutzten. Heute kennt man es nur noch als Holbein-Portal.«

»Es existiert noch?« Sir Henrys Stimme klang gierig.

»O ja. Mit viel Glück und Loyalität, kann man sagen. Während eines Umbaus im frühen 19. Jahrhundert war das Portal abgetragen worden. Die Steine wurden sozusagen in alle Winde zerstreut. Doch es gab einen sturen alten Steinmetz, der sein Leben lang hier gearbeitet hatte, und er tat alles, damit sie nicht verloren gingen. Stein für

Stein sammelte er im Park wieder ein, und dann baute er das Portal als Pavillon wieder auf. Seither steht es am Ende des kleinen Privatparks des Grafen. Nur die Inschrift ist leider spurlos verschwunden.«

Weil sie uns nicht enttäuschen wollte, führte sie uns zurück in die Eingangshalle, wo sie vor dem lebensgroßen Gemälde eines Ritters stehen blieb. »Wenn Sie sich für Shakespeare interessieren, interessiert Sie sicher auch der vierte Graf Pembroke. Einer der beiden Unvergleichlichen Brüder, denen Shakespeares Gesamtausgabe gewidmet ist.« Der Graf auf dem Gemälde hatte helles schulterlanges Haar und blickte etwas höhnisch zu uns herab. Sein gelbbraunes Satingewand war von dezentem Luxus, wobei er eine gewisse Vorliebe für Spitze zu hegen schien. »Der Jüngere«, erklärte Mrs Quigley. »Philip Herbert. Der erste Graf von Montgomery, damals, als dieses Bild gemalt wurde. Er war mit einer Tochter des Grafen von Oxford verheiratet.«

Vero nihil verius, dachte ich. Nichts ist wahrer als die Wahrheit.

»Später, als sein Bruder kinderlos starb, erbte er auch den Titel des Grafen von Pembroke, was ihn zum vierten Graf von Pembroke und ersten Graf von Montgomery machte. Seitdem sind die beiden Titel vereinigt.«

Während Mrs Quigley ins Plaudern verfiel, sah ich mir die Statue genauer an. Weder der Graf noch das Shakespeare-Haus spielten eine Rolle. *Shakespeare weist zur Wahrheit*, so in etwa hatte es Ophelia ausgedrückt. Die Wahrheit musste also direkt vor meiner Nase liegen.

Vier Worte der Inschrift waren in Großbuchstaben gemeißelt: ›*LEBEN*‹, ›*SCHATTENBILD*‹, ›*SCHAUSPIELER*‹, ›*BÜHNE*‹. War das von Bedeutung? Shakespeares Finger lag auf ›*SCHATTENBILD*‹ … War das besser als ›*Tempel*‹?

LEBEN, SCHATTENBILD, SCHAUSPIELER, BÜHNE.

Mit gerunzelter Stirn betrachtete ich die marmornen Buchstaben. Dann trat ich näher heran. Das *L* von ›LEBEN‹ schien Spuren von Gold zu enthalten. »War die Statue früher bemalt?«, fragte ich.

Mrs Quigley kam herbeigeflattert. »Nein, nicht die Statue«, sagte sie. »Zumindest nicht die ganze. Das hätte der schöne Marmor aus Carrara nicht verdient. Aber die Inschrift war bemalt. Vor ein paar Jahren hat es sich ein Restaurator näher angesehen. Ich habe irgendwo eine Computer-Rekonstruktion, wie sie ausgesehen haben könnte.« Sie ging an den Schreibtisch, der in einer Ecke stand, und kramte in einer Schublade herum. »Hier haben wir es.«

Wir stellten uns um sie herum. Auf dem Photoshop-Ausdruck war der Großteil der Schrift blau. Die Wörter in Großbuchstaben waren rot, und jedes rote Wort – ›*LEBEN*‹, ›*SCHATTENBILD*‹, ›*SCHAUSPIELER*‹ und ›*BÜHNE*‹ – hatte einen goldenen Buchstaben.

»L-A-R-E«, buchstabierte ich die goldenen Lettern.

»Woraus sich E-A-R-L ergibt«, sagte Mrs Quigley strahlend. »Für ›Earl‹ – den Grafen natürlich. Die Familie hatte immer eine Vorliebe für Anagramme und Rätsel. Der Graf, der die Statue als Herzstück der Halle aufstellen ließ, ganz besonders. Leider war es nicht seine einzige Vorliebe.« Sie schüttelte den Kopf wie über ein ungezogenes Kind. »Er hat im Lotterbett ein Kind gezeugt. Als die Gräfin ihm die Erlaubnis verweigerte, das Kind auf einen der Familiennamen zu taufen, verdrehte er die Buchstaben von ›Pembroke‹ und gab dem armen Kind den Namen ›Reebkomp‹ mit auf den Weg. Mit dem Mittelnamen ›Retnuh‹ – die Mutter hieß Hunter. Wenigstens bekam der Kleine einen echten Vornamen, wobei ›Augustus‹ schweres Gepäck für ein Kind ist, wenn Sie mich fragen.« Ihre Miene verfinsterte sich. »Manche unserer Führer lesen in der Inschrift R-E-A-L, das französische Wort für ›königlich‹. Aber die Grafen haben nie Anspruch auf den Thron erhoben. Und sie haben auch keine königlichen Allüren – zumindest nicht verglichen mit …«

»LEAR«, platzte ich heraus. »Es kann auch ›Lear‹ heißen.«

»Oh«, sagte Mrs Quigley. Ihr Schweigen klang wie das Platzen einer Blase. »Das stimmt. LEAR. König Lear. Darauf bin ich gar nicht gekommen.«

Sir Henry bedrängte die arme Frau von der anderen Seite. »Besitzt der Graf eine First Folio?«

Sie sah ihn erschrocken an. »Darüber darf ich nicht sprechen. Sie haben sicher von den jüngsten Ereignissen gehört. Aber der Archivar kann Ihnen weiterhelfen, wenn Sie unter der Woche anrufen.«

»Gibt es kein –«, begann Sir Henry.

»Er zeigt auf ›*SCHATTENBILD*‹«, flüsterte Ben in mein Ohr.

Als ich Shakespeare ansah, verstand ich, was er meinte. In einem Buch ergab es keinen Sinn. Aber in der Kunst.

»Gibt es hier Gemälde von König Lear?«, fragte ich. »Oder Skulpturen? Szenen aus Shakespeare-Stücken?«

Mrs Quigley schüttelte den Kopf. »Ich glaube nicht …, außer dieser Statue natürlich. Warten Sie … Nein. Wir haben Gemälde von mythologischen Szenen – ›Dädalus und Ikarus‹ natürlich, und ›Leda und der Schwan‹. Aber die einzigen Bilder, die mit Literatur zu tun haben, illustrieren Sir Philip Sidneys Werk, nicht das von Shakespeare.«

Ich wurde hellhörig. »Welche von Sidneys Werken?«

»›Arkadien‹. Ein Buch, das er für seine Schwester schrieb, als er hier war. ›Das Arkadien der Gräfin von Pembroke‹, lautet der vollständige Titel.«

»›Arkadien‹ war eine der Quellen für ›König Lear‹«, murmelte ich und sah Sir Henry an. »Die Geschichte des alten blinden Mannes, der von seinem bösen unehelichen Sohn ruiniert und schließlich von seinem guten – ehelichen – Sohn gerettet wird.«

»Der Gloucester-Plot«, flüsterte Sir Henry.

Mrs Quigley sah verwirrt von einem zum anderen.

»Wo befinden sich diese Gemälde?«, fragte Ben.

»Es gibt eine ganze Serie im Single Cube Room – einem der palladianischen Zimmer, die Inigo Jones entworfen hat. Nicht ganz so alt wie Shakespeare, aber beinahe. Sie wurden noch von Philip, dem vierten Grafen, in Auftrag gegeben.«

Einem der Unvergleichlichen.

»Führen Sie, gute Quigley«, sagte Sir Henry majestätisch, »führen Sie.«

Wir folgten ihr durch den Kreuzgang, vorbei an Kaisern, Göttern und Grafen in klassischem Marmor. Als sie uns auf der anderen Seite des Hofs in ein kleinen Raum führte, der mit kostbaren kleinen Gemälden vollgehängt war, drifteten durch die schimmernden Fenster Bläserklänge herein, gefolgt von den zarten Modulationen der Streicher. Mendelssohns ›Sommernachtstraum‹.

Eilig liefen wir durch immer prunkvollere Zimmer, bis wir schließlich einen Saal erreichten, der nicht Königen, sondern Kaisern gerecht geworden wäre. Im warmen Licht schienen die blassen Wände zu schwanken unter all der Pracht von Waffen, Buketts, Medaillons und meterhohen Nymphen – hier war so viel Gold versammelt, als hätten die Pembrokes die sagenhaften Minen von Ophir geplündert. An allen vier Wänden hingen Porträts der Familie und ihrer Peers. Van Dyck hatte fast eine ganze Wand bestückt mit glorreichen Lordschaften in stolzen Posen, in Silber und dunkelroter Seide, goldbraunem Samt und mit langem seidigen Haar. »Der vierte Graf und seine Nachkommen«, erklärte Mrs Quigley.

Von draußen war Applaus zu hören. Durchs Fenster sah ich in der Dämmerung eine muschelförmige Bühne, die sich zum Rasen öffnete. Dahinter blickten die Zuschauer zum Schloss herauf. Der Applaus verebbte.

Mrs Quigley durchquerte den Saal, öffnete eine Flügeltür und führte uns in einen kleineren Raum. In der Mitte stand ein Tisch, der mit feinstem georgianischen Silber gedeckt war. Hier schien sich alles Gold in die Lüfte emporgeschwungen zu haben: Stilisierte Federn schmückten die weißen Wände, Adler schrien über den Türstöcken, und Putten mit plumpen Flügeln spähten mit kindlichen Zügen von ihren Wolken herab. Mrs Quigley zeigte zur Decke, wo Ikarus im freien Fall aus den Himmeln stürzte, während Dädalus, sein Vater, die Szene entsetzt mit ansah. Im gleichen Moment schallten die tragischen Klänge von Prokofjews ›Romeo und Julia‹ herein.

Als die Musik wieder sanfter wurde, sagte Mrs Quigley: »Hier«, und zeigte unter das Fenster. »Ich habe mir die Bilder nie genauer angesehen, aber hier fangen die ›Arkadien‹-Szenen an.« Überwältigt von der Tragödie, die sich über mir an der Decke abspielte, und von all dem Luxus auf Augenhöhe hatte ich die kleinen rechteckigen Gemälde nicht bemerkt, die in Kniehöhe die Paneele schmückten. »Leider muss ich Sie bitten, sie sich mit der Taschenlampe anzusehen«, sagte Mrs Quigley entschuldigend und reichte uns eine Lampe. »Und bitte halten Sie das Licht nicht gegen die Fenster. Das Schloss ist die Kulisse für das Konzert und wurde dementsprechend beleuchtet.«

Ben nahm die Taschenlampe und knipste sie an, während ich niederkniete und die Bilder betrachtete. Im Vordergrund zogen zwei Hirten einen jungen Mann aus dem Meer; im Hintergrund sank ein brennendes Schiff. Ich sah näher hin. Der Mast des Schiffes neigte sich. Breitbeinig saß ein zweiter junger Mann auf dem Mast, das Schwert gezogen, als würde er auf einem Pferd in die Schlacht reiten. Es war die Eröffnungsszene von ›Arkadien‹.

Die Bilder schmückten die Paneele rund um den Saal, und in seinem Eifer hatte der Maler sogar die Ecken ausgemalt.

Mit einer charmanten Mischung aus Neugier und Schmeichelei schaffte es Sir Henry, sich von Mrs Quigley zurück in den Prachtsaal führen zu lassen, wo er die Tür hinter sich schloss. Während über dem Schloss die Nacht hereinbrach, rutschte ich auf Knien durch den Saal und verfolgte, wie Damen in üppiger goldener Seide in Ohmacht sanken und Männer in silbernen Rüstungen aufeinanderprallten, mit entschlossenen oder erstaunten Blicken, oder beidem. Von draußen flutete Prokofjews Musik durch die Fenster und hüllte mich ein. Hin und wieder hörte ich Sir Henry und Mrs Quigley im Saal nebenan murmeln.

Ich war mit der ersten Wand durch, und schließlich auch mit der zweiten, ohne etwas gefunden zu haben, das an König Lears Geschichte erinnerte. Vielleicht hatte der Maler die Szene weggelassen – es war nur ein Nebenstrang der Geschichte. Mit sinkendem Mut ließ ich die zweite Ecke hinter mir und begann mit der dritten Wand.

Kurz vor dem marmornen Kamin kroch ich unter einen Tisch und hielt inne. Die dunkle Leinwand zeigte einen alten Mann, der mit einem engelsgleichen Jüngling auf einer stürmischen Heide stand. Im Abseits befand sich ein weiterer Jüngling mit brutalen Gesichtszügen und wildem Blick, der das Geschehen vom Schatten eines Baumes aus beobachtete.

»Ich glaube, ich habe es gefunden«, sagte ich.

Doch was sollte ich damit anfangen?

Shakespeare weist zur Wahrheit. In der Eingangshalle hatte Shakespeares Hand auf ›*SCHATTENBILD*‹ gewiesen.

Zögerlich berührte ich den Schatten, betastete vorsichtig seine Konturen, doch ich konnte nichts Ungewöhnliches entdecken.

»Das Bild auf der anderen Seite des Kamins sieht fast genauso aus«, sagte Ben.

Auf der Leinwand waren die gleichen Figuren zu sehen, doch hier waren die Mienen beinahe zu Karikaturen verzerrt. Ein greller Blitz zerriss die Nacht, und der Schatten des Baumes war tiefer als der auf der anderen Seite.

Wieder berührte ich den Schatten mit dem Finger, und wieder entdeckte ich nichts. Ich drückte. Nichts geschah. Ich drückte fester.

Mit einem leisen Klicken schob sich eine goldene Rosette über dem Gemälde aus der Wand wie ein Knauf. Ich griff zu und zog. Das ganze Gemälde ließ sich nach vorne klappen und legte einen dunklen Hohlraum zwischen dem Mauerwerk und den Paneelen frei.

In dem kleinen Fach lag unter einer jahrhundertealten Staubschicht ein mit einer brüchigen, verblassten Schleife verschnürtes Päckchen.

32

Ich nahm das Päckchen heraus und wickelte es auf. Es war in Leder eingeschlagen. Darin lagen zwei zusammengefaltete Blätter Papier. Vorsichtig glättete ich das erste; es war überraschend schwer. Ein Brief, datiert auf November 1603 und auf der Außenseite adressiert an »*Meinen Sohn, den Ehrw. Sir Philip Herbert, am Hofe Ihrer Majestät in Salisbury*«.

Geliebter Sohn,
*ich bete, daß Ihr den König überzeuget, zu vns nach Wilton House zu kommen, und dies mit aller gebotenen Hast. Wir haben den Mann Shakespeare bey vns, und sein Versprechen einer Comödie mit dem Titel ›Wie es euch gefällt‹. Da dem König die Comödie wolgefallen könnte, würde sie als glückliche Stunde dienen, vmb für S*ʳ *W Raleigh's zu bitten, wie es mein größter Wuntsch ist. Ich bete zu GOTT, daß Ihr bei bester Gesundtheit seyd vnd ER vns ein baldiges glückliches Widersehen beschere.*

EURE EUCH LIEBENDE MUTTER
M. Pembroke

Ihr möget mir die Kürze dieses Briefleins verzeihn, da die Verfasserin in Eile ist.

Wir haben den Mann Shakespeare bey vns. »Der verschollene Wilton-Brief«, sagte ich leise. Verfasst von Mary Sidney Herbert Gräfin von Pembroke, adressiert an ihren Sohn Philip, als während der ersten Jahre von König Jakobs I. Regierungszeit die Pest den Hof wie die

Schauspieler von London fernhielt. Seit Langem wurde von der Existenz dieses Briefes gemunkelt, doch kein Experte hatte ihn je zu Gesicht bekommen. Seine Wirkung dagegen war wohlbekannt. Der König war tatsächlich nach Wilton House gekommen, und die Schauspieler hatten ›Wie es euch gefällt‹ und später ›Was ihr wollt‹ aufgeführt. Nur der arme Sir Walter blieb im Gefängnis.

Draußen schwoll Prokofjews Musik in einem großen Crescendo zum Schmerzensschrei an. Kopfschüttelnd nahm ich mir die zweite Seite vor. Ein weiterer Brief, doch dieser war undatiert und in einer anderen Handschrift verfasst. Ich las vor:

Dem süßesten Schwane, der je über den Avon glitt.

Ben Jonson hatte den Ausdruck »*süßer Schwan vom Avon*« in der First Folio Edition geprägt. Ich musste einen Brief an Shakespeare in der Hand halten.

Die Musik erstarb.

»Lies weiter«, sagte Ben.

Nachdem mich eine Flut von Zweyfel vnd Unruh trieb, wurde ich schließlich an Land gespült –

Ein Poltern im Nebenzimmer störte die Stille. Wir erstarrten. Dann hörten wir Schritte, die über den Marmorboden davonliefen.

»Komm mit«, flüsterte Ben und schlich hastig zur Tür. Er zog den Revolver und gab mir ein Zeichen, mich hinter ihm an die Wand zu stellen. Einen Moment lang lauschte er. Draußen vor dem Schloss erhob sich Applaus. Ben griff nach der Klinke, öffnete einen Flügel der Tür und sicherte den Saal dahinter mit der Waffe.

»Sir Henry?«

Keine Antwort. Ben ließ den Kegel der Taschenlampe durch den Raum gleiten.

Sir Henry lag in der Mitte des Saals. In seinem Gesicht glänzte Blut. Als der Lichtkegel ihn traf, stöhnte er. Er lebte.

Im Bruchteil einer Sekunde waren wir bei ihm. Sir Henry rappelte sich bereits auf die Füße. Ich half ihm auf einen Stuhl, zog das hübsche Taschentuch aus seiner Brusttasche und tupfte den tiefen Schnitt auf seiner Wange ab.

Ben schlich zur anderen Tür, doch es war niemand mehr da. Als er zurückkam, fragte er Sir Henry knapp: »Konnten Sie sehen, wer es war?«

Er schüttelte den Kopf.

»Wo ist Mrs Quigley?«

Sir Henry hustete. »Ich habe sie zur Eingangshalle begleitet«, keuchte er. »Als ich zurückkam, wurde ich …«

»Zurück in den Single Cube Room«, wies Ben an und nickte mit dem Kopf in Richtung Tür. Während ich vorausging, faltete ich die Papiere. Ben half Sir Henry. Von draußen hörten wir die durchdringenden Eröffnungsklänge der Filmmusik von Kenneth Branaghs ›Heinrich V.‹.

»Habt ihr etwas gefunden?«, fragte Sir Henry heiser und nahm mir das Taschentuch ab, um sich über das Gesicht zu wischen.

»Briefe …«

»Gib sie mir«, sagte Ben, »und schließ das Geheimfach.«

Ich zögerte. »Wir können sie doch nicht einfach …«

»Glaubst du, die Briefe sind sicherer, wenn wir sie hierlassen?«

»Ich kann sie nicht stehlen.«

Er nahm mir die Blätter aus der Hand. »Schön«, sagte er trocken. »Dann tue ich es. Und jetzt mach das verdammte Fach zu.«

Ich sah Sir Henry an. »Er hat recht«, sagte er mit rauer Stimme. Also schob ich die Rosette an ihren Platz zurück, und mit einem Klicken schloss sich das bemalte Paneel. Keine Fuge verriet, dass sich dahinter eine Öffnung verbarg.

Eine hohe Tür rechts führte in den Kreuzgang zurück. Ben drückte sie geräuschlos auf. In dem Licht, das vom Konzert aufs Schloss fiel, glitzerte die Fensterreihe zum Innenhof wie Eis, doch der Gang selbst lag tief im Schatten. Das ganze Schloss lag im Dunkeln, selbst die Eingangshalle auf der anderen Seite des Hofs. Wo war Mrs Quigley?

»Bleibt in Deckung«, flüsterte Ben so leise, dass ich ihn kaum verstand. Dicht an der inneren Wand hasteten wir lautlos durch den Korridor. Ben half Sir Henry.

Als wir uns der Eingangshalle näherten, klopfte es an die Tür und wir erstarrten. Bei unserer Ankunft war die Tür offen gewesen; ich konnte mich nicht erinnern, dass Mrs Quigley abgeschlossen hätte. Im schwachen Licht, das durch die Fenster in die Halle sickerte, sah Shakespeare aus, als würde er sich vor Schmerzen krümmen.

Niemand kam, um zu öffnen. Ben knipste die Taschenlampe an und leuchtete durch die Halle. Und da sah ich, warum Shakespeare so bucklig wirkte. Mrs Quigley kniete vor der Statue. Jemand hatte einen Schal um Shakespeares Arm gewickelt, der straff um ihren Hals gespannt war. Ihr Kopf hing seltsam schief, die Lippen waren weiß, und ihre Augen traten hervor.

Ben drückte mir die Taschenlampe in die Hand und lief zu Mrs Quigley, um sie aus der Schlinge zu befreien. Ich hielt das Licht auf sie gerichtet und kam langsam näher.

Wieder polterte es gegen die Tür, lauter und beharrlicher.

Mit einem Arm hielt Ben die Frau fest, mit der freien Hand versuchte er das Tuch zu lösen, doch es gelang ihm nicht. Ich reichte Sir Henry die Lampe und half Ben, den Knoten zu lösen, dann glitt sie in Bens Arme. Kleine weiße Federn schwebten durch die Luft; jemand hatte ihr eine Kette mit einem kleinen Spiegel um den Hals gehängt.

»*Und meine arme Seele ist gehangen*«, sagte Sir Henry leise. Das Licht zitterte auf der grotesken Pieta. Wir sahen ›König Lear‹ vor uns – die Szene, als der alte König Cordelia entdeckt und mithilfe einer Feder und eines Spiegels verzweifelt nach ihrem Atem sucht. Doch sie atmete nicht mehr: *Nein, nein, kein Leben mehr.*

Wieder klopfte es, doch dann wurde es abrupt still, und wir hörten, wie ein Schlüssel ins Schloss gesteckt wurde.

Ben legte Mrs Quigley auf den Boden und sprang auf die Füße. »Los«, zischte er, dann warf er sich Sir Henrys Arm über die Schulter, und wir liefen zurück in den Kreuzgang. Im gleichen Moment ging die Tür hinter uns auf.

Ich erinnerte mich kaum an die Treppe, an der wir mit Mrs Quigley vorbeigekommen waren, doch Ben hatte anscheinend besser aufgepasst. Als er uns die Stufen hinabführte, ging hinter uns in der Eingangshalle das Licht an und eine Frau begann zu kreischen.

Während über uns Schritte durch den Kreuzgang polterten, rannten wir nach unten. Aus dem Schrei wurde ein Heulen, dann brach es plötzlich ab.

Im Erdgeschoss erreichten wir die Gewölbehalle, die früher der Hauptzugang zum Hof gewesen war. Eine Tür mit Butzenscheiben ging auf den Hof, eine zweite, größere führte hinaus in den dunklen Park. Von dort zog sich das blasse Band eines Kieswegs nach Osten – kaum mehr als der Schatten der Straße, die einst Shakespeare und seine Truppe hierhergebracht hatte.

Ben gab uns ein Zeichen zu warten, dann schlich er sich an die Tür, die ins Freie führte. Im nächsten Moment duckte er sich, und ich erstarrte. Männer in Uniform stürzten vorbei, auf dem Weg zur anderen Seite des Gebäudes. Zwei blieben an der Tür stehen. Ben zog seine Waffe. Ich hielt die Luft an.

Die Tür war abgeschlossen. Einer der Polizisten zückte den Schlagstock, um die Scheiben einzuschlagen. Ben hob den Revolver.

»Mensch, Kumpel«, sagte der zweite Polizist. »Das ist ein Schloss. Mach nichts kaputt. Noch nicht.« Sie liefen weiter, und ich atmete auf.

Als die Schritte verklungen waren, schob Ben den Riegel zurück und winkte uns hinter sich her. »Nicht rennen«, sagte er knapp, während wir unter seinem Arm hindurch in die Nacht hinausschlüpften.

Wir hatten keine Zeit zu verlieren. Wir liefen an der Mauer entlang nach Süden, in die Richtung, aus der die Polizei gekommen war. An der Ecke führte der Weg quer über die Wiese zu einem kleinen Fluss. Rechts von uns sahen wir die Bühne, die nach Süden ausgerichtet war. Das Publikum saß an Tischen und auf Decken auf dem Rasen und blickte ehrfürchtig zum Schloss herauf. »In die Menge«, flüsterte Ben.

Wir waren mitten auf der offenen Wiese, als wir hörten, wie hinter uns ein Fenster aufging. Jemand rief »Halt!«, doch Ben zischte: »Los!« Wir begannen zu rennen.

Als wir die Menge erreichten, erlosch das Licht bis auf einen Scheinwerfer, der auf die Bühne gerichtet war. Die letzten Worte, die ich von Ben hörte, waren: »Verteilt euch.« Dann erhob sich ein einsamer Tenor in der Nacht. *Non nobis Domine.* »Nicht unser, o Herr, nicht unser, sondern Dein Name sei gepriesen.«

Ben bahnte sich den Weg durch die Tische; ich folgte ihm in die gleiche Richtung, doch auf einem anderen Weg. Zuerst blieben wir fast unbemerkt, so versunken war die Menge. Der Chor setzte ein, von

Streichern getragen, dann stimmten auch die Bläser mit ein. Ein paar Zuschauer drehten die Köpfe nach uns, doch wir erreichten unbehelligt das Ufer. Der letzte Spurt hatte Sir Henry alle Kraft gekostet; er war bleich, und seine Wunde blutete wieder. Wieder nahm Ben den älteren Mann beim Arm, half ihm hinunter zum Bach und auf die andere Seite. Ich folgte ihnen. Das Wasser war kalt, aber seicht.

Als wir die Böschung am anderen Ufer erreichten, sah ich mich um. Dunkle Gestalten liefen über die Wiese zur Bühne. Der Erste erreichte das Licht, und ich erkannte ihn. DCI Sinclair. Er war uns auf den Fersen.

Die Bläser peitschten die Musik in den nächtlichen Himmel hinauf, und jetzt standen die Zuschauer auf und begannen sich umzusehen. »Lauf«, sagte Ben, und ich drehte mich um und rannte den Hügel hinauf auf den dunklen Wald zu, der Deckung versprach. Als wir den Waldrand erreichten, schwoll die Musik zu einem letzten Crescendo an. Ein Schuss löste sich auf der anderen Seite des Feldes, und der dumpfe Knall erschütterte die Nacht. Ich stolperte und fiel. Ben zog mich auf die Füße, als die Explosion den Himmel über uns erstrahlen ließ, gold, grün und blau.

Feuerwerk. Kein Pistolenschuss – Feuerwerk! Das traditionelle Finale eines sommerlichen Konzerts unter dem Sternenhimmel. Wieder schoss eine Garbe bunter Funken gen Himmel; darunter erhob sich gespenstisch das Schloss der Grafen von Pembroke.

Auf der anderen Seite liefen immer mehr Gestalten auf den Fluss zu. Manche wateten durchs Wasser, andere nahmen die Brücke am oberen Ende des Anwesens. Irgendwo hörte ich das zweitönige Heulen der britischen Sirenen.

»Kate«, rief Ben leise.

Ich drehte mich um und lief in den Wald.

33

Der Wald war stockfinster. Zweige rissen und zerrten an uns, als wir uns bergauf durchs Unterholz kämpften. Meine Füße gluckstenin den nassen Schuhen. Im Hintergrund war noch immer das Zischen, Pfeifen und Knallen des Feuerwerks zu hören. Irgendwo hinter uns rannten Männer durch den Farn. Ab und zu schrie einer einen Befehl.

Wir erreichten die Kuppe, und das Gelände fiel wieder ab. Am Fuß des Hügels auf der anderen Seite stand eine mit Moos und Flechten bewachsene Mauer. Ben lief an der Mauer entlang, bis er eine Steinbank vor dem Mauerwerk fand. Eine Marmortafel über der Bank – der Gedenkstein eines vor langer Zeit geliebten Hundes – bot Händen und Füßen Halt. Ben und ich halfen Sir Henry hinauf und hinüber, dann kletterten wir hinterher und versteckten uns in der Böschung einer Straße, die durch den Wald führte.

Zwei Polizeiwagen rasten vorbei, mit heulenden Sirenen. Ich wollte gerade aufstehen, als wir in der Ferne ein Knattern hörten. »*Runter*«, zischte Ben. Ich duckte mich wieder, und wir folgten ihm zurück an die Mauer. Dort legten wir uns ins Unterholz. Durch die Bäume sah ich einen Polizeihubschrauber, der mit einem großen Scheinwerfer die Straße absuchte.

Mucksmäuschenstill warteten wir ab. Das Ungetüm glitt vorüber, gefolgt von einem langsamen Streifenwagen. Ich war mir nicht sicher, aber ich glaubte, DCI Sinclairs Gesicht darin zu erkennen.

Dann waren sie fort. Langsam kam Ben auf die Füße. Geduckt schlich er durchs Unterholz zur Straße zurück, dann richtete er sich auf und blieb am Straßenrand stehen. Mit einer Kopfbewegung bedeutete er uns, ihm zu folgen.

Direkt auf der anderen Straßenseite begann eine Siedlung mit neueren Häusern. Wir überquerten die Landstraße und folgten einem Weg, der in die Siedlung führte. Ben marschierte hastig voran, als wüsste er, wo es langging, dann bog er ab, einmal, zweimal. Plötzlich flackerte das goldene Scheinwerferlicht eines geparkten Wagens auf.

Es war Sir Henrys Bentley. Ben öffnete die Tür des Fonds, und wir stiegen ein.

Wortlos ließ Barnes den Motor an und fuhr auf die Straße. Ben beugte sich vor und wechselte leise ein paar Worte mit ihm. Nach einigen Biegungen erreichten wir eine kleine Landstraße, die zwischen hohen Hecken über weite, mondbeschienene Felder führte. Als die Sirenen im Hintergrund leiser wurden, zog sich Sir Henry die nassen Schuhe und Strümpfe aus und begann sich mit einem Handtuch, das Barnes ihm reichte, abzutrocknen. Ich tat das Gleiche.

»Der Brief«, sagte Sir Henry mit rauer Stimme, der sich immer noch das Taschentuch auf die Wunde presste.

Die Straße stieg an und fiel ab und stieg weiter an, bis wir schließlich das Dach des englischen Hügellandes erreichten, wo man das schwindelige Gefühl bekam, man stünde auf dem Gipfel der Welt. Ben zog die beiden Seiten aus der Tasche und legte sie mir in die Hand.

Dem süßesten Schwane, der je über den Avon glitt.

Ich hörte, wie Sir Henry neben mir nach Luft schnappte, doch er sagte nichts, und so las ich weiter.

Nachdem mich eine Flut von Zweyfel vnd Unruh trieb, wurde ich schließlich an Land gespült, vm mich mit Euch in Accord zu finden. Etwas von den Wolkenschlößern – oder wie Ihr sie zu nennen pflegt, vom Tand vnd Spielwerck –, die vnser chimärisches Thier einst herauffbeschworen, sollte doch nicht ganz von den Schatten der Gierigen Nacht verschlungen werden.

Nur das spanische Stück nehme ich davon auß.

»›*Cardenio*‹«, sagte Ben. Mit großen Augen nickte ich.

Es hat genug in Brandt gesetzt, vnd wichtiger noch, die Gräfin, noch immer im Thurme einschlossen, fleht vom Widerauffleben ihres Kummers verschont zu bleiben. Nun, da sie beynahe zur Familie gehört, bin ich gezwungen, ihren Wunsch zu ehren, wie meine Tochter mir stets in Erinnerung ruft. Vnd so nehme ich die Pflicht auff mich, an St. Alban zu schreiben vnd vnser Schweigen zu entschuldigen.

Da der Keiler nicht mehr wühlen kann, bleibt Euch nur, den Eber zu mästen. Auffgabe der fleißigen Ameise ist das Sammeln vnd Scheiden deß Weizens von der Spreu, vnd so mag Mr Ben Jonson sich als so gut wie jeder vnd besser als die meisten erweisen – wenn auch nie so gut, wie er sich selbst hält. Wenigstens verfügt er über die Kenntniße, hat er doch zuvor Gleiches für den Autor getan, den er von allen am allermeisten schätzt – sich selbst. Doch er wird, wie der Dreschflegel, klappern bey seinem Handwerk, ohne auff ungünstige Scherze vnd Sprüche auß seinem Schnabel zu achten. Wenn Ihr einen solchen Ein-Mann-Chor zu dirigieren vnd zu leiten wißt, so sey es.

Diese Entscheidung lege ich in Eure fähigen vnd honigsüßen Hände.

»Die First Folio Edition!«, jubelte Sir Henry. »Er spricht davon, Ben Jonson für die Herausgabe der First Folio zu gewinnen.«

»Und ›Cardenio‹ wegzulassen«, sagte ich.

Euer Freund, ewig vnd gewißlich,

Ich zeigte auf die Unterschrift. In großen klaren Lettern und mit einem Schnörkel am Anfangsbuchstaben, der eines Königs würdig wäre, stand dort auf der unteren Hälfte der Seite in der Mitte:

Die Überraschung hallte im Wagen wider.

Dem süßesten Schwane, der je über den Avon glitt … Von *Will?* Wenn es in dem Brief um die erste Gesamtausgabe ging, musste einer von beiden Shakespeare sein … Aber wer?

»Es gibt nur einen Schwan vom Avon«, sagte Sir Henry nach einem Moment. »Wills gibt es an jeder Ecke. William Herbert Graf von Pembroke zum Beispiel. Der Ältere der Unvergleichlichen. Zum anderen der goldene Jüngling aus den Sonetten.«

»Und William Turner«, bemerkte Ben mit einem Blick zu mir. »Aber wenn Shakespeare der Schwan ist«, wandte er ein, »müsste der Brief nicht eigentlich bei seinen Papieren gelandet sein? Was macht er in Wilton House?«

Die Zahnräder in meinem Gehirn schienen sehr langsam zu arbeiten. Immer wieder tauchte das Gesicht der toten Mrs Quigley vor mir auf. Hinter uns schwärmten die Sirenen in Wiltshire aus, und irgendwo da draußen war der Mann, der Mrs Quigley erdrosselt und mit Federn geschmückt hatte. »Es gibt noch einen Kandidaten für den süßen Schwan«, sagte ich mit belegter Stimme. »Jemand, der rechtfertigen würde, dass wir den Brief in Wilton House gefunden haben … Mary Sidney. Die Gräfin von Pembroke. Die Mutter der Unvergleichlichen.«

Sir Henry schnaubte, doch ich ignorierte ihn. Ich hielt die Papiere fest auf meinem Schoß, als könnten sie sich mit einem Lidschlag in Luft auflösen. Heute Abend war eine Frau wegen dieses Briefes gestorben. Das Ganze musste einen Sinn ergeben. Das musste es einfach. »Nach dem Tod ihres Bruders behielt die Gräfin den Namen Sidney und das offizielle Symbol der Sidneys: die Pfeilspitze, manchmal auch Speerspitze genannt. Doch sie behielt auch Philips persönliches Emblem: den Schwan. Der ihm von den belagerten Protestanten in Frankreich gewidmet worden war, die Philip verehrten …« Ich sah auf, und Sir Henrys Augen bohrten sich in meine. »›*Sidney*‹, französisch ausgesprochen, klingt so ähnlich wie ›*cygne*‹.«

»Französisch für ›Schwan‹«, sagte Ben.

»Französisch für ›vollkommen absurd‹«, knurrte Sir Henry.

Der Wagen wurde langsamer. Wir waren einen weiten Bogen gefahren, und jetzt hatten wir wieder die Hauptstraße nach London erreicht. Wir fädelten uns in den Verkehr nach Osten ein.

»Vielleicht absurd«, sagte ich, »aber es gibt einen Porträtstich der Gräfin von Pembroke im Alter, eine Ehrung ihrer literarischen Leistungen. Sie trägt eine breite Halskrause, in deren Spitze wieder und wieder der Umriss eines Schwans auftaucht.«

»Es ist aber das Flüsschen Nadder, dessen Wasser ihr mir hier auf meine Ledersitze tropft, nicht der Avon«, widersprach Sir Henry. »Der Avon fließt durch Stratford, in Warwickshire.«

»*Avon* ist das walisische Wort für ›Fluss‹«, entgegnete ich. »In England gibt es viele Avons. Ein Avon fließt durch Salisbury. Und im siebzehnten Jahrhundert, als die zu Wilton House gehörigen Ländereien größer waren als heute, floss dieser Avon durch das Land der Pembrokes.« Ich schüttelte den Kopf. »Es gibt sogar ein Dorf namens Stratford-sub-Castle hier in der Nähe. Direkt am Avon.« Ich stützte den Kopf in die Hände.

»Ich schätze, das ist noch nicht alles«, sagte Ben.

Ich nickte. »Außerdem schrieb die Gräfin. Vor allem ihre Übersetzung der Psalmen in englische Versform machte sie berühmt. Aber sie schrieb auch fürs Theater.«

Es entstand eine Pause.

»Sie hat *Stücke* geschrieben?«, fragte Ben ungläubig.

»Ein Stück. Ein Kammerspiel, das mehr für private Lesungen unter Freunden gedacht war, nicht so sehr für echte Schauspieler auf der Bühne.« Ich sah auf. »Sie schrieb ›Die Tragödie von Antonius‹, die erste englische Theaterversion der Geschichte von Antonius und Kleopatra.«

»Antonius –«, rief Ben, doch Sir Henry schnitt ihm das Wort ab.

»Willst du sagen, Mary Sidney war Shakespeare?«

»Nein«, entgegnete ich gereizt. »Ich habe mich nicht plötzlich in Delia Bacon verwandelt. Aber ich finde, wir sollten die Möglichkeit in Betracht ziehen, dass Mary Sidney Gräfin von Pembroke vielleicht der süße Schwan aus diesem Brief ist.« Ich seufzte. »Und ich finde, wir sollten versuchen, aus dieser Möglichkeit logische Schlüsse zu ziehen. In dem Brief geht es ganz offensichtlich um die First Folio Edition, was bedeutet, dass er 1623 oder früher geschrieben worden sein muss. Und falls wirklich die Gräfin der süße Schwan war, der die Veröffentlichung beschleunigen wollte, muss der Brief vor September 1621 geschrieben worden sein, denn in dem Jahr ist sie an den Pocken gestorben.«

»Worauf es ihren Söhnen oblag, die Folio zu finanzieren«, sagte Ben.

»Was uns zurück zu den Unvergleichlichen bringt.« Will und Phil, dachte ich: William Graf von Pembroke und sein Bruder Philip, der Graf von Montgomery, der die Tochter des Grafen von Oxford heiratete und sowohl den Pembroke-Titel als auch Wilton House erbte. Derselbe Philip, der den Saal bauen ließ, in dem wir die Briefe fanden – und derselbe Philip, der auf dem Gemälde in der Eingangshalle von Wilton House über Shakespeare Wache hielt.

Mrs Quigley hatte er nicht helfen können. Wieder sah ich ihr aufgedunsenes Gesicht vor mir.

Sir Henry beugte sich mit gesträubten Brauen über die Briefe. Er stach mit dem Zeigefinger nach dem Blatt. »Der Verfasser weiß, dass Ben Jonson seine eigene Gesamtausgabe editierte. Jonsons Werke kamen 1616 heraus, im gleichen Jahr, als Shakespeare starb. Also ist es immer noch möglich, dass dieser Will hier Shakespeare aus Stratford ist«, sagte Sir Henry. »Wenn er den Brief in seinem letzten Lebensjahr geschrieben hat.«

Ich schüttelte den Kopf. »Nicht wenn der ›süße Schwan‹ Mary Sidney ist.«

»Wieso nicht?«

»Weil ein bürgerlicher Stückeschreiber, egal wie berühmt er war, niemals einen so vertraulichen Brief an eine Gräfin schreiben könnte, in einer Zeit, in der der Rang – und Rangunterschiede – noch überaus ernst genommen wurden. Schauspieler und Stückeschreiber waren gerade mal eine Stufe über Kupplern und Hökern. Doch alles deutet darauf hin, dass der Will aus diesem Brief dem süßen Schwan ebenbürtig ist. Ein Bürgerlicher würde einen solchen Brief sehr, sehr unterwürfig beginnen, vor allem, wenn er der Dame, der er schreibt, etwas schuldig ist: ›Der hochwohlgeborenen und verehrten Dame, Gräfin von Pembroke, dem süßesten Schwan …‹ oder etwas in der Art.« Ich biss mir auf die Lippe.

»Selbst die Unterschrift in der Mitte der Seite ist falsch. Anstandshalber müsste ein Bürgerlicher, der einer Gräfin schreibt, seinen Namen so weit wie möglich rechts unten in die Ecke quetschen. Mir gefällt die Sache genauso wenig wie dir, Sir Henry. Aber wenn der süße Schwan Lady Pembroke ist, dann kann Will nicht William Shakespeare, der Stückeschreiber aus Stratford, sein.«

»Wer ist er dann?«, fragte er.

»Das schimärische Tier?«, fragte Ben mit einem Blick an die Decke.

Ich sah in den Brief. *Vnser chimärisches Thier*, stand dort. *Etwas von den Wolkenschlößern – oder wie Ihr sie zu nennen pflegt, vom Tand vnd Spielwerck –, die unser chimärisches Thier einst herauffbeschworen …*

Sir Henry ließ das Taschentuch sinken. »Ihr wollt also sagen«, sagte er finster, »dass Shakespeare das Produkt von vierhundert Jahren überaktiver Fantasie ist?«

Ich runzelte die Stirn. Im abstrakten Sinn bedeutete Schimäre Hirngespinst oder Trugbild. Doch in der griechischen Mythologie war die Chimaira ein durchaus konkretes Geschöpf, ein mythisches feuerspuckendes Monster, das aus verschiedenen Teilen zusammengesetzt war: dem Kopf eines Löwen, dem Rumpf einer Ziege und dem Schwanz eines Drachen. In dem Brief war ein Schwan erwähnt, und auch mit dem Keiler und dem Eber waren wohl Personen gemeint. Vielleicht war die Schimäre eine Gruppe von Leuten – ein kollektives Tier aus vielen Teilen.

»So ein Quatsch!«, schnaubte Sir Henry.

»Es muss nicht heißen, dass die Schimäre Shakespeare ist – oder Shakespeare die Schimäre.«

»Aber in dem verdammten Brief geht es um Shakespeare«, knurrte er. »Du hast es selbst gesagt.«

Ich schüttelte den Kopf und versuchte zu erklären, was ich meinte. Vielleicht war die Schimäre eine Gruppe von Wohltätern, die Shakespeares ›Spielwerck‹ heraufbeschworen hatten, indem sie die Stücke in Auftrag gaben – und sie für gut genug hielten, sie vor dem Vergessen zu bewahren. Wenn man die Schimäre als Gruppe von Menschen verstand, ließ sich wenigstens ein Zusammenhang mit dem Schwan, dem Keiler und dem Eber herstellen. Die fleißige Ameise nicht zu vergessen.

»Wenn Mary Sidney der Schwan ist, wer sind dann der Keiler und der Eber?«, fragte Ben.

Ich sah Sir Henry wachsam an. »Der Graf von Oxford hatte ein blaues Wildschwein auf seinem Wappen.«

»Ach du liebe Zeit«, stöhnte Sir Henry und warf sich in den Sitz zurück.

Ben ignorierte ihn. »Und der war 1616 tot, also konnte er nicht mehr wühlen. Das gefällt mir.«

»Bleibt der Eber«, knurrte Sir Henry. »›*Du Missgeburt voll Mäler, wühlend Schwein*‹. Welcher von Elisabeths pfauenstolzen Höflingen würde sich freiwillig mit dem unrühmlichen Sinnbild des buckligen Richard III. betiteln lassen? Des Urvaters von ›Tricky Dick‹ Nixon?«

»Versprich mir, dass du nicht explodierst«, sagte ich.

»Ich verspreche gar nichts.«

Ich seufzte. »Bacon.«

»Sir Francis Bacon«, ächzte Sir Henry.

Ben lachte, dann räusperte er sich verlegen.

»Ursprünglich hatten auch die Bacons ein Wildschwein zum Wappentier«, erklärte ich. »Aber die Familie ist einer Menge übler Scherze zuvorgekommen, indem sie das Wappentier selbst zum Eber umdeutete. Es gibt die Anekdote von Francis Bacons Vater, einem Richter, der so dick wie ein Fass war: Einmal sprach ihn vor Gericht ein Angeklagter an, der wegen seines Nachnamens – *Swine* – behauptete, mit Bacon verwandt zu sein. ›Du und ich sind erst verwandt, wenn man dich aufhängt‹, konterte der alte Richter, ›denn aus der Schwarte wird erst Speck, wenn sie tüchtig abgehangen ist.‹« Ich wagte nicht, Ben anzusehen, doch ich spürte, dass er sich das Lachen verkneifen musste. »Und Shakespeare hat den Scherz aufgegriffen.«

»In den ›Lustigen Weibern von Windsor‹«, seufzte Sir Henry. »Frau Hurtig denkt, ›Hängebauchschwein‹ wäre ein anderes Wort für Bacon.«

Jetzt prustete Ben los.

Sir Henry ignorierte ihn. »Aber wo führt uns die Schimäre hin? Anscheinend soll dieser Will – wer immer er ist – an St. Alban schreiben.«

»Und wieder Bacon«, überlegte ich. »Zu Beginn des Jahres 1621 ernannte Jakob I. Francis Bacon zum Viscount von St. Alban.«

Ben hörte auf zu lachen.

Sir Henry beugte sich vor. »Also ist Bacon der Einzige, den der Schwan noch betören muss, und Will verspricht ihm, ihm selbst zu schreiben.«

Ich nickte.

»Wo lebte Bacon?«

»Auf einem Landsitz namens Gorhambury. Vor den Toren von St. Albans.«

»Barnes«, sagte Sir Henry leise. »Fahren Sie nach St. Albans.«

»So leicht ist es nicht«, wandte ich ungeduldig ein. »Gorhambury – ein Fantasiepalast, den Bacon selbst entworfen hatte – stand schon fünfzig Jahre nach Bacons Tod in Ruinen.«

»Aber es muss doch etwas übrig sein«, beharrte Sir Henry.

Ich trommelte mit den Fingern auf die Knie. »Es gibt eine Statue in der Gemeindekirche in St. Albans, die der Shakespeare-Statue in Westminster ähnelt. Aber die wird seit hundertfünfzig Jahren von Bacon-Jüngern unter die Lupe genommen.«

»Also ein unwahrscheinlicher Ort für ein Versteck.«

Ben nahm mir den Brief ab. »Aber wenn Will selbst an St. Alban schreibt«, sagte er, »warum bittet er den Schwan, den Eber zu bezirzen?« Er sah auf. »Das spricht doch eher dafür, dass St. Alban und der Eber zwei verschiedene Leute sind.«

Wir beugten uns über den Brief. Er hatte recht.

»Gibt es vielleicht noch einen schaurigen Eber?«, fragte Sir Henry.

»Nicht dass ich wüsste.«

»Und wo fahren wir jetzt hin?«, fragte Ben.

»Irgendwohin, wo ich nachdenken kann.«

Fünf Minuten später rollten wir auf den Parkplatz eines unauffälligen Hotels. Ich blieb bei Barnes im Wagen sitzen, während Ben und Sir Henry eincheckten.

In der Zwischenzeit nahm ich die Brosche heraus und öffnete das Medaillon. Die Laternen vor dem Hotel tauchten das kleine Porträt in orangenes Licht. »Wohin jetzt?«, fragte ich den jungen Mann stumm.

Mit dem Kruzifix in der Hand sah er mich amüsiert, fast herausfordernd an. In seinen Augen schien zugleich Spott und Verachtung zu glimmen.

34

Ben schleuste mich durch den Hintereingang des Hotels in ein Zweibettzimmer. Sir Henry hatte sein eigenes Zimmer und ging sich frisch machen. Als er ein paar Minuten später vor unserer Tür erschien, war er beinahe wieder der Alte, wenn auch ein wenig blass um die Nase. Ich stand am Fenster und betrachtete das geöffnete Medaillon.

»Mit dem Brief hast du aufgegeben?«, fragte Sir Henry und machte es sich in unserem bequemsten Sessel gemütlich.

»Die beiden gehören zusammen«, erwiderte ich. »Das weiß ich. Ich weiß nur noch nicht, wie.«

Dein ew'ger Sommer doch soll nie verrinnen, stand dort in goldenen Lettern. *Ad Maiorem Dei Gloriam.*

Doch wie hingen die Miniatur und der Brief, den wir gefunden hatten, zusammen? Vielleicht gab es keine direkte Verbindung, aber Ophelia hatte behauptet, das Bild und der Brief wären verschiedene Wege zur gleichen Wahrheit. Also mussten sie zur gleichen kleinen Welt gehören.

Ros hatte immer gesagt, Bedeutung ließe sich nur durch Kontext erschließen. Welche Art Kontext war die Miniatur für den Brief? Oder der Brief für die Miniatur?

Die Miniatur mit dem Kruzifix war eindeutig katholisch. In dem Brief schien es um die First Folio Edition zu gehen. Was hatte beides miteinander zu tun?

»Es gibt eine Verbindung«, sagte ich frustriert. »Aber ich kenne mich zu wenig mit Religionsgeschichte aus, um sie zu erkennen.«

»Vielleicht ist es Zeit, einen Experten zu konsultieren«, schlug Sir Henry vor.

»Ich kenne keinen«, erklärte ich.

»Am besten wäre jemand, der sich mit Religion und mit Shakespeare auskennt«, sagte Ben. Er sah mich durchdringend an, und dann fiel es mir ein. Im Programm der Konferenz in der Folger-Bibliothek hatten wir beide den Titel von Matthew Morris' Referat gelesen. ›Shakespeare und die Feuer des geheimen Katholizismus‹.

»Ihn will ich nicht anrufen«, sagte ich bestimmt.

Sir Henry horchte auf. »Wen anrufen?«

»Matthew Morris«, sagte ich. »Professor Matthew Morris.«

»Der wahrscheinlich zu gerne helfen würde«, sagte Ben.

»Aha«, sagte Sir Henry. »Ich kann es mir schon vorstellen. Hat der arme Mann sonst noch etwas Fürchterliches getan, außer sein Interesse an dir zu bekunden?«

»Er geht mir auf die Nerven«, sagte ich wenig überzeugend. »Ros ist er auch auf die Nerven gegangen.«

»Manchmal, meine Liebe«, sagte Sir Henry, »bist du wirklich eine arrogante Ziege.« Er hielt mir sein Handy hin. »Wenn der Mann uns helfen kann, ruf ihn an.«

»Nimm meins«, sagte Ben. »Ist schwerer zurückzuverfolgen.«

»Ros wäre dagegen«, sagte ich grimmig.

»Ros wäre dagegen, dass ihr Mörder ihren Schatz in die Finger bekommt«, gab Ben zurück. Er stellte den Lautsprecher an seinem BlackBerry an, und ich kramte Matthews Karte heraus und tippte die Nummer ein.

Nach dem zweiten Klingeln war Matthew dran. »Kate«, sagte er verschlafen. Und dann hörte ich, wie er sich im Bett aufsetzte. »*Kate?* Wo bist du? Geht es dir gut?«

»Ja, es geht mir gut. Was kannst du mir über den Satz ›*Ad Maiorem Dei Gloriam*‹ sagen?«

Er klang schrill. »Du bist auf der Flucht und willst, dass ich Latein übersetze?«

»Ich weiß, was es heißt. ›Zur größeren Ehre Gottes‹. Ich weiß nur nicht, was es bedeutet.«

»Erzählst du mir, worum es geht?«

»Du hast gesagt, ich soll anrufen, wenn ich deine Hilfe brauche. Jetzt rufe ich an.«

Einen Moment lang war es still in der Leitung. »Es ist das Motto der Jesuiten.«

Ich wollte etwas sagen, doch ich bremste mich. *Die Soldaten Christi.* Fromme, oft übereifrige Priester, die England zurück in den Schoß der katholischen Kirche bringen wollten.

Matthew fuhr fort. »Die Schreckgespenster der Cecils und des ganzen Rests von Elisabeths und Jakobs Ratgebern, von denen sie als Verräter gebrandmarkt wurden. Ein unbequemer Titel, doch die Jesuiten trugen ihn mit der Geduld von Heiligen. Buchstäblich. Ich glaube, etwa zehn *sind* Heilige, nachdem sie wegen ihres Glaubens gehängt, ertränkt und gevierteilt wurden.«

»Jesses«, sagte ich.

»Genau«, sagte Matthew. »Die Gesellschaft Jesu.«

Auf dem Medaillon wurde der junge Mann von Flammen umlodert.

»Im Kontext dieses Mottos«, sagte ich, und versuchte dabei möglichst gelassen zu klingen, »wie würdest du diesen Satz deuten?« Ich las die schnörkeligen, in verblasster, braun gewordener Tinte geschriebenen Worte vor: *Vnd so nehme ich die Pflicht auff mich, an St. Alban zu schreiben vnd vnser Schweigen zu entschuldigen.*

»Normalerweise hätte ich an Francis Bacon gedacht«, sagte Matthew. »Aber in Verbindung mit dem Jesuitenmotto drängt sich Valladolid auf.«

»Spanien?«

»Ja, Spanien.« Matthew gähnte, dann begann er zu dozieren. »Valladolid, die älteste Hauptstadt Kastiliens, ist Sitz des Royal English College, das im späten 16. Jahrhundert vom spanischen König Philipp II. gegründet wurde, um junge Engländer zu Priestern ausbilden zu lassen. Die meisten Priester schlossen sich dem Jesuitenorden an und wurden undercover zurück nach England geschickt, damit sie sich im Verborgenen um die Gläubigen kümmerten. Die englische Regierung behauptete, die Jesuiten würden außerdem loyale Bürger dazu verführen, blutige Attentate gegen die protestantischen Herrscher auszuhecken, weil sie sich mit Gewalt nehmen wollten, was sie durch Überredungskünste nicht erlangen konnten. In England hielt man das Kollegium für so etwas wie ein Trainingscamp für religiöse Terroristen.«

»Aber was hat das mit St. Alban zu tun?«

»Der volle Name lautet: Royal English College of St. Alban.«

Einen Moment herrschte Schweigen. Ich griff nach dem Telefon und stellte den Lautsprecher ab. »Ich schulde dir was, Matthew.«

Er schwieg. Dann sagte er leise: »Du weißt, was ich will.«

»Ja«, sagte ich. *Gib mir eine Chance*, hatte er gesagt. »Gott weiß, du hast es verdient.« Dann legte ich auf.

Ich warf Ben das Handy zu, der sich auf dem Bett ausgestreckt hatte und mit einem irritierend wissenden Lächeln an die Decke starrte.

»Glaubst du, das ist es?«, fragte Sir Henry. »Valladolid? Ist das nicht ein bisschen weit hergeholt?«

Als ich mich an den Schreibtisch setzte, war ich plötzlich furchtbar müde. »Es gibt noch andere Verbindungen vom Royal English College zu Shakespeare. Zwei. Wollt ihr zuerst die plausible oder die unplausible hören?«

»Ich bin dafür, dass wir uns von der verrückten zur vernünftigen vorarbeiten«, sagte Ben und faltete die Hände hinter dem Kopf.

»Christopher Marlowe.« Ich strich durch mein zu kurzes Haar. »Gottlos, schwul, gefeiert – das Enfant terrible des elisabethanischen England. Liebling der Bühne – bis Shakespeare auftaucht.«

»Und er bei einer Kneipenprügelei stirbt, als ihm jemand einen Dolch ins rechte Auge stößt«, sagte Ben.

Ich nickte. »1595, als gerade Shakespeares Blütezeit beginnt. Ja, genau der Marlowe. Wobei es vielleicht nicht bloß eine zufällige Kneipenprügelei war – denn Marlowe arbeitete außerdem als Spion der Krone. Unter anderem wurde er mit dem Auftrag nach Holland geschickt, eine Gruppe englischer Exil-Katholiken zu infiltrieren, die unter dem Verdacht standen, eine Revolte zu planen. Schlüssige Beweise sprechen dafür, dass seine Saufkumpane ebenfalls Spione waren und dass die Kneipe als sicherer Unterschlupf galt.«

»Nicht sicher für Marlowe«, stellte Ben fest.

Ich legte die Füße auf den Tisch. »Weniger schlüssige Beweise sprechen dafür, dass er nicht an jenem Abend starb. Er entkam – oder wurde ins Ausland geschickt. Nach Spanien.«

»Pah!«, rief Sir Henry aus seinem Sessel.

Ben wurde leiser. »Nach Valladolid?«

Ich nickte. »Im Jahr 1599 ist im Register des Kollegs die Ankunft eines Mannes namens John Matthews oder Christopher Morley verzeichnet … Morley ist eine Variante von Marlowe, die der Dramatiker gelegentlich verwendete, und John Matthews war ein verbreiteter, wenn auch kein origineller priesterlicher Deckname – nach den Evangelisten Johannes und Matthäus.« Ich schüttelte den Kopf. »Wer er auch war, der Mann wurde 1603 zum Priester ordiniert und kehrte nach England zurück, wo man ihn fasste und ins Gefängnis sperrte. Das Seltsame ist, dass in einer Zeit, in der die Gefangenen für ihren eigenen Lebensunterhalt aufkommen mussten, wenn sie nicht hungers verrecken wollten, ausgerechnet Robert Cecil, einer der höchsten Minister des Königs, Morleys Rechnungen bezahlte. Woraus man schließen könnte, dass Morley für die Regierung arbeitete.

Am einfachsten ließe sich der Morley aus Valladolid erklären, indem man sagt, *beide* Namen waren Decknamen – der eine aus den Evangelien, der andere von einem Toten geborgt –, möglicherweise, weil der Priester ein englischer Spion war.«

»Die gerade Linie zwischen zwei Punkten«, sagte Ben. »Und was wäre die – wie hast du zu Athenaide gesagt? – die windige Spritztour eines …«

»Eines betrunkenen Junikäfers«, vervollständigte ich. »Es gibt Leute, die glauben, der Grund, weshalb sich nicht beweisen lässt, dass Shakespeare vor 1593 etwas geschrieben hatte, sei der, dass er bis 1593 unter seinem richtigen Namen schrieb: Christopher Marlowe.«

Mit einem verächtlichen Schnauben sprang Sir Henry aus dem Sessel und drehte eine Runde durchs Zimmer.

»Ich habe ja gesagt, dass es verrückt ist«, sagte ich. »In diesem Szenario wäre Teil der Abmachung, dass Cecil nach Marlowes Verschwinden dafür sorgt, dass seine Stücke in London weiterhin aufgeführt werden.«

»Also geht ›Shakespeare‹ nach Valladolid.« Während wir sprachen, surfte Ben mit seinem Handy im Internet.

»Genau.«

»Und was ist die zweite Verbindung, die vernünftige?«, fragte Sir Henry, der immer noch im Zimmer auf und ab ging.

»Cervantes.«

Sir Henry blieb wie angewurzelt stehen.

»Vielleicht hat *er* Shakespeares Stücke geschrieben«, sagte Ben trocken.

Ich warf ihm einen finsteren Blick zu. »Es gibt tatsächlich Leute, die das glauben. Andere glauben, Shakespeare hätte ›Don Quixote‹ geschrieben.«

»Und bestimmt gibt es Leute, die glauben, er sei als Einstein wiedergekehrt und habe die Relativitätstheorie entwickelt«, warf Sir Henry ein. »Warum geben wir ihm nicht auch noch ›Krieg und Frieden‹, die ›Ilias‹ und die Bibel, wo wir gerade dabei sind?«

»Bleiben wir eine Minute bei Shakespeare als Shakespeare«, begann ich.

»Wie originell«, sagte Sir Henry.

»Wir reden gar nicht mehr von ›Cardenio‹, aber das Stück gehört immer noch zur Geschichte«, fuhr ich fort. »Und man könnte sagen, dass Cardenio aus Valladolid stammt. Als Philipp III. den gesamten spanischen Hof von Madrid nach Valladolid verlegte, kam Cervantes mit. Es war in Valladolid, wo er 1604 den ersten Teil von ›Don Quixote‹ fertigstellte und den zweiten Teil begann.«

Keiner rührte sich. Ich strich über den Brief. *St. Alban.*

»Im gleichen Frühjahr schickte der neue König Jakob I. eine Gesandtschaft nach Spanien, um einen Friedensvertrag auszuhandeln. Der Graf von Nottingham – ein Howard – brachte ein Gefolge von vierhundert Engländern mit nach Valladolid, die ein tiefes Interesse für alles Katholische hegten und lernten, sich ebenso sehr für alles Spanische zu interessieren. Literatur und Theater eingeschlossen. Und Religion. In manchen Lagern fürchtete man, dass die Jesuiten sein Gefolge korrumpieren würden und dass die jungen Männer eines Tages unter Umständen zurückkehrten, die man in England wenig erfreulich fände.«

Der junge Mann mit dem Kruzifix blickte herausfordernd aus seinem Porträt. *Ad Maiorem Dei Gloriam.*

»Falls der goldene Jüngling nach Valladolid ging, um sich dem Jesuitenorden anzuschließen, hatte er die Möglichkeit, Shakespeare von Cervantes' Cardenio-Geschichte zu berichten. Oder einem seiner

Wohltäter. Vielleicht den Howards. Es würde erklären, warum ›Will‹ sich bei St. Alban für das Fehlen des spanischen Stücks in der First Folio entschuldigen muss.«

Ben setzte sich auf dem Bett auf. »Es würde auch erklären, wie das Manuskript eines englischen Stücks im Grenzgebiet zwischen Arizona und New Mexico landen könnte.«

Ich drehte mich um.

»Im siebzehnten Jahrhundert gehörte die Gegend zum nördlichen Teil von Neuspanien. Regiert und erschlossen von spanischen Konquistadoren.«

»Die spanische Priester im Gefolge hatten«, sagte ich.

»Oder zumindest Priester aus Spanien.«

»Vielleicht war auch ein englischer Priester darunter«, sagte Sir Henry.

Hinter den goldenen Locken des Jünglings loderten die Flammen. Ich dachte an die Worte, die in verblasster Tinte in dem Brief standen: *Vnd so nehme ich die Pflicht auff mich, an St. Alban zu schreiben vnd vnser Schweigen zu entschuldigen.*

Ben sah von seinem BlackBerry auf. »Bei Ryanair gibt es zwei Direktflüge täglich. Von London nach Valladolid.«

Wir buchten drei Plätze in der Morgenmaschine.

35

Ich habe mit Seiner Exzellenz dem Erzbischof von Westminster gesprochen«, verkündete Sir Henry, als er am nächsten Morgen wieder vor unserer Tür stand. »Um elf empfängt mich der Rektor von St. Alban.«

»Nur dich?«, fragte ich.

»Möglicherweise habe ich vergessen zu erwähnen, dass ich mit zwei Begleitern reise«, sagte Sir Henry. »Aber ich vertraue darauf, dass der Rektor flexibel ist.«

Am Flughafen Stansted im Nordosten von London wurde mein Pass nicht zweimal angesehen, trotz der wachsenden Anzahl von Wasserflecken und Knitterfalten. Dafür wurde Sir Henry von dem Sicherheitsbeamten beäugt, doch nachdem er ihm leutselig zuzwinkerte, gelang es dem Beamten, diskret zu bleiben. Sonst erkannte ihn niemand. Er hinkte durch den Flughafen wie ein müder alter Mann, und die anderen Passagiere würdigten ihn kaum eines Blickes. Wir zwängten uns in die knallig blaugelbe Maschine von Ryanair, die sich kurze Zeit später in die Lüfte erhob.

Durchs Fenster sah ich zu, wie wir die Pyrenäen überflogen und über der braunen Ebene von Kastilien, die hier und da mit mäandernden grünen Flüssen gestreift war, zum Landeanflug ansetzten. Am Boden stiegen wir in ein Taxi, das mit hohem Tempo den langgezogenen Hang nach Valladolid hinunterjagte. Zu beiden Seiten ragten mit braunem Gras und einsamen Bäumen bewachsene Tafelberge auf wie die Mesas im amerikanischen Südwesten. Die Konquistadoren mussten sich im Norden Mexikos und Südwesten der USA wie zu Hause gefühlt haben. Zumindest sah die Natur genauso aus.

Die Stadt tauchte plötzlich auf – eine Ansammlung von Lagerhäusern und neuen Gebäuden, eine Brücke über einem glatten, trägen Fluss, und dann wurden wir vom alten Europa verschluckt. Häuser mit hohen Fenstern und zierlichen Balkonen beschatteten die Straßen. Die Leute saßen in Straßencafés oder flanierten unter den Bäumen oder über Märkte und Plätze mit Springbrunnen. Vor einer langen Backsteinmauer blieben wir stehen. Dahinter konnte ich die Spitze einer weißen Kuppel sehen.

»El Real Colegio de Ingleses«, verkündete der Taxifahrer.

Als ich ausstieg, musste ich in der spanischen Sonne blinzeln, die grell und scharf auf uns herabbrannte. Das große Kirchenportal war fest verschlossen. Ein Stück weiter gab es einen kleineren Eingang, der von der Straße zurückgesetzt war. Wir klingelten und warteten.

Nach ein paar Minuten öffnete uns der Rektor des Royal College of St. Alban persönlich. Monsignor Michael Armstrong war ein imposanter Mann mit einem Brustkorb wie ein Fass, grauem Haar und einer langen, dünnen Nase wie der eines byzantinischen Heiligen. Über dem schwarzen Talar trug er eine rote Schärpe. Er stellte sich mit einer steifen Begrüßung vor, die etwa so viel Wärme verströmte wie Granit.

Dann führte er uns durch einen hallenden Vorraum und mehrere weiße Korridore mit Terrakotta-Fliesen. Ich dachte, er brächte uns in sein Büro, doch stattdessen betraten wir das ruhige Dämmerlicht einer Kirche. »Im Sommer sind die Studenten nicht da, und der Stab ist auf ein Minimum reduziert«, erklärte der Rektor. »Wir nutzen die Abwesenheit, um die Büros zu streichen und die Fenster zu reparieren. Im Moment ist dies der beste Ort für eine Unterhaltung.«

Es war eine kleine spanische Barock-Basilika. Der Altar war grün und rot bemalt und mit vergoldeten Heiligen bestückt, und irgendwie erinnerte er mich an die Bühne im Globe Theatre. In der Mitte stand die Maria Vulnerata, die 1596 beim Angriff auf Cádiz von den Engländern übel zugerichtet und seitdem von ihren katholischen Landsleuten verehrt wurde. Maria, Königin des Himmels. Die Nase fehlte und beide Arme. *Lavinia*, schoss es mir durch den Kopf, und ich musste den Blick von dem narbigen Gesicht abwenden.

»Ich habe gehört, Sir Henry, dass Sie auf den Spuren Shakespeares sind.« Der Rektor sprach mit einem breiten nordenglischen Akzent. Vielleicht kam er aus Yorkshire. »Da sind Sie nicht der Erste, fürchte ich. Wir haben immer wieder nach seinen Spuren gesucht.« Er breitete die Hände zu einer hilflosen Geste aus, doch sein Mund zeigte Entschlossenheit. »Sie werden weder ihn noch Marlowe hier finden. Wenn Sie es wünschen, kann ich Ihnen den Eintrag von Marlowe – oder Morley – im Kollegregister zeigen. Es handelt sich wohl eindeutig um einen Decknamen.« Er lächelte kalt. »In Zeiten der Verfolgung waren die Namen toter Männer sehr nützlich, um die Lebenden zu schützen.«

»Was für ein Glück, dass wir nicht nach Marlowe suchen«, entgegnete Sir Henry. »Es stimmt, wir sind auf Shakespeares Spuren, aber wir erwarten nicht, ihn hier zu finden.«

Monsignor Armstrongs Miene zeigte einen Anflug von Überraschung. »Wen wollen Sie dann finden?«

»Jemanden, der ihn vielleicht kannte«, sagte Sir Henry.

»Hier? Sie meinen, Shakespeare hatte doch eine Verbindung zum Kolleg?«

Ich nahm die Brosche aus der Tasche, öffnete das kleine Medaillon auf der Rückseite und zeigte ihm das Porträt des jungen Mannes mit dem Kruzifix. »Wir suchen nach ihm.«

Monsignor Armstrongs Züge wurde milder. »Wundervoll«, flüsterte er. »Ist das ein Hilliard?«

»Das hoffen wir«, sagte Sir Henry.

»Es ist eindeutig ein Märtyrerporträt«, stellte der Rektor fest. »Ich habe von derartigen Porträts gehört, aber noch nie eines gesehen … Wie heißt er?«

»William«, sagte Sir Henry mit einem spöttischen Lächeln. »Aber nicht Shakespeare.«

Monsignor Armstrong lachte in sich hinein. »War mein Verdacht so offensichtlich? Sie glauben gar nicht, was für schräge, beharrliche Fragen wir hier bekommen … Haben Sie auch den Nachnamen?«

»Nein«, sagte ich.

»Ein Datum?«

»Kein genaues. Doch er muss gegen 1621 hier gewesen sein. Wir glauben, dass er nicht nach England zurückgekehrt ist.«

»Gottes Werk kann an vielen Orten vollbracht werden.«

»Vielleicht ging er in die Neue Welt. Nach Neuspanien«, sagte Ben.

»Das wäre ungewöhnlich für einen Engländer.« Er sah sich die Miniatur noch einmal an. »Vor allem für einen Jesuiten, worauf das Motto deutet ... Doch das alte Kollegregister könnte uns weiterhelfen. Kommen Sie mit mir.«

Er führte uns aus der Kirche hinaus, zurück durch das Labyrinth der gefliesten Korridore, vorbei an einem Hof mit Olivenbäumen, der in der Sonne briet. Irgendwann blieb er vor einer verriegelten Tür stehen. Der Rektor schloss auf, und ich blickte in eine blassgrüne Bibliothek mit in Leder gebundenen und vergoldeten Büchern, die die gesamte Wand vor uns einnahmen.

Aus einem der Regalfächer nahm der Rektor ein schweres blaues Buch. Eine Druckausgabe, kein Original. Es schien in Latein zu sein. Er überflog die Seiten, bis er bei 1621 war, dann ging er mit seinem dicken Finger langsam die Einträge durch. Einmal hielt er inne, dann suchte er weiter. »Dachte ich mir. Es gibt nur einen Mann, der auf Ihre Beschreibung passt. Sein Name war William Shelton.«

Der Name kam mir bekannt vor. »Es war ein Shelton, der ›Don Quixote‹ zum ersten Mal ins Englische übertrug«, sagte ich.

»Sie haben Ihre Hausaufgaben gemacht«, lobte der Rektor. »Das wäre Williams Bruder Thomas. Auch wenn seit Langem gemunkelt wird, William hätte die Übersetzung selbst angefertigt und sie nur deshalb seinem Bruder zugeschrieben, damit sie veröffentlicht werden konnte. Als Jesuit war William in England Persona non grata, wie Sie wissen. Auf jeden Fall hatte William Zugang zum ›Quixote‹, und er sprach Spanisch.«

»Stand er irgendwie mit den Howards in Verbindung?«, fragte Ben.

»Der Graf von Northampton half ihm, hierherzukommen, und er verbürgte sich für ihn. Das war damals nötig, bei all den Spionen.«

»Ein Howard half ihm, hierherzukommen?«

»Ist das wichtig?«

»Vielleicht. Hat er irgendwelche Papiere oder Briefe hinterlassen?«

Monsignor Armstrong schüttelte den Kopf. »Ich fürchte, die Priester durften ihre Briefe behalten. Wir haben jedenfalls nichts in unserem Archiv.« Er sah mich bohrend an. »Ein wenig Kompetenz können

Sie uns zugestehen. Hätten wir hier eine schriftliche Nachricht von Shakespeare, dann wüssten wir es, glaube ich.«

»Falls die Nachricht eindeutig von ihm war«, entgegnete ich. »Aber sicher benutzten auch die Korrespondenten Decknamen, wie Ihre Priester. Wohin ging Shelton von hier?«

»Er hatte die Erlaubnis, sein Jesuitengelübde zurückzunehmen und sich den Franziskanern anzuschließen. 1626 wurde er nach Neuspanien geschickt – nach Santa Fe – mit Fray Alonso de Benavides. Er verschwand. Wahrscheinlich ist er bei einer Reise durch die Wildnis im Südwesten von Santa Fe Indianern in die Hände gefallen und starb den Märtyrertod.«

Mir lief ein Schauer über den Rücken.

»Aber wir haben ein Buch, das Pater Shelton gehört hat«, sagte der Rektor. »Nicht viele wissen davon, aber ich glaube, Sie sollten es sich ansehen.« Er ging in die hinterste Ecke der Bibliothek und zog ein großes, in rotes Kalbsleder gebundenes Buch aus dem Regal. Dann schlug er es auf und reichte es mir.

»*Mr William Shakespeares Comödien, Historien und Tragödien*«, las ich. »*Publicirt getreu den wahren originalen Copien.*« Darunter schwebte Shakespeares blasser Eierkopf über dem Teller seiner Halskrause. Ich hielt eine First Folio Edition in der Hand.

»Das jakobäische Magnum opus«, sagte Ben und pfiff durch die Zähne.

Der Rektor nahm mir das Buch wieder aus der Hand und klappte es zu. Ich sah ihn irritiert an. War das alles, was er mir zeigen wollte?

»Ich dachte, der Einband interessiert Sie«, sagte er.

Sir Henry und Ben drängten sich hinter mich. In das Leder war ein goldenes Wappen geprägt, ein Adler, der ein Kind in den Krallen trug. Plötzlich schien das Buch in meinen Händen zum Leben zu erwachen.

»Kennen Sie das Wappen?«, fragte der Rektor.

»Derby«, flüsterte ich.

»Derby«, wiederholte er. »Pater Shelton bekam es vom Grafen von Derby geschickt.«

»Der sechste Graf von Derby«, sagte ich. »Noch ein William.«

In der Stille, die folgte, dehnte sich der Raum, und die Bücher schienen sich in ihren Fächern vorzubeugen und zu lauschen.

»*My name is Will*«, murmelte Ben.

»William Stanley Graf von Derby«, spezifizierte ich.

»*Stanley?*«, wiederholte Sir Henry ungläubig. »Wie in ...«

»Wie in W. S.«, sagte Ben.

Es klopfte an die Tür, und ich erschrak. »Herein«, sagte der Rektor. Ein junger Priester steckte den Kopf durch die Tür. »Ein Anruf für Sie, Monsignor.«

»Machen Sie mir eine Notiz.«

»Es ist Seine Exzellenz der Erzbischof von Westminster.«

Der Rektor murmelte etwas, dann entschuldigte er sich.

»Das gefällt mir nicht«, sagte Ben, als die Tür wieder zu war. »Tun Sie, was Sie tun müssen, und dann gehen wir.«

In der Ecke stand ein alter Kopierer. Ich schaltete ihn an, und er erwachte summend zum Leben. Als er sich aufgewärmt hatte, schlug ich die Folio auf.

»*Stanley?*« Sir Henry sah mich funkelnd an.

»Keine Verwandtschaft«, sagte ich kurz, während ich das Buch auf der Suche nach irgendwelchen Zeichen durchblätterte – Randbemerkungen, Kritzeleien, unterstrichene Wörter, Unterschriften.

»Mit dir oder mit Shakespeare?«, hakte Sir Henry nach. »Sag mir bitte, mit keinem von beiden.«

Ich erreichte das Ende der Folio, ohne etwas zu finden. Das einzig Interessante war Derbys Wappen auf dem Einband. »Keine Verwandtschaft mit mir«, sagte ich genervt. »Ich kann auch nichts dafür, wenn Derby plötzlich Außenseiterchancen hat, Shakespeare zu sein ... Du hast selbst gefragt«, setzte ich nach, als Sir Henry fluchte.

Ich blätterte das Buch noch einmal durch, diesmal langsamer, und erläuterte unterdessen, was für Derby sprach. Gebildet, athletisch und adlig, war William Stanley, der sechste Graf von Derby, ein perfekter Kandidat für den, der Shakespeares Werke *eigentlich* geschrieben haben könnte. Sein Vater und älterer Bruder unterhielten beide berühmte Schauspielertruppen, und so wuchs er buchstäblich mit dem Theater auf. Auch wenn er offiziell Protestant war, saß die Hausmacht seiner Familie in Lancashire, einer Bastion des alten katholischen Glaubens. Er war ein guter Musiker und liebte die Jagd und die Falknerei. Er gab viel Geld aus, war ein leidlicher Jurist und bereiste

Europa. Er heiratete die älteste Tochter des Grafen von Oxford, und die junge Ehe ging unter dem Einfluss eines boshaften Leutnants beinahe in die Brüche. Derby war ein Förderer und Schüler von John Dee, dem historischen Magier, an den Shakespeares großer Zauberer Prospero angelehnt ist.

»Und er schrieb Theaterstücke«, schloss ich. »Zumindest gibt es das Zeugnis eines Spions der Jesuiten, der das behauptet.«

»Die Jesuiten hatten auch Spione?«, fragte Sir Henry konsterniert.

»Sie haben ihn geschickt, um herauszufinden, ob sich Derby zum Anführer einer katholischen Revolte eignen könnte. Doch der Spion meldete, dass Derby wenig von Nutzen sei, da er die Zeit damit vergeude, ›Comödien für gemeine Schauspieler‹ zu verfassen.«

»Ach du meine Güte«, sagte Ben. »Hast du etwas von ihm gelesen?«

Ich schüttelte den Kopf. »Seine Stücke sind verschollen. Der Brief des Spions dagegen wurde abgefangen und sorgfältig in den Regierungsarchiven aufbewahrt. Welche Ironie.«

»Also scheint Derbys Kandidatur so denkbar wie Oxfords«, sagte Ben.

»Sogar noch besser.«

»Du meinst, wegen seines Vornamens?«, spottete Sir Henry. »In England heißt jeder fünfte Junge William.«

»Auch wegen der Geografie«, sagte ich. »Derby kommt aus einer Gegend, die zu dem Dialekt in Shakespeares Stücken passt; Oxford nicht. Außerdem war Derby ein netterer Mensch als Oxford. Er scheint seine Freunde jedenfalls nie wegen Hochverrats verpfiffen zu haben. Und vor allem stimmen seine Lebensdaten. Anders als Oxford lebte Derby während der ganzen Zeit, in der die Stücke entstanden sind.«

»Aber wenn Derby so perfekt ist, warum hat er dann nur eine Außenseiterchance?«, fragte Ben.

Wieder hatte ich das Ende des Bandes erreicht, ohne etwas zu finden. Frustriert klappte ich das Buch zu. »Alles spricht für Derby, bis auf einen wichtigen Punkt: Es fehlt eine Verbindung zu Shakespeare.«

»Bis jetzt«, sagte Ben.

Ich betrachtete das Derby-Wappen mit dem Adler und dem Kind auf dem Einband. Das hier war eine Verbindung. Ein beweiskräftiger Hinweis. Aber wofür?

Ein Piepsen signalisierte, dass der Kopierer betriebsbereit war. Seufzend legte ich das Buch mit dem Einband auf das Glas und drückte den Knopf.

In dem Moment, als das Licht den Ledereinband abzutasten begann, flog die Tür auf und der Rektor stürmte herein. Er schlug die Tür hinter sich zu, dann baute er sich mit verschränkten Armen vor uns auf wie ein Kreuzritter aus dem Mittelalter, der mit dem Schwert ebenso gewandt war wie mit dem Kruzifix. Im Augenwinkel sah ich, wie Ben kaum merklich zur Tür aufrückte.

»Sie sind nicht ganz ehrlich gewesen«, donnerte der Rektor und streckte die Hand nach dem Buch aus. »Der Erzbischof hat mir berichtet, dass jemand über die Kontinente hinweg First-Folio-Ausgaben in Brand steckt. Und auch vor Mord nicht zurückschreckt.«

Widerwillig gab ich ihm die Folio zurück. »Jemand brandschatzt und mordet«, sagte ich leise, »doch wir sind es nicht.«

Sein Blick glitt über den Kopierer. »Nein. Sie machen hier nur unerlaubt Kopien. Was Diebstahl ist. Wonach suchen Sie?«

»Nach Shakespeare«, antwortete ich. So viel war wahr.

»In diesem Buch?«

»Mit seiner Hilfe«, sagte Sir Henry.

»Dann haben Sie die Widmung also entschlüsselt?«

Ich sah auf. Kurz vor der Tür blieb Ben stehen.

»Welche Widmung?«, fragte ich. Was hatte ich übersehen?

Monsignor Armstrong sah jeden von uns einzeln an. »Wenn ich sie Ihnen zeige«, sagte er zögernd, »werden Sie mich über alles informieren, was Sie über Pater Shelton herausfinden.« Es war nicht als Frage gemeint, wie mir klar wurde; der Rektor setzte einen Preis fest.

»Falls ich verstehe, was ich sehe«, sagte ich gepresst.

Einen Moment lang ruhte sein Blick auf mir. Ich spürte, wie er sein Misstrauen gegen seine Neugier abwog. Dann nickte er kurz und ging an den Tisch, wo er das Buch aufschlug. Er zog die Innenseite des Einbands ab, und erst jetzt sah ich, dass man irgendwann eine Schutzhülle über das Original geklebt hatte.

Auf der Seite darunter war in verblichener brauner Tinte eine Zeichnung zu sehen. Eine monströse Kreatur mit dem langen Hals und Kopf eines Schwans, ausgebreiteten Adlerschwingen, die sich zu Schweineköpfen verjüngten, und den Klauen und dem Schwanz eines Adlers. In einer Kralle trug sie ein Kind in einem Korb, in der anderen einen Speer.

Ich sank auf einen Stuhl.

»Das schimärische Tier«, flüsterte Sir Henry ehrfurchtsvoll.

»Der Adler, der Schwan, der Keiler und der Eber«, sagte Ben. »Der Graf von Derby – Will. Lady Pembroke – der süße Schwan. Der Graf von Oxford – der Keiler, und Francis Bacon – der Eber.«

»Und noch jemand«, sagte ich leise und zeigte auf die Krallen. »Die Kralle mit dem Kind – sie gehört zum Adler der Derbys. Aber die mit dem Speer – ich glaube, die soll zu einem Falken gehören.«

»Shakespeares Wappen«, sagte Sir Henry. »Der Falke mit der Lanze.«

Miß Bacon hatte Recht – Recht und nochmals Recht … Als würde jemand an einem Kaleidoskop drehen, begann das Muster, das ich zu kennen meinte, sich zu verschieben und zu drehen; und ich war mir nicht sicher, ob ich das Bild sehen wollte, das vor meinen Augen entstand. »Sie haben alle gemeinsam dahintergesteckt«, sagte ich langsam.

»Wohinter?«, fragte der Rektor.

»Hinter der Entstehung dieses Buchs«, sagte Sir Henry.

Ich schüttelte den Kopf. Was hatte Will geschrieben: *Etwas von den Wolkenschlößern – oder wie Ihr sie zu nennen pflegt, vom Tand vnd Spielwerck –, die vnser chimärisches Thier einst herauffbeschworen, sollte doch nicht ganz von den Schatten der Gierigen Nacht verschlungen werden.* Waren sie zusammengekommen, um die Stücke in Auftrag zu geben und dann zu veröffentlichen? Oder hatten sie noch mehr dazu beigetragen?

Unter die Schimäre hatte jemand in feiner Hand vier Verse eines Sonetts geschrieben. Sir Henry las die Zeilen vor:

»Sei mit dem Leib mein Name eingesargt
Und lebe dir und mir zur Schande nicht!
Denn mich beschämt, was ich auf Erden schrieb,
Und dir wär's Schmach, wär' dir so Schlechtes lieb.«

Die Schrift glich der Hand, die den Brief an den süßen Schwan geschrieben und mit »Will« unterzeichnet hatte.

Am unteren Rand der Seite stand, in weniger ordentlichen Buchstaben, ein weiterer Satz.

Was Menschen Übles tun, das überlebt sie,
Das Gute wird mit ihnen oft begraben …

»Julius Cäsar«, sagte Ben.

»Nein«, sagte ich ungeduldig. »Ophelia. Jems Ophelia«, erklärte ich den verwirrten Mienen, die mich ansahen. »Nicht die aus ›Hamlet‹. Ophelia Granville hat diese Zeile in ihrem Brief an Mrs Folger zitiert.« Professor Child, schrieb sie, habe sie vor dem Schweigen gewarnt. Und sie hielt ihr Versprechen, indem sie die Zeilen umdrehte. Wie hatte sie es ausgedrückt? *Ich schreibe Ihnen … damit das Gute, das wir tun, uns vielleicht doch überlebt, während das Böse mit uns begraben wird.*

Als sie davon schrieb, dass Shakespeare in eine Richtung weise, hatte sie es ganz wörtlich gemeint, auf die gleiche listige Art wie die Hexen aus ›Macbeth‹. Was, wenn sie es auch hier buchstäblich meinte? Was hatte sie mit sich selbst begraben lassen?

Plötzlich fiel es mir wie Schuppen von den Augen. Nicht mit ihr.

Miß Bacon hatte Recht – Recht und nochmals Recht. Das machte zwei – sie hatte zweimal Recht, nicht nur einmal. Zuallererst hatte Delia Bacon geglaubt, dass Shakespeares Werke von Sir Francis Bacon stammten, dem Kopf einer geheimen Kabale. Aber sie hatte auch geglaubt, dass die wahre Identität des Barden in Shakespeares Grab verborgen war.

Ich zeigte auf die Widmung in Derbys Buch: *Sei mit dem Leib mein Name eingesargt.*

»Delia Bacon glaubte daran«, sagte ich. »Und sie versuchte es zu beweisen.«

»Versuchte?«, fragte Sir Henry irritiert, der den Rektor inzwischen über die ganze Geschichte aufgeklärt hatte. »Was meinst du damit, sie versuchte es?«

»Sie erhielt die Erlaubnis, Shakespeares Grab in der Dreifaltigkeitskirche in Stratford zu öffnen. Eines Nachts hielt sie allein in der Kirche Totenwache, aber am Ende brachte sie es doch nicht übers Herz, das Grab aufzubrechen. Zumindest schrieb sie das an ihren Freund Nathaniel Hawthorne.«

Zu jener Zeit brach bei Delia bereits der Wahnsinn aus. Was, wenn sie das Grab doch geöffnet hatte? Und etwas gefunden hatte? Was wäre mit ihrem Wissen passiert?

Sie hätte es mit in die Irrenanstalt in Forest of Arden genommen, wo ein kleines Mädchen namens Ophelia lebte. Die Tochter von Delias Arzt.

Was hatte Ophelia noch gesagt? Ich versuchte mich an ihren Brief zu erinnern. Dass sie und Jem gegen Gott und die Menschen gesündigt hatten, aber sie hatte, schrieb sie, *soweit es mir möglich war, alles an seinen rechtmäßigen Platz zurückgebracht.*

Ich vermied es, Ben oder Sir Henry in die Augen zu sehen. Wir dachten alle drei das Gleiche: *Shakespeares Grab. Stratford.* Doch keiner von uns wagte es auszusprechen.

»Wir müssen los«, sagte Sir Henry.

»Ich glaube, das ist alles, was ich im Moment wissen möchte«, sagte der Rektor mit einem Mal wieder spröde. Er schnappte sich das Buch, und ich sprang auf, weil ich fürchtete, er würde es unwiederbringlich wegsperren. Doch zu meiner Überraschung ging er an den Kopierer und kopierte die Seite mit dem schimärischen Tier. Er legte sie zu der noch warmen Kopie, die ich vom Einband gemacht hatte, und reichte mir beide.

»Danke«, sagte ich beeindruckt.

»Wenn Sie eine Spur des Paters finden, lassen Sie es mich wissen.«

Ich nickte. Wir waren im Geschäft; ich würde meinen Teil einhalten.

»Also gut«, sagte er energisch, »ich stimme mit Sir Henry überein. Sie sollten jetzt gehen.« Dann führte er uns eilig zum Eingang zurück, während sein schwarzer Talar über die Terrakotta-Fliesen fegte. »Gehen Sie in Frieden, und möge Gott Sie auf Ihrer Reise schützen«, sagte er, als wir hinaus in die grelle spanische Sonne traten und ein Taxi heranwinkten. Einen Augenblick lang sah ich noch seine Silhouette im Eingang stehen, das Buch wie einen Schutzschild vor die Brust gehalten, dann jagten wir den Hang hinauf zurück zum Flughafen.

Ich starrte die Kopien in meinem Schoß an. *Sei mit dem Leib mein Name eingesargt.*

Keiner sprach ein Wort. Wir wussten alle, wo es hinging und wieso. Doch auf unserer Reise konnten wir weder Frieden noch Schutz erwarten.

36

Gibt es eine Folio in Stratford?«, fragte Ben, als das Flugzeug nach London von der Startbahn abhob.

»Kein Original. In Stratford geht es mehr um Häuser als um Bücher. Aber es gibt mindestens eine gute Kopie.«

»Wo?«

»In New Place – dem Haus, das Shakespeare gekauft hat, als er berühmt wurde. Beziehungsweise in Nash's House nebenan. New Place war das zweitbeste Haus am Platz, als Shakespeare es kaufte, aber es wurde vor langer Zeit abgerissen. Jetzt ist dort ein Park. In Nash's House, dem Nachbarhaus, wohnte seine Enkelin. Dort gibt es eine ganze Ausstellung über Shakespeares gedruckte Werke, mit einer großen Abteilung über die First Folio Edition.«

Ben fluchte. »Dann wird Nash's House sicher streng bewacht. Und sein Geburtshaus wahrscheinlich auch. Sinclair wird kein Risiko eingehen.«

»Wir müssen nur in die Kirche«, sagte Sir Henry. »Westminster Abbey wurde auch nicht bewacht.«

»Nach dem, was in Wilton House passiert ist«, warf Ben ein, »wäre ich mir in Stratford nicht sicher.«

Ich will den verfluchten Mistkerl drankriegen, der es wagt, unter meiner Nase ein nationales Denkmal niederzubrennen, hatte Sinclair gesagt. *Ich will den Kerl haben.* Wie ich Sinclair einschätzte, würde er nicht ruhen, bis er sein Ziel erreicht hatte – was in Ordnung war, solange er mich nicht mit dem Mörder verwechselte.

Nicht, dass er damit so falsch lag, dachte ich und erinnerte mich schweren Herzens daran, wie Ben die tote Mrs Quigley in Armen hielt. Hätte der Mörder sie auch getötet – und Maxine und Dr. Sanderson –, wenn ich ihn nicht zu ihnen geführt hätte? Es ist nicht deine Schuld, hatte Ben gesagt. Als ich den Schatten des Flugzeugs beobachtete, der unter uns über die braune Erde glitt, fiel es mir schwer, ihm zu glauben.

Nördlich der Pyrenäen ballten sich die Wolken wie Watte, die im Wind wogte. Über dem Kanal zogen sie sich zu einer dicken grauen Decke zusammen. Wir tauchten im Sinkflug hinein, und dünne Regenfäden begannen gegen die Fenster zu peitschen. Als wir in London landeten, goss es in Strömen. Barnes erwartete uns am Ausgang, und kurze Zeit später fuhren wir durch den Regen nach Westen, in Richtung Stratford.

Ich war lange nicht mehr dort gewesen. Ich dachte an die kleinen Fachwerkhäuser mit den spitzen Giebeln, die sich dicht aneinandergedrängt in die überfüllten Gassen neigten. Und ich dachte an Ros' Stimme.

Das Städtchen Stratford hatte seine Blütezeit im Mittelalter und in der Renaissance erlebt, später war es zu einem armen, verschlafenen Dorf geschrumpft. Erst als im 19. Jahrhundert der wortgewaltige Zirkusdirektor und »König des Humbugs« P. T. Barnum Interesse äußerte, Shakespeares Geburtsort aufzukaufen und nach New York zu verschiffen, hatten es die Engländer mit der Angst bekommen, und sie begannen, ihr Erbe zu schützen. Was P. T. Barnum hoch anzurechnen war, wie ich fand.

Ros war anderer Meinung. Sie hasste den Ort noch mehr, als sie das Globe Theatre hasste. Wenigstens wagte im Globe keiner zu behaupten, Shakespeare wäre tatsächlich hier gewesen, sagte sie finster. Seine »Geburtsstätte« sei genauso eine Attrappe, ein Betrug wie Barnums Flohzirkus oder die mumifizierte Meerjungfrau, nur dass man in Stratford viel scheinheiliger war. Es gab keinen stichhaltigen Beweis dafür, dass der Barde je einen Fuß in das Haus gesetzt hatte, das von Millionen als Shakespeares Geburtshaus verehrt wurde – ein Gebäude, das obendrein im 19. Jahrhundert völlig umgebaut worden war. Und doch zeigten die Fremdenführer den Touristen unbekümmert das Bett, in dem Shakespeare angeblich das Licht der Welt erblickt hatte. Von dem Haus, in dem er wirklich gelebt hatte – New Place –, war nichts übrig als ein Loch im Boden.

»Ein Park«, hatte ich protestiert, »kein Loch im Boden.«

»Ein Park in Kellerhöhe«, hatte Ros entgegnet. »Glyzinien, die aus seiner Sickergrube klettern. Rosen, die in den Resten seiner Scheiße wurzeln.«

Er war *irgendwo* in Stratford geboren, argumentierte ich, wahrscheinlich auf der Henley Street, wo sein Vater laut Kataster Häuser besaß, auch wenn ich zugeben musste, dass niemand genau wusste, welche. Jedenfalls war es einfacher, ein bestimmtes Haus zu verehren, als in einer Straße zu stehen und die Verehrung auf ein undefiniertes Stück Raum zu verteilen.

»Religion«, sagte Ros verächtlich. »Opium des Volkes.«

»Opium, das dir deinen Lebensunterhalt beschert«, gab ich zurück.

»Wenn du etwas anbeten musst«, sagte sie, »bete seine Worte an. Wenn du unbedingt eine Kirche brauchst, geh ins Theater.«

Wenigstens im letzten Punkt hatte ich sie beim Wort genommen.

»Apropos Kirche«, hatte sie leichtfertig hinzugefügt, »die Kirche ist das einzige authentische Shakespeare-Gebäude in der ganzen Stadt. Wenn es dir um Shakespeares Präsenz geht, geh in die Kirche – da liegt der Kerl heute noch, zum Kuckuck.«

Was Menschen Übles tun, das überlebt sie, das Gute wird mit ihnen oft begraben. Ophelia wollte die Worte umdrehen. Hatte sie es geschafft?

Das würden wir herausfinden.

Im Wagen war es still bis auf das Flüstern der Reifen auf der regennassen Straße und das rhythmische Quietschen der Scheibenwischer. Dann tauchte das Städtchen aus den grünen Feldern und Hügeln auf. Wir folgten den kurvigen Straßen, überquerten die Brücke über den Avon und bogen in die High Street ein.

Wir parkten vor Sir Henrys Lieblingsabsteige, dem Shakespeare Hotel, nicht weit von der Kirche. Es war ein langes Gebäude aus der Tudorzeit, mit dunklem Fachwerk über weißem Putz, spitzen Giebeln und vom Alter krummen Balken, doch es verströmte immer noch etwas von seiner alten Eleganz. Im Innern war es geradezu fürstlich ausgestattet. Sir Henry buchte eine Suite und bestellte Abendessen auf sein Zimmer. In der Zwischenzeit fuhren Ben und ich an die Rückseite, wo ich mich unauffällig ins Gebäude schlich.

Sobald ich auf dem Zimmer in Sicherheit war, brach Ben auf, um die Überwachung der Kirche auszukundschaften. Sir Henry döste in einem Ohrensessel, während ich mich mit den Fotokopien aus Valladolid aufs Bett setzte.

Das Derby-Wappen auf dem Einband war der Beweis, dass die Folio William Stanley Graf von Derby gehört hatte – nicht dass er sie *geschrieben* hatte. Selbst die Widmung war kein Beleg dafür. Das »Ich« des Sonetts war eine rhetorische Figur – eine Maske, die sich jeder aufsetzen konnte. Die Verse bewiesen nur, dass Derby mindestens eins von Shakespeares Sonetten und ›Julius Cäsar‹ gelesen hatte.

Das machte ihn noch lange nicht zu Shakespeare.

Aber es war eine Verbindung. Dünn wie der Faden eines Spinnennetzes, aber ebenso stark.

Das schimärische Tier war eine andere Geschichte.

Der Adler, der Schwan, der Keiler, der Eber und der Falke, der die Lanze schwang: Zusammen mit dem Brief von Will an den süßen Schwan sprach die Zeichnung dafür, dass sie alle an der Schöpfung von Shakespeare beteiligt waren. Aber wie?

Es gab unendlich viele Variationen von Zusammenarbeit. Vielleicht hatten sich Derby, Lady Pembroke, Bacon und Oxford zusammengetan, um den Dichter zu unterstützen. Vielleicht hatten sie schlicht dafür gesorgt, dass er nicht vom Schatten weltlicher Probleme geplagt wurde – sondern dass er, in Virginia Woolfs Worten, fünfhundert im Jahr und ein Dach über dem Kopf bekam plus einen Anteil an den King's Men und ihrem Theater, dem Globe. Was immerhin ein angenehmes Polster wäre.

Aber vielleicht ging die Zusammenarbeit noch weiter. Vielleicht kam es hin und wieder vor, dass einer von ihnen Shakespeare eine Geschichte vorschlug oder ihm ein Buch hinlegte – *Schau dir das an, das wird dir gefallen.* Vielleicht erhielten sie dafür die Chance, seine Werke im frühen Stadium zu prüfen, hier und da einen Vers vorzuschlagen oder einen Namen. Vielleicht betreute jeder von ihnen ein oder zwei Lieblingsprojekte – Bacon die ›Lustigen Weiber‹, Lady Pembroke ›Antonius‹, Oxford ›Hamlet‹, Derby den ›Sturm‹. Oder aber – und das war die extremste Variante des Spektrums – die Mitglieder der Schimäre schrieben all die Stücke selbst, im Kollektiv oder einzeln, und heuerten William Shakespeare nur als Boten oder Maske an.

Ben kam zurück, regennass und mit einer Sporttasche unter dem Arm, die aussah, als wäre mehr darin als nur ein Paar Joggingschuhe. »Im ganzen Ort wimmelt es von Polizei. Sinclair, ganz sicher. Aber sie haben vor allem das Geburtshaus und Nash's House mit der Buchausstellung im Visier. In New Place haben sie entweder bewaffnete Gärtner oder ein paar nicht sehr verdeckte Ermittler eingesetzt. Vor der Kirche dreht glücklicherweise nur ein Wachtmeister die Runde.«

Sir Henry war plötzlich hellwach. »Wie kommen wir rein?«

»Und wie bleiben wir lange genug drin, um das Grab zu öffnen?«, setzte ich nach.

»Wir fragen nett beim Küster an«, erklärte Ben, »wenn er um elf seine Runde macht und nachsieht, dass die Lichter aus und die Türen verschlossen sind.« Als er meinen zweifelnden Blick sah, winkte er ungeduldig ab. »Ich kriege euch rein. Kümmert ihr euch darum, was wir tun, wenn wir drin sind.«

Der Zimmerkellner kam mit einem reich gedeckten Tablett, und Sir Henry und Ben fielen über Roastbeef mit Yorkshire-Pudding und Erbsen her. Ich schüttelte den Kopf. Ich konnte nichts essen. Stattdessen ging ich zum Fenster, öffnete es und sah zu, wie Gruppen von Leuten aus warm erleuchteten Türen kamen und durch den Regen eilten. Der nächtliche Auszug aus den Restaurants in die Theater hatte begonnen.

Gegen 1593 hatte Shakespeare eine plötzlich einsetzende schöpferische Blüte erlebt, nicht nur was die Masse, sondern auch was den Ton, die Themen und die Qualität seiner Werke anging. Sechs oder sieben Jahre lang sollte er zwei, manchmal drei Meisterwerke pro Jahr hervorbringen, bevor seine Produktivität wieder auf sein Normalmaß zurückging. Möglicherweise schrieb er innerhalb von nur eineinhalb Jahren ›Richard II.‹, ›Romeo und Julia‹, ›Ein Sommernachtstraum‹ und ›König Johann‹. Die meisten Schriftsteller hätten gemordet, um in sechs Jahrzehnten zu schaffen, was Shakespeare in jenen sechs Jahren vollbrachte.

Ein solcher Lauf ließ sich einzig und allein durch das unergründliche Sprühen des Genies erklären. Aber was wäre, wenn fünf Köpfe statt einem dieses Sprühen genährt hatten? War es möglich, dass Shakespeares plötzliche Schaffenskraft mit dem Entstehen einer kleinen Akademie einherging, der fünffaltigen Schimäre?

Am wahrscheinlichsten war es, dass William Stanley, der spätere Graf von Derby, Mr William Shakespeare aus Stratford »entdeckt« hatte. Waren sich der Sohn des Grafen aus dem Norden und der Sohn des Handschuhmachers aus Warwickshire im Theater in Stratford, Coventry oder Chester begegnet? Oder sogar in Knowsley Hall oder Lathom Park, den Schlössern der Derby? Das Theater war der Ort, an dem sich die Klassen mischten. Hatten W. S. und W. S. einander kennengelernt und sich auf Anhieb verstanden? Hatten sie sich gegenseitig abgeschätzt und für amüsant oder zumindest für nützlich befunden? Hatte Shakespeare Stratford verlassen, um mit der Schauspieltruppe des Grafen von Derby in London einzureiten?

Das war verrückt. Ich schien mich wirklich in Delia Bacon zu verwandeln. Miss Bacon hatte geglaubt, Shakespeare sei Bacon; Ms Stanley begann zu glauben, Shakespeare sei Stanley. Delia wollte Shakespeares Grab öffnen; ich hatte vor, noch in dieser Nacht das Gleiche zu tun.

Delia hatte Recht – Recht und nochmals Recht.

Delia war wahnsinnig.

Ich nahm mir den Chambers-Band vor und schüttelte alle Dokumente heraus, die zwischen den Seiten steckten. Die Briefe flatterten heraus wie tote Motten und landeten auf einem Haufen auf dem Teppich. Dann kniete ich mich hin und fing an, sie zu sortieren. Ben und Sir Henry saßen am Tisch und sahen mir verwundert zu.

Ich hatte Beweise, zum Teufel. Ros' Karteikarte. Jeremy Granvilles Brief an Professor Child. Ophelias Brief an Jem. Ihren viel späteren Brief an Emily Folger. Der Brief von Lady Pembroke an ihren Sohn – *Wir haben den Mann Shakespeare bey vns.* Wills Brief an den süßen Schwan. Die Widmung in Derbys Folio. Und schließlich – bei Weitem das schönste Beweisstück – die Miniatur des jungen Mannes vor flammendem Hintergrund, die sich in Ophelias Brosche verbarg.

Was wussten wir? Was wussten wir wirklich?

Shakespeare schreibt ein Stück, das auf der Geschichte des Cardenio aus Cervantes' Roman ›Don Quixote‹ beruht – ein Stück, das außerdem eine hässliche Episode der Howard'schen Familiengeschichte widerspiegelt. Das Globe brennt ab, das Stück verschwindet.

Jahre später schreibt »Will« – wahrscheinlich William Stanley Graf von Derby – einen Brief an den »süßesten Schwan, der je über den Avon glitt« – wahrscheinlich Mary Sidney Gräfin von Pembroke –, in dem er sagt, dass ihm die Idee einer Gesamtausgabe nicht schlecht gefällt, solange ›Cardenio‹ nicht mit hineinkommt – er selbst werde die Sache jemandem am Royal College of St. Alban in Valladolid erklären. Egal was Derby sonst nach Spanien sendet, er schickt jedenfalls später einem gewissen Pater William Shelton – dem Bruder des Übersetzers von ›Don Quixote‹, falls nicht er selbst der Übersetzer ist – eine schöne Ausgabe von Shakespeares First Folio Edition mit seinem Wappen.

Pater Shelton lässt das Buch in der Bibliothek des Kollegs zurück und geht nach Neuspanien, wo er unter den Indianern stirbt, irgendwo im Südwesten von Santa Fe, wo genau, weiß keiner.

Es sei denn, Jem Granville hatte ihn gefunden.

Woher hatte Jem gewusst, wo er suchen musste?

Er stand in Verbindung mit Ophelia Fayrer, die wiederum mit Delia Bacon in Verbindung stand, die glaubte, dass in Shakespeares Grab geheime Informationen über den Dichter versteckt seien.

Was Menschen Übles tun, das überlebt sie, das Gute wird mit ihnen oft begraben.

Ophelia glaubte, sie und Jem hätten gegen Gott und die Menschen gesündigt; sie tat ihr Bestes, um die Sache wiedergutzumachen, indem sie Dinge zurückgab.

Sei mit dem Leib mein Name eingesargt, hatte Derby geschrieben.

Genau das, glaubte Delia Bacon, war in Shakespeares Grab in der Kirche von Stratford verborgen: die wahre Identität des Genies, das sie wie wahnsinnig verehrte.

War es verrückt, den Spuren einer Verrückten zu folgen?

37

Die Nacht kam mit unerträglicher Langsamkeit. Der Regen ließ nach, und es nieselte nur noch. Gegen zehn hatte sich der steingraue Himmel endlich zu einem verwaschenen Tintenschwarz verdunkelt. Um halb elf ließ ich mich überreden, mein Faksimile der First Folio Edition und Chambers' ›Elisabethanische Bühne‹ mit den Briefen Barnes zu übergeben. Dann brachen Ben, Sir Henry und ich zu Fuß auf. Wir teilten uns auf: Sir Henry ging seiner eigenen Wege, und Ben folgte mir im Abstand von ein paar Metern mit der Sporttasche.

Scheinwerfer glänzten im Nieselregen. Leute rannten von Türen zu wartenden Autos. Zwei Häuser weiter – an der Stelle, wo einst New Place gestanden hatte – war die Luft vom nächtlichen Duft der Glyzinien erfüllt. Falls die bewaffneten Gärtner noch da waren, sah ich sie nicht, und sie schienen von einem einsamen dunkelhaarigen jungen Mann keine Notiz zu nehmen. Mit eingezogenen Schultern bog ich links ab und schlenderte die Chapel Lane hinunter, die zu dieser Stunde menschenleer war.

Am Ende der Gasse befand sich das Swan Theatre – im viktorianischen Flügel des Royal Shakespeare Theatre untergebracht –, und ein paar Theaterbesucher lungerten nach der Aufführung vor der Tür herum, in der Hoffnung, einen der Schauspieler zu Gesicht zu bekommen. Ich bog nach rechts ab, dann holte Ben auf, und wir gingen gemeinsam die Straße hinunter, die den trägen Windungen des Flusses folgte. Unsere Schritte hallten laut in der leeren Nacht. Vorbei am

Dirty Duck, dessen Biergarten wegen des Regens verlassen war; die Stammkunden drängten sich im kleinen Schankraum zusammen. Vorbei an der Seilfähre und dem Bootsverleih, vorbei an dem Park, der zwischen Straße und Ufer breiter wurde.

Über uns hatten die Wolken den Mond verschluckt. Wir folgten der nächsten Biegung, und dann lag der Kirchhof vor uns. Ben blieb stehen. Links tauchte Sir Henry aus dem Park auf. Ben gab uns ein Zeichen zu warten, dann lief er voraus und blieb an der Tafel vor der Kirche stehen. Er tat, als würde er sich den Gottesdienstplan durchlesen. Einen Moment später winkte er uns herbei.

Hinter dem Tor führte eine kleine gepflasterte Allee, die von martialisch beschnittenen Linden gesäumt wurde, zur Dreifaltigkeitskirche hinauf, die dunkel im Hintergrund thronte. Die Laternen schienen im Nebel zu schweben und tauchten das Pflaster in gespenstisches Licht. Zu beiden Seiten breitete sich dichte, samtige Dunkelheit aus. Nur schemenhaft konnte ich die Grabsteine ausmachen, die kreuz und quer im hohen Gras standen.

Wir glitten ins Dunkel und versteckten uns hinter zwei hohen Grabsteinen. Kurze Zeit später hörte ich Schritte auf dem Pflaster. Jemand pfiff ein Liedchen. Aus der anderen Richtung kamen leisere Schritte durchs Gras.

»'n Abend, George«, sagte eine Männerstimme.

»Hat gegossen wie aus Kübeln heute, was?«, antwortete George leutselig, der über die gepflasterte Allee auf die Kirche zuging. Der Küster, wie es schien.

Zwischen den Grabsteinen schlenderte ein Polizist direkt auf uns zu. Sein bleiches Gesicht hüpfte wie ein Irrlicht in der Dunkelheit auf und ab. In dem Augenblick, als er uns passierte, schlich sich Ben lautlos von hinten an ihn heran, legte ihm den Arm um den Hals und zog ihn hinter einen Grabstein.

Mit vor Schreck geweiteten Augen versuchte sich der Polizist aus Bens Würgegriff zu befreien, doch Ben beugte sich vor, zog den Griff enger, und der Mann sackte zusammen.

Dann legte er ihn auf den Boden und blickte zur Kirche. Vor dem Portal hatte sich der Küster umgedreht. Ein großer Schlüsselbund hing klimpernd in seiner Hand. Einen Moment lang stand er schweigend da und spitzte die Ohren. Dann schüttelte er den Kopf und wandte sich wieder dem Schloss zu.

»Fesselt ihn«, flüsterte Ben. Ohne einen weiteren Blick auf ihn zu werfen, stand er auf und schlich im Schatten auf die Kirche zu.

Der Küster schloss das Portal auf und betrat die Kirche. Lautlos folgte ihm Ben. Mehr sahen wir nicht. Sir Henry war blass, als er ein Seil aus der Sporttasche nahm und es mir reichte. Ich beugte mich über den Polizisten. Er sah aus wie tot. *In was war ich bloß hineingeraten?*

Nach ein paar Minuten kam Ben zurück. Wir schleppten den Polizisten in die Kirche, und Ben zog die Tür hinter uns zu, deren dumpfes Dröhnen sich anhörte wie der Donner eines heraufziehenden Gewitters. Er knipste eine kleine Taschenlampe an. Der Küster lag bewusstlos auf dem Steinboden. Als ich sah, wie professionell er gefesselt und geknebelt war, lief mir ein Schauer über den Rücken. Sein Schlüsselbund lag neben ihm. An der Wand darüber leuchtete ein kleines grünes Licht; der Küster hatte den Alarm ausgeschaltet, bevor Ben *ihn* ausschaltete.

Während ich nach dem richtigen Schlüssel suchte, zog Ben die Fesseln des Polizisten enger, die ich geknüpft hatte, und knebelte auch ihn. »Jetzt bist du dran«, sagte er und reichte mir die Taschenlampe. Ich wandte mich von den bewusstlosen Männern ab, die rechts und links neben der Tür lagen, und betrat das Kirchenschiff. Ben und Sir Henry folgten mir.

Außerhalb des Scheins der Taschenlampe war es stockfinster. Der Dachstuhl und der Altarraum am anderen Ende der Kirche waren unsichtbar. Es roch nach kaltem Stein und Tod. Der Grundriss bildete ein Kreuz, wie in den meisten Kirchen. Wir passierten die Vierung, über der sich der Kirchturm erhob, und die Seitenkapellen, dann erreichten wir den Altarraum. Das Chorgestühl rechts und links schien im Schatten zu lauern.

Ben hielt die Taschenlampe nach oben. Ihr Strahl brach sich im Buntglas des östlichen Fensters. Darunter schimmerte der goldene Altar wie eine verschwommene Vision von Salomos Tempel. Doch es war nicht der Altar, auf den wir es abgesehen hatten. Ich lenkte Bens Arm nach links.

Über uns an der Nordwand schwebte Shakespeares Ebenbild wie der Geist über einer Séance; er hielt die Feder eher wie ein Buchhalter als ein Poet in der steinernen Hand, und die glatte Kuppel über seiner Tonsur verriet mehr über sein Alter als über seine Frömmigkeit. Beinahe vier Jahrhunderte hatte dieser Blick seine Geheimnisse wohl behütet. Das Grab befand sich am Boden darunter, eine rechteckige Steinplatte an dem juwelenbesetzten Geländer, das das Volk vom Altarraum fernhielt.

Wir kletterten über das Altargeländer und versammelten uns um den Stein. Er trug eine Inschrift. Sir Henry las laut vor, und seine Stimme hallte unter dem Gewölbe.

UM JESU WILLEN, GUTER FREUND, LASS AB,
HOL NICHT DEN EINGESCHLOSS'NEN STAUB AUS
DIESEM GRAB.
GESEGNET SEI DER MANN, DER SCHONET DIESE STEINE,
UND JENER SEI VERFLUCHT, DER RÜHRT AN
MEIN' GEBEINE.

Die Verse konnten ›Romeo und Julia‹ oder ›Hamlet‹ nicht das Wasser reichen, doch hatten sie eine gewisse Kraft, wie sie Kinderreimen oder Zaubersprüchen eigen ist. Ein Segen, der in alle Ewigkeit an einen Fluch gebunden war.

Gab es den Fluch wirklich? Ophelia hatte daran geglaubt. Was hatte sie gesagt? *Wir sündigten gegen Gott und die Menschen.* In der dunklen Kirche lief mir ein Schauer über den Rücken.

Wir zogen unsere Regenmäntel aus und legten sie um den Grabstein auf den Boden. Ben öffnete die Sporttasche und verteilte Meißel und Brechstange, dann gingen wir schweigend ans Werk. Wir mussten die flache Steinplatte lösen und anheben, ohne dass sie brach.

Eine Weile war nichts als das dumpfe Klopfen von Metall auf Stein zu hören, begleitet von unserem leisen, angestrengten Atmen. Ich setzte mich auf die Hacken zurück, um meine Hände auszuruhen. Irgendwo hinter mir kratzte ein leises Geräusch an der Stille. Ich spitzte die Ohren. Wir wurden beobachtet. Ich wusste es so sicher, als hätten die gemeißelten Heiligen und Dämonen über uns die Augen plötzlich aufgeschlagen.

Langsam stand ich auf und drehte mich um. Die Dunkelheit war undurchdringlich.

Auf einmal blendete mich ein gleißendes Licht. *Sinclair*, dachte ich panisch.

»Katharine«, sagte eine Stimme. Doch sie gehörte nicht Sinclair. Auch nicht der Polizei. Athenaide. »Treten Sie vom Grab zurück«, sagte sie.

Ich zögerte.

»Tu es«, sagte Ben leise.

Ich trat einen Schritt zur Seite, aus dem Scheinwerferlicht, und dann sah ich, was er meinte. Athenaide stand vor dem Chorgestühl und hatte eine Pistole mit einem seltsam verlängerten Lauf auf mich gerichtet. Eine Pistole mit Schalldämpfer.

»Weiter.«

Ich ging noch einen Schritt.

»Sie hat nicht, was Sie wollen«, rief Sir Henry.

»Ich will Katharine«, sagte Athenaide.

»*Nein.*« Ben trat vor.

»Noch eine Bewegung, und ich schieße, Mr Pearl.«

Er blieb stehen.

»Was wollen Sie von mir?«, fragte ich und versuchte meiner Stimme einen festen Klang zu geben.

»Sie vor einem Mörderpaar retten.«

»*Was?*«

»Denk nach, Kate«, sagte eine zweite Stimme aus dem Chorgestühl an der Nordwand. *Matthew.* »Wer war da, jedes Mal, wenn jemand ums Leben gekommen ist? Wer war mit dir im Preston Archive?«

»Ich«, sagte Ben.

»Genau«, sagte Matthew, und ich hörte die Schärfe in seiner ruhigen Stimme. »Das waren Sie.«

Sinclair hatte den gleichen Verdacht geäußert, doch ich hatte ihn ohne weiteren Gedanken von mir gewiesen. Auch jetzt sträubte ich mich dagegen. »*Nein.*«

Doch Matthew hakte nach. »Wo war er, Kate, als Dr. Sanderson starb? Praktisch, dich allein in der Bibliothek zurückzulassen, nicht wahr?«

»Der Mörder hat mich angegriffen«, widersprach ich knapp. »Ben hat mich gerettet.«

»Hat er das? Oder hat er dich erst angegriffen, um dann den Retter zu spielen?«

Ich versuchte mich zu erinnern, was am Kapitol passiert war. Eine verwackelte Folge von Schlägen, Griffen, Schritten – kommenden und fliehenden Schritten.

»Denk nach, Kate«, sagte Matthew wieder. »Denk an jeden Mord, an jeden Überfall.«

In der Widener-Bibliothek war mein Verfolger verschwunden, und wenige Augenblicke später war Ben aufgetaucht. Hätte er es sein können? Er hätte sich um die Regale schleichen, die dunkle Kleidung ablegen und zwischen den Büchern verstecken können. Möglich war es.

Doch es war absurd.

In Cedar City hatte er das Archiv verlassen, um Sandwichs zu holen. War er umgekehrt und hatte Maxine getötet, direkt nachdem ich gegangen war? Es war möglich. Knapp. Am Kapitol hatte er mich gerade rechtzeitig unter den Magnolien gefunden, um meinen Angreifer zu verjagen. Er hatte selbst die Vermutung geäußert, der Überfall sei inszeniert gewesen. *Hätte er Sie töten wollen, wären Sie tot gewesen, bevor ich dazukam*, hatte er gesagt. Hatte er auch seine Rettung inszeniert, um mein Vertrauen zu gewinnen?

Nein. Er hatte mich gerettet.

Und weiter? Wilton House. In Wilton House war er die ganze Zeit bei mir gewesen. »Er konnte Mrs Quigley nicht umgebracht haben«, sagte ich, während ich verzweifelt versuchte, nicht den Verstand zu verlieren.

»Dann verwette ich meine Seele«, sagte Athenaide, »dass Sir Henry die Möglichkeit hatte.«

Ich runzelte die Stirn. Sir Henry war mit Mrs Quigley wie lange verschwunden? Zehn Minuten? Fünfzehn? Zwanzig? Lange genug, um sie umzubringen und sich wieder ins Nebenzimmer zu schleichen, wo er sich selbst die Wunde zufügte und sich zu Boden fallen ließ.

Ein Mörderpaar, hatte Athenaide gesagt. Steckten Ben und Sir Henry unter einer Decke? War das möglich? Wieder spulte ich zum

Anfang zurück und ging die Vorfälle durch. Jedes Mal hatte mich der eine oder der andere aus der Klemme geholt – hatte mich mit Kleidung, Transportmitteln und Geld versorgt. Sogar mit Pässen. Ben hatte mich nicht nur beschützt, er hatte außerdem in zwei Ländern das Gesetz gebrochen.

Zusammen hätten sie jedes der Opfer töten können.

»Warum?«, fragte ich. »Warum die anderen? Und nicht mich?«

»Sie brauchen Sie«, sagte Athenaide.

Genau das hatte Ben über Athenaide gesagt: Sie brauchte mich, um ›Cardenio‹ zu finden. Erst dann wäre ich entbehrlich … Hatte er ihr seine eigenen Motive untergeschoben?

»Jemand versucht zu verhindern, dass das Stück gefunden wird, Athenaide. Was hätte Sir Henry davon?«

»Er will es nicht verhindern«, sagte sie. »Er will es haben. Sir Henry will das Stück mit giftiger Gier. Wahrscheinlich hat er zuerst von Ros davon gehört, und seitdem ist er besessen von dem Gedanken, die Rolle des Don Quixote selbst zu spielen. Gäbe es einen herrlicheren Schwanengesang zum Ende einer Bühnenkarriere, als Shakespeare und Cervantes in einem zu verkörpern? Er will das Stück, und als Ros ihm nicht versprechen wollte, mit ihm zu teilen, hat er sie umgebracht.«

»Verlogene Hexe«, zischte Sir Henry.

Athenaide achtete nicht auf ihn, sondern konzentrierte sich ganz auf mich. »Aber bei Ihnen brauchte er Hilfe. Also hat er jemanden angeheuert. Wie Ben Ihnen sagte, er steht im Sold. Nur eben nicht in Ros', sondern in Sir Henrys Sold.«

»Er ist Ros' *Neffe*, Athenaide.«

Eine kurze Pause entstand.

»Faszinierend«, sagte Matthew. »Vor allem, da Ros ein Einzelkind ist.«

Ich sah Ben an in der Hoffnung, dass er widersprach.

Seine Kiefer zuckten. »Du musst mir vertrauen.«

»Benjamin Pearl«, sagte Athenaide, »ist ein Auftragskiller, Katharine. Ein Soldat, könnte man sagen, wenn er die Ehre verdient hätte. Wenigstens ist er als solcher ausgezeichnet worden. Er ist Träger des Victoria-Kreuzes – keine Medaille, die die Queen jeden Tag verteilt.

Wegen seines heldenhaften Einsatzes in Sierra Leone, wo achtzig Zivilisten gerettet wurden, aber zwölf Spezialagenten des britischen SAS ums Leben kamen. Seitdem ist allerdings die Frage aufgekommen, ob Pearl nicht mehr für die Toten als für die Lebenden verantwortlich zeichnet. Ein kleines Vermögen in Diamanten war auch im Spiel. Nicht wahr, Mr Pearl?«

Sir Henrys Gesicht war zu einer wutverzerrten Maske verzogen, doch Bens Blick war leer, starr wie der eines Reptils. Alles, was ich über ihn wusste, wirbelte durcheinander und ordnete sich neu. Zusammen hatten sie Ros, Maxine, Dr. Sanderson und eine nette, unbeteiligte Frau in Wilton House ermordet, deren einziges »Verbrechen« darin bestanden hatte, ihnen die Tür zu öffnen. Und sie hatten mich benutzt wie Jäger Spürhunde, um ihre Beute aufzustöbern.

Ich sah es kommen, den Bruchteil einer Sekunde bevor es losging. Mit einem Knurren stürzte sich Sir Henry auf Athenaide. Im gleichen Moment warf Ben den Meißel nach Matthew und schlug ihm die Pistole aus der Hand. Dann ging er auf mich los, kalte Wut in seinen Augen.

Athenaides Taschenlampe fiel zu Boden und erlosch. Finsternis hüllte uns ein, und ich schaffte es, mich aus Bens Griff zu winden.

»Lauf, Kate«, rief Matthew, und ich schleuderte meinen Meißel hinter mich in die Dunkelheit, auf Kniehöhe in Bens Richtung. Ächzend ging er zu Boden. Ich glitt im Dunkeln an ihm vorbei und lief zurück in das Kirchenschiff.

Hinter mir hörte ich ein Handgemenge, und dann das helle Pfeifen von zwei gedämpften Schüssen.

Dann war alles still.

Wen hatten die Kugeln getroffen?

»Kate!« Es war Bens Stimme, die durch die dunkle Kirche hallte.

Ich drückte mich ins Chorgestühl.

»Finden Sie sie«, befahl er mit abgehackter Stimme.

Waren Athenaide und Matthew beide tot? Tief in mir erhob sich ein Heulen, doch ich drückte die Hand auf den Mund.

»Die einzige Tür, die sich öffnen lässt, ist die, durch die wir gekommen sind«, keuchte Sir Henry.

Wenn sie das Portal vor mir erreichten, saß ich in der Falle.

Auf Zehenspitzen schlich ich durch die Vierung, als ich neben mir eine Bewegung wahrnahm. Ben und Sir Henry waren hinter mir; von ihnen konnte es keiner sein. Matthew oder Athenaide? Geräuschlos bewegte ich mich zur Wand.

Athenaide stand hinter einem geschnitzten Holzschirm, der die Kapelle auf der Südseite der Vierung abtrennte. Ich zwängte mich zu ihr, und sie drückte meine Hand, als wir uns hinter dem Wandschirm zusammenkauerten. Wenn Ben und Sir Henry uns fanden, waren wir verloren. Wenn nicht, hatten wir den Hauch einer Chance, in unserem Versteck bis zum nächsten Morgen zu überdauern, bis die ersten Besucher kämen.

Tief geduckt lauschten wir in die Dunkelheit. *Wo war Matthew? War er tot, oder verblutete er gerade?* Verstohlene Schritte betraten die Vierung, dann schlichen sie an der Kapelle vorbei ins Hauptschiff.

Athenaide stand auf und zog mich mit. Sie packte mich fest am Ellbogen und lotste mich in die Vierung und zurück in den Altarraum. Sie schien den Weg zu kennen. Vielleicht wusste sie beim Altar ein besseres Versteck. Darunter womöglich. In manchen Kirchen gab es verborgene Kammern – eine Falltür zur Krypta vielleicht.

Am Ende des Hauptschiffs wurde eine Taschenlampe angeknipst. Schnelle Schritte kamen auf den Chorraum zu. Wir beeilten uns, doch anstatt zum Altar zog mich Athenaide zur Südwand der Kirche. Direkt hinter dem Chorgestühl war eine kleine Pforte, die einst zum Beinhaus geführt hatte, der kleinen Kapelle, wo Knochen und Schädel der Toten aufbewahrt wurden. Aber das Beinhaus war längst abgerissen und der Eingang versiegelt. Wir saßen vor der verschlossenen Tür fest. Ich wollte zurückweichen, doch Athenaides Griff wurde fester.

Die Schritte erreichten die Vierung. Der Lichtkegel der Taschenlampe glitt in den Altarraum, vier, fünf Meter von uns entfernt. Es war zu spät, um uns hinter dem Altar zu verstecken. Wir drückten uns gegen die Wand, und dann öffnete sich die Tür lautlos in gut geölten Angeln.

Wir standen draußen in der Nacht.

Matthew. Ich drehte mich um.

Doch Athenaide schloss die Tür hinter uns und zog mich hinaus zwischen die Grabsteine. Wir rannten im Zickzackkurs durch die Gräber und den wabernden Nebel, dann hatten wir den Kirchhof hinter uns gelassen. Ich blieb abrupt stehen, als der Boden vor uns abfiel. Wir standen an der Böschung. Doch Athenaide war nicht stehen geblieben, sondern kletterte zum Fluss hinunter.

Hinter uns flog das Portal der Kirche auf, und ein Lichtkegel zuckte durch die Nacht.

»Kate!«, schrie Ben.

Ich hastete hinter Athenaide her. Unter uns schaukelte ein Boot im Wasser, halb verborgen unter dem Schilf. Wir stiegen ein und legten uns flach hin.

Matthew. Ich versuchte mir nicht vorzustellen, wie er am Kirchenboden verblutete. Er war nur meinetwegen in England, um mir zu helfen, und jetzt lag er meinetwegen im Sterben oder war schon tot. Wieder erhob sich das Heulen in mir, und ich musste es unterdrücken.

Wir lauschten, als Ben über unseren Köpfen fluchend zwischen den Gräbern herumstapfte, auf der Suche nach uns. Allmählich arbeitete er sich zur anderen Seite der Kirche vor. Trotzdem machte Athenaide keine Anstalten abzulegen.

Dann näherten sich leise Schritte und blieben am Rand des Schilfs stehen. Wir waren mucksmäuschenstill, und Athenaide hob die Pistole und zielte auf die Böschung.

»*Vero*«, flüsterte eine Stimme.

»*Nihil verius*«, antwortete Athenaide.

Im Schilf raschelte und quietschte es, einen Moment später stieg Matthew zu uns ins Boot. Endlich machte Athenaide die Leine los. Matthew drückte mir die Schulter, dann griff er nach den Riemen und begann, flussaufwärts zu rudern.

Er hielt das Boot dicht am Ufer, wo es unter den überhängenden Bäumen fast unsichtbar war. Das leise Klatschen der Ruder ging im sanften Prasseln des Regens unter. Dann lag der Park hinter uns, und wir kamen an den Steg der Seilfähre. Hastig machte Matthew das Boot fest, und wir verschwanden zwischen den Bäumen.

Vor uns bog ein Wagen in die Straße. Als er näher kam, öffnete sich die Tür. Ohne zu warten, dass er anhielt, duckte sich Athenaide auf den Rücksitz, und ich folgte ihr. Matthew stieg als Letzter ein.

»Coventry«, sagte Athenaide, und der Fahrer nickte.

Ich sah mich um. Keine Schritte rannten hinter uns her. Kein Wagen folgte uns. Nichts regte sich in den stillen Gassen.

»Das Grab«, flüsterte ich. »Deswegen folgen sie uns nicht.«

»Wahrscheinlich.« Athenaide nahm eine Thermoskanne mit Kaffee aus einem Fach in der Wagentür.

»Aber sie werden es öffnen«, protestierte ich und versuchte über Athenaide nach der Wagentür zu greifen.

Athenaide legte die Hand auf mein Knie. »Lassen Sie sie.«

»Sie verstehen nicht«, sagte ich. »Sie werden finden, was Ophelia dort hinterlegt hat. Und wenn es nicht das ist, was sie sehen wollen, zerstören sie es.«

»Nein, das werden sie nicht«, erwiderte Athenaide und tastete vor ihren Füßen herum. Lächelnd holte sie ein mit reichen Intarsien verziertes Rosenholzkästchen hervor und legte es mir auf den Schoß. »Wir waren vor ihnen da.«

Zwischenspiel

August 1612

Sechs lange Jahre hatte sie ausgeharrt. Nun war der Augenblick, auf den sie gewartet hatte, endlich gekommen.

Früher am Abend hatte Heinrich, der Fürst von Wales, seine königlichen Eltern und den gesamten Hof zum Festmahl geladen, in einem Pavillon aus grünen Zweigen, der eigens für diesen Anlass auf einem Hügel im Park von Woodstock Palace errichtet worden war. Als die Sterne durch das Blätterdach funkelten, wurden die Tische abgetragen, König und Königin zogen sich zurück, und die jüngeren Höflinge begannen auf dem Rasen mit dem Tanz.

Eine Reihe von Damen wiegte sich im Takt, und ihre Halskrausen wippten wie hauchdünne Flügel, als sie um den Fürsten herumtanzten. In ihrer Mitte fiel ein Handschuh zu Boden. Er war ein Kleinod von unglaublicher Schönheit, elfenbeinblasses Glacéleder mit Spitze gesäumt, die Finger unerhört lang und schmal, die breiten Stulpen mit Goldfäden, Perlen und Rubinen bestickt.

Die dunkelhaarige Frau stand im Schatten der Bäume und beobachtete gespannt das Geschehen. Wie sie angeordnet hatte, war ein junger Mann herbeigeeilt – ein von ihr ausgewählter Neuankömmling, der sich beweisen wollte –, um den Preis aufzuheben. Sie sah, wie er das Monogramm erkannte, ein filigranes, mit Juwelen besticktes *H*, und seine Hand erstarrte auf halbem Weg. Einen Moment lang fürchtete sie, der Mut würde ihn verlassen. Schließlich gehörte der Handschuh Frances Howard, der Gräfin von Essex, und niemand legte sich leichtfertig mit den Howards an.

Im Hinblick auf diese Gelegenheit hatte sie dafür gesorgt, dass selbst diesem jungen Edelmann, der neu am Hof war, die Gerüchte um den Fürsten und die kecke flachsblonde Gräfin zu Ohren gekommen waren. Und heute hatte er selbst mit ansehen können, wie gierig die Augen des Fürsten an Frances klebten.

Des Edelmanns Mut hielt vor. Er hob den Handschuh auf, doch er gab ihn nicht der Dame zurück. Stattdessen bot er ihn, den Federhut in der Hand und die Augen fest auf den Boden gerichtet, dem Fürsten dar.

Um sie herum stockte die Musik. Die Unterhaltungen brachen ab, und Stille breitete sich aus. Entgegen dem harten Drill der Etikette blickte der Höfling auf. Der Fürst starrte zu ihm hinunter, als hätte er ihm den Mist vom Boden eines Viehstalls angeboten. Dann wandte er sich ab und richtete den königlichen Blick auf die Gräfin. Sie sank in einen kleinen Knicks, auf ihren Wangen glühten zwei rote Flecken. »Den fasse ich nicht an«, sagte der Fürst mit kühler Abscheu. »Den hat ein anderer ausgeleiert.« Mit diesen Worten drehte er sich auf dem Absatz um und schritt von dannen, während seine Freunde eilig hinterherliefen.

»Was habt Ihr getan?«, stöhnte der Höfling.

»Euch gut bezahlt«, antwortete die Frau und schlüpfte im Schutz des fürstlichen Gefolges davon.

Es war die perfekte Rache gewesen. Ihre kleine Tochter war vom Großonkel und vom Vater der Gräfin ihres Namens beraubt worden. Im Gegenzug sorgte sie dafür, dass der Name der Howards durch den Schmutz gezogen wurde.

Am Ende war es leichter gewesen, als sie erwartet hatte. Sie musste nur die Wahrheit verbreiten. Für den Rest hatte Frances Howard Gräfin von Essex selbst gesorgt. Verheiratet mit einem Grafen, den sie verabscheute, drängte sie auf Annullierung der Ehe, und wurde seitdem von ihrer Familie dem Fürsten zum Spielen präsentiert. Ein ungeheuerliches Angebot, denn ihr verhasster Ehemann war lange Zeit einer der besten Freunde des Fürsten gewesen. Doch Frances' Erfolg war Zeugnis ihrer reinen Schönheit und ihres bezwingenden Charmes. Allmählich trennten sich Essex' und des Fürsten Wege. Während andere mit Unbehagen die heißer werdende Vorliebe des

Fürsten beobachteten, hatte die dunkelhaarige Dame Frances beobachtet. Und was sie sah, stellte sich als nützlich heraus.

Nach außen tat das Mädchen seine Pflicht. Doch im Verborgenen flirtete sie mit einem Dritten – mit jenem Mann, den der sittenstrenge Fürst von allen am meisten hasste: seines Vaters schöner junger Liebhaber Robert Carr.

Langsam, unaufhaltsam hatte die Frau eine Spur von Beweisen ausgelegt, die schließlich des Fürsten Verdacht erregten. Eben an diesem Morgen hatte sie bewerkstelligt, dass Fürst Heinrich nach seinem täglichen Ausritt an einem Ort vorbeikam, wo er selbst mit ansehen konnte, wie Carr aus den Gemächern der Gräfin schlüpfte.

Den ganzen Tag war er übler Laune gewesen. Jetzt, draußen im Pavillon, belauschte sie, wie die Freunde des Fürsten ihn zu überreden versuchten, keine Dummheiten zu machen. Der Graf von Essex, Frances' gehörnter Ehemann und Jugendfreund des Fürsten, trat ins Fackellicht und führte ein Pferd mit klingelndem Zaumzeug herbei. »Seid so wütend Ihr wollt. Aber gebt nicht Frances allein die Schuld. Sie stammt aus einer Familie von Schlangen. Wahrscheinlich hat sie nur getan, was man ihr auftrug.«

Der Fürst stieg auf. »Wenn ich König bin«, sagte er wütend, »sorge ich dafür, dass keiner von ihnen miterlebt, wie er noch mal gegen eine Mauer pisst.« Dann gab er dem Pferd die Sporen und galoppierte davon. Eilig folgten ihm die anderen.

Die Frau wartete, bis die Nacht leer geworden war, bevor sie aus dem Schatten trat. Doch kaum stand sie im Freien, hörte sie ein Knacken hinter sich. Sie wirbelte herum. Ein zweiter Lauscher war aus dem Schatten ins Fackellicht getreten. Ein weißhaariger Mann mit kurzem weißen Bart und kalten, glänzenden Augen. Der Graf von Northampton, das Oberhaupt des Howard-Clans.

Sie erstarrte. Er hatte sich mit dem König und der Königin zurückgezogen; darauf hatte sie geachtet. Wie konnte es sein, dass er wieder hier war?

»Mylady«, sagte er und führte sie zitternd zurück zur Tanzfläche. »Haben Sie sich vielleicht verirrt?«

Was hatte sie getan?

* * *

Den Fürsten öffentlich anzugreifen wäre Selbstmord gewesen. Doch die Howards konnten die befleckte Ehre ihrer Tochter nicht ungesühnt lassen. Die Rache, die sie planten, war exquisit. Sie würden London mit Geschichten und Liedern einer Frau überfluten, die ihrem Mann die Treue hielt, während sie von einem Fürsten verleumdet und ruiniert wurde, der einst der Freund ihres Mannes gewesen war. Sie würden keine Namen nennen, aber der Bezug wäre eindeutig. Der zentrale Streich wäre ein Stück aus der Feder von Londons bestem Theaterschreiber: Mr William Shakespeare.

Shakespeare lehnte bedauernd ab, indem er sagte, er nehme keine persönlichen Aufträge an.

Die Familie war voller Verständnis, doch unter den Umständen waren sie sicher, dass er eine Ausnahme machen würde.

Nachdem er sich die Umstände angesehen hatte, stimmte er zu. Dafür sorgten sie; als Oberkammerherr war der Graf von Suffolk in der Position, nachhaltige Drohungen bezüglich des Theaters zu machen. Aber schließlich war es das Zuckerbrot, nicht die Peitsche, das Shakespeare für sie gewann.

»›Quixote‹?«, fragte Theophilus Graf Howard de Walden ungläubig. »Was sollte für Shakespeare an Cervantes so verlockend sein?« Die englische Übersetzung des Buchs, die eben fertiggestellt worden war, war Theo gewidmet, und da Cervantes in ganz London Stadtgespräch war, zeigte er ein gewisses besitzergreifendes Interesse an dessen Werk.

»Nicht Cervantes ist der Köder«, gab sein Großonkel zurück, und sein Ton ließ keinen Zweifel an seiner Verachtung für Theos Mangel an Feinsinn.

»Wer dann?«, fragte Theo.

»Der Übersetzer«, sagte sein Vater, der Graf von Suffolk, knapp.

Am gleichen Abend zwang Theo einen nachhaltig eingeschüchterten Thomas Shelton zu einem Geständnis. Thomas hatte die Übersetzung nicht selbst verfasst, auch wenn von ihm die schmeichelhafte Widmung an Theo stammte. Die Übersetzung war das Werk seines Bruders William, unter dessen Namen sie nie hätte veröffentlicht werden können. William war Persona non grata – ein Jesuit, der in Spanien lebte, wie Theos Großonkel nur zu gut wusste.

»Woher weiß er das?«, fragte Theo.

»Der Graf von Northampton hat ihn hingeschickt«, stotterte Shelton.

Wie gewöhnlich hatte Theos Großonkel recht behalten. In einem Haus im Londoner Blackfriars-Viertel vergrub sich Mr Shakespeare in Cervantes' Meisterwerk.

Wenig später erfuhr Northampton von der verbotenen Liebschaft seiner Großnichte mit Robert Carr. »Keine Liebschaft«, schleuderte die tränenüberströmte Frances ihrem Großonkel und ihrem Vater entgegen. »Eine große Leidenschaft.«

Doch die Rechtfertigung beeindruckte weder Northampton noch Suffolk. Eine Verbindung mit dem Günstling des Königs bot weder das Prestige noch die Sicherheit, die eine Verbindung mit dem Sohn des Königs versprach. Andererseits, als Quelle der Macht und des Reichtums war sie nicht völlig zu verachten. Dem König war es recht, wenn seine Günstlinge heirateten; statt eifersüchtig auf ihre Ehefrauen zu sein, zeigte er sich gewöhnlich überaus großzügig. Doch die Vorteile wären auf seine Regierungszeit beschränkt. Sobald der Fürst den Thron bestieg, könnte sich die Verbindung mit Carr als desaströs erweisen.

Frances sah erst ihren Großonkel an, dann ihren Vater, dann stürmte sie aus dem Zimmer.

Im Oktober, als die Äpfel reiften und die Blätter fielen, warf Fürst Heinrich ein plötzliches Fieber nieder. Zwei Wochen später, Anfang November, war er tot. Das Gerücht, er sei vergiftet worden, lag in der Herbstluft, und Northampton beobachtete seine Großnichte mit finsterem Blick. Schweigend erwiderte sie seinen Blick mit kalten Augen.

Für die Familie war der Weg nun frei. Da der Fürst tot war, beschloss man, auf Carr zu setzen, und begann mit neuem Druck auf die Annullierung von Frances' erster Ehe zu pochen.

Dann, im Dezember, landete Shakespeares neues Stück auf Suffolks Schreibtisch – ›Cardenio‹ –, und man erkannte, dass man ein Problem geschaffen hatte.

Der Titel war ein seltsamer Zufall, doch keiner, den man durchgehen lassen konnte. In einem Stück, das ursprünglich den Fürsten an den Pranger stellen und Frances entlasten sollte, war der Name Cardenio viel zu nah an Carr. Schlimmer noch, im Stück war Cardenio der romantische Held, der die Heldin aus den Klauen des bestechlichen Fürsten retten würde. Cardenio hatte für Frances' ersten Ehemann – Essex – stehen sollen, doch diese Ähnlichkeit würde jetzt niemand mehr sehen. Gerüchte waren im Umlauf, dass Frances mit Carr dem Fürsten Hörner aufgesetzt hatte, und das Stück würde Öl ins Feuer gießen. Mit einer Namensänderung wäre es längst nicht getan. Die ganze Welt hatte ›Don Quixote‹ gelesen. Cardenios Geschichte war wiedererkennbar, egal welchen Namen man ihm verpasste.

Man befahl Mr Shakespeare, das Stück zurückzuziehen.

Bevor Shakespeare antworten konnte, kam dem König zu Ohren, dass es ein Stück zu dem neuen Buch ›Quixote‹ gäbe. Der König verlangte danach, namentlich, um es bei der Hochzeit seiner Tochter aufführen zu lassen.

Nicht einmal Suffolk konnte sich einer direkten Anordnung des Königs widersetzen. Im Januar wurde ›Cardenio‹ am Hof gegeben. Suffolk, der schäumend im Hintergrund saß, sorgte wenigstens dafür, dass das verfluchte Stück schnell wieder in der Versenkung verschwand. Leider blieb es nicht lange in Vergessenheit. Im Juni kündigten die King's Men an, dass sie das Stück im Globe Theatre öffentlich aufführen würden. Wieder wies man Mr Shakespeare an, das Stück zurückzuziehen.

Aus Gründen, die er nicht ausführte, lehnte Shakespeare ab.

* * *

Eines schönen Juninachmittags nahm die dunkelhaarige Frau ihre fünfjährige Tochter bei der Hand, dunkel wie ein Zigeunermädchen, und führte sie die Treppe zum mittleren Rang des Globe Theatre hinauf.

»Von wem?«, hatte Will einmal gefragt. »Wessen Tochter ist sie?«

»Sie heißt Rosalind«, hatte sie geantwortet. »Ich nenne sie Rose.«

»*Des Geistes Sturz in unermess'ne Schmach*«, hatte Will gestöhnt. Worte, die sie noch heute wütend machten.

Das Mädchen war aufgeregt. Sie lutschte an einer Orange und sah sich mit großen Augen auf den vollen Rängen um. Sie war noch nie zuvor im Theater gewesen. »Können wir ihn sehen?«, fragte sie zum hundertsten Mal. »Mr Shakespeare?«

»Später«, sagte die Mutter.

Sie war selbst lange nicht im Globe gewesen. Sie hatte die aufdringlichen Gerüche fast vergessen: Gerüche von Körpern und Pomade, von Zuckerwerk und Pasteten, die von Kindern, kaum älter als ihre Tochter, feilgeboten wurden. Und die Farben: das stumpfe Blau der Lehrlingskittel Seite an Seite mit dem eleganten Glanz der Batistkleider der Adligen und dem protzigen Staat der Huren im Dienst.

Shakespeare würde an dem Ort sein, den er am meisten liebte: bei den Schauspielern hinter der Bühne. Von dort würde er die Zuschauer beobachten. Wahrscheinlich auch sie.

Mit einer Trompetenfanfare begann die Vorführung und nahm das ganze Publikum nach Spanien mit.

Kurz vor dem Ende des ersten Akts wurde ihr eine Nachricht in die Hand gedrückt. Sie sah sich um, doch sie konnte niemanden entdecken, der ihr Aufmerksamkeit schenkte. Dann las sie den Zettel. *Nun werde ich zur Gruft meiner Ehre*, hatte jemand geschrieben, *ein dunkles Haus, in dem allein der Todt gedeiht.* Sie kannte die Worte nicht.

Doch nur Augenblicke später torkelte einer der Jungen, die so gut darin waren, Frauen darzustellen, als geschändetes und zerzaustes Mädchen auf die Bühne und rief eben diese Worte ins Publikum. Im gleichen Moment spürte die Frau, dass sie beobachtet wurde. Sie suchte nach Shakespeares Ausguck hinter der Bühne, das Gefühl der Bedrohung kam aber nicht von dort. Langsam wurde ihr Blick zu einer der Logen rechts gezogen. Alle Gesichter waren ins Stück versunken.

Dann bewegte sich jemand, und sie sah das weiße Haar und das schmale Gesicht des Grafen von Northampton. Ihre Blicke trafen sich, und mit einem bösartigen Lächeln nickte er ihr zu. Dann glitt sein Blick auf das Mädchen.

Auge um Auge war der Kodex, nach dem er lebte. Ein Priester für einen Priester. Eine Tochter für eine Tochter.

Sie packte ihre Tochter an der Hand. »Wir gehen.«

»Aber Mama –«, protestierte das Mädchen schrill.

»*Wir gehen.*«

Vierter Akt

38

Das Rosenholzkästchen, das Athenaide mir auf den Schoß gelegt hatte, war viktorianisch, aus knotigem Wurzelholz mit Perlmutt- und Ebenholzintarsien. »Ich verstehe das nicht«, murmelte ich verwirrt.

»Alles unter der Sonne ist käuflich«, sagte Athenaide mehr mit Bedauern als mit Stolz. »Alarmcodes, Kirchenschlüssel, sogar Polizisten. Gestern Abend haben wir unser Geld gut angelegt.«

In dem Kästchen lag ein kleines, in schwarzes Leder gebundenes Buch. Ein Tagebuch. Ich wollte es herausnehmen, doch Athenaide legte ihre Hand auf meine. »Ich habe Matthew erzählt, was ich wusste. Doch jetzt müssen Sie zuerst uns auf den neuesten Stand bringen.«

Ungeduldig erzählte ich von Westminster Abbey, Wilton House und Valladolid, doch von der Brosche an der Innenseite meiner Jacke sagte ich nichts. Ohne zu wissen warum, scheute ich mich, die Miniatur zu erwähnen. Athenaide sah mich prüfend an. Ich hatte das Gefühl, sie durchschaute mich. Trotzdem ließ sie, als ich mit meinem Bericht fertig war, meine Hand los und nickte.

Ich nahm das Buch aus dem Kästchen und schlug es auf. *Mai 1881*, stand dort in der zarten Handschrift, die mir bereits vertraut war. Ophelia Granville.

»Ihre Erinnerungen«, sagte Athenaide, als ich mich vorbeugte und zu lesen begann.

Neben mir rutschte Matthew ungeduldig auf dem Sitz herum. »Die ersten zehn Jahre kann ich in zwei Minuten zusammenfassen. Ihre

Mutter starb, als sie noch klein war; ihr Vater war Arzt und leitete eine private Anstalt für Damen in der kleinen Stadt Henley-on-Arden. Die ›Gäste‹, wie Dr. Fayrer seine Patientinnen nannte, bewohnten in seinem großen alten Landsitz den einen Flügel. Den anderen teilte er sich mit seiner Tochter.«

»Keine ideale Situation für ein Kind«, bemerkte Athenaide. »Deswegen nahm ihr Vater sie, sooft er konnte, mit ins benachbarte Stratford, wo sie mit den Pfarrerskindern spielte.«

»Pfarrer Granville. Reverend J. Granvilles Kinder«, sagte Matthew.

»Granville?«, fragte ich.

»Mit den Töchtern des Pfarrers konnte sie nicht viel anfangen«, sagte Matthew. »Es gab noch einen älteren Sohn, der in Oxford studierte, doch ihr Liebling war Jeremy.«

»*Jem Granville war der Sohn des Pfarrers von Stratford?*«

»Anscheinend«, sagte Athenaide. »Eines Sonntags, als Ophelia zehn war, hatte der Pfarrer außer den Fayrers noch andere Gäste geladen. Darunter eine große, blauäugige Amerikanerin mit schwarzem Haar und weißen Strähnen. ›Überirdisch wie die Iren‹, beschreibt sie Ophelia. ›Wie eine Selkie-Frau oder eine Fee aus den Hügeln.‹ Kaum hatte sie den Raum betreten, war sie sofort der Mittelpunkt des Salons. Mit ihrem brillanten System praktischer Philosophie, das sie aus Shakespeares Stücken herauslas, schlug sie die ganze Gesellschaft in den Bann. Sie sagte, Shakespeares Stücke seien unter dem Deckmantel der Unterhaltung von den klügsten Köpfen des elisabethanischen Zeitalters verfasst worden, die ihr Publikum zu würdigen Gefäßen der höheren Bildung machen wollten, damit sie die Tyrannei verabscheuten und stets nach Freiheit strebten.«

»Delia Bacon«, sagte ich. »Sie muss es sein.«

»›Die Shakespeare-Lady‹, wie Ophelia und Jem sie nannten«, sagte Matthew.

Ophelia hatte Delia kennengelernt. Draußen prasselte der Regen gegen die Wagenfenster. Wir hatten Stratford hinter uns gelassen und rasten über dunkle Felder durch die Nacht. Athenaide erzählte weiter. »Der Mann aus Stratford, behauptete Miss Bacon, sei ein falscher Fuffziger gewesen, eine Karnevalsmaske, die sich die wahren Autoren aufsetzten, um nicht den Zorn der autokratischen Herrscher auf sich zu ziehen. Doch die Zeit sei gekommen, die Wahrheit ans Licht zu bringen, sagte sie. Dann, als wollte sie ein großes Geheimnis lüften, winkte Miss Bacon die Gesellschaft näher heran. ›*Was Menschen Übles tun, das überlebt sie*‹, flüsterte sie. ›*Das Gute wird mit ihnen oft begraben.*‹«

»Aber das ist dasselbe Zitat, das als Widmung in der Folio-Ausgabe in Valladolid steht«, sagte ich. »Dasselbe, das Ophelia in ihrem Brief an Mrs Folger verwendet hat.«

Athenaide blätterte durch das Tagebuch und zeigte auf eine Passage:

Die Wahrheit verbirgt sich in Dokumenten, flüsterte Miß Bacon, die in einem Hohlraum unter der Grabplatte des von ihnen auserwählten Mittlers versteckt seien – dem Grab von Shakespeare aus Stratford. Sie habe gewisse Beweise dafür in Sir Francis Bacons Schriften gefunden – in seinen poetischen Schriften, wie sie augenzwinkernd sagte. »Seien mit dem Leib meine Namen eingesargt.«

Ich runzelte die Stirn. Auch diesen Vers kannte ich aus der Folio in Valladolid. Doch wurde er falsch zitiert – ›Namen‹ im Plural statt ›Name‹ im Singular –, und außerdem stammte er nicht von Francis Bacon, sondern von Shakespeare, aus einem seiner Sonette. Andererseits glaubte Delia, dass Sir Francis und Shakespeare ein und dieselbe Person wären.

»Der Pfarrer gab Delia die Erlaubnis, das Grab zu öffnen«, erklärte Matthew.

Eine Woche später, an einem kühlen Septemberabend, begibt sich Delia Bacon in die Kirche, um ihre Mission zu erfüllen. Doch sie ist nicht allein. Abenteuerlustig waren Jem und Ophelia aus ihren Betten ausgerissen und haben sich zwischen den Kirchenbänken versteckt, bevor Delia zu Werke geht.

Sie hatten sie beobachtet.

Das Kirchenportal öffnet sich mit einem kalten Luftzug, und Delia taucht auf, von Herbstlaub umwirbelt. Im Altarraum hält sie die Laterne hoch und liest laut den Fluch, der auf dem Grabstein steht. Dann öffnet sie einen Sack, legt eine Decke auf den Boden vor das Grab und kniet sich hin. Sie hebt den Meißel über den Kopf wie einen Dolch. Währenddessen kauern Ophelia und Jem zwischen den Bänken.

Doch es geschieht nichts. Delia sitzt wie versteinert da – *eine Hand gegen das Herz gepresst*, schreibt Ophelia in ihrem Tagebuch, *mit der anderen den Meißel schwingend wie ein Cherub das Flammenschwert, mit dem er das Tor zum Himmelreich bewacht.* In dieser Position verharrt sie, bis die Turmuhr zehn schlägt. Dann, als wäre der Bann gebrochen, lässt sie den Arm sinken und kommt auf die Füße. Plötzlich wird sie von wildem Gelächter geschüttelt, das ebenso schnell wieder erstirbt. »›*Was ist Wahrheit?‹, fragte Pilatus spöttisch*«, ruft Delia in die Dunkelheit, »*und wartete die Antwort nicht ab.*« Ohne den Sack und den Meißel wieder einzupacken, läuft sie durch die Kirche und flieht in die Nacht.

»Aber wenn Delia das Grab nicht geöffnet hat«, fragte ich, »wer war es dann?«

»Die Kinder«, sagte Athenaide.

Ophelia und Jem.

»Mit Delias Werkzeug«, erklärte Matthew und blätterte die Seite um. Er las laut vor:

> *Ein dumpfer Brodem schlug uns entgegen. Doch es waren keine Gebeine in der Gruft. Kein gemeißeltes Ebenbild. Keine Truhe mit Papieren oder Gold. Kein blendendes Licht der Wahrheit. Nicht einmal die vertrocknete Haut einer Made oder der Panzer eines Käfers. Nichts bis auf einen leeren Hohlraum und den glatten Stein darunter. Nein – dort war eine Linie, ein schwacher Umriß in den Stein gehauen. Während Jem die Grabplatte über mir hochstemmte, machte ich einen Abrieb mit dem Papier und dem Bleistift, die Miß Bacon zurückgelassen hatte.*

Auf die nächste Seite hatte Ophelia ein mit blassem Graphit geschwärztes Blatt geklebt. Schwache weiße Linien deuteten eine Silhouette an, die ich schon einmal gesehen hatte: der lange Hals und der Kopf eines Schwans, Adlerschwingen, die sich zu Schweineköpfen verjüngten, ein Baby in einer Klaue und die Lanze in der anderen. »Das schimärische Tier«, sagte ich.

»Es ist noch da«, sagte Athenaide mit leuchtenden Augen.

»*Sie haben es gesehen?*«

Matthew nickte. »Die Kinder konnten es nicht entziffern«, fuhr er fort. »Jems Lehrer erkannte zwar, dass es sich um eine Schimäre handelte, doch in dieser Zusammensetzung hatte er noch nie eine gesehen. Als die beiden ihm verrieten, dass sie das Bild in einer Kirche gefunden hatten, mutmaßte er, dass es sich um ein Zeichen Satans handeln könnte.«

Einen Monat später, als Delia in die Anstalt von Henley eingeliefert wird, zeigt Ophelia ihr die Zeichnung. Der Anblick wühlt Delia auf, und sie beginnt sich in ihrem Sessel hin- und herzuwiegen. »*Jener sei verflucht, der rührt an mein' Gebeine*«, murmelt sie wieder und wieder. »*Jener sei verflucht …*« Ein paar Wochen später kommt ihr Neffe und bringt sie nach Amerika zurück.

Bei ihrem nächsten Besuch in Stratford sagt Ophelia zu Jem, dass sie sich vor dem Fluch fürchte und die Zeichnung zurücklegen wolle. Doch Jem weigert sich, ihr dabei zu helfen. »Du bist genauso verrückt wie Miss Bacon«, weist er sie ab.

»Der kleine Feigling«, sagte Athenaide verächtlich. »Wahrscheinlich hatte er mehr Angst als sie.«

Ophelia soll Jem erst zehn Jahre später wiedersehen. Jem war nach Oxford gegangen und hatte dann über Beziehungen eine Stelle als Tutor des jungen Grafen von Pembroke bekommen.

»Wilton House«, sagte ich.

Der junge Graf, fuhr Matthew fort, hatte den Titel und das Schloss erst kürzlich von einem Onkel geerbt, der im Ausland lebte – und starb, bevor er das Familienwissen weitergeben konnte. Es gab Gerüchte um Shakespeares Spuren im Haus, doch das war alles.

»Hat Jem die Briefe gefunden?«, fragte ich, und meine Hände schlossen sich fester um das Tagebuch.

Matthew lächelte. »Das schimärische Tier trieb ihn in Ophelias Arme zurück.«

Gemeinsam rekonstruieren Ophelia und Jem die Verbindung zwischen dem süßen Schwan aus dem Brief und dem Umriss der Schimäre. Jem weiß, welche Personen passen: Es sind Lady Pembrokes

Schwan, Bacons Eber, Shakespeares Falke und Speer und der Adler und das Kind des Grafen von Derby. Der Einzige, den sie übersehen, ist Oxford, der zweite Eber oder Keiler.

Miss Bacon habe geglaubt, dass Shakespeare eine Verschwörung gewesen sei, erklärt Jem Ophelia, und er glaube inzwischen, dass sie recht hatte. Doch er geht noch weiter: »Seien mit *den Leibern* die Namen eingesargt.« Die Beweise, versucht er Ophelia zu überreden, müssen in den Gräbern aller Beteiligten liegen. Shakespeares Grab trägt das Zeichen der Schimäre; und er ist überzeugt, dass die anderen Gräber das gleiche Zeichen tragen.

Allerdings ist Lady Pembrokes Grab seit langer Zeit unter irgendwelchen Stufen in der Kathedrale von Salisbury versiegelt. Was Bacon angeht, so hatte man zwar seinen Gedenkstein in der Kirche von St. Albans gefunden, doch sein Grab ist verschwunden. Und selbst wenn Jem von Oxford gewusst hätte, dachte ich, hätte ihm das nicht viel geholfen. Die Kirche, in der Oxfords Gebeine lagen, war im 18. Jahrhundert geplündert worden, die letzte Ruhestatt des Grafen war unbekannt.

Somit blieb nur Derbys Grab in Lancashire.

Eine Wochen später brennen Ophelia und Jem durch.

Die alte Krypta der Grafen von Derby liegt in Ormskirk, einem Marktflecken auf einer Tiefebene, die von einer Hügelkette im Osten und im Westen vom Meer begrenzt wird. »Ormskirk heißt so viel wie die ›Kirche des Wurms‹«, erklärt Jem Ophelia. »Oder Kirche des Drachen, in der Wikingersprache.« In der alten Gemeindekirche Saint Peter and Saint Paul führt er Ophelia in eine Seitenkapelle, die bis auf zwei ramponierte Marmorstatuen leer ist – einen Ritter und seine Dame. In der Mitte befindet sich eine Falltür, unter der eine steile Treppe nach unten führt.

Ich bat Matthew, mich weiterlesen zu lassen:

… schlug uns der Geruch von Knochen und Staub entgegen, von kaltem Stein und der Bitterkeit der neidischen, modernden Toten. Etwa dreißig Särge stapelten sich in Nischen an den Wänden. In der Mitte der Krypta war ein bunter Haufen von Sockeln mit steinernen Abbildern. Einige zeigten Damen in langen Gewändern, doch die meisten

waren Männer, manche mit Perücke, andere in Rüstung, und drei in Wämsern und Strumpfhosen. Einer davon hielt eine steinerne Truhe. In den Deckel war die Schimäre gemeißelt.

Jem holte mit dem Brecheisen aus und schlug zu.

»Ich fürchte, hier müssen wir aufhören«, sagte Athenaide, und ich blickte blinzelnd auf.

Wir hatten die Landstraße hinter uns gelassen. Stattdessen sah ich große Fabrikgebäude, grelle Scheinwerfer und eine riesige asphaltierte Piste. Dann hörte ich ein lautes Dröhnen. Der Wagen bog ab und blieb direkt vor Athenaides Jet stehen.

»Wo fliegen wir hin?«, fragte ich.

»Jems Schatz finden«, sagte Athenaide.

* * *

Sobald ich mich angeschnallt hatte, noch bevor das Flugzeug abhob, schlug ich Ophelias Tagebuch auf.

In der zersplitterten Steintruhe in der Krypta finden Jem und Ophelia ein Bildnis. Das Miniaturporträt eines jungen Mannes mit goldenem Haar vor einem Hintergrund aus Flammen.

Der Hilliard. Ich wollte nach der Brosche greifen, doch ich stoppte mich im letzten Moment. Ich spürte Athenaides Blick. Warum war der Hilliard in einer Truhe auf Derbys Grab verborgen?

»Da waren Briefe«, sagte Matthew unruhig.

Ich las weiter. Zwei Briefe, um genau zu sein. Auf Latein geschrieben, aus Valladolid. Jem übersetzt sie hastig für Ophelia. Der erste Brief ist eine Danksagung für ein Buch und ein Manuskript. Das Buch sei wunderbar, sagt der Schreiber – zu wunderbar. Er sei froh, es erhalten zu haben, doch er werde es nicht mitnehmen können. Das Manuskript dagegen werde er immer bei sich tragen. Das Stück sei noch viel besser als erwartet. Er habe laut lachen müssen, und das könne er dort, wo er hingehe, gut gebrauchen.

»›Cardenio‹«, sagte Athenaide.

»Und die Folio aus Valladolid«, sagte Matthew.

Es passte alles zusammen, das musste ich zugeben. Trotzdem war der Brief kein eindeutiger Beweis. Der Schreiber hatte das Buch nicht beim Namen genannt.

Der zweite Brief kommt ebenfalls aus Valladolid, aber er stammt nicht vom gleichen Absender. Mit seltsam triumphierendem Bedauern wird darin berichtet, dass William Shelton mit einem Erkundungstrupp nach Santa Fe in Neuspanien gereist sei, wo er die Seelen der Wilden zum richtigen Glauben habe bekehren wollen, doch er sei nie zurückgekehrt. Seit einem Gefecht mit den Wilden werde er vermisst und sei wahrscheinlich den Märtyrertod gestorben.

Es habe geografische Angaben gegeben, schrieb Ophelia, aber sie habe sie vergessen.

Im gleichen Moment tauchen Jems und ihr Vater in der Kirche auf.

Papa stürzte mit zornesfunkelnden Augen die Treppe herunter, doch als er mich sah, schmolz sein Ärger, und er stand vor mir wie ein alter Mann. Und obgleich ich tausendmal beschlossen hatte, standfest zu bleiben, verließ ich Jems Seite und stellte mich auf die meines Vaters. Pfarrer Granville schritt an uns vorbei und baute sich vor Jem auf, dann schlug er ihm mit solcher Kraft ins Gesicht, daß der arme Jem sich um die eigene Achse drehte und in der stinkenden Gruft zu Boden stürzte.

Ihre heimliche Hochzeit ist ungültig, wie sich herausstellt, weil Ophelia noch nicht mündig ist. »Am nächsten Tag heirateten sie ein zweites Mal«, sagte Athenaide leise, »und diesmal waren die Väter die Zeugen. Aber die beiden durften nicht als Eheleute zusammenleben, bis Jem genug Geld verdiente, um sie zu ernähren.«

»Keine leichte Aufgabe für den jüngeren Sohn eines Pfarrers«, bemerkte Matthew.

»Er wurde vor die Wahl gestellt«, fuhr Athenaide fort, »Indien oder Amerika.«

»Und er wählte Amerika«, sagte ich.

Athenaide nickte. »Er machte sich auf die Suche nach dem Manuskript, das der Priester bei sich zu tragen versprochen hatte.«

Das Flugzeug hatte die Reiseflughöhe erreicht. Wir schnallten uns ab und setzten uns an den Konferenztisch, wo wir das Tagebuch vor uns aufschlugen und die Geschichte weiterverfolgten.

Diesmal soll die Trennung fünfzehn Jahre dauern. Doch anstatt in Selbstmitleid zu versinken, engagiert Ophelia einen Lehrer und lernt Spanisch und Latein. Sobald sie über ihr eigenes Geld verfügen darf, reist sie nach Valladolid. Im Royal College of St. Alban zeigt man ihr den dortigen Bestand – auch die Folio-Ausgabe – und schickt sie weiter zum Archivo General de Indias in Sevilla. Nach einer beschwerlichen Suche findet sie schließlich den Augenzeugenbericht eines Überlebenden und anbei eine primitive Landkarte. Sie fertigt von beidem eine Kopie an und reist zurück nach London, wo sie eine First-Folio-Ausgabe ersteht.

»Das jakobäische Magnum opus«, sagte Matthew feierlich.

»Sie besaß eine Folio?«, platzte ich heraus.

»Kein Original«, erklärte Athenaide. »Ein Faksimile. Aber ein besonders schönes.«

Ophelia setzt ihren Namen auf die Seite gegenüber von Shakespeares Porträt. Darunter schreibt sie die Widmung, die sie in der Folio von Valladolid gesehen hatte. Dann legt sie die Ergebnisse ihrer Nachforschungen in Spanien in das Buch und schickt es als verspätetes Hochzeitsgeschenk an Jem.

Sprachlos rieb ich mir die Schläfen, während Matthew weiterblätterte. »Spulen wir fünfzehn Jahre vor«, sagte er. In der Zwischenzeit war Ophelias Vater gestorben, doch sie bleibt in dem alten Haus in Henley, im Wald von Arden, wenn auch ohne die Verrückten. Ansonsten scheint nicht viel passiert zu sein – *als hätte sie sich mit einer Spindel in den Finger gestochen und wäre in einen Zauberschlaf gefallen*, dachte ich. Und dann schreibt Jem, er habe gefunden, was er suchte.

Er könne es ihr nicht bringen, sagt er. Noch nicht. Stattdessen will er, dass sie zu ihm kommt – nach Tombstone im Territorium Arizona. Zuerst glaubt sie ihm nicht. Doch dann findet sie heraus, dass er auch einen Professor aus Harvard eingeladen hatte – und dass der Professor zugesagt hat.

»Auftritt Professor Child«, sagte Matthew.

Ophelia packt die Koffer und fährt mit dem nächsten Schiff nach Amerika. Als das Schiff in New York einläuft, brechen die Tagebucheinträge ab.

Eine Seite weiter hatte Ophelia von Neuem begonnen. »Für Jem«, stand oben auf dem Blatt. Sie schrieb mit einer anderen Tinte, und ihre Schrift wirkte gehetzt. Es war die Zusammenfassung der Geschichte, die sie in Delia Bacons Papieren gefunden hatte. Die Geschichte der Howards.

Frances Howards Geschichte, schrieb Ophelia, war keine Dreiecksgeschichte. *Eher ein Dodekaeder!!* Bevor Frances Howard Robert Carr kennenlernte, doch nach ihrer Heirat mit Essex, hatte ihre Familie sie auf ein weiteres Ziel angesetzt: auf Heinrich, den Fürsten von Wales, den engsten Freund ihres Mannes.

Eine Zeit lang war der Fürst so hingerissen von ihr gewesen, dass bereits Gerüchte einer königlichen Hochzeit am Hof kursierten, bevor überhaupt das Annullierungsverfahren ihrer ersten Ehe eingeleitet worden war. Dann aber hatte Frances Robert Carr kennengelernt und war ihrem Herzen gefolgt, ohne ihre Familie zu unterrichten. Irgendwann erfuhr der Fürst, wie freigebig die Dame mit ihrer Zuneigung war, und beleidigte sie in aller Öffentlichkeit.

»Die Handschuhgeschichte«, sagte ich. »Ich hatte nicht gewusst, dass Frances Howard die besagte Dame war.«

Ophelia reimt sich zusammen, welche Auswirkung diese Wendung des Schicksals auf ›Cardenio‹ gehabt haben könnte. Denn in dem Stück ging es um eine loyale Frau, die vom besten Freund ihres Mannes – dem Sohn des Herrschers – bedrängt wurde. Als Allegorie auf Frances, Essex und den Fürsten verstanden, hätte es Frances Howard gerechtfertigt und den Fürsten verdammt.

Doch dann hatten die Howards herausgefunden, was dem Fürsten zu Ohren gekommen war: dass Frances sich mit Robert Carr vergnügte. »Carr – Cardenio«, sagte Athenaide wieder.

Sein Name im Stück stellte das Anliegen der Howards auf den Kopf. Wie die Dinge lagen, musste selbst ein Blinder mit Krückstock bei Cardenio an Carr denken und damit auch an den eifersüchtigen Fürsten – zu einer Zeit, da Frances immer noch durch Namen und Gesetz an Essex gebunden war. Statt sie als loyale Ehefrau darzustellen, der übel mitgespielt worden war, machte das Stück sie zum Gespött: als eine Frau, die mit zu vielen Männern herumpoussierte.

Es musste aufgehalten werden.

Doch nichts geschah. Im Januar 1613 wurde ›Cardenio‹ bei Hof aufgeführt. Und im Juni desselben Jahres nahmen die King's Men das Stück mit über den Fluss auf die öffentliche Bühne: ins Globe Theatre.

»Und zwei Wochen später«, sagte ich, »brennt das Globe ab.«

»Lieber Himmel«, sagte Matthew nach einem kurzen Schweigen. »Ich habe die zwei Daten nie miteinander in Verbindung gebracht.«

»Aber warum?«, fragte Athenaide bestürzt. »*Warum* hat Shakespeare ›Cardenio‹ am Globe aufführen lassen? Warum riskierte er den Zorn der Howards?«

»Warum hat er es überhaupt geschrieben?«, hielt ich dagegen. »Es ergibt keinen Sinn. Was ich neulich gesagt habe, gilt immer noch: Shakespeare war kein Mann, der Allegorien liebte. Außerdem hatte er, soweit ich weiß, keinen Grund, den Howards einen Gefallen zu tun.«

»Vielleicht wollte er ihnen gar nicht schmeicheln«, sagte Athenaide langsam. »Vielleicht war das Gegenteil der Fall. Sie haben gesagt, ein Howard hat William Shelton ins Priesterseminar nach Valladolid geschickt. Wenn das wahr ist, wollte sich Shakespeare möglicherweise rächen.«

Dein ew'ger Sommer doch soll nie verrinnen. Ich spürte die Brosche in meiner Jacke und musste an Sir Henrys Stimme denken, als er die Zeile vorgetragen hatte. »Wir müssen das Stück finden«, sagte ich angespannt.

Matthew schlug die nächste Seite auf. Wieder ein Neuanfang, wieder eine andere Tinte. *August 1881*, stand am oberen Rand.

Mein lieber Francis,
Du hast mich gebeten, die Geschichte zu beenden, und dieses Versprechen wenigstens will ich halten.

»Francis?«, fragte ich. »Wer ist Francis?«

Matthew überflog die Zeilen.

Als Ophelia in jenem Sommer in Tombstone ankommt, muss sie feststellen, dass Jem bereits seit einem Monat vermisst wird. Alles was er ihr hinterlassen hat, ist eine kurze Nachricht:

Wenn ich könnte, würde ich Berge versetzen, um zu Dir zu kommen. Das mußt Du wissen. Doch wenn Du diese Zeilen liest, waren die Berge am Ende zu schwer für mich.

Ps. Falls Du Zweifel hast, in meinem jakobäischen Magnum opus habe ich die Stelle chiffriert – 1623, die Seite mit der Signatur.

»Deswegen ist das Buch so wichtig«, sagte Matthew. »Jem hat in einer Chiffre darin vermerkt, wo sein Schatz liegt.«

Ich beugte mich vor. »Athenaide. Die Rancher, denen Sie Ophelias Briefe abgekauft haben ... hatten sie auch Bücher? Irgendwelche Bücher?«

Sie sah mich an. »Ja.«

»War eine First-Folio-Ausgabe dabei?«

»Kein Original. Ein altes Faksimile.«

Das musste der Band sein, den Ophelia Jem geschickt hatte. »Sie haben es gesehen?«

»Ich habe es gekauft.«

Ich sprang auf. »*Sie haben das Buch? Sie besitzen es?* Warum haben Sie mir nichts davon erzählt?«

»Ich habe Ihnen gesagt, dass er auch Bücher hatte«, erklärte Athenaide kurz. »Aber Sie wollten nur seine Papiere sehen, und den einen Brief, den ich hatte, habe ich Ihnen gezeigt.« Bedächtig faltete sie die Hände. »Ich bin Sammlerin, Katharine. In diesen Dingen bin ich lieber übervorsichtig. Aber ich mache meine Fehler auch wieder gut. Wir fliegen hin, so schnell wir können.«

»Lies weiter, Kate«, sagte Matthew.

Ich griff nach dem Buch und ging beim Lesen in der Kabine auf und ab.

In Tombstone ist Ophelia der Hysterie nahe und verlangt zu Jems Wohnung gebracht zu werden, doch niemand will sie dorthin bringen oder ihr sagen, wo er gewohnt hat. Am Ende schickt die Wirtin, bei der Ophelia abgestiegen ist, einen Mann los, Jems Sachen zu holen.

Er kommt mit Büchern zurück. Ophelia schließt sich in die Wohnstube ein und hält die Seite mit der Signatur der Shakespeare-Ausgabe über eine Kerze, als eine Frau hereinpoltert, mit gelbem Haar, französischem Akzent und einem Dekolleté, das höchstens bei einem Silvesterball schicklich wäre. Sie verlange ihr Eigentum zurück, behauptet die Blondine und reißt die Bücher auf dem Tisch an sich. Ophelia weigert sich, die First Folio Edition herauszugeben, und zeigt der Frau ihre Unterschrift auf dem Vorsatzblatt – Ophelia Fayrer Granville.

»Seinen Namen hat er vielleicht Ihnen gegeben«, zischt die Frau, »aber seine Liebe gab er mir.«

Innerhalb eines Augenblicks bricht für Ophelia eine Welt zusammen. Ohne zu wissen, was sie tut, stolpert sie aus dem Haus in den Garten und bleibt unter einer von dunkelgrünen Rosenblättern umrankten Laube stehen. Die Blütezeit ist längst vorbei, doch noch immer hängen trockene weiße Röschen zwischen den Blättern.

»Erlauben Sie mir, Ihnen Gesellschaft zu leisten«, sagt eine Stimme.

Anfangs dachte ich, Du wärst ein Elf oder ein Waldgeist, der sich im Rosenbusch verbarg. Doch dann sah ich zum ersten Mal die Güte unter Deinem weißen Bart. »Schicken Sie sie fort«, bat ich, und Du verbeugtest Dich und gingst.

»Sie ist fort«, sagtest Du, als Du zurückkamst. Was Du im Garten an jenem Abend sonst noch sagtest, weiß ich nicht mehr, bis auf dies – daß die Lady-Banks-Rose der Hitze, der Kälte und der Trockenheit widersteht, die den meisten anderen Rosen den Garaus machen. Und doch blüht sie treu jedes Jahr aufs Neue, in süßer Überfülle.

»Francis«, sagte ich plötzlich. »Der Elf unter dem Rosenbusch war Francis Child.«

»Child von der Child-Bibliothek?«, fragte Matthew.

»Er hatte zwei Leidenschaften im Leben: Rosen und Shakespeare«, sagte ich. *Mein lieber Francis,* hatte Ophelia ihn angeredet.

Während der nächsten Tage brüten sie gemeinsam über Jems Folio, doch sie finden nichts. Als sie nicht weiterwissen, mieten sie Pferde und eine vierköpfige bewaffnete Eskorte und reiten in die Berge, um Jems Claims zu untersuchen.

»Das leuchtet ein, oder?«, fragte Matthew aufgeregt. »Wenn er etwas gefunden hat, musste er einen Claim abstecken.«

Matthew hatte recht. *Ich habe etwas entdeckt*, hatte Jem an Professor Child geschrieben. *Nicht alles gleißt, was Gold ist*, hatte er noch gesagt.

Doch Athenaide schüttelte den Kopf. »Ich bin überall gewesen«, sagte sie. »Bei jedem einzelnen Claim. Es ist nichts da. Keine Stollen. Keine Gräber. Keine Gebäude. Nichts, was sich im Entferntesten als das geheime Versteck eines Priesters aus dem 17. Jahrhundert eignen würde.«

Ungeduldig las ich weiter:

Du wirst Dich jener Tage erinnern, wie süß und heiß sie waren, und des letzten Nachmittags, als wir im Gras der Senke lagen, hoch über uns der Adler und die Männer hinter der Biegung des Flusses, die im Wasser tollten und lachten.

Ich will Dir sagen, woran ich mich erinnere. Nachdem ich fünfzehn Jahre gewartet hatte, lernte ich an einem einzigen Nachmittag, was es heißt, zu lieben und geliebt zu werden. Ich weiß, daß es unmöglich ist, doch ich sehe weiße Rosen vor mir, die auf uns herabschwebten wie duftender Schnee.

Als sie am Abend nach Tombstone zurückreiten, treffen sie auf halbem Weg eine schwer bewaffnete Rettungsmannschaft, die sie zurück in die Stadt eskortiert. Am Vorabend war der Apachenführer Geronimo ausgebrochen, er hatte im Schutz der Dunkelheit mit Mann und Maus das Reservat verlassen. Ein weiterer Apachenkrieger, der im Norden von Sonora kämpfte, hatte in New Mexico eine breite Schneise der Verwüstung angerichtet.

Ophelia und Francis wollen sich nur noch einen Claim ansehen – Kleopatra. Doch über Nacht hatte sich die Welt verändert. Niemand würde sie auch nur einen Kilometer hinter die Stadtgrenze begleiten, und erst recht nicht in die Berge. Sie können nicht einmal Pferde mieten und allein losziehen. »Verschwendung von guten Tieren«, knurrt der Mann und spuckt auf den Boden. Ihre Suche ist vorbei.

Nach einem einsilbigen Abendessen liegt Ophelia die ganze Nacht wach. Vor Anbruch des Morgens steht sie auf und zieht sich an. Die Shakespeare-Folio hinterlässt sie der Wirtin mit der Nachricht: »Für die blonde Frau.« Vor die Tür des Professors legt sie eine einzelne getrocknete Rose. Und dann geht sie.

Abrupt endete die Geschichte.

»Blättern Sie weiter«, sagte Athenaide.

Auf einer leeren Seite schwebte ein einzelner Satz.

Es wird ein Kind geben.

Die Worte tanzten vor meinen Augen. »Sie hat es ihm nie gesagt«, erklärte Athenaide leise. »Sie ging nach England zurück, nahm einen anderen Namen an und begann Vorlesungen zu halten, wie Delia einst, und auch sie hatte Erfolg damit. Doch sie kehrte nie zu Jems Claims zurück, und sie hat sich nie wieder mit dem Professor in Verbindung gesetzt. Sie hätte es nicht ertragen, dass man sie ansah, wie sie die blonde Frau angesehen hatte, schreibt sie, und auch den Gedanken nicht, dass die Frau des Professors fühlte, was Ophelia an jenem ersten Abend für Jem gefühlt hatte.«

Ich sah auf.

»Einen letzten Teil hat sie noch geschrieben«, sagte Matthew. »1929.« Er blätterte zum Ende des Tagebuchs vor, wo Ophelias Schrift wieder die Seiten füllte. Ich las den letzten Eintrag.

… ist längst eine wunderschöne Frau. Wenn sie nach ihrem Vater fragt, sage ich immer, sie sei Shakespeares Tochter.

Wahrscheinlich hätte ich wissen müssen, daß sie zum Theater gehen würde. Sie hat Erfolge in London und in New York gefeiert – auch wenn selbst das der Vergangenheit angehört. Manchmal frage ich mich, ob Du sie je gesehen hast und ob Dein Herz dabei in Deiner Brust pochte, ohne daß Du wußtest, weshalb.

Ich habe sie nach Shakespeare genannt, und nach den Rosen, die ihr Vater so liebte: Rosalind.

Rosalind Katherine Howard.

»Aber das ist Ros' Name.« Plötzlich hatte ich ein flaues Gefühl im Magen.

»Ja, meine Liebe«, sagte Athenaide.

Am Ende der Seite stand ein letzter Satz:

Liebe find't zuletzt ihr Stündlein,
das weiß jeder Mutter Kind.

Ich lehnte mich an Matthews Schulter und begann zu weinen.

39

Als ich aufwachte, lehnte ich immer noch an Matthews Schulter; er schlief noch. Athenaide saß auf der anderen Seite der Kabine am Konferenztisch und las im schwachen Schein einer Lampe ein Buch. Behutsam, um Matthew nicht zu wecken, setzte ich mich auf. »Sie kannten sie«, sagte ich leise. »Ros.«

Ein trauriges Lächeln spielte über Athenaides Lippen. Einen Augenblick lang sah sie wie eine alte Hexe aus, der die Haut in losen Falten um den knochigen Schädel hing. Doch ihre Augen strahlten hell. »Ja, ich kannte sie.«

Ich stand auf und ging zu ihr an den Tisch. »Die Rosalind aus dem Tagebuch – Ophelias Tochter. Das kann nicht meine Ros gewesen sein.«

»Nein.« Lächelnd klappte sie das Buch zu. Sie hatte in Ophelias Tagebuch gelesen. »Nicht ohne Jungbrunnen. Sie war die Großmutter von Ihrer Ros. Und meine Großmutter.« Sie trank einen Schluck Wasser, dann stellte sie das Glas vorsichtig, leise auf dem Tisch ab. »Ros war meine Cousine. Und Ophelia – unter dem Namen Ophelia Howard – war unsere Urgroßmutter.«

Ich ließ mich in den Sitz neben ihr sinken. »Ich habe ein Foto von Ihnen und Ros gesehen. Sie hatten einen weißen Hut auf.«

Für einen kurzen Moment hellte sich ihr Lächeln auf. »Das war ein fröhlicher Tag. Als sie noch zu mir aufsah.« Sie faltete die Hände auf dem Buch. »In vielen Dingen ähnelten wir uns sehr. Aber am Ende hatten wir unterschiedliche Vorstellungen davon, was der richtige

Weg zu einem guten Leben ist. Sie wollte, dass ich ans Theater ging – ein Traum, den wir als Mädchen teilten. Schließlich war unsere Großmutter eine große Bühnenschauspielerin gewesen. Um 1910 war sie ein Star, auch wenn heute kaum noch einer ihren Namen kennt. Ich erbte ihr Aussehen.« Sie seufzte. »Ros nicht. Dafür hatte sie etwas, das ich nicht hatte, auch wenn sie es nicht wahrhaben wollte: Talent. Mir fehlt das mentale oder emotionale Durchhaltevermögen, das man braucht, um überzeugend in die Rolle anderer zu schlüpfen. Ich bin kein Vagabund, kein fröhlicher Landstreicher. Doch das muss ein großer Schauspieler sein. Ich brauche ein Nest. Wurzeln.« Sie sah mich spöttisch an. »Und Geld, schätze ich. Ich bin Geschäftsfrau. Geldgierig, hat Ros mich genannt. Und noch schlimmere Dinge. Zusammen hätten wir eine große Künstlerin ergeben. Doch als zwei waren wir eine Professorin und eine Geschäftsfrau. Beide erfolgreich, nur eben nicht so, wie wir uns als Mädchen erträumt hatten.

Wir haben uns in der Folger Library getroffen, ein paar Tage vor ihrem Tod. Ich habe ihr den Hut geschenkt, als Erinnerung an alte Zeiten. Eine Brücke aus der Vergangenheit, wie ich hoffte. Ich dachte, sie würde ihn ins Regal legen und ansehen. Liebe Zeit, der Hut ist noch aus den Fünfzigerjahren. Aber ich hätte mir denken können, dass Ros ihn tragen würde. Irgendwie passte es ja auch – bei ihrem Theaterdebüt. Selbst wenn es nur die Generalprobe war.«

Ros' Debüt, dachte ich, *und ihr letzter Auftritt.*

»So bin ich auf Sie gekommen«, sagte Athenaide.

»Über den Hut?«

Sie lachte. »Nein. Die Folger-Konferenz. Ich wusste, dass Ros über Delia Bacon referieren würde, und so habe ich mich über Delia schlau gemacht. Auge um Auge. Dr. Sanderson hat mir Ophelias Brief an Emily Folger gezeigt, bevor er zu Ihrem Treffen am Kapitol aufbrach. Die Grabszene war mir noch in frischer Erinnerung; und zufälligerweise der einzige Hinweis, den ich entschlüsseln konnte. Und dann war er plötzlich tot, und Sie und der Brief waren verschwunden. Ich packte Matthew ein, der krank vor Sorge um Sie war, und wir flogen nach Stratford und warteten. Wir waren ziemlich überrascht, als Sie anriefen und anscheinend ganz woanders waren.

Da entschied ich, das Grab zu öffnen. Um sicherzugehen ... Das Ergebnis kennen Sie.«

Einen Moment lang starrten wir schweigend das Tagebuch an, das auf dem Tisch lag.

»Sie hat Sie geliebt«, sagte Athenaide. »Geliebt und beneidet. Ich glaube, mit dieser Mischung konnte sie nicht umgehen. Wer könnte das schon? Sie wusste, dass Sie eines Tages Gebiete betreten würden, auf die sie sich selbst nie gewagt hätte. Wahrscheinlich hat sie Sie genau aus diesem Grund aus dem Elfenbeinturm hinaus in die Welt geschickt.«

»Sie meinen, Ros wollte, dass ich im Theater lande?« Ich lachte bitter. »Das hätte sie mir auch anders sagen können.«

Athenaide legte den Kopf schief. »Hätten Sie auf sie gehört?«

Ich wollte etwas sagen, doch dann schwieg ich. Wahrscheinlich hätte ich Ros unterstellt, sie wollte meine akademische Karriere sabotieren.

Eine Gegensprechanlage summte diskret, und Athenaide griff nach dem Hörer. In einer Stunde landeten wir. Sie schickte mich in eine der Schlafkabinen, um mich frisch zu machen.

»Frisch machen« war die Mutter aller Untertreibungen. Was ich nötig hatte, war eine Kernsanierung. Meine Augen waren rot und geschwollen; auf der Wange hatte ich eine blaue Beule mit einem tiefen Kratzer. Vom Regen war mir die Haarfarbe in dunklen Zebrastreifen in den Nacken und auf die Jacke gelaufen, die aussah, als hätte man sie drei Wochen lang verknäuelt ganz unten im Wäschekorb liegen lassen.

Doch der Koffer, den Sir Henry für mich gepackt hatte – es schien Jahre her – und der mir von London nach Boston und Utah, nach New Mexico und Washington und schließlich nach Stratford gefolgt war, stand am Ende des Betts, und im Bad gab es eine richtige Dusche. Ich bedachte den Koffer mit einem bösen Blick. Dass er mir half, mich besser zu fühlen, war der erste kleine Schritt der Wiedergutmachungen, die Sir Henry mir schuldete.

Unter der Dusche sah ich zu, wie die Haarfarbe wirbelnd im Abfluss verschwand. Stimmte es, dass Ros, wie Athenaide andeutete, mich bewusst aus dem Universitätsbetrieb verscheuchen wollte? Wenn ja, hatte sie Erfolg gehabt. Doch als Mentorin hätte sie mir auch Brücken bauen können, anstatt die, die hinter mir lagen, abzubrennen.

Andererseits hatten sich während meiner Flucht vor Ros und allem, für das sie stand, mehrmals scheinbar aus dem Nichts Brücken vor mir aufgetan. Vor sechs Monaten erschien Sir Henry genau zur richtigen Zeit, um mir den Job im Westend zu besorgen, und dann den im Globe. Und Ähnliches war mir schon vorher passiert – Wendepunkte in meiner jungen Karriere, die ich meinem unglaublichen Glück zugeschrieben hatte, zur richtigen Zeit am richtigen Ort zu sein.

Ich war so stolz gewesen, meinen eigenen Weg zu gehen, auch wenn ich mich über das Glück wunderte, das mir in den Schoß fiel, als würde es Rosen regnen. Hatte Ros mir die ganze Zeit im Stillen geholfen? Ich würde es nie erfahren.

Ich zog eine Jeans an, ein schwarzes T-Shirt und Turnschuhe und sah mich noch einmal im Spiegel an. Mein Haar war zwar kurz, aber wenigstens war es wieder rot. Meine Wange war immer noch blau, aber sie war sauber. Ganz unten im Koffer fand ich die Kette, die ich an der Grenze von Arizona gekauft hatte. Ich fädelte die Brosche auf, hängte sie mir um den Hals und ging hinaus in die Hauptkabine.

Matthew war aufgewacht und trank Kaffee. Zu dritt setzten wir uns an den Konferenztisch und gingen durch, was wir wussten.

»Sie steckten alle unter einer Decke«, sagte Matthew. »Die Grafen von Derby und Oxford, Gräfin Pembroke, Sir Francis Bacon und Shakespeare aus Stratford.«

»Ja«, sagte ich. Ich lehnte mich zurück und rieb mir die Augen. »Aber wie?«

Jem Granville wusste es, dachte ich. Wenn wir Glück hatten, würden wir bis zum Morgen seine Schatzkarte finden, mit einem großen X an der richtigen Stelle. Als ich aus dem Fenster sah, blinkten mehrere Reihen Markierungslichter unter uns. Die Landebahnbeleuchtung.

Gegen drei Uhr morgens landeten wir in Lordsburg, New Mexico. Über den Bergen zuckten Blitze. Die Regenzeit setzte in diesem Jahr früh ein. Graciela erwartete uns. Ein paar Minuten später fuhren wir an den schäbigen Hütten von Shakespeare vorbei in Athenaides Garage – ein altes Schwarzpulverlager in einer Höhle im Hang. Kurz darauf folgten wir Athenaides eiligem Schritt durch das Labyrinth von Helsingør.

Warmes goldenes Licht empfing uns, als wir in den Rittersaal traten. »Letztes Mal haben Sie erraten, dass diese Halle nicht zu Helsingør gehört«, sagte Athenaide. »Erkennen Sie sie jetzt?«

Ich schüttelte den Kopf.

»Es ist die Kopie – eine sehr genaue – des Bankettsaals im normannischen Turm von Schloss Hedingham. Dem Stammsitz des Grafen von Oxford in Essex, nordöstlich von London. Eins der schönsten erhaltenen Beispiele normannischer Architektur.«

Einen Moment blieb ich auf der Schwelle stehen und sah mich um. Der Stammsitz des Grafen von Oxford. Oxfords Hedingham in Hamlets Helsingør, in der Geisterstadt Shakespeare. Das perfekte Matroschka-Spiel einer Milliardärin.

Nicht, dass der Anblick prunkvoll war – nach all der barocken Pracht von Wilton House wirkte die mittelalterliche Schlichtheit des Saals beinahe spartanisch. Bis auf den Tisch, ein paar Stühle und Kissen in der Mitte und die Vitrinen an der Wand gab es nicht viele Möbel.

Graciela servierte ein kaltes Abendessen – Salade Niçoise mit Räucherlachs, frischen Brötchen und einer leicht gekühlten Flasche würzigem Pinot Noir. Die Gläser, die sie brachte, waren mundgeblasen, aus blauem und weißem Glas, wahrscheinlich echte venezianische Kelche aus dem 17. Jahrhundert.

Athenaide übergab mir Ophelias Tagebuch, dann ging sie an den Tresor und hielt ihre Hand an den Scanner. Die Tür sprang auf, und sie nahm ein Buch heraus. Der Einband war von der Wüstenhitze verzogen und das rote Leinen ausgefranst und verblichen.

Graciela schenkte Wein ein, dann ließ sie uns allein.

Athenaide legte das Buch auf den Tisch. »*Vero nihil verius*«, sagte sie. »Nichts ist wahrer als die Wahrheit. Was die Wahrheit auch bringt.« Dann schob sie das Buch in meine Richtung. »Öffnen Sie es.«

40

Die Titelseite von Jems Folio ließ sich leicht aufschlagen. Gegenüber von Shakespeares missbilligendem Blick waren zwei Unterschriften: *Ophelia Fayrer Granville*, in kleinen ordentlichen Buchstaben am oberen Rand; darunter, in größeren, lockeren Kurven *Jem Granville*. Weiter unten stand in Ophelias Handschrift das Sonett aus der First Folio in Valladolid.

»Es muss etwas sein, das hier, und nur hier, in diesem Buch, steht«, sagte Matthew. »Jem sprach von ›*meinem* jakobäischen Magnum opus‹.«

Außer den Namen und den Versen war die Seite leer. Doch das Papier war angesengt und wellig, als wäre es nass geworden. Anscheinend hatte jemand – Ophelia? – versucht, mittels Wasser, oder einer anderen Flüssigkeit, und Hitze eine geheime Botschaft ans Licht zu bringen. Da manche unsichtbaren Tinten unter Hitzeeinwirkung sichtbar werden und wieder verschwinden, wenn sie abkühlen, zündete Athenaide eine Kerze an, und wir versuchten noch einmal, die Seite zu erhitzen. Nichts.

Ich blätterte durch die Seiten und suchte nach Randbemerkungen. Die einzigen, die ich fand, waren zu ›Hamlet‹ – und die sahen aus wie Notizen für Jems Aufführung. Egal wie ich sie las, ich konnte keine andere Bedeutung erkennen. Mit meinem Glas ging ich im Saal auf und ab und dachte nach. Irgendwo musste die chiffrierte Botschaft sein. Es gab keine andere Möglichkeit.

Dann schlug ich das Tagebuch auf und las noch einmal den Satz, den Ophelia aus Jems Brief zitierte, genau wie er an sie geschrieben hatte: *Ps. Falls Du Zweifel hast, in meinem jakobäischen Magnum opus habe ich die Stelle chiffriert – 1623, die Seite mit der Signatur.* Ich biss mir auf die Lippe. Irgendetwas hatten wir übersehen.

Was?

Ich hätte alles darum gegeben, Ophelias Brief an Emily Folger noch einmal zu lesen. Doch ich hatte den Brief, zusammen mit den anderen, bei Barnes in Stratford gelassen. *Sir Henry, der Mistkerl.* Also schloss ich die Augen und versuchte mich zu erinnern. Ophelia hatte geschrieben: »Jakobäisches Magnum opus, c… 1623« – wobei das Wort, das mit *c* begann, unleserlich war. Ich glaubte, mich richtig zu erinnern, doch ohne den Brief vor Augen konnte ich nicht sicher sein.

Abrupt stellte ich das Weinglas auf den Tisch und sah mir das Tagebuch näher an. Auf der Rückseite der Chambers-Karteikarte hatte Ros geschrieben: *Jakobäisches Magnum opus, A. D. 1623* – und damit Shakespeares Folio gemeint, was ich nie angezweifelt hatte. Keine schlechte Vermutung, wenn man die Stichworte Shakespeare, jakobäisches Magnum opus und das Jahr 1623 zusammennahm.

Doch Ros hatte unrecht, als sie Ophelias *c* als Abkürzung für ›circa‹ las. Und wenn man das Wort ›chiffriert‹ benutzte, wie Jem es getan hatte, dann war der Satz lange nicht mehr so klar.

In Ros' Interpretation hatte sich die Jahreszahl 1623 auf das Magnum opus bezogen. Doch bei Jem konnte es sich genauso gut auf chiffrieren beziehen. Und falls es die Chiffre war, die mit dem Jahr 1623 zu tun hatte, dann musste das Buch nicht von 1623 sein – nicht unbedingt. Das fragliche Buch musste keine First Folio Edition sein.

»Gibt es eine Chiffre aus dem Jahr 1623?«, fragte Matthew, der mir über die Schulter sah.

»In dem Jahr hat Bacon sein ›De dignitate et augmentis scientiarum‹ veröffentlicht. Die lateinische Ausgabe von ›Über die Würde und den Fortgang der Wissenschaften‹.«

Matthews Augen wurden groß. »Bacons Chiffre«, sagte er.

»Sir Francis Bacon?«, fragte Athenaide scharf.

Ich nickte. Derselbe Francis Bacon, den Delia und andere so gerne als den Mann hinter Shakespeares Maske gesehen hätten – derselbe

Mann, den ich als den Keiler der Schimäre identifiziert hatte. Im ›Fortgang der Wissenschaften‹ entwarf er ein System zur Klassifizierung, dem Studium und der Beherrschung des gesamten menschlichen Wissens. Und in der lateinischen Ausgabe von 1623, die länger war als das Original, präsentierte er einen ganzen Abschnitt über Chiffren und Codes – zu denen auch eine Chiffre gehörte, die Bacon selbst erfunden hatte.

Meine Stimme überschlug sich. »Hatte Granville eine Ausgabe des ›Fortgangs der Wissenschaften‹?«

»Nein«, sagte Athenaide bestimmt.

»Oder sonst etwas von Bacon?«

»Nur die Essays.« Wieder ging sie an den Tresor und nahm ein dünneres Buch heraus. Ich blätterte es hastig durch. Um Bacons Chiffre in einem gedruckten Buch zu verwenden, musste Jem einzelne Buchstaben gekennzeichnet haben. Er musste in das Buch hineingeschrieben haben.

Doch in den Essays gab es keine Markierungen.

Ich kreiste um den Tisch. »Besaß er sonst irgendetwas aus der Renaissance?«

»Kommen Sie und schauen Sie selbst.« Athenaide holte stapelweise Bücher aus dem Tresor, die wir zum Tisch trugen und systematisch durchblätterten. Jem Granville war ein Windhund und ein Halunke gewesen, doch gleichzeitig war er höchst belesen für seine Zeit. Seine Sammlung enthielt Bände von Tennyson und Browning, Dickens und Trollope, Darwin, Mill und Macaulay. Allerdings nichts aus der Renaissance. Oder sonst etwas, das bis auf seinen Namen auf den Titelblättern irgendeine auffällige Markierung aufwies. Anders als Ros hatte Jem Granville nicht die Angewohnheit, in seine Bücher hineinzukritzeln.

Als wir Walter Paters ›Die Renaissance‹ aufschlugen, schöpfte ich Hoffnung, doch auch dieses Buch war sauber. »Es muss noch etwas da gewesen sein«, sagte ich frustriert, als ich die letzte Seite erreichte. Ich sah Athenaide an. »Haben Sie wirklich alle seine Bücher gekauft?«

»Alle, von denen Mrs Jiménez wusste, dass sie Granville gehörten.«

Was, wenn er das fragliche Buch nicht signiert hatte? Was, wenn es jemand verloren hatte? Verschenkt? Zerlesen oder der Kirche gestiftet, auf dem Flohmarkt verkauft? Es konnte überall sein. Ich beugte mich über den Tisch. »Fragen Sie sie.«

»Es ist vier Uhr morgens, Katharine … Drüben in Arizona ist es drei.«

»Die Leute sind Rancher. Sie sind bestimmt schon auf den Beinen. Oder so gut wie.«

Athenaide kramte ihr Handy aus der Tasche. Sie trank einen großen Schluck Wein, dann wählte sie. Jemand antwortete. »Ja … *nein.*« Athenaides Augen leuchteten. »Einen Moment …« Sie hielt den Hörer zu und sagte: »Ein Buch. Die Familienbibel.«

Das Blut in meinen Adern begann zu rauschen. »Welche Bibel?«

»Sie weiß es nicht. Eine alte.«

»Sagen Sie ihr, sie soll nachsehen.«

Während Mrs Jiménez auf der Ranch in Arizona nachsehen ging, stützte ich mich mit angehaltenem Atem auf den Tisch und blickte hinauf zu Ophelias blinden Augen über dem Kamin.

»Die Titelseite«, sagte Athenaide, »da steht: ›*Gedruckt im Jahre des Herrn 1611 und weithin bekannt als die King-James-Bibel*‹.«

Ich musste mich am Tisch festhalten, um nicht umzukippen.

Matthews Augen leuchteten. »Das jakobäische Magnum opus.«

Das war es. Das musste es sein. Buchstäblich, denn King James war Jakob I. Und ein altes Sprichwort besagte, dass die King-James-Bibel das einzige Meisterwerk sei, das von einem Komitee verfasst worden war. Als eine seiner ersten Amtshandlungen nach der Thronbesteigung hatte König Jakob seine Bischöfe beauftragt, etwas gegen den vom ihm beklagten erbärmlichen Zustand der englischen Bibel zu tun. Seiner Ansicht nach gab es zu viele Übersetzungen, und keine berief sich auf den neuesten Stand der Hebräisch- und Griechischstudien. Der König, der sich selbst als Intellektuellen und Poeten rühmte, wollte eine Bibel, die nicht nur korrekt, sondern auch wohlklingend übersetzt war – geeignet, laut von der Kanzel verlesen zu werden. Eine Bibel, die sich alle seine streitbaren Untertanen teilen konnten.

Die Arbeit der Bischöfe war so gut, dass sie alle Hoffnungen übertraf. Die King-James-Bibel sollte drei Jahrhunderte lang in allen englischsprachigen Gottesdiensten den Ton angeben. Dieser Tatsache war es auch zu verdanken, dass Shakespeare in England und in den Kolonien bis weit ins 20. Jahrhundert so vertraut klang – bis modernere Übersetzungen in Umlauf kamen und die Menschen nicht mehr in die Kirche gingen. Bis dahin hatten die Kirchgänger jeden Sonntag gesprochenes jakobäisches Englisch gehört, in ritualisierten Lesungen, deren Tonfall und Vokabular sich tief in ihre sprachlichen und gedanklichen Gewohnheiten eingegraben hatte. Für Millionen von Englisch sprechenden Menschen hatte Shakespeare wie der vertraute Sonntagsgottesdienst geklungen.

»Wie weit ist es zur Jiménez-Ranch?«, fragte ich.

»Zwei Stunden«, sagte Athenaide. »Aber in Arizona ist es eine Stunde früher.«

»Sagen Sie ihr, wir sind um fünf da.«

»Die Bibel ist nicht zu verkaufen«, warnte Athenaide.

»Wir müssen sie nicht kaufen, Athenaide. Wir müssen sie nur sehen.«

Sie legte auf. Dann hob sie ihr Glas und sprach einen Toast. »*Vero nihil verius.*«

Wir stießen an und tranken. Ich nahm einen Stapel Bücher vom Tisch und trug ihn zum Tresor. Matthew tat das Gleiche.

Plötzlich hörte ich ein Husten und Würgen hinter mir. Als ich mich umdrehte, sah ich, dass Athenaides Gesicht blau anlief. Ihr Mund zuckte, zwei Mal, doch es kam kein Laut heraus. Dann fiel der Kelch aus ihrer Hand, zerbrach in tausend Scherben, und sie sank zu Boden.

Einen Augenblick später waren wir bei ihr. Ihr Puls ging schwach, aber er war noch da. Ich wusste nicht, ob sie atmete oder nicht.

»Ruf den Notarzt«, sagte ich und sank in die Knie.

»Soll ich Erste Hilfe –«, bot Matthew an.

Aber ich hatte schon angefangen. »Geh!«, schrie ich. »Finde Graciela.«

Er zögerte einen Augenblick, dann griff er nach Athenaides Telefon. Im gleichen Moment ging das Licht aus.

»Bist du –«, begann Matthew.

»*Graciela!*«

Er verschwand. Blind bearbeitete ich Athenaides Brust, dann beugte ich mich zu ihr, um sie zu beatmen. Langsam gewöhnten sich meine Augen an die Dunkelheit. Ich pumpte, dann beatmete ich sie wieder. *Atme, verdammt noch mal.*

Ich hielt inne, um nach ihrem Herzschlag zu horchen, und suchte gleichzeitig nach ihrem Puls. Kein Puls. Kein Atem. *Nein, nein, kein Leben mehr*, hatte Sir Henry gesagt, als er Mrs Quigley sah.

Doch diesmal war es anders. Athenaide lag wie schlafend am Boden, umgeben von blauen und weißen Glasscherben und einer Pfütze Pinot. Schwaches Licht spiegelte sich in dem zerbrochenen Kelch.

Wo war Matthew? Wo war Graciela? Irgendwer?

Dann hatte ich eine andere Stimme im Ohr. *Der Trank*, hörte ich eine Frau rufen. *Der Trank! O lieber Hamlet – Ich bin vergiftet.* Gertrude, Hamlets Mutter. Worte, in der warmen Sommersonne im Globe gehaucht.

Voll Grauen setzte ich mich auf. In Helsingør lag die Königin auf dem mit Binsen bestreuten Boden, ein Weinkelch zu ihren Füßen verschüttet.

Nein. Ich wollte es nicht glauben. Nicht Athenaide. Nicht jetzt.

Ich beugte mich wieder zu ihr. *Atme.*

Während ich auf Athenaides Atem lauschte, hörte ich irgendwo ein leises Knirschen und ein Klicken. Die Tür. Matthew war zurück. Ich wollte etwas sagen, doch eine düstere Vorahnung hielt mich zurück. Als Matthew gegangen war, hatte er die Tür nicht geschlossen. Also hatte ich nicht die Haupttür gehört. Und dann erinnerte ich mich an das Knirschen: die Tür im Kamin.

Ich stand auf. Langsam, vorsichtig, um nicht auf die Glasscherben zu treten, schlich ich durch die Dunkelheit zur Wand. Irgendwo dort drüben gab es noch eine Tür; ich hatte gesehen, wie Graciela sie benutzte.

In der Mitte des Saals flackerte eine Taschenlampe auf, und ich presste mich gegen die Wand. Athenaide lag auf dem Rücken, ihr Kostüm war verrutscht und voller Rotweinflecken. Etwas Weiches berührte meine Hand, und ich erstarrte. Ich sah nach rechts. Ein Wandteppich. Es gab kein anderes Versteck; ich schlüpfte dahinter. In der Dunkelheit hoffte ich, dass er mich genügend verbarg.

Schritte näherten sich von der Mitte des Saals.

Der Schein der Lampe glitt über den Teppich und verschwand. Ich spitzte die Ohren, doch ich konnte nichts hören.

Die Klinge drang direkt neben meiner Schulter durch den Teppich. Ich wich aus, aber das Messer stieß wieder zu und streifte meinen Arm. Ich bückte mich, strampelte, und plötzlich krachte die Vorhangstange herunter und begrub mich und den Angreifer unter sich.

Er packte mich durch den Brokat. Ich trat zu, doch seine Hände legten sich um meinen Hals und würgten mich. Blind schlug ich um mich. Ich spürte, wie ich in einer Welle der Finsternis zu versinken drohte; helle Punkte explodierten vor meinen Augen. Ich kämpfte darum, bei Bewusstsein zu bleiben. Ich würde nicht zulassen, dass er mich in Lavinia verwandelte. Niemals. Mit der Hand stieß ich gegen etwas Hartes. Das Messer.

Ich tastete nach dem Griff, dann packte ich es und stieß mit aller Kraft zu. Ich spürte, wie die Schneide bis zum Schaft versank. Er ließ nicht los. Ich stieß wieder zu. Dann hörte ich ein Grunzen, und er sank schwer gegen mich.

Ich rollte ihn zur Seite und kämpfte mich aus dem Teppich. Mondlicht schimmerte am Boden wie Eis. Das Messer in meiner Hand war glitschig von Blut. Immer mehr Blut strömte aus dem Hemd des Mannes zu meinen Füßen.

Hinter mir hörte ich Schritte. Mit erhobenem Messer drehte ich mich um.

Es war Matthew, der immer noch das Telefon in der Hand hielt. »Ich konnte nicht – *Lieber Himmel.*«

Ich wich zurück.

»Ich bin es, Kate. Alles ist gut.«

Ich begann zu zittern.

Matthew kam zu mir, nahm mir das Messer aus der Hand und schloss mich in die Arme. »Was ist passiert?«

»Er hat versucht, mich umzubringen.« Ich zeigte auf den Körper am Boden.

Matthew bückte sich und zog den Teppich zurück. Ich sah eine graue Strähne.

Sir Henry.

Ich stolperte rückwärts.

Matthew kniete sich hin und suchte nach seinem Puls. Dann sah er auf und schüttelte den Kopf. »Warst du hinter dem Teppich?«

Ich nickte.

»Polonius«, sagte er. Der Kämmerer des Königs, den Hamlet hinter einem Arazzo ersticht.

Ich hörte kaum zu. Ich hatte einen Menschen getötet. Ich hatte Sir Henry getötet.

»Athenaide?«, fragte Matthew.

Ich sah ihn mit geweiteten Augen an. »Gertrude«, flüsterte ich.

Er stand auf und ging eilig zurück zu Athenaide. Doch sie war verschwunden.

»*Kate!*« Das Brüllen hallte durch den Saal.

Wir erstarrten. Es war Ben.

»Wo zum Teufel ist er?«, zischte Matthew.

Ben rief noch einmal, und es klang, als würde das Gemäuer selbst nach mir rufen. Er musste in einem der Tunnel hinter den Mauern stecken, was bedeutete, dass er überall sein konnte. Und er konnte überall auftauchen, aus jeder Wand, aus jeder Tür.

»Hol das Telefon«, sagte ich. Ich nahm Ophelias Tagebuch vom Tisch und lief zur Tür. Matthew folgte mir. Wir rannten durch den Korridor in den hinteren Teil des Gebäudes, wachsam bei jeder offenen Tür, jedem Schatten, der sich bewegte. Schließlich kamen wir an einen flatternden Vorhang, der Helsingør mit einer Art Westernsaloon verband. Matthew trat vor und riss den Vorhang zurück. In der Bar war alles ruhig.

Ich folgte ihm. Draußen stand ein Wagen mit laufendem Motor, doch es war keine Menschenseele zu sehen. Als ich um die Haube herum zur Fahrerseite ging, blieb ich wie versteinert stehen. Neben der Fahrertür lag Graciela im Staub. Ihre Kehle war durchgeschnitten.

Im nächsten Moment war Matthew bei mir. Er zog Graciela vom Wagen fort und stieg auf den Fahrersitz. Ich folgte ihm und zwang ihn, auf den Beifahrersitz weiterzurutschen. Dann legte ich den Gang ein und trat aufs Gas. Die Reifen drehten durch, der Kies spritzte auf, und wir schossen in die Dunkelheit. Das Tor auf dem Hügel war offen. Rumpelnd fuhren wir hinaus.

Dann hörte ich die Sirenen. Ich verließ die Straße und fuhr hinter ein Mesquite-Gebüsch auf der anderen Seite der Kuppe. Ich schaltete den Motor und die Scheinwerfer aus. Es war kein gutes Versteck, doch es war das beste, das die karge Landschaft hergab. Am Himmel zeigten sich bereits die ersten Streifen der Morgendämmerung; falls jemand genau hinsah, würden sie uns entdecken.

»Hast du die Polizei gerufen?«, fragte Matthew.

»Du hattest das Telefon.«

Er runzelte die Stirn. »Vielleicht Graciela, bevor sie …«

Ein paar Minuten später kam ein Notarztwagen vorbei, gefolgt von der Polizei und dem Sheriff. Keiner hielt an.

Ich wartete drei Minuten. Dann fuhr ich, ohne die Scheinwerfer anzuschalten, auf die Straße zurück. Fünf Minuten später waren wir auf dem Highway, in Richtung Arizona.

41

Wohin fahren wir?«, fragte Matthew.

»Zu den Jiménez'.«

»Wissen wir, wo sie wohnen?«

»Wir haben Athenaides Handy.«

Er fand die Wiederwahltaste, und ich sprach mit Mrs Jiménez. Ich erklärte ihr, dass Athenaide verhindert sei, dass wir aber trotzdem zu ihr kämen … Es war nicht ganz gelogen, aber es war auch nicht die Wahrheit.

Mrs Jiménez schien es zu genügen. Sie erklärte uns den Weg.

»Willst du darüber reden?«, fragte Matthew, nachdem ich aufgelegt hatte.

»Ich weiß erst mehr, wenn ich die Bibel sehe.«

»Ich meine über Sir Henry.«

Meine Hände waren feucht, und ich spürte meinen Puls in den Schläfen, doch ich schüttelte den Kopf. Ich hatte einen Menschen umgebracht. Ich hatte Sir Henry umgebracht … Er oder Ben – oder beide – hatten Athenaide vergiftet und Graciela die Kehle durchgeschnitten, und Sir Henry hatte versucht, mich umzubringen. Wir hatten das jakobäische Magnum opus gefunden – zumindest so gut wie.

Ich hatte Sir Henry umgebracht.

Ich starrte auf die Straße, die unter uns vorbeiflog. Im südlichen Teil von Arizona und New Mexico liefen kleine Hügelketten im Zickzack durch das Land und schlossen weite Täler ein, wo vor langer Zeit flache Meere oder riesige Seen gewesen waren. Wir fuhren um das nördliche Ende der Chiricahuas und von dort aus weiter an der Nordflanke der Dos Cabezas entlang. Nach den letzten Ausläufern der Dos Cabezas machte der Highway eine Biegung nach Süden. Im Osten strahlte ein silberner Streifen über dem Kamm der Dragoons. Darüber verfärbte sich die Nacht allmählich violett. Als sich der Highway nach Tucson verzweigte, blieben wir auf der I-80 und fuhren nach Süden. Im flachen Farmland bei St. David überholten wir einen Traktor und rasten weiter.

Als wir uns Tombstone näherten, wurde das Land wieder hügeliger. Kurz vor der Stadt fuhren wir vom Highway ab und über eine Schotterpiste in nordöstlicher Richtung auf den Südrand der Dragoons zu. Der Himmel im Osten hatte sich inzwischen blutrot gefärbt. Die Berge darunter waren schwärzer als schwarz. Sie wirkten massig und schwer, wie düstere Überbleibsel einer anderen Welt.

Wir rumpelten über ein Viehgatter und fuhren über eine holprige Piste, die für Geländewagen gemacht war. Irgendwann kamen wir an einer dunklen Scheune vorbei, an Gattern aus geflochtenen Mesquite-Zweigen, verrosteten Teilen von Farmmaschinen, alten Pritschenwagen und Reitgerät. Unter einer Gruppe von Pappeln stand ein langes rosa Adobe-Haus mit spitzem Blechdach. Die weiß getünchte Veranda, die etwas plump an der Fassade klebte – anscheinend nachträglich angebaut –, erinnerte eher an Iowa als an den Wilden Westen. Hunde kläfften und bellten und jagten den Reifen des Wagens hinterher, und Hühner gackerten aufgeregt, als wir vorfuhren. Auf der Veranda erschien eine dickliche dunkelhaarige Frau mit weicher brauner Haut und wischte sich die von der Arbeit gegerbten Hände an einem Küchenhandtuch ab. Ihr folgte ein schlaksiger, o-beiniger Mann mit Cowboyhut und Jeans, der seinen dampfenden Kaffeebecher mit auf die Veranda brachte. An der Hüfte trug er einen alten Sechser-Revolver. Er nahm den Hut ab, schlug damit nach den Hunden und befahl ihnen, still zu sein. Dann stellte er sich und seine Frau als Memo und Nola Jiménez vor.

Mrs Jiménez sah uns wachsam an. »Die Bibel ist nicht zu verkaufen«, sagte sie mit der weichen Aussprache von jemandem, der mehr Spanisch als Englisch sprach.

Mr Jiménez nickte. »Sie hat Nolas Urgroßmutter gehört.«

Ich beugte mich vor. »Ich will sie mir nur ansehen.«

Der Rancher betrachtete nachdenklich die dunklen Berge. Sein graues Haar war an den Seiten platt gedrückt, wo er die meiste Zeit seines Lebens einen Hut getragen hatte. »Seit hundert Jahren interessiert sich keiner für Jeremy Granville. Jetzt waren in zwei Wochen drei von euch da. Scheint mir angebracht, zu fragen, was eigentlich los ist.«

»Er hat etwas gefunden.«

»Die Goldmine«, flüsterte Mrs Jiménez. »Meine Urgroßmutter hat immer geglaubt, dass er eine gefunden hat.«

»Es gibt keine Goldmine«, sagte Mr Jiménez scharf. Er sah von seiner Frau zu mir. »Nicht da oben. Gold, ja. Aber nicht genug, dass sich der Abbau lohnt. Zwei oder drei große Mannschaften waren oben, die den alten Geschichten geglaubt haben, und haben es ausprobiert. Doch die haben ihr Geld mit weniger glänzendem Metall gemacht.«

Der Goldabbau war eine zerstörerische Angelegenheit. Dynamit und Tunnel, riesige Stollen, die in den Berg gegraben wurden. *Bitte,* betete ich, ohne zu wissen zu wem, *bitte, lass nicht zu, dass sie alles zerstört haben.* Laut sagte ich: »Keine Mine, auch wenn er vielleicht so getan hat.«

Ich hielt die Brosche an der Kette hoch und öffnete das Medaillon. In möglichst kurzen Worten erzählte ich ihnen die Geschichte von Pater William Shelton, der 1626 in die Wildnis Neuspaniens geschickt worden war, wo er mit einer Kompanie spanischer Soldaten irgendwo südwestlich von Santa Fe verschwand.

Mr Jiménez rieb sich das Kinn. »Zu Pferd ist Santa Fe ziemlich weit von hier. Erst recht, wenn man bedenkt, dass das Land dazwischen den Weißen ziemlich unbekannt war und voll von Indianern, die allen Grund hatten, die Spanier zu hassen.«

»Jem Granville hat die Spuren von Sheltons Truppe gefunden«, sagte ich. »Er hat an der Stelle einen Claim abgesteckt.«

Mrs Jiménez warf ihrem Mann einen Blick zu, dann wandte sie sich an mich. »Wir haben vier seiner Claims hier auf unserem Land. Meine Urgroßmutter hat ein …«, sie zupfte an ihrem Küchenhandtuch, »… eine Pension drüben in Tombstone geführt. Granville hat sich bei ihr eingemietet. Er war ein Prospektor, aber er war anders als die anderen. Eben ein Engländer, hat meine Mutter immer gesagt, als würde das ›*algún lustre*‹ erklären – einen gewissen Glanz, der um ihn war. Dann lächelte Mama. Ich habe mir Granville immer mit einer Art Heiligenschein vorgestellt. Später habe ich erfahren, dass meine Urgroßmutter aus Frankreich kam. Ich schätze, sie hat andere Europäer als verwandte, zivilisierte Seelen angesehen, die wie sie unter den rohen Amerikanern gestrandet waren.«

Sie strich das Handtuch glatt.

»Großmutter hat immer gesagt, ihr Engländer hätte eine Goldmine gefunden. Irgendwann ist er in die Hügel geritten – in die Hügel hier – und nie zurückgekommen. Das ist lange her, damals während der Apachenkriege. War nichts Ungewöhnliches, dass jemand einfach nicht zurückkam. Nach seinem Verschwinden erbte meine Urgroßmutter seine Sachen. Hauptsächlich Bücher und ein paar Claims. Später, als die Indianer weg waren, hat sie geheiratet und ist hier raus auf die Ranch ihres Mannes gezogen. So ist die Bibel bei uns gelandet.«

»Bitte – ich will sie mir nur ansehen.« In der Dunkelheit vor dem Morgengrauen schien die ganze Welt enger zusammenzurücken. Ich sprach leiser. »Ich glaube, er hat in der Bibel eine Botschaft versteckt, die den Ort angibt, wo er Sheltons Trupp gefunden hat.«

»Warum?«, fragte Mr Jiménez.

»Weil Shelton etwas dabeihatte«, sagte Matthew. »Eine andere Art von Gold.«

Die Jiménez' sahen ihn verständnislos an.

»Ein Buch«, erklärte ich. »Ein verschollenes Stück von Shakespeare.«

Einen Moment lang sagte keiner ein Wort. Dann sprach Matthew. »Wenn wir recht haben – wenn wir das Stück auf Ihrem Grund und Boden finden –, kann es ein Vermögen für Sie bedeuten. Ich weiß nicht, wie viel es wert ist. Aber bestimmt ein paar Millionen.«

Mr Jiménez schnaubte. »Für ein Buch?«

»Für ein Manuskript«, wollte ich erklären, doch dann beließ ich es dabei. »Ja, für ein Buch. Aber sein Wert macht es auch gefährlich. Irgendjemand da draußen ist bereit, dafür zu töten. Letzte Nacht wurde Athenaide ermordet.«

Mrs Jiménez bekreuzigte sich. Neben ihr griff Mr Jiménez an seinen Pistolengürtel, und beim Anblick seiner Waffe bekam ich Gänsehaut. »Heute Morgen haben Sie etwas anderes gesagt.«

»Ich weiß. Es tut mir leid.«

»Kennen Sie den Mörder?«

»Er heißt Ben Pearl. Ich glaube nicht, dass er weiß, wo wir sind, aber beschwören kann ich es nicht.«

»Das gefällt mir nicht, Nola«, sagte Mr Jiménez. »Genauso gut können die beiden hier Señora Preston umgebracht haben. Alles wegen eines Buchs.« Er schüttelte den Kopf. »Aber es ist deine Familie. Es ist deine Bibel.«

Mrs Jiménez drehte sich um und ging hinein. Schweiß lief mir über den Rücken. Überließ sie uns der Gnade ihres Mannes? Doch einen Moment später war sie zurück. »Ich glaube nicht, dass Sie eine Mörderin sind«, sagte sie. »Und mit einer Million Dollar könnten wir eine Menge anfangen. Eine Ranch betreiben, wie es sich gehört, zum Beispiel.« Sie legte mir eine Bibel in die Hände. Der Einband war rissig und verblichen.

Ich holte tief Luft und schlug sie auf.

Am Anfang schuf Gott Himmel und Erde. Und die Erde war wüst und leer, und es war finster auf der Tiefe.

Matthew streckte die Hand aus und blätterte zur Innenseite des Einbands zurück.

Oben links hatte jemand ordentlich einen Namen geschrieben: *Jeremy Arthur Granville*. Weiter unten stand in ungeübten großen Buchstaben ein weiterer Name: **Marie Dumont Espinosa**. Darunter waren in verschiedenen Tinten und verschiedenen Schriften Geburten, Hochzeiten und Todestage verzeichnet, über ein ganzes Jahrhundert.

Matthew runzelte die Stirn. »Wenn hier eine unsichtbare Chiffre gewesen wäre, finden wir sie jetzt bestimmt nicht mehr.«

Ich schüttelte den Kopf und blätterte weiter.

»Ophelia sprach von der Seite mit der Signatur«, protestierte Matthew.

»Sie hat Granville zitiert. ›*Ps. … in meinem jakobäischen Magnum opus habe ich die Stelle chiffriert – 1623, die Seite mit der Signatur.*‹ Wir haben ›Ps.‹ immer als ›Postskriptum‹ gelesen. Aber das wäre ja ›PS‹ –

in Großbuchstaben – gewesen. ›Ps.‹ ist die gängige Abkürzung für Psalter.« In der Mitte der Bibel fand ich die Psalmen und hielt inne.

»Du meinst, er hat seine Signatur mitten ins Buch gesetzt?«

»Nicht Granville.« Ich blätterte ein paar Seiten weiter und schlug das Buch auf.

»Da ist überhaupt keine Signatur«, sagte Matthew. Mr und Mrs Jiménez beugten sich über das Buch.

Ich zeigte auf den Psalm am unteren Rand der linken Seite. »Lies.«

Widerwillig sah Matthew in die Bibel. »Psalm 46«, begann er. »*God is our refuge and strength, a very present help in trouble. Therefore will not we fear, though the earth be removed, and though the mountains be carried into the midst of the sea; Though the waters thereof roar and be troubled, though the mountains shake with the swelling thereof* … Ich begreife es nicht.«

Hinter ihm färbte sich der Himmel purpur, rosa und gold. »Psalm 46«, wiederholte ich. »Zähle 46 Worte von oben.«

Er runzelte die Stirn.

»Tu es einfach.«

Beim Zählen ließ er den Finger über die Seite gleiten. »Eins, *God*. Zwei, *is*. Drei, *our* …« Seine Stimme verlor sich, und er zählte leise weiter. »44, *the*. 45, *mountains*. 46, *shake*.«

Er sah auf.

»Und jetzt zähl 46 Worte von unten.«

»Das meinst du nicht ernst.«

»*Zähl.*«

»Eins, *Sela*.«

»Nicht das. ›*Sela*‹ ist eine Art Zäsur im Hebräischen, jedenfalls gehört es nicht zum eigentlichen Psalm. Es zählt nicht mit.«

»Na schön.« Er fing noch einmal an. »… 44, *sunder*. 45, *in*. 46, *spear*.« Er sah auf. »Shakespeare«, flüsterte er. »Die Seite mit der Signatur.«

»Sie meinen, Shakespeare hat die Bibel geschrieben?«, fragte Mrs Jiménez entsetzt, und ihre Stimme überschlug sich beinahe.

»Nein«, sagte Matthew und sah mich an. »Sie meint, Shakespeare hat die Bibel übersetzt. Oder zumindest dabei geholfen.«

Ich hielt seinem Blick stand. »So sieht es aus, oder? Die King-James-Bibel soll 1610 fertig geworden sein, ein Jahr bevor sie gedruckt wurde. Shakespeare wurde 1564 geboren. Womit er zum fraglichen Zeitpunkt 46 gewesen wäre.«

»Also Psalm 46«, sagte Matthew. »Aber woher wusstest du das? Ach ja … All die Recherche zum okkulten Shakespeare.«

Ich lächelte grimmig. »All die Recherche, die Ros für so überflüssig hielt.«

Er wollte protestieren, doch Mrs Jiménez unterbrach uns. »Sie sehen, dass jemand in den Psalm hineingekritzelt hat?«

Tatsächlich, jemand hatte einzelne Buchstaben mit schwarzer Tinte übermalt. Es sah aus wie die Kritzeleien eines geistesabwesenden Lesers. Doch Jem Granville malte nicht in seinen Büchern herum, das wussten wir.

»Das ist kein Gekritzel«, sagte ich, »es ist die Chiffre. Mrs Jiménez, haben Sie einen Internetzugang, den wir benutzen können?«

Sie stand auf und winkte uns, ihr zu folgen. Der Computer stand auf einem unordentlichen Schreibtisch. Sie wählte sich ins Internet ein und schob mir einen Stuhl hin.

Ich gab ›Bacon‹ und ›Chiffre‹ bei Google ein, und heraus kam ein Wikipedia-Eintrag. Mit einer hübschen Darstellung des Codes.

Für Bacons Chiffre war keine unsichtbare Tinte oder erfundene Botschaft nötig. Die geheime Botschaft ließ sich in jeden beliebigen Text eintragen. Es brauchte nur zwei verschiedene Schriftarten oder -typen: Die eine sei a, die andere b. In der Chiffre werden die beiden Fonts als binärer Code benutzt, bei dem jeweils fünf Buchstaben ein Zeichen ergeben: Fünf Buchstaben des Decktexts stehen für einen Buchstaben des Geheimtexts. Die Sequenz aaaaa heißt »a«. Die Sequenz aaaab heißt »b«. Der Schlüssel war die Schriftart, nicht der Inhalt des Textes, wodurch man verdächtigen Nonsens vermied wie: »Tante Gerda wird am Dienstag ein rotes Huhn essen, wenn sie am Oxford Beach Picknick macht«, was bei jedem Leser, der ein Auge für Codes hatte, die Alarmglocken schrillen ließe.

Auf einem Zettel notierte ich den ersten Satz des Psalms und teilte die Buchstaben anstatt in Worte in Fünfergruppen auf. *God is our refuge and strength:*

Godis / ourre / fugea / ndstr / ength

Dann setzte ich für die unmarkierten Buchstaben ›a‹ ein und für die gekennzeichneten ›b‹. Heraus kam Nonsens. Also drehte ich das Ganze herum – setzte für die fetten Buchstaben ›a‹ ein und für die mageren ›b‹. Damit und mit dem Schlüssel, den ich aus dem Internet hatte, war es ziemlich einfach, die Botschaft zu entschlüsseln:

God is	=	baaba	=	T
our re	=	abaaa	=	I
fuge a	=	ababb	=	M
nd str	=	ababb	=	O

Matthew und ich wussten bereits, wie der letzte Buchstabe lauten musste, doch der Form halber dechiffrierten wir ihn:

ength	=	abbaa	=	N

»›Timon von Athen‹«, sagte Matthew. »Auf der Signaturseite der Psalmen. In Bacons Chiffre von 1623.«

›Timon von Athen‹ war eins von Shakespeares unpopulärsten Werken, ein finsteres Stück voll von Gift und Galle, in dem es um einen Mann ging, der zuerst mit beiden Händen Geld austeilte, um andere glücklich zu machen, und am Ende die ganze Menschheit wegen ihrer Habgier verachtete. Und es war der Name eines von Granvilles Claims.

»Einer der Claims auf unserem Land«, sagte Mrs Jiménez leise.

Matthew lachte. Am Ende des Stücks, erklärte er, gräbt der verbannte, hungernde Timon in der Erde nach Wurzeln und findet Gold.

Nicht alles gleißt, was Gold ist, hatte Jem geschrieben. »Können Sie uns dorthin bringen?«, fragte ich.

Mr Jiménez sah seine Frau an. Sie tauschten eine wortlose Botschaft, dann kratzte er sich am Kinn und sah in den Sonnenaufgang hinaus. »Weit ist es nicht – *a vuelo de pájaro.* Im Vogelflug. Aber ohne Flügel kommt man nicht leicht da rauf. Können Sie reiten?«

Matthew nickte. Er war mit Polo-Ponys aufgewachsen.

»Gut genug«, sagte ich.

»Memo hat Señora Preston einmal mit raufgenommen«, sagte Mrs Jiménez. »Hat sie Ihnen das erzählt?«

Ich schüttelte den Kopf.

»Sie war ein zäher alter Vogel«, sagte Mr Jiménez. »Zäher, als man ihr das ansah. Hat sich durch nichts davon abbringen lassen, sich alle Claims, die Granville hatte, anzusehen. Sie sei auf der Suche nach einem Stollen, sagte sie, aber den Grund hat sie uns nie verraten.« Er zuckte die Achseln. »Wie ich schon sagte, da oben gibt es keine Stollen. Nichts, das darauf hinweist, dass auf einem dieser Claims je gearbeitet worden ist. Wollen Sie ihn trotzdem sehen?«

Ich nickte.

Mr Jiménez setzte sich den Hut wieder auf den Kopf. »*Vámonos pues*«, sagte er.

42

Unten am Korral halfen wir Mr Jiménez drei Maultiere zu satteln – am Berg seien sie schlauer als Pferde, erklärte er uns. Und sie hielten den Durst besser aus. Nachdem wir die Maultiere auf einen Transporter geladen hatten, fuhren wir hinauf in die Berge.

Auf einer lieblichen Weide luden wir die Maultiere ab und zurrten die Sattel fest, während der Himmel heller wurde. Als wir in den Schatten der Berge ritten, tauchten wir wieder in die graue Kühle ein, die vor dem Sonnenaufgang herrschte. Den Morgen im Nacken, trotteten wir durch silbriges Gras und dunkle Mesquite-Sträucher und schlängelten uns durch Wälder von dünnen, durstigen Kakteen. Zu beiden Seiten ragten bleiche Steilwände in die Höhe, und bald ging es einen schmalen Canyon hinauf. Der Boden war trocken und sandig, und dann und wann lagen große Felsbrocken auf dem Weg. Eine Weile lang wurden die blanken Felswände nur hier und da von einem mit Gestrüpp bewachsenen Vorsprung unterbrochen.

Schließlich machte Mr Jiménez in einem breiten grasigen Kessel halt, dessen oberes Ende im Westen durch einen Absturz riesiger Felsen verengt wurde. »Das ist der Timon-Claim«, sagte er und stieg ab. Wie er angekündigt hatte, gab es kein Anzeichen, dass hier je gearbeitet wurde. An den Hängen wuchsen groteske Pflanzen mit dünnen Ästen wie Fangarme, die aussahen wie mit der Spitze in den Boden gerammte Kegel. Ansonsten war der trockene Boden von kleinen dunkelgrünen Agaven übersät, deren Blätter scharf wie Pfeilspitzen waren. Ocotillos und Schottenagaven. »Keiner zu Hause«, sagte Mr

Jiménez. »Bis auf die Adler und Berglöwen hier oben, seit sie die Apachen vertrieben haben.«

Ein gellendes »*Yup-yup-yup*« hallte von den Felswänden wider. Weit oben am Himmel segelte ein riesiger Vogel auf unsichtbaren Winden. Ein Goldadler. Der Himmel war längst strahlend blau, doch der Canyon lag immer noch im blassen Schlaf der Dämmerung. Vor unseren Augen ergoss sich der Morgen über den Rand der Klippen wie flüssiges Gold.

Weiter oben hörte ich ein Zwitschern und sah einen Vogelschwarm, der in seltsam zackigem Flug den Canyon herunterkam. Dann hörte ich einen schrillen Schrei. Direkt vor uns schwenkte der Schwarm ab, erhob sich wirbelnd in die Lüfte, dann versank er in einer schwirrenden Spirale im Boden.

Es waren keine Vögel, stellte ich fest. Es waren Fledermäuse. Fledermäuse, die im Boden verschwanden. Das Schwirren der Spirale wurde schneller. Dann waren sie fort.

Ich sah Mr Jiménez an. »Da oben sind Höhlen.«

»Keine Stollen«, sagte Mr Jiménez leise. »Höhlen gibt es. Manchmal hörst du es beim Reiten – wenn die Hufe hohl klingen.«

»Wusste Athenaide davon?«

Er zuckte die Achseln. »Sie hat nur nach Stollen gefragt.«

Ich ging auf die Stelle zu, wo die Fledermäuse verschwunden waren. Hinter ein paar kleinen Mesquite-Sträuchern und anderen niedrigen Büschen war eine Grube. Als ich das Gestrüpp zur Seite zog, entdeckte ich ein Loch, nicht größer als mein Kopf. Ein feuchter, moderiger Geruch schlug mir entgegen, der etwas Stechendes hatte.

Matthew, der sich über meine Schulter beugte, rümpfte die Nase. Mr Jiménez schob den Hut zurück und kratzte sich am Kopf. »Hol mich der … Wie gesagt, ich hab gewusst, dass es hier oben Höhlen gibt. Aber ich hab nie einen Eingang gesehen.«

Ich auch nicht. Doch ich hatte genug gehört, um zu wissen, was wir hier vor uns hatten. »Jetzt sehen Sie einen.«

»Eingang scheint mir übertrieben«, sagte Matthew, »wenn man größer ist als eine Maus mit Flügeln.«

»Wart's ab.«

Mr Jiménez nickte, dann ging er zu den Maultieren zurück und schnallte einen Spaten und ein paar Brecheisen vom Sattel ab. Beim ersten Spatenstich hörten wir ein wütendes Rasseln, und in dem Moment, als Mr Jiménez mich zur Seite riss, schoss eine alte Klapperschlange vor und hieb ihre Zähne an der Stelle in den Boden, wo ich eben noch gestanden hatte. Ein paar Augenblicke später glitt sie aus dem Loch und war in den Büschen verschwunden.

Mit fasziniertem Ekel sah ich ihr hinterher. *Kleopatra*, dachte ich. Gestern Nacht hatte Sir Henry versucht, mich in Polonius zu verwandeln; doch stattdessen hatte ich ihn getötet. Wie passend wäre es, wenn ich zur Strafe zufällig starb – auf die gleiche Weise wie eine von Shakespeares Königinnen?

»Sind da, wo das Vieh herkam, noch mehr davon?«, fragte Matthew nervös.

Mr Jiménez spuckte auf den Boden. »Unwahrscheinlich. Falsche Jahreszeit zum Nisten. Außerdem, wir haben den Kerl geärgert, und er ist rausgekommen. Hätte er Gesellschaft gehabt, wäre die auch mit rausgekommen.«

Ich hätte damit rechnen müssen, dachte ich grimmig. Wenn ich in diese Höhle hinabstieg, musste ich sehr viel vorsichtiger sein, falls ich lebendig wieder rauskommen wollte.

Der Boden um das Loch war relativ locker. Trotzdem war es harte Arbeit, Steine und Erde abzutragen. Es dauerte zwei Stunden, bis die Öffnung groß genug war, dass Matthew hinuntersteigen konnte. Darunter gähnte ein Spalt oder Kamin im massiven Fels. Matthew kletterte ein Stück hinein, dann kam er zurück. »Weiter drinnen wird es etwas breiter. Nicht viel. Gerade so, dass man sich durchquetschen kann. Aber wir brauchen Licht.«

Ich beugte mich hinunter. Das Tageslicht drang nur ein kurzes Stück in die Erde; dahinter war vollkommene Dunkelheit. Doch still war es nicht. Im Hintergrund konnte ich das Fiepen der Fledermäuse hören.

»Habt ihr schon mal eine Höhle erforscht?«, fragte Mr Jiménez.

»Ich schon«, sagte ich.

Er sah mich fest an. »Sind Sie sicher, dass Sie das tun wollen?«

Und die Erde war wüst und leer, und es war finster auf der Tiefe. Als

Teenager in den ersten paar Sommern bei Tante Helen war ich mit den Jungs von der Nachbarranch in die Höhlen in der Nähe geklettert. Nicht weil ich sonderlich scharf darauf war, sondern weil sie mich sonst ausgelacht hätten. Ich machte so lange mit, bis ich mir ihren Respekt verdient hatte, dann hörte ich auf. Ich hatte ein paar Grundsätze über das Höhlenklettern gelernt, aber mehr auch nicht. Außerdem waren die Höhlen, in denen wir uns als Kinder herumtrieben, zwar nicht offiziell erschlossen, doch seit einem halben Jahrhundert von mutigen Teenagern aus drei angrenzenden Countys erforscht. In einer vollkommen jungfräulichen Höhle wie dieser hatte ich nichts zu suchen.

Andererseits konnten wir es uns nicht leisten zu warten. Ben würde auch nicht warten.

Langsam nickte ich.

»Wenn sie reingeht, gehe ich auch«, sagte Matthew.

»Das musst du nicht.«

»Du bist verrückt, wenn du denkst, ich würde dich allein gehen lassen.«

Vielleicht hätte ich protestieren sollen. Aber die erste Regel beim Höhlenklettern war: *Geh nie allein.*

Mr Jiménez ging zu seinem Maultier zurück, und diesmal kam er mit zwei alten, verbeulten Helmen wieder. Die Dinger mit den Lampen dran. »Haben unseren Jungs gehört«, sagte er. »Nola meinte, ihr könnt sie vielleicht gebrauchen. Altes Gerät, aber es sind neue Batterien drin.«

»Das sind nur zwei«, sagte ich.

Mr Jiménez schnallte den Spaten wieder am Sattel fest. »Ich komme nicht mit. Nicht meine Vorstellung von Freizeitvergnügen, freiwillig in die Grube zu steigen. Aber ich lass euch das Funkgerät hier. Wenn ihr rauskommt, funkt ihr mich an, dann komme ich und hole euch ab.« Er zeigte mir, wie man das Walkie-Talkie benutzte, und wir fanden ein sicheres Versteck zwischen zwei Felsen, wo wir es zurückließen. Dann stieg er auf und ritt mit den drei Maultieren davon.

Ein letztes Mal saugte ich die Sonne und den Wind auf, mit jedem Quadratzentimeter meiner Haut und Kleidung; es würde eine Weile dauern, bis ich wieder Tageslicht zu Gesicht bekäme. Ich suchte die

Gegend ab, doch ich sah nichts als das Spiel des Windes im bleichen Gras und weit oben den Adler, der seine Kreise zog. »Er ist irgendwo da draußen«, sagte ich. »Ben. Und er ist auf dem Weg hierher.«

Ros hat ihren Namen geändert, hatte er in der Bibliothek geflüstert. *Vielleicht sollten wir auch deinen ändern.* In Lavinia. Trotz der Sonne fröstelte ich.

»Hey.« Matthew legte den Arm um mich und zog mich an sich. »Da muss er erst mal an mir vorbei.«

Hinter Matthew klaffte die Höhle wie ein schwarzes Loch im hellen Stoff des Morgens. Lavinias Liebhaber war vor ihren Augen ermordet und in eine Grube in der Wildnis geworfen worden. *Die verfluchte dunkle Gruft des Mords,* hatte Shakespeare geschrieben. Kurz danach wurde sie …

Ich vertrieb den Gedanken und lächelte Matthew unsicher an. »Danke.«

»Auf Shakespeare«, sagte er, und dann küsste er mich.

Auf die Wahrheit, dachte ich, *egal, welche.*

Wir setzten uns die Helme auf und knipsten die Lampen an. Ich schob die Brosche an der Kette vorsichtig in mein Hemd. Dann stiegen wir hinab in die Finsternis.

43

Und es war finster auf der Tiefe.

Der Tunnel war steinig und führte steil hinab ins Innere der Erde. Dann verjüngte er sich, und wir mussten auf allen vieren weiterkriechen. An manchen Stellen war es so eng, dass ich den Atem anhalten musste, um mich zwischen den Felswänden durchzuquetschen. Die Luft war modrig und feucht. Weiter vorne hörten wir das Fiepen der Fledermäuse. Das Licht an meinem Helm reichte kaum einen Meter; dahinter lauerte die Dunkelheit wie ein undurchdringliches, böses Wesen – der jahrtausendealte, schlafende Zorn der Berge. Ein, zwei Stunden arbeiteten wir uns voran, doch wahrscheinlich legten wir keine achthundert Meter zurück. Zeit ergab hier unten keinen Sinn.

Plötzlich griff ich in etwas Matschiges, und der stechende Gestank von Ammoniak drang in meine Nase. Der Tunnel verschwand – zumindest Wände und Decke. Ich sah auf.

Und sah schnell wieder nach unten. An der Decke hingen Fledermäuse, Tausende, dicht gepackt wie Bienen in einem Bienenstock, und sie starrten mit hellen Augen zu uns herab. Als der Lampenschein sie traf, stoben sie auf und flatterten in einer fiependen, schwirrenden Wolke durch die Höhle. Ich kniete mit geschlossenen Augen im Dreck und hielt mir die Ohren zu, bis sie sich allmählich wieder beruhigten.

Und dann sah ich, dass sich der Dreck bewegte.

Es war kein Dreck. Es war Guano. Und er lebte. Eine wimmelnde Masse von Insekten, Tausendfüßlern und Spinnen, durchsichtig und blind.

So schnell wir konnten, kämpften wir uns auf allen vieren durch die Höhle. Wir versuchten das Schwirren der Fledermäuse über uns und das Krabbeln der Insekten am Boden auszublenden. Die Höhle war nicht sehr groß, vielleicht vier oder fünf Meter lang. Bald hatten wir einen weiteren Tunnel erreicht, der tiefer in den Berg führte. Wir mussten ein paar Felsbrocken hinaufklettern, um die Öffnung zu erreichen. Ich duckte mich hinein und lehnte mich keuchend gegen die Wand.

»Willst du aufhören?«, fragte Matthew.

Aus der Dunkelheit tauchten Dr. Sanderson und Mrs Quigley und Athenaide vor mir auf. *Folge dem Weg, den es dir weist*, flüsterte Ros' Stimme. Doch ich konnte ihr Gesicht nicht sehen. Ich schüttelte den Kopf und kam wieder auf die Füße. »Gehen wir.«

Der Gang war hoch genug, dass wir gebückt gehen konnten, mit einer Hand an der Decke. Ich hielt den Kopf so, dass die Lampe vor uns auf den Boden leuchtete. Hier war weniger Guano, und bald war er ganz verschwunden. Die Fledermäuse kamen nicht so tief in die Höhle.

Der Gang machte mehrere Biegungen. Dann griff meine Hand plötzlich ins Leere, und ich blieb stehen. Bevor ich ihn halten konnte, schob sich Matthew an mir vorbei, taumelte und rutschte ab. Ich packte ihn, bekam seinen Arm zu fassen, und riss ihn zurück in den Gang. Einen Moment lang lagen wir keuchend am Boden.

Matthew setzte sich zuerst auf.

»Tu das nie wieder«, sagte ich mit zusammengebissenen Zähnen. »Wenn ich stehen bleibe, bleibst du auch stehen.«

»Okay.«

»Ich meine es ernst. Wenn du die Gefahren, die in den Höhlen lauern, nicht ernst nimmst, bist du ruck, zuck tot. Oder, wenn du Pech hast, langsam.«

»Schon gut. Tut mir leid. Aber hast du das gesehen?«

Ich setzte mich auf und sah mich um.

Vor uns öffnete sich die vollkommene, unergründliche Tiefe des Raums. Etwa einen Meter unter uns verschwand der Fels in einer Schlammfläche, die sich wie polierter Marmor in der Dunkelheit verlor. Wir schienen am Ende eines riesigen Saals zu stehen. Ich hatte keine Ahnung, wie groß er sein mochte – ich spürte nur, dass die Finsternis hier aus Leere bestand, die schwerelos war. *Und die Erde war wüst und leer.*

Doch wüst war es hier nicht. Das Stück der Felswand, das ich sehen konnte, war von einer welligen Schicht bedeckt, die aussah wie geschmolzenes Glas und im Schein der Lampe rot, orange und rosa, gelb und bernsteinfarben funkelte: in allen Farben der Sonne, die diese Kammer nie zu sehen bekommen hatte.

»Hallooooo!«, rief Matthew, und der Klang seiner Stimme hallte im leeren Raum der Höhle wider und steigerte sich in tausend Spalten zu einem vielfachen Echo.

Die einzige Antwort, die wir bekamen, war ein einzelner Tropfen Wasser, ebenfalls gesteigert und vervielfältigt, ein scharfes Ploppen wie ein Hammerschlag. Der Prozess, der diese Höhle erschaffen hatte, lange bevor die Menschen von den Bäumen stiegen und von der afrikanischen Savanne aus die ganze Welt bevölkerten.

Matthew zeigte nach links. Eine Fußspur führte in die Halle. Jemand hatte vor uns diesen Ort betreten.

Vorsichtig ließ ich mich von dem Sims herunter. Ich versank bis zu den Knöcheln im Schlamm. Glücklicherweise war er glatt und bewegte sich nicht. Ich machte ein paar Schritte an der Wand entlang und stellte fest, dass wir in einer Art Ausbuchtung einer größeren Halle standen, so ähnlich wie die Seitenkapelle einer Kathedrale. Vor und hinter uns ragten Säulen aus nassem, glänzenden Stein in die Dunkelheit hinauf, wo mein Licht ihnen nicht folgen konnte.

Die Fußspuren kreuzten unseren Weg. Wir wollten die Besucher finden, nicht den Tempel, und so trat ich aus der Nische in die Halle hinaus. Wie hoch die Decke bis jetzt gewesen sein mochte, hier war sie unermesslich. Ich bückte mich, um mir die Fußspuren anzusehen.

Es waren die Abdrücke von Stiefeln. Zwei Paar. Ich sah sie mir genauer an. Zwei Personen waren hineingegangen, doch nur eine war wieder herausgekommen. *Nein* – die gleichen Stiefel waren zweimal hineingegangen, auf dem gleichen Weg. Die gleiche Person ging zweimal hinein, doch nur einmal heraus. Schweigend standen wir vor der Spur. Dann wandte ich mich in die Höhle.

Vorsichtig folgten wir der alten Fährte, ohne die Abdrücke zu verwischen. Die meiste Zeit führte sie direkt an der Wand entlang, nur um die Steinsäulen machte sie kleine Umwege. Nach einer Säule, die so dick wie ein Mammutbaum war, zweigte die einzelne Spur in die Dunkelheit ab. Ich warf Matthew einen Blick zu und folgte ihr.

Wir mussten nicht weit gehen.

Ich sah den Schädel zuerst. Er lag genauso da, wie er gestorben war, mit dem Rücken gegen eine Säule gelehnt. Die Kleider waren langsam an seinem Gerippe vermodert. In seiner Nähe lag ein Colt. Doch es war die Gürtelschnalle, an der wir ihn erkannten. JG.

Jem Granville.

Es gab keinen sichtbaren Hinweis darauf, warum er gestorben war. Kein Einschussloch im Schädel, kein Pfeil, der zwischen seinen Rippen steckte. Es gab keine Bücher. Und wie ein kurzer Blick in seine Taschen zeigte, auch keine Papiere.

»Verdammt«, sagte Matthew. »Was machen wir jetzt?«

Wieder fiel irgendwo in der Halle ein Tropfen. »Weiter«, sagte ich entschlossen.

So schnell wie möglich folgten wir seinen Spuren – diesmal denen, die hinein- und herausführten. Am anderen Ende des Saals kamen wir an eine steile Geröllhalde, die bis unter die Decke reichte. Schlammige Stiefelabdrücke führten hinauf. Ich stieg auf das Geröll und begann hinaufzuklettern. Ein größerer Stein gab unter mir nach, und wir warfen uns flach auf den Bauch, während eine kleine Lawine von Kies und prasselnden Steinen unter uns in den Schlamm rutschte. Wir wagten uns nicht zu rühren, bis alles still war. Es war dumm von mir gewesen. Unglaublich dumm. Vor allem nach dem kleinen Vortrag, den ich Matthew gehalten hatte. Ein falscher Schritt genügte, und einer von uns verknackste sich den Knöchel oder verdrehte sich das Knie und wäre bewegungsunfähig, womöglich wir beide, tief unten unter der Erde.

Von jetzt an kletterten wir langsam auf allen vieren weiter und prüften vorsichtig jeden Stein. In etwa zwanzig Metern Höhe erreichten wir die Decke. Schließlich fanden wir eine Öffnung, die wir zunächst für einen Schatten gehalten hatten. An einer Stelle war die Felswand in zwei glatte Steinmassen gespalten und gab einen v-förmigen Gang frei, dessen Grund mit Geröll gefüllt war.

Schlammige Fußspuren führten in die Dunkelheit. Wir folgten ihnen um mehrere Kurven und Biegungen, dann wurde die Luft trockener, und die Fußspuren wurden blass und pudrig. Wir befanden uns auf halber Höhe zwischen Boden und Decke eines mittelgroßen Raums – der »Sakristei« der »Kathedrale«, die wir hinter uns gelassen hatten. Zu unseren Füßen fiel eine Geröllhalde ab. Links endete sie auf einem breiten Vorsprung, der in knapp zwei Metern Höhe an der Wand entlanglief. Auch in diesem Raum gab es Säulen, und die Wände zeigten die gleiche wellige Oberfläche wie in der Kathedrale – nur wirkte der Stein hier trocken und tot, vertrocknet wie Mumien oder die Flügel alter Motten. Rechts hatte sich der Erdrutsch tiefer in die Höhle geschoben, und das Geröll lief schließlich am Boden aus. Dort unten, in der Mitte der Höhle, sah es aus, als hätte jemand so etwas wie Ordnung schaffen wollen: Ein Kreis von rußigen Steinen schloss sich um die Reste einer alten Feuerstelle. Dahinter glotzten von einem Knochenhaufen zwei Pferdeschädel zu uns herüber. Wie waren sie hier hereingekommen? Der Raum endete vor einem Haufen riesiger Felsblöcke. Einen anderen Ausgang gab es nicht; die Höhle war eine Sackgasse.

Ich wandte mich nach links und folgte vorsichtig dem Vorsprung. Matthew folgte mir. Im Licht unserer Lampen warfen die Säulen tanzende Schatten. Dahinter, nicht weit von der Feuerstelle, tauchten mehrere Steinhaufen auf. Als wir näher kamen, zählte ich fünf. Die ordentlichen Rechtecke mussten von Menschenhand stammen. An einem Ende jedes Haufens lag die aufwärtsgebogene Kante eines Helms. Helme, wie sie die spanischen Konquistadoren trugen.

»Das ist eine Gruft«, flüsterte ich, doch die hallenden Wände nahmen meine Worte auf und warfen sie durch die Luft.

Am Fuß jedes Grabs lagen Gerätschaften – ein Schwert, ein Kettenhemd, eine vermodernde Ledertasche. Vor dem ersten sank Matthew auf die Knie und begann neugierig die Sachen durchzugehen. Ich schritt betroffen von Grab zu Grab und dachte an die Soldaten, die darin lagen.

Dann entdeckte ich ein sechstes Grab hinter einer Säule am anderen Ende.

Der letzte Mann. Er hatte keinen mehr, der ihn mit Steinen bedeckte. Auch fehlte ihm der Helm, um sein Grab zu markieren. Doch er hatte sich auf den Rücken gelegt und die Arme vor der Brust gekreuzt. Die Kapuze seiner grauen Kutte war tief in sein Gesicht gezogen, und darunter starrte mich sein Schädel an. Er wirkte wie die Personifizierung des Todes, nur dass er statt der Sense ein Kruzifix in den knochigen Fingern hielt.

War dies der goldene Jüngling, den Shakespeare in seinen Sonetten besungen hatte?

Eine Satteltasche lag zu seinen Füßen.

Ich kniete mich hin und öffnete sie mit zitternden Händen. Darin war ein Buch. Vorsichtig zog ich es heraus und schlug es auf.

EL INGENIOSO
HIDALGO DON QVI-
XOTE DE LA MANCHA

Compuesto por Miguel de Cervantes
Saavedra.

Am Ende des Buches steckte ein Bündel Papiere. Ich faltete sie auseinander. Die Seiten waren in einer altmodischen gedrängten Schreibschrift von Hand beschrieben. Secretary Hand. Oben auf der ersten Seite stand ein Wort:

Die nächsten Worte waren englisch: *Auftritt Knappe Sancho und Don Quixote.*

Ich tastete den Boden ab und setzte mich. Mein Herz raste, mein Mund war trocken. Das verschollene Stück. Das musste es sein.

Es begann – wie Cervantes' Roman – damit, dass der alte Don und sein Knappe mitten im Gebirge eine alte Reisetasche finden. In der Tasche stecken ein Taschentuch voll Gold und ein edel gebundenes Notizbuch.

Du kannst das Gold behalten, Freund Sancho, sagt der Don. *Ich nehme das Buch.*

Es war genau das, was Jem Granville behauptet hatte: ein jakobäisches Manuskript von ›Cardenio‹ … Shakespeares verschollenes Stück.

»Matthew«, sagte ich leise. »Schau dir das an.«

Er antwortete nicht.

Ich sah mich um. Matthew kniete nicht mehr vor dem Grab, wo ich ihn zurückgelassen hatte. Die Lampe an meinem Helm, stellte ich plötzlich fest, war das einzige Licht in der Höhle. Ich stand auf und ging ein paar Schritte zurück. »Matthew?«

Doch die Höhle war leer. Dann spürte ich, dass ich beobachtet wurde. Und plötzlich hörte ich, von allen Wänden und Säulen widerhallend, das Zischeln einer Klinge, die aus der Scheide gezogen wurde.

44

Ich rannte. Am Ende des Vorsprungs begann ich auf allen vieren die Geröllhalde zum Ausgang hinaufzuklettern, doch jemand packte mich am Bein und zog mich zurück. Ich verlor meinen Helm, der den Abhang hinunterrollte und am Boden liegen blieb, die Lampe nutzlos gegen den Fels gerichtet.

Ich strampelte, holte aus und schlug mit der Satteltasche nach meinem Angreifer. Als ich hörte, wie er nach Luft schnappte und fluchte, riss ich mich los. Er stürzte sich auf mich, doch ich stützte mich mit einem Knie ab und trat mit dem anderen Bein nach hinten aus. Ich traf irgendetwas, er jedoch packte mich um die Taille und drückte mich mit solcher Wucht zu Boden, dass die Satteltasche in die Dunkelheit flog. Bevor ich mich bewegen konnte, setzte er sich auf mich und legte mir die Hände um den Hals.

Es war Matthew. »*Auftritt der geschändeten Lavinia*«, sagte er. »*Die Hände abgehauen und die Zunge ausgeschnitten.*«

Entsetzt schlug ich nach seinem Gesicht, doch er packte mein Handgelenk und drückte es auf den Boden. Im Dämmerlicht sah ich Metall aufblitzen, und dann spürte ich ein Messer an meiner Wange. Die Spitze grub sich in die Haut unter meinem rechten Auge.

Ich hielt still.

»Schon besser.« Er ließ mein Handgelenk los und griff zum Reißverschluss meiner Jeans. »Zuerst kommt die Schändung, glaube ich.« Er betastete meinen Schenkel. »Ich hatte mir zwar eine andere Bühne vorgestellt, aber das hier tut es auch.«

Ich hörte einen Schlag, und dann fiel klirrend das Messer zu Boden, während Matthew von mir gerissen wurde. Er wollte sich wehren, doch er wurde niedergeschlagen. Ich rollte mich zur Seite und kam keuchend auf die Füße.

Ein Stück weiter lag mein einsamer Helm am Boden; die Lampe tauchte die Höhle in ein unheimliches Licht. Matthew lag auf dem Rücken. Er trug noch immer den Helm, doch sein Lampe war aus. Über ihm stand Ben, die Pistole auf seine Brust gerichtet.

»Was machst du hier?«, rief ich.

Ben antwortete, ohne Matthew aus den Augen zu lassen: »Ich rette dich.«

»Aber –«

Er schnitt mir das Wort ab. »Ich bin deiner Spur gefolgt. Geht es dir gut?«

Ich berührte meine Wange. Ich blutete, doch es schien nur ein Kratzer zu sein. »Ja. Ich dachte, er wäre du – der Mörder, meine ich.«

»Ich weiß«, sagte Ben.

»Aber du bist es nicht.«

»Nein, ich bin es nicht.«

»Ihr macht ja einen hochintelligenten Eindruck«, knurrte Matthew.

Ich funkelte ihn an, und eine Welle der Abscheu stieg in mir auf. Alle Liebenswürdigkeiten, mit denen er mich in letzter Zeit überschüttet hatte, waren eine Lüge gewesen, seine Anmache – und das Versprechen, mich zu beschützen. »Die ganze Zeit bist du es gewesen – du und Athenaide?«

»*Vero nihil verius*«, sagte er mit müdem Spott. »Wahrer als die Wahrheit.«

Ich runzelte die Stirn. »Aber Sir Henry –«

Er lachte. »Was für eine Überraschung, nicht wahr? Wahrscheinlich dachte er, du hast die alte Schachtel vergiftet. Oder er dachte, du wärst ich. Wer weiß? Jedenfalls hast du mir einen großen Gefallen getan. Einer weniger, um den ich mich kümmern musste. Der Rest war hauptsächlich ich allein. Unten am Fluss, in deiner Wohnung –«

»Du warst dort? Du warst der Mann im Schatten? In der Bibliothek, am Kapitol ...«

»Bravo, Schätzchen. Anscheinend fällt langsam der Groschen. Wenn auch nicht ohne maßgebliche Hilfe.«

»Mindestens zweimal hat sie Sie geschlagen«, sagte Ben. »Ich würde den Mund nicht so voll nehmen, wenn ich Sie wäre.«

Matthew knurrte.

»Und Wesley North bist du auch?«, fragte ich.

Er lachte. »Das wäre zu viel der Ehre, Katie. Cäsar am Kapitol, das war mein Werk. Aber nicht ich bin der heiß geliebte Professor North. Das war Ros.«

Ros!

»North, Wes T.«, sagte er. »Wie in: ›*Ich bin nur toll bei Nordnordwest*‹.«

Mir schwirrte der Kopf. »Ros war für Oxford?«

»Lieber Gott, nein. Aber sie brauchte das Geld. Und Athenaide hat ihr eine Menge geboten.«

O nein, dachte ich. Selbst wenn es stimmte, hatte er nur teilweise recht – doch mehr als das Geld hatte Ros wahrscheinlich die Herausforderung gelockt, das Spiel von Für und Wider und die Maskerade.

»Eigentlich wollte ich sie nur als die Betrügerin bloßstellen, die sie war«, sagte Matthew. »Doch dann habe ich herausgefunden, dass sie tatsächlich etwas entdeckt hatte. Ich gab ihr mehr als genug Chancen, mit mir zu teilen, aber sie wollte einfach nicht. Verdammt, ich habe jahrelang den Groupie für sie gemimt, die starke Schulter, an der sie sich ausweinen konnte, nachdem du weg warst, Kate. Aber als sie es mir hätte zurückzahlen können, schloss sie mich aus und lief zu dir.«

»Nachdem sie mich fortgeekelt hatte.«

Seine Augen glitzerten böse. »Und dein Können in den Dreck gezogen? Das war ich, Kate. Ros hat dich immer für brillant gehalten. ›Zweifelhafte wissenschaftliche Arbeit‹ … Dieser niedliche Kritikpunkt stammt von mir. Ich habe das Gerücht verbreitet, dass er von Ros kam. Kinderleicht im tratschsüchtigen Universitätsbetrieb.«

Ich machte einen Schritt auf ihn zu. »Warum?«

»Ich hatte es satt, dass sie mich immer einen oder zwei Ränge unter sich hielt. Das Letzte, was ich wollte, war, noch weiter abzusteigen, um dir den Platz freizuräumen. Ros ist lange genug die Autorität gewesen, was Shakespeare anging. Es war an der Zeit, dass sie abtrat und ich ihr Nachfolger wurde. Die feste Stelle in Harvard hatte ich schließlich schon, verdammt noch mal. Aber sie wollte mich ausbooten und dich stattdessen zurückholen.«

»Du redest hier vom Ruf, Matthew. Ruf ist nicht übertragbar, genauso wenig wie Integrität. Die hätte sie weder dir noch mir, noch sonst jemandem vererben können.«

»Vielleicht nicht. Aber ich habe die Bühne frei gemacht. Und keiner ist besser für die Hauptrolle geeignet als ich.«

»Im Moment würde ich das anfechten«, sagte Ben. »Warum haben Sie Athenaide umgebracht? Ihre Partnerin?«

Matthew kniff die Augen zusammen. »Ros wollte ihren Schatz nicht teilen. Ich meinen auch nicht.« Er sah mich anzüglich an, und sein Blick blieb an meinem immer noch offenen Reißverschluss hängen. Dann sah er zurück zu Ben. »Genauso wenig wie Sie Ihren.«

Bens Griff um die Pistole wurde fester. Ohne Matthew aus den Augen zu lassen, sprach er zu mir. »Kate. Pack zusammen, weswegen du hergekommen bist. Es wäre gut, wenn du irgendwas findest, womit wir den Dreckskerl hier fesseln können.«

Ich rutschte vom Vorsprung und ließ mich ins Dämmerlicht der Höhle hinunter. Die Satteltasche lag in der Nähe der Feuerstelle. Eine der Klappen war fast ganz abgerissen. Der ›Quixote‹-Band lag ein Stück entfernt, das Manuskript war herausgefallen. So schnell ich konnte, sammelte ich die Seiten ein und suchte in der Umgebung, ob mir irgendeine entkommen war.

Dann schob ich alles in die Tasche und sah mich nach etwas um, das als Seil taugte. Über mir auf dem Vorsprung hielt Ben Matthew in Schach.

Hinter ihnen bewegte sich ein Schatten. Ich erstarrte. Lautlos trat Sir Henry aus der Dunkelheit.

Das war unmöglich. Ich hatte ihn umgebracht.

Doch dort stand er, und er hielt etwas Glänzendes in der Hand. Eine Nadel. Eine Nadel an einer Spritze.

Ros war mit einer Spritze getötet worden …, mit einer Kalium-Injektion.

Er hob den Arm, und ich schrie.

Ben wirbelte herum und schlug Sir Henrys Arm weg. Die Spritze fiel aus seiner Hand ins Geröll. Im gleichen Moment sprang Matthew auf und stürzte sich auf Ben. Ich hörte, wie Ben einen Schlag kassierte. Er ließ die Pistole fallen.

Sir Henry bückte sich, doch Ben gab der Pistole einen Tritt, und sie schlitterte kreiselnd aus dem Lichtkegel. Matthew nutzte den Sekundenbruchteil zu einem weiteren Schlag.

Dann holte er wieder aus, aber diesmal duckte sich Ben. Als er sich aufrichtete, hielt er das Messer in der Hand. Sir Henry und Matthew wichen ein Stück zurück, dann jedoch begannen sie, Ben einzukesseln.

Schritt für Schritt drängten sie Ben zurück. Ben verteidigte sich, indem er abwechselnd mit dem Messer nach ihnen hieb, doch jedes Mal, wenn der eine auswich, machte der andere einen Schritt auf ihn zu. Stück für Stück musste Ben zurückweichen.

Ich zögerte, nach der Pistole zu suchen. Ich begriff, was Ben vorhatte; er lockte Matthew und Sir Henry vom Höhleneingang weg. Mit jedem Messerhieb lenkte er ihre Aufmerksamkeit von mir ab. Gleichzeitig bewegte er sich auf seine Waffe zu, die irgendwo hinter ihm am Boden lag. So weit ich sah, waren es nur noch ein paar Schritte.

Wenn ich versuchte, die Pistole selbst in die Finger zu bekommen, wäre seine Mühe umsonst.

Also begann ich stattdessen, mich im Schatten des Vorsprungs zu der Geröllhalde zu schleichen, die bis zum Ausgang der Höhle führte. Am Fuß des Abhangs begann ich zu klettern. Dann hörte ich ein Pfeifen und drehte mich um. Matthew hatte am Fuß eines der Gräber eine Holz- oder Metallstange gefunden und schwang sie wie eine Keule. Ben hatte seinen Vorteil verloren.

Als er Matthew wieder mit dem Messer attackierte, stieß dieser einen Schrei aus und ließ den Knüppel schwer auf Bens Schultern krachen. Ben taumelte, doch er fing sich wieder.

Ich konzentrierte mich auf den Hang. Ich hatte die Hälfte der Halde erreicht und befand mich immer noch ein gutes Stück unter dem Vorsprung, als ich auf einen losen Stein trat und eine Kieslawine auslöste. Sir Henry drehte sich um und zeigte auf mich, und Matthew spurtete den Vorsprung hinauf, um mir den Weg zum Ausgang abzuschneiden.

Ich kletterte schneller. Matthew rannte, dann sprang er ein Stück über mir ins Geröll.

Ich hörte ein Pfeifen und duckte mich. Plötzlich begann Matthew zu torkeln. Bens Messer steckte zwischen seinen Schulterblättern. Wütend warf er sich gegen einen Felsbrocken.

»*Nein!*«, schrie Ben.

Doch Matthew stemmte sich fester gegen den Felsen. Einen Augenblick lang sahen wir wie in Zeitlupe zu, wie der Fels ins Wanken geriet. Dann stürzte er abwärts, und die Steine um ihn herum kamen ins Rollen. Die ganze Steinwand rutschte ab. Ben sprang herunter und zerrte mich auf die andere Seite der Höhle. Irgendwo schrie ein Mann. Die Erde bebte und grollte, und dann wurde es wieder still.

Im schwachen Schein der Stirnlampe hob sich der Staub der Jahrtausende wie ein dunkler Nebel. Ich sah mich um. Über mir war Ben halb von den Steinen begraben. Eine gewaltige Granitplatte lag auf seinem Bein. Weiter oben kniete Matthew und stöhnte. Dahinter, wo sich der Tunnel befunden hatte, war keine Öffnung mehr zu sehen – nur eine steile, undurchdringliche Wand aus Felsbrocken.

Es gab keinen Ausgang mehr.

Ich stand auf und stolperte auf Ben zu, doch Sir Henry war als Erster bei ihm. »*Die besten Pläne, die der Mensch …*«, murmelte er und betrachtete Ben mitleidig.

Er hatte sich meinen Helm aufgesetzt; von dort kam das Licht. Dann sah ich, dass er auch Bens Pistole gefunden hatte. Ich begann zu rennen. Doch Sir Henry hob die Waffe und drückte ab.

Ein paar Meter weiter oben sank Matthew zusammen und blieb reglos liegen. Sir Henry hatte ihm in die Brust geschossen. Er stieg an Ben vorbei und beugte sich über Matthews Körper, dann schoss er eine zweite Kugel durch die Lampe an seinem Helm.

Ich unterdrückte einen Schrei, und Sir Henry drehte sich um.

»Tun Sie ihr nichts«, keuchte Ben. Er atmete flach und kurz.

»Weg da«, sagte Sir Henry und wedelte mit der Pistole.

»Ich habe dich umgebracht«, sagte ich. »Bei Athenaide.«

»Geh zurück«, sagte er wieder.

Ich stolperte rückwärts. »*Aber ich habe dich umgebracht.*«

Ein Anflug des Bedauerns huschte über sein Gesicht. »Du vergisst eins, meine Liebe. Ich bin Schauspieler.«

»Und das ganze Blut?«

»Das meiste war Gracielas.« Er verzog das Gesicht. »Du hast mich ein, zwei Mal erwischt, aber mit dem Großteil der Hiebe hast du, fürchte ich, einem von Athenaides Sofakissen den Garaus gemacht.« Mit erhobener Waffe kletterte er über das Geröll.

»Ich verstehe das nicht.«

»Er ist der Mörder, Kate«, sagte Ben in das Schweigen hinein. »Der zweite.«

Mein Gehirn schien nur langsam zu arbeiten. *Matthew und Sir Henry.* »Du? *Du* warst Matthews Komplize?«

»Er war meiner«, widersprach Sir Henry. »Ein verbissener Denker, aber nicht besonders agil. Er war gut, solange er dem Skript folgte – aber jedes Mal, wenn ihn jemand von seinem Text ablenkte, so wie du es am Kapitol getan hast, war er heillos überfordert. Dabei ist es das Improvisieren, das den großen Schauspieler ausmacht. Ros zum Beispiel hat mich an das Jubiläum des Globe-Brands erinnert, und ich habe es benutzt – wobei ich nicht, wie manche behaupten, das Theater niedergebrannt habe«, erklärte er pikiert. »Ich habe nur die Verwaltungsgebäude angezündet. Und du hast mich auf die Idee gebracht, Ros in den alten Hamlet zu verwandeln, an jenem Nachmittag im Globe. Eine wunderbare Szene mit Jason war das. Du bist gar nicht schlecht als Hamlet.«

»Du hat Ros umgebracht?«

Sein Bedauern wurde ernster. »Es musste sie jemand aufhalten. Immerhin war es ein hübscher Tod. Shakespeares würdig.«

»Matthews Tod war Shakespeares nicht würdig.«

»Matthew war dabei, mich zu hintergehen. Er hat Shakespeare nicht verdient.«

»Und die anderen? Wie viele hast du eigenhändig getötet?«

»Ich will nur die Ehre, die mir wirklich gebührt. Ophelia und Julius Cäsar waren Matthews Arbeit.«

»Wie haben Sie ihn dazu gebracht, die Drecksarbeit für Sie zu erledigen?«, fragte Ben.

Sir Henry hatte das Ende des Erdrutschs erreicht und blieb stehen. Er wischte sich über die Stirn. »Geld und Ruhm. Ein leichter Köder.

Aber eigentlich war es der Neid, der ihn trieb. Er war neidisch auf Ros.« Er sah mich an. »Und auf dich. Schwieriger war es, ihn bei der Stange zu halten. Beim Töten war er groß in der Geste, aber schlampig im Detail. Was einem zweitklassigen Kopf entspricht, würde ich sagen. Andererseits hat es ihm nichts ausgemacht, sich die Hände schmutzig zu machen.«

Er verzog das Gesicht. »Bei der Lavinia-Geschichte, zum Beispiel.« Er zielte mit der Waffe auf mich, während er mit der anderen Hand die Lampe auf den Boden richtete. »Natürlich sollte er dich eigentlich erst töten und dann deine Leiche schänden. Ich schätze, da ihr plötzlich zu zweit wart, hätte er gut Lavinia und Bassianus in der Grube aus euch machen können. Aber im Ernst, wozu der Aufwand, wo doch eine viel hübschere Szene auf der Hand liegt?«

Der Lichtkegel blieb stehen. »Dort. Siehst du meine Spritze?«

Ich nickte.

»Und wir wissen alle, wo das Messer steckt. Ich gehe davon aus, dass Ben eine Taschenlampe dabeihat. Such sie.«

»Warum?«

»Weil ich dich erschießen muss, wenn du dich weigerst, und das wollen wir beide nicht.«

Ich kletterte zu Ben hinauf, der mir eine kleine Taschenlampe gab.

»Wirf sie her«, verlangte Sir Henry, dann fing er die Lampe auf und steckte sie ein. Er sah Ben an und schüttelte den Kopf. »Zu schade, dass Matthew und Sie sich nicht gegenseitig umgebracht haben, bevor ich kam. Dann hätte ich alles auf Sie beide geschoben und Kate gerettet.« Er sah zu mir. »Eigentlich solltest du nie eine Rolle in diesem Stück spielen, mein Kind. Es tut mir leid. Du hast keine Ahnung, wie sehr. Aber jetzt bleibt mir keine Wahl.

Du kennst die Szene, dich ich für dich vorbereitet habe. Gift und ein Messer – das Ganze in einer Gruft. Kaum einem Sterblichen ist ein Tod von solcher Schönheit vergönnt. Wenigstens diese Gnade kann ich dir erweisen.«

Er knipste das Licht aus. Ich hörte Schritte und rutschende Steine. Dann war ich mit Ben allein.

45

Ben versuchte sich zu rühren, doch er war unter den Felsen eingeklemmt. »Wo ist er?«

Ich kauerte mich zu ihm. »Ich weiß es nicht.«

»Der alte Ausgang ist verschüttet, aber der Erdrutsch muss einen anderen freigelegt haben. Schau, ob du einen Weg finden kannst.« Ein schwaches Licht flackerte in der Dunkelheit auf. Ben hielt eine kleine Taschenlampe in der Hand.

»Wie hast du –«

»Reserve«, sagte er grimmig.

Die Lampe war so schwach, dass sie die Dunkelheit vor mir kaum aufzuhellen vermochte. So schnell ich konnte, arbeitete ich mich zu der Stelle vor, wo ich Sir Henry zuletzt gesehen hatte. Ich tastete die Wand ab, doch da war nichts als Stein und noch mehr Stein. Dann spürte ich etwas. Einen leichten Luftzug.

»Hier ist ein Luftzug«, rief ich.

Sir Henry musste ihn sofort bemerkt haben.

»Geh in die Richtung, wo er herkommt.«

»Und dich soll ich hierlassen?« Der Gedanke löste Panik in mir aus. Ich kletterte zurück zu Ben.

Ich hörte, wie er sich bewegte. »Hast du die Brosche noch? Ophelias Brosche?«

»Ja.«

»Du musst irgendwie an die Oberfläche kommen. An der Rückseite ist ein Peilsender.«

»Was?«

»So bin ich dir gefolgt. Ich habe einen Chip in die Brosche eingesetzt. Das Signal reicht nicht durch die Felsen, aber wenn du nah genug an der Oberfläche bist, sendet es wieder.«

»Aber wer empfängt es?«

Er machte eine Grimasse und bewegte sich wieder. »Ich habe Sinclair die Frequenz gegeben. Die Polizei sucht nach dem Signal. Sie suchen nach dir.«

Ich betastete die Brosche an der Kette und achtete nicht auf die Tränen, die mir über das Gesicht liefen.

»Das schaffst du schon«, sagte er.

Ich kniete mich neben ihn. »Nein.«

»Kate. Ich sitze fest. Ich schätze, dass mein Bein kaputt ist, vielleicht sogar die Hüfte gebrochen. Selbst wenn wir es schaffen würden, die Steine wegzuräumen, komme ich nicht allein hier raus. Wenn du bleibst, sterben wir beide. Und Nola und Memo Jiménez. Und Athenaide.«

»Athenaide ist schon tot.«

»Sie wäre tot, wenn sie noch lange ohne Hilfe dagelegen hätte. Wieder Kalium. Diesmal war es im Wein.«

Ich dachte an den Kelch. »Sie war Gertrude. Die vergiftete Königin.«

»Nur dass der Regisseur diesmal dem Notarzt Zeit gab, sie zu retten. Deswegen habe ich so lange gebraucht, bis ich hier war.« Er nahm meine Hand. »Aber wenn Sir Henry hier rauskommt, bleibt sie wahrscheinlich nicht lange am Leben. Willst du das, Kate?«

»Nein.« Aber ich wollte auch nicht allein durch das Labyrinth irren, das sich zufällig in der Finsternis aufgetan hatte. Was, wenn es noch tiefer in die Erde führte? Dann säße ich in der Sackgasse, allein mit Sir Henry.

»Das schaffst du schon, Kate.« Bens Stimme linderte meine Panik, und seine Klarheit half mir, vernünftig zu denken. Beim Klettern würde ich die Lampe nur sporadisch einsetzen können, und falls ich in Sir Henrys Nähe kam, musste ich sie ganz ausschalten, wenn ich keine wandelnde Zielscheibe sein wollte. Doch es gab Vorkehrungen, die ich treffen konnte, wenn ich im Dunkeln durch die Höhle wollte.

Als er fertig war, musste ich ans andere Ende der Höhle, um die Spritze zu holen, und dann zu Matthew, dem ich das Messer aus dem Rücken zog.

»Du nimmst das Messer«, sagte Ben.

Ich schob das Messer in meinen Gürtel und legte die Spritze in Bens Reichweite, auch wenn wir uns beide nicht eingestehen wollten, zu welchem Zweck. »Wieso hast du mir erzählt, du wärst Ros' Neffe?«, fragte ich.

»Es war wichtig, dass du mir vertraust.«

Mehr als alles andere war es diese Lüge, durch die er mein Vertrauen verloren hatte, dachte ich.

Er rang nach Luft. »Sie hat es selbst vorgeschlagen. Die anderen Dinge, die Athenaide gesagt hat –«

Ich schüttelte den Kopf. »Das musst du nicht –«

»Doch, ich muss.« Schweiß stand ihm auf der Stirn, und er schien große Schmerzen zu haben. »Alles, was sie sagte, ist wahr. Der Angriff in Sierra Leone, die Toten, die Fragen … Aber die Fragen waren unbegründet, Kate. Glaubst du mir?«

Ich hatte einen Kloß im Hals. »Es tut mir so leid«, flüsterte ich.

Sein Blick wurde finster. »Was?«

»Dass ich dachte, du wärst ein Mörder.«

Erleichterung huschte über sein Gesicht. Er zwang sich zu einem Lächeln. »Ich hatte auch den einen oder anderen Zweifel, was dich angeht.«

»Wirklich?«

»Nach Maxines Tod? Und Dr. Sandersons? Sicher. Aber Mrs Quigley konntest du nicht getötet haben.«

»Ich habe dich für einen Mörder gehalten, und du bist trotzdem gekommen und hast mir das Leben gerettet.«

»Noch nicht ganz«, sagte er. Das Gleiche hatte er in Boston am Charles River gesagt, doch es schien Jahre her zu sein. Er berührte meine Hand, und ich hielt sie fest. »Falls heute noch irgendjemand ein Leben rettet, dann bist du es, Frau Professor.«

Was Menschen Übles tun, das überlebt sie, das Gute wird mit ihnen oft begraben. Ophelia hatte sich alle Mühe gegeben, den Spruch umzukehren. Und nun war es an mir. Ich hielt die Tränen zurück, drückte noch einmal Bens Hand, dann stand ich schnell auf und machte mich hastig auf den Weg durch die Höhle – andernfalls wäre ich nie gegangen. Ich brachte keinen Ton heraus.

Auf der anderen Seite des frischen Erdrutschs spürte ich den leichten Luftzug wieder und arbeitete mich darauf zu. Am oberen Ende des Hangs war eine Lücke zwischen zwei Granitplatten. »Warte auf mich«, rief ich in die Dunkelheit, dann zwängte ich mich durch die Öffnung.

Der Spalt stieg steil an, zum Teil fast senkrecht wie ein Kamin. Blind tastete ich nach Vorsprüngen, an denen ich mich hinaufstemmen konnte. Hin und wieder hörte ich von weit oben einen Schritt oder ein Ächzen; einmal regneten kleine Kiesel zu mir herab, und ich zog den Kopf ein in Erwartung einer neuerlichen Lawine. Doch die Steinchen sprangen an mir vorbei, und danach war es still.

Einmal sah ich weit über mir den schwachen Schein von Sir Henrys Lampe. Ich hielt inne und wartete ein paar Minuten. Ich hatte keine Lust, aufzuholen, um erschossen zu werden.

Mir taten die Arme von den Klimmzügen weh, und ich hatte Krämpfe in den Beinen, weil ich mich die ganze Zeit an der steilen Felswand abstützen musste. Im Dunkeln hatte ich keine Ahnung, wie weit ich gekommen war oder wie viel noch vor mir lag. Doch die Angst trieb mich weiter. Ich konnte den Gedanken nicht ertragen, dass Ben allein dort unten in der Dunkelheit lag und langsam sein Leben aushauchte.

Im Kopf ging ich immer wieder die Morde durch. Sir Henry hatte Ros im Theater getötet, dann hatte er das Gebäude in Brand gesteckt und Shakespeares Folio mitgenommen.

Aber warum?

Ich schauderte. In den Stunden und Tagen danach hatte er sich so liebevoll um mich gekümmert. Er war so fürsorglich gewesen.

Du vergisst eins, meine Liebe. Ich bin Schauspieler.

Ich hatte das Gefühl, ich war seit Stunden unterwegs, als die Steigung endlich flacher wurde. Eine Weile saß ich erschöpft da, dankbar, Boden unter den Füßen zu haben. Doch ich hatte keine Zeit zum Ausruhen. Ich musste an die Oberfläche. Also stemmte ich mich hoch und kroch auf allen vieren weiter. Nach einem kurzen Stück machte der Gang eine Biegung, und ich wich blinzelnd zurück.

Licht. Vorsichtig spähte ich um die Ecke. Ein paar Meter von mir entfernt sah ich eine gleißende Säule rotgoldenen Lichts. Ich starrte ins Helle und ließ meinen Augen Zeit, sich zu erinnern, was sie mit dem Licht anfangen sollten. Dann schlich ich auf Zehenspitzen weiter. Eine schmale Spalte führte in eine niedrige Höhle aus rotem Stein, die, nach dem zu urteilen, was ich draußen sah, in der Mitte der Felswand eines Canyons zu enden schien.

Am Rand der Höhle saß Sir Henry. Er lehnte mit dem Rücken an der Wand und hatte die Beine parallel zum Abgrund ausgestreckt. Neben ihm lag die geöffnete Satteltasche. In einer Hand hielt er ein Blatt, in der anderen die Pistole. Sein Kopf war nach hinten gegen die Wand gerutscht. Er sah aus, als würde er schlafen. Ich griff nach dem Messer. *Sollte ich versuchen, ihn zu überwältigen? Ihm die Waffe abzunehmen?* Irgendwie musste ich an den Rand der Höhle kommen, damit der Peilsender sein Signal senden konnte.

»Du enttäuschst mich«, sagte Sir Henry mit seiner tiefen, samtigen Stimme.

Ich wich in den Spalt zurück. Falls er vorhatte, mich hier im Tunnel zu erschießen, hätte ich keine Deckung. Dann müsste ich ihn angreifen.

Ich lauschte gespannt.

Doch Sir Henry hatte sich nicht gerührt. »Es gibt so wenig Tode, die etwas zu bedeuten haben«, sinnierte er. »Dir wird das unbezahlbare Geschenk eines Shakespeare-Tods gemacht … eines der größten Shakespeare-Tode … und du wirfst ihn einfach weg. Julia, meine Liebe. Du hast Julia verleugnet.«

Ich hörte immer noch keine Bewegung. Vorsichtig spähte ich um die Ecke. Er hatte sich nicht bewegt, doch seine Augen waren offen.

»Ich weiß, dass du da bist, Schätzchen. Wenn du schon so profan bist, mach dich wenigstens nützlich.« Er hielt das Blatt hoch, das er in der Hand hielt. »Ein Brief. Von Will an Will … *So ward dir dein Will', Will obendrein, und Will im Überfluss* … Aber diese jakobäische Handschrift ist übel. Von dem, was dazwischen steht, kann ich keine Zeile entziffern.«

Ein Brief! Ich hatte ihn übersehen.

»Ich kann die Schrift lesen«, sagte ich. Ich musste an den Rand der Höhle, wo das Signal vielleicht geortet werden konnte.

»Messer oder Spritze?«, fragte er. »Eins davon wirst du dabeihaben. Wahrscheinlich das Messer.«

Verdammt.

»Lass es liegen und komm mit geöffneten Händen her.« Sir Henry hob die Brauen und hielt mir den Brief hin.

Zwischen Neugier und Vorsicht schwankend, legte ich das Messer nieder und kletterte durch den Spalt. Die Hitze, die draußen auf die Felswand brannte, durchflutete mich. Gleichzeitig stieg mir der metallische Geruch von Wüstenregen in die Nase, und ich hörte ein Rauschen in der Ferne. Ich ging an den Rand der Höhle, hielt mich gegenüber von Sir Henry an der Felswand fest und sah hinunter. Fünfzig Meter unter mir war der sandige Grund des Canyons unter weißer Gischt verschwunden. Ein Sturzbach brandete von Felswand zu Felswand und riss Bäume und Treibgut mit sich. Mein Mut sank. Der Canyon war unpassierbar. Es konnte Tage dauern, bis der Sturzbach versiegte.

Gegenüber hatte die spätsommerliche Sonne die Klippen in rosa Licht getaucht. Links über den Bergen verdichteten sich silberne Regenstreifen zu bleiernem Grau. Darüber türmten sich Gewitterwolken, die weit aus meinem Gesichtsfeld hinausragten. Bei uns regnete es noch nicht, doch der Sturm war im Anzug. Die Luft roch feucht und metallisch, und kühle Windstöße fegten bereits in die Höhle. Die Sommergewitter über den Dragoons hatten in diesem Jahr früh angefangen.

»Da oben regnet es schon seit heute Morgen«, sagte Sir Henry. »Wie du siehst, ist der Eingang, durch den wir gekommen sind, überflutet. Dort kämen wir nicht mehr raus, selbst wenn Matthew den Weg nicht so ungeschickt verschüttet hätte. Das Loch steht unter Wasser, und ich schätze, auch der erste Teil des Tunnels.« Er klopfte neben sich auf den Boden. »Komm zu mir, Liebes. Ich will zusehen, wie du mir Wort für Wort vorliest. Und wenn ich das Gefühl habe, du lässt eins aus, erschieße ich dich.«

Ich musste mich neben Sir Henry an die Wand setzen, ein, zwei Meter vom Höhlenrand entfernt. Würde der Peilsender sein Signal von hier senden? Die Brosche hing schwer an ihrer Kette.

Der Brief war in der gleichen engen Handschrift verfasst, die ich bereits von der Folio in Valladolid kannte und von dem Brief aus Wilton House. Es war der Graf von Derby, der an Will Shelton schrieb. Wort für Wort las ich stockend vor, während Sir Henry mich mit scharfen Fragen löcherte: Welcher Buchstabe war das, welches Wort dies?

Der Brief war eine Entschuldigung für das Schweigen, und eine Erklärung.

Die einzige Gabe, die ich Euch zu geben vermag … eine Geschichte auß Eurer Feder, wenn nicht gar auß Eurer Schöpfung, emporgehoben auff die Bühne. Durch die seltsamen Irrungen des Schicksals ließ sie vnsere kleine Welt einst in Flammen aufgehen vnd kostete das Mädchen beynahe das Leben.

»Das Mädchen?«, knurrte Sir Henry.

»Das Mädchen, das vom Feuer im Globe eingeschlossen wurde«, sagte ich. »Dem ersten Feuer. Sie muss überlebt haben.«

Ein Hinweis hier, eine Thatsache da, vnd bald fielen die Howards in Ungnade, vnd es blieb ihnen nur, ihrer eigenen Tochter die Schuld zu geben. Ich sah es gern – den Austausch der Ungefälligkeiten.

Nun, da alles, was gesagt werden kann, längst der Vergangenheit angehört vnd die anderen Stücke der Unsterblichkeit im Druck entgegensehen, hebt die alte Geschichte das hornige, schweflige Haupt wie ein Drache, der, totgeglaubt, nur schlief. Itzo stellt allein dies Stück eine Bedrohung für sie dar, denn auch sie fand, wie Leonora, unverhoffte Seligkeit im Hause Cardenios.

Vielleicht werdet Ihr heute darüber lächeln.

Von wem? fragtet Ihr dereinst im Zorn. Wes Kind ist sie?

Weiland dachte ich, daß die Zeit die Wahrheit ans Licht brächte. Doch sie ist, wer sie ist, der Schönheit Rose.

Ich nenne sie Shakespeare's Tochter, vnd damit sey es genug.

Sir Henry riss mir den Brief aus der Hand. »Damit sei es genug.«

Ich streckte die Hand nach dem Brief aus, doch Sir Henry hielt mir die Pistole an den Kopf.

Das Blut rauschte in meinen Ohren. *Shakespeares Tochter?* Ich fuhr mir mit der Zunge über die Lippen.

Wo war die Hilfe, die Ben versprochen hatte? Hatte ich den Chip verloren, irgendwo in den Tiefen der Höhle?

»Sir Henry, *bitte*«, flehte ich. »Dieser Brief könnte ein für alle Mal die Wahrheit über Shakespeare aufdecken.«

»Wenn es nicht Shakespeare war, der die Stücke geschrieben hat, dann will ich die Wahrheit nicht hören. Niemand soll sie hören.«

Deswegen hatte er gemordet? Wegen Shakespeare aus Stratford? War das seine Rechtfertigung für die Taten, die er begangen hatte? Führte er einen Glaubenskrieg in Verkleidung eines shakespearischen Kreuzritters?

Sir Henry betrachtete den Brief. »Ironie des Schicksals. Für das Stück, das Granville gefunden hat, hätte ich alles gegeben, doch stattdessen finde ich den Brief, den ich unbedingt im Dunkeln lassen wollte.«

Ich musste Sir Henry irgendwie dazu bringen, mich an den Rand der Höhle zu lassen, sonst würde der Peilsender nicht funktionieren. Also erkaufte ich mir Zeit mit der einzigen Währung, die Sir Henry gelten ließ – mit Shakespeare. »Aber das Stück hast du auch«, sagte ich. »Es steckt hinten im ›Quixote‹. Ich glaube, es ist die gleiche Handschrift. Wenn du willst, lese ich es dir vor.«

Misstrauisch kniff er die Augen zusammen.

»›*Auftritt Knappe Sancho und Don Quixote*‹«, sagte ich. »So fängt es an. Weiter bin ich nicht gekommen.«

»Zeig her.«

Ich nahm das alte Buch aus der Satteltasche und zog das Bündel Papiere heraus, das ich vorsichtig auseinanderfaltete.

Du kannst das Gold behalten, Freund Sancho. Ich nehme das Buch.

Sir Henrys Augen glänzten gierig. »Shakespeares verschollenes Stück«, murmelte er. Dann lächelte er. »Lies.«

Sir Henry die Geschichte von Liebe und Betrug vorzulesen, während ich auf den Moment lauerte, da er unvorsichtig wurde – in der verzweifelten Hoffnung, dass ich nah genug an der Oberfläche war …, dass die Polizei nach uns suchte … und dass Bens Leben nicht zu schnell in der Dunkelheit zu Ende ging –, das war die schwerste Aufgabe meines Lebens.

Ich war mit dem ersten Akt durch und begann den zweiten.

Nun werde ich zur Gruft meiner Ehre. Ein dunkles Haus, in dem allein der Todt gedeiht.

Ich stockte. Es kommt keiner, wurde mir plötzlich bewusst. Falls überhaupt jemand auf das Signal wartete. Ich war zu tief im Innern der Höhle.

Draußen vor der Höhle führte ein schmales Sims an der Felswand entlang, das sich nach einigen Metern in nichts auflöste. Bevor Sir Henry reagieren konnte, war ich über ihn gesprungen und kletterte hinaus auf den Vorsprung. Ich hielt mich mit einer Hand an der Felswand fest, das Manuskript fest an mich gedrückt, und zerrte an meiner Kette.

»*Kate*«, rief Sir Henry, und diesmal war die Angst in seiner Stimme echt. »Komm zurück.«

Ich riss an der Kette.

»Es gibt keinen Grund, das Stück oder dein Leben zu riskieren.«

»Ich dachte, mein Leben hätte ich schon verspielt. Nur das Stück hält dich davon ab, mich zu töten.«

»Komm zurück, und wir verhandeln«, flehte er. »Du führst die Regie, und ich bin Quixote.«

»Und du glaubst, Ben wäre einverstanden?«

Er schwieg.

»Ich verstehe. Ben ist der Kompromiss, den ich machen soll. Du verzichtest darauf, mich zu töten, und ich verzichte darauf, ihn zu retten. Und wir teilen uns das Stück.«

»Er stirbt sowieso, Kate.«

Endlich riss die Kette, und die Brosche lag lose in meiner Hand. Ich drückte sie in einen kleinen Felsspalt. Das Sims, auf dem ich stand, begann zu bröckeln. Ein paar Steinbrocken lösten sich und stürzten in den Abgrund. Ich verlor das Gleichgewicht, doch ich konnte mich gerade noch halten. Zwischen dem Vorsprung und der Felswand hatte sich ein Spalt aufgetan.

»*Kate. Komm zurück.*«

»Wirf die Waffe weg.«

Er zögerte. Ein weiterer Brocken löste sich aus dem Sims. Dann flog die Pistole in den Canyon hinaus und verschwand in hohem Bogen im brandenden Wasser.

Die Felswand gab ein Stöhnen von sich. Vorsichtig begann ich mich zum Höhleneingang zurückzuarbeiten.

»Spring«, rief Sir Henry. Und dann sprang ich, während der Fels unter mir nachgab, mit einem Brüllen hinabstürzte und meterhoch weiße Gischt aufspritzte.

Keuchend lag ich mit dem Manuskript am Höhlenrand. Sir Henry kam auf mich zu.

»Bleib weg von mir.«

Er blieb stehen.

»Lass die Satteltasche los und schieb sie in den hinteren Teil der Höhle.« Ich wollte nicht, dass er wegen des ungelesenen Briefs, der gefaltet in der Tasche steckte, auf irgendwelche Ideen kam.

Sir Henry ließ die Tasche fallen, doch er ließ sie liegen, wo sie war. Dann ging er auf die andere Seite der Höhle. »Hast du irgendeine Ahnung, was du da tust?«

Ich zog den ›Don Quixote‹ zu mir heran und schob das Manuskript hinein. »Warum ist es so wichtig, wer Shakespeare war? Warum fürchtest du dich vor der Wahrheit?«

Sir Henry lehnte sich an die Wand und setzte sich wieder. Er vergrub sein Gesicht in den Händen. »›*Was ist Wahrheit?*‹, *fragte Pilatus spöttisch und wartete die Antwort nicht ab.* Bacons Worte.« Er hob den Kopf. »Ich fürchte die Wahrheit nicht, Kate. Ich fürchte die Fakten. Die Tyrannei kleinlicher Fakten. Die Wahrheit ist eine Idealvorstellung. Nicht das, was tatsächlich war oder ist. Als Regisseurin, als Geschichtenerzählerin solltest du das wissen.«

Seine Stimme wurde weicher, verführerischer.

»Egal was in irgendwelchen schimmligen alten Briefen steht, die Wahrheit ist, Shakespeare war ein Jedermann, ein Mann des Volkes. Kein Graf oder Ritter, keine Gräfin oder Königin, und um Gottes willen keine verdammte Bürogemeinschaft. Warum passt es so vielen Menschen nicht, dass ein Junge aus dem Nichts und Nirgendwo etwas Großes schaffen kann, etwas ganz Großes? Ich habe es schließlich auch geschafft – bin vom Niemand zum großen Bühnenritter aufgestiegen. Warum durfte Shakespeare aus Stratford nicht unsterblich werden?«

»Es sind die Stücke, die zählen, Sir Henry. Nicht ihre Herkunft.«

»Da irrst du dich, Kate. Wie für euch Amerikaner das Märchen von Abraham Lincoln, der in einer Blockhütte das Licht der Welt erblickte, ist die Geschichte vom Jungen aus Stratford für mich lebenswichtig: Genie kann überall zuschlagen. Jeder kann etwas Großes werden. Shakespeare hat mir geholfen, aus der Gosse zu kommen, und ich habe ihm mein Leben gewidmet. Das Gleiche kann er für andere tun. Zumindest habe ich das immer geglaubt. Daraus habe ich die Kraft für meine Rückkehr zur Bühne gezogen … Wenn ich Hamlets Vater gespielt habe, Prospero und Lear und Leontes, dann ist Shakespeares Erbe für die nächste Generation gesichert. Falls die Buchhalter kleinlicher Fakten mir das zugestehen wollen.«

»Du verwechselst Shakespeares Erbe mit deinem eigenen.«

Er sah mich vorwurfsvoll an. »Ich dachte, du würdest es verstehen.«

»*Du dachtest, ich wäre einverstanden?*« Mit dem Buch in der Hand sprang ich auf. »Du dachtest, Shakespeare wäre einverstanden?«, schrie ich aufgebracht. »Shakespeare, egal wer er war, würde es gutheißen, dass du in seinem Namen getötet hast?« Doch so schnell mein Zorn aufgeflammt war, verwandelte er sich in Eiseskälte. »Langsam fange ich an zu verstehen, Sir Henry. Ich verstehe, dass du ein Mörder bist und ein Feigling, der sich vor der Wahrheit fürchtet.«

Sir Henry stürzte sich auf das Buch, das ich hielt. Ich wich aus, doch er hechtete hinter mir her. Diesmal bekam er mich zu fassen und drückte mich gegen die Felswand. »*Schlichte Kate, die lust'ge Kate, oder auch die böse Kate.*«

Sein Flüstern ließ keinen Zweifel. Ein amerikanischer Akzent. Sir Henry war der Mann in der Bibliothek gewesen.

Du vergisst eins, meine Liebe. Ich bin Schauspieler, hatte er gesagt.

Matthew hatte behauptet, dass er es war. Doch Matthew hatte gelogen. Er hatte zwar vorgehabt, mich wie Lavinia zu schänden, doch die Drohung war Sir Henrys Idee gewesen – das Skript stammte von ihm. Mit einem Schrei wand ich mich los und stieß ihn ins Innere der Höhle. Kaum hatte er das Gleichgewicht wieder, stürzte er sich erneut auf mich. Ich duckte mich.

Unfähig, seinen Schwung abzufangen, stolperte Sir Henry und rutschte über den Höhlenrand.

Ich lief hinterher und sah über die Kante.

Er hielt sich mit beiden Händen an einem Felsvorsprung fest. Mit einem Fuß hatte er in einer schmalen Ritze Halt gefunden, mit dem anderen suchte er die bröckelnde Wand ab. Ich verkeilte den Fuß in einem Spalt in der Höhle, dann packte ich Sir Henrys Handgelenk, erst mit einer Hand, dann mit beiden. Einen Moment lang dachte ich, er würde mich mit in den Abgrund reißen. Sein Blick verriet mir, dass er nahe daran war.

Dann hörten wir den Helikopter.

»Die Polizei«, sagte ich. »Egal was mit uns passiert, Sir Henry, sie werden das Stück finden. Und den Brief.«

In diesem Augenblick schien er innerlich aufzugeben. Langsam, mit seiner Hilfe, zog ich ihn über die Kante in Sicherheit.

»Es tut mir leid, Kate«, keuchte er. »Es tut mir leid. Ich habe dir nie wehtun wollen. Aber du bist einfach nicht aus dem Weg gegangen.«

»Spar dir die Worte«, antwortete ich kühl. »Du wanderst für lange Zeit ins Gefängnis.«

»Rache im modernen Gewand«, sagte er. »Du bist Hamlet geworden, Kate. Merkst du es?«

In seiner Stimme schwang herbe Bewunderung mit, doch ich konnte nur an den Berg von Leichen denken, die sich auf der Bühne stapelten. »Und wer bist du?«

Ein Blitz zerriss den Himmel in ein feines Netz von blauem Licht. Dann rollte der Donner durch den Canyon, und der Sturzbach unter uns stieg weiter an. Erdreich und Baumstämme schossen mit der Gischt bis zu uns herauf. Das rhythmische Knattern des Hubschraubers kam näher.

Sir Henry stemmte sich auf die Füße. Er warf den Kopf zurück und übertönte den Wind mit seiner großartigen Stimme:

Am Mittag ich
Die Sonn' umhüllt, aufrühr'sche Wind' entboten,
Die grüne See mit der azurnen Wölbung
In lauten Kampf gesetzt.

Vor meinen Augen verwandelte er sich in Prospero, den Zauberer, der die Stürme ruft und die Räder der Gerechtigkeit in Gang setzt. Langsam, majestätisch, hob er den Arm und zeigte auf mich.

Grüft', auf mein Geheiß,
Erweckten ihre Toten, sprangen auf
Und ließen sie heraus, durch meine Kunst.

»Grüfte haben sich auf dein Geheiß gefüllt, Sir Henry«, schrie ich zurück. »Und lassen sie nicht mehr heraus. Sechs Tote. Sieben, wenn Ben stirbt.«

Doch dieses grause Zaubern
Schwör' ich hier ab …

Auf der anderen Seite des Canyons knatterte der Helikopter in unser Sichtfeld. Das Schwirren der Rotorblätter wurde von den Klippen zurückgeworfen. Als er näher kam, spritzten Wasser und Staub in die Höhle. In der offenen Tür des Helikopters standen Sinclair und Mr Jiménez, der auf uns zeigte.

Mit einem Griff hatte Sir Henry die Satteltasche gepackt und mit ihr den Brief, der vielleicht bewies, wer Shakespeare wirklich war. Ich riss das Buch mit dem Manuskript aus seiner Reichweite und presste es an meine Brust, doch Sir Henry gab sich keine Mühe, es mir abzunehmen. Seine Worte galten mir – die Worte des Vaters, der seine Tochter um Verzeihung bat. Die Vorführung war zu Ende; dies war seine Entschuldigung.

So brech ich meinen Stab,
Begrab' ihn manche Klafter in die Erde,
Und tiefer, als ein Senkblei je geforscht,
Will ich mein Buch ertränken.

Zu spät begriff ich, was er vorhatte, doch er stand bereits am Klippenrand.

»Vergiss mich nicht«, sagte er. Dann lehnte er sich zurück und fiel, Ikarus, der unter der Sonne fällt, die Arme ausgestreckt wie geschmolzene Flügel, und blickte mit einem seligen Lächeln zum Himmel empor.

Tief unten verschwand er mit einem lautlosen Klatschen. Einmal spülte ihn der Fluss an die Oberfläche.

Dann war er fort.

ZWISCHENSPIEL

Juli 1626

Er hatte damit gerechnet, durch Feuer und Schwert den Tod zu finden, zumindest durch Feuer und Fallbeil, vor einer jubelnden Menge. Nicht allein in der Dunkelheit.

Der Gestank des Todes war so stechend, dass er bei jedem Atemzug würgen musste, und doch war es die Stille, die ihm am meisten zu schaffen machte.

Anfangs hatte der Pater die Stille begrüßt. Der Sargento, ein tapferer Mann, lag zwei Tage lang im Delirium, bevor er starb. Sein Stöhnen und Heulen war fast so schwer zu ertragen gewesen wie das Scharren zuvor, als er an den Felsen kratzte, die den Ausgang versperrten. Er hatte an den Steinen geschabt, bis ihm die Finger in blutigen Fetzen von den Knochen hingen, doch er hatte sich nicht davon abbringen lassen, bis seine Kräfte in der Dunkelheit versickerten. Und der Sargento war ein starker Mann gewesen.

Vielleicht waren das Scharren und die folgende Stille seine Buße, dachte der Pater, die Buße dafür, dass er gelogen hatte.

Dabei hatte er es nur gut gemeint. Kurz nach ihrem Aufbruch waren sie an einen Fluss gekommen, der nach drei Tagen Regen Hochwasser führte. Hätten sie drei weitere Tage gewartet, wäre das Wasser gesunken – in diesem seltsamen wilden Land versickerten die Fluten so schnell, wie sie stiegen. Doch der Capitano war kein geduldiger Mensch. Er hatte sie angetrieben, noch am gleichen Nachmittag überzusetzen. Sie verloren drei Maultiere mitsamt ihrer Ladung. Als größtes Unglück betrachtete der Capitano den Verlust seines persönlichen

Weinvorrats und ließ den Maultiertreiber auspeitschen. Die Männer nahmen es hin, wie sie die grausame Dummheit des Capitanos stets hinnahmen, mit finsterer Geduld. Doch als sie erfuhren, dass auch die Bibel des Paters verloren war, war Panik in ihren Augen aufgeflammt.

Die meisten von ihnen waren ungebildete Bauern, und da ihre Gottesfurcht mehr auf Aberglauben als auf aufgeklärter Frömmigkeit gründete, hatte er erst gar nicht versucht, ihnen die Angst mit Vernunft auszureden. Stattdessen hatte er den ›Don Quixote‹ aus der Satteltasche gezogen, einen schweren, edel gebundenen Band, und behauptet, dies sei seine persönliche Bibel und er wolle sie von nun an mit der Truppe teilen.

Die Panik hatte sich gelegt. Fortan »las« er das Evangelium, indem er zum Beispiel das Kapitel mit dem Kampf gegen die Windmühlen aufschlug und aus dem Kopf die Parabel des verlorenen Sohns erzählte. Es hatte Zeiten gegeben, da hätte er über eine solche Ironie herzlich gelacht. Aber das schien längst in ein anderes Leben zu gehören.

Natürlich sahen die Männer auch das Bündel Papiere, das am Ende seines Buches steckte. Sie hielten es für eine Predigt, sein persönliches Gebet, und zogen ihn auf: Sein Glanzstück. Sein Meisterwerk. Wie recht sie damit hatten. Doch was für eine Art Gebet?

Nun werde ich
Zur Gruft meiner Ehre, ein dunkles Haus,
In dem allein der Tod gedeiht.

Der Sargento hatte ihn ein oder zwei Mal scharf angesehen, doch wenn er einen Verdacht hatte, behielt er ihn für sich. Anders als der Capitano war der Sargento ein guter Anführer.

Sie waren dem Flusslauf aus den Bergen auf eine weite braune Ebene gefolgt, die für die Kastilier unter ihnen der Heimat täuschend ähnlich sah. Wenige Tage später waren ein paar Männer, die am Ende der Kolonne herumstreiften, auf zwei Indianerinnen mit ihren Kindern gestoßen. Bis der Pater begriff, was in dem johlenden Getümmel vor sich ging, waren die Kinder tot und die Frauen noch schlimmer dran. Es gehörte zum Soldatentum; am Anfang hatte er weggesehen. Doch fünf oder sechs Männer hatten sich so brutal und so ausdauernd an den Frauen zu schaffen gemacht, dass der Pater auf seinem Maultier nach vorn zum Capitano geritten war, um sich zu beschweren. Der Capitano galoppierte zum Ende der Kolonne zurück, stieg schwungvoll vom Pferd und bahnte sich mit der flachen Seite des Schwerts den Weg durch die Männer. Einen Moment lang betrachtete er schweigend die Szene, die sich bot. Eins der Mädchen lag bereits im Sterben. Dann nahm er die andere, vor aller Augen. Am Ende erschlug er sie mit seinem Schwert.

Er war wieder aufgestiegen, hatte dem Pferd die Sporen gegeben und war zurück an die Spitze der Kolonne geritten. Sie hatten nicht einmal angehalten, um die Leichen zu begraben.

In jener Nacht, als sich der Pater allein in die Dunkelheit zurückzog, um für die verlorenen Seelen zu beten, sah er die Augen auf dem Baum. Der Capitano schrie ihn an, nannte ihn einen Feigling und einen Narren, doch der Sargento verdoppelte stillschweigend die Wache.

Es nutzte nichts; am nächsten Morgen fanden sie einen ihrer Männer im Gras, auf allen vieren, keine zwanzig Meter vom Lager entfernt. Man hatte ihm die Augen ausgestochen, und wo seine Genitalien gewesen waren, klaffte ein blutiges Loch. Ab da verschwand jeder einzelne Mann, der die Frauen berührt hatte – der Reihe nach niedergemetzelt auf immer raffiniertere, qualvollere Weise, wie stumme Büffel, die von lautlosen Wölfen aus der Herde gelesen wurden. Die Männer schienen sich einfach in Luft aufzulösen, bis sie, ein paar Stunden oder Tage später, noch lebend am Wegesrand auftauchten.

Viele von ihnen wollten im Sterben ein letztes Mal die Bibel küssen. Der Pater hatte sich gefragt, ob seine Täuschung ab diesem Moment Sünde war. Doch der Seele in den letzten Minuten ihrer Todesqualen Linderung zu schenken – der Pater beschloss, dass es ein Akt der Gnade war.

Sie bekamen den Feind nicht zu Gesicht, nur sein Schnitzwerk. Bald fingen die Männer an, von Dämonen zu reden. Aber der Capitano, der nur an die sagenhaften Städte aus Gold dachte, schien weder das Blut noch die wachsende Angst zu bemerken. Mit Schwert und Peitsche trieb er die Männer weiter. Und er bemerkte auch nicht, dass er irgendwann der Letzte der Männer war, die die Indianerinnen geschändet hatten.

Drei Tage später war der Capitano morgens nicht aus seinem Zelt gekommen. Sie fanden ihn am Boden liegend, die Därme wie Girlanden im Zelt aufgehängt. Augen, Hände und Zunge fehlten. Seine Kehle war aufgeschnitten, und die Genitalien hatte man ihm in den Mund gesteckt. Niemand hatte etwas gesehen oder gehört.

Sie hatten ihn beerdigt, ohne zu trauern. Dann kehrten sie um und traten den Heimweg an. Oder wenigstens den Weg zum Presidio in Santa Fe.

Es war zu spät. In der Nacht fielen die Indianer über sie her. Der Großteil der Truppe wurde in den Zelten abgeschlachtet. Der Sargento sammelte die Überlebenden zusammen und floh mit ihnen in die Berge. Sie zogen sich in den Canyon zurück. Immer wieder griffen die Indianer an. Schließlich waren es nur noch acht Männer und zwei Pferde, die das kleine runde Tal erreichten. Sie hatten gedacht, sie könnten den Kessel verteidigen – doch sie hatten nicht gewusst, dass die Indianer wie Bergziegen klettern konnten.

Also hatten sie sich in die Höhle zurückgezogen und Gott und dem Schicksal gedankt, dass er ihnen den dunklen Eingang der unterirdischen Kathedrale gezeigt hatte. Zu spät merkten sie, dass sie nicht zufällig dort gelandet waren. Die Indianer hatten sie in die Höhle getrieben. Doch der Fels begann bereits einzustürzen. Zwei Männer liefen durch den Steinhagel zurück und wurden erschlagen. Der Rest drang tiefer in die Höhlen ein, bis sich das Donnern legte. Dann fing das Warten in der Dunkelheit an.

Und dann das Sterben, bis nur noch der Pater und der Sargento übrig waren. Am Ende war er ganz allein.

Ein dunkles Haus, in dem allein der Tod gedeiht.

Vor zwei Tagen hatte er zum letzten Mal gepinkelt. Seine Lippen waren aufgesprungen und sein Mund so trocken, dass das Schlucken eine Qual war.

Und dann war er plötzlich nicht mehr allein: Gesichter schwebten durch die Dunkelheit, leicht verschwommen wie das Haar einer Seejungfrau. Eine dunkelhaarige Frau in grüner Robe. Ein Mann mit blitzenden Augen – mit Schalk und Zynismus im Blick und dem stillen

Kummer derer, die wissen, dass das hellste Licht und die dunkelsten Schatten auf der Welt untrennbar miteinander verwoben sind.

Das schönste Gesicht aber war das des Menschen, den er im Leben nie gesehen hatte. Ein Mädchen mit braunrotem Haar, dessen Bild er seit Jahren in der Nähe seines Herzens trug, verborgen in seinem schweren Kruzifix.

Was würde der Bischof daraus machen? Gelächter wallte in ihm auf, auch wenn nur ein Würgen herauskam. *Des Geistes Sturz in unermess'ne Schmach*, hatte er einst im Zorn gerufen. Es hätten die Worte des Bischofs sein können.

Doch er hatte sich geirrt. Das wusste er seit langer Zeit. Liebe war niemals verschwendet. *Lieb' ist nicht Liebe, wenn sie Zerstreuung irrend kann zerstreuen …*

Ihr Gesicht schwebte lächelnd heran, und er spürte, wie sein Herz hüpfte und wild zu klopfen begann.

»Aber wer ist sie?«, hörte er seine jugendliche Stimme fragen.

»Sie ist, wer sie ist«, antwortete eine andere Stimme. »Der Schönheit Rose.«

Der Rest war Schweigen.

FÜNFTER AKT

46

An einem kalten Dezembernachmittag, fünf Monate nach Ros' Tod, stand ich wieder im Globe, viel früher, als ich erwartet hatte, und probte den ›Hamlet‹.

Das Theater strahlte wieder in seiner alten Pracht. Im Sommer würde es in noch größerer Pracht erstrahlen, wenn sich nach vierhundert Jahren zum ersten Mal der Vorhang für ›Cardenio‹ hob – am 29. Juni. Man hatte mich gebeten, die Regie zu führen.

Doch Athenaide hatte entschieden, dass zuerst ›Hamlet‹ gespielt werden sollte. Und der einzige Termin, an dem Jason Pierce zur Verfügung stand, um den melancholischen Prinzen zu mimen, war im Dezember. Die Idee, mitten im Winter ein Stück im Globe zu geben, kam mir völlig verrückt vor, doch Athenaide war anderer Meinung. »Elisabeths Volk ging das ganze Jahre über ins Theater«, sagte sie. »Warum nicht wir? Sind wir heute so verweichlicht?« Und dann stellte sie den Scheck aus, mit dem sie die Gedenkaufführung für Ros sponserte. Was den Ticketverkauf anging, hatte sie recht behalten. Die ganze Spielzeit war ausverkauft, und bis zur Premiere waren es noch zehn Tage.

Als die Schauspieler nach der Probe von der Bühne defilierten, genoss ich einen kostbaren Moment allein im Theater. Im Dezember in London ging die Sonne früh unter, kaum nachmittags, was die Uhrzeit anging. Das Licht, das schräg über das strohgedeckte Dach fiel, blendete mich, und ich beschirmte die Augen mit der Hand. Zu Shakespeares Zeiten hatte das Freilichttheater wegen der frommen

Sitten nachmittags stattgefunden und war noch vor Einbruch der Dämmerung zu Ende. Als ich zur Bühne hinaufblickte, kamen mir Zweifel. Die Säulen des Herakles zum Beispiel: In der Mittagssonne leuchteten sie schamlos scharlachrot. Unter grauem Himmel nahmen sie den Braunton von Vollblutpferden an – kühl in ihrer aristokratischen Arroganz. Den zynischen Schlemmer erinnerten sie an zwei Porterhouse-Steaks. Winters wie sommers aber war es erst bei Sonnenuntergang, dass die Säulen in ihrer wahren Pracht erstrahlten. Dann waren sie, und das ganze Theater darum herum, wahrlich shakespearisch. Oder biblisch. Oder beides – wenn sich die Schatten zu flüsternden Dämonen verdichteten und die Säulen des Herakles sich wie brennende Blutströme durch das Dämmerlicht wälzten.

Schaudernd zog ich die Jacke enger um mich und dachte an die Ereignisse des Sommers.

Eine Woche nach seinem Tod war Sir Henry gefunden worden. Ein paar Hundert Meter weiter fand man die Reste der Satteltasche im Canyon, halb unter Treibgut verborgen, doch ihr Inhalt war für immer verloren.

Am Ende hatte Sir Henry fast genau erreicht, was er wollte. Er hatte das verschollene Stück ans Licht gebracht, aber den Beweis, der Shakespeares Identität hätte aufklären können, hatte er zerstört. Dafür hatte er sein Leben geopfert.

Und das Leben von sechs anderen. Maxine, Dr. Sanderon, Mrs Quigley, Graciela, Matthew – und Ros.

Athenaide hatte ›Hamlet‹ dem Andenken an Ros gewidmet, doch meine Hommage würde ›Cardenio‹ sein. Bis jetzt hatte ich ihr die Spielchen immer noch nicht ganz verziehen. Ebenso wenig wie ihren Tod, sagte eine kleine Stimme in meinem Innern. Ich betastete die Kopie von Ophelias Brosche in meiner Tasche, die ich wie einen Talisman stets bei mir trug. *Lass es gut sein,* hatte Maxine zu meiner Wut und meinem Bedauern gesagt. *Lass sie gehen.*

Langsam trat ich von der Galerie in den Hof und blickte zur leeren Bühne. »*Gute Nacht, mein Fürst*«, sagte ich laut. Ich wusste selbst nicht, zu wem oder zu was ich sprach. Vielleicht meinte ich das Theater selbst. »*Und Engelscharen singen dich zur Ruh'.*«

Ein Klatschen zerriss die Stille, und ich fuhr auf dem Absatz herum.

Im Schatten neben der Tür lehnte ein Mann und applaudierte. So viel zu einem Augenblick allein.

Unbefugte Besucher im Globe brachten mich zur Verzweiflung. Mindestens einmal die Woche bildete ein Tourist sich ein, das Schild »Theaterprobe – bitte nicht stören« gelte für alle außer für ihn, und schaffte es, ein Schlupfloch ins Globe zu finden. Ich rief: »Sie haben Ihr Stichwort verpasst. Die Schauspieler sind fort.«

»Die Schauspieler waren großartig«, antwortete eine vertraute Stimme, die wie Bronze und Schokolade in meinen Ohren klang. »Aber der Applaus ist für dich.« Ben stützte sich an der Säule ab und richtete sich auf.

Ich starrte ihn an wie einen Geist.

»Verzeih mir, dass ich mich so hereingeschlichen habe«, sagte er dann, »aber ich hatte noch nie einen Regisseur bei der Arbeit gesehen, und ich war neugierig.« Er hinkte leicht, als er auf mich zukam. »Ist es möglich, dich zu einem Drink zu überreden, Frau Professor?«

Ich lächelte. »Hast du schon mal daran gedacht, vorher anzurufen, wenn du mich sehen willst?«

»Sehen wäre mir ein bisschen zu wenig – ich habe eine Flasche Champagner dabei, die nur zum Ansehen viel zu schade ist. Ich hatte mehr an ein Rendezvous gedacht.« Er humpelte an mir vorbei, auf die Bühne zu. Dann ließ er sich vorsichtig auf der obersten Stufe der Bühnentreppe nieder, zauberte zwei Sektkelche und eine Flasche hervor und begann die Flasche zu öffnen.

Ich folgte ihm die Stufen hinauf. »Wenn du Champagner mitbringst, kannst du es nennen, wie du willst.«

Mit einem leisen Ploppen zog Ben den Korken und schenkte ein. »Prost«, sagte er und reichte mir ein Glas.

»Was feiern wir?«

Er lächelte. »Dass wir uns sehen?«

Ich nickte und trank einen Schluck. Der blasse Champagner schmeckte metallisch und köstlich.

»Wie geht es dir, Kate?«

Ich blinzelte. Ben hatte fünf Monate in der Reha hinter sich, und er fragte *mich*, wie es mir ging? Doch in Wirklichkeit wusste ich gar nicht, wo ich anfangen sollte. Die Stunden nach Sir Henrys Tod hatten mit dem Knattern der Rotoren begonnen, Schreien von beiden Seiten und der nervenzerreißenden Suche in der Finsternis, bis man Ben endlich lebendig aus der Höhle zog. Einen Tag später holten sie auch Matthews Leichnam herauf.

Sehr viel später war ich, mit Nola und Memo Jiménez' Segen, in die Höhle zurückgekehrt. Ich wurde von einem Mitarbeiter der Fisch- und Wildschutzbehörde (auf der Suche nach der mexikanischen Freischwanzfledermaus), fünf Archäologen – zwei von der Universität von Arizona und je einem aus Mexico City, London und Salamanca (auf der Suche nach Spuren der Konquistadoren und Relikten aus der jakobäischen Ära) – und einem Höhlenforscher der Arizona State Parks begleitet. Wie ich mir gedacht hatte, waren die Steinhaufen in der trockenen Höhle die Gräber von fünf spanischen Soldaten.

Das sechste, unbedeckte Skelett war das eines Franziskanermönchs. In seinem Kruzifix fand man eine Miniatur von Hilliard: das exquisite Porträt eines kleinen Mädchens mit rostbraunem Haar, gesäumt von der gleichen verschnörkelten goldenen Inschrift wie die auf dem Hilliard aus der Folger-Bibliothek. *Dein ew'ger Sommer doch soll nie verrinnen.* Andere Hinweise auf die Identität des Mannes gab es nicht, aber der einzige englische Pater, von dem man wusste, dass er in diesem Teil der Welt verschwunden war, war William Shelton.

Als wir die Höhle durch den Eingang im Talkessel betraten, passierten wir die Fledermäuse und die Tropfsteinhöhle, die Jem Granville zur Gruft geworden war. In einiger Entfernung von der Leiche fanden wir etwas, das wohl seine Papiere gewesen waren, doch sie waren zu einem unleserlichen Klumpen vermodert. In der erhabenen Schönheit der Tropfsteinhöhle schien es mir blasphemisch, einem Bündel Papiere nachzutrauern.

Nola und Memo Jiménez gaben die Entdeckung des Manuskripts bei einer Pressekonferenz bekannt, und über Nacht fand ich mich im Rampenlicht wieder. Die Nachricht schlug in der internationalen Presse wie eine Bombe ein, doch schon bald begann die Welt, oder zumindest Teile davon, zu akzeptieren, dass der Pater aus der Höhle ein nach Spanien übergelaufener englischer Priester namens William Shelton war, der ›Don Quixote‹ und ein Manuskript von Shakespeares lange verschollenem Stück bei sich trug. Was mit Ophelias Tagebüchern geschah, blieb in der Schwebe, solange das Gezerre zwischen Athenaide und der Kirche von England zu keinem Ergebnis fand. Die Briefe aus Wilton House waren nicht ans Licht gekommen.

Athenaides Rat folgend, hatten Nola und Memo Jiménez das Manuskript auf einer privaten Auktion versteigert, für eine ungenannte Summe, die für wilde Spekulationen sorgte – enttäuschende zehn Millionen Dollar? Oder war es doch eine Fälschung, die für eine halbe Milliarde den Besitzer wechselte? Wie gewöhnlich lag die Wahrheit irgendwo in der Mitte. Das Manuskript landete in der gemeinsamen Obhut der British Library und der Folger-Bibliothek und wurde, wie Persephone, Jahr für Jahr vom einen Haus zum anderen geschickt.

Die gestohlenen Ausgaben der First Folio Edition fand man in Sir Henrys Bibliothek und gab sie an das Globe und an Harvard zurück. In der Harvard-Ausgabe fehlte eine Seite aus ›Titus Andronicus‹. Es war die Seite, die ich bei mir trug, und ich gab sie zurück. Währenddessen zerbrach sich der Rektor des Royal College in Valladolid den Kopf darüber, was er mit der Folio tun sollte, die Derby an William Shelton geschickt hatte.

Die aufregenden Ereignisse hatten auch ihre Schattenseiten. Der Tod von Sir Henry Lee und Professor Matthew Morris, so kurz nach dem von Ros, erschütterte die Shakespeare-Gemeinde. Die offizielle Stellungnahme zu den Morden, die Sinclair auf einer weltweit übertragenen Pressekonferenz abgab, ließ den Aufschrei zu einem wahren Wutgeheul anschwellen. Sir Henry und Matthew hatten gemeinsam fünf Morde geplant, dann hatte Sir Henry Matthew umgebracht. Nur Sir Henrys Tod war – darauf beharrte Sinclair – ein Unfall gewesen.

Zum ersten Mal seit Menschengedenken war die Shakespeare-Professur in Harvard unbesetzt. Das Rascheln der eingesandten Lebensläufe hörte sich an, als hätten sich alle Wälder in England und Nordamerika auf den Weg gemacht. Einst hatte ich mich glücklich geschätzt, mit Sir Henry arbeiten zu können, doch nun kamen heimliche Anfragen, wen ich für seine Rolle im ›Hamlet‹ in Betracht zog, von Stars auf der ganzen Welt. Anscheinend wurde die Rolle von Hamlets Vater allgemein als Vorsprechen für Shakespeares Quixote erachtet.

Wie geht es dir, Kate? Wo sollte ich anfangen?

»Gut«, sagte ich. »Es geht mir gut. Danke.«

Ben lächelte. »Ein bisschen knapp, aber trotzdem schön, das zu hören.«

»Und du? Wie geht es dir?«

Nachdenklich betrachtete er das Sprudeln in seinem Glas. »Ich habe etwas entdeckt, Kate.«

Ich schluckte. *Ros' Worte.* »Das ist nicht komisch.«

»Es sollte nicht komisch sein.« Er sah mir in die Augen. »Ich meine es ernst.«

Ich sah ihn an. Während der ganzen Zeit im Krankenhaus und später in der Reha hatte er keinen Besuch empfangen. Wir hatten nur ein paar Mal telefoniert. Die Briefe aus der Houghton-Bibliothek und Wilton House – Jems Brief an Professor Child und Wills Brief an den süßen Schwan – fanden in wenigen Tagen zu ihren Besitzern zurück, ohne dass Fragen gestellt wurden. Zumindest bis ich fragte. Aber ich erfuhr nur, dass Ben inmitten des Chaos in Helsingør Sir Henry den Chambers-Band abgenommen und ihn mitsamt den Briefen irgendwo im Haus versteckt hatte. Wie er sie zurückbekam, sagte er mir nicht. Dafür bat er mich um die Brosche mit der versteckten Miniatur und beharrte so vehement darauf, dass ich schließlich einwilligte. Also kehrte auch die Brosche nach Hause zurück und landete mit Ophelias Brief an Mrs Folger in der Folger-Bibliothek.

Unser letztes Telefongespräch hatte kurz vor Probenbeginn stattgefunden, ungefähr vor sechs Wochen. Ich hatte eine Verbindung zwischen den Howards und dem Grafen von Derby entdeckt und rief ihn aufgeregt an.

Er klang müde, doch dann wurde er neugierig. »Was für eine Verbindung?«

»Die älteste Verbindung der Welt. Eine Hochzeit. Derbys Tochter heiratete einen Cousin von Robert Carr, dem Grafen von Somerset, der inzwischen mit Frances Howard verheiratet war.«

»Du machst Witze.«

»Er hatte sogar den gleichen Namen, doch er bevorzugte die schottische Schreibweise – Robert Kerr. Das war 1621, ein Jahr, bevor Frances aus dem Tower entlassen wurde. Zwei Jahre, bevor die First Folio erschien.«

Nun, da sie beynahe zur Familie gehört ..., stand in dem Brief aus Wilton House.

»Das ist es, wonach du gesucht hast, oder? Die Verbindung zwischen Derby und den Stücken.«

Ich war nicht ganz einverstanden. »Die Hochzeit erklärt nur, dass er mit den Howards verwandt war. Von der Folio in Valladolid wissen wir, dass er William Shelton kannte. Und von dem Brief aus Wilton House, dass er irgendeine Art von Beziehung zu Shakespeare hatte. Aber das alles macht ihn noch lange nicht zum Dichter. Vielleicht war er einfach ein Förderer.«

»Was brauchst du denn noch?«

»Etwas Eindeutiges.«

Er stöhnte. »Und wo könnte man so etwas finden?«

»An irgendeinem Ort, wo vierhundert Jahre lang keiner nachgesehen hat.«

»Irgendwelche Ideen?«

Ich dachte nach. »Man müsste an den Nebenschauplätzen suchen. Sekundärquellen. Klatsch vielleicht. Aber nicht über Shakespeares Stücke. Das wurde alles längst zerpflückt und analysiert.«

»Was dann?«

»Über die Entstehungsgeschichte der King-James-Bibel zum Beispiel.«

Er seufzte. »Die Signatur in den Psalmen.«

»Vielleicht gibt es Hinweise, wer an der Übersetzung mitgearbeitet hat, vor allem an Psalm 46.«

»Das ist nicht bekannt? Nicht einmal du weißt das?«

»Nein. Die Übersetzer haben ihre Beiträge anonym beigesteuert. Anscheinend mit Absicht. Selbst ihre Aufzeichnungen haben sie verbrannt. Die Bibel ist Gottes Werk, nicht das des Menschen, argumentierten sie. Und erst recht nicht das eines bestimmten Menschen. Aber vielleicht ist hier oder da ein Hinweis durchgerutscht und hat die Jahrhunderte überdauert.«

»Ich kümmere mich darum«, hatte Ben gesagt. Er war nicht sehr mobil, und außerdem konnte er keine jakobäischen Handschriften lesen, sodass ich keine großen Hoffnungen auf ihn setzte. Aber wenn er ein Projekt brauchte, um keinen Krankenhauskoller zu bekommen, war es mir recht.

Jetzt saß er hier auf dem Bühnenrand und behauptete, er hätte etwas entdeckt.

Ich stellte mein Glas ab. »Was?«

Ben überreichte mir die Fotokopie eines Briefs. Ich sah sie mir an. Ein Brief, der in Secretary Hand geschrieben war.

Ben lächelte. »In der Folger-Bibliothek waren sie sehr hilfsbereit, nachdem sie ihre Sachen zurückbekommen hatten. Sie haben mir sogar beigebracht, jakobäische Handschriften zu lesen.«

»Und dort hast du das hier gefunden?«

Er schüttelte den Kopf. »In einer Privatsammlung«, sagte er vage. »Es ist ein Brief von Lancelot Andrewes, dem Dekan von Westminster und Bischof von Chichester, an einen Freund im November 1607. Ein lustiger Name für einen Bischof – Lancelot.«

Mehr verriet er nicht, und so begann ich selbst zu lesen. Hauptsächlich ging es um das Katholikenproblem in Warwickshire. Doch ein Absatz machte mich stutzig. Der Bischof erwähnte den Rektor des Emmanuel College in Cambridge, Laurence Chaderton, und die eben fertiggestellte Übersetzung des Psalters für die Bibel des Königs. Chaderton war einer der wenigen Puritaner, die an dem Projekt mitwirkten; der Psalter war seinem Komitee zugeteilt.

Wie der Bischof seinem Freund schrieb, hatte Chaderton einen erbitterten Beschwerdebrief verfasst, in dem er beklagte, der König habe die sorgfältige Übersetzung des Psalters durch sein Komitee genommen und einem Haufen Dichter vorgeworfen. *Zum Aufpolieren*, wie der Bischof Chadertons entrüstete Worte zitierte – als stünde dichterische Politur im levitischen Sündenregister mehrere Stufen unter Masturbation, Sodomie und Hexerei. Bischof Lancelot hatte Chaderton zu beruhigen versucht. Den Dichtern sei es verboten, die Übersetzung zu verpfuschen – doch was Rhythmus und Klang anging, müsse er dem König recht geben. Die Psalmen sollten Lieder sein, in der Übersetzung jedoch hatten sie wie Predigten geklungen. Staubtrockene Predigten. Auch der König und der Bischof seien für eine korrekte Übersetzung, aber es spreche nichts dagegen, dass diese angenehm im Ohr klingen dürfe.

Anscheinend ließ sich Chaderton nicht so leicht besänftigen und erhob eine weitere Anklage: *Sie haben ihr Werk signiert.*

Das, schrieb der Bischof, wäre tatsächlich Blasphemie gewesen, wenn es wahr wäre, doch er habe den ganzen Psalter durchgeblättert und keinen Hinweis auf eine Signatur gefunden. Chaderton, klagte er, wäre besser dran, sich um die Bücher zu kümmern, deren Übersetzung noch ausstünde, statt Unsinn über jene zu verbreiten, die bereits fertig waren. Falls der lästige Rektor nicht diskret sein sollte, säße ihm, dem Bischof, der König im Nacken und würde die Politur am Ende selbst übernehmen. Bei den Dichtern stünde es ihm wenigstens frei, etwas allzu Grauenhaftes abzulehnen.

Im Gegensatz zu Chaderton war der Bischof überaus diskret. Leider nannte er keine Namen.

Ein Lächeln huschte über Bens Gesicht, als ich fertig gelesen hatte. »Meinst du, einer der Dichter könnte Shakespeare gewesen sein?«

»Möglich. Aber wer waren die anderen? Niemand hat etwas von einer anderen Signatur gehört.«

»Hat man je danach gesucht?«

Ich lachte. »Wahrscheinlich nicht.«

»Was ist dann das Problem?«

Ich zögerte. »Es ist das Datum, das mich stört. Die alte Erklärung war, dass die Psalmen 1610 fertig wurden, als Shakespeare 46 Jahre alt war – und 46 ist der Schlüssel zu seiner Signatur. Doch der Brief des Bischofs ist auf 1607 datiert.«

»Muss es denn ein Geburtstagsgeschenk gewesen sein?«

»Nein. Aber warum dann Psalm 46? Wozu die Mühe, wenn es keinen Schlüssel gab?«

»Vielleicht brauchte er keinen Schlüssel, weil er es nur für sich tat – einzig und allein, weil es sich in einem Psalm, in dem von Speeren und Schütteln die Rede war, anbot.«

»Vielleicht.« Ich runzelte die Stirn. *Ein Geburtstagsgeschenk.*

Einer Eingebung folgend sprang ich von der Bühne und lief zur Galerie hinüber, wo der Schreibtisch mit meinen Aufzeichnungen stand. Mit drei gefalteten Seiten kam ich zurück und breitete sie vor Ben aus. Es waren Ausdrucke aus dem Internet. Einträge aus dem ›Oxford Dictionary of National Biography‹ zu William Stanley Graf von Derby, Mary Sidney Herbert Gräfin von Pembroke und Sir Francis Bacon.

»Die Schimäre«, sagte Ben. »Zumindest zum großen Teil.«

»Das Geburtstagsgeschenk«, sagte ich.

Ben überflog die Einträge, dann sah er mich an. »Alle drei wurden 1551 geboren.«

»Was bedeutet, dass sie im Jahr 1607, als der Psalter fertig wurde …«

Er pfiff durch die Zähne. »… alle 46 Jahre alt waren.«

Eine Weile atmeten wir das Schweigen ein – im stillen Herzen von Shakespeares Welt, während das Saphirblau des Himmels über uns tiefer wurde und das Theater durchdrang. Es war, als schwebten wir in einem winterlichen Traum.

»Wusstest du, dass Derby der letzte Überlebende der Schimäre war?«, fragte ich. »Lady Pembroke starb 1621 an den Pocken, wenige Wochen bevor Derbys Tochter Kerr heiratete. Bacon starb im Frühjahr 1626 an Lungenentzündung nach einem Experiment, ob sich Hühnerfleisch mit Schnee konservieren ließ. Derby hat noch die ersten Schüsse des englischen Bürgerkriegs erlebt.«

»Er ist gefallen?«, fragte Ben.

»Nein. Er saß oben in Chester, in Decken gehüllt mit seinen geliebten Büchern, 81-jährig. Im September 1642, nachdem der König aus London geflohen war, konnten die Puritaner im Parlament die Theater, die sie so hassten, endlich schließen. Am 2. September fielen die Vorhänge mit einem großen Knall – und blieben zwanzig Jahre lang unten …«

»Die Puritaner verstanden keinen Spaß. Ich bin ganz froh, dass die meisten am Ende nach Westen segelten.«

»Vielen Dank«, sagte ich sarkastisch. »Derby starb fast auf den Tag genau vier Wochen später, am 29. September.«

»Als hätte die Schließung der Theater seinen Lebenswillen gebrochen.«

»Die Versuchung ist groß, es so zu interpretieren. Aber so funktioniert Geschichte nicht. Chronologie ist kein Argument für Ursache und Wirkung.« Geistesabwesend fuhr ich mit dem Finger über den Rand meines Glases.

»Was wirst du jetzt tun?«

Ich schüttelte den Kopf. »Athenaide hat vorgeschlagen, dass Wesley North noch ein Buch schreiben soll, diesmal über die Schimäre. Ich habe ihr gesagt, ich denke darüber nach.«

»Sie hat mir davon erzählt. Aber warum solltest du das Ganze unter anderem Namen veröffentlichen?«

»Es wäre dem Thema angemessen, findest du nicht?« Er lachte, doch ich schüttelte den Kopf. »Das Problem bei der Sache ist, wir haben immer noch nicht viel mehr als Vermutungen. Es gibt keine handfesten Beweise.«

»Das hat andere auch nicht bremsen können.«

»Es hat Ophelia gebremst. Danach war sie glücklicher.«

»Du würdest also eher Ophelias Weg nehmen als Delias?«

Ros' Lieblingszitat ging mir durch den Kopf. *Es gibt Gezeiten für der Menschen Treiben …* »Wie gut hast du Ros gekannt?«, fragte ich.

»Gut genug, um zu wissen, dass sie dich sehr gern hatte.«

»Sie hat sich immer mit den Sonetten identifiziert. Sie war der Dichter.«

»Natürlich. Und du warst der goldene Jüngling.«

Ich hörte auf zu lachen. »Es klingt schrecklich eingebildet, aber ungefähr das Gleiche hat Sir Henry auch zu mir gesagt.«

Ben sah mir in die Augen. »Sie nannte dich ihr goldenes Mädchen. Unter anderem.«

Ich beugte mich vor. »Hast du dich je gefragt, welche Rolle in den Sonetten sie dir zugestand?«

»Das war nicht nötig. Sie hat mir die dunkle Dame angeboten«, sagte er mit einem ironischen Grinsen. »Wobei ich die Rolle ganz und gar nicht weiblich spielen müsse, wie sie mir versicherte. Die Rolle des Spielverderbers. Des Störenfrieds. Ziemlich passend für einen Soldaten.«

Ich lachte. »Was hast du geantwortet?«

Er trank einen Schluck. »Ich sagte ihr, ich bin kein Schauspieler und ich würde mich auch nicht an ein fremdes Skript halten.«

»Und sie antwortete: ›Nicht mal an Shakespeares?‹«

Er stutzte. »Sie hat dir davon erzählt?«

Ich schüttelte den Kopf. »Ich habe einmal das Gleiche zu ihr gesagt. Und das hat sie erwidert.«

Er lachte. »Und was war deine Antwort?«

»Ich sagte ihr, dass ich lieber meine eigene Geschichte schreiben wollte. Wahrscheinlich wäre sie nicht so schön, aber sie würde mir gehören.«

»Und, wie entwickelt sie sich?«

»Das weiß ich noch nicht genau. Aber wenn ich sogar Shakespeares Weg ausschlage, werde ich erst recht nicht dem von Ophelia oder Delia folgen.«

Er nickte, und ein schelmisches, hoffnungsvolles Grinsen huschte über sein Gesicht. »Hast du je an eine Gemeinschaftsarbeit gedacht?«

»Was für eine Geschichte schwebt dir vor?«

»Die älteste Geschichte der Welt«, sagte er. »Junge trifft Mädchen.«

»Wie wäre es mit Mädchen trifft Jungen?«, gab ich lächelnd zurück.

Er hob das Glas.

Ich zögerte einen Augenblick, dann stieß ich mit ihm an. »Auf eine neue Geschichte«, sagte ich.

ENDE

NACHWORT DER AUTORIN

Eines Herbstabends zu Beginn meines Graduiertenstudiums in Harvard saß ich im Hinterzimmer der Child Library, der Zufluchtsstätte des English Department im obersten Stock der Widener-Bibliothek, und blätterte alte Bücher durch, als ich auf vier Bände stieß: ›The Elisabethan Stage‹ von E. K. Chambers aus dem Jahr 1923. Ich schlug jeden einzelnen auf. Die Bände steckten voller Informationen – und Details, bei denen ich oft nicht wusste, was ich damit anfangen sollte, wie zum Beispiel, dass »viele elisabethanische Schauspieler halbe Akrobaten [waren] und zweifellos an einem Drahtseil fliegen« konnten. Dann, am Ende des dritten Bandes, fand ich das Kapitel über Shakespeares Bühnenwerk, das mit dem kurzen Abschnitt »Verschollene Stücke« endete.

Ich wusste, dass die Mehrheit der Dramen der englischen Renaissance nicht überlebt hatte, und so nahm ich – vage – an, dass auch von Shakespeare manches Stück verschollen war. Was mich jedoch überraschte, war, dass Chambers Fakten zu Shakespeares verschollenen Stücken zu kennen schien. Hier hatte ich schwarz auf weiß zwei Titel vor mir, und im Fall von ›Cardenio‹ sogar die Grundzüge der Handlung.

Ich begann mich zu fragen, wie es wäre, ein solches Stück zu finden. Wo könnte sich so ein Ding verstecken? Wie würde sich der Augenblick seiner Entdeckung anfühlen? Und wie würde der Fund mein Leben beeinflussen – abgesehen vom sofortigen Eintritt von Reichtum und Ruhm?

Der erste Ort, an dem man nach Shakespeares verschollenen Stücken suchen würde, wären natürlich Bibliotheken und historische Stätten in England. Andererseits – hätten sie die ganze Zeit an einem vorhersehbaren Ort gelegen, wären sie nicht längst gefunden worden? Ich begann mir in der egoistischen Welt meiner Tagträume auszumalen, wo außerhalb Englands ein Shakespeare-Stück verloren gegangen sein könnte – am besten an einem Ort, wo *ich* es finden konnte, wie New England (oder irgendwo an der Ostküste zwischen Boston und Washington, D.C.) oder in der Prärie im Südwesten der Vereinigten Staaten. Manchmal, wenn ich zufällig im Hinterland von New England unterwegs war, durchstöberte ich sogar in Antiquitätenläden und alten Scheunen die Bücherkisten. Doch kein Ramschverkäufer hatte einen Shakespeare-Vers übersehen, geschweige denn ein ganzes Manuskript.

Im Laufe der Zeit sah ich ein, dass ich nie über eins der Stücke stolpern würde, aber dass es Spaß machte, eine Geschichte daraus zu machen, denn so konnte ich bestimmen, was passierte und wem. Und dann dachte ich – warum sollte ich nicht auch das andere, größere Shakespeare-Rätsel in die Geschichte einbauen: *Wer war Shakespeare?*

Ich habe etwa ein Jahrzehnt gebraucht, um damit anzufangen. ›Die Shakespeare-Morde‹ ist das Ergebnis.

Der Eintrag bei Chambers, mit dem alles anfing, ist (mit kleinen Änderungen) der, auf den Kate in diesem Buch stößt. Die größeren Shakespeare-Stätten im Roman gibt es wirklich, auch wenn ich mir die Freiheit genommen habe, Anpassungen vorzunehmen, wenn es die Geschichte verlangte. Die Theorien um Shakespeares Identität sind alle echt – zumindest als Theorien. Bei den historischen Figuren habe ich Fakt und Fantasie vermischt. Die modernen Figuren sind frei erfunden.

Ein Eintrag ins *Stationers' Register* (ein Verzeichnis, das früher in England das Urheberrecht sicherte) weist Shakespeare als Koautor von ›Cardenio‹ aus. Er schrieb ihn zusammen mit John Fletcher, seinem Nachfolger als Hauptdramatiker der King's Men (und Koautor bei mehreren anderen Stücken). Ich habe mir ›Cardenio‹ ausgesucht, weil es von beiden verschollenen Stücken, deren Namen wir kennen, dasjenige ist, über dessen Inhalt mehr bekannt ist, und weil die Quelle,

Miguel de Cervantes' ›Don Quixote‹, eine vage Verbindung zur spanischen Kolonialwelt und damit zum Südwesten der Vereinigten Staaten liefert – eine Landschaft, die ich liebe und wo ich meine Figuren zu gern Verstecken à la Shakespeare spielen lassen wollte.

Von dem anderen Stück – ›Love's Labour's Won‹ (*Gewonnene Liebesmüh*) – ist keine Spur übrig, doch ›Cardenio‹ tauchte im 18. Jahrhundert in Manuskriptform auf, als Lewis Theobald es für die Londoner Bühne »modernisierte«. Die Originalmanuskripte, die die meisten Gelehrten wahrscheinlich als echt anerkennen würden, sind seitdem verschwunden, nur die zensierte Version mit dem Titel ›Double Falsehood‹ hat überlebt. Zum großen Teil ist Theobalds Adaption tatsächlich so schlimm, wie Kate sagt: voller Löcher und Flicken und Narben, die an Frankensteins Monster erinnern. Doch hier und da schimmern Verse durch, die klingen, als könnten sie von Shakespeare oder Fletcher stammen (auf der Ebene einzelner Phrasen sind Meister und Schüler kaum zu unterscheiden, genauso wie man den einzelnen Pinselstrich von Rembrandt oder »Rembrandts Werkstatt« schwer auseinanderhalten kann). ›Double Falsehood‹ ist die Quelle der Worte, die Kate und andere Figuren in diesem Roman als Shakespeares Worte identifizieren.

Eine Ausnahme ist die Regieanweisung und die Stelle, an der Sancho und Don Quixote auftreten: Das geht auf meine Kappe, denn Theobald hat den verrückten alten Don und seinen erdenschweren Knappen restlos gestrichen. Doch ich bin mit Kate der Meinung, dass Shakespeare das Paar als komödiantisches und erzählerisches Element der Geschichte für unentbehrlich gehalten haben musste und sie daher wahrscheinlich in eine Art Rahmenhandlung übernommen hat.

In ›Secret Shakespeare‹ von Richard Wilson (2004) habe ich die Hypothese gefunden, dass es eine Verbindung zwischen ›Cardenio‹, den Howards und dem Tod von Fürst Heinrich gegeben haben könnte. Die Howards waren auf der Seite Spaniens, kryptokatholisch und von berüchtigter Heimtücke – vor allem der Graf von Northampton und sein Neffe, der Graf von Suffolk (beide nenne ich der Einfachheit halber im ganzen Roman mit ihren Titeln, obwohl sie die Grafenwürde erst erhielten, als König Jakob I. den Thron bestieg). Es hat tatsächlich Gerüchte über eine Liebschaft zwischen Frances Howard und dem Fürsten gegeben, und auch über einen »Handschuh-Vorfall« wird gemunkelt (wobei die Dame unbenannt bleibt); dass Frances einen der Liebhaber ihres Mannes mit vergiftetem Backwerk umgebracht hat, wird von juristischen Dokumenten hinreichend belegt, da sie sich vor dem House of Lords schuldig bekannte. Die Einzelheiten der Zusammenhänge zwischen den Howards, Shakespeare und dem Globe sind frei erfunden.

Auch wenn es das Einfachste wäre, zu sagen, William Shakespeare aus Stratford habe die Stücke, die seinen Namen tragen, geschrieben, gibt es viele Argumente, die dagegen sprechen – Argumente, die überzeugend bis haarsträubend sind. Doch der große Haken aller Theorien, es sei »ein anderer« gewesen, ist der Umfang der Verschwörung, die dazu nötig gewesen wäre: Falls ein anderer die Stücke geschrieben haben sollte, hat kein Mitwisser je ausgepackt – was zu jener Zeit und in einem Milieu, das so schwatzhaft, bissig und professionell witzig war wie das an den Höfen von Elisabeth I. und Jakob I., kein kleiner Stolperstein wäre.

Heutzutage gibt es zahlreiche Fraktionen von »Anti-Stratfordianern« – angefangen bei akademischen Forschungsgruppen bis hin zu Verschwörungstheoretikern. Viele graben triumphierend chiffrierte Botschaften aus, die diverse Schriftsteller als den eigentlichen Verfasser der Werke, die unter dem Namen »William Shakespeare« veröffentlicht wurden, bestätigen sollen. Die beiden Favoriten mit den meisten – und glaubwürdigsten – Anhängern sind der Graf von Oxford und Sir Francis Bacon. Andere Dauerbrenner sind Christopher Marlowe, Edmund Spenser, Sir Philip Sidney und seine Schwester Mary Herbert Gräfin von Pembroke, Königin Elisabeth, Sir Walter Raleigh, die Grafen von Southampton, von Derby und von Rutland – oder ein verdecktes Komitee, bestehend aus allen oben Genannten, unter der Führung von wahlweise Bacon, Oxford oder beiden. Absurd dagegen sind die Kandidaten Henry Howard Graf von Sussex (der etwa 44 Jahre vor der ersten Aufführung eines Shakespeare-Stücks geköpft wurde) und Daniel Defoe (der circa siebzig Jahre nach der ersten Aufführung geboren wurde). Der jüngste Neuzugang, der ernsthafte Beachtung findet, ist ein kleinerer Höfling namens Sir Henry Neville.

Edward de Vere, der 17. Graf von Oxford, ist der derzeitige Favorit bei den Anti-Stratfordianern. Die Anagramme und Wortspiele, die ich in diesem Buch zitiere, dienen ihnen als Beweis. Wie Athenaide hervorhebt, ist sein Familienname Vere mit dem lateinischen ›*verus*‹, ›wahr‹, verwandt; das Familienmotto – ›*Vero nihil verius*‹, ›Nichts ist wahrer als die Wahrheit‹ – spielt auf diese Verbindung an. Und so finden seine Partisanen in der wirklichen Welt im ganzen Shakespeare »eindeutige« und »dringende« Verweise auf die Wahrheit; das Gleiche gilt für das Lieblingswort ›*ever*‹. Der erste ernsthafte Oxfordianer war J. Thomes Looney (ausgesprochen wie »Loney«), dessen Buch ›»Shakespeare« Identified‹ 1920 herauskam und unter anderem Sigmund Freud überzeugte.

Sir Francis Bacon dagegen war der erste Kandidat überhaupt für den Mann hinter Shakespeares Maske: Bereits in den 1850er-Jahren wurden von Delia Bacon und anderen Gelehrten ernsthafte Argumente für Bacon vorgebracht. Mit beispiellosem Eifer haben Bacons Befürworter Shakespeares und andere Renaissance-Werke durchkämmt und Anagramme, Akrostichen, numerische Codes und Doppeldeutigkeiten (häufig ›*hog*‹ und ›*bacon*‹) aufgespürt, die ihren Helden als den Verfasser der Stücke ausweisen (und darüber hinaus als Sohn der Königin). Manche haben sogar zu so verzweifelten Mitteln wie Séancen und Grabraub gegriffen. Doch nicht alle Bacon-Anhänger lassen sich so leicht abtun. Es waren Wissenschaftler, Schriftsteller, Anwälte und Richter darunter, aus England und Amerika. Der unterhaltsamste Text, der für Bacon eintritt, ist Mark Twains Essay »Ist Shakespeare tot?« von 1909.

Wer immer er sonst noch gewesen ist, Bacon war ebenso gewieft wie brillant: Als zeitweiliger Hauptberater der Krone entwickelte er unter anderem die bewundernswert komplexe Geheimschrift, die in diesem Roman von Jem Granville benutzt wird. Die Chiffre wurde 1623 veröffentlicht, im gleichen Jahr, als Shakespeares First-Folio-Ausgabe erschien.

Hauptverteidiger von William Stanley, des sechsten Grafen von Derby, war der berühmte französische Literaturhistoriker und Professor am Collège de France Abel Lefranc in den ersten Dekaden des zwanzigsten Jahrhunderts. Doch trotz Derbys Vornamens (William), seinen Initialen (W. S.) und der passenden Lebenszeit scheint seine Kandidatur weniger stichfest als die von Bacon und Oxford zu sein.

Der beste fachliche (und unparteiische) Überblick über die Debatte der Autorschaft ist John Mitchells ›Who Wrote Shakespeare?‹ (›Wer schrieb Shakespeare?‹, 2000). Shakespeare aus Stratford wird von Scott McCrea in ›The Case for Shakespeare‹ (2005) verteidigt und in Deutschland von Hildergard Hammerschmidt-Hummel in ›William Shakespeare. Seine Zeit – sein Leben – sein Werk‹ (2003).

Das ursprüngliche Globe Theatre brannte am 29. Juni 1613 ab (an einem Dienstag, nach dem alten julianischen Kalender), während einer Aufführung von Shakespeares ›Heinrich VIII‹, damals bekannt als ›All Is True‹. Soweit man weiß, war es ein Unfall, verursacht durch Funken des Trick-Kanonenschusses, die auf dem Strohdach landeten. Augenzeugen berichten, dass ein Mann leichte Verbrennungen erlitt, als er ein Kind aus den Flammen rettete; glücklicherweise konnte seine brennende Kniebundhose mit Ale gelöscht werden. Das neue Globe ist das erste strohgedeckte Gebäude, das seit dem Großen Brand von 1666 im Londoner Stadtbezirk gebaut werden durfte.

Die vielen Shakespeare-Monumente und -Theater in Stratford-upon-Avon sind weltberühmt. Die Folger Shakespeare Library auf dem Capitol Hill in Washington, D. C. besitzt die weltgrößte Shakespeare-Sammlung.

Wilton House, Sitz der Grafen von Pembroke, ist eines der wenigen erhaltenen Gebäude, die Shakespeare mit Gewissheit betreten hat – was sich von sonst keinem Haus in Stratford sagen lässt, bis auf die Kirche, in der er begraben ist. Die Kopie der Shakespeare-Statue aus der Westminster Abbey mit ihrer veränderten Inschrift steht wirklich in der Halle des Schlosses; nur die Farben, die das Anagramm ergeben, habe ich mir ausgedacht. Den Single Cube Room mit den Arkadien-Gemälden gibt es tatsächlich, allerdings habe ich sie für die Geschichte ein wenig verändert. Das Geheimfach dahinter ist frei erfunden. Die Existenz des »verschollenen Briefs«, in dem die Gräfin an ihren Sohn schreibt, »wir haben den Mann Shakespeare bey vns«, wurde im 19. Jahrhundert dokumentiert, doch kein Gelehrter hat ihn seither gesehen. Der Brief von Will an den süßen Schwan entstammt meiner Fantasie.

Das Royal College of St. Alban in Valladolid wurde vom spanischen König Philip II. gegründet, um junge Engländer zu römisch-katholischen Priestern auszubilden und die religiösen Rebellen (aus Königin Elisabeths Sicht) in England zu unterstützen. Das College gibt es nach wie vor, und es werden immer noch junge Briten im Priestertum unterwiesen. Die wundervolle Bibliothek besaß einst eine First-Folio-Ausgabe, doch sie wurde bereits Anfang des 20. Jahrhunderts verkauft, wie man mir sagte. 1601, acht Jahre nach Christopher Marlowes Ermordung, hatte sich ein »Christopher Morley« ins Register eingetragen – was einer Schreibweise entspricht, die Marlowe zu seinen Lebzeiten benutzte. 1604 war auch Cervantes in der Stadt, der in Valladolid seinen ›Don Quixote‹ fertigstellte.

Nach Shakespeare benannte Minen, Städte und Theater gibt es im ganzen Westen der Vereinigten Staaten im Überfluss; Minen, die die Namen von Shakespeares Helden und Stücken tragen, finden sich in den Rocky Mountains allerorten (Ros' Recherchen zum Thema waren meine eigenen für den Aufsatz »How the Bard Won the West« im *Smithsonian Magazine* im August 1998). In Cedar City im Red Rock Country in Utah findet alljährlich das Utah Shakespeare Festival statt, die Rekonstruktion des elisabethanischen Globe Theatre gibt es dort wirklich. Das Preston Archive im Nachbau von Shakespeares Stratforder Geburtshaus habe ich erfunden. Jem Granvilles Hamlet-Wette geht dagegen auf eine tatsächliche Wette zurück, die 1861 in Denver abgeschlossen wurde. Die Zeitungsartikel habe ich den Artikeln der ›Rocky Mountain News‹ nachempfunden, die über die historische Wette berichten.

Die Geisterstadt Shakespeare liegt im westlichen New Mexico, in der Nähe von Lordsburg nahe der Grenze zu Arizona. Die Geschichte von Bean Belly Smith habe ich bei mehreren Gelegenheiten von ihren Besitzern erzählt bekommen. Athenaides Schloss am Ende der einzigen Straße des Orts ist meine Erfindung, während Hamlets »echte« Burg, der es nachempfunden ist – Schloss Kronborg in der Nähe von Helsingør in Dänemark –, wirklich existiert, genau wie die Banketthalle von Hedingham Castle, dem ehemaligen Sitz des Grafen von Oxford. Die oxfordianische Obsession von ›Hamlet‹ ist echt; die Oxfordianer lesen das Stück als die Krypto-Autobiografie ihres Shakespeare-Kandidaten. Wie auch Kate und Athenaide feststellen, gibt es im ›Hamlet‹ mehr als ein paar seltsame Parallelen zum Leben des Grafen von Oxford.

Die amerikanische Literaturwissenschaftlerin Delia Bacon wurde wahnsinnig, als sie 1857 ihr Magnum opus ›The Philosophy of the Plays of Shakespere [sic] Unfolded‹ schrieb. Die Geschichte ihrer Nachtwache vor Shakespeares Grab in der Trinity Church in Stratford geht auf ihren eigenen Bericht der Ereignisse zurück, den sie in einem Brief an ihren Freund, den Schriftsteller Nathaniel Hawthorne, niederschrieb. Der Pfarrer der Trinity Church, Granville J. Granville, scheint ihr die Erlaubnis gegeben zu haben. Er hatte mehrere Kinder, doch Jeremy (Jem) stammt aus meiner Feder. Dr. George Fayrer war der Arzt, der Delia am 30. November 1857 in seine private Nervenheilanstalt einwies, seine Tochter Ophelia ist ein Produkt meiner Fantasie.

Francis J. Child war von 1876 bis zu seinem Tod 1896 Professor in Harvard. Seine Sammlung von englischen und schottischen Volksballaden bleibt eine der großen wissenschaftlichen Errungenschaften der englischen Literatur. Außerdem war er ein großer Shakespeare-Forscher. Wie im Roman hegte er eine Leidenschaft für Rosen. Es gibt tatsächlich eine berühmte Lady-Banks-Rose im Garten einer alten Pension (heute Museum) in Tombstone, wobei ich ihre Pflanzung ein paar Jahre vorverlegt habe. Möge Professor Childs Seele mir vergeben, dass ich ihm ein Kind der Liebe angedichtet habe.

Shakespeares Sonette scheinen sich entweder an einen zurückhaltenden Jüngling mit goldenem Haar oder an eine gefährliche dunkelhaarige Frau zu richten, mit denen der Dichter in eine Art Ménage à trois verstrickt ist. Viele Forscher haben sich bemüht, die Identität der Dame und des Jünglings zu lüften; doch es gab keine zufriedenstellenden Ergebnisse. In den ersten siebzehn Sonetten beschwört Shakespeare den jungen Mann, ein Kind zu zeugen. Eigenartigerweise macht Theobald in seinem Vorwort zu ›Double Falsehood‹ eine Anspielung auf eine ansonsten unbekannte uneheliche Tochter von Shakespeare. Da der Dichter/Erzähler der Sonette wegen der Affäre des Jünglings mit der dunklen Dame vor Eifersucht brennt, schien es mir natürlich, der Dame eine Tochter zu geben und die Vaterschaft zu vertuschen, doch diese Verbindung stammt von mir und ist ansonsten völlig unbegründet.

Nicholas Hilliard war zu Shakespeares Lebzeiten einer der besten Porträtmaler Englands; man könnte sagen, er war der Shakespeare der bildenden Kunst. Er spezialisierte sich auf Miniaturen, die voller exquisiter, beinahe fotografischer Details waren. Das Porträt eines schönen jungen Mannes mit Flammen im Hintergrund ist im Londoner Victoria and Albert Museum zu sehen.

Thomas Shelton war anglo-irischer Herkunft und stand in den Diensten der Howards. Er verfasste die erste Übersetzung von ›Don Quixote‹ ins Englische, erschienen 1612. Sein Bruder William ist erfunden, doch es flohen damals tatsächlich scharenweise fromme katholische Engländer auf den Kontinent, wo sie Seminare wie das Royal College of St. Alban in Valladolid besuchten. Englische Jesuiten wurden für gewöhnlich zurück nach England geschickt, um sich im Verborgenen um die katholischen Gläubigen zu kümmern.

Amerikanische Ureinwohner im ganzen Südwesten der Vereinigten Staaten – damals »Neuspanien« für die Europäer – erhoben sich im 17. Jahrhundert immer wieder und massakrierten die spanischen Eindringlinge, vor allem die Priester. Die Dragoon Mountains im Südosten von Arizona waren eine Apachenhochburg, bis Geronimo im Jahr 1886 endgültig festgenommen wurde. Der große Apachenhäuptling Chochise liegt in diesen Bergen an einem geheimen Ort begraben. Auch wenn der Canyon und die Höhle, wo Kate den Schatz mit den Knochen begraben findet, meine Erfindung sind, gibt es in jenem Teil der Welt eine Unzahl von Höhlensystemen unter der Oberfläche. Die nahe gelegenen (und erst kürzlich entdeckten) Kartchner Caverns sind ein spektakuläres Beispiel für solche geheimen »mit Juwelen besetzten Paläste«, die die hohlen Berge verborgen halten.

Die »Signatur« in der englischen King-James-Bibel kann jeder nachlesen (oder nachzählen). Wie sie dort gelandet ist, ist ungeklärt, und ich habe auch nicht herausfinden können, wer sie entdeckt hat. Es ist nicht bekannt, wann genau die Übersetzung des 46. Psalms oder der Psalmen im Ganzen fertiggestellt wurde (es muss irgendwann zwischen 1604 und 1611 gewesen sein) oder wer an welchem Psalm gearbeitet hat. Sowohl Lancelot Andrewes, der Dekan von Westminster und späterer Bischof von Chichester, als auch Laurence Chaderton, Rektor des Emmanuel College in Cambridge, waren Theologen, die an der Bibelübersetzung mitarbeiteten; der Puritaner Chaderton war Mitglied des »First Cambridge Committee«, dem man die Übersetzung des Psalters zuteilte. Der Brief des Bischofs, in dem es um Chaderton geht, ist reine Erfindung.

Die Geburtsdaten von Bacon, Derby und der Gräfin von Pembroke sind historisch belegt.

* * *

Um aus einem Tagtraum einen Roman zu machen, bedurfte ich einer ganzen Gemeinde von Helfern und Unterstützern. Zuallererst möchte ich Brian Tart und Mitch Hoffman danken, deren Geduld und Urteilskraft mir halfen, dieses Buch in Form zu bringen, und die es irgendwie schafften, dass mir das Lachen dabei nicht verging. Neil Gordon und Erika Imranyi haben den Prozess geglättet. Noah Lukemans Glaube an das Buch hat Wunder gewirkt.

Für ihre vielfältigen Kenntnisse und Beiträge möchte ich folgenden Helfern danken: Ilana Addis, Michelle Alexander, Kathy Allen, Bill Carrell, Jamie de Courcey, Lionel Faitelson, Dave und Ellen Grounds, Pater Peter Harris, Jessica Harrison, Charlotte Lowe-Bailey, Peggy Marner, Karen Melvin, Kristie Miller, Liz Ogilvy, Nick Saunders, Brian Schuyler, Dan Shapiro, Ronald Spark, Ian Tennent und Heidi Vanderbilt. Das Straw Bale Forum und der Tucson Literary Club bekamen frühere Versionen einiger Seiten zu hören, und für meine Teilnahme an beiden Gruppen bin ich Bazy Tankersley zu Dank verpflichtet.

Mein besonderer Dank geht an Dr. Javier Burrieza Sánchez, Bibliothekar und Archivar am Royal College of St. Alban, Valladolid; an Nigel Bailey, House Manager, und Carol Kitching, Head Guide, in Wilton House, Wiltshire; und an Sarah Weatherall von Shakespeares Globe Theatre in London. Die Mitarbeiter der Folger Library in Washington, D. C., der Holy Trinity Church und der Shakespeare Center Library in Stratford haben mir ebenfalls viel geholfen.

Mehr als alle anderen hat Marge Garber meinen Standpunkt zum gedruckten Shakespeare geprägt. Die Mitglieder der Hyperion Theatre Company in Harvard, 1996–98, und von Shakespeare & Company in Lenox, Massachusetts, haben mich alles gelehrt, was ich über

Shakespeare auf der Bühne weiß. David Ira Goldstein und die Arizona Theatre Company haben mich in die Welt des professionellen Theaters eingeführt.

Drei Menschen haben immer wieder zugehört, gelesen und kommentiert, während das Buch entstand: Kristen Poole, Geisteswissenschaftlerin, Geschichtenerzählerin und Freundin, meine Mutter Melinda Carrell, von der ich die Liebe zu Büchern geerbt habe, und mein Mann Johnny Helenbolt.

Johnny, ich stehe auf ewig in deiner Schuld.

© Lyn Sims

Jennifer Lee Carrell ist promovierte Anglistin und Amerikanistin. Sie hat Literatur und Geschichte an der Harvard University unterrichtet und für die Hyperion Theatre Company bei zahlreichen Shakespeare-Aufführungen Regie geführt. Als Journalistin schreibt sie u.a. für das Smithsonian Magazine. *Die Shakespeare-Morde* ist ihr erster Roman. Er wurde in 29 Länder verkauft, in den USA von amazon.com unter die Top 100 Books of 2007 gewählt und landete auf Anhieb auf der New-York-Times-Bestsellerliste.